Andrea Busfield

SCHATTENTRÄUMER

atb aufbau taschenbuch

Andrea Busfield, Jahrgang 1970, britische Journalistin, verbrachte einige Jahre in Afghanistan, wo sie ihre Eindrücke in dem Roman »Mauertänzer« festhielt. Danach kehrte sie nach Zypern zurück, wo sie ihre Kindheit verbracht hatte. Heute lebt sie in Österreich.

Zypern in den 1950er Jahren: Die Briten besetzen die Insel. Der leidenschaftlichen Liebe zwischen dem Jungen Loukis und der Nachbarstochter Praxi wird jäh Einhalt geboten: Soldaten erschießen Loukis' Bruder, und um ihn zu rächen, geht er in den Untergrund. Als er Jahre später, zum Mann gereift, in sein Heimatdorf zurückkehrt, ist nichts mehr wie zuvor. Praxi hat eine kleine Tochter – und ist die Frau seines Rivalen Yiannis geworden. Aber das, was Praxi und Loukis verbindet, scheint stärker als alle Widrigkeiten. Als die politischen Wirren jedoch endgültig ihr Dorf ergreifen, werden die Liebenden brutal getrennt. Jahrzehnte gehen ins Land, ohne dass Praxi den Vater ihrer Tochter vergessen kann. Es gelingt ihr schließlich, eine Spur zu ihm zu finden. Doch sie muss einen schweren Entschluss fassen, um endlich mit ihm vereint zu sein.

Andrea Busfield

SCHATTENTRÄUMER

Roman

Aus dem Englischen
von Carina Tessari und Yasemin Dinçer

aufbau taschenbuch

Die Originalausgabe mit dem Titel
Aphrodite's War
erschien 2010 bei Doubleday, London.

FSC
www.fsc.org
MIX
Papier aus verantwortungsvollen Quellen
FSC® C083411

ISBN 978-3-7466-2897-4

Aufbau Taschenbuch ist eine Marke
der Aufbau Verlag GmbH & Co. KG

1. Auflage 2013

Die deutsche Erstausgabe erschien 2011 bei Rütten & Loening,
einer Marke der Aufbau Verlag GmbH & Co. KG
Umschlaggestaltung capa design, Anke Fesel
unter Verwendung eines Motivs von
© Clayton Bastiani/trevillion images und
© Andrew Holt/getty-images
Autorenfoto: privat
Druck und Binden CPI – Clausen & Bosse, Leck
Printed in Germany

www.aufbau-verlag.de

Für »Mamma« Erato Hajisavva
und in stillem Gedenken an »Papa« Varnavas Hajisavva

Erster Teil
1955

Die Generalversammlung,

die Auffassung vertretend, dass die Verabschiedung einer Resolution in der Zypernfrage vorläufig nicht angemessen erscheint, beschließt, sich nicht weiter mit der Sache »Anwendung, unter der Schirmherrschaft der Vereinten Nationen, des Grundsatzes der Gleichberechtigung und Selbstbestimmung der Völker im Fall der Bevölkerung der Insel Zypern« zu befassen.

Resolution 814 (IX) der UN-Generalversammlung
17. Dezember 1954

1

Dhespina war gerade dabei, im Gartenhaus die Salbe gegen die Hämorrhoiden des alten Televantos anzurühren, als der Greis angerannt kam, mit einer Hand seinen Stock umklammernd, mit der anderen seinen Hosenboden.

»Loukis!«, keuchte er mit hochrotem, schmerzverzerrtem Gesicht, als er auf wackeligen Beinen in der Tür zum Stehen kam.

»Was ist mit ihm?«

»Er kam mit vollkommen irrem Blick ins Haus gestürzt und ist direkt vor meinen Füßen zusammengebrochen. Wie ein Felsbrocken. Krach! Er fiel zu Boden wie ein nasser Sack!«

Dhespina warf die Schüssel mit der Salbe hin, griff nach zwei Blecheimern, die unter dem Tisch standen, und rannte hinüber zum Haus. Gleich hinter der offenen Holztür lag ihr Sohn der Länge nach wimmernd auf dem Boden. Sein Gesicht glühte, und seine schwarzen Haare waren so verschwitzt, dass sie sich kräuselten.

»Mamma …«

»Keine Angst, Loukis. Mamma ist da. Mamma ist schon da, mein Sohn.«

Vorsichtig nahm Dhespina ihr jüngstes Kind hoch und trug es in sein Zimmer, wo sie als Erstes die Fensterläden schloss, um seine von Angst geweiteten Augen vor dem Licht zu schützen.

Es war lange her, seit Loukis seinen letzten Angstanfall erlitten hatte; den ersten hatte er vor acht Jahren gehabt, kurz nach dem Tod ihres Hundes Apollo. Bei Dhespinas Vater war es genauso gewesen – sein gesamtes Leben hatte ihn etwas heimgesucht, dem sein Geist nicht gewachsen war, und nun linderte Dhespina Loukis' Qualen mit denselben Mitteln, die ihre Mutter ihr einst gezeigt hatte: ein Tuch, so kalt wie Eis, ein zweites so warm wie der Sommer. Die Kälte half das Fieber zu senken, die Wärme besänftigte den Druck in seinem Kopf.

Doch bei allem, was sie von ihrer Mutter und den heimischen Pflanzen gelernt hatte, wusste Dhespina, dass es kein Heilmittel gegen diese Angst gab: Es war eine Krankheit, deren Ursache in der Seele lag, nicht im Körper. Aus Erfahrung wusste sie auch, dass ihr Sohn, sobald der Zauber der Tücher wirkte, in den Schlaf gleiten würde, wo sich dann die Träume seiner annehmen und ihn von der Ohnmacht und der Dunkelheit zurück ans Licht führen würden.

Leise, um ihn nicht aufzuschrecken, entfernte sich Dhespina vom Bett des Jungen und ging mit dem warmen Tuch zu dem Wassereimer, in dem Rosmarinzweige schwammen. Voller Dankbarkeit für die schmalen Blätter und die zartblauen Blüten der Pflanze, die man das ganze Jahr über bekommen konnte, küsste sie das Tuch, bevor sie es wieder in den Eimer tauchte. Dann griff sie nach dem Stückchen Stoff in dem Eimer mit dem kalten Wasser und legte es ihrem Sohn auf die Stirn. Bei dem plötzlichen Temperaturunterschied begannen Loukis' Lider zu zucken. Er war leichenblass, und auf seinem schmächtigen nackten Oberkörper tanzten die Schatten des Kerzenlichts, das neben der Statue von Apollo flackerte, die sein Bruder vor so vielen Jahren geschnitzt hatte.

Mit der Liebe einer Mutter wechselte Dhespina bis in den Abend hinein Tücher, um die ungesunde Röte von den Wangen ihres jüngsten Sohnes zu vertreiben. Bald würde die Angst ihren Griff ganz gelöst haben, würde seine zartbraune Gesichtsfarbe zurückgekehrt sein, ehe der Morgen aufzog.

Mikros Lykos. Kleiner Wolf. So hatte Georgios ihn genannt, als er ihr fünftes und letztes Kind zum ersten Mal erblickt hatte. Denn Loukis war mit dunklem Flaum auf dem Rücken zur Welt gekommen, und aus seinem Zahnfleisch hatten bereits vier winzigkleine Zähnchen gespitzt. Sein Kopf war von tiefschwarzen Haaren bedeckt gewesen, und seine Augen hatten geschimmert wie Kohlen. »*Mikros Lykos*«, hatte Georgios geflüstert, und Loukis hatte seinen Kopf zurückgeworfen, so als würde er die Worte seines Vaters genau verstehen und hätte beschlossen, sie zu verinnerlichen.

In diesem Moment, da ihr Sohn noch ganz vom blutigen Film der Geburt umhüllt war, erkannten Georgios und Dhespina, dass ihr fünftes Kind in einer Weise anders war, die über seine Behaarung hinausging. Nicht so wie Nicos' Zwillingsbruder Marios, dessen sanftmütiges Wesen seine verlangsamte Entwicklung aufwog, eher eine Eigenheit, mit der sie später alle Hände voll zu tun haben würden.

»Artemis muss auf ihrem Weg zur Jagd vorbeigekommen sein, als er gezeugt wurde«, witzelte Georgios, während er Loukis über seine zarten, kleinen Wangen strich. »Der Atem ihrer Wölfe lebt in unserem Sohn weiter.«

Damals hatte Dhespina gelächelt bei der Vorstellung, dass ihr Kind von der unzähmbaren Göttin gesegnet worden sein sollte, doch die im Spaß gesagten Worte ihres Mannes verloren nach und nach ihren Zauber, als die Jahre vergingen und Loukis vom Baby zum Kleinkind heranwuchs, ohne irgendwelche Anstalten zu machen, sich auf seine Füße zu stellen. Noch mit drei Jahren weigerte sich ihr jüngster Sohn standhaft, etwas anderes zu tun, als zu krabbeln, was Dhespina mit großer Sorge erfüllte. Ihre älteren Jungs fanden das natürlich höchst amüsant und ermunterten ihren Bruder lautstark, ihnen in die Knöchel zu beißen. Doch außerhalb ihrer vier Wände sorgte das sonderbare Verhalten ihres Kindes für mitleidige Blicke der Nachbarn, die, nicht ganz ohne Grund, vermuteten, Dhespina könnte einen weiteren Schwachkopf zur Welt gebracht haben. Doch Marios hatte, bei aller Beeinträchtigung, mit vierzehn Monaten aufrecht stehen können, und Dhespina wurde das Gefühl nicht los, dass es im Fall ihres Jüngsten weniger eine Frage des Könnens als vielmehr des Wollens war. Von dem Zeitpunkt an, als seine schwarzen Augen Dinge zu fixieren vermochten, zeigte Loukis wenig Interesse an all dem, wozu ihn seine Familie so dringend zu bewegen versuchte. Er ignorierte sie einfach vollkommen und jagte stattdessen auf Händen und Knien Apollo, dem Hund, nach.

»Er wird sich aufrichten, wenn er so weit ist«, beruhigte Georgios seine Frau, als diese während des Abendessens wieder einmal auf das Thema kam.

»Wenn es nur das wäre, Georgios! Aber Loukis versucht genauso wenig zu sprechen. Das ist doch nicht normal für einen Jungen in seinem Alter. Ganz bestimmt nicht.«

»Du machst dir zu viele Sorgen, Dhespo. Unsere Söhne sind alle gesund und kräftig, und in den Adern von Mikros Lykos fließt das gleiche Blut. Eines Tages wird er aufstehen, so, wie es unsere anderen auch gemacht haben, und dann wird er ums Haus rennen, zwischen deinen geliebten Töpfen und Pfannen herumklettern, dein Geschirr kaputtschlagen und die Sachen zerreißen, die du ihm genäht hast. Und dann wirst du dir wünschen, er würde wieder auf dem Boden herumkrabbeln und mit dem Hund tollen!«

»Er heißt Loukis, Georgios! Er ist kein kleiner Wolf, er ist ein kleiner Junge, und je länger du ihn Kleiner Wolf nennst, desto größer ist die Wahrscheinlichkeit, dass er sich zu einem großen entwickelt. Also hör endlich auf damit. Ich flehe dich an!«

Georgios seufzte wie ein Ehemann, der sich geschlagen gibt. Seine Frau war eine getriebene Seele: einerseits stark, andererseits innerlich zerrissen, und momentan war sie am Rande des Nervenzusammenbruchs. Er stand auf, um in seine Werkstatt zurückzugehen, die er neben dem von Oleander umwachsenen Gartenhaus errichtet hatte, in dem seine Frau ihre Mixturen herstellte. Er wusste, dass er Rücksicht auf Dhespinas momentane Empfindlichkeit hätte nehmen sollen, doch er konnte nicht anders: Beim Hinausgehen beugte er sich kurz vor der Tür zu Loukis hinunter, der gerade auf Apollos warmem Bauch ruhte, und knurrte ihn an. Das Kind blickte auf und lächelte seinen Vater an. Für Dhespina sah dies eindeutig wie eine verschwörerische Geste aus. Sie schüttelte den Kopf und sandte ein Stoßgebet zur Jungfrau Maria.

Als Apollo bemerkte, dass Georgios das Haus verließ, stand er auf, streckte sich einmal ausgiebig und folgte seinem Herrchen nach draußen. Seines Kissens beraubt, erhob sich nun auch Loukis träge auf alle viere und trottete hinter den beiden her.

»Heilige Mutter Gottes«, stöhnte Dhespina. Ihr Sohn war soeben nicht nur aus dem Haus gekrabbelt, er hatte seine Händchen eindeutig wie Pfoten aufgesetzt. Ihr eigenes Fleisch und Blut ahmte den Familienhund nach!

»Als nächstes wird er an Bäume pinkeln«, murmelte sie.

So ungern sie es sich eingestand – Dhespina musste zugeben, dass die Schuld an all dem allein bei ihr lag. Schließlich war sie es gewesen, die darauf bestanden hatte, dass Apollo ins Haus geholt wurde, anstatt das Schicksal eines jeden anderen Jagdhunds auf Zypern zu teilen und an einen Baum gekettet zu bleiben. Ja, sie war es auch gewesen, die sich über ihren Mann hinweggesetzt und den wunderlichen Marotten ihres Sohnes gegenüber Nachsicht gezeigt hatte – jenes Sohnes, um dessentwillen ihr Herz über ihre Vernunft siegte. Doch was hätte sie auch tun sollen, als sie Morgen für Morgen beim Aufwachen ihren Sohn schon wartend an der Haustür vorgefunden hatte? Natürlich, sie hatte ihn auf den Arm genommen, auf beide Wangen geküsst und versucht, ihn mit Frühstück abzulenken. Doch was er zurückgab, war weniger liebevoll als duldsam, und kaum hatte sie die Türklinke hinuntergedrückt, um die Sonne ins Haus zu lassen, da strampelte er sich auch schon aus ihren Armen frei. Sobald er wieder festen Boden unter sich spürte, war er auf und davon und krabbelte den Weg hinunter, um sich zu Apollo zu setzen. Selbst bei Regen, Wind und Wetter, wenn die Tür wegen der Nässe geschlossen bleiben musste, saß Loukis davor und sehnte herbei, dass sie aufschnappte. Er jammerte nicht ein einziges Mal, das lag nicht in seiner Natur. Er saß einfach nur da und gab keinen

Laut von sich. Schließlich verlor Dhespina die Geduld, und sie redete sich ein, dass ihr keine andere Wahl bliebe, als den Hund ins Haus zu lassen. Natürlich verlangten die Zwillinge Nicos und Marios daraufhin das gleiche Recht für ihre Ziege.

»Sobald euch Athena auf ihrem Bauch schlafen und an ihrem Schwanz ziehen lässt, sobald sie mit ihrer Zunge die Fliegen von eurem Gesicht verjagt, könnt ihr sie mit ins Haus bringen – vorher nicht«, erwiderte Dhespina und musste daraufhin mit ansehen, wie ihre Jungs das arme Tier so lange zu Boden drückten, bis Athena, die noch nie sonderlich sanftmütig gewesen war, einen von ihnen gegen den Kopf trat. Dhespina hatte mittlerweile vergessen, welchen der beiden.

»Diese Ziege ist so dumm wie ein Türke!«, hatte Nicos wütend gebrüllt, woraufhin sich sein Vater auf ihn gestürzt hatte.

»So redest du vielleicht auf dem Schulhof, aber nicht hier!«, befahl er, bevor er über die »verfluchte Kirche« schimpfend zurück in seine Werkstatt ging, um Leder in Schuhe zu verwandeln.

Die Monate flossen dahin, und Loukis verleugnete weiterhin seine Spezies. Schließlich war es Praxi, die Tochter von Dhespinas Freundin Elena, die die Sache in die Hand nahm, und zwar auf eine Weise, wie es keiner der Erwachsenen bislang fertiggebracht hatte. Praxi war vierzehn Monate älter als Loukis und schon immer von ihm fasziniert gewesen. Eines Tages, als sie ihn wieder einmal auf dem Boden herumrutschen sah, ließ sie sich vom Schoß ihrer Mutter gleiten und lief zu ihm hinüber. Sie hockte sich vor ihn hin, strich sich ihren langen Pony aus der Stirn, nahm seine Wangen zwischen ihre kleinen Hände und sah ihn mit strenger Miene an.

»Lauf jetzt, Loukis«, befahl sie. »Lauf!«

Loukis blickte sich hilfesuchend nach Apollo um, der jedoch völlig von einer Ameise in Anspruch genommen war, die durch die Haare an seinem empfindlichen Hinterteil flitzte.

»Na gut«, seufzte er schwer wie ein störrischer alter Mann, der sich in das Unvermeidliche fügt.

Und so wurden die Erwachsenen zunächst belustigt, dann mit atemlosem Erstaunen Zeuge, wie Loukis nach einem Tischbein griff und sich auf die Beine zog. Er schwankte ein bisschen, bevor er das Gleichgewicht fand, doch seine Beine erwiesen sich als überraschend kräftig und der Herausforderung gewachsen. Nun nahm Praxi ihn an die Hand, und gemeinsam liefen sie, dicht gefolgt von Apollo, zum Spielen hinaus in den Garten.

Die nächsten zwei Jahre hindurch waren Junge, Mädchen und Hund unzertrennlich, bis der tödliche Biss einer Schlange einen von ihnen aus ihrer Mitte riss.

Loukis sagte kein einziges Wort bei Apollos Beerdigung unter dem Orangenbaum, der seine Blüten wie Tränen auf das kleine Grab weinte. Seine vier älteren Brüder schluchzten bitterlich, und Praxi war untröstlich. Tatsächlich war ihr Schmerz so groß, dass ihre Mutter sie nach Hause bringen musste, wo sie die nächsten beiden Tage im Bett verbrachte und jegliche Nahrung verweigerte. Loukis hingegen vergoss keine einzige Träne. Er stand einfach nur am Grab und blieb noch lange dort, nachdem seine Familie schon längst ins Haus zurückgegangen war. Als er später am Abend noch nicht einmal zum Abendessen hereinkommen wollte, entschied Dhespina, ihn auf seine eigene Art trauern zu lassen.

Nachdem die Sonne schließlich untergegangen war und der Mond das Regiment am Himmel übernommen hatte, waren die Zwillinge fertig mit dem Weinen und bewarfen sich schon wieder mit Murmeln. Dhespina machte sich an den Abwasch und schaute dabei ihrem ältesten Sohn Christakis zu, wie er dem Hund zu Ehren eine Apollo-Figur schnitzte. Ihr Zweitältester, Michalakis, war in seinem Zimmer und lernte, während ihr Mann auf einem Stuhl neben dem Ofen laut schnarchte. Plötzlich drang von draußen ein markerschütterndes, unheimliches Geräusch herein. Dhespina ließ vor Schreck einen Teller fallen. Ihr war eingefallen, dass ihr Jüngster noch draußen war, und sie rannte hinaus in den Garten. Dort fand sie Loukis, auf dem Grab des Hundes kauernd. Den Kopf zum Himmel gereckt, heulte er den Mond an. Sein hübsches Gesicht war angstverzerrt, und alles Leid der Welt schien sich in diesem verzweifelten animalischen Schrei zu bündeln, der sich seiner Kehle entrang und seiner Mutter beinahe das Herz brach. Er heulte wie der Wolf, zu dem sie ihn gemacht hatten – und seine Mutter konnte nichts anderes tun als danebenstehen und warten, bis es vorüber war.

Dhespina fürchtete weiteres Gerede unter den Nachbarn, die ohnehin schon über Loukis tratschten, weil er erst so spät angefangen hatte zu laufen und sich hartnäckig weigerte, mit ihren Söhnen zu spielen. Daher erklärte sie ihrem Sohn am darauffolgenden Tag, dass es sich auf Zypern nicht gehörte, den Mond anzuheulen, besonders nicht für einen fünfjährigen Jungen. Er war schließlich ein Kind, und kein Wolf. Sie wollte, dass er dem zustimmte, was sie gesagt hatte, doch obwohl er sie aufmerksam anschaute, sagte er kein Wort. Zwei Tage später erlitt er seinen ersten Anfall.

Während Dhespina ihn nun betrachtete, acht Jahre nach alledem und wie gelähmt von einem anderen Schmerz, schämte sie sich. Sie war diejenige gewesen, die aus ihm ein menschliches Wesen gemacht hatte, das seine Tränen so lange in sich einschloss, bis der Druck zu groß wurde und sie unerträglich gegen seinen Schädel hämmerten. Doch da war noch ein anderes, angenehmes Gefühl, das ihre Scham milderte: das befriedigende Bewusstsein, dass ihr Sohn sie brauchte. Auch wenn es ihr in der Seele weh tat, mit anzusehen, wie die Dämonen sein liebes Gesicht blass werden und seine Brust qualvoll nach Luft ringen ließen, war sie zugleich doch dankbar für die Gelegenheit, ihm helfen und diejenige sein zu können, die ihn von seinen Qualen erlöste. Loukis war sein ganzes junges Leben hindurch ein so unerreichbares Geschöpf gewesen, und Momente wie dieser, in denen er körperlich ihre Nähe suchte, waren so rar und schön wie eine Rose im Winter. Und mochte die Hand Gottes sie auch niederstrecken für ihre Gedanken, sie liebte diese Hilflosigkeit des Jungen und das Gefühl, dass sie – wenn auch nur für kurze

Momente – seine Welt war. Loukis war ihr Sohn, und sie liebte ihn – Gott war ihr Zeuge, wie sehr sie ihn liebte –, doch er hatte ihr nie gehört. Diese Wahrheit hatte sie schon ganz am Anfang erkennen müssen, als ihr Bauch fest und groß hervorstand und Praxi ihre kleinen Ärmchen ausstreckte und Anspruch auf ihren Sohn erhob. Sie verlangte, auf Dhespinas Schoß gehoben zu werden, wo sie sich dann um die Wölbung schlang, in der sich Loukis verbarg, und man konnte sie nicht fortnehmen, bevor sie nicht eingeschlafen war. Wenn Praxi ihm nahe war, hatte ihr Baby stets ganz still gelegen, und Dhespina hatte spüren können, wie glücklich es war.

Damals hatte das versammelte Kaffeekränzchen – Dhespinas Schwester Lenya, Praxis Mutter Elena und Frau Germanos, die Nachbarin – kichern müssen, und Elena hatte gewitzelt, dass die Hochzeit von Dhespinas Kind, sollte es wieder ein Junge werden, damit so gut wie arrangiert sei.

»Wenn es nicht hier im Kaffeesatz geschrieben steht, dann in den Sternen«, hatte sie prophezeit, und die anderen waren sich einig gewesen, dass sie wohl recht hatte.

Doch natürlich kann sich auf Zypern selbst der hellste Stern im Dunkeln verirren.

Als Loukis eingeschlafen war, nahm Dhespina die beiden Eimer und schloss leise die Tür hinter sich, damit die Träume des Jungen ihr Werk tun konnten.

Jetzt, da Christakis, ihr ältester Sohn, mit seiner Frau zusammenlebte, und Michalakis nach Lefkosia, in die Hauptstadt, gezogen war, um für die Zeitung zu arbeiten, hatten die Zwillinge ihr eigenes Zimmer bekommen. Zum ersten Mal war Dhespina dankbar für den Platz, den ihre älteren Söhne freigemacht hatten. Jungs hatten ein ausgeprägtes Revierverhalten und zeigten sich zunehmend unvernünftiger, je größer sie wurden. Der Teufel wäre los gewesen, wenn die Zwillinge ihre Betten für »Mammas Liebling« hätten räumen müssen, und gerade spürte Dhespina das Alter in den Knochen, und ihr Kopf schmerzte vom vielen Denken. Eine Streiterei mit aufsässigen Halbstarken war das Letzte, was sie jetzt gebrauchen konnte.

»Mach dir keine Sorgen, Mamma. Loukis geht's bald wieder gut«, versicherte ihr Marios, als sie sich endlich zum Rest der Familie im Wohnzimmer gesellte. Er streckte ihr eine Hand entgegen, und sie griff lächelnd danach, bevor sie ihm einen Kuss auf die Stirn gab.

»Du hättest ihn heulen lassen sollen, als er Wolf spielen wollte«, warf Nicos ihr vor, aber er machte nur Spaß, und sein strahlendes Lächeln nahm seinen Worten jede Schärfe.

»Ja, und vielleicht hätte ich einen richtigen Wolf aus ihm werden lassen sollen, damit er dich frisst!«, gab Dhespina zurück. Ihre Zwillinge, die einander äußerlich wie ein Ei dem anderen glichen, hätten innerlich nicht unterschiedlicher sein können: der eine empfindsam und rücksichtsvoll, der andere frech und mutwillig.

»Ach, übrigens«, warf Georgios ein, »der alte Televantos wartet immer noch drüben im Gartenhaus und wärmt mit seinem Hinterteil unsere Kissen.«

Dhespina schlug die Hände über dem Kopf zusammen. »Televantos! Warum hast du ihm denn nicht gesagt, dass er nach Hause gehen soll?«

»Er hat sich geweigert und darauf bestanden, auf seine Salbe zu warten.«

»Heilige Mutter Gottes«, sagte Dhespina lachend und war schon aus der Tür.

Im Gartenhaus, an dessen Wänden sich Regalbretter unter der Last von Essigflaschen und Pfannen sowie Tiegeln voller getrockneter Kräuter, eingelegter Schweineohren und Wurzeln bogen, fand sie den laut schnarchenden Televantos. Er saß gegen die Wand gelehnt, sein Hinterteil ruhte auf zwei großen Kissen, die Georgios offenbar von ihrem Bett herbeigeschleppt hatte. Dhespina nahm die Schüssel, die sie so hastig auf den Arbeitstisch geworfen hatte, und füllte die darin angemischte Salbe aus Ringelblume und Mäusedorn in einen Tiegel.

Dann rüttelte sie den alten Mann behutsam wach.

»Herr Televantos. Ihre Medizin.«

Ihr Nachbar schreckte zusammen und blickte sich verwirrt blinzelnd um, bis ihm endlich wieder einfiel, wo er sich befand und warum er hergekommen war.

»Sie sollten Frau Televantos wirklich sagen, dass sie häufiger Gemüse für Sie kochen soll.« Dhespina lächelte ihn an.

»Es ist ganz egal, was sie kocht. Es schmeckt alles grauenhaft«, grummelte er, während er sich unter Schmerzen vom Boden hochzustemmen versuchte.

»Das mag ja sein, aber Ihr Zustand würde sich dadurch bestimmt verbessern.«

»Meine kleine Dhespo, mein Zustand, wie du es nennst, ist sowohl Fluch als auch Segen. Hätte ich diese lästigen Hämorrhoiden nicht, würde mich meine Gemahlin binnen einer Woche unter die Erde bringen. Die Frau ist unersättlich.«

Dhespina zog die Augenbrauen hoch. Herr Televantos war schon in den späten Siebzigern – schwer vorstellbar, dass seine gleichaltrige Frau über die Kondition verfügte, geschweige denn das Verlangen verspürte, ihrem altersfleckigen Ehemann derart zuzusetzen.

»Kommen Sie, ich helfe Ihnen.« Dhespina nahm den alten Mann beim Arm, während er sich mühsam hochrappelte. Sie reichte ihm seinen Stock und den Tiegel mit der Salbe, den er in seine Tasche steckte.

»Na, dann hoffen wir mal, dass mich die Briten auf dem Heimweg nicht verhaften.« Er lachte. »Vermutlich halten sie Hämorrhoiden für den neuesten Sprengstoff, frisch eingeschmuggelt aus dem Mutterland.«

»Ich glaube, jetzt sind Sie ziemlich sicher, Herr Televantos. Um diese Zeit sind die Soldaten längst betrunken in ihren Kasernen.«

»Ja, natürlich, richtig.« Der alte Mann gluckste. »Wenn sie nicht gerade anderen Völkern das Land klauen, legen sie ihre *poulloues* in warmes Bier ein.«

Damit tippte sich Televantos zum Abschied mit seinem Stock an die Stirn und humpelte schwerfällig den Weg hinunter, den er fünf Stunden zuvor heraufgerannt gekommen war.

Dhespina schaute ihm eine Weile nach, dann räumte sie ihre Töpfe und Utensilien auf, hauchte einen Kuss auf das Bild ihrer Mutter, das an der Tür hing, und ging zurück zum Haus. Beim Näherkommen entdeckte sie den Schatten eines Mädchens, das am Tor kauerte.

»Praxi?«

Der Schatten sprang auf und trat ins Mondlicht. Mit ihren großen Augen und den zarten Beinen glich das Mädchen einem wunderhübschen Rehkitz.

»Frau Economidou, geht es Loukis gut?«

»Ja, mein Kind, er schläft. Hast du etwa die ganze Zeit hier gesessen? Warum bist du nicht ins Haus gekommen?«

Praxis Lippen bebten, und in ihren Augen standen dicke Tränen, die ihr im nächsten Moment die Wangen hinunterkullerten. »Ich konnte nicht reinkommen. Ich hab so ein schlechtes Gewissen«, sagte sie schluchzend. »Es ist nämlich alles meine Schuld. Mein Tod bringt uns beide um.«

Unwillkürlich trat Dhespina einen Schritt nach vorn und nahm die Hände des Mädchens zwischen ihre eigenen. »Was um alles in der Welt redest du da, Praxi? Dein Tod bringt euch beide um?«

»Oh, Frau Economidou, es ist so schlimm, wir sind doch beide noch so jung. Wir können es selbst kaum glauben, aber es ist wahr. Ich werde sterben, Frau Economidou, es hat keinen Zweck mehr, es zu leugnen. Deshalb haben Loukis und ich die letzten zwei Tage nach der perfekten Stelle gesucht, an der ich beerdigt werden und in ewigem Frieden ruhen kann. Heute haben wir uns dann für ein Fleckchen Erde unterhalb der Burg St. Hilarion entschieden, im Schutze eines Pistazienbaums. Wir lieben diesen Platz beide so sehr, und der Geist des verrückten Mönchs wird ihn stets bewachen, und Loukis war wie ich der Meinung, dass es die perfekte Stelle für mein Grab ist. Und obwohl ich wusste, dass er traurig war, hat er nichts gesagt, also hab ich geglaubt, er hätte sich mit meinem Tod abgefunden. Aber ich habe mich geirrt, Frau Economidou, denn jetzt scheint es, als würde meine Krankheit auch Ihren Sohn fordern, und das halte ich nicht aus. Es tut mir leid … so schrecklich leid … Ich wollte Ihnen Ihren Loukis nie wegnehmen. Zumindest jetzt noch nicht. Es ist alles so schrecklich, so, so schrecklich. Und ich würde es Ihnen nicht übelnehmen, wenn Sie mir jetzt, wo Sie es noch können, etwas tun würden.«

Das Mädchen brach in Dhespinas Armen zusammen. Tiefe Schluchzer nahmen ihr die letzte Kraft.

»Schluss damit, Praxi! Hör auf mit diesem Unsinn. Wie in Gottes Namen kommst du darauf, dass du sterben musst?«

Praxi schnappte nach Luft und versuchte sich zu beruhigen. Es war nicht leicht, aber Frau Economidou verdiente eine Erklärung.

»Weil … also … es geht nun schon zwei Tage … und es kommt immer noch Blut. Es hört nicht auf, dabei hab ich schon alles probiert. Ich hab versucht, die Wunde mit Stoff zu verschließen, und Loukis hat mir Medizin aus Ihrem Arbeitsraum gebracht, aber es blutet immer weiter, und jetzt hab ich auch noch ganz schlimmen Durchfall. Es ist ganz klar, Frau Economidou: Meine Eingeweide werden vom Krebs zerfressen.«

Dhespina sah die Todesangst in den Augen des Mädchens, und das in ihr aufsteigende Lachen wurde im Keim erstickt.

»*Mikri mou*, du wirst nicht sterben! Versprochen. Du wirst reifer, das ist alles. Du wirst eine Frau, Praxi. Und den Durchfall hast du ganz gewiss von der Medizin, die Loukis dir nicht hätte geben dürfen. Hier, komm mit. Es wird höchste Zeit für ein Gespräch mit deiner Mutter.«

Dhespina nahm das Mädchen bei der Hand und zog sie den Weg hinunter zu Elenas Haus, weiter ins Dorf hinein.

Christakis war groß und blond – beides ziemlich ungewöhnlich für einen Griechen –, und obwohl ihm seine Mutter als Kind andauernd den Kopf rasiert hatte, um das Unglück abzuwenden, das ihm laut Aberglauben drohte, wuchsen seine Haare kein bisschen dunkler nach. Das Schicksal war ihm dennoch hold: Er hatte eine wunderschöne Frau, einen süßen neugeborenen Sohn, und er war glücklich. Er hatte keine bedeutende Stellung in der Stadt, so wie sein Bruder Michalakis, aber er machte sich allmählich einen Namen mit einem Talent, das sich irgendwann sogar bis zum Oberbefehlshaber der britischen Landstreitkräfte im Nahen Osten herumgesprochen hatte. Vier Monate zuvor war zu seiner Überraschung ein Landrover der Armee vor seinem Geschäft vorgefahren, und ein Soldat in kurzer Khakihose hatte ihm eröffnet, dass sein Vorgesetzter einen Tisch mit acht Stühlen wolle.

»Machen Sie sie so stattlich, wie Sie möchten«, erklärte der Soldat strahlend, und Christakis nickte. Da er zu Schulzeiten im Englischunterricht nie wirklich aufgepasst hatte, verstand er außer Tisch und Stuhl nichts von dem, was der sommersprossige Soldat sagte. Dennoch schüttelte er ihm die Hand und bedankte sich für den Auftrag. Er ging davon aus, dass ein britischer Befehlshaber, dem so viele Truppen unterstanden, etwas Massives und Stattliches erwarten müsse, und er würde ihn nicht enttäuschen.

Kaum war der Soldat wieder abgefahren, nahm Christakis seinen Bleistift zur Hand und zeichnete Skizzen von filigran geschnitzten Stuhllehnen mit gewagt proportionierten Beinen aus feinstem Walnussholz. Er würde Handwerkskunst liefern, auf die ein hoher Offizier und seine Frau stolz sein könnten. Und das hätte er auch getan, wenn die EOKA das Haus des Befehlshabers nicht direkt am nächsten Tag in die Luft gejagt hätte. Wenige Stunden später stand der Soldat wieder auf Christakis' Matte und sagte, er solle die Möbel vergessen und stattdessen rasch ein paar Türrahmen zimmern. Auch wenn ihn diese Aufgabe nicht gerade forderte, nahm der Tischler den Auftrag an – trotz des Geredes über Kollaboration, das es bestimmt geben würde. Christakis brauchte schlicht das Geld – und wenn auch nur zum Bezahlen der Steuern, die von den Briten eingeführt worden waren.

Christakis betrat das Kaffeehaus und setzte sich zu seinem Vater in die Ecke, wo dieser fast jeden Vormittag verbrachte und mit seinem Freund Stavros die Probleme der Welt löste.

»Die Zeitung, Papa.« Christakis ließ die *Die Stimme* vor ihm auf den Tisch fallen. Sie war mit der Morgenpost aus Lefkosia eingetroffen, und auf Seite sechs stand ein kleiner Artikel von Michalakis, irgendetwas über Töpferei. So sehr Christakis die Arbeit seines jüngeren Bruders bewunderte, bezweifelte er doch, dass sein Artikel es heute zum Hauptgesprächsthema der Männer im Dorf bringen würde. Seit der britische Gouverneur in seiner grenzenlosen Weisheit entschieden hatte, mit eiserner Faust auf die Köpfe der Bevölkerung einzuschlagen, loderten in Lefkosia Flammen der Wut, und das war dieser Tage alles an Gesprächsstoff, wofür die Menschen noch Kraft aufbringen konnten.

Mit Ausnahme der Tumulte im Jahr 1931, als Aufständische den Sitz des Gouverneurs in Brand steckten, hatten die Briten die Insel seit 1878 verhältnismäßig friedlich regiert, doch nun riefen die Kirchenglocken die Menschen zu Hunderten auf die Straßen. Sie protestierten gegen Gesetze, die Inhaftierungen ohne Prozess legitimierten, das mutwillige Anhalten und Durchsuchen von Passanten oder sechsmonatige Haftstrafen für den Besitz von Schusswaffen. Als sich die Nachricht verbreitete, dass die neuen Gesetze verabschiedet worden waren, hatte sich in der Hauptstadt ein Sturm wütender Entrüstung erhoben. Gebäude brannten, und die britischen Truppen antworteten mit Tränengas und einem Kugelhagel. Inzwischen schien es jede zweite Woche zu neuen Ausschreitungen zu kommen; bislang waren siebenundfünfzig Griechen verhaftet worden. Innerhalb weniger Monate hatte es der Gouverneur geschafft, Lefkosia in ein Kriegsgebiet zu verwandeln.

»Mit diesen Mitteln wird es den Besatzern nie im Leben gelingen, den Aufstand niederzuschlagen«, erklärte Georgios rundheraus, während der hysterische Kommentar von Radio Athen durch das Café hallte und Gift und Galle spuckte.

»Was bleibt ihnen denn anderes übrig?«, fragte Stavros und lehnte sich auf seinem Stuhl nach vorn, wobei sich sein dicker Bauch über dem Gürtel der Hose wölbte. »Ihr Griechen habt eine terroristische Organisation gebildet …«

»Es ist keine terroristische Organisation«, korrigierte ihn Christakis. »Die EOKA kämpft für unsere Freiheit: für die Freiheit Zyperns und die Einheit mit Griechenland.«

»Gut«, räumte Stavros ein. »Dann eben eure ›Freiheitskämpfer‹. Sie sagen, sie werden für die ›Befreiung Zyperns vom Joch der Briten‹ kämpfen, sie schmuggeln Dynamit aus Griechenland, jagen Regierungsgebäude, Polizeireviere, Kraftwerke und Hotels in die Luft – verüben sogar einen Mordanschlag auf den Gouverneur, während der in Ammochostos im Kino sitzt und sich einen Film anschaut. Und da erwartet ihr, dass die Briten kapitulieren und alles aufgeben? Hat euch die Geschichte nicht gezeigt, wozu sie imstande sind? Ihr benehmt euch wie kleine Jungs, und zwar Jungs, die mit dem Feuer spielen.«

»Niemand spielt hier mit irgendwas, Stavros. Das ist kein Spiel, es ist viel zu ernst. Hier geht es um unsere Rechte als Nation.«

Christakis gab dem *kafetzi* ein Zeichen. »Kaffee, mittelsüß«, bestellte er und fuhr fort. »Wir haben genug von den Besatzern, und die EOKA – auch wenn ich nicht alle ihre Mittel gutheiße – kämpft für uns. Zypern gehört rechtmäßig zu Griechenland, das weiß jeder, unsere Herzen schlagen im Takt des Mutterlandes.«

»Und was ist mit denjenigen unter uns, die keine Griechen sind?«, wollte Stavros wissen. »Was ist mit unseren Herzen, die nicht im Takt der griechischen Trommeln schlagen und es auch niemals tun werden? Dieser EOKA-Führer – Grivas – sagt, dass sie sich Zypern notfalls mit Blut erkämpfen werden. Dieses Blut, Christakis, es fließt bereits, und ich sage dir, es wird weiter fließen, bis unser Land in einem Meer aus Blut ertrinken wird.«

»Ist schon gut, alter Freund.« Beschwichtigend legte ihm Georgios eine Hand aufs Knie. »So weit wird es nicht kommen. Das werden wir nicht zulassen. Die Welt wird es nicht zulassen.«

»Das sagst *du*, Georgios, und Gott weiß, wie gern ich dir glauben würde, aber ich sehe die Katastrophe wie eine Kanonenkugel auf uns zuschießen. Die Welt will nichts mit der Sache zu tun haben, die Vereinten Nationen reden nicht einmal mehr darüber. Und ich sage dir, dieser Krieg gegen die Briten wird sich wie ein Krebsgeschwür über unsere Insel ausbreiten, und es wird unser beider Gemeinschaften auffressen. Sieh uns doch an! Sieh dir mein Volk an. Sieh dir an, wie die Griechen bereits über uns denken! Innerhalb kürzester Zeit sind wir von Muslimen zu Türken geworden. Und das ist erst der Anfang, denk an meine Worte.«

Georgios betrachtete den alten Mann, der ebenso Teil seines Lebens war wie der Sohn, der neben ihm saß. Er wollte seinen Prophezeiungen keinen Glauben schenken, dennoch hatte er ein ungutes Gefühl. Stavros war der Freund seines Vaters gewesen, und er war der einzige Türke, mit dem Georgios je zusammen an einem Tisch gesessen und Kaffee getrunken hatte. Die anderen – nun, sie blieben in ihren eigenen Cafés, auf ihrer Seite des Dorfes. War es nicht sogar sein eigener Vater gewesen, der Stavros einst seinen griechischen Namen gegeben hatte, damit sie den Priester an der Nase herumführen konnten und er sein Trauzeuge sein konnte? Dieser Name hatte ihn die vergangenen vier Jahrzehnte seines Lebens begleitet und zu dem gemacht, was er heute war: ein muslimischer Türke mit einem griechischen Namen, der griechischen Kaffee in einem griechischen Kaffeehaus trank. Wenn Georgios sich umschaute, konnte er an zwei Fingern abzählen, wer von den Anwesenden noch Stavros' Geburtsnamen kannte: nämlich Stavros und er selbst. Ihre Freundschaft war ein Zufallsprodukt, und sie war eine Anomalie. Die Insel *war* geteilt – ob sie es nun wahrhaben wollten oder nicht. Sie war immer geteilt gewesen: durch Geschichte, durch

Religion, letztlich durch unterschiedliche Träume. Selbst die Städte waren multiple Persönlichkeiten: griechisch, türkisch und nun britisch. Wo sonst in der Welt hatte ein einzelner Ort drei Namen? Lefkosia, Lefkoşa oder Nicosia; Lemesos, Leymosun oder Limassol; Ammochostos, Gazimağusa oder Famagusta. Die Liste war endlos.

»Weißt du, Georgios«, fuhr der alte Mann fort, als könnte er Gedanken lesen, »die Insel steckt in einer Identitätskrise. Wir, die Muslime, betrachten uns zuerst als Zyprer und *dann* als Türken. Aber ihr, ihr werdet immer erst Griechen und dann Zyprer sein. Das ist das Damoklesschwert, das über Zypern schwebt: Euer Blick ist starr in die Vergangenheit gerichtet, während wir anderen in die Zukunft schauen.«

Loukis saß auf der Erde und wartete. Doch es dauerte nicht lange, bis das Fenster über ihm aufging.

»Mamma hat gesagt, dass du nicht sterben wirst und dass du gerade etwas hast, das man Periode nennt.«

»Scheint so«, bestätigte Praxi und lehnte sich ein Stückchen weiter über den Fenstersims, um ihren Freund besser sehen zu können. Er saß mit dem Rücken an die Wand gelehnt und zupfte kurze Grashalme, die sich durch den Kies bohrten. »Morgen soll es aufhören zu bluten, vielleicht auch erst übermorgen, und weißt du was?«

»Was?«

»Nächsten Monat kommt es wieder, und übernächsten, und überübernächsten, mein ganzes verfluchtes Leben lang – na ja, zumindest bis mir die Zähne ausfallen und mir Haare am Kinn wachsen. Das hat Mamma gesagt. Ganz schön eklig, wenn du mich fragst. Ich hasse es jetzt schon, eine Frau zu sein.«

Praxi seufzte und lehnte ihren Kopf an den Fensterrahmen. Er war ganz warm von der Sommersonne und fühlte sich gut an auf der Haut.

»Wird dich deine Mamma wieder rauslassen, wenn diese Periode rum ist, oder bist du jetzt nicht nur eine Frau, sondern auch eine Gefangene?«, fragte Loukis. Er war unruhig und fühlte sich unwohl, ohne zu verstehen, warum.

»Keine Ahnung. Aber sie hat gesagt, dass ich von jetzt an mit Mädchen in meinem Alter spielen soll, wegen der Gefahr, in der ich bin. Sie hat sogar schon Maria Germanos zum Mittagessen eingeladen, was bestimmt gaaanz toll …«

»In was für einer Gefahr sollst du denn jetzt sein?« Loukis schaute nach oben, doch alles, was er von Praxi sehen konnte, waren ihre langen Haare, die aus dem Fenster hingen.

»Männer«, antwortete sie. »Jetzt, wo ich eine Frau bin, schwebe ich unentwegt in Gefahr, angegriffen zu werden. Männer sind wie Tiere, sagt Mamma. Erst beschnüffeln sie dich, dann zerren sie an dir herum, und bei der erstbesten Gelegenheit werfen sie dich zu Boden und stecken dir ihre Zunge in den Mund und ihren *poullou* in deine *poulli*. Und wenn das passiert, dann krieg ich ein Kind und werde mein Leben lang eine Schande sein und nie einen Mann finden, der mich heiratet.«

»So ein Quatsch. Und überhaupt, was für einen Mann hoffst du denn zu finden?«

»Weiß nicht.« Praxi lachte. »Wen immer der heilige Antonius für mich vorgesehen hat!«

Loukis stand auf.

»Wo gehst du hin?«

»Weiß nicht – vielleicht such ich mir 'ne Frau zum Heiraten. Hier ist es langweilig. Du langweilst mich.«

»Hey! Das ist nicht nett, Loukis. Ich kann nichts dafür, dass ich eine Frau bin. Ich will ja gar keine sein. Also nimm das zurück!«

Loukis schaute nach oben und direkt in Praxis schokoladenbraune Augen.

»Nein«, sagte er schließlich und drehte sich um.

»Nimm es zurück, Loukis, du sturer Bock!« Aber Loukis war schon am Gartentor und hatte nicht die geringste Absicht, irgendetwas zurückzunehmen. Wenn sie wirklich eine Frau war, dann sollte sie lernen, ihn so zu behandeln, wie seine Mutter es tat.

Als Loukis um die Ecke bog, begegnete er Maria, die offensichtlich auf dem Weg zum Mittagessen bei Praxi war. Sie galt als das schönste Mädchen im Dorf, und auch wenn Loukis zugeben musste, dass es stimmte, fand er sie verwöhnt und anstrengend wie ein Kind, das zu viel Spielzeug besitzt.

»*Yassou*, Loukis«, grüßte sie ihn und schützte mit den Händen ihre Haare gegen den Wind, der an ihnen zerrte.

»Yassou«, erwiderte er.

»Wohin gehst du?«, fragte sie und nötigte ihn so, stehen zu bleiben.

»So weit weg von Frauen, wie ich nur kann«, sagte er und lief weiter. Hätte er sich die Mühe gemacht, sich noch einmal umzudrehen, dann hätte er gesehen, wie Maria ihm den ganzen Weg bis zur Kreuzung nachschaute, bis er schließlich nach rechts abbog und aus ihrem Blickfeld verschwand.

Ohne ein konkretes Ziel, ohne irgendetwas zu tun zu haben oder jemanden, mit dem er es hätte tun können, jetzt, da Praxis Jungfräulichkeit in höchster Gefahr war, schlenderte Loukis in Richtung der türkischen Seite des Dorfes. Er fand sie kaum anders als die griechische Seite, außer dass es dort mehr Türken gab. Unbemerkt schlüpfte er in die Felder, die Stavros gehörten, dem Freund seines Vaters. Es hieß, sie wären im Laufe der Jahre geschrumpft, da die Griechen sich wieder zurücknahmen, was die Osmanen einst verschenkt hatten. Doch sie waren immer noch imposant, und der alte Mann ging äußerst großzügig mit dem ihm verbliebenen Besitz um. So erlaubte er Loukis, auf seinem Land Schlangen zu jagen – ein Akt der Rache zum Gedenken an Apollo, mit dem er begonnen hatte zu jagen, seit sein Vater ihm gestattet hatte, eine Waffe in die Hand zu nehmen.

Langsam, denn es war heiß, und ihm schwirrte der Kopf von den Veränderungen, streifte Loukis zwischen den Orangenbäumen umher, an denen allmählich die Früchte heranreiften, die laut seiner Mutter in der Antike »goldene Äpfel« genannt wurden. Er lief weiter, immer tiefer in das Land des Bauern hinein, bückte sich unter den Zweigen des Johannisbrotbaums hindurch, an denen die flachen Hülsen mit den glänzend braunen Kernen hingen, die Stavros an seine Tiere verfütterte und die seine Frau zu *pekmez* verarbeitete. Ein Stück weiter, hinter dem großen Olivenhain, wo die Früchte gerade von Grün zu Schwarz heranreiften, bemerkte er einen Lastwagen, der soeben vier britische Soldaten absetzte. Die Männer begannen einen Kontrollpunkt zu errichten, und aus Neugier und um sich abzulenken schlenderte Loukis auf sie zu.

»Yassou«, grüßte einer der Soldaten, als er näherkam.

»Yassou«, grüßte Loukis zurück. »Was macht ihr da?«

»Nach Makarios' bösen Jungs suchen. Du bist nicht zufällig einer von ihnen, oder?« Die anderen lachten.

Loukis zuckte mit den Schultern und ging weiter.

Eine halbe Stunde später kam er am Hafen von Keryneia an, auch wenn er sich gar nicht vorgenommen hatte, dorthin zu gehen. Aus irgendeinem Grund wimmelte es dort von britischen Soldaten, die sämtliche Lagerhäuser durchkämmten, in denen das Johannisbrot auf seine Verschiffung wartete, Kisten ausschütteten und gegen Kartons traten. Loukis entdeckte Yiannis Christofi, der mit einer Cola in der Hand und einer Zigarette zwischen den Fingern an einer Wand lehnte. Obwohl Yiannis fünf Jahre älter war, lief Loukis zu ihm hinüber, denn es war niemand sonst da, den er kannte, und außerdem war Yiannis mit seinem Bruder Michalakis zur Schule gegangen.

»Was ist hier los?«

Yiannis fing an zu lachen. »Hast du's noch nicht gehört?«

Loukis schüttelte den Kopf.

»Gestern Nacht sind sechzehn EOKAs aus dem Gefängnis abgehauen.« Yiannis wies mit einer Kopfbewegung in Richtung der mächtigen Festung, die eine ganze Seite des Hafens einnahm. Vor vielen Jahrhunderten hatte sie die Insel vor den Arabern beschützt. Nun benutzten sie die Briten, um sich vor den Zyprern zu schützen. »Die Jungs haben sich an zusammengeknoteten Bettlaken die Mauer runtergelassen. Die Briten schäumen vor Wut, diese nichtsnutzigen Drecksäcke.«

Yiannis bot ihm eine Zigarette an. Loukis hatte noch nie in seinem Leben geraucht, zudem mochte er den Mann nicht mal, nahm die Zigarette aber trotzdem.

»Wo hast du denn heute deine Freundin gelassen?«, fragte Yiannis. »Euch gibt's doch sonst nur im Doppelpack.«

»Sie ist krank«, erwiderte Loukis ausweichend.

»Zu schade. Sie ist ein hübsches Mädel. Wie alt ist sie jetzt? Fünfzehn?«

»Vierzehn.«

»Aber danach wird sie fünfzehn, eh?«

»Das ist für gewöhnlich der Lauf der Dinge.« Loukis drückte die Zigarette mit der Schuhsohle aus und ließ den anderen stehen. Sein Bruder Michalakis hatte Yiannis einmal eine reingehauen. Loukis wusste nicht mehr warum, aber er vermutete, dass er es verdient hatte.

2

Es war nicht leicht, Loukis zum Lachen zu bringen – aber Aphrodite schaffte es einfach immer wieder. Im Unterschied zu allen anderen Eseln auf der Insel, die auf vier Hufen über die steinigen Felder trappelten, durchquerte dieses Exemplar die Landschaft in Lederschuhen – entworfen und angefertigt von Georgios höchstpersönlich. Als Aphrodite noch ein junges Ding war, stellte Stavros irgendwann fest, dass die Weigerung der Eselin, den Stall zu verlassen, weniger mit Sturheit zu tun hatte als mit dem Wetter, woraufhin er sich vertrauensvoll an seinen Freund Georgios wandte. Trotz anfänglicher Belustigung nahm dieser die Bitte seines Freundes ernst und machte sich sofort daran, das Tier auszumessen. Begleitet von den spöttischen Bemerkungen seiner Söhne, die ihn mit Bestellungen von Ziegensätteln, Hundesandalen, Katzenhandschuhen und Fischwämsern aufzogen, fertigte Georgios in seiner Werkstatt aus dem strapazierfähigsten gegerbten Leder, das er finden konnte, zwei Paar schalenartige Stiefel, die durch eine Schnalle an der Rückseite festgezogen wurden. Als er sein Werk vollendet hatte, half er Stavros' stolzer Eselin in die Schuhe, und nach kurzem Widerstreben verließ Aphrodite schließlich mit hoch erhobenem Kopf und nach vorne gestellten Ohren freiwillig den Stall.

»Es nennt sich Mysophobie«, erklärte Stavros, während er Aphrodites Rücken mit Orangenkörben belud. »Sie fürchtet sich vor Schmutz. Es fängt im Herbst an, wenn der Boden durch den Regen matschig wird, dauert den ganzen Winter über und zieht sich bis in den Frühling, meistens sogar noch bis in den Sommer. Sie ist eben ein Weibsbild durch und durch: Verlässt das Haus erst, wenn sie anständig zurechtgemacht ist.«

Stavros tätschelte dem alten Mädchen den Hals und griff nach dem Melonensaft, den ihm seine Frau Pembe gebracht hatte. Obwohl sie mit Engelszungen auf Loukis eingeredet hatte, auch ein Glas davon zu trinken, weil er gut für die Nieren sei, bestand der Junge weiter auf Coca-Cola.

Loukis half Stavros inzwischen seit drei Monaten auf seinem Hof, genau gesagt seit dem Tag, als seine Brüder ganz aus Versehen dafür gesorgt hatten, dass die Schule geschlossen wurde. Aus einer dummen Laune heraus, die zweifelsfrei auf Nicos' Konto ging, hatten die Zwillinge eine weiße Wand des Schulgebäudes mit blauer Farbe beschmiert: »Wir fordern die Einheit mit Griechenland – und wenn wir dafür Steine essen müssen!« Am nächsten Tag hatten die Briten, die ohnehin der festen Überzeugung waren, dass griechische Lehranstalten nichts als Brutstätten für Terroristen waren, die Schule dichtgemacht. Und mit ihr 418 andere Schulen, die nach Demonstrationen und dem Hissen der griechischen Flagge als ebenso überflüssig erachtet wurden.

Georgios, der Bildung sogar über das Erlernen eines Handwerks wie des seinen stellte, war außer sich vor Wut gewesen. Und die Solidaritätsbekundungen, mit denen er jedes Mal empfangen wurde, wenn er das Kaffeehaus betrat, vermochten sein erhitztes Gemüt nicht zu besänftigen. Für die Männer im Dorf waren Nicos und Marios zu patriotischen Helden aufgestiegen. Sogar der Priester erwähnte sie in seiner Sonntagspredigt, lobte den Widerstand gegen die Unterdrücker, den die »ruhmreichen Söhne von Georgios, diese Söhne Zyperns, ja ganz Griechenlands« geleistet hatten. Einem Tobsuchtsanfall nahe entschied Georgios daraufhin, dass seine drei noch schulpflichtigen Söhne nur durch harte Arbeit zu der Einsicht kommen konnten, dass sie falsch gehandelt hatten. Bis die Briten einlenken und die Klassenzimmer wieder öffnen würden, mussten sich die drei einen Aushilfsjob suchen. Loukis war fuchsteufelswild gewesen, nicht nur, weil er es als himmelschreiende Ungerechtigkeit empfand, für die Missetaten seiner Brüder bestraft zu werden, sondern auch, weil er Praxi nur während der Schulzeit überhaupt noch zu Gesicht bekam. Seit dem Einsetzen ihrer Periode durfte sie ihre Freizeit ausschließlich in weiblicher Eintracht verbringen, mit Maria oder mit irgendeinem anderen Mädchen, das ihre Mutter anschleppte. Aus diesem Grund, und aus keinem anderen, hatte sich Loukis eine Arbeit bei Stavros gesucht und nicht wie seine Brüder in den Lagerhäusern am Hafen von Keryneia. Hier im Dorf war er näher bei Praxi.

Da Stavros jeden Tag älter und dicker wurde und der Großteil seiner Familie entweder in den Süden gezogen, verheiratet worden oder in Richtung Türkei verschwunden war, erklärte sich der Bauer einverstanden, Loukis ein Zypern-Pfund pro Woche für seine Hilfe bei jeder Ernte zu zahlen, die saisonbedingt gerade anfiel. Es war Knochenarbeit, doch der salzige Geschmack von Schweiß auf seinen Lippen, die zunehmende Bräune seiner Haut und die Muskeln, die er durch das Schleppen der schweren Körbe trainierte – all das gefiel Loukis.

Er sah auf und leerte hastig seine Cola. Praxi kam die Straße herauf. Sie trug ein grünes Kleid und schwenkte fröhlich eine Ledertasche. Darin befanden sich frisches Brot, ein Glas schwarze Oliven und ein Stück Ziegenkäse. Auch Stavros entdeckte sie und zwinkerte Loukis zu.

»Na, hau schon ab«, sagte er. »Wir sehen uns dann nach dem Mittagessen.«

Da die Sonne das Meer nach dem Winter nun allmählich aufzuwärmen begann, beschlossen Praxi und Loukis, am Strand zu essen. Praxis ärmelloses Kleid schmiegte sich eng an ihre Taille und flatterte ihr frech und knapp um die Oberschenkel. Sie musste, so stellte Loukis fest, seit dem letzten Jahr ein ganzes Stück gewachsen sein. Und für den Bruchteil einer Sekunde fiel ihm etwas spitzenbesetztes Blaues ins Auge.

»Trägst du etwa einen BH?«

»Ja, Loukis, das machen Frauen so. Und willst du wissen, warum? Soll ich's dir zeigen?«

Praxi kicherte, und Loukis lief knallrot an, woraufhin sie

immer lauter lachte. Sie war in Hochstimmung, fühlte sich anders, schön – und frei. Seit die Briten Erzbischof Makarios von der Insel gejagt hatten, verharrte ihre Mutter in einer Art religiöser Schockstarre, was bedeutete, dass sie Praxis Tugendhaftigkeit nicht mehr mit derselben erstickenden Radikalität zu überwachen vermochte, die sie in den vergangenen acht Monaten an den Tag gelegt hatte.

Makarios war Zyperns geistlicher und politischer Führer – und man beschuldigte ihn, junge Griechen mit anti-britischer Propaganda indoktriniert und sie außerdem dazu ermuntert zu haben, sich der EOKA anzuschließen. Nach allem, was Loukis von seinem Bruder Michalakis wusste, hatte sich der Erzbischof seit dem Tag der Beisetzung von Charalambous Mouskos mit den Briten auf Kollisionskurs befunden. Charalambous war nicht nur Makarios' Cousin, sondern auch Mitglied der EOKA gewesen und bei einer Schießerei mit den Briten im Troodos-Gebirge ums Leben gekommen. Den Trauergottesdienst hatte Makarios selbst abgehalten, und aus Angst vor Ausschreitungen hatten die Briten ihre Soldaten rund um die Kirche postiert. Als sich die Trauergemeinde am Ende der Beisetzung trotz sintflutartiger Regenfälle nicht zerstreuen wollte, zwangen die Soldaten die Menschen unter Einsatz von Tränengas, nach Hause zu gehen. Makarios bezeichnete dieses Vorgehen als Sakrileg und als »einen dunklen Fleck in der Geschichte der britischen Besetzung Zyperns«. Jeder pflichtete ihm bei.

Bei den Economidous wuchs dieser schändlichen Respektlosigkeit seitens der Besatzer noch eine andere, besondere Bedeutung zu: Es war Michalakis' erster großer Bericht, der es in die Zeitung schaffte. Dhespina war so stolz auf ihren Sohn, dass sie den Artikel ausschnitt und an die Wand pinnte, direkt neben ein Bild des Erzbischofs.

Die Euphorie des neuen Gouverneurs, Sir John Harding, hielt sich dagegen in Grenzen, und drei Monate nach jener Beerdigung verbannte er Makarios auf die Seychellen. Als diese Untat bekannt wurde, brachen auf der Insel Krawalle aus.

Schon bald überschlugen sich die Meldungen: Ein britischer Polizist wurde niedergeschossen, ein türkischer Beamter tot aufgefunden, man feuerte auf eine Engländerin und ihr Kind, Läden wurden verwüstet und geplündert, im Dorf Vassilia sagten sich einstige Nachbarn den Kampf an, und unter Hardings Bett fand man eine Bombe, die jedoch nicht detonierte.

Wenn Michalakis seine Eltern zu Hause besuchte, berichtete er oft von solchen Zwischenfällen; er war überzeugt, dass Zypern kurz vor einem Krieg stand. Bis in sein Heimatdorf schien sich diese Nachricht allerdings noch nicht herumgesprochen zu haben. Das einzig Aufrührerische, was Praxi beobachten konnte, waren kleine, alte Frauen, die Vergeltung für Makarios' Verbannung übten, indem sie patrouillierende Soldaten mit Steinen bewarfen.

»Ich weiß, dass ich so was nicht sagen sollte«, begann Praxi, während sie die sandige Klippe zum Strand hinunterkletterten, »aber mein Leben ist um einiges besser geworden, seit Erzbischof Makarios Zypern verlassen hat.«

»Und meins erst«, sagte Loukis. »Was meinst du, wie lange deine Mutter in Trauer sein wird?«

Praxi machte sich geschäftig daran, die Picknicktasche auszupacken. »Wer weiß? Vielleicht für den Rest ihres Lebens – oder zumindest so lange, bis Makarios zurückkommt.«

»Ich kann mir nicht vorstellen, dass das je passieren wird.«

»Nein. Ich auch nicht.«

Praxi reichte Loukis das Brot, ließ aber nicht los, als er danach griff. Sie blickte ihn ernst an, und Loukis konnte ihren Atem auf seinen Lippen spüren.

»Glaubst du, es ist Krieg, Loukis?«

Er hielt ihrem Blick stand. Hier in der Sonne, während ihnen das klare, blaugrüne Wasser des Mittelmeers die Füße umspülte, erschienen ihm die Unruhen so weit weg, als würden sie an einem anderen Ort stattfinden. Doch er hatte seinen Vater und Michalakis reden gehört, und beide waren der Ansicht, dass sich die Situation sogar noch verschärfen würde, solange die Briten nicht einlenkten und Zypern an Griechenland abtraten.

»Ich weiß es nicht, Praxi«, antwortete er ehrlich. »Die Erwachsenen scheinen das zu glauben. Ich habe keine Ahnung, wo wir hinsteuern. Und wenn du mich fragst, verstehe ich auch nicht, warum alle so darauf brennen, zu Griechenland zu gehören.«

»Weil wir Griechenland *sind*!«, rief Praxi und ließ das Brot los. »Griechenland ist unsere Mutter, und wir müssen wieder zu ihr gehören! Oder was würdest du sagen, wenn die Briten in dein Haus marschiert kämen, um dir mitzuteilen, dass du nie wieder mit deiner Mutter zusammen sein darfst? So musst du es sehen, Loukis. Du kannst nicht einfach im Dorf herumrennen und sagen ›ich verstehe nicht, warum alle so darauf brennen, zu Griechenland zu gehören‹. Du klingst wie ein Türke!«

Loukis gab sich geschlagen, und während er sein T-Shirt auszog und seine Hose aufknöpfte, wurde ihm klar, dass das Einzige, was er im Leben brauchte, gerade neben ihm saß. Alles andere verwirrte ihn bloß.

Er rannte ins Wasser und stürzte sich kopfüber in die schneidende Kälte des Meeres. Sekunden später jagte Praxi ihm hinterher.

Fernab von Tageslicht und salziger Meeresbrise erhellte eine einzelne nackte Glühbirne den stickigen Raum. In der abgestandenen Luft hing der Geruch von kaltem Zigarettenqualm, überall stapelten sich Rechnungen und Kartons. Der Anblick dieses Büros und die Atmosphäre, die hier herrschte, waren vor allem eines: trostlos. Nicos wusste genau, warum man ihn hierher beordert hatte. Ein paar Stunden zuvor hatte er die Beherrschung verloren, und das Opfer seiner Raserei lag nun mit gebrochener Nase zu Hause. Er nahm Platz.

»Ich dulde keine Schlägereien in meinem Lagerhaus«, erklärte der Chef, steckte sich eine Chesterfield in seinen vollen Bart und zündete sie an. »Hast du irgendetwas zu deiner Verteidigung zu sagen? Willst du dich vielleicht entschuldigen?«

Nicos schüttelte den Kopf. Der Chef schloss für einen kurzen Moment die Augen, um zu demonstrieren, wie enttäuscht er war.

»Du weißt, dass ich das nicht einfach so durchgehen lassen kann. Du hast jemandem die Nase gebrochen. Gibt es wirklich nichts, was du mir sagen möchtest? Den Grund für deinen Ausraster zum Beispiel?«

Nicos schätzte die Geduld seines Gegenübers, schwieg jedoch hartnäckig. Er wusste, wann er den Mund zu halten hatte, selbst wenn sein Handeln gerechtfertigt gewesen war. Marios hatte sich nichts weiter dabei gedacht, er war bloß neugierig geworden, weil die Kiste so gescheppert hatte. Als er daraufhin hineingeschaut hatte, war Costas gleich zu ihm gerannt gekommen, hatte ihn grob an den Haaren gepackt und einen blöden *vlaka* genannt, der sich gefälligst um seinen eigenen Scheiß kümmern sollte. Nicos war gerade am anderen Ende des Lagerhauses beschäftigt gewesen, sah den Schmerz und das Unverständnis im Gesicht seines Bruders und drehte durch. Niemand nannte seinen Bruder einen Idioten, und ohne nachzudenken hatte er sich auf Costas gestürzt und mit der Faust zugeschlagen. Ein widerliches Knacken – dann war das Blut geflossen.

»Wie mir der Vorarbeiter sagte, bist du für deinen Bruder eingetreten«, fuhr der Chef fort und machte dann eine Pause, um Nicos' Bestätigung abzuwarten. »Nun, wenn dem so sein sollte, ehrt dich das, und in gewisser Weise respektiere ich, was du getan hast. Trotzdem ist das hier eine Arbeitsstätte und kein Spielplatz oder Boxring. Betrachte das hier also als offizielle Verwarnung. Fürs Erste behältst du deinen Job, aber sollte ich dieses Gespräch noch einmal mit dir führen müssen, bist du gefeuert. Verstanden?«

»Verstanden«, wiederholte Nicos.

Der Chef erhob sich von seinem Stuhl und gab dem Jungen damit zu verstehen, dass ihre Unterredung beendet war. Erleichtert, wenn auch nicht sonderlich überrascht kehrte Nicos in das Lagerhaus zurück. Er machte sich keine Illusionen, warum er diesmal mit einem blauen Auge davongekommen war. Nun musste er dafür sorgen, dass Marios es ebenfalls verstand. Denn sollte seinem Bruder irgendetwas über die Waffen rausrutschen, die er in der Kiste entdeckt hatte, würden die beiden das nicht mit ihrem Arbeitsplatz bezahlen, sondern mit ihrem Leben.

»Du errätst nie, wie sie im Dorf inzwischen eure Jungs nennen.«

»Wer, sie?«

»Na ja, so das ganze Dorf in etwa.«

»Mich schaudert bei dem Gedanken«, sagte Dhespina zu ihrer Schwester.

»Sie nennen sie die Dighenis-Brüder – nach dem Fünf-Finger-Gebirge!«

Dhespina lächelte. Sie begriff sofort, was es mit dem Vergleich auf sich hatte: Der Legende nach entkam Dighenis – der riesenhafte byzantinische Held – seinen arabischen Verfolgern, indem er von Kleinasien hinüber nach Nordzypern sprang. Bei seiner Landung auf der Insel krallte er sich an den Felsen fest und hinterließ dort bis in alle Ewigkeit den Abdruck seiner fünf Finger. Auch wenn ihre Söhne über die Grenzen ihres Dorfes hinaus keine legendären Helden sein dürften, so waren sie doch alle ungewöhnlich groß. Selbst Loukis, der sie mit seinen vierzehn Jahren längst überragte, wuchs seinem Vater mit jedem Tag ein Stückchen mehr über den Kopf.

»Ich finde, es passt zu ihnen«, erklärte Lenya und ließ die Tinktur, die Dhespina aus den roten Beeren des Mönchspfeffers zusammengebraut hatte, in ihrer Handtasche verschwinden.

»Trägst du nachts noch die Hose?«

»Morgens, mittags, nachts, sie kommt nie runter, außer natürlich, wenn wir ES tun«, sagte Lenya lachend. »Andreas dreht allmählich durch. Er nennt mich inzwischen schon *dolmades*!«

Dhespina schnappte nach Luft. Keine Frau, die klar bei Verstand war, sollte ihrem Mann gestatten, sie mit Weinblättern zu vergleichen, in die man Reis stopft. Die Hose sollte dafür sorgen, dass auch die trägen Spermien nach dem Sex im Körper blieben, eine sehr effektive Maßnahme, wie jeder wusste, insbesondere, wenn die Frau zusätzlich ihre Beine in die Luft streckte. Zugegeben, die Hose sah grässlich aus, aber in manchen Fällen war sie ein notwendiges Übel und ganz bestimmt nichts, worüber man sich lustig machen durfte.

»Ist schon in Ordnung«, versicherte ihr Lenya. »Andreas macht nur Spaß, das weiß ich. Er liebt mich mit allem, was dazugehört.«

»Trotzdem ... *dolmades*?«

»Ach, mach dir keine Gedanken. Wenn die Hose und deine Medizin erst mal wirken, wird er schon einsehen, dass es sich gelohnt hat.«

Dhespina lächelte ihre Schwester an. Es war nicht leicht für Lenya: Seit drei Jahren war sie nun schon verheiratet, und noch immer hatte sie keine Kinder. Niemand verstand, warum, am wenigstens Lenya selbst. Sie war gesund und kräftig und hatte als kleines Mädchen dabei zugesehen, wie das silberne Kreuz ihrer Mutter über ihrer Handfläche gekreist war und ihr die Geburt von zwei Töchtern vorausgesagt hatte. Ein paar Jahre zuvor war Dhespina der Ohnmacht nahe gewesen, als ihr fünf Jungs prophezeit worden waren. Das Kreuz irrte sich nie.

»Benehmen sich die Zwillinge denn im Lagerhaus?«, wollte Lenya wissen und riss ihre Schwester damit aus ihren Gedanken.

Dhespina blickte auf. »Das behaupten sie zumindest, aber du kennst sie ja, sie halten zusammen wie Pech und Schwefel. Sie könnten die Festung in Keryneia abfackeln, und ich wäre die Letzte, die davon erfahren würde.«

»Stimmt. Und ganz ehrlich, mir tut jetzt schon die Frau leid, die mal Nicos' Angetraute wird!« Lenya zwinkerte ihr zu.

Dhespina lächelte zurück, und obwohl sie wusste, dass Lenya es nicht böse meinte, versetzten ihr die Worte der Schwester einen Stich. Nicht, weil sie glaubte, Nicos gäbe einen perfekten Ehemann ab – Gott bewahre, in ihm tobten Licht und Finsternis, und er besaß den Charme des Leibhaftigen. Sie konnte sich nur schwer vorstellen, dass er sich je dem Willen einer Frau beugen würde. Nein, was Dhespina verletzte, war, dass sie gerade über die Zwillinge sprachen, nicht nur über Nicos, und wenn sie Marios unerwähnt ließ, ging Lenya offenbar davon aus, dass er niemals heiraten würde. Womit sie vielleicht recht haben könnte, aber Dhespina war noch lange nicht bereit, sich damit auseinanderzusetzen, geschweige denn es zu akzeptieren. Marios war ebenso groß und stark und schön wie ihre anderen Söhne. Doch in seinem Kopf war er ein Kind und würde auch immer eins bleiben. Während die Zeit verging und ihre Jungs zu Männern heranreiften, wagte Dhespina nicht, sich vorzustellen, wie Marios wohl reagieren würde, wenn Nicos eines Tages heiratete und eine eigene Familie gründete. Ihr Baby würde der Welt allein ins Auge sehen müssen, als die Hälfte eines Lebens, das immer zu zweit gelebt worden war.

»Also dann, Dhespo, es wird Zeit für mich.« Herrlich arglos und sich in keiner Weise bewusst, was sie soeben angerichtet hatte, umarmte Lenya ihre Schwester und drückte ihr einen Abschiedskuss auf die Wange. Als die Tür hinter ihr ins Schloss fiel, wandte sich Dhespina seufzend den Kartoffeln zu, die auf dem Herd kochten.

Am anderen Ende des Dorfes hatte Michalakis seinen Vater gerade im Kaffeehaus abgeholt, und zusammen machten die beiden Männer sich auf den Weg nach Hause, vorbei an der Kirche, der Dorfbäckerei und dem kleinen Gemischtwaren-Laden, in dem schon vor Stunden die Lichter ausgegangen waren. Bis zur Sperrstunde waren es nur noch wenige Minuten, doch Michalakis hatte keine Eile. Er war erleichtert, der nach Misstrauen stinkenden Hauptstadt mit ihren Sperrzonen entkommen zu sein, und atmete genussvoll den Duft von Jasmin ein.

»Du machst dich gut«, lobte ihn sein Vater und klopfte ihm mit einer zusammengerollten Ausgabe der Zeitung auf die Schulter. »Schon wieder eine Titelgeschichte. Demnächst wirst du noch Chefredakteur.«

»Wenn sie den Laden nicht vorher dichtmachen«, erwiderte Michalakis halb im Scherz.

Seitdem der Notstand ausgerufen worden war, hatte man eine Reihe von Pro-EOKA-Blättern mundtot gemacht. Sogar die Übertragungen von Radio Athen wurden mitgehört und bisweilen unterbrochen. Es geschah so unglaublich viel im Land, doch je mehr passierte, desto weniger Wege standen Journalisten wie Michalakis offen, um den Menschen davon zu berichten. Die Folge war, dass Gerüchte für bare Münze genommen wurden und die Flammen einer berechtigten Auseinandersetzung immer höher loderten, bis sie in etwas weniger Ehrenhaftes umschlugen und alles niederzubrennen drohten.

Michalakis wusste, wie der weitere Abend verlaufen würde, wenn sie erst einmal zu Hause eingetroffen waren: Seine Mutter würde den Tisch decken, sie würden sich ordentlich satt essen, und sein Vater würde eine Flasche Wein aus dem Schrank holen. Dann würden sie zum Thema Politik übergehen, und seine Eltern würden ihn fragend ansehen und auf Neuigkeiten warten. Doch was sollte er ihnen erzählen? Einzig die Wahrheit, wie er sie sah: dass ihre geliebte Insel dabei war, sich in einen Sarg zu verwandeln. Handgranaten wurden in Bars geschleudert, in denen sich Soldaten aufhielten – die meisten von ihnen kaum älter als er selbst. Bomben explodierten in Militärstützpunkten, Flugzeuge wurden in die Luft gesprengt, in Ammochostos fanden offene Straßenschlachten statt, und im Troodos-Gebirge brachen Feuergefechte aus. Tag für Tag verfasste Michalakis mit schwerem Herzen endlose Berichte über junge Briten, die verkrüppelt oder getötet wurden, Arme und Beine von Kugeln durchlöchert, die Gedärme durch Schrapnells zerfetzt, und deren Blut nun die zyprische Erde tränkte. Für die Politiker und ihre Spielchen hatte Michalakis nichts übrig, doch die britischen Soldaten – gegen sie hegte er keinen Groll. Er wusste, dass viele nur die Gelegenheit nutzten, ein paar Pfund zu verdienen. Er bezweifelte, dass es irgendeinen von ihnen überhaupt interessierte, ob Zypern souverän blieb oder mit

Griechenland vereint wurde. Trotzdem waren sie hier und starben.

Und sie waren nicht die einzigen Opfer. Auch griechische Mütter mussten um ihre Söhne trauern, die in einen Kampf zogen, den sich eine Handvoll Männer – inzwischen im Exil oder untergetaucht – ausgedacht hatte. Grivas schickte mit seinen Redekünsten und der Forderung nach Patriotismus immer mehr Jugendliche in den sicheren Tod. Und je mehr Tote es gab, desto mehr junge Männer schlossen sich ihm und einer Sache an, die ihr eigentliches Anliegen aus den Augen verloren hatte. Längst ging es in dem Kampf um *enosis* – die Einheit Zyperns mit Griechenland – nicht mehr nur darum, die Insel von den Besatzern zu befreien. Es galt, all jene aus dem Weg zu räumen, die der Großen Idee im Weg standen, seien es nun Briten, Türken oder Griechen. Der Konflikt war aus den Fugen geraten und breitete sich nun ungezügelt in alle Richtungen aus.

»Es gab Hunderte Festnahmen«, berichtete Michalakis seinen Eltern nach dem Essen. »Sogar Mitglieder der Kommunistischen Partei wurden verhaftet. Die Briten gehen extrem scharf gegen jede Form des Andersdenkens vor.«

»Und sie haben unsere Jugendlichen deportiert, vergiss die nicht«, fügte Georgios hinzu und schenkte allen Wein nach.

»Ich habe gehört, dass Kinder verhaftet werden, weil sie Steine bei sich tragen«, sagte Dhespina. »Das kann doch unmöglich stimmen, oder?«

»Nun, so sieht es das Gesetz vor«, erklärte Michalakis.

»Was für ein Irrsinn«, stieß Georgios hervor.

»Eine Schande«, sagte Dhespina. »Sie sperren unsere Kinder ein, verdonnern unsere Dorfbewohner zu Geldstrafen und legen unseren jungen Männern die Schlinge um den Hals. Die Briten haben verdient, was sie kriegen.«

Michalakis' Blick fiel auf die gegenüberliegende Wand, wo sich zwischen Familienfotos und Heiligenbildern eine stetig wachsende Anzahl von Zeitungsartikeln behauptete. Darunter entdeckte er seine jüngste Titelgeschichte: die Hinrichtung der

EOKA-Kämpfer Andreas Demetriou und Michael Karaolis durch den Strang. Sie waren die ersten Mitglieder der Organisation, die man zum Tode verurteilt hatte. Bis zum bitteren Ende hatte Demetriou seine Mörder herausgefordert: »Ich bedaure, dass ich nicht mehr erleben werde, wie unser Zypern befreit wird. Dennoch fürchte ich den Tod nicht, denn ein Leben in Sklaverei ist rein gar nichts wert.«

»Mir will nicht in den Kopf, warum sich unsere eigenen Leute gegenseitig umbringen«, sagte Dhespina, während sie eine weitere Flasche für ihre Männer entkorkte. »Zum Beispiel dieser Laienprediger, der in Kythrea erschossen wurde.«

»Er war ein Verräter«, erklärte Michalakis seiner Mutter. »So wenigstens hat es der Schütze der Gemeinde erklärt. Verräter und Informanten – auf sie hat es die EOKA inzwischen genauso abgesehen wie auf die Soldaten des Gouverneurs.«

»Die EOKA sollte keine Zyprer erschießen«, sagte Dhespina entschieden und erhob sich vom Tisch, um das Geschirr abzuräumen.

Michalakis und Georgios tauschten einen vielsagenden Blick aus, schwiegen jedoch. Sie hatten bereits auf dem Weg nach Hause ausführlich über den immer vertrackter werdenden Konflikt diskutiert. Die Briten fühlten sich zunehmend in die Ecke gedrängt, suchten daher nach anderen Optionen und setzten jetzt auf die Unterstützung der türkischen Minderheit. Und die schloss sich nun massenhaft der britischen Polizei an, was die Griechen vor Wut kochen ließ. Kam jetzt ein Polizist ums Leben, so wurde dies nicht länger als ein Angriff auf die Besatzer verstanden, sondern als ein Angriff auf die Türken. Die Briten spalteten die beiden Gemeinschaften wie nie zuvor. Im Januar war ein türkischer Polizist getötet worden, nachdem er als Zeuge in einem Prozess gegen mehrere EOKA-Mitglieder ausgesagt hatte. Als Antwort hatten türkische Zyprer eine eigene Widerstandsgruppe gegründet und gefordert, dass für jeden getöteten Türken fünfzig Griechen ihr Leben lassen sollten. Innerhalb eines Jahres hatte sich der Kampf um *enosis* zu einem

Überlebenskampf ausgewachsen – und zu einem einzigen Vergeltungsschlag.

Maria schwitzte, und mit jedem Schritt, den sie gingen, ärgerte sie sich mehr über die Hitze und die Absätze, mit denen sie ständig zwischen den Felsen stecken blieb. Sie hatten *zusammen* einen Ausflug zur Burg St. Hilarion machen wollen. Davon konnte allerdings nicht mehr die Rede sein: Maria war inzwischen so weit abgeschlagen, dass sie Praxi und Loukis nicht einmal mehr reden hören konnte. Wie undankbar die beiden waren! Hätte Maria sich nicht einverstanden erklärt, die Anstandsdame zu spielen, wäre Praxi niemals den Fängen ihrer Mutter entkommen, um Zeit mit Loukis zu verbringen. Zum Dank musste sie sich nun von Praxi zurechtweisen lassen, weil sie es gewagt hatte, höflichst um eine Pause zu bitten.

»Ich hab dir doch gesagt, dass du andere Schuhe anziehen sollst!«, fuhr Praxi sie an. Maria war den Tränen nahe – ihr war heiß, sie war müde, und es war einfach nur unfair.

»Stop mal, Praxi«, lenkte Loukis ein. »Komm, Maria, ruh dich ein bisschen aus.« Er nahm ihre Hand und führte sie zu einem Felsblock. Praxi marschierte wütend weiter. Und keine Minute später lief Loukis ihr hinterher und überließ Maria sich selbst – wieder einmal.

Als Maria später die Stelle erreichte, an der die beiden wartend im Gras saßen, war sie fix und fertig. Ihre schönen Schuhe waren ruiniert, und der Schweiß lief ihr in Strömen über Gesicht und Nacken. Sie hasste diese glühenden Sommertage.

»Ich kann nicht mehr. Ich gehe keinen Schritt weiter«, verkündete Maria, als sie sich neben den beiden ins Gras fallen ließ.

Die Burg lag noch immer kilometerweit weg, finster und drohend ragte sie in der Ferne auf. St. Hilarion war Maria nicht geheuer. Von ihrer Mutter wusste sie, dass die Burg nach einem Mönch benannt war, der in der Antike dort gelebt hatte. Damals spukten dort noch böse Geister. Da der alte Mönch jedoch taub war, bekam er gar nicht mit, wie sie versuchten, ihm Angst einzujagen. Und so wurde es den Geistern schließlich langweilig; sie zogen fort und ließen den alten Mann in Frieden. Maria war sich sicher, dass der heilige Hilarion nicht nur taub, sondern auch dämlich gewesen sein musste. Wie konnte jemand nur freiwillig in dieser dunklen Ruine leben, fernab von jeglicher Zivilisation? Als sie eingewilligt hatte, den Tag zusammen mit Praxi und Loukis zu verbringen, hatte sie angenommen, sie würden nach Keryneia gehen und am Hafen entlangspazieren, wo der Wind für eine kühle Brise sorgte und die jungen Männer sich nach ihr umdrehten. Aber nein, Praxi hatte darauf bestanden, dass sie zu der Burg wanderten, und da Loukis grundsätzlich nach Praxis Pfeife tanzte, waren sie kurz vor dem Mittagessen aufgebrochen. Maria wünschte, sie hätte die beiden einfach allein gehen lassen, aber dann hätte sie sich den ganzen Nachmittag verstecken müssen, um sie nicht zu verraten. Außerdem war die Gelegenheit zu verlockend gewesen … Loukis gehörte zu der Sorte Mann, für die Maria zu sterben bereit wäre – was durchaus passieren konnte, wenn man sie zwingen würde, auch nur einen einzigen Schritt weiterzugehen.

Ihre Mutter würde ausrasten, wenn sie herausfand, dass sie gerade eben jenen Berg hochstapfte, auf dem vor ein paar Wochen die Britin und ihr Fahrer umgebracht worden waren. Und genau das sagte sie ihren Freunden auch, als sie vollkommen erschöpft neben ihnen im Gras lag. Doch Praxi lachte nur.

»Das ist nicht lustig«, schnauzte Maria und ärgerte sich über Praxis Versuch, sie vor Loukis wie eine Idiotin dastehen zu lassen. »Es ist gefährlich. Die EOKA kämpft inzwischen überall.«

»Sie werden es wohl kaum auf drei harmlose griechische Schüler abgesehen haben, oder?«

»*Ex*-Schüler«, korrigierte Loukis.

»Gut, vielleicht nicht mit Absicht«, räumte Maria ein. »Aber sie könnten uns aus Versehen erwischen. Was, wenn plötzlich die Besatzer um die Ecke kommen und alle anfangen zu schießen? Jedes Kind weiß, dass sich EOKA-Aktivisten in den Bergen verstecken.«

»Na, umso besser, dann haben wir bewaffneten Geleitschutz.« Praxi streckte sich rücklings im Gras aus, und Loukis lachte leise. Maria lief vor Wut rot an. Seit man die beiden EOKA-Mitglieder gehenkt hatte, war der Krieg nun auch in Keryneia angekommen. Im Monat zuvor war eine Bombe im Zollhaus explodiert, außerdem hatten EOKA-Kämpfer die Polizeiwache neben dem Gefängnis gestürmt und dabei jede Menge Waffen und Munition gestohlen. Und vor gerade mal ein paar Tagen hatten sie einen Jungen aus der Gegend hingerichtet, was ganz bestimmt noch schwerere Unruhen nach sich ziehen würde. Ganz egal, wann Maria momentan das Radio anstellte, es wurde über irgendeine Katastrophe berichtet, die ihre Eltern quälte, und sie ertrug das nicht. Sie hatte Angst. Praxi wollte vor Loukis vielleicht hart wie ein Kerl dastehen, aber Maria war ein Mädchen, und sie bekannte sich dazu. Es würde nicht mehr lange dauern, dann würde Loukis so reif sein wie der Körper, in dem er steckte. Dann würde er Maria mit anderen Augen sehen, und Praxi würde mit ihrer überheblichen Ich-bin-was-Besonderes-Nummer nicht mehr bei ihm landen.

»Also, ich finde, dass wir gerade eine riesengroße Dummheit machen«, erklärte sie.

»Herrgott noch mal, Maria, kapierst du überhaupt irgendwas?« Praxi stand auf, stemmte ihre Hände in die Hüften und funkelte sie finster an. »Die EOKA bekämpft die Besatzer nicht nur, damit wir uns mit Griechenland vereinigen können, sondern um uns alle, also alle Zyprer, zu retten. Die Briten richten ihre Hunde dazu ab, uns zu Tode zu beißen. Sie foltern unsere Männer, indem sie auf ihre Genitalien einprügeln, und treten ihnen so in den Bauch, dass es keine Spuren hinterlässt. Sie quälen sie mit glühend heißen Eisen und setzen sie unter Drogen, damit sie gestehen. Unschuldige Griechen, Maria, werden in ihrem eigenen Land von Menschen gefoltert, die überhaupt kein Recht haben, hier zu sein! Und dein hübsches Gesicht wird dir rein gar nichts helfen, wenn sie auch dich verhaften, weil du Griechin bist. Sie stechen Nadeln durch die Brüste der

Frauen und legen sie auf Streckbänke aus Eis. Die Briten sind Monster! Vor ihnen solltest du Angst haben, nicht vor der EOKA!«

»Und woher, bitte schön, weißt du das alles?«, fragte Maria herausfordernd.

»Von den Flugblättern, die mir Yiannis Christofi gegeben hat!«

Loukis sah auf. »Wann hast du denn Yiannis gesehen?«

»Ich weiß nicht, vor ein, zwei Monaten vielleicht, als du auf Stavros' Feldern beschäftigt warst. Er kam vorbeigefahren ...«

»Er hat ein Auto?« Marias Interesse war geweckt. Die meisten Jungs, die sie kannte, waren auf Eseln unterwegs – oder auf Fahrrädern, falls es ihnen gelang, eine Erlaubnis von den Briten zu bekommen.

»Ja, so eine Schrottkiste ...«

»Hast du mit ihm geredet?«, wollte Loukis wissen.

»Mit wem?«

»Mit Yiannis, natürlich.«

»Klar hab ich das.«

»Und worüber?«

Praxi sah ihn verwirrt an und schüttelte den Kopf. »Keine Ahnung, nichts besonderes. Er hat mich gefragt, ob ich mit ihm zum Tanzen nach Keryneia gehe ...«

»Er hat dich zum Tanzen eingeladen?« Loukis sprang auf. »Und was hast du geantwortet?«

»Mein Gott, Loukis. Was spielt denn das für eine Rolle? Er hat einfach nur EOKA-Flugblätter verteilt, und wir haben kurz geplaudert.«

»Es spielt eine verdammt große Rolle.« Loukis' Gesicht verfinsterte sich, und Praxi begann zu stammeln. Maria lächelte, das Unbehagen ihrer Freundin bereitete ihr sichtlich Freude.

»Ich hab gesagt, dass ich darüber nachdenken werde.«

»Na dann viel Spaß beim Nachdenken, Praxi. Komm Maria, ich bringe dich zurück nach Hause. Wir laufen an der Straße entlang, das ist einfacher.«

Maria rappelte sich hoch und stolperte Loukis hinterher, der bereits davongestürmt war.

»Loukis! Jetzt sei doch nicht so verdammt kindisch!«, brüllte Praxi ihm hinterher, woraufhin er stehen blieb und sich umdrehte. Als Maria ihn eingeholt hatte, griff er nach ihrer Hand und lief weiter.

Als sich der Sommer von der Insel verabschiedet hatte und der Herbst die ersten dunklen Wolken schickte, die mit ihren Bäuchen an den Kalksteinspitzen des Keryneia-Gebirges hängenblieben, zog Großbritannien einen Teil seiner Truppen aus Zypern ab – die Soldaten wurden in Ägypten gebraucht, um die Suezkrise in den Griff zu bekommen.

Praxi wollte Loukis dafür bestrafen, dass er sie allein auf dem Berg hatte stehen lassen. Und so gestattete sie Yiannis, sie zum Tanz auszuführen – was sich als derart langweilig erwies, dass sie froh war, schon um halb sieben wieder zu Hause sein zu müssen. Als Loukis sich dennoch standhaft weigerte, sich bei ihr zu entschuldigen, versuchte sie es mit den Tricks, die sie sich bei den Frauen im Dorf abgeguckt hatte: knapp dosierte Höflichkeit, gepaart mit jeder Menge Desinteresse. Doch da Loukis ebenso stur war wie Praxi, führte auch dieses Rezept nicht zum Erfolg.

Dhespina beobachtete das ganze Theater mit wachsender Sorge, da sie fürchtete, es könnte in einem Anfall gipfeln. Doch die Ängste hielten sich von Loukis fern, er verbrachte seine Tage weiter mit schwerer Arbeit auf Stavros' Feldern und seine Abende in düsterer Stimmung zu Hause.

Als Georgios aus seiner Werkstatt kam, fand er seinen Jüngsten vertieft in die Lektüre einer Ausgabe der *Stimme*, die Christakis am Nachmittag vorbeigebracht hatte. Er sah seine Frau erstaunt an, doch Dhespina schüttelte nur den Kopf.

»Wo sind die Zwillinge?«, fragte Georgios.

»Die sind wir heute Nacht los«, antwortete Dhespina. »Sie müssen ein paar Kisten an den Hafen von Ammochostos bringen und wollen wegen der Sperrstunde bei ihrem Vorarbeiter übernachten. Ich hab ihnen gesagt, dass das in Ordnung ist – ist es doch, oder?«

»Ja, natürlich«, erwiderte Georgios, »die beiden sind schließlich keine Kinder mehr. Und wenn es Teil ihrer Arbeit ist, müssen sie gehen.« Er stellte das Radio an. Der Sprecher war Grieche, doch er las die Nachrichten auf Englisch:

»… Zehntausende sind in Ungarn auf die Straße gegangen, um das Ende der sowjetischen Herrschaft zu fordern. Was als friedliche Demonstration begann, endete in Gefechten zwischen Polizei und Demonstranten, in deren Verlauf auch Schüsse gefallen sein sollen. Die Demonstranten fordern, dass der vorige Ministerpräsident wieder in sein Amt eingesetzt wird. Weitere Forderungen sind freie Wahlen, Pressefreiheit sowie der Abzug der sowjetischen Truppen …

… Zypern: Im Dorf Lefkoniko fiel heute ein britischer Soldat einem barbarischen Anschlag zum Opfer. Der neunzehnjährige Mann kam gerade vom Fußballspielen und erfrischte sich an einem öffentlichen Brunnen, als eine zuvor dort platzierte Bombe detonierte und den Soldaten tötete sowie fünf weitere Personen verletzte. Dieser jüngste Anschlag der EOKA gilt als feiger Mord …«

»Oh, stell das ab, Georgios, ich halte das nicht mehr aus!« Dhespina knallte die Ofentür zu und stellte das Lamm auf den Tisch. Es war jeden Tag das Gleiche: nichts als Mord und Totschlag. Jetzt war ein neunzehnjähriger Junge, so alt wie Michalakis, in Stücke gerissen worden, als er nach dem Fußballspielen seinen Durst löschen wollte. Keine Auseinandersetzung, kein Hinterhalt, nur ein harmloses Spiel.

Dhespina löste das Fleisch vom Knochen und bat Loukis, die Zeitung wegzulegen. Während sie das Essen auf die Teller verteilte, hing die eben gehörte Nachricht unheilvoll in der Luft. Trotz ihrer Bemühungen, den Bericht zu verdrängen, hatte sie unentwegt das Bild von staub- und aschebedeckten Verwundeten und einem jungen Mann vor Augen, der sein ganzes Leben noch vor sich gehabt hatte und nun reglos und mit herausquellenden Gedärmen auf dem Boden lag, getötet von einer Bombe, die ihre eigenen Landsleute gelegt hatten. Als sich Loukis schließlich wieder der Zeitung zuwandte, hatte seine Mutter das *kleftiko* auf ihrem Teller nicht einmal angerührt.

Auch am nächsten Tag ließen Dhespina die Bilder, die sie sich von dem fußballspielenden Soldaten gemacht hatte, nicht los, und sorgten für eine gedrückte Stimmung. Sie war nervös und fahrig, und dann war da noch dieses beklemmende Gefühl, eine Art Vorahnung. Egal, womit sie sich beschäftigte, sie wurde ihre düsteren Gedanken einfach nicht los, musste wieder und wieder an den Jungen denken, der, bis zur Unkenntlichkeit entstellt, sein Leben an einem Brunnen ließ, dessen Wasser sich blutrot färbte. Es wollte Dhespina an diesem Tag nicht gelingen, die so seltenen Augenblicke der Ruhe zu genießen – ohne ihre Jungs, die das Haus mit Leben füllten, hallten ihre Schritte in den leeren Räumen plötzlich unheimlich wider. Sie ging in ihren Arbeitsraum im Garten hinüber, um sich einen Aufguss zu bereiten. Sie nahm gerade eine Schüssel vom Regal, als sie spürte, dass er kam.

Sie hastete zurück zum Haus, und da sah sie ihn, er wollte gerade anklopfen. Er entdeckte sie und hielt inne. Es war der Chef der Firma Vassos Trade Suppliers in Keryneia. Es tue ihm leid, sagte er, und sie konnte sehen, dass es der Wahrheit entsprach. Es sei schrecklich, sagte er. Sie alle seien fassungslos, jeder Einzelne von ihnen. Und während er weiterstammelte, begann Dhespinas Herz in ihrer Brust zu hämmern. Ihr Körper wurde immer schwerer, ihre Knie weicher, ihr Puls raste schneller und schneller und klopfte so ohrenbetäubend in ihren Ohren, dass sie den Mann kaum mehr verstand. Da war der Soldat, der vom Fußballspiel. Sie kamen in die Stadt. Wut. Chaos. Sie wollten Rache. Sie fielen in Ammochostos ein, traten mit schweren Stiefeln gegen die Türen. Holz splitterte. Frauen schrien. Die Menschen hatten Angst, und dann der Hass, da war so viel Hass. Sie wurden auf Lastwagen geworfen, einer nach dem anderen, lagen übereinander, erdrückten sich, bekamen keine Luft mehr. Da war ein Haus. Drinnen waren ihre Jungs. Sie kamen, um zu suchen, sie kamen, um zu zerstören. Marios verstand nicht, was los war. Er hatte Angst, aber er war tapfer. Er versuchte die Frau zu beschützen, doch sie drückten ihn an die Wand und boxten ihm in den Bauch. Er war tapfer, so unendlich tapfer. Nicos wollte ihm helfen, da traf ihn ein Gewehrkolben ins Gesicht. Zwischen die Augen. Da war dieses Knacken. War es das Gewehr oder der Fußboden? Sein Kopf platzte auf. Das Leben floss aus ihm heraus. Sie konnten nichts für ihn tun, und es tat ihm leid. So schrecklich leid. Und er weinte.

3

Sie kamen am frühen Nachmittag, um ihn zu holen.

Dunkle Wolken hingen über dem Dorf, kündigten Regen an von einem Himmel, der die Farbe ihrer Kleidung angenommen hatte, und es war, wie es sein sollte: Die Sonne war fort, ihr Sohn war fort.

Sie hatte die ganze Nacht bei ihm gesessen, den Blick starr auf den Sarg gerichtet, hatte wortlos seine Gegenwart in sich aufgesaugt, ihn angefleht aufzuwachen, die Augen aufzuschlagen und ihr zu sagen, dass alles gut sei, dass alles nur ein Scherz gewesen sei und es ihm leid tue. Doch es geschah nichts. Musste sie mit dieser Erinnerung weiterleben? Ihr schöner Sohn in einer Holzkiste, kalt und leblos, entstellt und getötet aus Hass? Wie hatte sie nur zulassen können, dass man ihm das antat – ihrem eigenen Fleisch und Blut, dem Baby, das so gedrängt hatte, aus ihrem Bauch zu schlüpfen, um seinem Bruder auf die Welt zu folgen? Ihrem Jungen, der der Sonne nachgejagt war und Licht in ihr aller Leben gebracht hatte? Wie konnte er fort sein? Über Nacht war ihr die Welt zuwider geworden, bar jeder Vernunft oder Hoffnung, und sie drohte daran zu ersticken. In weniger als vier Jahrzehnten war sie vom Mädchen zur Frau, zur Mutter, zur *miroloi* geworden – einer Frau, die Schwarz trägt. Es war zu früh. Es war nicht richtig. Sie sollte nicht hier sitzen, warum tat man ihr das an?

Dhespinas Beine gaben nach, und sie brach in Christakis' Armen zusammen.

»Nein, bitte, bitte … nur noch ein paar Minuten, ich flehe euch an, bitte …« Blind vor Tränen griff sie nach dem Sarg, als der angehoben wurde, doch ihre Finger waren kraftlos, und ihr

Sohn entglitt ihren Händen. Wenn sie ihr doch nur mehr Zeit geben würden. Ein paar Tage nur, mehr nicht, nur ein bisschen Zeit, damit sie etwas unternehmen konnte. Sie war sich sicher, dass sie etwas finden würde, irgendetwas musste es geben. Irgendetwas, das ihn daran hinderte zu gehen, etwas, das ihn bleiben ließ, hier, bei seiner Familie, bei den Menschen, die ihn liebten, die ihn brauchten. Die Pflanzen – sie hatten ihre Geheimnisse. Sie würden ihr bestimmt helfen. Eine Salbe vielleicht oder eine Kräutermixtur und ein Duftwasser, irgendetwas, das verhindern würde, dass seine Wangen einfielen, etwas, das ihn unversehrt lassen, das ihn bleiben lassen würde – o Gott, das ihn hier bei ihr bleiben lassen würde.

»Nein, bitte! Bitte, nehmt ihn mir nicht weg. Noch nicht … Nicos! Mein Sohn! Bitte, mein Sohn! Nehmt mir meinen Sohn nicht weg!«

Christakis und Michalakis nahmen ihre Mutter in die Mitte, zwei riesige Pfeiler, die sie vor dem Kummer zu schützen versuchten, an dem sie zu zerbrechen drohte. Obwohl aus den Jungen schon vor langer Zeit Männer geworden waren, nahmen sie heute zum ersten Mal den Platz ihrer Eltern ein, und die Ruhe und Würde, mit der sie ihren eigenen Schmerz trugen, beeindruckte die Dorfbewohner, die hinter ihnen standen. Als der Priester Olivenöl in das Grab goss und von jeder Ecke etwas Erde nahm, legte Marios den Arm um seinen Vater, dessen Schultern vor haltlosem Schluchzen bebten. Georgios konnte das Mitgefühl in der Umarmung seines Sohnes spüren, und er schämte sich. Eigentlich hätte er derjenige sein müssen, der seinen Kindern Trost spendete, aber seine Kräfte hatten ihn verlassen, und so ergab er sich der Fürsorge seines Sohnes. Rechts vor dem Grab stand Loukis, bei seiner Familie und doch allein. Aufrecht und mit starrem Blick sah er zu, wie die Erde in den offenen Sarg und auf das Gesicht seines Bruders geworfen wurde. Praxi verließ den Platz an der Seite ihrer Mutter und trat vor zu ihm, um seine Hand zu nehmen. Loukis blickte nicht auf, schloss einfach nur seine Finger um ihre, und sie weinte für ihn, da sie wusste, dass er es nicht tun würde.

Im Anschluss an die Beerdigung zog die Trauergemeinde in einer feierlichen Prozession zum Haus der Familie, um Trost aus der *pariorka* zu schöpfen – Brot, Oliven und Wein –, doch Praxi und Loukis stahlen sich davon, fort von der Traurigkeit, die ihren Schatten über seine Familie gebreitet hatte. Hand in Hand liefen sie aus dem Dorf hinaus.

Sie überquerten die Straße nach Keryneia, stiegen Felsen hinauf, die sie schon tausend Mal erklommen hatten, kletterten höher und höher, bis schließlich die Burg St. Hilarion ihren Schatten auf sie warf. Unter dem Pistazienbaum, den sie einst als Praxis letzte Ruhestätte ausgesucht hatten, hielten sie inne. Keiner von ihnen sagte ein Wort, denn es bedurfte keiner Worte. Praxi konnte Loukis' Schmerz fühlen, als wäre es ihr eigener. Nichts konnte das Leid lindern, das seiner Familie zugefügt worden war. Nichts konnte ihnen Nicos wiederbringen. Alles, was sie tun konnte, war für ihn da zu sein. Und so nahm sie, als Loukis sein Gesicht in den Händen vergrub, sanft seine Finger und legte sie an ihr Gesicht. Ohne nachzudenken führte sie ihre Lippen an seine und hauchte ihm ihre Liebe ein.

Als der Wind in ihren Haaren stärker wurde, fielen die ersten Tropfen. Sie liefen ihnen die Wangen hinab und tanzten auf ihren Zungen, und der Geruch von Erde stieg vom Boden auf und hüllte sie ein. Die Insel reagierte auf ihren Verlust mit einer Zärtlichkeit, die im Wind flüsterte, und küsste die beiden mit ihren ganz eigenen Tränen.

Im Schatten der Burg teilten Praxi und Loukis ihren Schmerz und bekämpften ihn gemeinsam mit hungrigen Lippen und unbeholfenen Händen. Sie suchten in den Rundungen und Tiefen ihrer Körper nach einem Grund, und als er in sie eindrang, überließ sie sich ihm mit Leidenschaft. Sie hatte keine Angst mehr, fort waren die Gedanken an die verdammende Kirche, welche die Furcht ihrer Mutter nährte. Es gab nur noch das wilde Pochen ihrer Herzen, ihren warmen Atem in der kühlen Luft. Praxi bedeckte Loukis' Gesicht mit Küssen und weinte hemmungslos, nicht vor seelischem oder körperlichem Schmerz, sondern weil sie ihn liebte. Und während sie sich ihrer Liebe hingaben, waren sie nicht länger Praxi und Loukis, sie waren etwas anderes, Stärkeres. Sie waren zusammen, und so sollte es sein.

Marios spürte das Holz unter seinen Fingern und lächelte. Er hatte gute Arbeit geleistet, als er die rauen Kanten mit der Feile geglättet hatte, genau so, wie Christakis es ihm gezeigt hatte. »Schöne Arbeit«, sagte sein Bruder anerkennend, als Marios ihm sein Werk zeigte. »Noch ein paar davon, und ich bringe dir bei, wie man ein Brett so hobelt, dass die Oberfläche vollkommen glatt ist. Der Trick liegt in einem Stück Kreide.«

»Das wäre toll«, erwiderte Marios und ging zurück zu seinem Platz am Fenster. Hier in der Werkstatt seines Bruders war es deutlich heller als im Arbeitsraum seines Vaters, und das gefiel ihm. Auch wenn er Georgios nur ungern etwas abschlug, so konnte er sich doch nicht vorstellen, den Rest seines Lebens damit zu verbringen, Schuhe für die Dorfbewohner oder am besten noch für Esel anzufertigen. Vielleicht lag es am Leder. Es roch seltsam und fühlte sich leblos an zwischen seinen Fingern – ganz anders als Holz. Einen alten Baum konnte man wieder zum Leben erwecken, man konnte daraus etwas Neues und Schönes schaffen. Leder hingegen wirkte immer tot, ganz egal wie geschickt sein Vater war.

In den ersten Tagen nach Nicos' Tod hatte sich Marios wirklich große Mühe gegeben, ein Schuster zu sein, denn Georgios brauchte ihn. Außerdem wollte niemand, dass Marios zurück in das Lagerhaus ging. Doch dann war sein Vater zusammengebrochen. Er hatte Marios gerade zeigen wollen, wie man Löcher in das Leder stanzte, als seine Finger angefangen hatten zu zittern. Kurz darauf hatte er am ganzen Körper gezittert, als würde er von unsichtbaren Händen geschüttelt, bis er schließlich das Werkzeug beiseitelegen und sich am Tisch festhalten musste.

In diesem Moment war Christakis hereingekommen. Er sah

seinen Vater und bat Marios, draußen zu warten. Nach ungefähr zwanzig Minuten kam sein Bruder wieder heraus und erklärte Marios, dass er ab sofort den Beruf des Tischlers erlernen würde, wenn er das wollte. Natürlich wollte er das. In Christakis' Werkstatt herrschte keine so drückende Stimmung; niemand weinte, und niemand machte verzweifelte Witze, über die keiner lachte. Dort wurde einfach nur gearbeitet. Vormittags meißelte und schnitzte sein Bruder, wobei sich goldenes Holz zu seinen Füßen kräuselte, und Marios erledigte konzentriert die Aufgaben, die man ihm übertrug. Um die Mittagszeit kam dann Christakis' Frau Yianoulla mit dem Baby Angelis auf dem Arm und drei Teller jonglierend zu ihnen. Gemeinsam setzten sie sich in die Sonne, die Brüder verschlangen das Essen, das sie zubereitet hatte, und Angelis spielte auf dem Schoß seines Vaters, zog ihn mit Begeisterung am Bart und lachte. Hin und wieder machte Yianoulla Bratkartoffeln, die einem auf der Zunge zergingen, und einmal hatte sie sogar Eis gemacht. Aber meistens gab es Käse und Brot, mit Olivenöl zum Tunken. Gestern hatte Christakis seiner Frau allerdings gesagt, dass sie nun aufhören solle, sie zu bedienen, da das Baby in ihrem Bauch immer größer wurde, aber sie hatte nur gelacht und geantwortet, dass es ihre Aufgabe sei, sich um ihre Männer zu kümmern.

Marios fand seine Schwägerin nett und hübsch, und er hoffte für sie, dass sie diesmal ein kleines Mädchen zur Welt bringen würde, keinen weiteren Jungen. Zypern war gefährlich für Jungs. Sie wurden groß und starben.

Gegen vier Uhr schickte Christakis seinen Bruder immer nach Hause, was Marios sehr recht war, denn unabhängig von der Jahreszeit und vom Wetter stand die Sonne um diese Zeit noch hoch am Himmel, und ihm blieb genug Zeit, um ins Dorf zu laufen und Nicos zu besuchen, bevor er zu seinen Eltern ging. Obwohl Nicos tot war, hatte er ihn in Wirklichkeit nie verlassen, Marios konnte ihn spüren. Er nahm an, dass das mit dem einen Ei zu tun hatte, aus dem sie beide stammten, und vermutlich auch damit, dass er nie aufgehört hatte, hinzuhören.

Immer wenn er sich zu Nicos ans Grab setzte, um ihm von seinem Tag und all den Dingen zu erzählen, die er gelernt hatte, hörte er seinen Bruder Fragen stellen und gab ihm ehrliche Antworten. Heute Abend würde er von Christakis' Versprechen erzählen, ihm zu zeigen, wie man Bretter ordentlich hobelte. Nicos würde das gefallen, er wäre bestimmt beeindruckt.

Es war wirklich schade, dass seine Eltern Nicos nicht mehr spürten, denn wenn sie das täten, könnten ihre Tränen endlich trocknen, und sie würden aufhören, so alt zu werden. Für Marios war es so, als wäre ihr Papa in den letzten Wochen geschrumpft. Langsam und unsicher war er geworden, und an dem Morgen, nachdem sie Nicos in sein neues Bett gelegt hatten, war ihre Mamma mit einer grauen Haarsträhne aufgewacht, die seitlich neben ihrem Gesicht verlief. Niemand sprach sie darauf an, was Marios seltsam fand, doch er selbst sagte auch nichts, aus Angst, sie würden alle wieder anfangen zu weinen. Aber als er Nicos davon erzählte, hörte er ihn laut lachen und entschied, nicht mehr darüber nachzudenken. Wenn er jetzt seine Mamma anschaute, sah er nicht mehr die graue Strähne. Er hörte Nicos' Lachen.

Yiannis kurbelte die Autoscheibe herunter und streckte seinen Kopf aus dem Fenster.

»*Yassou*, Loukis. Ich hab das mit deinem Bruder gehört. Tut mir echt leid. Nicos war ein guter Kerl, ein guter Grieche.«

Loukis blieb am Straßenrand stehen. Gereizt verengten sich seine Augen zu Schlitzen. Es passte ihm weder, den Typen zu sehen, noch dass es ihm der Anstand gebot, sich seine hohlen Beileidsbekundungen anzuhören.

»Ich versprech dir, die Besatzer werden büßen für das, was sie getan haben«, fuhr Yiannis fort.

»Wie ungemein tröstlich«, gab Loukis höhnisch zurück. Er trat näher an das Auto heran und legte seine Hände bewusst so aufs Dach, dass Yiannis gezwungen war, seinen Kopf zurückzuziehen.

»Na, dann erzähl doch mal«, verlangte er, »was genau gedenkst du zu tun? Die Briten in die Luft zu jagen, alle über den Haufen zu schießen oder sie vielleicht doch eher mit deinen Flugblättern in den Selbstmord zu treiben?«

»Sachte, sachte.« Yiannis lachte, für den Fall, dass Loukis Spaß machte, doch es klang schwach und gezwungen.

Loukis zog eine Augenbraue hoch und starrte ihn erwartungsvoll an. Unsicher, wie er reagieren sollte, trat Yiannis aufs Gaspedal und ließ den Motor aufheulen. Die Economidou-Jungs gingen ihm gehörig auf die Nerven, und er hatte die Nase voll, den netten Kerl zu mimen.

»Pass mal auf, Kleiner, du hast keine Ahnung, was hier wirklich los ist«, sagte er mit finsterer Stimme oder jedenfalls so finster, wie er konnte. Dann brauste er ohne eine weitere Erklärung davon.

Loukis blickte Yiannis hinterher, wie er die Straße hinunter verschwand, die kaum mehr war als ein Trampelpfad. Ihm standen die Nackenhaare zu Berge, und Groll ließ seine Wangen glühen. Der Chevrolet war aus der Richtung von Praxis Haus gekommen, und trotz aller Bemühungen, es zu ignorieren, hörte er die beiden in seinem Kopf reden. Hörte fade Schmeicheleien, hörte Praxi kichern, hörte Einladungen zum Tanz. Seine Eifersucht trieb ihn sogar so weit, ein Grammophon spielen zu hören und Hände zu sehen, fremde Hände, nicht seine, die feucht in ihren lagen. Sie führten sie über eine Tanzfläche, berührten sie wie zufällig ganz unten am Rücken, drängten an sie heran und nötigten sie, ihre Brüste an seinen Oberkörper zu pressen.

Er hätte den Kerl erwürgen können. Doch es war nicht nur Yiannis, der Loukis' Geduld strapazierte: Seit über einer Woche entzog sich Praxi ihm nun schon. Offenbar versuchte sie, sie beide zu schützen, doch es fühlte sich an wie eine Strafe. Nach dem Tag auf dem Berg waren sie nur noch zwei Mal zusammengekommen, bevor sie vor seinen Berührungen zurückgewichen war und angefangen hatte, Barrieren aus fadenscheinigen Ausreden zwischen ihnen zu errichten. Loukis pochte das Blut in den Adern, und es fiel ihm schwer, sich zurückzuhalten. Doch als Praxis Schmerz um Nicos nachzulassen begann, füllte sie die Leere mit Schuldgefühlen, die sie dazu zwangen, sich von ihm zu entfernen und ihrem Leben Regeln aufzuerlegen, die andere gemacht hatten, die für andere galten, nicht für sie. Loukis wollte sie an den Schultern packen und durchrütteln, wollte sie anschreien, dass der Rest der Welt von ihm aus zur Hölle fahren konnte, aber dafür hätte er erst einmal an sie herankommen müssen. In ihrem von Scham und Moral heraufbeschworenen Wahn hatte sie sich Maria zur Seite gestellt. Egal, wohin Praxi und er nun gingen, wurden sie von der Germanos-Tochter begleitet, die ihm Gespräche aufnötigte, auf die er nicht die geringste Lust hatte. Und nun war sie schon wieder da, starrte ihn von einem Hocker aus an, während sich Praxi mit einer Axt abmühte.

Da ihr Vater tot und ihre Mutter noch immer vollends damit beschäftigt war, den Verlust des Erzbischofs zu betrauern, musste sich Praxi um das Holz für den Winter kümmern. Noch vor ein paar Wochen wäre Loukis eingeschritten, hätte ihr die Axt aus der Hand genommen und das Holz für sie gehackt. Doch jetzt stand er da wie festgewachsen, Marias Anwesenheit und seine eigene unbändige Wut hinderten ihn daran, sich auch nur einen Millimeter vom Fleck zu bewegen. Praxi hatte ihn nicht bemerkt und redete gerade von Yiannis.

»Der hält sich tatsächlich für was Besonderes, oder?«

»Er will mit dir zusammen sein«, stellte Maria fest und sah dabei mit verschmitztem Blick und einem Lächeln auf den Lippen zu Loukis hinüber.

»Eher friert die Hölle zu, als dass ich *den* Kerl heirate, das sag ich dir! *Dich* kann er mit seinem Auto vielleicht beeindrucken, Maria, aber mich würde Yiannis zur Weißglut treiben mit seinem ganzen EOKA hier, EOKA da.« Praxi ließ die Axt nach unten krachen und hätte den Holzklotz fast in der Mitte gespalten, aber eben nur fast.

»Du weißt, dass Yiannis, wenn er das Café in Keryneia aufmacht, so wie er sagt, ein ziemlich guter Fang ist – ein Geschäftsmann und so.«

»*Wenn* er ein Café aufmacht … Ich meine, wo soll er denn das ganze Geld dafür hernehmen? Wirklich, du solltest diesem Angeber nicht alles glauben, was er dir erzählt.«

»Na, gut – wenn also nicht Yiannis, wer soll dann dein Freund sein?«

Praxi zögerte und fummelte an der Axt herum, löste sie aus dem Holzklotz. Ihr war überhaupt nicht danach, dieses Gespräch zu führen, schon gar nicht mit Maria. Sie schaffte es zurzeit kaum, einen klaren Gedanken zu fassen, alles war so verworren und seltsam.

»Komm schon«, drängte Maria und sah Loukis dabei direkt in die Augen. »Wer soll dein Freund sein? Was ist mit Loukis?«

»Oh, werd endlich erwachsen, Maria! Loukis ist ein Freund, mehr nicht. Er ist noch ein Junge, Herrgott noch mal!«

Praxi schwang die Axt über ihren Kopf und ließ sie krachend nach unten sausen. Holzsplitter flogen ihr um die Füße. Sie hasste sich bereits im selben Moment für ihre Worte, denn sie klangen wie Verrat. Und hätte sie sich umgedreht, statt einen neuen Holzklotz vor sich aufzustellen, hätte sie sich nur noch mehr verabscheut.

Langsam kehrte Loukis Maria den Rücken und ging schweigend davon.

Es war fast Mitternacht, als Frau Economidou an die Tür hämmerte, als wäre der Teufel persönlich hinter ihr her.

»Loukis?«, wollte sie von Praxi wissen und drängte sich an ihr vorbei ins Haus. Verzweifelt suchte sie den Raum mit den Augen nach ihrem Sohn ab. »Hast du Loukis gesehen?«

Nicht ohne Gewissensbisse gestand Praxi, dass sie ihn seit mehreren Tagen nicht gesehen hatte.

»Er ist nicht nach Hause gekommen, und ich weiß nicht, wo er ist!«, stieß Dhespina keuchend hervor. »Da lag nur dieses

Geld auf dem Tisch, als ich aus meinem Arbeitsraum zurückkam, und ich hab mir nichts weiter dabei gedacht, habe angenommen, dass Georgios es aus irgendeinem Grund dort liegen gelassen hatte, aber es ist weder von ihm noch von Marios. Es kann also nur Loukis gehören, aber ich kann ihn nicht fragen, weil er nirgendwo zu finden ist. Ich muss ihn finden, Praxi! Er ist die ganze Nacht nicht zu Hause gewesen. Ich muss ihn finden!«

Praxis Mutter Elena eilte auf ihre Freundin zu, nahm sie fest in den Arm und redete beruhigend auf sie ein.

»Ganz ruhig, meine Liebe. Mach dir keine Sorgen, wir finden ihn. Keine Angst. Es gibt bestimmt eine ganz einfache Erklärung, ganz sicher. Komm, Praxi, zieh dir deine Jacke an, Kind.«

Praxi nahm ihre Jacke vom Haken, streifte sie über ihr Nachthemd und folgte den Frauen aus dem Haus. Ihre Mutter hatte Dhespina einen Arm um die Schulter gelegt und bemühte sich, sie beide in ihr Wolltuch zu wickeln. Laut riefen sie Loukis' Namen und eilten ins Zentrum des Dorfs.

Als sie den Dorfplatz erreichten, um den sich eine Handvoll kleiner Läden gruppierte, hörten sie das Geräusch näher kommender Fahrzeuge. Plötzlich wurden Scheinwerfer eingeschaltet, die die Dunkelheit durchbrachen und sie blendeten. Praxi legte schützend ihre Hand vor die Augen und sah den Umriss eines Mannes auf sie zulaufen. Als er näher kam, erkannte sie seine Uniform. Wenige Schritte hinter ihm folgten zwei weitere, schwerbewaffnete Soldaten. In ihren blassen Gesichtern war erstauntes Vergnügen zu lesen.

»Guten Abend, Ladys«, sagte der Mann und nahm eine autoritäre Haltung ein. »Spricht eine von Ihnen vielleicht Englisch?«

»Ich spreche Englisch«, meldete sich Praxi und trat einen Schritt vor.

»Was sagt er?«, fragte ihre Mutter.

»Er will wissen, ob wir Englisch sprechen«, erklärte Praxi.

»Englisch!«, fauchte Dhespina. »Eher würde ich mir die Zunge herausschneiden!«

Der Soldat hustete, und Praxi wandte sich wieder ihm zu.

»Nun, vielleicht möchten mir die jungen Damen erklären, was sie zu dieser nächtlichen Stunde hier draußen machen – wo wir doch längst Sperrstunde haben?«

»Wir suchen jemanden«, sagte Praxi.

»Was sagt er?«, fragte Elena.

»Er will wissen, warum wir nach der Sperrstunde noch unterwegs sind«, übersetzte ihre Tochter.

»Sperrstunde! Zum Teufel mit ihrer Sperrstunde! Das ist unser Land, und wir gehen verdammt noch mal hin, wo wir wollen und wann wir wollen!« Dhespina lief los und drängte sich unsanft an dem Soldaten vorbei, der sie daraufhin am Arm packte. Er bereute es augenblicklich.

»Nimm sofort deine dreckigen Finger weg, du Hurensohn!«, schrie sie und funkelte ihn fuchsteufelswild an. Der Soldat zuckte zurück.

»Was hat sie gesagt?«, wandte er sich an Praxi.

»Sie hat Sie einen Hurensohn genannt«, antwortete sie.

»*Dolofonoi*!«, brüllte Dhespina, nun völlig außer sich. »*Dolofonoi*!«

»Jetzt nennt sie euch Mörder«, half Praxi aus.

Dem Soldaten war die Situation sichtlich unangenehm. In den umliegenden Häusern gingen die Lichter an. In ein paar Wochen würde er diese verdammte Insel verlassen und heimkehren. Er würde bei seiner Familie sein, sich auf Weihnachten freuen. Das Letzte, was er jetzt gebrauchen konnte, war, von zwei verrückten alten Weibern und einer Halbwüchsigen in einen Aufstand verwickelt zu werden.

»Zurück zum Wagen«, befahl der Soldat seinen beiden Kameraden, die mit jedem weiteren erleuchteten Fenster unruhiger wurden.

»Jawohl, Sarge.«

Während die Soldaten den Rückzug zu ihren Landrovern antraten, keifte Dhespina ihnen Hasstiraden hinterher. »*Dolofonoi! Dolofonoi!*«, schrie sie und hörte erst auf, als die Wagen der Männer außer Sichtweite waren.

Als schließlich Ruhe eingekehrt war, kamen die Dorfbewohner aus ihren Häusern geschlichen, um zu sehen, was eigentlich los war.

»Es geht um Loukis, er ist verschwunden«, klärte Praxi die Neugierigen auf. Ein paar Frauen bekreuzigten sich hastig und sprachen ihr Mitgefühl aus.

»Aber ich hab ihn doch heute Nachmittag noch gesehen«, meldete sich der alte Televantos zu Wort.

»Wo?« Dhespina riss sich aus den Armen der mitleidigen Frauen los. »Wo haben Sie Loukis gesehen?«

»Er war auf dem Weg nach Keryneia, zumindest sah es so aus. Und ich sage dir: Er war in einer ganz fürchterlichen Verfassung. Er schaute so finster drein, liebe Dhespo, man hätte ihn für einen Schurken halten können. Ich hab natürlich versucht, mit ihm zu reden, aber – nichts für ungut – du kennst ja deinen Loukis, er gehörte noch nie zu der unkomplizierten Sorte. Er sagte die absonderlichsten Dinge, und ich konnte mir in diesem Moment keinen Reim darauf machen … und kann es, ehrlich gesagt, immer noch nicht. Ich habe sogar Frau Televantos gefragt, was sie davon hält, aber sie wusste es auch nicht zu deuten …«

»Was hat er gesagt, Herr Televantos?« Dhespina versagte vor Aufregung fast die Stimme.

Herr Televantos nickte. »Ja, natürlich, Dhespo, entschuldige. Er hat gesagt, jetzt lass mich kurz nachdenken, welchen Wortlaut er genau gewählt hat … Ja, genau, er sagte, dass ich allen, die es wissen wollen, ausrichten soll, dass er sich auf den Weg gemacht habe, ein Mann zu werden. Es war wirklich äußerst befremdlich, wenn ich das so sagen darf, ja, wirklich äußerst befremdlich.«

4

Der Priester war nicht sonderlich überrascht, dass Loukis in der Kapelle auf ihn wartete. Nach der Gräueltat von Ammochostos hatten er und die EOKA fast damit gerechnet, dass zumindest einer der Economidou-Brüder sie aufsuchen würde. Er führte den Jungen zur Beratung und um Beistand zu leisten in das Hinterzimmer, und Loukis ließ den in Schwarz gehüllten Diener Gottes in dem Glauben, dass sein plötzliches Interesse an der *enosis* mit der Ermordung seines Bruders zu tun hatte.

Loukis nickte nur stumm, während der Geistliche mit Gemeinplätzen auf ihn einredete, und auch seine Aufrufe zum bewaffneten Widerstand prallten an ihm ab. Religion war ihm schon immer suspekt gewesen, und so erfüllten ihn die Nähe und die Heftigkeit dieses Priesters mit Unbehagen. Loukis glaubte an das, was er sehen konnte: an die Kraft des Windes und des Meeres, an das Strahlen der Sonne und den Glanz des Mondes. Er brauchte keine Geschichten, die ihm die eigene Existenz erklärten oder Entschuldigungen für die menschliche Natur suchten. Und schon gar nicht brauchte er Gottesdienste, in denen Priester zu den Waffen riefen und im selben Atemzug die fleischlichen Sünden verdammten. Doch außergewöhnliche Umstände erforderten außergewöhnliche Maßnahmen, und er brauchte nun einmal genau diesen Mann, um sein Vorhaben in die Tat umzusetzen. Daher schluckte er seinen Ärger hinunter und nahm sich die ganze Nacht über zusammen, bis sie am nächsten Morgen die kleine Kapelle von Skylloura erreichten, wo man Loukis in einen mit Vorhängen abgehängten Raum hinter dem Altar führte. Dort erwartete sie im Halbdunkel ein weiterer Geistlicher mit drei Jugendlichen, deren Augen vor Eifer glühten, was nicht recht zu ihren ernsten Gesichtern passte. Auf einem Stuhl in der Ecke saß ein Mann in einer abgetragenen Jacke und schmutziger Hose. Er stand auf, als sie hereinkamen.

»Na, endlich – fangen wir an«, knurrte er. Dann hielt er eine matte Rede, in der er kurz den Kampf um *enosis* sowie die Verbannung des Erzbischofs anriss, mit der weiteres Öl ins Feuer des Konflikts gegossen worden sei. Anschließend forderte er die Jungen auf, ihren Treueschwur zu leisten. Im Unterschied zu den drei anderen, die ihre Eidesformel sehr theatralisch nachsprachen, ging Loukis die Sache nüchtern und leidenschaftslos an.

»Ich schwöre, keinerlei Geheimnisse preiszugeben, welche die Mitglieder, Waffen, Verstecke, Gelder oder Aktivitäten der Organisation betreffen, unter keinen Umständen, möge die Folter noch so grausam sein«, wiederholte er. »Ich schwöre, mich nicht finanziell an der Organisation zu bereichern, die Befehle meiner Vorgesetzten widerspruchslos zu befolgen, und letztens, mich mit all meiner Kraft und, wenn erforderlich, unter Einsatz meines Lebens der erfolgreichen Durchsetzung der heiligen Ziele der Organisation zu widmen.«

Als er geendet hatte, segnete ihn der Priester, und die anderen Neulinge klopften ihm als Zeichen der Verbundenheit auf den Rücken, was Loukis jedoch vollkommen ungerührt ließ. Der Mann, der ihnen den Eid abgenommen hatte, schüttelte ihm die Hand und stellte sich als Bezirksoffizier der EOKA vor. Er hatte dunkle Ringe unter den Augen, und seine Stirn war tief zerfurcht. Loukis vermutete, dass er jünger war, als er aussah – umgekehrt war der EOKA-Mann erstaunt, als Loukis ihm sein Alter verriet. Denn obwohl Loukis ein Jahr jünger war als die drei anderen Jungen, überragte er alle Anwesenden im Raum um Haupteslänge.

»Schade, dass du noch so jung bist«, sagte der EOKA-Bezirksoffizier. »Du musst siebzehn sein, bevor wir dich zur

Waffe greifen lassen können. Und ich vertraue auf Gott, dass dieser Kampf bis dahin beendet sein wird.«

Die beiden Priester nickten einträchtig. Und so wurde Loukis – keine vierundzwanzig Stunden, nachdem er seinem Dorf den Rücken gekehrt hatte – Mitglied der zyprischen Widerstandsbewegung.

Im Bedford-Bus auf dem Weg nach Lefkosia bot der Bezirksoffizier Loukis den Platz am Fenster an, verriet ihm aber weiterhin nicht seinen Namen. Die anderen Jungen hatten sie in Skylloura zurückgelassen. Loukis fragte nicht, warum, erfuhr es aber dennoch.

»Ihr Eifer für die Sache ist unbestritten«, erklärte der Bezirksoffizier, »aber sie sind noch zu jung. Deshalb werden sie erst mal Flugblätter herstellen und verteilen und die Wände mit Parolen bemalen. Sollte sich herausstellen, dass sie ein Händchen dafür haben und sich nicht verhaften lassen, werden wir sie weiter ausbilden – auch militärisch. Das ist der normale Weg. Dein Fall liegt etwas anders, weil du darauf bestanden hast, deine Gegend zu verlassen, und auch weil es die gegenwärtige Lage der Dinge erfordert. Deshalb setzen wir dich in Troodos ein.«

»Welche gegenwärtige Lage?« Loukis nahm die Zigarette, die ihm angeboten wurde, und zündete sie sich an.

»Wir mussten in den letzten Monaten ganz schön einstecken. Die Suezkrise hat uns eine Verschnaufpause verschafft, aber jetzt kommen die Truppen zurück, und dann ist vor kurzem in Lemesos einer unserer Schmugglerringe aufgeflogen.«

»Das habe ich mich sowieso schon immer gefragt: Woher kriegt ihr eure Waffen?«

»Aus verschiedenen Quellen«, erklärte der Mann. »Per Paketpost oder per Kurier aus Griechenland, aus Überfällen auf Polizeiwachen oder auf Stützpunkte. Wir haben auch schon Munition aus Schiffen geborgen, die im Zweiten Weltkrieg vor der Küste gesunken sind. Und wir basteln selber welche aus Sprengstoff, der in unseren eigenen Läden verkauft wird. Aber all das ist zum jetzigen Zeitpunkt für dich ohne Belang. Ich nehme an, dass man dich als Kurier zwischen den Zellen in den Bergen einsetzen wird, du also Nachrichten, Lebensmittel und alles, was sonst benötigt wird, zu den einzelnen Punkten bringst.«

Loukis hörte aufmerksam und fasziniert zu. Ihm wurde jetzt erst klar, wie organisiert der Widerstand war.

»Und wie läuft das ab?«, fragte er.

»Du meinst, wem du Bericht erstattest und all das?«

Loukis nickte.

»Nun, eigentlich ganz klassisch«, meinte der Bezirksoffizier und schnippte sich dabei die Schuppen von den Schultern. »Die Mitglieder operieren von sicheren Häusern oder Verstecken aus, und die meisten Zellen bestehen aus fünf bis zehn Leuten. Das Hauptquartier ist mobil, um zu verhindern, dass es vom britischen Geheimdienst entdeckt wird, und alle Befehle werden durch Boten übermittelt. Wie ich schon sagte, du wirst vermutlich ein Glied in dieser Kette werden. Sollte der Kampf andauern und es gut für dich laufen, werden sie dich irgendwann zum bewaffneten Kämpfer befördern – vorausgesetzt, du hast den Mumm dazu.«

Loukis spürte den prüfenden Blick des Mannes und beschloss, besser nichts dazu zu sagen. Der Bezirksoffizier schien zufrieden.

»Die EOKA baut auf Verschwiegenheit«, fuhr er fort. »Nur so können wir den Fortbestand der Organisation sichern. Eine Menge von euch Jungs, zum Beispiel die drei, die wir gerade zurückgelassen haben, haben das Herz am rechten Fleck, aber Herzen neigen zu Stolz, der oft die Zunge löst. Es zahlt sich immer aus, den Mund zu halten, nur so wird man wirklich Teil des Widerstands. Wenn du in Troodos ankommst, wird dich der dortige Bezirksoffizier einer Zelle zuteilen, und du erhältst einen Codenamen, den nur du, dein Kommandeur und die Mitglieder deiner Zelle kennen. Niemand sonst wird je diesen Namen erfahren, es sei denn, du gibst ihn preis, und tust du das nur ein einziges Mal, verdoppelst du das Risiko, verraten, enttarnt und gefasst zu werden. Bewahre also stets Stillschweigen, Junge, und vertraue niemandem außer den Mitgliedern deiner Zelle.«

Loukis wandte den Blick aus dem Fenster und sann über das Gespräch nach. Die Berge, hinter denen Keryneia und die Nordküste verschwunden waren, wurden immer kleiner, und vor ihnen erstreckten sich die weiten Ebenen, die in die Hauptstadt führten. Loukis liebte dieses Land mit seinen gezackten Gipfeln, den sandigen Stränden und den felsigen Hochebenen. Wenn er auch nicht darauf brannte, zu Griechenland zu gehören, musste seine Liebe für die Insel im Augenblick als Grund für seinen Entschluss, der EOKA beizutreten, reichen.

Im Trubel von Lefkosia verabschiedete sich der Bezirksoffizier von Loukis und steckte ihm noch etwas Geld für den Bus nach Alona zu. Dort würde ihn ein anderes EOKA-Mitglied in Empfang nehmen und in ein sicheres Haus bringen.

»Viel Glück«, sagte der Mann zum Schluss, griff Loukis am Arm und zog ihn in eine grobe Umarmung. Dann verschwand er im Chaos der wogenden Menschenmasse. Vier Monate später erfuhr Loukis, dass er von den Briten verhaftet und im Zentralgefängnis von Lefkosia gehenkt worden war. Er war vierundzwanzig Jahre alt gewesen – und ruhte nun in einem anonymen Grab.

Der Mann, der Loukis in Alona abholte, erinnerte nicht nur wegen seiner Körpergröße an einen Bär, er war auch extrem bärbeißig. Gegen seine ruppige Art, sich jedem Gespräch zu verweigern, wirkte Loukis' Schroffheit vergleichsweise mädchenhaft – was die ohnehin beschwerliche Weiterreise, größtenteils zu Fuß durch felsiges, unwegsames Gelände, noch mühsamer machte. Während ihres Marsches immer tiefer in die Wälder hinein, wurde Loukis noch zwei weitere Male an Fremde übergeben, bis er schließlich vor seinem neuen Zuhause stand: einem kleinen Landhaus inmitten des dichten Kiefernwalds, der die Hänge um Troodos bedeckte. Der Herr des Hauses hieß Demetris Thedosias – und er war Sergeant bei der zyprischen Polizei.

»Ungefähr zwanzig von uns sind in der EOKA«, erklärte Demetris, als sie abends zusammen am Tisch saßen und sich das *kleftiko* schmecken ließen, das seine Frau Lella zubereitet hatte. »Wer die anderen sind, weiß ich nicht. So läuft das in der Organisation: Nur die, die etwas wirklich wissen müssen, wissen es auch. Dich hier bei uns im Haus zu haben ist nicht ganz ungefährlich. Aber du hast dich als glaubwürdig erwiesen, und dann ist es unsere Pflicht, alles, was in unserer Macht steht, für dich zu tun, solange du unsere Hilfe brauchst. Und natürlich ist es uns auch eine Freude ... Ganz nebenbei bemerkt: Solltest du uns verraten, schneidet dir die junge Dame hier deinen *polloi* ab.«

»Demetris!«, rief seine Frau mit gespieltem Entsetzen.

»War doch nur ein Witz«, beteuerte ihr Mann. »Der Junge weiß das!«

Und Loukis wusste es.

Demetris war in jeder Hinsicht ein großer Mann: Als leidenschaftlicher Esser brachte er es auf einen stattlichen Körperumfang, welcher der Größe seines Herzens zu entsprechen schien. Wenn er sprach, betonten seine kräftigen Hände donnernd seine offenen Worte. Lella war ruhiger als ihr Mann, jedoch ebenso rund und herzlich. Sie neigte zu impulsiven, mütterlichen Gefühlsausbrüchen und drückte Loukis unentwegt Küsse auf die Wangen, die ihn anfangs stets völlig unvorbereitet trafen, doch er gewöhnte sich gern an ihre warmherzige Art. Seit Loukis über ihre Schwelle getreten war, hatte das Paar ihn wie selbstverständlich bei sich aufgenommen. Er sollte sich als Teil der Familie fühlen, was er ja nun tatsächlich auch war. Ihre Liebenswürdigkeit beschämte ihn beinahe.

Am Tag seiner Ankunft feilten sie zu dritt noch bis spät in die Nacht an seiner Legende, stimmten Einzelheiten und Details ab, die, wie sie Loukis erklärten, über Freiheit oder Festnahme entscheiden konnten. Er war ihr Neffe aus Keryneia – aus der St. Andrew's Street, um genau zu sein. Seine Mutter Lenya war Lellas Schwester, die sich seit dem Tod ihres Mannes zunehmend Sorgen machte, dass sich ihr Sohn mit den falschen Leuten einließ. Sie hatte sich schließlich nicht anders zu helfen gewusst, als ihn unter Tränen in die Obhut seiner Tante und seines Onkels zu schicken. Dort sollte er nun bleiben, bis sich die Unruhen gelegt hatten.

»Von nun an ist diese Geschichte deine Wahrheit«, sagte Demetris in einem seiner wenigen ernsten Momente zu Loukis. »Glaube daran, und lebe sie. Was uns betrifft, so werden Lella und ich dich nie nach deinen wahren Beweggründen fragen – denn was wir nicht wissen, kann uns auch nicht in Widersprüche verwickeln. Ich kann es nicht oft genug wiederholen, Loukis, wie wichtig es ist, dass du bei deiner Geschichte bleibst, Tag und Nacht. Da ich Polizist bin, kommen hier unentwegt Leute vorbei: EOKA-Männer, Polizeikollegen, sogar Briten. Und sie alle sind sehr neugierig, also bleib bei deiner Geschichte. Sei der mürrische Jugendliche, das ist vermutlich deine beste Tarnung!« Demetris lachte, und Lella nahm Loukis' Gesicht zwischen ihre Patschhände und drückte ihm einen ihrer heißen Küsse auf die Wange.

In den folgenden zwei Wochen lebte sich Loukis in seiner neuen Umgebung ein. Er half Lella bei der Hausarbeit, unternahm Wanderungen mit Demetris, um die Gegend zu erkunden, lernte die Nachbarn der beiden kennen und empfing, wie verabredet, äußerst übellaunig ihre Freunde von der Polizei. Eines Nachmittags, als er gerade in der Wintersonne beim Holzhacken schwitzte, kam ein fremder Jugendlicher auf das Haus zugelaufen. Als Lella ihn entdeckte, nickte sie Loukis beruhigend zu und verschwand in der Küche.

»Bruder«, grüßte ihn der Junge. »Wir machen jetzt einen Spaziergang.«

Loukis legte die Axt zur Seite und folgte ihm. Wortlos bahnten sie sich ihren Weg durch den feuchten Wald, ließen Zweige und Äste unter ihren Schritten knacken, bis sie auf die Straße nach Pano Platres hinaustraten.

»Wir müssen eine Nachricht hinterlegen«, erklärte der Junge, als sie eine Verschnaufpause machten. Er trug zerlumpte Kleider, und die Haut seiner linken Gesichtshälfte war papierdünn und mit roten Narben überzogen.

»Aber ich werde dir weder sagen, für wen sie bestimmt ist, noch was draufsteht. Also frag erst gar nicht.«

»In Ordnung«, erwiderte Loukis.

»Bist du gar nicht neugierig?«

»Nicht genug, um zu fragen.«

»Gut, denn selbst wenn ich wollte – was ich nicht tue –, würde ich es dir nicht verraten.«

Loukis zuckte mit den Schultern. Seinem »Bruder« war es offenbar wichtig klarzustellen, wer bei Loukis' erster EOKA-Mission das Sagen hatte. Während sie die asphaltierte Straße entlanggingen, rumpelte ein britischer Konvoi an ihnen vorbei. Die Windschutzscheiben der Fahrzeuge an der Spitze und am Ende der Kolonne waren nach vorn auf die Motorhaube geklappt, ein kleiner Wall aus Sandsäcken war darauf errichtet. Die Dächer der Lastwagen waren abgeschrägt und mit mehreren Lagen Maschendraht verkleidet.

»Damit die Granaten runterrollen, wenn wir welche werfen«, kommentierte der EOKA-Junge, als die Laster an ihnen vorbeidröhnten. »Und zum Schutz gegen unsere Landminen haben sie Sandsäcke auf dem Boden liegen. Ab und zu erledigen wir aber trotzdem ein paar von ihnen.«

»Hast du viele Briten getötet?«, fragte Loukis.

»Jedenfalls genug, dass man der Queen Meldung macht«, feixte der Junge.

Nach etwa sechs Kilometern Fußmarsch schraken die beiden Jungen plötzlich zusammen: Vor ihnen war eine Straßensperre aufgebaut, an der drei Soldaten in schwerer Montur Wache standen und rauchten.

»Die Scheißkerle haben uns gesehen«, stellte Loukis' Begleiter überflüssigerweise fest, als die Männer sich in ihre Richtung wandten. »Wir dürfen auf keinen Fall wegrennen, sonst schießen sie auf uns.«

Entschlossenen Schrittes marschierte er voraus, und Loukis vermutete, dass die Briten, sollten sie sich bislang nicht für sie interessiert haben, es spätestens jetzt tun würden. Er war daher nicht im Geringsten überrascht, als sie von den Soldaten angehalten wurden.

»Na, Jungs, wohin des Weges?«, fragte einer der Männer freundlich, während ein anderer näher kam und sie aufforderte, die Arme zu heben, damit er sie abtasten konnte.

»Was geht dich das an?«, gab der Junge zurück.

Loukis rutschte das Herz in die Hose.

»Das kann ich dir sagen«, erwiderte der Soldat, trat seine Zigarette aus und verstärkte den Griff um seine Waffe. »Das hier ist ein Kontrollpunkt, und wir führen hier die Aufsicht. Du wirst also so freundlich sein, diese verdammte Frage zu beantworten, und zwar höflich.«

Angespannt wartete Loukis die Reaktion des Jungen ab. Würde er standhaft bleiben und eine Abreibung riskieren, oder würde er zurückrudern und vor ihm, dem neuen Rekruten, sein Gesicht verlieren?

Loukis sprang ein. »Entschuldigen Sie bitte, Sir, dass mein Freund so ungeduldig ist, aber wir sind in einer dringenden Angelegenheit unterwegs.«

Der Junge warf Loukis einen grimmigen Blick zu.

»Stimmt das, junger Mann? Und was soll das für eine dringende Angelegenheit sein?« Der Soldat hielt seinen geschulten Blick starr auf den EOKA-Jungen gerichtet.

»Mädchen«, erwiderte Loukis trocken.

»Mädchen?«

»Ja, wir … wie sagt man gleich auf Englisch?« Er zögerte einen Augenblick, um nach einer Formulierung zu suchen, die er längst wusste. »Den Hof machen! Ja, wir wollen ihnen den Hof machen …«

Der Soldat lockerte den Griff um seine Waffe.

»Na, warum hast du das denn nicht gleich gesagt?«, fragte er. »Kein Wunder, dass es dein Freund hier so eilig hat.«

»Wahrscheinlich hat er sich schon sein Höschen besudelt«, flachste einer der beiden anderen Soldaten.

»Dann mal ab mit euch«, befahl der erste Soldat. »Und tut uns einen Gefallen: Solltet ihr im Dorf noch mehr willige Mädchen treffen, dann kommt zurück und sagt uns Bescheid, ja? Wir sterben hier oben!«

»Machen wir«, sagte Loukis.

Nachdem die Männer zur Seite getreten waren, um sie passieren zu lassen, äffte Loukis' Begleiter den Soldaten auf Griechisch nach: »›Wir sterben hier oben! Wir sterben hier oben!‹ Natürlich sterben sie hier oben – dafür werden wir schon sorgen.« Er schickte ein verächtliches Lachen in die Richtung der Uniformierten. »Na, egal, der Einfall mit den Mädchen war jedenfalls genial … Du kannst ziemlich schnell schalten, gefällt mir. Ich hatte die Situation natürlich voll im Griff. Ich ärgere die einfach gern, trotzdem: gute Arbeit, Bruder. Aus dir machen wir noch einen richtigen EOKA-Mann. Ich heiße übrigens Stelios.«

»Loukis.«

»Weiß ich. Ich hab heute Morgen über dich Bescheid bekommen. Auch wenn anscheinend nicht alle Informationen ganz richtig waren: Man hat mir gesagt, du wärst vierzehn.«

»Ich bin vierzehn.«

»Heilige Mutter Gottes! Was geben sie euch in Keryneia denn zu essen?«

»Hauptsächlich Schweineohren und Schlangen.«

»Ich hasse Schlangen …«

»Gekocht sind die echt lecker. Roh können sie manchmal ziemlich fade sein.«

»Roh?« Stelios verzog angewidert die Nase. »Das war ein Witz, oder?«

»Stimmt«, sagte Loukis.

»Trotzdem, du bist verdammt groß für dein Alter.«

»Das liegt in der Familie. Ich werde aber nächsten Monat fünfzehn, wenn's dich beruhigt.«

»Das macht, ehrlich gesagt, kaum einen Unterschied«, erklärte Stelios. »Du wirst die Scheißkerle, die deinen Bruder umgebracht haben, trotzdem nicht abknallen können. Er ist in Ammochostos umgekommen, hab ich gehört …«

»Ja.«

»Tut mir leid.«

Loukis nickte stumm.

»Und mein bisheriges Getue tut mir auch leid. Ich will ehrlich zu dir sein, Loukis, diese ganze Nachrichtenübermittlerei ist Kinderkram, aber ich hatte den Auftrag, dir den Weg zu zeigen, und ich konnte ja schlecht nein sagen … Du weißt ja: ›Ich schwöre, die Befehle meiner Vorgesetzten widerspruchslos zu befolgen‹, und so.«

Loukis lachte. »Und ich gehe davon aus, dass du dich an der Organisation nicht finanziell bereichert hast, oder? Ich bin nämlich am Verhungern.«

Stelios prustete los, und im nächsten Ort, den sie erreichten, besorgte er Brot und zwei Flaschen Cola.

»Wusstest du, dass die Briten Coca-Cola in ihrem Kampf gegen uns Griechen einsetzen?« Stelios hielt eine der Flaschen gegen das Licht und fing die Sonnenstrahlen in dem dicken grünen Glas. »Wenn sie Patrouille fahren, lassen sie die Dinger hinten auf ihren Lastwagen in der Sonne kochen. Gibt's dann irgendwo Ärger, schnappen sie sich ein paar davon, schütteln sie und werfen sie den Krawallmachern vor die Füße. Die Flaschen explodieren beim Aufprall auf dem Boden wie Granaten, und die Glassplitter sind natürlich auch nicht ohne. Ziemlich raffiniert, wenn du mich fragst.«

Seit Stelios aufgehört hatte, den harten Mann zu markieren, war er Loukis auf seltsame Weise sympathisch, und je länger sie sich unterhielten, desto mehr gewann das narbige Gesicht des Jungen an Leben. Er hatte seine Reserviertheit aufgegeben, mit der er Loukis zuvor begegnet war, und sprach nun offen über die EOKA. Vor etwas über einem Jahr sei er Mitglied geworden, erzählte er. Er liebte dieses Leben, und er lebte für die Sache – auch wenn es ein gefährliches Dasein bedeutete. Zwei Freunde hatte er bislang verloren, einen an den Henker und den anderen während eines Sabotageakts an einem Hochspannungsmast. Sein Kommandeur für Troodos befand sich gegenwärtig auf der Flucht vor den Briten. Stelios war jedoch der festen Überzeugung, dass selbst Hermes seine Schwierigkeiten hätte, ihn zu fassen. Der Kommandeur hieß Gregoris Afxentiou, und es war ein Kopfgeld in Höhe von 5000 Pfund auf ihn ausgesetzt. Er sei der fähigste aller EOKA-Führer, behauptete Stelios, und genieße nicht nur die Loyalität seiner Männer und die Bewunderung sämtlicher Griechen, sondern auch die widerwillige Achtung der Briten, die bislang erfolglos versuchten, ihn zu ergreifen. Auch Loukis hatte schon von ihm gehört: Afxentiou war eine Zeitlang der Anführer der Gruppe in den Bergen von Keryneia gewesen, und man erzählte sich, dass er es einst abgelehnt hatte, einen Verräter hinzurichten, da die Frau des Mannes erst kurz zuvor ein Kind zur Welt gebracht hatte. Seit er wieder nach Troodos zurückgekehrt war, führte seine Zelle derart effiziente Blitzüberfälle durch, dass er nun der meistgesuchte Mann der Briten war.

»Er ist inzwischen vermutlich genauso bekannt wie Grivas«, verkündete Stelios mit einem gewissen Stolz, und er bedauerte, dass es in der augenblicklichen Situation wohl keine Möglichkeit für Loukis geben würde, Afxentiou kennenzulernen. Stelios' Zelle gehörten noch drei weitere Personen an: zwei alte Hasen, die schon so manchen Kampf ausgefochten hatten, und ein Teilzeit-Mädchen namens Toulla, die genauso viel Mut hatte wie die Männer, aber schönere Brüste. Loukis musste unwillkürlich lachen, doch dann kam ihm Praxi in den Sinn, und sein Gesicht verfinsterte sich.

»Ich schätze, du wirst erst mal Nachrichten übermitteln, so wie heute«, fuhr Stelios fort. »Aber ich werde versuchen, dass du so schnell wie möglich bei einer der Störoperationen mitmachen kannst. Die machen *richtig* Spaß.«

»Was ist mit deinem Gesicht passiert?«, fragte Loukis unvermittelt.

Verlegen berührte Stelios seine Narben. »Das waren die Besatzer«, sagte er. »Grivas war im Sommer auf der Flucht in den Bergen, und die Briten waren ihm auf den Fersen. Dann brach das Feuer aus. Du hast bestimmt davon gehört.«

Loukis nickte. Michalakis' Zeitung war voll davon gewesen. Ein schreckliches Inferno, das praktisch den halben Wald vernichtet hatte.

»Es war unmöglich, den Flammen zu entkommen«, erzählte Stelios weiter. »Die Bäume gingen in der Hitze wie Raketen in die Luft, und der stürmische Wind fachte das Feuer immer weiter an. Ich kam gerade aus Kykkou, und plötzlich saß ich in der Falle. Das Feuer hat uns alle erwischt – Griechen, Türken, sogar die britischen Soldaten. Ich hab sie gehört, die Soldaten, wie sie in den Flammen explodierten. Es lag an der Munition in ihren Patronengurten. Sie sind wortwörtlich in die Luft geflogen. Ans Kämpfen dachte in dem ganzen Chaos natürlich niemand mehr, alle rannten nur um ihr Leben, versuchten dem Feuer zu entkommen, das aber einfach schneller war als wir. Bäume, so heiß wie glühende Asche, stürzten uns vor die Füße. Die Hitze war so unerträglich, dass unsere Lungen brannten. Ganz ehrlich, Loukis, ich hatte mit dem Leben abgeschlossen. Als die Feuerwand immer näher kam, entdeckten ein paar einheimische Forstmänner mich und gaben mir Zeichen, ich solle ihnen den Hügel hinauf folgen. Ich rannte ihnen hinterher, doch dann ging dieser Baum in Flammen auf und krachte um. Ich weiß bis heute nicht, wo ich die Kraft her nahm, aber ich kämpfte mich raus aus dieser Flammenhölle und hastete mit brennenden Haaren und Kleidern um mein Leben. Einer der Forstleute kam zurückgerannt – ein Türke, witzigerweise – und schlug die Flammen aus, die mich ergriffen hatten. Ich kann dir gar nicht sagen, wie unerträglich die Schmerzen waren … Jedenfalls hat dieser Mann sein Leben für mich riskiert und mich zu einem bereits abgebrannten Stück Land geschleppt. Dort saßen wir zusammen, ich weiß nicht, wie lange, während um uns herum das Feuer wütete. Irgendwann hab ich in der Hitze das Bewusstsein verloren, und als ich wieder aufwachte, lag ich in einem sauberen Bett und war am Leben ... Mein Gesicht allerdings war bis zur Unkenntlichkeit verbrannt.«

»Mein Gott«, entfuhr es Loukis. »Aber warum, sagst du, waren die Briten daran schuld?«

»Sie haben das Feuer entfacht«, sagte Stelios. Die Erinnerung trieb ihm Wut und Schmerz in die Augen. »Bei ihrer Jagd auf Grivas haben sie die Gegend mit Granaten und Maschinengewehren unter Beschuss genommen. Es war Sommer, das Holz war trocken wie Zunder, der kleinste Funke genügte also ...«

»Und Grivas?«

»Der ist entkommen.« Stelios zuckte mit den Schultern. »Es heißt, er hält sich in einem sicheren Haus in Lemesos versteckt, muss schön dort sein.«

Praxi schlug derart hart zu, dass die Abdrücke ihrer Wut noch drei Tage lang auf Marias Wange zu sehen waren. Wäre ihre Mutter nicht aus dem Haus gerannt gekommen, um sie mit Gewalt fortzuziehen, hätte sie das Mädchen vermutlich umgebracht.

Praxi hatte schon lange den Verdacht gehegt, dass Maria ein Auge auf Loukis geworfen hatte, doch sie hatte die Schwärmerei ihrer Freundin als eben jene Art romantischer Dummheit abgetan, die völlig durchschaubar war. Maria trug das Bild eines Jungen in ihrem Herzen spazieren, den es nicht gab. Sie war von Loukis' Äußerem gebannt, hatte jedoch nicht die geringste Ahnung, was sich dahinter verbarg. Sie wusste rein gar nichts über ihn, sie hatte noch nicht einmal das Tier erkannt, das er eigentlich war. Wenn er ernst und verschlossen war, so dass ihm nicht ein einziger Laut über die Lippen kam, glaubte Maria, er sei launisch, und fand ihn geheimnisvoll. Als er damals auf dem Rückweg von der Burg ihre Hand nahm, hielt sie das für eine zärtliche Geste. Doch mit ihrer kindischen Provokation und ihren verliebten Spielchen hatte sie ihm das Herz gebrochen, und in diesem Augenblick hasste Praxi Maria ebenso leidenschaftlich, wie sie sich selbst verabscheute.

Kopflosigkeit, das war alles gewesen; ein schwacher Moment, ausgelöst durch ihr eigenes Gefühlschaos, durch Scham und die Angst, erwischt zu werden. Wäre sie doch nur ehrlich und mutig genug gewesen, sich gegen Marias Fragerei zu behaupten. Hätte sie doch nur zugegeben, dass sie Loukis liebte, ihre Verlegenheit hinuntergeschluckt und ihrem Herzen Luft gemacht: wie er ihr Blut in heißes Öl verwandelte, wie es durch ihre Adern schoss, wann immer er ihr nahe kam, wie ihre Haut bei jeder noch so flüchtigen Berührung brannte, wie sie Tag und Nacht von seinen Augen und seinem Lächeln träumte, dass sie ihr Leben für ihn geben würde. Doch sie hatte nichts dergleichen gesagt. Sie hatte gelogen, hatte ihre heimliche Liebe öffentlich verleugnet und damit ihrer beider Leben zerstört. Praxi konnte nicht verstehen, wie sie es hatte so weit kommen lassen. Alles hätte so einfach sein sollen: Nächsten Monat hätten sie begonnen, einander den Hof zu machen, sie hätten Verlobung gefeiert, geheiratet, Kinder bekommen und glücklich bis ans Ende ihrer Tage gelebt. Jetzt wusste sie nicht einmal mehr, wann sie ihn das nächste Mal wiedersehen würde. Sicher war nur, dass es nicht bald sein würde. Loukis war vor ihr davongelaufen, um zu dem Mann zu werden, nach dem sie verlangt hatte. Und da Gott die Sünder bestrafte, würde es zu spät sein, wenn er ihr verzieh und zu ihr zurückkam. Ihr blieb keine Zeit. Sie hatte ihn aus Kummer verführt, aus Angst zurückgewiesen, und nun war sie am Ende.

Sie deponierten die Nachricht etwa zwei Kilometer vor Pano Platres unter einem Felsen am Fuß einer kleinen Gebetsstätte. Bevor sie den Rückweg antraten, nahm Stelios ein Streichholz und zündete eine Kerze an, deren Licht die EOKA-Männer vor Ort darauf aufmerksam machen sollte, dass sie Post erhalten hatten.

Die beiden Jungen gingen denselben Weg zurück, die Straßensperre war inzwischen aufgehoben. Als sich ihre Wege trennten und sie kurz verabredeten, sich bald wieder zu treffen, war es bereits Nacht. Loukis verließ die Straße und wurde von der Schwärze des Waldes verschluckt. Als er auf der anderen Seite wieder aus dem Wald heraustrat, sah er einen Austin Champ vor dem Haus der Thedosias stehen. Drinnen trank Demetris Tee mit einem uniformierten Fremden. Es war bitterkalt im Haus, dennoch brannte im Kamin kein Feuer. Ihr warmer Atem hüllte die Köpfe der beiden Männer in weiße Rauchwolken.

»Ah, da kommt mein Neffe, wird aber auch Zeit …« Demetris stand auf und gab Loukis mit einem Wink zu verstehen, dass er vortreten solle. »Das hier ist Major Harvey vom britischen Geheimdienst. Er ist vorbeigekommen, um uns seine Weihnachtsgrüße zu überbringen … Keine Geschenke, wohlgemerkt.«

Höflich lächelnd erhob sich nun auch der Uniformierte. Er war untersetzt, hatte volles braunes Haar und einen imposanten Schnurrbart.

»Freut mich, dich kennenzulernen, Loukis.« Der Mann reichte ihm die Hand.

»Mich auch, Major.«

»Du sprichst Englisch, das ist ja hervorragend.«

»Ich bin immerhin ein Produkt des englischen Schulsystems«, erklärte Loukis.

»Ja, richtig«, erwiderte der Major und nahm wieder Platz. »Also, wie gefällt es dir hier? Ein bisschen langweilig, nehm ich an, so ohne deinen Cousin und nur den alten Herrn als Gesellschaft.«

»Alter Herr?«, beschwerte sich Demetris gekränkt.

»Na, als Jugendlicher gehst du nun nicht mehr durch, alter Knabe«, sagte der Major. »Und nach der ganzen Aufregung in Keryneia muss dein Neffe hier ja die Wände hochgehen. Wäre dein Junge noch zu Hause, hätte Loukis eine etwas altersgemäßere Ansprache, nicht wahr? Auch wenn dein Costas ein paar Jahre älter ist.«

»Etliche Jahre«, korrigierte ihn Loukis und sah, wie Demetris das Lächeln gefror. »Ihr Gedächtnis ist aber scheinbar nicht das beste, Major. Mein Cousin heißt Kypros, nicht Costas.«

»Ah, ja, Kypros«, wiederholte der Major und lachte. »Wie konnte ich das nur verwechseln.«

»Liegt wohl am Alter«, warf Demetris ein. Er wirkte nun wieder entspannter.

»Ja, das tut es wohl. Na dann, ich kann nicht die ganze Nacht bleiben. Da draußen laufen Terroristen herum, die wir schnappen müssen. Selbst an Heiligabend.« Der Brite stand auf und reichte Lella seine Tasse. »Danke für den Tee, Frau Thedosias. Demetris, wir hören bald voneinander, ja?«

»Natürlich«, erwiderte Thedosias. »Wir freuen uns immer, wenn du uns besuchen kommst. Nächstes Mal könntest du allerdings einen Tropfen von dem Scotch mitbringen, den du unter deinem Armaturenbrett versteckt hast!«

Demetris begleitete den Major zu seinem Wagen und wartete, bis er davongefahren war.

»Verflucht, das war knapp«, sagte er, als er ins Haus zurückkam. Mit raschen Schritten ging er zum Kamin, entfernte das Gitter und zog den Rost heraus. Kaum eine Sekunde später kletterten zwei Männer aus dem Schacht und klopften sich den Ruß von den Kleidern. Auf ihren geschwärzten Gesichtern lag ein Lächeln, und über ihren Schultern hingen Gewehre.

»Jetzt lasst uns endlich das verdammte Feuer anmachen«, befahl Demetris und klatschte in seine riesigen Hände. »Hier drinnen holt man sich ja Frostbeulen.«

Unaufgefordert ging Loukis nach draußen, um ein paar Holzscheite zu holen. Als er zurückkam, wärmten sich die beiden Männer ihre Hände bereits an dampfenden Kaffeetassen. Während Lella Fleisch und Kartoffeln auf den Tisch stellte, klärte Demetris seine Gäste über den guten Major auf, und Loukis machte Feuer.

»Es stimmt, was du zu dem Major gesagt hast, Loukis: Du bist ein Produkt des englischen Schulsystems«, begann Demetris und tunkte ein Stück Brot in die Fleischsoße, die auf seinem Teller schwamm. »Für dich ist unser Kampf eine Mischung aus dem Wunsch, unser Volk von den Besatzern zu befreien, und deiner eigenen persönlichen Rache. Für Menschen der alten Schule wie mich hat der Kampf allerdings noch eine viel tiefere Bedeutung. Es geht darum, unser Schicksal zu verwirklichen. Als ich ein Junge war, hat man uns vor allem eines beigebracht: an eine Zukunft mit Griechenland, unserem Mutterland, zu glauben. Darauf wurden wir im Unterricht vorbereitet.«

»Als die Briten den Osmanen damals Zypern abluchsten, dachte man, dass es nicht lange dauern würde, bis wir zu Griechenland gehören würden. Anfangs sah es auch nicht schlecht aus – die Briten nahmen sich nur unser Geld. Doch im Laufe der Zeit sperrten sie sich immer mehr und setzten alles daran, die Mutter zu verdrängen, nach der wir uns so sehnten. Wie ein Bauer, der einen Baum sterben lassen will, fingen sie an, unsere Äste abzuschneiden und die Stümpfe mit Öl zuzuschmieren. Diese Äste waren unsere Schulen, Loukis. Die Briten haben einen gemeinsamen Lehrplan für Griechen und Türken eingeführt, dabei verkam der Griechischunterricht natürlich völlig. Griechische Geschichte war nur noch Teil der allgemeinen Geschichte des Balkans, griechische Landkarten wurden verboten ebenso wie Bilder von griechischen Königen. Keiner lernte mehr die griechische Nationalhymne, und die Feiern am Unabhängigkeitstag fielen aus. Bald wurde auch die griechische Flagge verboten – verstehst du, einfach alles, was die blau-weißen Farben Griechenlands trug, war untersagt. Aus diesem Grund, Loukis, geht es der EOKA in ihrem Kampf nicht um mehr Rechte oder Möglichkeiten. Sie kämpft um die Einheit mit Griechenland, um die Verwirklichung dieser einen Sache, auf die uns unsere Geschichte vorbereitet hat. Über Jahre hinweg haben die Briten uns dieser Zukunft zu berauben versucht, doch das wird ihnen nie gelingen. Letzten Endes werden sie verlieren, denn man kann einem Menschen nicht sein Schicksal verweigern.«

Mit glasigen Augen beendete Demetris seine emotionale

Rede. Sein Patriotismus war schon durch die Adern längst verstorbener Vorfahren geflossen, und seine Entschlossenheit, ihre Träume Wirklichkeit werden zu lassen, war aus den Grabsteinen einer alten Geschichte gehauen.

Angesichts dieser Leidenschaft für Zypern schämte sich Loukis der Motive, die ihn in den Widerstand getrieben hatten. Gleichzeitig war ihm klar, dass ihn die Worte des alten Mannes in dieser Hinsicht jedoch nicht beeinflussen konnten. Für Loukis war Zypern seine Heimat, und er liebte diese Heimat. Aber seine Mutter war die Frau, die ihr Blut vergossen hatte, um ihm das Leben zu schenken, und die Sache, für die er kämpfte, drehte sich von vorn bis hinten nur um ein Mädchen.

Nach dem Essen zogen sich Demetris und Lella in die Küche zurück. Zuvor hatte Demetris Loukis seine große Hand auf die Schulter gelegt und ihm zu verstehen gegeben, dass er bei den beiden Männern am Tisch sitzen bleiben sollte. Loukis sah die Fremden erwartungsvoll an.

»Ich bin Antoniou, und das ist Harris«, erklärte der kleine, drahtige Mann, der ihm direkt gegenüber saß. Seine scharfen Gesichtszüge wurden von einer Schiebermütze halb verdeckt. Sein Begleiter, Harris, hatte mehrere punktförmige Muttermale auf der linken Wange. Sie sahen aus wie schmutzige Tränen, doch seine braunen Augen funkelten heiter.

»Du wirst uns auch unter den Namen Xanthus und Balius kennenlernen«, fuhr Antoniou fort.

»Wer von euch ist Xanthus?«, fragte Loukis, und Harris grinste.

»Ich bin Balius«, sagte er. »Ich nehme an, du weißt, warum wir dir das erzählen.«

»Ja«, erwiderte Loukis.

»Gut«, sagte Antoniou knapp. »Wir haben nämlich nicht viel Zeit.«

In den folgenden zwanzig Minuten erklärten ihm die beiden, wie die Kommunikation innerhalb der Zelle funktionierte. Jeden Morgen, so wiesen sie Loukis an, sollte er sich zu unterschiedlichen Zeiten, jedoch nicht zu spät, auf den Weg ins Dorf machen. Würde an dem Baum beim Dorfbrunnen, am zweiten Ast von unten, ein Stück Wolle hängen, wäre das ein sicheres Zeichen, dass er gebraucht wurde. Er solle dann sofort und so schnell wie möglich zum Versteck der Gruppe kommen. Wo genau sich das befand, würde ihm Stelios am nächsten Tag zeigen. Die beiden sollten sich um 8 Uhr 40 vor dem Kaffeehaus treffen, da um diese Zeit die meisten Dorfbewohner in der Kirche waren.

»Ich gehe davon aus, dass wir dir nicht extra sagen müssen, dass du die Klappe zu halten hast?«, vergewisserte sich Antoniou mit einem Mal recht schroff.

»Nein, müssen Sie nicht«, erwiderte Loukis ruhig.

»Gut. Dann sehen wir dich, wenn du gebraucht wirst.« Die beiden Männer griffen zu ihren Gläsern und stürzten den *zivania* hinunter.

»Eins noch, Loukis«, sagte Antoniou. »Wenn du im Dienst der Sache unterwegs bist, tust du das hiermit unter dem Namen Echion, verstanden?«

»Verstanden.« Loukis nickte, und nachdem sich Demetris vergewissert hatte, dass die Luft rein war, verschwanden die beiden Männer in die Nacht.

Als Loukis am nächsten Morgen vor dem Kaffeehaus eintraf, erwartete Stelios ihn bereits.

»Nur, damit ich das richtig verstehe«, ereiferte er sich. »Dein Codename ist Echion, so wie einer der fünf *spartoi*, die aus Drachenzähnen gewachsen sind, richtig?«

»Nehme ich mal an«, antwortete Loukis verwirrt. »Warum? Wie lautet denn dein Name?«

»Priapos.«

»Priapos? Was gibt's daran auszusetzen? Er war ein Fruchtbarkeitsgott, oder?«

»Ja, das war er«, bestätigte Stelios grollend. »Aber er war außerdem so unvorstellbar hässlich, dass ihn seine eigene Mutter aus dem Haus gejagt hat.«

Yianoulla hielt inne, als sie beim Verteilen des Essens die beiden verwaisten Teller an der langen Tafel entdeckte.

»Nicos bekommt nichts«, wies Dhespina sie an.

»Und Loukis?«, fragte ihre Schwiegertochter.

»Kriegt das, was wir alle kriegen. Die Toten können nicht mehr essen, aber die Vermissten verlieren ihren Appetit nie.« Dhespina wiegte ihr jüngstes Enkelkind in den Armen und setzte sich an ihren Platz. Christakis bat seine Frau mit Blicken, das zu tun, was seine Mutter gesagt hatte. Auf seinem Schoß weinte Angelis.

»Ich muss schon sagen, Marios, das ist wirklich eine schöne Arbeit.« Georgios fuhr mit dem Finger an der Kante eines Holzbretts entlang, das den Tisch vor einem heißen Fleischgericht aus dem Ofen schützte. Marios strahlte vor Stolz, und Christakis klopfte seinem Bruder anerkennend auf die Schulter. Die Untersetzer waren Marios' eigene Idee gewesen. Nachdem er festgestellt hatte, dass der gesamte Holzverschnitt auf einem Stapel in der Ecke landete, um zu Brennholz verarbeitet zu werden, hatte er gefragt, ob er etwas daraus machen dürfe. Christakis hatte nicht gewusst, was dagegen sprach, also machte sich Marios an die Arbeit und sägte und schmirgelte die Holzreste in quadratische und rechteckige Bretter. Allmählich wuchs sein Vertrauen in seine Fertigkeiten, er versah seine Werke mit Mustern, schnitzte Formen ins Holz, die er sich selbst ausdachte. So entstand eine ganze Kollektion abstrakter Untersetzer, die den Kunden zu gefallen schienen.

»Als nächstes versuche ich mich mit Türstoppern«, verkündete Marios.

»Das ist eine gute Idee, mein Sohn. Es sind immer die kleinen Dinge im Leben, die man gern übersieht, und ausgerechnet die erweisen sich dann als die nützlichsten.«

Als er das sagte, spürte Georgios, wie sich ihm der Hals zuschnürte. Es war schon seltsam, was seine Stimmung in letzter Zeit zum Kippen brachte. Marios hatte ein Talent, von Gott gegeben, das tief in ihm geschlummert hatte. Erst durch den Verlust des einen Sohnes hatte der andere seinen Weg finden können. Aber wer weiß, vielleicht wäre Marios seinen Weg auch gegangen, wenn er Nicos an seiner Seite gehabt hätte. Vielleicht auch nicht. Das Entscheidende war, dass er es geschafft hatte, und Georgios konnte gar nicht sagen, wie stolz er war.

»So, Michalakis«, begann Georgios in dem Versuch, die Melancholie von sich abzuschütteln, »dann erzähl uns doch mal, was es so Neues in der Stadt gibt.«

»Die einzige Neuigkeit, die ich aus Lefkosia hören will, ist, dass mein Sohn endlich eine Frau zum Heiraten gefunden hat«, meldete sich Dhespina zu Wort.

»Erzbischof Makarios wird wieder in Amt und Würden sein, bevor der Tag kommt, an dem dieser Junggeselle den Bund fürs Leben schließt.« Christakis lachte.

»Stimmt genau, Mamma. Christakis hat sich bereits das hübscheste Mädchen der Insel geschnappt, ich kann also mitbringen, wen ich will, es wird immer eine Enttäuschung sein. Sowohl für dich als auch für mich.«

»Michalakis, ich werd noch ganz rot!« Yianoulla schenkte ihm ein strahlendes Lächeln. Da ihr eigener Mann mit Komplimenten nicht gerade um sich warf und ihr Körper von Schwangerschaft und Geburt noch ziemlich mitgenommen war, genoss sie die Worte ihres Schwagers, auch wenn er sie nur im Spaß gesagt hatte.

»Michalakis hat absolut recht«, bekräftigte Georgios. »Ich finde, darauf sollten wir trinken!«

»Worauf? Dass ich ausnahmsweise mal recht habe?«, fragte Michalakis. »Oder dass Yianoulla eine schöne Frau ist?«

»Darauf, dass du wie immer recht hast, darauf, dass Yianoulla schön ist wie eh und je, und darauf, dass Gott dieses Haus mit Intelligenz und gutem Aussehen gesegnet hat!«

Georgios schenkte ihnen fröhlich nach, und auch wenn Dhespina alles andere als nach Feiern zumute war, spielte sie das Spiel ihrer Familie mit. Den ganzen Tag über hatten sie gemeinsam versucht, die Traurigkeit zu vertreiben, die an ihr nagte, und sie war ihnen dankbar dafür. Denn gerade heute, am Weihnachtstag, brauchte sie die Zuwendung ihrer Familie mehr denn je.

Während der Frühmette hatte sie so fieberhaft gebetet, wie es nur Menschen tun, die alle Hoffnung aufgegeben haben: Sie flehte Gott um Erbarmen an, flehte, dass ein Wunder geschehen möge, sie küsste die Heiligen und bat sie, den Allmächtigen zu überzeugen, dass er ihr Beistand leiste. Doch die Tür zu dem Traum, um dessen Erfüllung sie betete, blieb verschlossen, und so musste sie ihre Hoffnung mit zu Nicos' Grab tragen.

Auf dem Weg dorthin begleiteten sie Stavros und Pembe – trotz ihres unterschiedlichen Glaubens – und beteten auf ihre Weise für die Seele des verstorbenen Sohnes ihrer Freunde.

Kurz vor dem Mittagessen kamen Elena und Praxi vorbei. Das Mädchen wirkte verlegen und sah blass aus, daher lud Dhespina die Nachbarinnen ein, zum Essen zu bleiben. Doch Praxi erteilte Dhespina eine kränkende Abfuhr, indem sie erklärte, sie habe eine Verabredung. Mit dem reichen Yiannis, wusste Dhespina, und der Verrat, den sie im Namen ihres verschwundenen Sohnes spürte, ließ sie jäh verstummen. Elena murmelte, dass das Kind ihren Kummer auf eigene Art verarbeite, und obwohl Dhespina nickte, war sie nicht überzeugt. Aus den Augen des Mädchens sprach nicht Traurigkeit, sondern Distanz. Das war nicht die Praxi, die sie kannte. Sie war eine Fremde, die sie aus kalten Augen anstarrte, Augen, die Dhespina einst so vertraut gewesen waren. Sie bezweifelte, dass sie dem Mädchen je würde verzeihen können.

Nachdem der Braten aufgegessen war und sowohl der Wein als auch das Gespräch allmählich versiegten, läuteten Christakis und seine Familie den Aufbruch ein. Nach einer Flut von warmen Küssen und festen Umarmungen zogen sich auch Marios und Michalakis zurück. Schließlich stand Dhespina alleine an der Familientafel und räumte die beiden unberührten Teller ab.

»Komm, lass mich das machen, Dhespo.« Zärtlich griff Georgios nach den Händen seiner Frau. Doch Dhespina konnte ihre Wut kaum beherrschen und stieß ihn mit dem Ellbogen weg.

»Ich weiß, wie man einen Tisch abräumt, Georgios!« Die Härte, mit der sie ihm die Worte entgegenfauchte, erschütterte ihren Mann, doch ihm fehlte die Kraft zum Streiten. Mit gesenktem Kopf verließ er die Küche. Dhespina wollte ihm hinterherlaufen und sich entschuldigen, doch die Enttäuschung lähmte sie. Sie hatte sich irgendwie eingeredet, dass Loukis zurückkehren würde, um das Weihnachtsfest mit seiner Familie zu verbringen. Sie hatte sich den Moment seiner Heimkehr in den Tagen zuvor wieder und wieder ausgemalt: die Tränen, die Aufregung und die Erleichterung, ihn wieder bei sich zu haben. Doch sein Platz war leer geblieben, sie hatten keinerlei Nachricht von ihm erhalten, und es fühlte sich an, als hätte sie ihn ein zweites Mal verloren.

Als sie Loukis' Teller über dem Eimer leerte und die kalten Kartoffeln auf die übrigen Essensreste fielen, die für die Ziege bestimmt waren, überkam sie plötzlich das Bedürfnis, auch Apollo etwas zu bringen. Ihr war klar, dass ihr Vorhaben an ein Sakrileg grenzte, doch Gott hatte bislang wenig getan, um ihr zu helfen. Also trug sie die Portion Fleisch, die sie für Loukis zurückbehalten hatte, zu dem kleinen Erdhügel unter dem Orangenbaum.

Im Mondlicht sah das tote Lamm zwischen ihren Fingern plötzlich abstoßend aus. Sie hätte früher herkommen sollen, als das Fleisch noch warm gewesen war und sein Duft den Geist des Hundes wachgerufen hätte.

»Pass gut auf ihn auf, Apollo«, flüsterte sie.

Sie beugte sich vor, um das Fleisch auf das Grab zu legen, doch als ihre Hände den Boden berührten, schreckte sie zurück. Die Erde war steinhart. Von dem Hund dürfte nicht viel mehr übrig sein als ein Haufen Knochen, eine zu Staub zerfallene Erinnerung. Wie sollte er ihr je ihren Jungen zurückbringen?

Dhespinas sank auf die Knie und begann am ganzen Leib zu

zittern. Der unermessliche Schmerz über den Verlust ihrer Kinder brach in einer Welle unbändiger Verzweiflung über sie herein. Wimmernd schaukelte sie vor und zurück, bis der Kummer sie überwältigte und ihr Wehklagen hinaus in die Stille entließ, die ihre Söhne hinterlassen hatten. Sie heulte den Mond an, wie es Loukis getan hatte, denn das Blut, das durch seine Adern floss, war auch ihr Blut.

Als Georgios das Leid seiner Frau durch das Tal hallen hörte, eilte er zu ihr. Bei seiner Berührung schrie sie auf, als stünde ihre Haut in Flammen, doch er hielt sie fest, bis sie sich nicht mehr wehren konnte und der Wind ihren Schmerz mit sich forttrug. Über die schneebedeckten Berge und entlang der zugefrorenen Ebenen hinauf in die immergrünen Wälder von Troodos. Von dort überbrachte das raschelnde Laub flüsternd ihre Nachricht.

Schweißgebadet fuhr Loukis aus dem Schlaf hoch.

Es wurde Frühling, und allmählich kühlte Loukis' erhitztes Gemüt ab. Das Bild der axtschwingenden Praxi, die sein Herz in Stücke schlug, wich der Erinnerung an ihre weiche Haut und an das zarte Kitzeln ihrer Wimpern an seinen Wangen. Er sah das spöttische Funkeln in ihren Augen, wenn sie ihn aufzog, spürte ihre warmen Lippen, wenn er sie küsste, und während die Insel aus dem Winterschlaf erwachte, erkannte er ihren Geruch auf einmal überall: in den Kiefern im Wald, im Duft der Blumen und in den Moschuskörnern im Boden. Mit jedem Tag, der verging, wurde er ihr gegenüber versöhnlicher. Wenn er zu ihr zurückkehrte, würde er um ihre Hand anhalten, dann wäre er so weit, und sie würde sehen, dass er es war. All seine Wut und Enttäuschung wären mit dem Jungen und dem Mädchen begraben, die sie einst gewesen waren, und gemeinsam würden sie ein neues Leben beginnen, als Mann und Frau. In seiner jugendlichen Selbstbezogenheit machte sich Loukis keinerlei Vorstellung, was für ein schreckliches Chaos er mit seinem plötzlichen Verschwinden hinterlassen hatte. Er hatte keine Ahnung, dass das Mädchen, das er so sehr liebte, sich von einem anderen

Mann hatte heiraten lassen, um einen Vater für ihr Kind zu haben. Und eben weil Loukis von all dem nichts ahnte, war es ihm möglich, in der Sonne zu sitzen und sich seinen Träumereien von einer Zukunft mit Praxi hinzugeben.

»Was ist denn mit dir los?«, fragte Toulla, als sie auf das Haus zukam.

»Warum?«

»Na, du lächelst«, sagte sie.

»Ich genieße die Sonne, das ist alles. Hier, setz dich. Eine Frau in deinem Zustand sollte nicht herumstehen.« Loukis erhob sich von seinem Stuhl und bot dem EOKA-Mädchen seinen Platz an. Behutsam tätschelte sie sich den Bauch und schüttelte den Kopf.

»Wenn's dir nichts ausmacht, liebster Loukis, würde ich jetzt gern losgehen und unser ›Baby‹ kriegen.«

Loukis lachte. Sie hatte recht, selbstgebastelte Bomben neigten zu Eigenwilligkeiten.

»Na, dann mal los, Liebling. Das Kind wartet nicht ewig.« Loukis hakte sich bei ihr ein, und zusammen spazierten sie aus dem Garten. Er mochte seine Missionen mit Toulla: Sie war so herrlich ungezwungen, lachte wie ein Kerl und war immer geradeheraus. Sie sagte ihre Meinung und meinte, was sie sagte. Das gefiel ihm. Es fühlte sich ehrlich an. Obwohl sie nicht besonders hübsch war – ihre Nase war zu groß, und ihre Hüften waren zu schmal –, strahlte sie mit ihrer Art einen ganz eigenen Charme aus. Außerdem hatte sie phantastische volle Brüste, genau, wie Stelios gesagt hatte.

»Die Briten glauben immer noch, sie hätten Afxentiou am Kloster Machairas eingekesselt«, erzählte ihm Toulla, während sie sich den Hügel zur Hauptstraße hinaufquälten.

»Na, das ist ja wenigstens mal eine gute Nachricht«, erwiderte Loukis. In den vergangenen zwei Monaten hatte eine ganze Reihe von Angriffen dem Widerstand schwer zugesetzt. Siebzehn Verstecke waren aufgeflogen und mit ihnen zig Männer. Afxentiou selbst war im Kampf verwundet worden und hatte

Zuflucht bei den Mönchen gesucht. Glücklicherweise war er, als die Besatzer Wind von seinem Versteck bekommen hatten, längst wieder fort. Nun versuchten Loukis und seine Zelle, den Bezirkskommandeur mit Ablenkungsmanövern aus der Schusslinie zu halten. Nachts durchtrennten sie Telefonleitungen und legten Brände, um die Soldaten zu beschäftigen. Stelios hatte jetzt den Auftrag, Bomben für den Flüchtigen und seine Männer zu bauen; Bomben, die Toulla um ihren Bauch geschnallt trug und die Loukis und sie zur Abholung an einer zuvor vereinbarten Stelle deponierten.

»Afxentiou lässt verbreiten«, fuhr Toulla fort, »dass wir unter keinen Umständen kapitulieren werden, egal, wie viele Fehlschläge wir noch erleiden. Er sagt, dass wir uns entschlossener denn je in den Kampf stürzen sollen. Er sagt, ›unser Glaube an den Sieg ist unerschütterlich.‹«

»Ganz ehrlich, Toulla«, gab Loukis zurück, »im Augenblick will ich nur, dass eins nicht erschüttert wird: dein Bauch.«

Toulla kicherte. Sie mochte Loukis. Er schwang keine großen Reden wie viele andere Jungs. Unaufgeregt tat er, was man ihm auftrug, und er nahm gute wie schlechte Neuigkeiten gelassen zur Kenntnis. Er gab ihr ein sicheres Gefühl. Denn so sehr Toulla sich bemühte, es nicht zu zeigen, war sie doch oft vor Angst wie gelähmt, zumal, wenn sie Sprengstoff umgeschnallt hatte. Sie hatte schreckliche Panik, dass die Bombe versehentlich beim Herumlaufen oder beim Abtasten an einem Kontrollpunkt explodieren könnte. Doch von Loukis ging eine wohltuende Ruhe aus, die sie ihre Angst beinahe vergessen ließ. Wenn sie auf eine britische Patrouille stießen, verströmte er eine solche natürliche Friedfertigkeit, dass die Soldaten ihren Argwohn sofort vergaßen.

»Halt mal an.« Loukis zog Toulla sanft am Arm, als sie das Dorf erreichten. An dem Baum bei dem Brunnen hing ein Stück Wolle. »Siehst du, was ich sehe?«

Toulla nickte. »Ich schätze, wir sollten unsere Mission abbrechen und zum Versteck gehen.«

»Und das ›Baby‹?«

»Das muss wohl oder übel mitkommen«, sagte sie grinsend.

Als die beiden den Pfad hinaufstapften, der sich den steilen Hang hinter dem Dorf hochwand, kam Stelios ihnen mit hängenden Schultern entgegen.

»Ihr braucht gar nicht weiterzugehen«, sagte er. »Ich …« Der Junge hielt inne, doch plötzlich schnürten ihm die Tränen den Hals zu. »Afxentiou ist tot«, platzte es aus ihm heraus. Er sank zu Boden und ließ seinen Tränen freien Lauf.

Toulla versagten vor Schreck die Knie. Mit einem Satz war Loukis bei ihr, um sie von dem Gewicht um ihre Hüften zu befreien. Schluchzend fiel Toulla Stelios in die Arme. Loukis, der nicht imstande war, Schmerz in dieser Form zu teilen, rückte von den Freunden ab und versteckte den Sprengstoff unter einem großen Felsen.

»Na, kommt schon«, forderte er sie schließlich auf. »Gehen wir zurück ins Dorf.«

Als die drei das Kaffeehaus betraten, hatte sich die Nachricht von Afxentious Tod bereits herumgesprochen. Einigen Männern standen die Tränen in den Augen.

»Afxentiou muss verraten worden sein, die Besatzer haben sein Versteck aufgespürt«, berichtete Stelios mit kehliger Stimme. »Sie haben ihn eingekreist, mit Helikoptern und allem. Als sie ihn aufforderten, herauszukommen, und er sich weigerte, schleuderten sie eine Handgranate in die Höhle. Er zahlte es den Schweinehunden mit gleicher Münze zurück. Als Nächstes durchtränkten sie das Gebiet mit zweihundert Litern Benzin und zündeten es an. Doch da Gott die Gerechten schützt, fing es an zu regnen, das Feuer ging aus. Anschließend versuchten die Besatzer, das Dach der Höhle mit Plastiksprengstoff zum Einsturz zu bringen. Auch das misslang. Aber jetzt konnten sie Benzin durch die Risse ins Innere gießen und so das Versteck in eine Feuerkugel verwandeln. Um ganz sicherzugehen, bewarfen sie den Eingang zusätzlich mit Handgranaten, sie ließen einen wahren Kugelhagel auf die Höhle niedergehen. Dieses Inferno konnte nicht mal Afxentiou überleben. Er ist gestern gestorben.«

Als er geendet hatte, bekreuzigte sich Toulla und weinte stumm. Und wenn Loukis auch nicht am Boden zerstört war, so empfand er den Tod des Kommandeurs ebenfalls als Schande und war traurig, dass er nie Gelegenheit gehabt hatte, ihn kennenzulernen.

Afxentiou war der Sohn eines Bauern aus Lysi gewesen, für seine Kameraden stand er jedoch auf einer Stufe mit den mythischen Helden der Antike. In den Tagen nach seinem Tod lag über Troodos eine gespenstische Stille, selbst die Vögel schienen aus Ehrfurcht verstummt zu sein.

Inzwischen fielen die EOKA-Zellen in den Bergen unter ein neues Kommando, und mit neuem Eifer und entschlossener denn je wurde der Kampf wieder aufgenommen. Afxentiou hatte sein Leben für die Sache gelassen – die EOKA schwor Vergeltung. Knapp drei Wochen nach Afxentious Tod wurde Loukis auf seine erste Bombenmission geschickt.

Stelios begleitete den Freund bei diesem Einsatz und erläuterte ihm, wie seine selbstgebastelte Bombe – ein mit Sprengstoff und Schrauben präpariertes Marmeladenglas, das er in einer ausgehöhlten Melone versteckte – funktionierte.

»Im Wesentlichen hätten wir da Schmelzdraht, Zündschnur und natürlich den Zünder ... Die Lunte wird allerdings nicht angezündet, da sie augenblicklich abbrennen würde, und der Schmelzdraht an sich ist nicht heiß genug, um das Ding hochgehen zu lassen. Also müssen wir den Schmelzdraht anzünden, sobald wir uns dem Zielobjekt genähert haben, werfen die Bombe und hoffen, dass durch die Hitze die Zündschnur Feuer fängt und den Zünder aktiviert ... Und dann: knall, peng!«

»Solange es nicht knallt und pengt, bevor wir das Zielobjekt erreicht haben ...«, murmelte Loukis.

»Das, mein Freund, kann ich leider nicht garantieren.« Stelios hielt sich an einem Ast fest, um nicht das Gleichgewicht zu verlieren. Da die Besatzer mit Vergeltungsschlägen rechneten, konnten die beiden es nicht mehr riskieren, in eine Kontrolle zu geraten. Vorsichtig schlugen sie sich also durch den Wald, immer auf der Hut vor den steil abfallenden Böschungen, die sich oft wie aus dem Nichts auftaten. Glücklicherweise war ihnen die Gegend vertraut, da die Polizeiwache, zu der sie unterwegs waren, ein beliebtes Ziel ihrer Störoperationen war: Alle paar Wochen krochen sie durchs Unterholz, um die Überlandleitung zum örtlichen Infanteriebataillon zu kappen.

»Warum läuten überall die Glocken?«, fragte Loukis plötzlich.

»Ich weiß nicht. Aber sieh dir das mal an.« Stelios reichte ihm ein Flugblatt, das er von einem Baum gerissen hatte. Es war auf Griechisch verfasst, doch die Handschrift verriet einen Briten. »Belohnungen für Waffen« stand dort geschrieben. Loukis las die Liste vor: »£ 100 für ein Bren-Maschinengewehr oder einen Bren-Granatwerfer; £ 50 für eine Stan-Maschinenpistole; £ 40 für ein Gewehr; £ 30 für ein Schnellfeuergewehr; £ 20 für einen Revolver; und £ 10 für ein Jagdgewehr.«

»Mann, wenn ich alle Waffen abgeben würde, deren Verstecke ich kenne, könnte ich Griechenland bald kaufen, über die Einheit müsste man dann gar nicht mehr reden«, stellte Stelios fest.

Als sie nur noch eine Biegung von der Polizeiwache trennte, nahm Stelios die Streichhölzer zur Hand.

»Weißt du, Loukis, ich hab schon so viele von diesen Dingern gebaut, ich kann es praktisch mit geschlossenen Augen«, prahlte er und machte sich vollkommen unbekümmert daran, den Draht anzuzünden. Doch plötzlich rutschte ihm der Boden unter den Füßen weg. Wild mit den Armen rudernd versuchte er, sein Gleichgewicht wiederzugewinnen. Er griff mit seiner freien Hand nach einem Ast, dabei glitt ihm die Melone aus der Hand und landete auf den Baumwurzeln zu seinen Füßen. Wie gelähmt vor Entsetzen starrten die beiden Jungen die Melone an. Sahen, wie sie immer schneller und unaufhaltsam die Böschung hinabrollte. Panisch stürzten Loukis und Stelios hinterher.

»Nein!«, schrie Stelios.

Sie jagten den Hang hinunter, blieben mit ihrer Kleidung an dornigen Ästen hängen, rissen sich die Hände an spitzen Steinen auf, da ihre Füße immer wieder unter ihnen wegrutschten. Die Melone kullerte auf die Straße. Nur ein kleines Stückchen weiter spielten vier kleine Kinder mit Murmeln. Aufgeschreckt von der Frucht, die so überraschend in ihrem Spielfeld gelandet war, sprang ein kleines Mädchen in einem gelben Kleid und mit Haarschleife auf und wollte nach der Melone greifen.

»Nein!«, schrien Loukis und Stelios wie mit einer Stimme und kamen herbeigerannt. Loukis erreichte die Melone als Erster, schnappte sie sich und schleuderte sie so weit weg, wie seine Kraft es nur zuließ, weg von den spielenden Kindern, die nun vor lauter Schreck und Unverständnis heulten. Keine Sekunde später vernahmen sie einen ohrenbetäubenden Knall. Schützend warf sich Stelios vor die Kleinen. Die Explosion hallte von den Steinmauern des Dorfes wider, vor ihnen erhob sich eine Staubwolke. In der nächsten Sekunde sahen sie einen vollkommen verstörten Priester aus einem rauchenden Portal taumeln.

»Wir müssen abhauen!«, brüllte Stelios.

Angesichts des ungeheuren Ausmaßes ihres Fehlschlags rannten die beiden direkt zu dem Treffpunkt, den sie mit Antoniou und Harris vereinbart hatten. Atemlos erreichten sie die alte Scheune, die schon lange keine anderen Besucher mehr als Hasen oder Schlangen empfangen hatte.

»Damit ich euch richtig verstehe«, sagte Antoniou steif, nachdem Loukis und Stelios ihren Patzer atemlos gestanden hatten, »wir haben euch losgeschickt, um die Polizeiwache zu sprengen, und stattdessen habt ihr die örtliche Kirche in die Luft gejagt?«

»Ja«, erwiderte Stelios. »So könnte man es sagen.«

»Und ihr habt nicht zufällig mitbekommen, dass die Glocken wie wild gebimmelt haben?«, fragte Harris, wobei er alle Mühe hatte, sich ein Lachen zu verkneifen.

»Jetzt, wo Sie's sagen, wir haben drüber gesprochen, stimmt's, Loukis?«

»Ja, haben wir, Stelios.«

»Und habt ihr irgendeine Idee, warum die Glocken geläutet haben könnten?«, fragte Harris.

»Nun, also ... nein«, gestand Stelios.

»Dann werd ich euch mal sagen, warum«, meldete sich nun wieder Antoniou zu Wort. Seine Miene war finster, und er sprach bewusst langsam, als hätte er zwei Idioten vor sich stehen. »Heute ist einer der glanzvollsten Tage in der Geschichte Zyperns – und auch Griechenlands und der EOKA. Denn wisst ihr, Jungs, die Briten haben angesichts eines Volksaufstandes den Schwanz eingezogen. Auf der gesamten Insel kosten griechische Zyprer diesen Triumph gerade aus und sehen voller Freude ihrer Unabhängigkeit entgegen. Heute, meine sehr verehrten Herren, läuten die Glocken, weil unsere Kolonialherren im Begriff stehen, Erzbischof Makarios freizulassen. Und was habt ihr beide zur Feier des Tages gemacht?«

»Wir haben eine Kirche gesprengt ...«, stammelte Stelios.

»Exakt«, bestätigte Antoniou kühl. »Ihr habt eine Kirche gesprengt.«

5

Es ging ungewöhnlich lebhaft zu im Bus nach Keryneia. Ausgelassen trugen sich die Reisenden gegenseitig alte Berichte von Radio Athen vor und schmückten die Umstände der Freilassung des Erzbischofs phantasievoll aus.

»›Weder das Öl des Nahen Ostens noch westliche Gegenwehr oder der Widerstand der Türken werden die Zyprer davon abhalten, ihre Gegenwart und ihre Zukunft selbst zu bestimmen‹«, zitierte ein Mann gebieterisch aus Makarios' Rede.

»Er wurde empfangen wie ein König«, seufzte die Frau neben ihm. »Unser Erzbischof, der Stolz des Mutterlandes.«

»Fürwahr, Frau Papadopoulos, fürwahr«, pflichtete der Mann ihr bei.

»Ich habe gehört, dass es Blumen zu seinen Füßen und Küsse auf seine Hände geregnet hat«, sagte eine Frau hinter ihnen. »Und dass er auf einer silbernen Sänfte durch die Straßen getragen wurde.«

»Mein Neffe war dabei!«, verkündete ein älterer Mann und ergriff ehrfürchtig das Kreuz, das er um den Hals trug. »Er sagt, dass er so etwas noch nie erlebt hat: Die Stadt glich einem Tränenmeer, und ein gelähmter Junge sprang auf die Beine, als Makarios vorbeifuhr.«

»Oh, barmherziger Gott«, wisperten die Frauen, und ein paar von ihnen weinten bei der Nachricht von dem Wunder leise in ihre Taschentücher.

Während Michalakis dem aufgeregten Geschnatter und den wunderlichen Ausschmückungen der Fahrgäste lauschte, fielen ihm zwei Muslime im hinteren Teil des Busses auf; stumm und den Blick starr nach unten gerichtet, saßen sie da. Sie hatten ganz offensichtlich Angst – die Unruhen und Brandanschläge in der Hauptstadt hatten viele Menschen nervös gemacht. Doch das hier im Bus war keine Versammlung aufrührerischer Patrioten. Der Großteil der Fahrgäste waren ältere griechische Frauen in Begleitung ihrer betagten Ehemänner. Und sie waren viel zu sehr mit ihrer Freude beschäftigt, als dass sie sich um die Minderheit sorgten, der alles andere als zum Feiern zumute war.

Makarios' Freilassung lag nun beinahe einen Monat zurück, und immer noch war er Gesprächsthema Nummer eins unter den Inselbewohnern. Wenn die schwärmerische Darstellung der Busreisenden auch alles großartiger erschienen ließ, als es in Wirklichkeit war, so stimmte sie im Kern doch mit den tatsächlichen Ereignissen überein.

Da es Makarios nach der Beendigung seines dreizehnmonatigen Zwangsexils auf den Seychellen verboten war, nach Zypern zurückzukehren, hatte man ihn in einem weißen Cadillac Cabriolet durch Athen gefahren wie einen siegreichen Helden – denn dafür hielten ihn seine treu ergebenen Untertanen. Auf seinem Triumphzug wurde er von hysterischen Frauen und jubelnden Männern empfangen, die sich am Straßenrand drängten, auf Dächern standen oder über Balkongeländern lehnten. Tatsächlich ging auch ein Blumenregen auf sein Auto nieder, und die Straßen waren mit Fahnen und Schildern geschmückt, auf denen *enosis* gefordert wurde. Doch von Wundern, die sich ereignet haben sollten, war Michalakis nichts zu Ohren gekommen.

Die Griechen feierten die Freilassung des Erzbischofs als Vorboten der Beendigung eines dramatischen Kampfes. Michalakis schätzte die Lage allerdings weniger hoffnungsvoll ein. Zypern versank gerade in einem Chaos aus politischen Winkelzügen, Misstrauen und ausufernder Gewalt. Die Briten hatten den Konflikt und die Vorwürfe satt, die es aus ihrer Heimat und dem Ausland hagelte, und suchten nun eine Lösung in Dreiergesprächen mit Griechenland und der Türkei. Makarios allerdings lehnte jede Verhandlung ab, die ihn ausschloss; die türkische Regierung ihrerseits verweigerte sich hartnäckig Gesprächen, die ihn einschlossen. Die Aussicht auf eine Einigung lag also in weiter Ferne – trotz der Waffenruhe, die Grivas angeordnet hatte, als Makarios' Verbannung aufgehoben worden war.

Ohne den mäßigenden Einfluss des Erzbischofs hatte die Gewaltbereitschaft und Brutalität der EOKA deutlich zugenommen; der Graben zwischen griechischen und türkischen Inselbewohnern war immer tiefer geworden. Die Situation war inzwischen völlig verfahren: Die Briten suchten nach Frieden durch Autonomie, für die Griechen kam einzig *enosis*, die Einheit mit Griechenland, in Frage, und die Türken verlangten *taksim*, die Teilung der Insel.

Michalakis war gerade einmal zwanzig Jahre alt, doch die Gräuel der vergangenen zwei Jahre hatten ihren Tribut gefordert: All die schrecklichen Dinge, die er hatte sehen und hören müssen, hatten ihn unvorstellbar altern lassen. Er war müde und sehnte sich nach dem Frieden seiner Kindheit.

Am Hafen von Keryneia stieg er aus dem Bus und ging das letzte Stück zu Fuß. Als er das Tor zum Haus seiner Eltern fast erreicht hatte, sah er, wie seine Mutter gerade eine junge Frau verabschiedete, deren langes, schwarzes Haar im Licht der bereits untergehenden Sonne glänzte. Selbst aus der Entfernung konnte Michalakis erkennen, dass sie außergewöhnlich hübsch war.

»Wer war das?«, fragte er seine Mutter.

»Das Germanos-Mädchen, Maria. Sie kommt jeden Tag in der Hoffnung, dass es Neuigkeiten von Loukis gibt. Ich glaube, sie ist ein bisschen verliebt in ihn.«

Die Worte seiner Mutter versetzten Michalakis einen Stich. Diese unwillkürliche Reaktion überraschte ihn selbst so sehr, dass er beinahe lachen musste. Er neigte im Allgemeinen nicht zu Sentimentalitäten, und seine plötzliche Gefühlsregung weckte sein Interesse an dem Mädchen umso mehr. Bei Gelegenheit würde er versuchen, Maria zufällig über den Weg zu laufen, er wollte wissen, ob sie so hinreißend war, wie sie aussah.

Als er das Haus betrat, empfingen ihn Dampfschwaden. Am Esstisch saß eine Frau, sie hatte den Kopf über eine Schüssel mit heißem, ätherischem Wasser gebeugt, ihr Haar war von einem schwarzen Kopftuch bedeckt. Als Michalakis höflich hustete, schreckte sie zusammen, sah auf und wischte sich eilig die Feuchtigkeit aus dem Gesicht. Es war Praxis Mutter Elena.

»Oh, Michalakis, willkommen zu Hause«, sagte sie, stand auf, um ihm einen Begrüßungskuss zu geben, und Michalakis beugte sich zu ihr hinunter. »Was für eine schöne Überraschung, mein Junge. Was macht die Arbeit? Wir sind alle sehr stolz auf dich, musst du wissen.«

»Die Arbeit läuft gut – es gibt viel zu tun, was manchmal recht anstrengend ist, aber so wird es wenigstens nicht langweilig«, erwiderte er wahrheitsgemäß. »Wie geht es Ihrer Praxi?«

Er hatte die Worte kaum ausgesprochen, da bereute er sie schon.

Elena warf Dhespina einen entschuldigenden Blick zu und murmelte hastig ein paar einstudierte Floskeln über das Eheleben und Gottes Segen. Verlegen versuchte Michalakis, seinen Fauxpas wiedergutzumachen, indem er bekräftigte, wie sehr es ihn freue, dass ihre Tochter einen so guten Mann gefunden habe – auch wenn er eigentlich vom Gegenteil überzeugt war. Er hatte nur höflich sein wollen, und nun hatte er die Nachbarin mit seiner gedankenlosen Frage in Verlegenheit gebracht: Eine Ehe, die geschlossen werden »musste«, war der Alptraum einer jeden griechischen Mutter. Die schlaflosen Nächte, die Elena die Heirat ihrer Tochter beschert hatte, waren nicht spurlos an ihr vorbeigegangen.

Wie alle anderen war auch Michalakis bestürzt, als er von Praxis überstürzter Hochzeit erfuhr. Zum einen mochte er sich gar nicht ausmalen, was das für seinen jüngsten Bruder bedeuten musste; noch schwerer allerdings wog, dass sie sich ausgerechnet Yiannis Christofi ausgesucht hatte. Zumal Michalakis, seit jenem Kuss, mit dem ihn der ehemalige Klassenkamerad einmal überrumpelt und den er mit einem Faustschlag erwidert hatte, davon ausging, dass Yiannis *omofulofilos* sei.

»Wo ist Papa?«, fragte er.

»In seiner Werkstatt«, antwortete seine Mutter.

Erleichtert ergriff Michalakis die Chance, der gedrückten Stimmung zu entfliehen, die er zu verantworten hatte.

»Die ganze Sache ist wirklich zum Aus-der-Haut-Fahren!«, wetterte sein Vater, als Michalakis ihm die peinliche Situation von eben schilderte. »Ich will mir gar nicht vorstellen, wie Loukis das aufnimmt, wenn er zurückkommt!«

»*Wenn* er denn zurückkommt«, entgegnete der Sohn, woraufhin Georgios von seinem Stuhl aufsprang und ihm eine Ohrfeige gab.

»He!«, protestierte Michalakis.

»Die hast du verdient«, gab sein Vater zurück und machte sich wieder daran, die Schuhe des alten Televantos zu besohlen.

»Ich hab lediglich gesagt, wie es ist. Wir haben seit über sechs Monaten nichts von ihm gehört!«

»Was noch lange nicht bedeutet, dass er nicht zurückkommt«, beharrte sein Vater. »Deine Mutter würde es spüren, wenn der Junge nicht zurückkommt, und das tut sie nicht.«

»Na, dann hoffen wir mal, dass sie recht hat.«

»Hast du je erlebt, dass sich deine Mutter geirrt hätte?«

»Wenn, würde ich es ihr jedenfalls nicht sagen«, brummte Michalakis.

Georgios musste schmunzeln. Seine Frau war in der Tat ein respekteinflößendes Geschöpf. Seit über zwanzig Jahren »quälte« sie ihn nun schon mit ihrem hitzigen Temperament – und dem Schwung ihrer runden Hüften. Während ihre Freundinnen unter dem Ansturm der mittleren Jahre zu welken begannen, wurde Dhespina mit jedem Jahr wissbegieriger, vitaler und schöner. Georgios musste sich selbst eingestehen, dass er seine Frau anbetete. Er war am Boden zerstört gewesen, als sie sich über ihrem Kummer nach Nicos' Tod und Loukis' Verschwinden zu entzweien drohten. Aus irgendeinem Grund hatten sie damals nicht mehr zueinandergefunden; erst mit Dhespinas Zusammenbruch am Grab des Hundes hatte sich alles wieder geändert: Beim Ringen auf der Erde ihres Gartens hatte Georgios die Frau zurückgewonnen, die er einst geheiratet hatte. Inzwischen stellte Dhespina wieder ihre Mixturen her und führte den Haushalt mit der gewohnten Ruhe und Bestimmtheit. Und nachts brachte sie ihre Sanftmut in ihr gemeinsames Bett, so wie sie es immer getan hatte. Natürlich würden die Wunden nie ganz verheilen, doch fortan trugen sie die schwere Bürde gemeinsam und jagten nicht mehr wie zwei verlorene Seelen demselben Gespenst nach.

Durstig und verstört schreckte Yiannis aus dem Schlaf auf. Während er versuchte, den Sturm wegzublinzeln, der bis eben durch seine Träume gefegt war, hallte in seinem Kopf das Geräusch von im Wind klappernden Fensterläden nach. Überrascht entdeckte er den Schatten seiner Frau, die sich gerade an einer Kommodenschublade zu schaffen machte. Yiannis setzte sich auf und verfolgte mit den Augen ihre Schritte, wie sie zum Schrank hinüberwandelte und die Lamellentüren auf- und wieder zumachte. Dann wandte sie sich zum Bett um und ging in die Hocke, um darunterzuschauen. Als sie das Schlafzimmer schließlich verlassen wollte, stand Yiannis auf und hielt sie zurück.

Wie er so über ihrer winzigen Gestalt mit dem gewölbten Bauch aufragte, kam er sich hässlich vor und riesig, wie ein Monster, das eine Nachtigall gefangenhielt. Im Halbdunkel des Raumes wirkte seine Frau zart wie ein Kind, so zerbrechlich und verletzlich, und ihr Anblick weckte Gefühle in ihm, die er nicht zu deuten wusste. Obwohl Yiannis noch immer darauf wartete, dass seine Ehe ein warmes Gefühl in ihm auslöste, und obwohl ihn das Anschwellen ihres Bauches abstieß, war er sicher, dass er einen Weg finden könnte, seine Frau zu lieben, wenn sie ihn nur ließe.

»Praxi?«

Sie drehte sich um. Yiannis bemerkte, dass ihr Körper zwar wach war, ihre Augen jedoch schlaftrunken glänzten.

»Was suchst du denn?«, fragte er sanft. Vorsichtig fasste er sie am Arm, um sie daran zu hindern, das Zimmer zu verlassen.

»Ich finde ihn einfach nicht«, antwortete sie. Ihre Stimme klang wie ein in der Ferne verhallendes Echo.

»Wen, Praxi? Wen findest du nicht?«

Praxi legte den Kopf schräg, sah ihren Mann an und doch durch ihn hindurch. »Loukis«, erwiderte sie. »Ich finde Loukis nicht.«

»In Ordnung, ich bin fertig.« Schwungvoll legte Stelios seinen Stift beiseite.

»Ich hab's gleich«, rief Toulla und kritzelte eifrig weiter in das Heft, das vor ihr lag.

»Ich auch«, sagte Loukis, dem rein gar nichts einfallen wollte und der auch keine Lust mehr hatte, sich etwas einfallen zu lassen.

Seit die EOKA die Waffen niedergelegt hatte, kamen die drei in der Hitze des Sommers beinahe um vor Langeweile. Loukis ertappte sich dabei, dass er ihren Anführer beneidete, der vorübergehend an die Südküste geflohen war. Trotz des Friedens waren auch Antoniou und Harris weiterhin auf der Flucht, da sie dem Angebot der Briten auf Amnestie nicht trauten.

»Haltet euch bereit«, hatte Antoniou bei ihrem letzten Treffen angeordnet. »Wir befolgen die Waffenruhe, um Makarios bei seinen politischen Bestrebungen zu unterstützen, aber die Briten sind gerissen und die Türken verschlagene Hunde, daher kann sich die Situation ganz schnell ändern. Haltet also die Augen auf und den Mund geschlossen, achtet auf den Baum am Brunnen, und nun möge Gott seine schützende Hand über euch halten.«

Mit diesen Worten waren die beiden Männer im Gestrüpp verschwunden, und ihren weniger verdächtigen Schützlingen blieb nichts weiter zu tun als abzuwarten. Da es weder Telefonleitungen zu kappen gab noch Bomben zu werfen oder Waffen abzuliefern, entschieden die drei Kameraden, weiter für *enosis* zu arbeiten, indem sie Hassbriefe an Gouverneur Harding schrieben. Stelios hatte die Idee von seiner Mutter, die den Widerstand seit über zwei Jahren eifrig in Schriftform betrieb.

Toulla sah zu Stelios hinüber. »Na, was hast du geschrieben?«

»Es wird euch gefallen«, antwortete der Junge grinsend. Dann räusperte er sich theatralisch und stieg auf einen Stuhl.

»Werter Gouverneur Harding, ich möchte die Gelegenheit nutzen, um Sie zu dem großartigen Völkermord zu beglückwünschen, den Sie an den unschuldigen griechischen Zyprern dieses Landes begehen. Seit Dschingis Khan hat kein Mann den Titel Psychopath so sehr verdient wie Sie. Aus purer Geldgier Ihrer blutdürstigen Königin reißen Sie Millionen Müttern das Herz aus dem Leib und verfüttern das Fleisch unserer tapferen Helden. Sie sind ein Massenmörder, geehrter Herr Gouverneur, und Sie töten mit einem Lächeln auf den Lippen und dem Teufel im Herzen. Über die gesamte Länge und Breite dieser Insel werden Sie verabscheut, und der Tag wird kommen, an dem Ihnen Ihr dummer Kopf von den Schultern gerissen und von den Katapulten derer geschleudert wird, die Sie ermorden wollten. Sie sind ein Scheusal, Gouverneur Harding, an dessen Händen das Blut Ihrer Opfer klebt.

Hochachtungsvoll, Frau T.«

»Oh, das ist gut!« Toulla klatschte euphorisch Beifall. »Das ist einer deiner besten!«

»Danke, danke, Kameradin. Und was hast du?« Stelios stieg

von seinem Stuhl und faltete den Brief mit seinen tintenbeschmierten Fingern zusammen.

»Oh, meiner ist lange nicht so gut wie deiner«, antwortete Toulla bescheiden. »Aber na ja, hört selbst …

Gouverneur Harding, Sie halten sich für ein militärisches Genie, doch Ihre Kriegskunst entstammt den Alpträumen von Tyrannen. Wie Tamerlan sind Sie in Zypern eingefallen, um die absolute Macht an sich zu reißen, ohne sich um Gerechtigkeit oder Menschlichkeit zu scheren. Wie eine Plage breiten sich Ihre Armeen über unsere Insel aus. Ihnen geht es einzig darum, unschuldige Griechen auszuplündern und ihre Herzen in Angst und Schrecken zu versetzen. Und wie Tamerlan wollen Sie unsere tapferen Männer töten, um aus ihren Schädeln Ihre Elfenbeintürme zu errichten. Doch das wird Ihnen niemals gelingen, denn …

Weiter bin ich nicht gekommen, tut mir leid.«

»Bis dahin ein ausgezeichneter Brief«, lobte Stelios. »Am besten gefallen mir die Elfenbeintürme aus Schädeln.«

»Das hab ich von meinem Großvater. Als Nächstes wollte ich etwas schreiben in der Art: ›Harding macht Mäntel aus menschlichen Lungen mit Knöpfen aus Augäpfeln.‹ Wie findest du das?«

»Oh, das muss unbedingt mit rein«, rief Stelios. »Es müssen ja keine Tatsachen sein, Hauptsache, es klingt hasserfüllt. Und jetzt zu dir, Loukis. Was hast du?«

Loukis verspannte sich. »Ich bin noch nicht fertig«, murmelte er.

»War ich ja auch nicht«, erinnerte ihn Toulla. »Lies einfach vor, was du hast.«

»Lieber nicht.«

»Oh, komm schon, Loukis, so schlecht wird es schon nicht sein«, trieb Stelios ihn an.

»Na gut.« Seufzend gab sich Loukis geschlagen. »Aber es ist nur ganz kurz.«

»In der Kürze liegt die Würze«, sagte Stelios.

»Da bin ich mir nicht so sicher …« Loukis wischte sich die Schweißperlen von der Stirn und begann zu lesen: *»Gouverneur Harding, Sie sind ein Schwein. Sie werden sterben. Sie Schwein.«* Loukis sah seine Freunde an.

»Das war's?«, fragte Toulla.

»Ja.«

»Oh«, sagte Stelios.

Christakis kam ins Kaffeehaus gestürzt und knallte *Die Stimme* vor seinem Vater auf den Tisch. »Türken wollen Hälfte Zyperns stehlen«, verkündete die Schlagzeile. Georgios zog die Augenbrauen hoch, und Stavros wandte den Blick von der Zeitung ab, als könnte er so den Konflikt ignorieren, der sich gerade zusammenzubrauen drohte.

»Wie geht es Marios?«, fragte er stattdessen.

»Marios geht's gut«, antwortete Christakis knapp und deutete aufgebracht auf die Zeitung. »Habt ihr das gelesen? Ist das zu fassen?«

Die beiden älteren Männer zeigten keine Reaktion. Sie brauchten den Artikel nicht zu lesen, es war bereits den ganzen Morgen im Radio darüber berichtet worden: Der Führer der türkischen Inselbewohner, Dr. Fazil Küçük, hatte verkündet, dass er eine Teilung Zyperns fordere, die seinem Volk – das gerade einmal achtzehn Prozent der Bevölkerung ausmachte – fünfzig Prozent der Insel zusprach. Die Griechen schäumten vor Wut.

»Weißt du, Christakis, als ich ein Kind war, wurde ich auf dem Schulweg immer von griechischen Jungs geärgert, die Lieder gesungen haben wie: ›Kleiner Türke, kleiner Türke, hast Augen wie Kloaken‹«, sagte Stavros.

»Das waren Gemeinheiten unter Kindern«, gab der Tischler schroff zurück.

»Vielleicht«, fuhr Stavros fort, »aber was ist mit ihren Müttern, die ihnen erzählten, Türken seien nichts als wilde Hunde, die stinken, weil sie nicht getauft seien? Oh, versteh mich bitte nicht falsch, wir waren auch keine Heiligen. Meine eigene Tante war der felsenfesten Überzeugung, dass man nicht einmal dem Schatten eines Griechen trauen könnte, sie hielt euch alle für vom Teufel besessen, wegen des Gifts, das in der Kirche verspritzt wird … Was ich sagen will, ist, dass eine tief verwurzelte Abneigung zwischen unseren beiden Gemeinschaften besteht, die sich heute in brutaler Gewalt äußert – von beiden Seiten, ich weiß. Aber, sag mir, sollte der Traum der Griechen Wirklichkeit werden, was wird dann aus den Türken?«

»Sie werden weiterhin Teil dieser Insel sein, so wie sie es die vergangenen dreihundert Jahre waren«, erwiderte Christakis. »Aber sich abspalten und uns unserer Häuser und unseres Landes berauben zu wollen ist schon eine ziemlich miese Ausschlachtung unserer Differenzen!«

»Aber es sind genauso unsere Häuser und unser Land«, rief Stavros. »Es gibt da dieses alte Lied: ›Wenn ich diesen Boden auspresse, fließt türkisches Blut heraus, wenn ich dieses Land umgrabe, kommen türkische Knochen zum Vorschein, oh, was die Türken erleiden.‹ Ob du es glaubst oder nicht, Christakis, aber eure türkischen Nachbarn haben Angst vor euch, und immer mehr Türken kommen inzwischen zu der Überzeugung, dass allein die Teilung ihren Seelenfrieden wiederherstellen kann.«

»Ich bezweifle, dass irgendjemand ernsthaft glaubt, die Lösung läge in einer Teilung«, stellte Georgios kategorisch fest. »Was hier gerade abläuft, ist nichts als politisches Säbelrasseln.«

»Ganz recht«, stimmte ihm Stavros zu. »Ich persönlich denke auch nicht, dass eine Teilung unsere Probleme löst, aber hat euer EOKA-Führer Grivas nicht einmal selbst gesagt: ›Erst wenn Feuer und Wasser die besten Freunde und Hölle und Paradies eins werden, dann und erst dann werden wir wahre Freundschaft mit den Türken schließen‹?«

»Vergiss Grivas«, sagte Georgios und spülte seinen letzten Rest Kaffee mit einem Schluck Wasser hinunter. »Seine Zeit ist vorbei. Jetzt ist Makarios an der Reihe. Er ist derjenige, der den Karren aus dem Dreck ziehen muss.«

Marios ging den Weg zum Friedhof wie auf Wolken. Bis zu diesem Tag hatte er für Babys nicht viel übriggehabt, doch als er Praxi auf der Straße gefunden hatte – die Beine ganz nass, ihr Ehemann bewusstlos daneben –, war er losgerannt, um den Arzt zu holen. Danach hatte er entschieden, in der Nähe zu bleiben, um zu sehen, was passierte. Zwei Stunden später schließlich übertönte der Schrei eines Babys die Schreie der Mutter, und der Arzt trat mit einem breiten Lächeln aus dem Haus – das Baby sei wie ein geölter Blitz auf die Welt gekommen. Als er sich daranmachte, die Wunde an Yiannis' Kopf zu versorgen, schlich Marios zu Praxi ins Zimmer.

Praxi saß aufrecht im Bett, und sie sah schöner aus, fand Marios, als je zuvor. In ihren Armen hielt sie ein Bündel Decken, und darin befand sich das winzigste Geschöpf, das Marios sich vorstellen konnte, zerknautscht, mit dunklen, funkelnden Augen und flaumigen, tiefschwarzen Haaren.

»Was ist es?«, fragte er.

»Ein Mädchen«, sagte Praxi lächelnd und küsste ihr Baby zärtlich auf den Kopf. »Sie heißt Elpida.«

Als Marios die Kleine in seinen Armen wiegte – Praxi hatte es unbedingt gewollt –, kam er zu der Überzeugung, dass sie auf der Welt keinen besseren Namen hätte wählen können, denn *elpida* bedeutete Hoffnung.

»Bestimmt betet sie, dass ihr Kind später mal nicht aussieht wie ihr Mann«, witzelte Nicos, als Marios an seinem Grab stand, um ihm die Neuigkeit zu berichten.

»Was das betrifft, sehe ich keine Probleme«, erwiderte Marios. Auch wenn Yiannis nicht so blond war wie ihr Bruder Christakis, waren seine Haare doch eher hell und seine Augen haselnussbraun. »Das Baby ist zu dunkel. Es sieht eher aus wie Praxi oder wie einer von uns.«

»Uuh, Marios, was soll das denn heißen?«, neckte ihn sein toter Bruder, und Marios lief rot an.

»Halt die Klappe, Nicos, du Esel!«

Im selben Moment bereute Marios seine Worte und küsste zur Entschuldigung schnell den Grabstein, bevor er nach Hause aufbrach.

Als Elena von der Geburt ihres Enkelkinds erfuhr, griff sie rasch nach der kleinen Tasche mit Kleidung, die sie an der Tür bereitgelegt hatte, und stürmte los in Richtung Stadt. Unterwegs begegnete sie Stavros, er war bei der Arbeit auf seinen Feldern, und als sie ihm erzählte, weshalb sie es so eilig hatte, lud er sie ein, auf seinen neuen Traktor aufzuspringen. Elena graute vor dem Aufsehen, das ihre Fahrt erregen könnte, doch ihre Beine waren alt geworden, und so nahm sie Stavros' Angebot dankend an.

Auf dem Weg nach Keryneia gab sich Stavros alle Mühe, über das höllische Rattern des Motors hinweg unverbindlich zu plaudern, ohne dabei auf die Tatsache zu sprechen zu kommen, dass das Baby über einen Monat zu früh geboren war. Elena wusste seine Rücksichtnahme sehr zu schätzen. Gott war ihr Zeuge, dass sie sich die Lippen wund geküsst hatte, um auch den letzten Heiligen davon zu überzeugen, wie wichtig es war, die Geburt hinauszuzögern. So hätte der befleckte Ruf ihrer Tochter wenigstens ansatzweise wiederhergestellt werden können. Jeder wusste, dass sich die ersten Kinder gern Zeit ließen, doch ihr frischgeborenes Enkelkind hatte Praxi nicht einmal neun Monate Ehe gewährt. Sünder kamen eben niemals ungestraft davon, und nun würde ihre Tochter ihre Lasterhaftigkeit mit einem Kind bezahlen, das die kränkliche Konstitution einer Frühgeburt besaß.

Vor dem Kaffeehaus ihres Schwiegersohns, dessen Eröffnung noch ausstand, half Stavros Elena vom Traktor. Sie bedankte sich hastig und eilte die Außentreppe zu den Wohnräumen ihrer Tochter hinauf. Als sie das Schlafzimmer betrat, stellte sie mit

Bestürzung fest, dass die Fenster weit aufgerissen waren. Kranke brauchten Ruhe und Dunkelheit, goldenes Sonnenlicht war für niemanden gut, am wenigsten für ein winziges Neugeborenes.

Praxi war gerade dabei, ihre Tochter nach dem Stillen in ihr Bettchen zu legen. Yiannis gab seiner Schwiegermutter einen Begrüßungskuss und ließ die beiden Frauen allein, damit sie sich in Ruhe unterhalten konnten, während er sich unten um sein Geschäft kümmerte. Kaum hatte er die Tür hinter sich geschlossen, tat Elena ein paar entschiedene Schritte auf die Wiege zu. Beim Anblick ihrer Enkelin stockte ihr vor Entsetzen der Atem: Sie sah aus wie das blühende Leben, hatte strahlende, wache Augen und volle rosige Wangen. Mit voller Wucht traf Elena das Ausmaß von Praxis Schande, fassungslos trat sie vor ihre Tochter und verpasste ihr eine schallende Ohrfeige.

Schweigend nahm Praxi den Zorn ihrer Mutter hin, eine einzelne Träne rollte ihr über die Wange. Elena beugte sich zu dem Säugling hinunter, hielt inne und wandte sich dann langsam um. Wortlos riss sie Praxi in eine schmerzhafte Umarmung. Denn erst jetzt begriff sie, welch gewaltiges Opfer ihre Tochter gebracht hatte, um ihr Kind zu schützen.

6

Der zirpende Chor der Grillen hielt jedes Mal unvermittelt inne, wenn sich die Jungs bewegten. Wolken verdeckten den Halbmond und sorgten für tiefe Finsternis, die zusammen mit der drückenden Luft ihre Angst immer größer werden ließ.

»Was ist mit Schlangen?«

»Was ist mit Schlangen?«, äffte eine andere Stimme flüsternd nach.

»Im Ernst. Was ist mit Schlangen?«

»Sei nicht so eine Memme.«

»Ach, dann ist es euch also egal, wenn sie euch beißen und ihr ein Bein verliert?«

»Keiner verliert hier ein Bein – das sind Schlangen, wie sollen die dir, bitte, ein Bein abbeißen?«

»Nicht die Schlangen! Die Ärzte! Ich hab gehört, dass sie amputieren müssen, wenn das Gift wirkt.«

»Du wirst tot sein, bevor wir dich zu einem Arzt bringen können.«

»Oh, wie ungemein beruhigend … Ich hasse Schlangen!«

»Wollt ihr jetzt endlich die Klappe halten!«, fauchte der vorderste Junge seine beiden hinterherhinkenden Kameraden an. Tonis Nerven lagen ohnehin schon blank, das Gezänk hinter ihm stellte seine Geduld auf eine harte Probe. Unter seinem schweißnassen Hemd trommelte sein Herz vor Angst, und seine Waffe drohte ihm jeden Moment aus seinen ebenso schweißnassen Fingern zu rutschen. Er hatte es weit gebracht, seit er in der schummrigen Kapelle in Skylloura seinen Eid abgelegt hatte. Doch diese Mission lag außerhalb seines Bezirks, und er fühlte sich unsicher.

»Psst!«, zischte er plötzlich und blieb wie angewurzelt stehen. Sein Hintermann prallte gegen seinen Rücken.

»Was ist los? Was hast du gehört?«, fragte der Junge aufgeregt.

»Psst, verdammt!«

Da hörten sie alle drei das Geräusch und warfen sich gleichzeitig auf den Boden. Ein Stückchen vor ihnen knackten trockene Zweige unter Schritten.

»O Gott«, betete der Junge mit der Schlangenphobie. »Wie viele, glaubst du, sind es?«

»Mindestens zwei«, schätzte Toni. Er wischte sich seine feuchten Hände an der Hose ab und zielte mit seiner Waffe in die Richtung, aus der die Schritte kamen. Die Jungs befanden sich auf dem Weg zu einem Versteck in der Nähe von Keryneia, wo sie Dynamit und Sprengstoffzünder abliefern sollten. Sollten sie geschnappt werden, drohte ihnen die Todesstrafe. Toni war gerade einmal siebzehn und hatte eigentlich vor, es mindestens auf das Doppelte zu bringen.

»Wer ist da?«, bellte er auf Griechisch, als er für einen kurzen Moment mehr Mut als Angst zu spüren glaubte, woraufhin die Schritte innehielten und die Grillen ihr Konzert anstimmten. Die Jungs sahen sich an. Das Weiße in ihren Augen leuchtete.

»Glaubst du, es sind die Briten?«

»Das will ich nicht hoffen.«

Verzweifelt versuchten sie, durch die schwarzen, knorrigen Zweige des Olivenhains etwas zu erkennen, als die Schritte wieder einsetzten.

»Wer ist da?«, rief Toni abermals, diesmal mit schrillerer Stimme, denn nun hatte die Angst ihn bei der Gurgel gepackt. Schweiß tropfte ihm von der Stirn und lief ihm brennend in die Augen. Er wollte ihn sich gerade abwischen, als das Knacken abgefallener Äste und abgestorbener Zweige bedrohlich näher kam, lauter wurde, noch lauter wurde und plötzlich auf sie zuzurasen schien. In nackter Panik eröffneten die Jungs das Feuer. Funken stoben und Schüsse peitschten durch die Nacht, gefolgt von einem abscheulichen Schrei. Brüllend stürzten die

Jungs vorwärts, drückten kopflos den Abzug und spuckten blindwütig Kugeln vor sich her. Sie konnten weder etwas erkennen, noch hörten sie etwas außer ihren eigenen kehligen Schreien und den angstvollen Schüssen. Als sie auf eine Lichtung traten, erstarben ihre Schreie jäh, wie angewurzelt blieben sie stehen. Der von den Wolken freigegebene Mond sandte einen Strahl schimmerndes Licht auf den toten Körper ihres Feindes, und der Junge mit der Schlangenphobie erbrach sich geräuschvoll. Vor ihnen lag ein ältlicher Esel, sein graues Fell war blutüberströmt. Das Bizarre daran: Um seine Hufen, trug er abgenutzte Schalen aus Leder, die den Anschein von Schuhen erweckten.

Als Stavros am nächsten Morgen seinen ermordeten Esel entdeckte, zerriss es ihm schier das Herz. Im Maul des alten Mädchens klemmte ein Zettel mit einer Entschuldigung: »Zielperson verwechselt. Tut uns leid. EOKA.« Mit dem Spaten in der Hand sank der Bauer zu Boden und weinte bittere Tränen.

»Nicht mal die Briten erschießen Esel«, rief er seiner Frau Pembe zu und begrub Aphrodite zusammen mit seiner Hoffnung unter der Erde.

Bereits zum zweiten Mal an diesem Morgen donnerte das Flugzug über ihre Köpfe hinweg und störte mit seinem Zweizylindermotor und den Tannoy-Lautsprechern die Ruhe der Berge.

»Was um alles in der Welt sagen die da?«, fragte Toulla und warf den Kopf in den Nacken.

»Ich glaube, sie fordern, dass wir aufgeben«, erwiderte Loukis.

Fünf Monate währte die Waffenruhe der EOKA nun schon, und die Briten waren inzwischen dazu übergegangen, flüchtige Organisationsmitglieder aus der Luft mit Versprechen auf freies Geleit zu bombardieren, wenn sie bereit waren, sich zu ergeben. Ein paar Männer hatten das Angebot angenommen – und sahen sich anschließend vor den Propaganda-Karren der Besatzer gespannt. Der Großteil der Widerstandskämpfer ignorierte die

Amnestie jedoch hartnäckig, sei es aus Loyalität, aus Misstrauen oder aus Scham.

»Hast du schon mal darüber nachgedacht, auszusteigen?«, wollte Loukis von Toulla wissen.

»Nein! Natürlich nicht«, entgegnete das Mädchen und rollte sich auf den Bauch zurück. Sie lagen auf dem Rasen vor Stelios' Haus und warteten, dass seine Mutter ihn von der Hausarbeit entband. »Warum? Denkst du etwa darüber nach?«

Loukis zuckte mit den Schultern. Doch seine äußere Gelassenheit täuschte, im Innern war er unruhig, denn es zog ihn nach Hause – zu Praxi. Die körperliche Nähe zu Toulla machte sein schleichendes Verlangen, in sein früheres Leben zurückzukehren, nur noch größer.

»Was hält dich bei der Stange?«, fragte er sie.

»Mein Bruder«, antwortete das Mädchen. Die Bestimmtheit, mit der sie das sagte, verlangte nach einer Erklärung. Abwartend schwieg Loukis. Toulla hatte noch nie über ihre Familie gesprochen, ebenso wenig wie er selbst.

»Die Briten haben ihn verhaftet«, fuhr sie zögernd fort. »Nach wochenlanger Folter haben sie ihn schließlich wieder freigelassen, aber sein Leben war vorbei.«

»Warum? Was ist passiert?«

»Er hat sich umgebracht«, erklärte sie freiheraus. »Er war achtzehn, als die Briten ihn festnahmen, und diese Monster haben ihn mit allem verprügelt, was ihnen zwischen die Finger kam. Sie haben ihn mit Nadeln durchbohrt und mit Zigaretten verbrannt, um ihn dazu zu bringen, Verbrechen zu gestehen, die er nie begangen hatte. Die meiste Zeit hielten sie ihn nackt und mit zusammengebundenen Händen und Füßen in seiner Zelle. Manchmal legten sie ihm nasse Lappen aufs Gesicht, um ihn zu ersticken. Anderen erging es offenbar noch schlechter. Mein Bruder erzählte, dass ein Mann in seiner Zelle regelmäßig von einem anderen Zyprer angegriffen wurde, einem Verrückten, den die Briten für seine Dienste bezahlten. Er war vollkommen geisteskrank, lachte und weinte im selben Atemzug, während er seine Opfer mit Besenstielen vergewaltigte und auf ihren geschundenen Körpern tanzte. Tagtäglich saß mein Bruder in diesem Höllenloch und glaubte, er sei als Nächster dran. Als man ihn schließlich freiließ – denn er war wirklich ein ganz kleiner Fisch, einfach nur ein Junge, den man mit einer Nachricht erwischt hatte –, erkannten wir, seine eigene Familie, ihn nicht mehr wieder. Nachts weckte er das ganze Haus mit seinen Schreien auf. Es war grauenhaft, Loukis, du kannst es dir nicht vorstellen. Eines Tages dann, zwei Monate nach seiner Entlassung, gab mein Bruder auf. Er wurde die Angst nicht los, es gelang ihm nicht, nach vorn zu sehen. Mein Vater fand ihn an einem Baum im Garten. Nach seiner Beerdigung habe ich mir geschworen, alles in meiner Macht Stehende zu tun, damit diese Schweine für das bezahlen, was sie meinem Bruder und meiner Familie angetan haben. Und ich sage dir, Loukis, ich werde nicht eher ruhen, bis sie unsere Insel verlassen oder wir unseren Boden mit ihrem Blut getränkt haben. Sollen ihre Familien den gleichen Schmerz spüren, den wir durchlitten haben und weiterhin erleiden; sollen auch sie sehen, wie es sich damit lebt, wenn der Tod an die Tür geklopft hat.«

Toulla brach in Tränen aus. Sanft streckte Loukis eine Hand aus, um sie zu trösten. Bei seiner Berührung kroch sie in seine Arme und vergrub ihre vollen Locken an seinem Hals.

»Es tut mir leid«, schluchzte sie. »Es tut mir leid, dass ich vor dir weine.«

»Nein, wenn überhaupt, bin ich derjenige, dem es leid tun muss«, flüsterte Loukis. Und das tat es. Er hatte ihr mit seinen Fragen nicht zusetzen wollen, er war einfach nur neugierig gewesen. Als sie schließlich den Kopf hob und mit ihrem Mund seine Lippen suchte, fühlte er sich verantwortlich. Er schaffte es nicht, sie abzuweisen, und selbst als er ihren Kuss erwiderte, blieb er innerlich verschlossen. Er hatte das alles schon einmal erlebt, den Kummer, die Tränen, und auch wenn ihn die Wärme ihres Körpers erregte, hatte er ihr doch nichts zu bieten als seine aufgestaute Lust. Er wusste, dass er Toulla niemals geben konnte, was sie sich wünschte. Loukis war nicht blind, ihm waren ihre Blicke nicht entgangen, wenn sie zusammen die Zeit totschlugen, und er hatte genau bemerkt, dass sie es immer irgendwie einfädelte, bei ihm zu sein, wenn Stelios gerade anderweitig beschäftigt war. Und eben weil er sie mochte und auf gewisse Art sogar bewunderte, wollte er sie nicht belügen.

»Ich werde dich nie lieben, Toulla«, sagte er, als sich ihre Lippen voneinander lösten.

»Ich weiß«, sagte sie und weinte nur umso bitterlicher.

Elpida gluckste jedes Mal vor Freude, wenn Yiannis seinen großen Kopf in die Falten ihrer Decke drückte. Zärtlich lächelnd beobachtete Praxi ihr kleines Spiel. Zwar hatte ihr Mann fortwährend mit allem Flüssigen und Festen zu kämpfen, das ihre Tochter absonderte, er wurde mitunter kreidebleich und verkrampfte am ganzen Körper; dennoch war er regelrecht vernarrt in die Kleine. Binnen weniger Wochen nach ihrer Geburt quoll Elpidas Bettchen über von Wollspielzeug, und bei Christakis war bereits ein Schaukelpferd in Auftrag gegeben worden, auch wenn noch Jahre vergehen würden, bis sie damit würde spielen können. Während ihm Praxi dabei zusah, wie er an den Fingerchen ihrer Tochter knabberte, die sie ihm in den Mund steckte, fragte sie sich, was es wohl war, das seine Gefühle weckte. Da sie nicht miteinander verwandt waren, erschien es ihr merkwürdig, wie sehr Yiannis die Kleine liebte, und gleichzeitig empfand sie es als Segen. Ob es nun Unwissenheit oder menschlicher Beschützerinstinkt war, letztlich hatte Praxi weder den Wunsch noch den Mut, es herauszufinden. Sollte Yiannis tatsächlich den Verdacht hegen, dass das dunkeläugige Mädchen in seinen Armen nicht von ihm war, so sprach er es niemals aus, und Elpidas Gesicht erhellte sich, wann immer sie ihn erblickte.

»Und jetzt ab zu deiner Mamma«, sagte Yiannis schließlich.

Praxi legte ihre Tochter an die Brust und brachte ihren tränenlosen Protest durch sanftes Wiegen zum Verstummen.

»Wird das Kaffeehaus pünktlich fertig sein?«, fragte sie ihren Mann.

»Wenn die Lieferungen rechtzeitig kommen, sollte es klappen«, sagte er. Dann gab er seiner Frau einen Kuss aufs Haar und verschwand nach unten.

Flüchtige Zärtlichkeiten wie diese waren das Äußerste, was Yiannis ihr seit Elpidas Geburt entgegenbrachte, und sein fehlendes Drängen auf mehr Körperlichkeit bekräftigte Praxi nur in ihrem Entschluss, ihm eine gute Ehefrau zu sein. Sie kannte die Beweggründe ihres Mannes nicht, aber was sie selbst betraf, so hatte sie ihn beinahe zu schätzen gelernt. Vor dem Einschlafen hielt er sie behutsam im Arm, und auch wenn seine Hände hin und wieder über ihre Brüste wanderten, lag in seinen Berührungen nie etwas Begehrendes. Praxi hatte fast den Eindruck, als ob er sich gezwungen fühlte, irgendetwas zu tun, und ein kurzes Streicheln alles wäre, was er fertigbrachte. Seit ihrer Hochzeit hatten sie noch ein paar Mal miteinander geschlafen, doch für gewöhnlich endeten seine scheuen Berührungen in schamhaften Entschuldigungen. Selbst als sie bei ihrem allerersten intimen Beisammensein darauf gedrängt hatte, dass er sie ganz nahm – und damit rettete –, war es nur ein erbärmliches Echo auf jene Leidenschaft gewesen, die sie zuvor erlebt hatte; doch es hatte gereicht, um seinen Zweck zu erfüllen.

Praxi war sich sicher, dass ihr Mann sie nicht begehrte, aber er respektierte sie. Oft fragte er sie in geschäftlichen Dingen nach ihrer Meinung, die er sehr zu schätzen schien, und manchmal ertappte sie ihn dabei, wie er sie beobachtete – doch aus seinem Blick sprach keinerlei Verlangen, nur traurige Dankbarkeit. Praxi liebte Yiannis nicht, und das würde sie auch nie tun. Doch sie ahnte, dass er trotz seines oftmals törichten Verhaltens ein gutes Herz hatte, und als Ausgleich dafür, dass er unwissend für ihre Verfehlungen geradestand, gelobte sie ihm Loyalität und Freundlichkeit.

»Ganz egal, was passiert, du sorgst dafür, dass es diesem Mann gutgeht!«, hatte ihre Mutter ein paar Tage nach Elpidas

Geburt befohlen, nachdem Yiannis sie allein gelassen hatte, um sich um die Möbellieferung für das Café zu kümmern. Gehorsam hatte Praxi versprochen, niemals etwas zu tun, was ihren Mann verletzen oder ihre Tochter enttäuschen könnte. Und so entschied Praxi, Dhespina die Wahrheit vorzuenthalten, als sie überraschend zu Besuch kam und Elpidas Mund mit den Fingern abtastete – auf der Suche nach winzigen Zähnchen.

»Ich erkenne dein Kind«, sagte sie zu Praxi.

»Dann wirst du auch erkennen, dass mein Kind einen liebevollen Vater, ein gutes Zuhause und die Chance auf ein geordnetes Leben hat«, entgegnete Praxi kühl.

Mit Tränen in den Augen verließ Dhespina die Wohnung. Kurz darauf zog sie sich in ihr Gartenhäuschen zurück und gab eine Handvoll Blütenblätter in einen Topf mit kochendem Wasser. Sie rührte einige Male um und atmete den Duft ein. Nach und nach begannen sich ihre Nerven zu beruhigen, doch gegen den Schmerz der Gewissheit in ihrer Brust waren selbst die Rosendämpfe machtlos.

»Praxis Kind ist von Loukis«, teilte Dhespina später ihrem Mann mit.

»Hat sie das gesagt?«, fragte Georgios vorsichtig.

»Nein, aber die Kleine ist ein Abbild unseres Sohnes und außerdem spüre ich es.«

Georgios seufzte. Praxis plötzliches Interesse an dem Christofi-Jungen, die überstürzte Hochzeit, die frühe Geburt – alles passte zu der Behauptung seiner Frau. Dennoch wusste er eines mit Gewissheit: Selbst wenn Elpida tatsächlich ihre Enkelin war, sie beide hatten sich da nicht einzumischen.

»Ein Gefühl reicht nicht, um das Leben dreier Menschen zu zerstören«, wandte er so behutsam wie möglich ein. »Sollte es eine Wahrheit geben, die ans Licht kommen soll, so wird sie ihren Weg finden. Aber es ist nicht unsere Aufgabe, sie ans Licht zu zerren. Versprich mir, dass du nichts Unüberlegtes tun wirst.«

»Was könnte ich denn schon tun?«, fragte Dhespina mit brüchiger Stimme. »Wenn ich sage, was ich weiß, stürze ich meine eigene Enkelin ins Unglück. Möge Gott mir verzeihen, aber ich könnte Loukis gerade umbringen!«

Georgios zog seine Frau liebevoll an sich. In diesem Augenblick kam Marios durch die Tür und ließ geräuschvoll seine Tasche zu Boden fallen.

»Nicht ihr beide auch noch!«, stöhnte er.

»Wie?«, fragte Georgios und entließ Dhespina aus seiner Umarmung.

»Draußen am Tor steht Michalakis und schmachtet Maria an.«

»Ach ja?«, erkundigte sich Dhespina, dankbar für die Ablenkung.

»Ja«, bestätigte Marios und naschte an dem Kebab, der auf dem Tisch stand. Seine Mutter gab ihm einen Klaps auf die Finger. »Nicos lässt euch übrigens schön grüßen.«

»Grüß ihn zurück«, erwiderten Dhespina und Georgios im Chor und lächelten traurig.

Die Tür flog abermals auf, und fröhlich gesellte sich Michalakis zu ihnen. »Mein Gott, ich sterbe vor Hunger!«, verkündete er.

»Michalakis«, rief Dhespina. »Wie oft soll ich dir noch sagen …«

»Entschuldige, Mamma«, beeilte er sich zu sagen. »Für eine Frau, die mehr Zaubertränke braut als eine Hexe, bist du allerdings ganz schön gottesfürchtig.«

»Eine Hexe …«, wiederholte Marios kichernd. »Dann bist du also fertig mit deiner Freundin?«

»Wenn du damit meinst, dass wir fertig geredet haben, ja. Das hast du auffallend richtig beobachtet, wenn man bedenkt, dass ich gerade hier sitze und dir in dein haariges Gesicht schaue.«

»Dann bleibst du zum Tanz morgen?«, rief Dhespina ihrem älteren Sohn aus der Küche zu.

»Nein. Ich hab Spätschicht. Ich muss vor drei zurück sein.«

»Na, Gott sei Dank«, sagte sein Vater. »Du verbringst mehr Zeit hier bei uns als in dem Zimmer, das du für teures Geld mietest.«

»Georgios!«, schimpfte Dhespina, entsetzt über die Blasphemie, mit der ihr Mann ihren Sohn aus dem Haus wünschte.

»Entschuldige, Dhespo«, erwiderte Georgios und zwinkerte seinem Sohn zu. »Und, woran wirst du morgen arbeiten?«

»An ein paar Berichten, entweder über das Anwachsen des türkischen Widerstands oder über die jüngsten Angriffe auf die Gewerkschaftler.«

»Dann gibt es also wirklich eine türkische Widerstandsbewegung?«, fragte Georgios überrascht. »Ich dachte, es handele sich dabei nur um vereinzelte Krawalle und Brandanschläge, nach dem Motto: Wie du mir, so ich dir.«

»Im Grunde, ja«, bestätigte Michalakis, »aber vor ein paar Wochen gab es bei einer Explosion in Omorphita einen Toten und mehrere Schwerverletzte. Es heißt, die Türken hätten sich versehentlich selbst in die Luft gesprengt, als sie gerade Bomben für einen Einsatz gegen die Griechen bastelten, falls die EOKA wieder aktiv werden sollte.«

»Nicht noch mehr Bomben ...«, brummte Marios. »Was ist nur mit dieser Insel los?«

»Das sind nur Gerüchte«, versicherte Michalakis seinem Bruder, doch Georgios fing seinen Blick auf und zog fragend eine Augenbraue hoch. Michalakis antwortete nur mit einem Kopfschütteln.

»Will die EOKA etwa wieder aktiv werden?«, fragte Dhespina, als sie sich zu den anderen an den Tisch setzte.

»Die Briten halten das durchaus für möglich«, erklärte Michalakis. »Vor kurzem sind sie auf ›mögliche Beweismittel‹ dafür gestoßen, wie sie es nennen: In der Nähe von Lefkosia haben sie große Mengen Patronen und mehrere kleinere Waffenverstecke aufgespürt, und in Pafos wurden Rohrbomben gefunden.«

»Ob aktiv oder nicht, vor Eseln macht die EOKA jedenfalls keinen Halt«, bemerkte Marios.

»Das war ein Unfall«, versicherte Georgios seinem jüngeren Sohn.

»Erklär das mal Herrn Stavros«, entgegnete Marios mürrisch.

»Reich mir mal den Kebab«, bat Michalakis seinen Bruder. Er war es leid, immer nur über den Tod zu sprechen. Es gab so viel mehr im Leben, und in seinem drehte sich momentan so ziemlich alles um eine junge Frau, die sich nur einen Steinwurf von ihm entfernt befand. Die anhaltende Waffenruhe erlaubte ihm derzeit, häufiger in sein Heimatdorf zurückzukehren. Bislang war er leider nicht über eine höfliche Konversation mit Maria hinausgekommen, doch er plante, sich bald Urlaub zu nehmen, um sie so zu umwerben, wie eine Frau wie sie umworben werden sollte.

Als Michalakis allerdings am nächsten Tag in Lefkosia ankam, wurde er zu einer eilig einberufenen Pressekonferenz zitiert, die ihm einen dicken Strich durch die Urlaubsrechnung machte.

Vor einer ganzen Meute von Reportern und Fotografen enthüllte der britische Generalstabschef scheinbar eindeutiges belastendes Material, demzufolge die EOKA plante, wieder zu gewaltsamen Übergriffen zu schreiten. Mit vor Entrüstung bebendem blonden Schnurrbart berichtete der Brigadegeneral von Dokumenten, die in einem Versteck in den Bergen entdeckt worden waren, zu dem sie ein übergelaufener EOKA-Kommandeur geführt hatte. Die Unterlagen würden auf die Sprengung eines größeren Kraftwerks hinweisen, auf den Überfall auf eine Polizeiwache sowie auf die Ermordung einer Reihe von Verrätern.

»Alles in allem wissen wir von über einhundert Personen, die auf der Abschussliste der EOKA stehen, falls und wenn die Kampfhandlungen wieder aufgenommen werden sollten«, teilte der Brigadegeneral der Presse mit.

Mit einem Gefühl von Hoffnungslosigkeit, aber auch einer gehörigen Portion Wut im Bauch machte sich Michalakis später an seinen Bericht.

Mühsam arbeitete sich Lella mit einem Sack Kartoffeln den Weg hinauf. Loukis und Stelios sprangen auf und eilten zu Hilfe. Als

Loukis sich vorbeugte, um ihr die Last abzunehmen, hörte er, wie sein Hemd riss. Augenblicklich spürte er den kühlen Herbstwind auf seinem Rücken.

»Mir scheint, wir müssen dir ein paar größere Hemden kaufen«, stellte seine Gasttante trocken fest.

»Bitte, tun Sie mir einen Gefallen, Frau Thedosias«, flehte Stelios sie an, »und besorgen Sie ihm bei der Gelegenheit auch ein paar neue Hosen – seine sind so eng, dass es geradezu unanständig aussieht!«

»Denk nicht, dass uns das nicht auch schon aufgefallen wäre«, erwiderte Lella kichernd. »Der arme Demetris beginnt schon, sich in seinem eigenen Haus unwohl zu fühlen.«

»Leute, bitte!«, protestierte Loukis.

Es war nun beinahe ein Jahr her, seit Loukis von zu Hause fortgelaufen war, um ein Mann zu werden, und auch wenn seine einzige größere EOKA-Operation in einem Fiasko geendet hatte, so schien zumindest, was seine körperliche Entwicklung betraf, seine Mission nahezu erfüllt.

»Kann ich euch Jungs mit einer Tasse Kaffee und einem Gläschen *zivania* locken?«, fragte Lella.

»Das können Sie in der Tat, Frau Thedosias«, antwortete Stelios. »Das können Sie in der Tat.«

Loukis lächelte. Er hatte Stelios mit der Zeit wirklich ins Herz geschlossen, doch aus unerfindlichen Gründen hatte sich sein Freund seit einiger Zeit eine überaus nervtötend gezierte Sprechweise angewöhnt, bei der er sich auch noch ständig selbst wiederholte. Und er hatte angefangen, Pfeife zu rauchen. Loukis wollte sich gar nicht vorstellen, wie sein Bruder Christakis reagieren würde, sollten die beiden sich je kennenlernen.

Während Lella den Kaffee kochte, setzten sich die beiden Freunde wieder vors Haus, um die letzten Sonnenstrahlen zu genießen. Stelios stopfte seine Pfeife und erwähnte dabei, dass Toulla offenbar ein Auge auf ihn geworfen habe.

»Sie hängt in letzter Zeit ständig bei mir herum. Früher kam sie nie so oft vorbei. Was meinst du?«

Loukis wusste natürlich nur zu gut, warum das Mädchen sich so verhielt, erklärte Stelios aber, dass ihm Frauen ein Rätsel seien und er da kein guter Ratgeber sei.

»Ich find's nur komisch«, sagte Stelios. »Bislang dachte ich nämlich immer, sie will was von dir.«

Loukis suchte fieberhaft nach einer Antwort, die Toulla nicht in Verlegenheit bringen würde, als Demetris ihn glücklicherweise erlöste. Händereibend kam er auf sie zu.

»Harding ist weg vom Fenster!«, rief er.

»Der Gouverneur?«, fragte Loukis überrascht.

»Genau der.«

»Na, das ist doch mal eine schöne kleine Entwicklung«, bemerkte Stelios und zündete seine Pfeife an. »Eine wirklich sehr schöne Entwicklung.«

»Warum?«, fragte Loukis kopfschüttelnd. »Was ist passiert?«

»Genaues weiß ich auch nicht«, antwortete Demetris, zog einen Stuhl heran und setzte sich zu den beiden Jungs in die Sonne. »Aber da sich Makarios weigert, mit dem Schweinehund zusammenzuarbeiten, der ihn ins Exil geschickt hat, ist jetzt ein neuer Gouverneur hierher unterwegs. Er heißt Sir Hugh Foot und ist der derzeitige Gouverneur von Jamaica.«

»Dann kehrt der Erzbischof also zu uns zurück?«, fragte Stelios mit Tränen in den Augen, wobei sich Loukis nicht sicher war, ob ihn die Neuigkeiten so rührten oder ob es an dem beißenden Pfeifenrauch lag.

»Es ist es noch zu früh, um das zu sagen. Die Chancen stehen jedenfalls um einiges besser, jetzt, wo Harding aus dem Weg ist«, erwiderte Demetris.

Dankend nahm er seiner Frau den Kaffee ab, den sie auf einem Tablett brachte, und erklärte weiter, dass die Briten nach der ernüchternden Erfahrung in Suez ihre Pläne für eine Vorherrschaft in der Region verworfen hätten und Zypern für sie somit nicht mehr von Belang wäre. Harding stand für eine Politik der Unterdrückung, und wenn die Briten eine politische Lösung aushandeln wollten, musste er als Gouverneur das Feld räumen. Nach allem, was man hörte, hatte Sir Hugh eine erfolgreiche Karriere als Diplomat vorzuweisen und war den Bewohnern der Insel noch in guter Erinnerung aus der Zeit, die er während des Zweiten Weltkriegs auf Zypern verbracht hatte. Sowohl die Griechen als auch die Türken mochten ihn.

»Wenn die Briten wirklich vorhaben, die offene Wunde zu schließen, zu der sie diese Insel gemacht haben, dann ist die Ernennung eines neuen Gouverneurs ein Schritt in die richtige Richtung«, sagte Demetris. »Makarios spielt das politische Spiel mit – fordert Selbstbestimmung nach einer Phase der Selbstverwaltung –, und sofern es uns gelingt, die Forderungen der Türken nach einer Teilung einzudämmen, könnte das Ende des Konflikts und der Anfang unserer Zukunft mit Griechenland tatsächlich zum Greifen nahe sein.« Demetris schlürfte seinen Kaffee aus, dann rieb er sich mit seinen fleischigen Händen die Oberarme. In der Ferne bei Pafos ging langsam die Sonne unter, und mit ihr verabschiedete sich die Wärme des Tages. »Heilige Mutter Gottes, ist das frisch. Der Winter scheint im Anmarsch.«

Wie zur Antwort ächzten die Bäume um sie herum im Wind. Demetris stand auf und trieb die Jungen ins Haus, wo ihnen augenblicklich der Duft von Schweinefleisch und Wein in die Nase stieg.

»Allmächtiger«, seufzte Stelios. »Gibt es etwas Herrlicheres als Lellas *afelia*?«

»Also, ich wüsste da so einiges«, gab Demetris zurück, woraufhin seine Frau vor Verlegenheit einen spitzen Schrei ausstieß.

»O ja, natürlich«, korrigierte sich Stelios. »Ihre Gattin ist weiterhin berühmt für ihr köstliches *sheftalia* und ihr herrliches *stifado*.«

»Dann gehe ich also davon aus, dass du zum Essen bleibst, Stelios?«, fragte Demetris.

»Um nichts in der Welt würde ich mir diesen deliziösen Übergriff auf meine Speicheldrüsen entgehen lassen«, entgegnete der Junge.

Es war bereits später Abend, als Stelios seinen Teller leergegessen und die Gastfreundschaft ausreichend strapaziert hatte. Aus der Nachmittagsbrise war ein regelrechter Sturm geworden, und mit hochgeschlagenem Kragen machte er sich auf den Heimweg. Heulend zog der Wind über die Berge hinweg in die Hauptstadt, wo er die Überreste des Tages durch die nächtliche Luft peitschte. An den alten Türen der Selimiye-Moschee, der früheren Sophien-Kathedrale, flatterte ein weggeworfenes Flugblatt gegen das Holz. Unter der Überschrift »Bekanntgabe Nr. 1« verkündete der Zettel die Gründung der *Türk Mukavemet Teşkilatı* und rief alle türkischen Zyprer dazu auf, »sich für Anweisungen bereitzuhalten«.

7

Bewaffnet mit Stöcken, Ziegel- und Pflastersteinen sowie selbstgebastelten Brandbomben zog der wütende Mob durch Lefkosia. Fensterscheiben wurden eingeschmissen, Geschäfte in Brand gesteckt, Familien in Angst und Schrecken versetzt. Zwei Nächte tobte die Gewalt, dann wurden Barrieren aus Stacheldraht errichtet, um die beiden Sektoren voneinander abzutrennen.

Als Michalakis tags darauf durch die Stadtteile lief, bot sich ihm ein Bild des Jammers: Glas knirschte unter seinen Schuhsohlen, eingeschlagene Schaufensterscheiben gaben den Blick in ausgebrannte, rußgeschwärzte Geschäfte frei, Eingänge waren von Urin und Kot verpestet, zwei Laster lagen wie zusammengetretene riesige Tiere umgekippt auf der Straße.

Als sich der neue Gouverneur einen Überblick über die angerichteten Schäden verschaffte, hatte man das Glas bereits zusammengefegt und die Fenster zugenagelt. Sir Hugh Foot sprach sowohl mit griechischen als auch mit türkischen Ladenbesitzern, die mehr oder weniger das Gleiche berichteten – lediglich die Schuldfrage beantworteten sie unterschiedlich: Die Griechen hatten im türkischen Viertel gewütet, die Türken das griechische gestürmt.

Drei Tage nach dem Gouverneursbesuch endete die zwölfte Sitzung der Generalversammlung der Vereinten Nationen mit einer Abstimmung, in der sich einunddreißig Mitgliedsstaaten dafür aussprachen, Zypern unverzüglich das Recht auf Selbstbestimmung einzuräumen. Dreiundzwanzig Staaten stimmten gegen diese griechische Lösung, vierundzwanzig enthielten sich ihrer Stimme. Die Abstimmung kam folglich zu keinem Ergebnis – die Insel blieb weiter unter britischer Kolonialherrschaft, die einen forderten *enosis*, während die anderen *taksim* verlangten. Es hatte sich nichts geändert. Die Welt hatte die Lage überdacht und sich dann abgewandt.

»Meine Güte, Marios, ist das schön!« Praxi hielt das Mobile hoch und schaute sich die Holzfiguren genauer an.

»Erkennst du sie?«, wollte Marios wissen. Er hatte fast einen ganzen Monat an Elpidas Weihnachtsgeschenk gearbeitet. Die Idee war ihm an Nicos' Grab gekommen, wo er fast immer die besten Einfälle hatte.

»Also«, riskierte Praxi einen Tipp, »das hier sieht aus wie ein Löwe ...«

»Ja, genau!«, rief Marios freudestrahlend und nahm Praxi das Mobile aus der Hand. »Der Löwe ist Christakis, denn er ist der Anführer, und er hat gelbes Haar.«

»Ja, stimmt«, sagte Praxi und lächelte. Die Beschreibung war bestechend.

»Und das hier ist eine Eule, sie stellt Michalakis dar, denn er ist klug wie eine Eule und liest immer Bücher. Und hier, der Engel, das ist Nicos, weil er tot ist und im Himmel. Das Schaf, na ja, das bin ich, weil Nicos immer gesagt hat, dass ich ihm wie eins hinterherlaufe. Und der Wolf ist Loukis, denn als solcher wurde er geboren. Jetzt muss Elpida nachts nie Angst haben, denn sie hat fünf Brüder, die auf sie aufpassen – in diesem Leben und im nächsten.«

Marios legte das Mobile auf den Tisch und blickte Praxi stolz an. Die junge Mutter konnte ihre Gefühle nicht mehr zurückhalten, sie brach in Tränen aus und drückte Marios fest an sich. Es war nicht gerade die Reaktion, die er erwartet hatte, doch als Praxi die Umarmung löste und er das Lächeln auf ihrem Gesicht sah, entspannte er sich wieder.

Da Marios nicht in der Lage war, Verstand und Gefühl voneinander zu trennen, fand er, dass Frauen sich oft äußerst befremdlich verhielten: Wenn sie böse waren, taten sie so, als seien sie es nicht, und wenn sie glücklich waren, weinten sie wie Babys.

Erst neulich Abend hatten sie im Radio die Freilassung von über hundert Gefangenen verkündet, die der neue Gouverneur als Geschenk an deren Familien angeordnet hatte. Und seine Mutter hatte geweint, als hätte der Brite die Männer aus ihren Zellen holen lassen, um sie einen nach dem anderen zu erschießen.

»Praxi, glaubst du, dass Loukis zu Weihnachten nach Hause kommt?«

»Ich weiß es nicht«, erwiderte sie stockend und wandte sich Elpida zu, damit er nicht sehen konnte, wie viel Hoffnung in ihrem Gesicht lag. »Warum fragst du?«

»Ich hab nur so überlegt … Vielleicht saß Loukis ja auch in einem der Gefängnisse des Gouverneurs und ist deshalb so lange weggeblieben. Und wenn, dann ist er jetzt vielleicht frei und kann endlich zu uns zurückkommen.«

»Vielleicht«, sagte Praxi. »Aber du solltest nicht deine ganze Hoffnung darauf setzen, dass er jetzt schon nach Hause kommt. Loukis wird zurückkommen, wenn er so weit ist. Da bin ich mir sicher.«

»Ja, das wird er wohl«, stimmte Marios ihr zu. »Er ist ein echter kleiner Teufel.«

Praxi musste lachen. »Das ist er, Marios, aber das hält uns nicht davon ab, ihn zu lieben.«

Als Praxi am Abend das Mobile über dem Bettchen ihrer Tochter befestigte, strich sie mit den Fingern über jede einzelne der Figuren, bis sie schließlich den Wolf befühlte, der Loukis darstellte. Sie beugte sich vor und gab ihm einen Kuss.

»Fröhliche Weihnachten, Geliebter, wo immer du bist«, flüsterte sie.

Zur Feier des Dreikönigsfestes schenkten Demetris und Lella Loukis eine weitsitzende Hose und zwei neue Hemden, ein blaues und ein graues. Loukis bedankte sich für die Geschenke und entschuldigte sich im gleichen Atemzug, dass er mit leeren Händen vor ihnen stand. Nur einen Monat später überraschte ihn das Paar zum Geburtstag mit einem Rasiermesser, und

Demetris weihte ihn in die Kunst der Nassrasur ein. So dankbar Loukis seinem Gastonkel auch war, so sehr erfüllten ihn seine liebevollen Gesten mit Wehmut und Gewissensbissen – denn hätte es nicht sein Vater sein sollen, der ihn in ein solches Ritual einführt?

Schon im Monat darauf hatte sich das Rasieren mit dem Boykott gegen jegliche britische Waren, zu dem die EOKA aufgerufen hatte, allerdings ohnehin erledigt: Schäumende Seifenstücke waren ab sofort tabu.

»Rasieren nervt bestimmt total«, sagte Stelios, als er mit Loukis vor dem Kaffeehaus auf Toulla wartete. »Ich würd mir ja gern einen Backenbart stehen lassen, das Problem ist nur, dass an den verbrannten Stellen keine Haare wachsen … Ich hätte also nur einen halben Bart.«

Loukis betrachtete das Gesicht seines Freundes und fand, dass auch die zarte Haut auf seiner intakten Seite nicht gerade aussah, als würde sie in irgendeiner Form von Bartwuchs heimgesucht.

»Tut es noch weh?«, fragte er. »Die Verbrennungen, meine ich.«

Stelios schüttelte den Kopf. »Nein, eigentlich nicht. Ich muss ein bisschen mit der Sonne aufpassen, aber das ist nicht weiter schlimm. Weh tut es nur, wenn ich mich morgens im Spiegel anschaue. Und die ganze Zeit mit der zyprischen Antwort auf Victor Mature herumzuhängen, macht es nicht unbedingt besser.«

Loukis runzelte die Stirn bei dem Vergleich: Er wäre nie auf die Idee gekommen, dass er aussah wie ein Filmstar, auch wenn ihm bewusst war, dass er aus einer Familie stammte, die der Herrgott mit guten Genen ausgestattet hatte. Christakis war – trotz des Fluchs, der auf seinen blonden Haaren lag – ein wahrer Riese geworden, mit einem Lächeln, das die Mädchen im Dorf dahinschmelzen ließ. Michalakis war zwar kleiner, jedoch weniger breit und hatte schärfere Gesichtszüge. Und Marios war mit geraden Zähnen und Rehaugen gesegnet und damit vielleicht der Bestaussehende von ihnen, genau wie einst Nicos. Von all seinen Brüdern sah er, so überlegte Loukis, Michalakis am ähnlichsten – was nicht das Schlechteste war.

»Na, endlich«, rief Stelios, als er Toulla erblickte.

»Entschuldigung, die Herren«, begrüßte sie die beiden. »Ich bin einfach nicht weggekommen.«

»Kein Problem, der Tag ist ja noch jung …«, sagte Stelios und hob die beiden leeren Säcke auf, die zu seinen Füßen lagen. »Bis später dann«, verabschiedete er sich von Loukis.

»Viel Glück.«.

»Danke«, antwortete Toulla und lächelte Loukis verlegen an, bevor sie sich bei Stelios unterhakte und davonging.

Stelios und Toulla waren zu einer Mission unterwegs, auf die sie von Antoniou und Harris geschickt worden waren. Die beiden waren vier Tage zuvor wieder auf der Bildfläche erschienen, nachdem Gouverneur Foot infolge der Gleichgültigkeit, welche die Vereinten Nationen bekundeten, sämtliche Forderungen nach *enosis* abgeschmettert hatte. Auf dem Friedhof in der Nähe von Pano Platres befand sich unter der obersten Erdschicht des Grabs von Harris' Urgroßvater ein kleines Versteck mit Revolvern, einem Gewehr sowie ein paar Schachteln Munition. Antoniou wollte, dass man ihnen alles zu ihrem Schlupfwinkel brachte, und Stelios hatte sich nur allzu gern bereit erklärt, zu diesem Zweck das lustwandelnde Liebespaar mit Toulla zu spielen. Für den Fall, dass ihnen irgendein britischer Soldat die Komödie nicht abkaufen sollte, war Stelios mit einer Stange Woodbine-Zigaretten präpariert – was angesichts des Boykotts der EOKA darauf schließen lassen musste, dass die beiden nicht mit den »Terroristen« sympathisierten.

Da Stelios inzwischen zum unverbesserlichen Pfeifenraucher geworden war, hatte er großzügig ein paar Zigaretten an Loukis abgetreten. Und so saß der jüngste Economidou-Spross nun an seinem sonnigen Plätzchen, zündete sich eine Woodbine an und zog genussvoll daran. Entspannt lehnte er sich in seinen Stuhl zurück, beobachtete, wie sich der Rauch durch die Luft schlängelte, und dachte dabei an Praxi und ob sie wohl für Victor Mature schwärmte. In all den Jahren, die sie zusammen verbracht hatten, hatte sie den Filmstar nie erwähnt, doch Menschen veränderten sich mit der Zeit, und Loukis versteckte sich nun schon seit über einem Jahr in den Bergen von Troodos. Vielleicht war Praxi inzwischen dick geworden – oder schrecklich dünn. Vielleicht war sie tief gläubig oder ganz verrückt nach amerikanischer Rock'n-Roll-Musik. Vielleicht wartete sie sehnsuchtsvoll auf seine Rückkehr. Vielleicht auch nichts von alledem. Das Einzige, was Loukis mit Bestimmtheit wusste, war, dass er selbst sich in all den Monaten verändert hatte: Er war gewachsen, sein Körper war kräftiger geworden, und er hatte sich von seinem Schmerz und seiner Enttäuschung erholt.

Als er damals gegangen war, hatte er nicht darüber nachgedacht, wie lange er eigentlich fortbleiben würde. Er hatte einfach nur weggewollt – an einen Ort, wo niemand ihn kannte, wo er Raum zum Durchatmen und zum klaren Denken finden würde. Inzwischen hatte sich das Chaos in seinem Kopf gelichtet, und seine Gedanken schweiften immer häufiger ab zu einer Stelle am Meer, wo es nach Geißblatt und Zitrusfrüchten roch, und nicht nach Kiefern. Wo es Felsen gab und ihm der Kies am Strand unter den Füßen kitzelte und durch die Zehen rutschte. Er sehnte sich danach, endlich wieder die Sonne auf seiner Brust zu spüren, die Wellen im Licht funkeln zu sehen und seinen Körper davon überspülen zu lassen. Er sehnte sich nach allem, was sein früheres Leben ausgemacht hatte, und vor allem sehnte er sich nach der Frau, die er liebte. Er war nichts ohne Praxi, lediglich ein Geist, der seine Zeit verplemperte. Und auch wenn er sein Ziel, ein ganzer Mann zu werden, beinahe erreicht hatte, so fühlte er sich doch nur als halber Mensch. Praxi steckte ihm nicht nur in jedem Muskel und in allen Knochen: Sie war sein Herz. Er konnte kaum glauben, dass er es so lange ohne sie ausgehalten hatte, und er fragte sich, ob ihre Finger nachts im Dunkeln nach ihm tasteten, so wie seine sie suchten.

Das füllige Gesicht in den Händen vergraben, saß Stavros auf einem umgestürzten Baum und versuchte nachzudenken. Die Welt drehte sich einfach zu schnell, und er verstand sie nicht mehr. Anfang der Woche war er in Gönyeli gewesen, nachdem er erfahren hatte, dass sein Neffe mitsamt Familie dorthin geflüchtet war. Sie hatten den Terror in Lefkosia einfach nicht mehr ausgehalten und waren aus einem überwiegend von Griechen bewohnten Stadtteil geflohen, um Zuflucht in einem Dorf zu suchen, das vollständig türkisch war. Derart groß war die Angst der Familie gewesen, dass sie von heute auf morgen ihr Zuhause verlassen und außer ein paar Koffern und einer Handvoll Andenken alles zurückgelassen hatte, was sie besaß. Natürlich hatte sich Stavros' Wut zunächst gegen die Griechen gerichtet, die das Leben seiner Familie zerstörten, doch in den darauffolgenden Tagen musste er bestürzt zur Kenntnis nehmen, dass die Mittel, zu denen seine eigenen Landsleute griffen, nicht besser waren. Während die beiden Bevölkerungen einander den Rücken kehrten, blieb ihnen nur eine einzige Gemeinsamkeit: Feindseligkeit. Die Lage geriet von Tag zu Tag mehr außer Kontrolle und erzeugte eine Spirale von Gewalt und Gegengewalt. In dem ganzen Durcheinander war das türkische Pressezentrum in die Luft gesprengt worden, woraufhin türkische Zyprer, mit Knüppeln und Brechstangen bewaffnet, durch die Straßen der Hauptstadt gezogen waren. Lautstark hatten sie »Teilung oder Tod!« gefordert und waren über Polizeiautos hergefallen, hatten Häuser in Brand gesteckt und Geschäfte geplündert. Als schließlich Fabriken und Büros in Flammen aufgingen, gab es vier Tote und unzählige Verletzte.

Noch vor zwei Jahren hatte Stavros' Frau nachts von der Musik geträumt, die auf ihrer Hochzeit gespielt worden war, und von dem wunderschönen weißen Pferd, auf dem sie gesessen hatte. Heute wurde sie in ihren Träumen von bewaffneten Männern, toten Eseln und Bildern ihres ausgebrannten Hauses heimgesucht. Wenn Pembe nachts zitternd aus dem Schlaf hochfuhr, wusste ihr Mann nicht, wie er sie trösten sollte. Wie konnte er sie davon überzeugen, dass sie sich unnötig beunruhigte, wenn ihn tagsüber die gleichen Alpträume quälten?

Heillos in seine düsteren Gedanken versunken, bemerkte er erst, dass jemand neben ihm stand, als die Person ein höfliches Hüsteln von sich gab. Er hob den Kopf und sah Georgios, der ihm wortlos einen silbernen Flachmann reichte. Dankbar nickte der Bauer und nahm einen Schluck von dem wärmenden *zivania*.

»Du warst eine ganze Weile nicht im Kaffeehaus«, sagte Georgios. »Wir fangen an, uns Sorgen zu machen.«

»Um mich oder darum, dass ihr eure Rechnungen selbst bezahlen müsst?«, versuchte Stavros zu scherzen.

»Ehrlich gesagt, um beides.« Georgios lachte leise. »Na, komm, alter Freund, lass mich dir etwas Gutes tun. Das ist wirklich nicht der Augenblick, um auf toten Bäumen herumzusitzen.«

Obwohl Stavros nicht in der Stimmung war, einen Spaziergang zu machen und sich mit Griechen zu umgeben, rappelte er sich hoch. Vielleicht würde ein Ausflug ins Kaffeehaus ja seine Schwermut vertreiben. Und vielleicht musste er sich diesmal nicht wieder Speichel von seinen Schuhen wischen wie beim letzten Mal – der Kommentar eines seiner Landsleute, den dieser ihm im Vorbeigehen zugeworfen hatte.

Auf ihrem Weg ins Dorf bemühten sich die beiden Freunde, jedes Gespräch über Politik zu vermeiden, und redeten stattdessen über das Wetter und den Kartoffelpreis. Doch als sie sich dem Kaffeehaus näherten, wurde ihnen schnell klar, dass irgendetwas passiert sein musste, das für neuen Aufruhr gesorgt hatte: Keiner der älteren Männer spielte Karten, es wurde hitzig und gestenreich diskutiert. Wie immer setzten sich Stavros und Georgios an ihren Tisch in der Ecke. Als der *kafetzi* die Getränke brachte, erkundigte sich Georgios, was passiert sei.

»Gestern wurden in der Nähe von Kioneli acht Griechen ermordet«, erklärte er. »Es heißt, die Sicherheitskräfte haben fünfunddreißig Männer aus Skylloura und Kontemenos verhaftet und dann dort wieder freigelassen.«

»Was? In Kioneli?«, fragte Georgios ungläubig. »Von ihren Dörfern bis dorthin sind es mindestens zehn Kilometer.«

»Es war ein Komplott!«, rief Herr Televantos, der ihr Gespräch mitangehört hatte. »Die Briten haben sie absichtlich dorthin gebracht, weil sie genau wussten, dass diese türkischen Barbaren unsere Jungs abschlachten würden, wenn sie die Gelegenheit dazu hätten. Und so kam's dann auch. Haben sie zerrissen wie wilde Tiere.«

»Was erwartest du von den Türken?«, meldete sich der Bauer Fotis zu Wort.

»Ich sage euch, wir sollten rübergehen und Gleiches mit Gleichem vergelten«, ereiferte sich nun Kostas, der Busfahrer. »Wie sagte Katalano einst? ›Wir, die tapferen Hellenen, müssen uns verbünden, eine Einheit bilden und diese ungläubigen türkischen Hunde wie Gyros am Spieß rösten!‹«

Die Männer im Kaffeehaus applaudierten dem Busfahrer, woraufhin sich Stavros von seinem Stuhl erhob. Georgios wollte ihn gerade zurückhalten, da erkannte der alte Televantos, was er und die anderen Männer Schreckliches angerichtet hatten.

»Hey, Stavros! Setz dich wieder hin, Mensch. Wir sprechen doch nicht von dir – du bist ja praktisch einer von uns«, beschwichtigte er.

Langsam wandte sich der Bauer zu Herrn Televantos um. Es war still im Café geworden, und sämtliche Blicke waren auf Stavros gerichtet. Das wilde Durcheinander, das bis eben in seinem Kopf gewütet hatte, war nun in Entschlossenheit und lodernden Zorn umgeschlagen.

»Mein Name«, erklärte er laut und deutlich, »ist Mehmet. Und seit beinahe siebzig Jahren lebe ich in diesem Dorf und zähle viele von euch zu meinen Freunden. Doch hier und jetzt schäme ich mich, euch auch nur als Nachbarn zu bezeichnen …«

»Jetzt pass mal auf …«, fiel ihm Kostas ins Wort.

»Nein, du passt auf, Kostas Mavrommatis!«, schoss der alte Mann zurück. »Dreihundert Jahre lang haben die Osmanen diese Insel regiert. Haben sie euch in all der Zeit das Leben schwergemacht? Nein – zumindest nicht anders oder mehr als ihren eigenen Landsleuten. Haben sie gedroht, euch wie Tierfleisch am Spieß zu rösten? Nein, haben sie nicht. Haben sie euch vielmehr gleich behandelt, wenn nicht gar anständig? Ja, das haben sie. Und haben sie euch nicht auch gestattet, eure eigene Religion auszuüben? Ja, das haben sie. Doch all das zählt natürlich rein gar nichts angesichts der sogenannten Großen Idee. Ihr Griechen redet immer davon, dass die Insel zum Mutterland gehört ... Na, dann sagt doch mal, wann haben diese Küsten das letzte Mal die zärtliche Umarmung ihres Mutterlandes gespürt? Seit Menschengedenken schlagen sich andere Invasoren um Zypern: zunächst die Phönizier und dann eure griechisch sprechenden Achäer; danach herrschten über euch die Assyrer, die Mazedonier, die Ägypter, die Perser, die Römer, die Byzantiner und die Sarazenen. Doch als die Briten 1878 ihre Zelte hier aufschlugen, gehörte die Insel den Osmanen – ja, uns Türken! Wir haben den Briten die Insel verpachtet, habt ihr das vergessen? Und 1914 haben sie das Gebiet einfach annektiert und euch Zypern vor eurer griechischen Nase weggeschnappt. Daher sage ich euch: Wenn jemand das Recht hat, sich benachteiligt zu fühlen, und wenn jemand den rechtmäßigen Anspruch auf diese Insel hat, dann ist es mein Volk, die Türken! Aber das könnt ihr natürlich nicht sehen, niemand von euch kann das, weil ihr von eurer eigenen Auffassung von Ungerechtigkeit vollkommen verblendet seid. Und was noch schlimmer ist, ihr betrachtet all jene, mit denen ihr jahrhundertelang zusammengelebt habt, nicht länger als Menschen, sondern als Tiere. Drum hört mir gut zu: Ich bin kein Tier, das darauf wartet, von euch geschlachtet, gevierteilt und am Spieß geröstet zu werden. Ich bin ein Mensch. Ein Mensch aus Fleisch und Blut. Meine Eltern, Großeltern und Urgroßeltern liegen unter dieser Erde begraben, und meine Kinder atmen diese Luft. Ich bin ein zyprischer Türke, und wie ihr habe ich ein Herz und eine Seele. Und mehr noch, ich habe das Recht, zu leben. Habt ihr verstanden? Ich habe das *Recht*, zu leben! Und mein Name ist Mehmet Kadir.«

Stelios lehnte an einer Steinmauer und stopfte seine Pfeife. Er blickte ernst aus seinem narbigen Gesicht.

»Weißt du, ich dachte immer, ich könnte nie einen Türken umbringen, selbst wenn ich den Befehl dazu erhalten würde«, sagte er. »Ich meine, ich verdanke es ja einzig und allein diesem türkischen Forstmann, dass ich heute überhaupt noch da bin. Aber jetzt, nach dem, was sie getan haben, würde ich es ohne zu zögern tun.«

Loukis hörte seinem Freund stumm zu. Er dachte an Stavros' Frau Pembe und daran, wie sie immer abergläubisch einen Eimer Wasser hinter ihm ausgeschüttet hatte, wenn er ihr Haus verließ – ein Wunsch, die Reisenden mögen gehen und wiederkommen. Für Loukis war das Bild der Frau, die er einst kannte, nicht vereinbar mit der Barbarei, die sich in Larnaka zugetragen hatte. Und ganz egal, was Stelios sagte, für Loukis gab es keinen Grund, die alte Frau für die Sünden ihrer Brüder verantwortlich zu machen.

Den Berichten zufolge, die durchgesickert waren, hatte ein vor der Polizeiwache in Larnaka geparkter Ford Consul die Aufmerksamkeit der Polizisten erregt, da aus seinen Türen eine dunkle Flüssigkeit getropft war. Im Wagen fand man die sterblichen Überreste von drei ermordeten Griechen. Die Männer waren in Stücke zerhackt worden, man hatte ihnen die Geschlechtsteile abgetrennt und in den Mund gestopft – ein grausames Ritual, mit dem ihre Seelen daran gehindert werden sollten, in den Himmel zu kommen.

»Na, komm, gehen wir was essen«, murmelte Loukis und lief quer über die Straße in den Wald hinein. Stelios stolperte hinter ihm her. Mehr denn je spürte Loukis den Druck seiner Entscheidung, nach Hause zurückzukehren. Irgendwann an diesem Wochenende würde er den anderen mitteilen müssen, dass er sie verlassen wollte.

Als sie die Böschung zu Demetris' Haus erreichten, blieben sie plötzlich wie erstarrt stehen.

»Was zum Teufel ...?«, flüsterte Stelios.

Vor dem Tor standen vier Austin Champs, bewacht von vier Soldaten. Loukis und Stelios duckten sich ins Unterholz. Kurz darauf trat Demetris aus dem Haus, das Gesicht blutverschmiert, die Hände auf dem Rücken gefesselt. Jemand zerrte ihn zu einem der Jeeps, es war der britische Major, den Loukis kurz nach seiner Ankunft kennengelernt hatte. Dicht dahinter folgte Lella. Ihre freien Hände hatte sie entsetzt vors Gesicht geschlagen.

»Nicht meine Frau!«, brüllte Demetris, als er erkannte, dass die Briten auch sie mitnahmen. »Sie hat mit all dem nichts zu tun! Lasst sie in Ruhe, ihr Schweine!«

»Pass auf, was du sagst«, fauchte der Major und stieß den Polizisten in den Wagen. Lella wurde zu einem der anderen Jeeps gebracht. Hinter ihr folgten mehrere Soldaten, deren Uniformen rußverschmiert waren. In den Armen trugen sie jede Menge Gewehre.

Loukis war wie gelähmt vor Angst und Entsetzen. Das Paar war gut zu ihm gewesen – niemandem, auch nicht dem britischen Major, konnte das entgangen sein. So sicher wie das Amen in der Kirche würde nun die Jagd auf Demetris' verschwundenen Neffen beginnen.

Unter keinen Umständen wollte Loukis als polizeilich gesuchter Mann nach Hause zurückkehren.

8

Seit einigen Wochen streunte Loukis nun schon als Obdachloser durch die Wälder von Troodos. Auf seiner Haut hatte sich inzwischen eine Dreckschicht gebildet, der kein Wasser mehr etwas anhaben konnte, und seine fettigen, verschmutzten Haare sorgten dafür, dass ihm ständig die Kopfhaut juckte. Neben diesem körperlichen Unbehagen plagten ihn Schuldgefühle – dass er frei war, während die, die ihm Unterschlupf gewährt hatten, hinter Gittern saßen – und der Verdruss über Tage, an denen er entweder vollkommen untätig herumhockte oder wegen eines Gerüchts überstürzt die Flucht ergreifen musste.

Die Briten, die für Loukis, solange er ein Dach über dem Kopf hatte, lediglich ein minderschweres Ärgernis darstellten, waren nun über Nacht zu einer überall und ständig lauernden Gefahr geworden. Jedes Vogelgezwitscher, das plötzlich verstummte, jeder Ast, der knackte, schien seine unmittelbare Ergreifung anzukündigen. Seine Muskeln waren stets zum Bersten gespannt und von der kriechenden Kälte an seinen zugigen Schlafplätzen tat ihm der Nacken weh.

Obwohl die EOKA wieder aktiv geworden war, waren Loukis und seine Zelle weit davon entfernt, irgendwelche Anschläge verüben zu können. Nach der stetigen Dezimierung des Netzwerks in Troodos durch die Besatzer bestand ihre Hauptaufgabe darin, neue Mitglieder anzuwerben. Immer auf der Hut vor Kontrollpunkten und Patrouillen, versuchten es die Männer mit Reden von Ruhm und Verpflichtung, während Toulla ihre durchaus beachtlichen Reize spielen ließ, um potentielle Freiwillige zu ködern. Doch es war ein zähes Geschäft – zumal es seit der Ermordung jener Britin einen Umschwung in der öffentlichen Meinung gegeben hatte. Immer weniger Menschen wollten die Sache noch unterstützen.

Laut den Radionachrichten hieß das Opfer Catherine Cutliffe. Sie war zusammen mit ihrer Tochter Margaret und einer deutschstämmigen Freundin in Ammochostos zum Einkaufen unterwegs gewesen, als zwei Jugendliche von hinten das Feuer eröffneten. Sie schossen der älteren Frau in den Rücken, und als sie bereits blutend auf der Straße lag, feuerten sie noch zwei weitere Male auf sie. Catherines Freundin überlebte den Anschlag schwerverletzt. Margaret blieb wie durch ein Wunder unversehrt. Berichten zufolge stand sie kurz vor ihrer Hochzeit und trug zum Zeitpunkt des Überfalls ihr Brautkleid über dem Arm.

Unmittelbar nach dem Attentat setzte der Bürgermeister von Lefkosia 5000 Pfund Belohnung für Hinweise aus, die zur Ergreifung der Täter führten. Die EOKA bestritt jegliche Beteiligung an dem Mord, und der griechische Außenminister behauptete, die Tat sei das blutige Werk eines verschmähten Ex-Liebhabers. Die Menschen in den Bergen von Troodos waren unsicher, wem oder was sie glauben sollten, und so blieben Loukis und seine Kameraden fürs Erste eine fünfköpfige Zelle.

Während der Novemberwind ihnen immer rauer um die Ohren pfiff, versuchte Stelios, sich die Langweile zu vertreiben, indem er Loukis in die Geheimnisse des Bombenbastelns einweihte. Toulla versorgte die Männer mit Essbarem, das ihre Mutter zubereitet hatte, und Antoniou und Harris verbreiteten unbeirrbar ihre abgebrühten Weisheiten. Ein furchtbarer Schreck riss sie kurzfristig aus der Monotonie dieser Tage: Die Besatzer stolperten beinahe über eines ihrer Verstecke. Mit schweren Stiefeln trampelten sie nichtsahnend um den Eingang des Tunnels herum, in dem sich drei gesuchte EOKA-Mitglieder verbargen. Ob nun Gott seine Finger im Spiel hatte, die Nachlässigkeit der Soldaten auf ihrer Seite war oder sie einfach Glück hatten, ließ sich nicht klären, jedenfalls blieb der kleine Trupp unentdeckt. In der Aufregung hatte Harris Loukis eine

Pistole in die Hand gedrückt, und auch nach dem Zwischenfall verblieb die Waffe in Loukis' Besitz – sie gehörte von nun an zu ihm wie seine zerschlissene Kleidung.

Loukis hatte das Töten eines Menschen als patriotischen Akt immer abgelehnt, und er war überrascht, dass all seine Vorbehalte wie weggeblasen waren, wenn es um das eigene Überleben ging. Sollte er gezwungen sein, sich zu verteidigen, so wusste er jetzt, würde er keine Skrupel haben, sich den Weg freizuschießen. Oder im Kampf zu sterben. In den langen Nächten als Flüchtiger gab es sogar Momente, in denen er regelrecht hoffte, in einen Hinterhalt zu geraten, damit nur endlich Schluss mit der zermürbenden Unsicherheit wäre. Seltsamerweise wurde sein Leben erträglicher, als der Winter seine Krallen ausfuhr und Troodos unter einer Schneedecke verschwand: Nun konnten sie sich auf die Gastfreundschaft von Sympathisanten verlassen. Statt in Höhlen, verwitterten Ställen oder abgelegenen Schuppen zu frieren, erhielten sie Obdach in behaglichen Heimen, bekamen zu essen, bis sie satt waren, und wurden von mütterlichen Frauen umsorgt, die ihnen die verlauste Wäsche wuschen.

»Es wird leichter mit der Zeit, wenn du weißt, was dich erwartet«, versicherte ihm Antoniou. »Als ich das erste Mal auf der Flucht war, war ich voller romantischer Vorstellungen und bereit, mir das Lebenslicht von einem Soldaten auspusten zu lassen. Im Laufe der Jahre hat sich dann herausgestellt, dass es wesentlich wahrscheinlicher ist, vor Langeweile oder an Unterkühlung zu sterben.«

»Wollt ihr wissen, was mir am meisten zu schaffen macht?«, fragte Harris in die Runde. »Dass es hier keine Frauen gibt. Da kämpfen wir für unser geliebtes Zypern, sind praktisch Nationalhelden, und trotzdem beschränkt sich alles, was sich nachts an mich kuschelt, auf einen Haufen Waffen und meine zwei Eier! Was würde ich dafür geben, endlich wieder eine nackte Frau in den Armen zu halten, ihre zarten Küsse auf meinen Lippen und das drängende Verlangen ihres Körpers zu spüren.«

»Wem sagst du das«, murmelte Antoniou.

Loukis schwieg. Die drei Männer saßen splitterfasernackt vor einem knisternden Feuer und sahen ihren Kleidern beim Trocknen zu – ihm behagte weder die Situation noch die Unterhaltung.

Dhespina nickte, als Georgios nach dem unberührten Teller griff.

»Athena oder Apollo?«, fragte er lächelnd.

»Athena«, sagte sie und spülte weiter das Geschirr ab.

Es war das dritte Weihnachtsfest, wieder hatte Dhespina gehofft, dass ihr Sohn nach Hause zurückkehrte, und auch dieses dritte Mal war sie enttäuscht worden. Die Traurigkeit würde wohl nie ganz von ihr abfallen, dennoch sorgte Christakis' Familienzuwachs für ein fröhliches Durcheinander und machte den Tag beinahe erträglich.

»Das passiert, wenn man kein Radio im Haus hat«, warnte Michalakis seinen Bruder Marios und deutete auf Yianoulla, die, hochschwanger mit dem dritten Kind, ihre zwei kleinen Jungs zu bändigen versuchte.

»Michalakis!«, rief Dhespina streng.

»Das hat mit einem Radio nicht das Geringste zu tun, mein Lieber«, klärte Christakis seinen Bruder vergnügt auf. »Der Unterschied besteht einfach nur darin, ob man die Feder schwingt oder den Meißel.«

»Christakis!«, kreischte Yianoulla, woraufhin die drei Brüder und ihr Vater in lautes Gelächter ausbrachen.

Und auch wenn es nicht, wie sich alle am Tisch wünschten, Loukis war, der an diesem Abend an die Tür klopfte, so schneite doch ein kleines Weihnachtswunder herein: Dhespinas jüngere Schwester Lenya und ihr Mann verkündeten strahlend, dass sie endlich schwanger war.

»Herzlichen Glückwunsch!«, jubelte Dhespina und schloss ihre Schwester fest in die Arme.

»Habt ihr ein Radio?«, wollte Michalakis wissen.

»Nein«, sagte Lenya, »es hat vor drei Monaten den Geist aufgegeben.«

»Hab ich's nicht gesagt!«, meinte Michalakis lachend und vollführte eine theatralische Verbeugung. Seine Mutter gab ihm einen liebevollen Schubs, und er fiel um.

Zweifelsfrei angespornt von der geballten Zeugungslust in seiner Familie, machte sich Michalakis am nächsten Tag auf zu Maria. Frau Germanos schien angenehm überrascht über sein Interesse an ihrer Tochter und ermunterte die beiden nachdrücklich, ihre junge Freundschaft doch an der frischen Luft zu genießen. Schüchtern erklärten sich die beiden mit dieser ganz phantastischen Idee einverstanden und zogen ziellos davon, entlang an ruhigen Feldwegen, hinein in Sackgassen, in die sie ihre Gespräche führten.

Aus ihrer stockenden Unterhaltung leitete Maria ab, dass Michalakis sehr klug, aber auch ein wenig mürrisch war. Doch er gefiel ihr: Er war älter und gebildeter als sämtliche jungen Männer, die ihr bislang den Hof gemacht hatten, und er war Loukis wie aus dem Gesicht geschnitten. Michalakis kam seinerseits schnell zu dem Schluss, dass Marias Blick auf die Welt wohl nur als einfältig bezeichnet werden konnte, was ihm nicht das Geringste ausmachte. Nie zuvor hatte er ein schöneres Wesen gesehen, und so war er von ihrem geistlosen Geplapper nicht genervt, sondern empfand ihre Unwissenheit als zauberhafte Unschuld.

Es dämmerte bereits, als sie den Hafen von Keryneia erreichten. Angelockt von einem warmen Licht, betraten sie ein neu eröffnetes Café, in dem ein gemütliches Kaminfeuer knisterte und orangefarbene Schatten an Backsteinwände warf. Auf den kleinen Tischen flackerten Kerzen. Maria war beeindruckt, Michalakis verlegen.

Hinter einer langen Holztheke stand Yiannis an einer Kasse und zählte Geld. Als er aufblickte und Michalakis erkannte, lief er vor Schreck und Verlegenheit rot an.

»Das gibt's doch nicht!« Praxi sprang von ihrem Stuhl auf, rannte quer durch das Lokal und fiel Michalakis um den Hals.

»Praxi *mou*!«, rief er und küsste sie liebevoll auf die Wangen. »Du siehst großartig aus.«

»Und du bist noch attraktiver und noch charmanter geworden«, sagte sie lachend. »Allerdings solltest du dich schämen, Michalakis. Wieso hat es so lange gedauert, bis du uns mal besuchen kommst?«

»Das weiß ich selbst nicht«, gestand er. »Aber für die Zukunft gelobe ich Besserung. Ihr habt wirklich ein schönes Café. Meinen Glückwunsch.«

Praxi lächelte bei dem Kompliment: Die Idee mit den Kerzen war ihre gewesen. Als sie sich aus der Umarmung mit Michalakis löste, musterte sie leidenschaftslos seine Begleitung.

»Maria«, sagte sie knapp.

»Praxi«, erwiderte ihre frühere Freundin.

»Und wer ist dieser bezaubernde kleine Schatz?«, fragte Michalakis. Er schien die frostige Atmosphäre zwischen den beiden Frauen gar nicht zu bemerken und steuerte unbekümmert auf den Kinderwagen zu, neben dem Praxi bis eben gesessen hatte. »Ist das etwa die kleine Elpida?« Er beugte sich zu Praxis Tochter hinunter und nahm sie aus dem Wagen. Elpida quiekte vor Freude, patschte mit ihren Händchen gegen seine Wangen und blickte ihm verzückt in die Augen. Als Michalakis ihr einen Kuss auf die Nase gab, ging Praxi das Herz auf.

»Was kann ich euch beiden bringen?«, fragte sie schließlich.

»Ich nehme ein Keo-Bier«, sagte Michalakis. »Und du, Maria?«

»Coca-Cola«, antwortete sie und ging zu einem Tisch am anderen Ende des Lokals, so dass Michalakis gezwungen war, Praxi das Kind zurückzureichen und ihr zu folgen. Maria arrangierte es so, dass er mit dem Rücken zur Theke saß, und warf Praxi einen triumphierenden Blick zu.

»Kennst du die Geschichte vom Winter?«, fragte Toulla.

Loukis schüttelte den Kopf. Es war gelogen, er kannte den Mythos der Persephone in- und auswendig. Doch die Treffen mit Toulla waren inzwischen zu einem so seltenen Vergnügen geworden, dass er sie auf keinen Fall verprellen wollte.

»Also, laut Mythos war Persephone die Tochter des Zeus und seiner Schwester Demeter, der Göttin der Ernte und der Fruchtbarkeit«, begann Toulla. »Persephone war wunderschön, und jeder liebte sie – sogar Hades wollte sie. Eines Tages, als Persephone gerade Blumen in der Nysa-Ebene pflückte, tat sich plötzlich die Erde auf, Hades stieg aus dem Abgrund empor und entführte sie. Nur Zeus und der allsehende Sonnengott Helios hörten ihre Hilfeschreie. Völlig verzweifelt wanderte ihre Mutter umher und suchte nach ihr, bis Helios ihr schließlich verriet, was passiert war. Demeter wurde daraufhin so wütend, dass sie alle Pflanzen auf der Erde am Wachsen hinderte, was Zeus schließlich dazu zwang, Hades aufzutragen, er solle Persephone wieder freilassen. Widerwillig gab Hades nach, schenkte Persephone vor ihrer Rückkehr aber noch einen Granatapfel. Als sie später nur einen einzigen Kern davon aß, war sie fortan auf ewig an die Unterwelt gebunden und musste ein Drittel des Jahres dort verbringen. Die anderen Monate lebte sie bei ihrer Mutter. Während der Zeit, die Persephone jedes Jahr im Schattenreich verbrachte, verweigerte Demeter allen Pflanzen das Wachstum, und so kam es zum Winter.«

»Wie hübsch«, bemerkte Loukis ironisch, »und so schön tragisch.«

»Ganz das wahre Leben, was?« Toulla seufzte. Ihr lockiges Haar steckte unter einer dicken Mütze, ihr Gesicht war starr vor Kälte.

»Ich weiß, ich sollte so was nicht sagen, aber ich hab allmählich genug von dem ganzen Quatsch«, brummte sie und vergrub die Hände noch ein Stückchen tiefer in ihren Manteltaschen. »Dieser ewige Kampf … Ganz ehrlich, ich hasse es. Als ich mich damals dazu entschlossen habe, mein Leben unserer Befreiung zu widmen, hab ich nicht im Traum daran gedacht, dass es so lange dauern würde. Ist dir klar, dass wir inzwischen das vierte Jahr kämpfen? Ich meine, wie lange soll das noch so weitergehen? Ich hab die Nase wirklich gestrichen voll. Ein Ende unseres Kampfes ist nicht in Sicht, und in der Zwischenzeit werde ich eine alte Jungfer!«

Loukis sah Toulla an. Er hatte keine Ahnung, wie alt sie war. Achtzehn? Vielleicht neunzehn? Auf alle Fälle alt genug, um verheiratet zu sein und zwei Kinder im Arm zu tragen.

»Du bist keine alte Jungfer«, versicherte ihr Loukis. »Du bist eine schöne junge Frau, die vor Leben nur so sprüht.«

»Aber weder schön noch sprühend genug für dich, oder?« Toulla versuchte zu lachen, doch der Schmerz, der in ihrer Frage lag, war nicht zu überhören. »Hat Stelios dir erzählt, dass er mir einen Antrag gemacht hat?«, fragte sie plötzlich.

»Nein«, erwiderte Loukis. Deshalb war sein Freund so aufgekratzt gewesen, als er sich eben von ihm verabschiedet hatte. Loukis hatte angenommen, dass es mit dem reparierten Zeitzünder zu tun hatte, an dem er schon den ganzen Tag herumfummelte. »Und was hast du ihm geantwortet? Wirst du ihn heiraten?«

»Ich weiß es nicht. Ich hab ihm gesagt, dass ich darüber nachdenken werde.«

»Liebst du ihn?«

»Was ist Liebe?«, fragte sie zurück.

Loukis wusste genau, was Liebe war und wie sie sich anfühlte. Umso trauriger fand er Toullas Antwort. Stelios war ein guter Mensch, und er verdiente eine Frau, die ihn aufrichtig liebte, nicht eine, die seinen Antrag nur deshalb annahm, weil er die zweitbeste Wahl bei einer begrenzten Auswahl an Alternativen war.

»O nein!«, rief Toulla, blieb mitten auf dem Weg stehen und klopfte ihre Taschen ab. »Ich hab meinen Geldbeutel im Versteck vergessen.«

»Ach, macht nichts, dann gehen wir eben noch mal zurück. Ohne wird es schwierig, Vorräte zu beschaffen.«

»Nein, nein. Du wartest hier«, entschied sie. »Ich renne schnell allein zurück. Ich bin gleich wieder da.«

Loukis zuckte mit den Schultern, und während Toulla den Hügel hinaufhastete und zwischen den Bäumen verschwand, lehnte er sich gegen eine kleine, kaputte Mauer. Es war ein bitterkalter Tag, trotzdem hatte er sich geradezu darum gerissen, der klaustrophobischen Enge des Verstecks zu entkommen. Bevor er gegangen war, hatte ihn Antoniou gewarnt, Toulla nicht den ganzen Weg bis ins Dorf zu begleiten, und er hatte versprochen, sich daran zu halten. Aber wenigstens auf diesem kleinen Stück ihres gemeinsamen Weges wollte er ein paar wärmende Sonnenstrahlen abbekommen. Er betrachtete seine Füße, der Schneematsch hatte seinen Schuhen schwer zugesetzt. Zerstreut griff er nach einem Stock, um in den Klumpen herumzustochern, die an seinen Sohlen hafteten. Plötzlich zerriss ein gewaltiger Knall die Stille. Loukis ließ vor Schreck den Stock fallen.

Mit rasendem Herzen rannte er den Hügel hinauf in die Richtung, aus der der Knall gekommen war. Immer wieder kam er auf dem feuchten Boden ins Rutschen und Straucheln. Flüsternd betete er zu einem Gott, an den er eigentlich gar nicht glaubte. Es hatte wie eine Explosion geklungen, doch das musste noch lange nichts heißen … Es konnte alles gewesen sein … Er hatte nirgendwo irgendwelche Briten gesehen … Da waren Bauern gewesen … mit Knallkörpern … Knallkörper, um die Krähen zu verschrecken.

Wie von Sinnen stürzte er durch den Wald. Äste peitschten ihm ins Gesicht und rissen an seiner Jacke. Da, da war das Versteck: Das Gestrüpp, mit dem sie den Eingang zu ihrer Höhle verdeckt hatten, war durcheinandergewirbelt, aus dem Loch quoll Rauch. Loukis ging in die Knie und duckte sich in die Öffnung. Augenblicklich stach ihm der Geruch von verbranntem Fleisch in die Nase. Im Dunkeln stolperte er über Toullas reglosen Körper. Ihre Augen waren vor Schreck weit aufgerissen, ihr Mund stand offen. Schrauben und Nägel hatten große Löcher in ihr Fleisch gerissen. Als Loukis über sie stieg, ließ ihn das Grauen des Anblicks, der ihn als Nächstes erwartete, so schwer würgen, dass er den Geschmack seines eigenen Erbrochenen hinunterschlucken musste. Auf dem Stuhl, auf dem Stelios mit seinen Bomben gespielt hatte, saß nur mehr der untere Teil eines Torsos, am Boden zuckten noch wild die abgetrennten Beine. Der Oberkörper, die Arme, der Kopf waren abgerissen, in einem grotesken Muster aus Blut, Muskeln und Knochen klebten sie an den feuchten Höhlenwänden. Gegenüber von Stelios röchelte Harris einige letzte Male, bis ihm das Metallstück, das aus seiner Luftröhre ragte, endgültig die Luft zum Atmen nahm.

»Loukis?«

Er fuhr herum. Am hinteren Ende der Höhle lag Antoniou zitternd im Dunkeln. Sein Bein war zerfetzt und sein Gesicht von Splittern übersät.

»O Gott, Antoniou …« Der Ohnmacht nahe, wankte Loukis zu ihm hin.

»Hau ab!«, befahl ihm der Mann mit letzter Kraft. Sein Körper zuckte unkontrolliert, und aus seinem Mund floss Blut. »Renn! Verschwinde! Du kannst hier nichts mehr tun. Die Besatzer … sie werden kommen. Los, raus hier!«, keuchte Antoniou abermals, als Loukis zusammenzubrechen drohte.

Mit letzter Kraft rettete sich Loukis aus der Höhle des Grauens und floh. Er jagte durch den Wald, ohne irgendetwas um sich herum wahrzunehmen, sah nur die grässlichen Bilder vor sich: Toullas Gesicht, vor Entsetzen auf ewig zu einer Fratze verzerrt; Harris entstellt und im Sterben; Antonious letzte Zuckungen; und Stelios. Großer Gott, Stelios. Die Druckwelle hatte ihm die Beine vom Leib und die Hose von den Beinen gerissen, doch an den Füßen trug er immer noch die Schuhe, die ihm seine Mutter zu seinem letzten Geburtstag geschenkt hatte. Loukis musste würgen. Er rannte und rannte. Sein Herz trommelte in seiner Brust, und er spürte, wie Panik von ihm Besitz ergriff. Quälende Schmerzen spannten sich um seinen Schädel wie ein Schraubstock, den man immer fester zudrehte. Doch er rannte weiter, immer weiter. Hinter seinen Augen hämmerte sein Gehirn vor Fassungslosigkeit, er keuchte vor Schmerz und Anstrengung, bekam keine Luft mehr. Doch er rannte weiter. Er flehte Gott um Beistand an, er bekam keine Luft mehr. Er musste rennen, doch er bekam keine Luft mehr. Dann geriet er ins Stolpern und stürzte zu Boden. Während alles um ihn verschwamm, bohrten sich Baumwurzeln durch seine Kleidung und in seine Haut. Und dann bewegte er sich nicht mehr.

Von weitem drangen Stimmen zu ihm. Doch die Welt hatte sich verfinstert, und das Hämmern in seinem Kopf übertönte alles – außer den Schreien, die sich seiner Kehle entrangen.

In einem kleinen Haus, das Loukis einst sein Zuhause nannte, fuhr Dhespina aus dem Schlaf hoch. Georgios drehte sich erschrocken zu ihr um.

»Was ist los, Dhespo? Was hast du?«

»Loukis«, sagte sie. »Er kommt nach Hause.«

9

Sämtliche Türen waren verschlossen, bis auf eine, und die schwang mit knarrenden Angeln auf. Dahinter bot sich ihm immer das gleiche Bild: Blut, Muskeln und schimmernde Knochen, ein zuckendes Augenlid und ein zahnloser Mund, geformt zu einem Schrei. Pulsierende Organe lagen auf dem Boden, herausgerissen aus Körpern, die er gekannt hatte. Er musste fort von hier. Ein Gang führte zu einer Eingangshalle, von der weitere Türen abgingen. Doch sie waren alle verschlossen, bis auf eine, und die schwang mit knarrenden Angeln auf und gab abermals den Blick auf seine Freunde frei: verstümmelt, blutend, tot. Loukis wusste, dass er träumte, doch er war gefangen in diesem Traum und konnte nicht aufwachen. Konnte nicht entkommen. Er saß in der Falle. Hin und wieder trat eine Frau zu ihm und versuchte ihn zu beruhigen. Ihre Haut war ledrig, aber ihre Berührungen waren sanft. Irgendwo in der Ferne läuteten Glocken.

Als der Schlaf endlich seinen Griff zu lösen begann, stellte Loukis fest, dass er in einem Bett lag, unter einer Häkeldecke. Und dass er nackt war. Ein Holzfeuer sorgte für wohlige Wärme, und in der Nähe des Fensters stand auf einem kleinen Teppich eine alte Frau. Die Hände hielt sie vor ihrer üppigen Brust verschränkt. Nach wenigen Sekunden ließ sie die Arme neben den Körper sinken, kniete nieder und beugte sich vor, bis Stirn und Nase den Boden berührte. Dann richtete sie den Oberkörper wieder auf, drehte den Kopf erst nach rechts, dann nach links und warf sich ein weiteres Mal nieder. Verwirrt fragte Loukis sich, wie es sein konnte, dass er nackt im Haus einer zyprischen Muslimin lag, die er sein Lebtag noch nicht gesehen hatte.

»Na, hast du dich entschieden, zu uns zurückzukehren?«, fragte die alte Frau, als sie beim Zusammenrollen ihres Gebetsteppichs sah, dass er sie anschaute.

»Wo bin ich?«

»In Pano Platres«, erwiderte sie. »Ruh dich aus, ich werde dir etwas zu essen bringen. Du musst einen Bärenhunger haben.«

Sie brachte ihm einen dampfenden Teller Eintopf aus Kartoffeln und altem Hühnerfleisch und nannte ihm ihren Namen: Havva Husseyin. Ihr Mann war schon lange tot, und ihre Söhne lebten in Lefkoşa. Sie waren gute Jungs. Im Unterschied zu so manch anderen.

»Wie bin ich hierhergekommen?«, fragte Loukis.

Die Frau schüttelte den Kopf und lachte leise.

»Oh, ja, das ist eine schöne Geschichte«, sagte sie. »Ich wette, sie wird dir gefallen ... Die Briten haben dich hergebracht.«

Havva erzählte, dass sie drei Tage zuvor mitangesehen hatte, wie Loukis »vom Himmel gefallen« und direkt vor einem Militärfahrzeug gelandet war.

»Du warst in einem fürchterlichen Zustand«, fuhr die alte Frau fort. »Deine Kleidung war von oben bis unten zerrissen, deine Hände bluteten, und dein Gesicht war völlig zerkratzt. Die Soldaten hatten keine Ahnung, was sie mit dir anstellen sollten. Außerdem hast du ein Höllenspektakel veranstaltet, zum Glück war nichts von dem, was du von dir gegeben hast, als Griechisch zu identifizieren. Wie auch immer, du sahst hilflos aus, und ich beschloss, dich zu retten. Ich hab den Soldaten erzählt, du seist mein geisteskranker Enkel, da haben sie dich hierhergebracht.«

»Warum?«

»Na, ich konnte dich ja wohl schlecht selbst tragen. Weißt du, wie groß du bist?«

»Ich meine«, begann Loukis noch einmal, »warum haben Sie beschlossen, mich zu retten?«

»Ach so, das. Ja, weißt du, ich hab nicht die leiseste Ahnung. Vielleicht, weil du mir leidgetan hast.« Havva stand auf und zog die Vorhänge zurück. »Du hast vielleicht die Statur eines Mannes, aber du bist noch immer ein Kind, und da hat sich mein Mutterherz wohl erweichen lassen. Ich weiß nicht, was dir zugestoßen ist oder was du getan hast, um in eine solche Verfassung zu geraten ... Mein Gewissen jedenfalls sagte mir, dass ich dich nicht einfach da liegen lassen kann, und so bist du hier gelandet.«

Die Güte der alten Frau verwirrte und rührte Loukis gleichermaßen. Er wusste nicht, was er sagen sollte, und so bedankte er sich lediglich matt. Erschöpft glitt er wieder in den Schlaf.

In den Tagen darauf päppelte Havva ihren Schützling wieder auf, und Loukis ergab sich bereitwillig ihrer Pflege, lauschte ihren Geschichten und Kindheitserinnerungen, die in einem der vielen gemischten Dörfer der Insel spielten. In einer Zeit, in der nicht Elend oder Unrecht vorherrschten. Nein, Havva teilte mit ihm die glücklichen Erinnerungen an ein einfacheres Leben, und half ihm damit, seinen eigenen Schmerz zu lindern.

»Also, wer ist Praxi?«, erkundigte sie sich am dritten Tag seiner Genesung.

Verdutzt öffnete Loukis den Mund, doch er brachte kein Wort hervor.

»Während du schliefst, hast du immer wieder nach deiner Mutter gerufen, und nach Praxi. Ist sie deine Freundin? Oder gar deine Frau?«

»Nein«, gestand Loukis bedauernd. »Noch nicht jedenfalls«, fügte er hinzu.

»Na, das hört sich aber doch so an, als ließe sich daran etwas ändern.« Havva lächelte.

»Ja«, gab er zurück. »Wenn die Insel frei ist.«

»Ach, du meine Güte!«, rief Havva und legte die Hände an ihre Wangen. »In der ganzen Aufregung, dass du endlich wach bist, haben wir darüber noch gar nicht gesprochen: Der Krieg ist aus, Kind, wenn es das ist, worauf du wartest. Ja, der Krieg ist aus!«

Havva rückte mit ihrem Stuhl näher an ihn heran, um ihm von den Ereignissen zu berichten, die sich in den letzten Tagen überstürzt hatten. Loukis hörte ihr ungläubig zu. Nichts davon ergab einen Sinn. Es erschien zu schnell, zu einfach. Er war eingeschlafen, und die Insel war aufgewacht.

»Nein, es ist wahr«, behauptete Havva. »Der griechische und der türkische Ministerpräsident haben sich mit den Briten geeinigt und dann in London mit eurem Erzbischof Makarios ein Abkommen geschlossen, mit dem das Ende der Kolonialherrschaft besiegelt wird. Die Briten behalten zwei Stützpunkte, aber Zypern wird eine unabhängige Republik, in der griechische und türkische Zyprer gemeinsam regieren ... Wirklich, es ist erstaunlich, dass du von dem Glockengeläut nicht aufgewacht bist. Sie haben bestimmt zwanzig Minuten lang geläutet. Allerdings wusste da noch niemand, was der ganze Wirbel überhaupt zu bedeuten hatte, bis die Neuigkeit im Radio verkündet wurde. Zypern ist frei, Loukis!«

Zypern ist frei – es gelang Loukis nur mit Mühe, seine wütende Fassungslosigkeit im Zaum zu halten. Wenn es stimmte, was die alte Frau sagte, dann waren seine Freunde nur wenige Tage vor der Erlangung der Unabhängigkeit umgekommen, für die sie all die Jahre gekämpft hatten. Loukis musste an Toulla denken, an die Verpflichtung, den Tod ihres Bruders zu rächen, die sie sich selbst auferlegt hatte. Wie sie nur wenige Minuten vor ihrem Tod schier daran verzweifelt war, dass der Kampf kein Ende nahm. Er dachte an Antoniou und Harris, an ihren Durst nach Freiheit und ihren Hunger nach Frauen. Und er dachte an Stelios. Stelios mit seiner schwülstigen Sprache und der süßlich riechenden Pfeife.

»Weißt du noch, an welchem Tag die EOKA den Kampf aufgenommen hat?«, fragte Havva, als könnte sie seine Gedanken lesen.

»1955«, antwortete Loukis mürrisch.

»Nein, ich meine den Tag, nicht das Jahr.«

Loukis schüttelte den Kopf.

»Es war am ersten April«, sagte die alte Frau seufzend und lächelte traurig.

»Wie passend«, bestätigte Loukis. Dann stand er wortlos auf und ging aus dem Zimmer, hinaus in die Sonne, um zu sehen, wie sich die Freiheit anfühlte.

Der Kampf war vorbei, und seine Freunde waren ohne jeden Zweifel tot. Loukis blieb noch einen weiteren Tag bei Havva, er wollte sich erkenntlich zeigen für ihre Fürsorge. Er bemühte sich, zu helfen wo er sah, dass Not am Mann war. Mit Hammer und Nagel fixierte er ein wackeliges Tischbein, er hackte Kaminholz, ölte sämtliche Türen und fegte die Überreste des Winters von der Veranda. Am Morgen darauf küsste er die alte Frau auf die Wangen und sagte ihr Lebewohl.

Havva weinte zum Abschied, doch sie versteckte ihr Gesicht in einem Schal, so dass Loukis ihre Tränen nicht sehen konnte. Mit nichts als seinen Kleidern am Leib, die Havva liebevoll gewaschen und geflickt hatte, marschierte er die Hauptstraße hinunter. Er war überzeugt, früher oder später in eine britische Kontrolle zu geraten. Das herausforderndste Hindernis, auf das er traf, war indessen eine Herde verspielter Ziegen.

Am Nachmittag erreichte Loukis die Böschung, die zu einem kleinen Haus hinunterführte, das am Rande eines kleinen Dorfes stand. Demetris saß im Garten auf einem Holzstuhl. Verblüfft wandte er sich um, als er eine vertraute Stimme vernahm. Loukis musste schlucken. Demetris' linke Gesichtshälfte war von Narben übersät. Sein Auge trug das milchigweiße Zeichen der Blindheit.

Demetris sprang sofort auf und umarmte Loukis stürmisch wie einen verlorenen Sohn. Mit Tränen der Freude und des Schmerzes in den Augen rief er Lella, die sogleich aus der Küche gerannt kam und Loukis' Gesicht mit Küssen bedeckte. Loukis erschrak, wie dünn die beiden seit ihrer letzten Begegnung geworden waren, sie wirkten kleiner und um Jahre gealtert.

Nach dem Abendessen, es gab gebratenes Lamm mit Kartoffeln, verbrachte Loukis die Nacht in seinem alten Bett. Am nächsten Morgen gesellte er sich zu Demetris ins Bad, um sich ein letztes Mal gemeinsam mit ihm zu rasieren. Nicht mit einer Silbe erwähnten seine einstigen Gasteltern das Martyrium, das sie erlitten hatten, und Loukis wagte nicht, danach zu fragen. Er wusste ja selbst nur zu gut, dass man manche Erinnerungen am besten für immer tief in sich begrub. Beim Abschied steckte Demetris ihm eine Handvoll Zypern-Pfundnoten in die Tasche und nahm ihm das Versprechen ab, sie beide eines Tages wieder zu besuchen.

In Alona nahm Loukis den Bus nach Lefkosia. Als er in der Hauptstadt ausstieg und durch die Straßen ging, staunte er nicht schlecht: Überall an den Hauswänden hingen Plakate von Makarios, und in den Straßen flatterte die blau-weiße Flagge Griechenlands. Von der düsteren Stimmung, die einst so schwer über der Stadt gelegen hatte, war nichts mehr zu spüren. Loukis konnte diesen Wandel kaum fassen. Wie auf Knopfdruck schien die Welt plötzlich zu leuchten.

In dem überfüllten Bus nach Keryneia hatte er Mühe, einen Platz zu finden, und landete schließlich ganz hinten, eingequetscht zwischen einer großen Frau und einem kleinen Mann mit einem Huhn auf dem Schoß.

»Nette Henne«, bemerkte er.

»Nicht wahr?«, sagte der Mann und strahlte ihn an.

Schon nach wenigen Kilometern konnte sich Loukis aus den Gesprächen der anderen Fahrgäste in etwa zusammenreimen, was die Gemüter in den letzten Tagen und Stunden bewegt hatte. Erzbischof Makarios war tags zuvor auf die Insel zurückgekehrt und in einem prachtvollen Triumphzug durch Lefkosia gezogen. Seine Heimkehr stellte offenbar den Höhepunkt einer Woche voller Feierlichkeiten dar, Tausende Menschen waren in die Hauptstadt geströmt, um die Freilassung von neunhundert politischen Gefangenen zu erleben. Loukis schwirrte der Kopf. Erst hier, inmitten des aufgeregten Geschnatters der Mitreisenden, begann er zu begreifen, dass der Kampf tatsächlich vorbei war. Lächelnd betrachtete er die vor ihm aufragenden Berge von Keryneia und bemühte sich, vor Aufregung nicht die Nerven zu verlieren.

In Keryneia entschied Loukis, den malerischen Weg an der Küste entlang nach Hause zu nehmen. Es war bereits später Nachmittag, doch die Sonne schien noch warm auf ihn herab, und gedankenverloren sog er die Schönheit ihrer Strahlen in sich auf, die auf den Wellen tanzten. Er konnte der Versuchung nicht widerstehen – flink entledigte er sich seiner Kleidung und rannte in die eisige Frühlingsbrandung, die auf seiner Haut schmerzte und ihn für einen Moment nach Luft schnappen ließ. Die Steine unter seinen Füßen fühlten sich schmerzlich vertraut an, und in dem Bewusstsein, dass es auf der ganzen Welt keinen schöneren Ort als diesen gab, stürzte er sich in die Wellen.

Glücklich kehrte Loukis an den Strand zurück. Eine auffallend hübsche junge Frau saß im Kies und winkte ihm mit seiner Kleidung. Ihre Augen funkelten verschmitzt.

»Maria«, begrüßte er sie. Sie reichte ihm seine Hose, ließ sie jedoch nicht los, als er danach griff.

»Loukis«, erwiderte sie. »Ich hab dich fast gar nicht erkannt. Du bist groß geworden.«

»Ach ja? Irgendwo im Speziellen?«, fragte er.

Sie ließ vor Verlegenheit seine Hose fallen. »Wir haben dich vermisst, Loukis«, sagte sie, während er sich anzog. »Wo warst du die ganze Zeit?«

»Weg«, antwortete er und ging davon.

Er stieg die sandige Klippe hinauf, lief die Felder entlang, die allesamt Bauern gehörten, die er seit seiner Kindheit kannte. Er kam an Stavros' Olivenhainen vorbei und verlangsamte seinen Schritt – weit und breit keine Spur von dem alten Mann oder seinem Esel Aphrodite. Loukis lief weiter, duckte sich unter Ästen hindurch, die in seiner Abwesenheit geschrumpft zu sein schienen. Als er um die Ecke zu seinem Elternhaus bog, sah er seine Mutter auf einem Hocker vor der Tür sitzen.

»Ich wusste es!«, schrie Dhespina. »Ich wusste es! Ich wusste es! Georgios, komm schnell! Dein Sohn ist wieder da!«

Loukis rannte auf sie zu und wirbelte sie in seinen Armen herum. Sie war leicht wie eine Feder und weinte vor Freude. Als er sie wieder abgesetzt hatte, streichelte sie ihm zärtlich übers Gesicht und drückte ihm zwei langersehnte Küsse auf die Wangen. Dann griff sie nach seiner Hand und zog ihn ins Haus.

»Ich habe gespürt, dass du kommst«, erzählte sie aufgeregt. »Dein Vater hielt das natürlich für Unsinn, aber ich habe dich gespürt, Loukis, und ich habe die vergangenen zwei Wochen auf diesem Hocker gesessen und auf dich gewartet. Auf dich und darauf, ihm zu beweisen, dass ich recht und er unrecht hatte. Ha, Georgios! Wer ist hier jetzt eine verrückte alte Frau?«

Georgios sprang von seinem Platz am Ofen auf und drückte den Sohn fest an seine Brust. Dann schob er ihn wieder von sich, nahm Loukis' Gesicht zwischen seine Hände und küsste ihn stürmisch auf Stirn und Wangen.

»Mein Gott, Junge, wie wir dich vermisst haben«, sagte er. Seine Rührung überwältigte ihn beinahe. »Wo zum Teufel hast du die ganze Zeit gesteckt?«

»Nicht jetzt, Georgios«, bestimmte Dhespina. »Wir haben noch genug Zeit zum Reden. Jetzt will ich erst einmal feiern, dass ich meinen Sohn wiederhabe!«

Loukis sah seine Mutter an, und sie erkannte die Dankbarkeit in seinem Blick. Sogleich schüttelte sie die lähmende Freude von sich ab und machte sich daran, alle Vorbereitungen zu treffen, um die Heimkehr ihres Sohnes auf traditionell zyprische Art zu zelebrieren: mit gutem Essen und warmem Wein.

Während sie kochte, klärte Dhespina ihren Sohn über alles auf, was er verpasst hatte: Lenyas Schwangerschaft, Christakis' zweiten Sohn, Marios' Talent zum Tischler, die Hämorrhoiden des alten Televantos, die mit den ausschweifenden Feierlichkeiten seit der Befreiung der Insel besonders unschön geraten waren.

»Du hättest ihn sehen sollen, den verrückten alten Kerl«, sagte Dhespina lachend, als sie sich an den Tisch setzte. »Hat getanzt wie ein Jüngling und gefuttert wie ein Scheunendrescher. Am nächsten Tag konnte er sich natürlich kaum bewegen, aber er hat nicht eine Sekunde aufgehört zu lächeln, nicht mal, als er drüben im Gartenhaus lag und auf seine Medizin wartete.«

»Ich werde unsere Kissen verbrennen müssen«, knurrte Georgios. Er nahm eine zweite Flasche Wein zur Hand, als die Haustür aufflog und die hünenhafte Gestalt von Christakis den Rahmen füllte. Hinter ihm drängten sich Marios und Maria in die Stube.

Loukis sprang auf und stürzte auf Christakis zu, der ihn statt mit einer Umarmung jedoch mit einem Faustschlag begrüßte. Loukis ging zu Boden, woraufhin ihn sein großer Bruder beim Kragen packte, hochriss und in eine Umarmung presste, die so fest war, dass er zu ersticken meinte.

»Gut, dich wieder bei uns zu haben, Bruder«, sagte Christakis mit barscher Rührseligkeit.

Als er lockerließ, japste Loukis nach Luft. Marios kam auf ihn zu und umarmte den jüngeren Bruder ebenfalls innig und fest.

»Du hast mir gefehlt, Loukis«, sagte er.

»Du mir auch, Marios«, erwiderte Loukis ehrlich. Er rieb sich sein ramponiertes Kinn, stellte einen Stuhl auf, der unter der Wucht von Christakis' Gefühlswallung umgefallen war, und setzte sich wieder an den Tisch. Auch seine Brüder nahmen Platz und luden sich ihre Teller voll, während Georgios ihnen Wein einschenkte. Maria setzte sich auf die Treppe. Eine halbe Stunde später standen Stavros und Pembe vor der Tür, um den verlorenen Sohn zu begrüßen. Wie immer belebten die beiden mit ihrem ganz eigenen Humor die Runde, doch Loukis meinte etwas in ihrem Blick zu entdecken, das er nicht recht greifen konnte – und das ihn daran erinnerte, wie lange er fort gewesen war. Die Zeit war nicht stehengeblieben, so viel war klar. Plötzlich wurde er unruhig und stand auf. Er hatte lange genug gewartet.

»Wo willst du hin?«, fragte seine Mutter.

»Nun, wenn sie zu störrisch ist, um zu mir zu kommen, dann muss ich wohl zu ihr gehen. Ich will zu Praxi.«

Im Nu erstarben sämtliche Gespräche. Ein ungutes Gefühl kroch Loukis den Nacken hinauf.

»Was ist los?«, fragte er. »Ist irgendwas mit ihr?«

Er blickte in die ernsten Gesichter seiner Familie, unwillkürlich zogen Horrorszenarien an seinem geistigen Auge vorbei, hervorgerufen durch all jene, die er in Troodos hatte mitansehen müssen. Panik schnürte ihm die Kehle zu.

»Was ist los?«, fragte er noch einmal.

Dhespina erhob sich.

»Praxi wohnt nicht mehr hier im Dorf, mein Sohn, sie lebt jetzt in Keryneia …«

»Das ist alles?«, seufzte Loukis erleichtert.

Doch seine Mutter war noch nicht fertig. »Sie lebt in Keryneia, mit ihrem Mann, Loukis. Ihrem Ehemann und ihrem Baby …«

Loukis Knie gaben nach, er musste sich auf einen Stuhl stützen. Sein Magen zog sich zusammen, und ihm wurde speiübel. Er schüttelte den Kopf. »Nein. Nein, ich glaube dir kein Wort, das würde sie niemals …«

»Sie ist verheiratet, Loukis.« Dhespina verlieh ihren Worten mehr Nachdruck als beabsichtigt. Sie wurde ganz blass, als sie mitansehen musste, wie diese Tatsache allmählich in das Bewusstsein ihres Sohnes drang und ihn vernichtete.

Loukis schien es, als müsste sein Herz auf der Stelle aufhören zu schlagen. Er bekam keine Luft mehr. Der Raum begann auf ihn zuzurasen, bis er nichts mehr um sich herum wahrnahm. Sein Körper wankte unter der Last der Worte, die seine Mutter soeben ausgesprochen hatte. Jeder einzelne Funken Hoffnung, den er je in sich getragen hatte, erlosch und wurde durch eine Leere ersetzt, die ihn wie ein Gewicht in die Tiefe riss und zu ertränken versuchte. Schließlich brach die Woge der Erkenntnis über ihm zusammen. Mit einem verzweifelten Schrei trat er gegen ein Tischchen, dass es krachend umstürzte. Einmal entfesselt, schnappte er sich blindwütig den nächstbesten Stuhl, riss ihn über den Kopf und zerschmetterte ihn auf dem Boden. Seine Hände griffen nach allem, was sie finden konnten, schleuderten Teller und Gläser gegen die Wand, bis Christakis ihn von hinten packte und ihm die Arme an den Körper presste. In blinder Raserei trat Loukis um sich und schrie aus Leibeskräften, doch es war zwecklos. Christakis war zu stark und ließ ihn nicht frei. Sie rangen miteinander, rutschten auf dem Boden aus, der von all den heruntergeworfenen Speisen und Getränken ganz schmierig war. Je mehr Loukis sich wehrte, desto fester packte sein Bruder zu – bis seine Wut allmählich abzuklingen begann. Erschöpft und verschwommen nahm Loukis wieder den Raum wahr, in dem er sich befand, und blickte in das verängstigte Gesicht seiner Mutter. Sie lag auf dem Boden, aus einem Schnitt an ihrer linken Wange floss Blut.

»O Gott, nein ...«, stammelte er, als ihm klar wurde, was er getan hatte.

Loukis versagten die Beine, er wollte sich nach seiner Mutter ausstrecken. Doch Christakis hielt seinen Bruder noch immer umklammert.

»Lasst uns allein«, befahl Dhespina leise.

Sie stand auf. Vorsichtig löste Christakis seinen Griff und ließ Loukis in ihre Arme sinken. In betretenem Schweigen verließen die Anwesenden einer nach dem anderen den Raum, und kaum hatte sich die Tür hinter dem Letzten geschlossen, brach Loukis zusammen. Und weinte.

Sanft legte Dhespina den Kopf ihres Sohnes in ihren Schoß und fing jede einzelne seiner Tränen auf.

10

Elena fürchtete, dass Praxi kurz davor stand, einen hysterischen Anfall zu erleiden. Ihre Tochter war von jeher überempfindlich gewesen und damit ohne jeden Zweifel das Kind ihres Vaters, Gott habe ihn selig. Auch er war nie zur Ruhe gekommen und, Hand aufs Herz, es hatte sie aufgerieben bis zum allerletzten Moment, als er in ihrem Ehebett einem Herzanfall erlegen war. Und, ganz der Vater, hatte sich auch Praxi zu einem Nervenbündel entwickelt, das manchmal kaum zu bändigen gewesen war. Inzwischen war sie selbst Mutter, und dennoch veranstaltete sie die gleichen Dramen wie damals in ihrer Kindheit. Elena reichte ihrer Tochter einen Brandy, den sie ihr zur Beruhigung eingeschenkt hatte. Das Mädchen zitterte so heftig, dass es Elena angst und bange wurde, aber irgendjemand musste ihr ja sagen, dass der Junge zurück war. Da war es am besten, sie erfuhr es von ihr.

Praxi stürzte den Brandy so schnell hinunter, dass Elena ganz schwindelig wurde. »Ich muss ihn sehen«, flüsterte sie.

»Das wirst du nicht tun.«

»Aber ich muss.«

»Und was willst du ihm sagen, wenn du ihn siehst?«, fragte Elena streng.

»O Mamma!«, rief Praxi und warf sich aufs Bett.

»Sei nicht so kindisch, Praxi. Steh auf.«

»Wozu?«, schluchzte sie. »Ich bin neunzehn Jahre alt und dazu verdammt, eine Witwe zu sein. Es gibt nichts, wofür es sich zu leben lohnt.«

»Du hast eine Tochter«, entrüstete sich Elena.

»Ja, *unsere* Tochter!«

»Schluss damit! Ich will nichts mehr davon hören, verstanden? Du warst alt genug, um dir die Suppe einzubrocken, und jetzt bist du alt genug, um sie auszulöffeln. Du hast ein schönes Zuhause und einen guten Mann, der dich respektiert und Elpida liebt. Und du wirst es ihm danken, indem du ihm eine ergebene Ehefrau bist.«

»Eine ergebene Ehefrau.« Praxi lachte bitter auf. Sie konnte sich nicht erinnern, wann sie sich in ihrer Beziehung mit Yiannis das letzte Mal als Frau gefühlt hatte – außer, wenn sie ihm die Wäsche wusch. »Oh, keine Angst. Ich bin mir meiner Schuld vollauf bewusst. Du brauchst mich nicht daran zu erinnern.«

Sie wandte sich ab, und Elena, die nicht bereit war, sich das Theater ihrer Tochter länger mitanzusehen, nahm ihre Enkelin und verließ das Zimmer.

»Komm, Kind, wir besuchen jetzt deinen Vater.«

Krachend fiel die Tür hinter ihnen ins Schloss. Erleichtert, endlich allein zu sein, rollte sich Praxi auf dem Bett zusammen. Nach all den Jahren war Loukis wieder heimgekehrt. Er war ihr so nah, dass sie meinte, ihn riechen zu können. Die Erinnerung an ihre kindliche Liebe war inzwischen ein wenig verblasst, die süße Zuneigung von einst hingegen sehr lebendig – sie hatte sich nur verändert, war stärker, schmerzlicher und erwachsener geworden. Praxi verzehrte sich nicht nach dem Jungen, der über Jahre ihr Freund gewesen war, sondern nach dem Mann, den sie nur kurz kennengelernt hatte. Sie sehnte sich nach seinen Küssen und nach seinen Berührungen, und die Liebe, die sie für ihn empfand, vernichtete sie.

Sie kroch vom Bett und schenkte sich einen weiteren Brandy ein. Der Alkohol brannte wie Feuer in ihrer Kehle und breitete sich heiß in ihrer Brust aus. Sie füllte ihr Glas noch einmal und ging hinüber zum Fenster. Unter ihr räumte Yiannis gerade Tische ab. Während er schmutzige Gläser auf ein Tablett stellte, balancierte er Elpida auf seiner Hüfte. Jede andere, normale Mutter hätte sich vermutlich darüber gefreut, wie sehr er in dieses Kind vernarrt war. Praxi hingegen machte es nur schwermütiger. Unglücklich ließ sie sich wieder auf ihr Bett sinken. Mit geschlossenen Augen versuchte sie, sich in freundlichen Träumen zu verlieren, suchte verzweifelt Trost in einer glücklichen Zukunft – wenn diese auch nur in ihrer Phantasie stattfinden konnte.

Während Praxi sich vorzustellen versuchte, wie Loukis heute wohl aussehen mochte, führte der Mann ihrer Träume nur wenige Kilometer entfernt einen ähnlichen Kampf. Loukis jedoch wollte keine Bilder heraufbeschwören, er wollte sie loswerden. Als er schließlich einsah, dass es aussichtslos war, machte er sich auf, jenen Mann zu besuchen, den er früher Stavros genannt hatte.

Er fand Mehmet in seinem Orangengarten. Bei seinem Streifzug durch die Felder des alten Mannes hatte Loukis feststellen müssen, dass alles in einem außerordentlich schlechten Zustand war.

»Es wird mir einfach zu viel«, gestand Mehmet, als Loukis ihn darauf ansprach. »Ich bin alt und, wenn ich ehrlich sein soll, ich hab genug von der schweren Arbeit. Ich bewältige gerade mal noch das, was ich brauche, um über die Runden zu kommen.«

»Dann lassen Sie mich Ihnen helfen«, schlug Loukis vor.

Mehmet lächelte dankbar, schüttelte dann aber den Kopf. »Das kann ich mir nicht leisten, mein Junge. So, wie meine Kräfte schwinden, tun es auch die Zypern-Pfunde.«

Loukis überlegte. Er brauchte die Ablenkung und die Ehrlichkeit schwerer, körperlicher Arbeit mehr als das Geld. Also schlug er Mehmet vor, sich um die Ernte zu kümmern, die Zäune zu flicken und alle anderen Arbeiten zu erledigen, die auf dem Hof und auf den Feldern anfielen. Im Gegenzug könnte ihm der Bauer ein kleines Stück Land zur Verfügung stellen, auf dem Loukis sich ein Häuschen bauen würde, und ihm außerdem erlauben, Hasen und Vögel auf seinem Land zu jagen, um sie im Dorf zu verkaufen.

Mehmet wiegte den Kopf und überdachte den Vorschlag, schließlich nickte er.

»Das ist gar keine schlechte Idee«, stimmte er Loukis zu. »Ich muss das natürlich erst mit Pembe besprechen. Aber vielleicht finden wir ja eine prozentuale Regelung für das, was wir auf dem Markt einnehmen.«

Die beiden Männer besiegelten ihre Abmachung mit einem Handschlag. Als Loukis sich zum Gehen wandte, hielt Mehmet ihn zurück. Sein Gesicht war ernst.

»Ich muss dich etwas fragen«, sagte er. »Du warst in der EOKA, stimmt's?«

Loukis nickte unsicher. Er hatte seit seiner Rückkehr kaum über dieses Thema gesprochen.

»Das hab ich mir gedacht«, sagte der alte Mann. »Und sag: Hast du in dieser Zeit einen Türken getötet?«

»Nein«, versicherte ihm Loukis, und Mehmet lockerte seinen Griff.

»Und ich hab auch keinen Briten getötet«, fuhr er fort. »Um genau zu sein, mein einziges Opfer war eine griechische Kirche, aber das ist eine lange Geschichte.«

Mehmet prustete los, und Loukis sah für einen kurzen Moment wieder etwas von dem Mann, den er einst gekannt hatte. »Na, solange du dein militärisches Fachwissen nicht an unserer Moschee erprobst, bin ich mir sicher, dass es gut mit uns klappen wird. Eine Kirche, sagst du? Ich kann es kaum erwarten, meiner kleinen Frau davon zu erzählen!«

Nachdem Mehmet mit Pembe gesprochen hatte, bot er Loukis schon am nächsten Morgen ein Stück Land in Sichtweite ihres eigenen Hauses an; nicht, weil sie ihn im Blick haben wollten, sondern weil sie glaubten, sich durch seine Nachbarschaft sicherer zu fühlen. Die Ereignisse der vergangenen Jahre hatten Narben hinterlassen, und mit zunehmendem Alter verspürten sie eine Verwundbarkeit, mit der sie nie gerechnet hatten.

Loukis weigerte sich zunächst, das überaus großzügige Angebot der beiden anzunehmen. Als Mehmet sich jedoch sträubte, in Nachverhandlungen zu treten, und sagte, Loukis könne sein Angebot entweder so annehmen oder es bleiben lassen, schlug Loukis lachend ein.

Der Frühling ging in den Sommer über, und Loukis arbeitete wie ein Besessener an seinem neuen Heim. Solange seine Hände zu tun hatten, gelang es ihm, dem Verlangen zu widerstehen, nach Keryneia zu gehen. Er wusste, dass er sie eines Tages treffen würde, aber er wusste auch, dass er warten konnte. Was er jetzt brauchte, war der Freiraum, den ihm Mehmets Felder boten. Hier konnte er zur Besinnung kommen. Er würde ein Haus bauen, sein Leben wiederaufbauen, und war erst einmal die letzte Tür eingehängt, würde er schon wissen, was zu tun war.

Tagsüber schuftete Loukis allein auf seiner Baustelle, abends stießen dann sein Vater und seine Brüder zu ihm. Unter dem Gewicht von Ziegelsteinen und Holzbalken wuchsen die vier wieder als Familie zusammen. Loukis plante kein großes Gebäude, lediglich ein einstöckiges, L-förmiges Wohnhaus mit zwei Zimmern und einem Bad. Dennoch begossen die Männer jeden noch so kleinen Fortschritt mit einer Flasche Wein, und wann immer Dhespina vorbeikam, um ihr Werk zu begutachten, spendete sie Beifall. Sie hatte es alles andere als eilig, ihren Sohn wieder ziehen zu lassen, doch es freute sie, dass er in Zukunft ganz in ihrer Nähe wohnen würde. Wenn sie ihren Männern bei der Arbeit zusah, bedauerte sie einzig, dass Nicos nicht bei ihnen war.

Seit Loukis' Rückkehr hatte Dhespina bereits etliche Male überlegt, ihrem Sohn die Wahrheit zu offenbaren. Doch immer schien Georgios instinktiv zu spüren, wenn sie dazu ansetzen wollte, und hielt sie mit einem warnenden Blick zurück. Vielleicht hatte er recht: Sollte die Wahrheit danach streben, ans Licht zu kommen, würde sie es auch ohne ihre Hilfe tun. Vermutlich war es sogar besser, wenn ihr Sohn weiterhin nichts ahnte. Denn nur wenn er frei war, hatte er die Möglichkeit, ein neues Leben zu beginnen, fernab von dem Schmerz, den sein altes bedeutete. Nicht, dass er für etwas Neues bereit gewesen wäre, doch Dhespina erkannte, dass Maria im Hintergrund auf ihre Chance wartete – und, was noch trauriger war, Michalakis ebenfalls.

Sie waren nur ein paar Mal miteinander spazieren gegangen, doch Michalakis war Feuer und Flamme für dieses Mädchen, weshalb er sich nun in die Hauptstadt zurückgezogen hatte, um seine Enttäuschung hinter Zeitungsartikeln zu verstecken, die später einen Ehrenplatz an den elterlichen Wänden erhalten würden. Insgesamt vier Titelgeschichten hatte er inzwischen geschrieben: über Makarios' fulminante Rückkehr, die offizielle Einstellung der Kampfhandlungen der EOKA, Grivas' Flucht nach Griechenland sowie die Abgabe illegaler Waffen. Doch Dhespina konnte keiner ihrer Söhne etwas vormachen. Selbst wenn Michalakis wirklich viel zu tun hatte, entging ihr nicht, wie sehr ihn die Geschichte mit Maria verletzte. Ebenso wenig entging ihr, dass Loukis rein gar nichts von all dem mitzubekommen schien.

Während die Mauern auf Mehmets Land allmählich die Gestalt von Loukis' neuem Zuhause annahmen, ging das übrige Zypern ganz in seiner neu gewonnenen Unabhängigkeit auf. Die Menschen begannen an eine Zukunft zu glauben, in der sie nicht von ausländischen Besatzern unterdrückt wurden und in der sich die türkische und die griechische Bevölkerung nicht länger gegenseitig bekämpften. Wie als ein Zeichen, dass nun alles gut werden würde, brachte Lenya im Sommer ein gesundes Mädchen zur Welt. Sie nannte sie Niki, in Gedenken an Nicos, und Dhespina rührte die Geste zu Tränen der Freude und Dankbarkeit.

»Sie ist entzückend«, sagte sie zu Lenya, als sie die Kleine auf den Arm nahm und ihr einen Kuss auf die weichen, hellen Locken gab.

»Ich hab dir ja gesagt, dass das Blonde aus deiner Familie stammt«, witzelte Georgios, als er an der Reihe war, das Baby zu halten.

»Pass bloß auf, Lenya, dass Mamma deiner Kleinen nicht den

Kopf rasiert, wenn du nicht hinschaust«, meldete sich nun Loukis zu Wort. »Los jetzt, Papa, gib sie mir mal.«

Als Loukis das Baby nahm, traten Dhespina abermals Tränen in die Augen. In wenigen Wochen würde sein eigenes Kind drei Jahre alt werden, und still betrauerte sie seinen Verlust. Sie spürte Georgios' Hand auf ihrer Schulter, ergriff sie dankbar und küsste sie. Vor zwei Wochen hatten sie ihre Enkelin zufällig am Hafen spielen sehen. Sie war ein so hübsches kleines Mädchen, und der Pony, den ihr ihre Mutter geschnitten hatte, betonte ihre dunklen Augen – ein unverwechselbares Geschenk ihres nichtsahnenden Vaters.

Praxi schlüpfte aus ihrem Kleid und beugte sich über das Becken, um sich die Haare nass zu machen. Yiannis und Elpida – sowie ihre allgegenwärtige Mutter – waren zum Einkaufen gegangen, und Praxi nutzte die Gelegenheit, um sich den Schweiß und den Staub aus den Haaren zu waschen, bevor sie zurückkamen. Zeit war ein kostbares Gut, jetzt, da ihre Tochter in einem Alter war, in dem sie keine Sekunde mehr still saß. Dadurch und durch das Café, das nun immer besser lief, blieb Praxi so gut wie keine Minute mehr für sich. Nicht, dass sie sich darüber beklagt hätte: Je weniger Zeit sie zum Nachdenken hatte, desto besser.

Nachdem sie ihre Haare trocken gerubbelt hatte, machte sie sich ans Kämmen. Hinter ihr ging die Tür auf.

»Was hast du denn jetzt schon wieder vergessen?«, fragte Praxi und drehte sich genervt um.

»Was *ich* vergessen habe?«

Praxi stockte das Herz. Dort, wo sie die kleinlaute Gestalt ihres Mannes erwartet hatte, stand ein unfassbar großer Mann, der sie aus dunklen, vor Schmerz und Wut funkelnden Augen anstarrte. Eine Weile rührte sich keiner vom Fleck, sie waren beide wie gelähmt von verworrenen, überwältigenden Gefühlen.

Loukis kam als Erster wieder zu sich. Mit zwei großen Schritten stürzte er auf Praxi zu und packte sie grob an ihren feuchten Haaren. Noch bevor sie irgendetwas sagen konnte, presste er seine Lippen auf ihren Mund. Sie erwiderte seine Berührung mit der gleichen Heftigkeit. Ihr Kuss schmeckte nach Blut.

Nach all der Zeit des Träumens war ihr Verlangen heftig und unstillbar, und mit gierigen Händen und ausgehungerten Lippen ließen sie sich auf das Bett fallen. Wortlos riss Praxi Loukis das Hemd vom Leib, bis sie seinen warmen Körper spürte. Er zog ihr das Wenige aus, das sie noch anhatte, und sie verloren sich ineinander, wie es zeitlebens für sie bestimmt gewesen war. Sie waren verschlungen ineinander, waren Fleisch und Blut, Fels und Wasser, sie entbrannten und schmolzen, nahmen und gaben, in der Gewissheit, dass der eine einzig durch den anderen lebte – und dass sie endlich wieder eins wurden.

Als der Rausch der Leidenschaft allmählich abzuklingen begann, hatte die Abenddämmerung das Zimmer in gedämpftes Licht getaucht, und entsetzt realisierte Praxi, was sie soeben getan hatten.

»O Gott«, murmelte sie, sprang aus dem Bett und zog sich hastig an. »Yiannis kommt jeden Moment nach Hause. Er darf nicht … Mein Gott, Loukis, es ist nicht …«

Loukis schwang die Beine über die Bettkante und streifte sich seine Hose über. Er war weder Herr über seine Gefühle noch über seine Stimme. »Wie konntest du nur?«, krächzte er heiser.

»Es … es tut mir leid …«, stammelte Praxi. »Aber als du plötzlich weg warst, war ich allein, und …«

»Du warst einsam?«, fragte Loukis bitter. »Mein Bett war noch warm, und du fühltest dich einsam?«

»Es ist nicht so, wie du denkst«, erwiderte Praxi und versuchte die aufsteigenden Tränen durch Blinzeln zurückzuhalten.

»Ach, nein?«, fragte Loukis. In diesem Augenblick brach seine Enttäuschung mit voller Wucht aus ihm heraus. »Warum hast du nicht auf mich gewartet, Praxi? Ich bin für dich weggegangen. Ich habe dich nie verlassen!«

»Du *hast* mich verlassen!«, schrie sie zurück. »Du bist ohne ein Wort aus meinem Leben verschwunden!«

»Du wusstest doch, dass ich zurückkommen würde!«

»Aber wann, Loukis? Wann? Du warst ganze drei Jahre weg!«

»Und ganze drei Jahre habe ich an niemand anderen gedacht als an dich. Für mich gab es immer nur dich!«

»Glaubst du etwa, mir ging, mir geht es anders? Nacht für Nacht habe ich mich in meinen Träumen an dich geklammert, Tag für Tag habe ich gebetet, dass du zu mir zurückkehrst, aber ich hatte keine Zeit, Loukis, ich war ...«

»Praxi?«

Die beiden wirbelten herum. In der Tür stand Yiannis, er war kreidebleich.

»O Gott«, stöhnte Praxi und ließ sich resigniert auf das Bett sinken.

»Was hast du in meinem Haus zu suchen?«, wollte er von Loukis wissen. Seine Stimme klang mutiger, als er sich fühlte, und ihm zitterten vor Erregung und Angst die Hände. Aus Loukis, dem Jungen von damals, war ein Mann geworden, der ihn deutlich überragte.

»Was glaubst du denn, was ich in deinem Haus zu suchen habe?«, fragte Loukis spöttisch zurück.

»Raus hier!«, zischte Yiannis. »Verlass sofort mein Haus!«

Er stieß Loukis grob gegen die Brust, und Loukis zögerte nur kurz. Dann packte er Praxis Mann an der Kehle und drückte ihn gegen die Wand.

»Und was willst du jetzt tun?«, brüllte er.

Yiannis brachte kein Wort mehr heraus, und schnappte verzweifelt nach Luft. Sein Gesicht war dunkelrot angelaufen.

»Und den hast du mir vorgezogen?«, fauchte Loukis in Praxis Richtung.

Sie zog ihn am Arm, doch er ließ nicht von Yiannis ab. »Bitte«, rief sie, »lass ihn los. Bitte, es ist nicht seine Schuld.«

»Ist das dein Ernst?«, fragte Loukis ungläubig. »Du hast dich tatsächlich für diese Witzfigur von Mann entschieden?« Er ließ los, und Yiannis rutschte röchelnd zu Boden. »Dann nimm ihn, Praxi. Nimm ihn und werde glücklich. Ich werde dich nicht mehr belästigen.«

Mit diesen Worten verließ Loukis das Zimmer und knallte die Tür hinter sich zu. Obwohl sie ihm mit jeder Faser ihres Körpers hinterherrennen wollte, beugte sich Praxi zu ihrem Mann hinunter und legte ihm eine Hand auf die Schulter. Yiannis wich zurück und wandte sich von ihr ab.

»Fass mich nicht an«, schnaufte er.

Praxi konnte sein Gesicht nicht sehen, doch sie hörte die Kränkung in seiner bebenden Stimme. Er gab ein jämmerliches Bild ab, wie er da am Türrahmen lag, und, mochte Gott ihr verzeihen, seine Schwäche widerte sie an.

»Wo ist Elpida?«, fragte sie.

»Unten bei deiner Mutter.«

Als Praxi an ihm vorbeigehen wollte, packte Yiannis sie am Knöchel.

»Praxi, es ist mir egal, was du tust. Es ist mir auch egal, dass du mich nicht liebst. Aber bitte, bitte nimm mir meine Tochter nicht weg.«

»Ich werde nicht fortgehen«, erwiderte sie kühl und verschwand nach unten.

Im Café hielt Elena an sich, als sie ihrer Tochter das Kind übergab. Dankbar für ihr Schweigen drückte Praxi Elpida fest an sich und weinte leise in ihr Haar. Der Geruch von Liebe haftete noch an ihrem Körper, dennoch hatte sich Praxi nie einsamer gefühlt als in diesem Moment.

Der Sommer verging, es wurde Herbst, es wurde Winter, und Praxis wartete noch immer darauf, dass Loukis zurückkam. Sie hatte sich eingebildet, dass er es gar nicht schaffen würde, ihr fernzubleiben. Doch Loukis hielt Wort – er belästigte sie kein weiteres Mal. Unterdessen verbrachte Yiannis die Nächte in seinem Büro und die Tage fernab der Realität. Praxi füllte den Platz, den er in ihrem Bett hinterlassen hatte, mit dem Geist jenes Mannes, den sie liebte.

Der Frühling versetzte ihre Gefühle erneut in Aufruhr, und sie spielte mit dem Gedanken, Loukis aufzusuchen. Doch jedes

Mal, wenn sie kurz davor stand, es wirklich zu tun, rief irgendetwas sie wieder zur Vernunft: Meist war es das fröhliche Lachen ihrer Tochter, wenn sie von dem einzigen Vater, den sie kannte, auf den Arm genommen wurde; manchmal war es der missbilligende Blick ihrer Mutter; mitunter reichte es aber auch schon, dass sie wusste, was richtig und was falsch war.

Als mit dem Sommer schließlich Elpidas vierter Geburtstag kam, hatte Praxi genug Abstand gewonnen, um sich mit dem halbherzigen Leben, das sie führte, abzufinden, und es gelang ihr sogar, Dhespinas verspätetes Geburtstagsgeschenk anzunehmen, ohne sich dabei nach ihrem Sohn zu erkundigen. Auch Dhespina hütete sich, Loukis zu erwähnen, doch im Stillen freute es sie, dass sich die wahren Familienumstände mehr denn je in dem Kind spiegelten, das ihm verwehrt wurde. Elpida war ein verblüffend hübsches kleines Mädchen, und auch wenn sie das Lächeln ihrer Mutter besaß, erkannte Dhespina deutlich ihren Sohn in ihr. Auf dem Heimweg ging sie bei Loukis vorbei, um nach den Kamillenbüschen zu sehen, die sie einige Monate zuvor vor seinem Haus gepflanzt hatte. Sie war angenehm überrascht, wie gut die Pflanzen gediehen.

»Das ist Marias Werk«, gestand Loukis seiner Mutter. »Sie kümmert sich mit einer Hingabe darum, die mir ein echtes Rätsel ist.«

Dhespina wusste ganz genau, warum die junge Frau ihre Zeit darauf verwandte, sich um die Pflanzen ihres Sohnes zu kümmern, und sie war sich verdammt sicher, dass ihr Sohn es ebenfalls wusste. In gewisser Weise tat ihr das Mädchen leid, andererseits konnte sie ihr nicht verzeihen, in welches Unglück sie einen anderen ihrer Söhne gestürzt hatte.

Seit Loukis' Rückkehr stattete Michalakis seinen Eltern nur noch Stippvisiten ab. Natürlich verstand Dhespina, dass er in der Hauptstadt gebraucht wurde: Er musste seine Arbeit erledigen, in diesen Tagen war sie wichtiger denn je. Denn noch in dieser Nacht würde Geschichte geschrieben werden – es war der 15. August 1960.

»Kommst du heute Abend zu uns rüber?«, fragte sie Loukis.

»Um nichts in der Welt würde ich mir das entgehen lassen«, sagte er lächelnd.

»Na, das hoffe ich, und bring Mehmet und Pembe mit.«

Am Abend aß die Familie zusammen mit Christakis, Yianoulla, ihren drei kleinen Jungs sowie den beiden türkischen Gästen im Garten. Eine leichte Brise sorgte für Erfrischung und trug den Duft von Kebab und Zigarettenrauch mit sich fort. Bald war der Kasten Keo-Bier, den Marios aus der Stadt mitgebracht hatte, ausgetrunken, die Unterhaltungen wurden lebhafter und lauter. Kurz vor Mitternacht holte Georgios das Radio nach draußen, es wurde still am Tisch. Punkt Mitternacht verkündete ein Sprecher, dass soeben die britische Flagge auf dem Regierungsgebäude eingeholt wurde.

Von seinem Platz in der Redaktion aus hörte Michalakis eine Fanfare ertönen, gefolgt von einundzwanzig Salutschüssen. Es war die Geburtsstunde der unabhängigen Republik Zypern, und zu seiner Überraschung wurde selbst er von seinen Gefühlen überwältigt – die Insel war frei.

Insgesamt sechshundert zumeist griechische Opfer hatte der Feldzug der EOKA gefordert. Weitere eintausendzweihundertsechzig Menschen waren verwundet und insgesamt einhundertsechsundfünfzig Briten getötet worden. Man hatte einen hohen Preis für die Unabhängigkeit bezahlt, und trotz aller Freude, von dem Ereignis berichten zu dürfen, fragte sich Michalakis, ob wohl auch die Hinterbliebenen der Meinung waren, dass es das wert gewesen sei.

Zehn Stunden später trat das erste Parlament in der dreitausendjährigen Geschichte des Landes zusammen, um Präsident Makarios und Vizepräsident Fazil Küçük offiziell in ihre Ämter einzusetzen. Es wurde die Flagge der Republik Zypern gehisst: Golden hob sich die Silhouette der Insel vor einem weißen Hintergrund ab; darunter kreuzten sich zwei Olivenzweige, die Frieden und Einheit symbolisierten. Gemeinsam teilten sich der griechische Präsident und der türkische Vizepräsident die politische Macht, um der einen Gemeinschaft die Möglichkeit zu geben, auf demokratischem Weg für ihre Träume zu kämpfen, und der anderen jenen Respekt zu erweisen, der ihr nach ihrer Meinung so lange verwehrt worden war. Indessen zogen sich die Briten auf ihre souveränen Stützpunkte Dekelia und Akrotiri zurück, und der ehemalige britische Gouverneur Sir Hugh Foot schickte im zyprischen Rundfunk eine letzte Nachricht an das Volk, das er ruhigzustellen versucht hatte: »Wie die Zukunft Ihres Landes aussieht? Es ist nun an Ihnen, diese Frage zu beantworten. Pessimistische Beobachter sagen, dass sich Ihre beiden Gemeinschaften gegenseitig vernichten werden – Griechen gegen Türken und Links gegen Rechts. Sie sagen, dass Sie einander in Stücke reißen werden, dass die Insel in einem Meer aus Blut und Hass untergehen wird. So könnte es sein … Doch ich glaube das nicht. Menschen, die am Eingang zur Hölle stehen, werden nicht über die Schwelle treten.«

Zweiter Teil
1963

Im Falle der Verletzung von Bestimmungen dieses Vertrages kommen Griechenland, die Türkei und das Vereinigte Königreich zusammen und beraten hinsichtlich der nötigen Maßnahmen zur Gewährleistung der Einhaltung der Vertragsbestimmungen.

Für den Fall, dass keine Einigung über ein gemeinsames Vorgehen erzielt werden kann, besitzt jede der drei Garantiemächte das Recht, Maßnahmen zu ergreifen mit dem alleinigen Ziel, die Ordnung wiederherzustellen, die durch diesen Vertrag geschaffen wurde.

Garantievertrag Artikel IV, 1960

11

Sie hatte ein ordentliches Alter erreicht, das sagte jeder. Nicht, dass es dieser Umstand irgendwie leichter machte, ihr Ableben zu akzeptieren, denn ganz egal, wie spät der Tod an die Tür klopfte, er war in den seltensten Fällen ein gern gesehener Gast. Im Nachhinein erkannte Dhespina die verräterischen Anzeichen – die schleichende Schwermut, das unberührte Essen –, doch sie hatte es auf die Jahreszeit geschoben: Die drückende Sommerhitze schlug einfach jedem auf den Appetit. Und so hatte es sie umso schwerer getroffen, als sie das alte Mädchen am Morgen scheinbar noch schlafend vorgefunden hatte.

»Sie war eine gute Ziege, Mamma.«

»Ja, das war sie, Marios. Das war sie.«

Dhespina lehnte den Spaten gegen den Orangenbaum, nahm eine Handvoll getrockneter Rosenblätter aus ihrer Schürzentasche und verstreute sie auf dem Grab – eine kleine Geste, mit der sie Athena zeigen wollte, wie sehr sie geschätzt und geliebt worden war.

»Wir kaufen dir eine neue Ziege«, bot Georgios an. »Natürlich erst, wenn du dazu bereit bist.«

Dhespina schenkte ihrem Mann ein dankbares Lächeln. Doch sie wussten beide, dass ihnen nichts und niemand Athena ersetzen konnte, genau, wie sie es nie übers Herz gebracht hatten, sich einen neuen Hund anzuschaffen. Ganz abgesehen davon war Dhespina es leid, Erdlöcher auszuheben. Sie sehnte sich nach dem unbeschwerten Glück ihrer Jugend.

Nach einem schweigsamen Frühstück aus Halloumi und Speck zog sich Georgios mit einem entschuldigenden Blick zum Arbeiten zurück, und Marios machte sich auf den Weg in die Werkstatt seines Bruders. Dhespina entschied, ihrem Jüngsten einen Besuch abzustatten.

Schon von weitem sah sie Loukis auf einem Stein vor seinem Haus sitzen, wo er gerade einen Hasen häutete. Seine Hände waren blutüberströmt. Und plötzlich fiel es seiner Mutter wie Schuppen von den Augen: Ihr Junge war zum Mann geworden. Wie immer war er nachlässig gekleidet. Er trug eine schwarze Hose und ein graues T-Shirt, das an den Ärmeln ganz ausgefranst war. Die weiße Hauswand, vor der er saß, ließ seine Kleidung noch düsterer erscheinen, und im Vergleich zu dem niedrigen Gebäude wirkte er geradezu riesig. Sogar der Priester hatte sich im Anschluss an den traditionellen *agiasmos*, die Haussegnung, zu dem Scherz hinreißen lassen, dass man ihn doch ein weiteres Mal rufen solle, wenn das Haus der Größe seines Besitzers angepasst worden sei.

Loukis hatte Dhespina nicht bemerkt. Leise trat sie hinter ihn, legte ihm die Hände unters Kinn, zog seinen Kopf zurück und gab ihm einen Kuss auf die Stirn.

»Was ist denn mit dir los? Du siehst elend aus.«

»Athena ist tot.«

Loukis sah seine Mutter mitfühlend an. »Oh, das tut mir leid. Aber sie hat ein ordentliches Alter erreicht.«

»Ja, das hat sie«, erwiderte Dhespina. Sie winkte Pembe zu, die auf ihrer Veranda saß und aus den Wedeln der Dattelpalme einen Korb flocht. Die alte Frau erwiderte den Gruß mit einem fröhlichen *salaam.*

»Hast du dir unser Gespräch noch einmal durch den Kopf gehen lassen?«, wandte sich Dhespina wieder an ihren Sohn.

»Ach, weißt du …«, sagte Loukis nur und bemühte sich zu ignorieren, dass seine Mutter verdrossen den Kopf schüttelte.

»Das ist dem Mädchen gegenüber nicht fair, Loukis. Du solltest sie entweder heiraten oder ziehen lassen.«

»Da lässt du mir ja eine großzügige Wahl, Mamma …«

»Das ist nicht lustig, mein Sohn. Seit über zwei Jahren siehst du nun schon zu, wie dir das Mädchen hinterherläuft. Du kannst sie dir nicht weiter wie einen deiner sterbenden Hasen an den Gürtel binden und dort zappeln lassen. Du musst dich endlich entscheiden, Loukis. Allmählich wird es unangenehm. Ich weiß schon gar nicht mehr, wo ich hinschauen soll, wenn ich ihren armen Eltern begegne.«

»Also gut, ich denke darüber nach.«

»Ich will, dass du das nicht nur sagst, sondern auch so meinst«, verlangte Dhespina und wollte nach Loukis' Kinn greifen.

Er drehte seinen Kopf zur Seite.

»Ich habe gesagt, dass ich darüber nachdenken werde. Würdest du mich jetzt bitte in Ruhe lassen? Ich habe zu tun.«

Ohne ein weiteres Wort stand Loukis auf und verschwand in seinem Haus.

Elpida sah auf den Teller, der vor ihr stand, und ließ stöhnend ihren Kopf auf den Holztisch fallen. »Nicht schon wieder Äpfel …«

»Äpfel sind gesund.«

»Sie sind langweilig!«

Unbeirrbar klaubte Praxi weiter die Kerne aus dem herausgeschnittenen Gehäuse, die sie neben sich in eine kleine Schüssel fallen ließ.

»*Yiayia* sagt, dass ich Fleisch essen muss, damit mein Blut stark wird«, protestierte Elpida.

Nun, deine Großmutter hat ja auch keinen Ehemann, den sie aus dem Weg räumen will, dachte Praxi im Stillen. »Iss einfach deine Äpfel, Elpida.«

Praxi wusste nicht mehr, wann genau sie beschlossen hatte, Yiannis zu vergiften. Der Plan war eines Tages wie aus dem Nichts aufgetaucht. Ebenso wenig wusste sie, wie vieler Kerne es bedurfte, um Yiannis niederzustrecken, zumal er in den letzten Jahren kräftig zugenommen hatte. Aber allein die kleine Handbewegung, mit der sie die Kerne aus dem Gehäuse in die Schüssel wandern ließ, gab ihr Auftrieb und ihrem Leben neuen

Sinn. Mit einer unbeschreiblichen Ausdauer zerstieß sie diese Kerne in ihrer Phantasie stundenlang zu Pulver, das sie anschließend in seine Fleisch- und Salatsoßen mischte oder auf seine Brote verteilte. Natürlich meldete sich bisweilen ihr Gewissen, wenn sie in ihre Meuchelmord-Phantasien versunken war. Allerdings rührte ihr Unbehagen hauptsächlich daher, dass sie befürchtete, ihr könnte letzten Endes der Mut fehlen, ein Verbrechen zu begehen. Denn ähnlich wie eine Scheidung war Mord eine Sünde gegen Gott und die Gesellschaft, und Praxi zog es weder in die Hölle noch ins Gefängnis. Was sie also brauchte, war ein Wunder. Unglücklicherweise leistete Gott den Abtrünnigen nur in den seltensten Fällen Beistand, was Praxi dazu veranlasst hatte – zur großen, wenn auch nur vorübergehenden Erleichterung ihrer Mutter –, Hilfe in der Kirche zu suchen.

Wie der Priester dort so gern sagte: »Je näher der Mensch dem Licht kommt, desto erleuchteter wird er, je näher er dem Feuer kommt, desto wärmer wird ihm, und je mehr er nach Frömmigkeit strebt, desto gläubiger wird er.« Angespornt von diesen Worten gab sich Praxi mit Feuereifer dem Herrn hin, in der Hoffnung, er würde ihr wenigstens ein bisschen seiner Herrlichkeit, seiner Wärme und seiner Heiligkeit zuteil werden lassen. Bedauerlicherweise gehorchten Praxis Lippen jedoch nur selten dem frommen Anrufen des Herrn; so sehr sie sich auch bemühte, sich an den vorgegebenen Text zu halten, drehte sich in ihren Gebeten meist alles um das vorzeitige Ableben ihres Mannes – sei es durch eine tödliche Krankheit oder durch einen Unfall. Alternativ könnte ihn auch der Blitz treffen. Unzählige Kirchgänge später musste Praxi erkennen, dass Gott solches Flehen einer Sünderin vermutlich niemals erhören würde. So kam es ihr recht gelegen, dass auch die Euphorie ihrer Mutter inzwischen abgeklungen war. Denn Praxi ging derart häufig zur Kommunion, dass die übrige Gemeinde tuschelte, nur ein abscheuliches Verbrechen wie Mord oder Ehebruch könnte der Grund für die ungewohnte Gottesfürchtigkeit der jungen Frau sein. Unmissverständlich ordnete Elena an, ihre Tochter möge die Kirchgänge wieder auf das übliche Minimum reduzieren – was Praxi zurück an den Anfang katapultierte: zu einem Ehemann, den sie unter allen Umständen loswerden wollte.

Praxi konnte Yiannis nicht verlassen – undenkbar. Würde er wenigstens die Hand gegen sie erheben, wie es jeder andere Mann tat, wenn ihm seine Frau untreu war. Dann hätte sie versuchen können, über ihre blauen Flecke einen Ausweg zu finden. Um wirklich gehen zu können, wären natürlich auch ein paar schwerere Verletzungen erforderlich, der Verlust einiger Zähne, wenn nicht gar eines Arms oder Beins. Aber Yiannis schlug sie nicht, er hob noch nicht einmal wirklich die Stimme, wenn er wütend war. Also blieb einzig sein Ableben, um sie zu erlösen. Wenn Gott ihm doch nur eine schreckliche Krankheit schicken würde! Oder einen Blitz in seinen Kürbisschädel einschlagen ließe! Niemand könnte sie für einen verfrühten Tod verantwortlich machen, sie würde folglich nicht in Ungnade fallen und die vorwurfsvollen Blicke ihrer Tochter ertragen müssen. Je länger Praxi darüber nachdachte, desto weniger konnte sie einen Haken an der Sache erkennen – Elpidas Tränen ausgenommen, aber auch die würden mit der Zeit versiegen.

Doch Gott blieb weiterhin blind für das Leben, in dem Praxi lebendig begraben war. Zu ihrem Verdruss schien Yiannis außerdem über die Konstitution eines Ochsen zu verfügen und verließ bei schlechtem Wetter nur äußerst selten das Haus.

Seufzend erhob sich Praxi vom Tisch und stellte die Schüssel in den Schrank, hinter die Gewürze und außer Reichweite ihrer Tochter. Sie war kein herzloser Mensch, und sie hasste Yiannis auch nicht. Wenn überhaupt etwas, so war es Gleichgültigkeit, die sie ihm gegenüber empfand. Nach beinahe sechs Ehejahren war das Gefühl von Dankbarkeit, das sie an ihn gebunden hatte, erschöpft. Die Fassade von Mann und Frau hielten sie im Privaten schon lange nicht mehr aufrecht, sie waren inzwischen nichts weiter als zwei Menschen, die zufällig unter einem Dach lebten und zusammen ein beliebtes Café führten. Doch Yiannis schien fest entschlossen, diese Farce bis an sein seliges Ende fortzuführen. Es machte Praxi krank, wenn er in aller Öffentlichkeit seine Liebe zu ihr bekundete oder sie vor seinen Freunden aus der griechischen Armee unbeholfen um die Hüfte fasste. Und auch wenn sie ihm dankbar war, dass er auf Distanz ging, sobald sich die Tür ihres Kaffeehauses hinter dem letzten Gast geschlossen hatte, stand außer Zweifel, dass sie ihr Schicksal ändern musste. Ein Leben ohne Loukis war kein Leben, und es gab nur einen Weg, um von dem falschen Ehemann loszukommen. Der Schlüssel zu ihrer Freiheit lag in einer Schüssel, die sie im Schrank hinter den Gewürzen versteckte. So sicher, wie Zypern wieder zu Griechenland gehören würde, dachte Praxi grimmig, würde sie wieder in Loukis' Armen liegen.

Und so zog es ihr den Boden unter den Füßen weg, als sie eines Tages beim Einkaufen in Keryneia zufällig Maria begegnete. Mit einem dünnen Lächeln und unverhohlener Genugtuung ließ Maria sie wissen, dass sie gerade auf der Suche nach einem Brautkleid sei – Loukis habe ihr einen Antrag gemacht, und Maria werde ihn heiraten.

Michalakis nippte an seinem Kaffee, schaute auf die Uhr, trank einen Schluck Wasser, zündete sich eine Zigarette an und hatte große Mühe, seine Verärgerung im Zaum zu halten. Kyriakos kam zu spät. Er kam immer zu spät. Und gerade weil Michalakis das wusste, ärgerte er sich ganz allein über sich selbst und seine idiotische Pünktlichkeit. Sie waren in einer der beliebtesten Bars von Lefkosia verabredet, und Michalakis hatte bereits etliche Male verhindern müssen, dass sich einer der anderen Gäste den freien Stuhl an seinem Tisch schnappte. Allmählich kam er sich vor wie ein verschmähter Verehrer, der störrisch den leeren Platz seiner Liebsten verteidigt.

Er saß bereits bei seiner zweiten Tasse Kaffee – ein Bier wäre ihm lieber gewesen, doch er hatte der Versuchung widerstanden –, als seine Verabredung endlich eintraf und sich schwerfällig auf den Stuhl gegenüber fallen ließ. Auf seinem kahlen Kopf glänzten Schweißperlen, und das kurzärmelige Hemd, das er trug, brachte seine dicken, behaarten Arme äußerst unvorteilhaft zur Geltung. Man konnte also sagen, dass Kyriakos nicht gerade der Typ Mann war, der Frauenherzen höherschlagen ließ, dennoch war ihm gelungen, was Michalakis bislang nicht fertig gebracht hatte: Er hatte vor kurzem geheiratet.

»Na, hast du dich von der Hochzeit erholt?«, fragte Michalakis und winkte dem *kafetzi*.

»Die Ehe, so stelle ich gerade fest, ist eine einzige Suche nach Erholung«, erwiderte Kyriakos lachend. »*Sketto*«, bestellte er, und Michalakis zog fragend eine Augenbraue hoch.

»Frauen!«, erklärte Kyriakos. »Nach zwei Monaten Ehe findet sie plötzlich, dass ich zu dick bin! Sie kann von Glück sagen, dass ich von ihrer Nacktheit nach wie vor geblendet bin ... Ich habe mich tatsächlich bereit erklärt, auf den Zucker im Kaffee zu verzichten. Hör auf meinen Rat, mein Freund, heirate niemals ein dünnes Mädchen, und schon gar keins, das tolle Brüste hat. Das macht dich schier verrückt.«

Michalakis musste schmunzeln, doch der Rat war für ihn ohne Belang. Seit seiner Beförderung zum Politikredakteur waren die einzigen Menschen, die ihm Gesellschaft leisteten, solche mit langen Bärten, unterschiedlich starker Körperbehaarung und immer tiefer werdenden Falten auf der Stirn.

Seit drei Jahren teilten sich Präsident Makarios und Vizepräsident Küçük nun die politische Macht auf der Insel, doch die Arbeit ihrer Regierung glich einem einzigen Kräftemessen. Die Verfassung gewährte einer 18-Prozent-Minderheit unverhältnismäßig viele Rechte, darunter das Vetorecht des Vizepräsidenten – und die türkischen Zyprer hatten ein wachsameres Auge auf diese Sonderrechte als auf die Jungfräulichkeit ihrer Töchter. Griechen und Türken blockierten sich permanent gegenseitig und brachten den Regierungsapparat somit fast vollständig zum Erliegen.

»Wir sind keine Regierungspartner, sondern Leidensgefährten«, hatte Kyriakos bei ihrem ersten Treffen vor über einem Jahr gesagt. Michalakis hatte damals Verbindung zu dem Makarios-Anhänger aufgenommen, nachdem sich Grivas aus seinem Exil äußerst abfällig über das Abkommen von 1960 geäußert hatte – es käme einem Ausverkauf gleich, hatte er behauptet. Und da für die extrem Radikalen unter den EOKA-Anhängern keine andere Lösung als *enosis* in Frage kam, waren ehemalige Widerstandskämpfer inzwischen wieder dabei, die Städte und Dörfer mit Flugblättern zu überschwemmen.

»Abgesehen davon macht mir die augenblickliche Debatte um den Präsidenten zu schaffen.« Kyriakos schnalzte verdrießlich mit der Zunge. »Es ist absurd, zu glauben, Makarios würde den *enosis*-Gedanken verraten. Er plant langfristig, das sieht doch ein Blinder. Die Menschen werden ihre Chance bekommen: Sie werden zur Wahlurne gehen und für die Vereinigung mit dem Mutterland stimmen können.«

»Aber die Verträge enthalten Schutzklauseln sowohl gegen *enosis* als auch gegen *taksim* …«

»Ja, ja, aber es gibt einen Plan«, verriet Kyriakos. »Einen inoffiziellen Plan, versteht sich.«

»Erzähl weiter.«

Kyriakos rutschte auf seinem Stuhl nach vorn und lehnte sich weit über den Tisch. Er senkte die Stimme und blies Michalakis seine Knoblauchfahne ins Gesicht. »Makarios ist dabei, stufenweise die übertriebenen Rechte aufzuheben, die den türkischen Zyprern gewährt wurden, um so ihren Status auf den einer Minderheit herabzusetzen – was bedeutet, dass sie dann nur noch international gängiges Minderheitenrecht genießen werden. Die erste Stufe seines Plans sieht vor, die Verfassung zu ›korrigieren‹ … Mit Rückendeckung der internationalen Gemeinschaft, natürlich.«

»Das werden Küçük und seine Leute niemals zulassen.«

»Nein, davon gehen wir auch nicht aus. Die Türken sollen bewusst provoziert werden. Wenn sie daraufhin zu gewaltsamen Mitteln greifen, muss Makarios als Staatsoberhaupt einschreiten und mit Hilfe der Streitkräfte für Recht und Ordnung sorgen. Sollten die dazu nicht in der Lage sein, übernehmen das die paramilitärischen Einheiten. Und zwar mit der klaren Anweisung, so hart wie nötig durchzugreifen – wenn auch nur so hart, dass sich das türkische Festland nicht einschaltet.«

»Großer Gott, das ist ein Spiel mit dem Feuer.«

Kyriakos schüttelte den Kopf. »Nicht, wenn wir den Verfassungsänderungen etwas Zeit geben, ihre Wirkung zu entfalten. Momentan ist die Situation auf der Insel völlig festgefahren. Es geht keinen Schritt vor, keinen Schritt zurück. Nicht einmal auf die Steuern können wir uns einigen, Herrgott noch mal! Die Regierung unserer Republik erstickt an Gesetzen, die ihr von Ausländern auferlegt wurden. Es ist ein einziges Fiasko. So kann es nicht weitergehen. Auf nichts können sich die beiden Gruppen einigen, und die Mehrheit kann die Minderheit nicht überstimmen wegen des Vetorechts, das Küçuk besitzt. Die Verträge haben dafür gesorgt, dass griechische *und* türkische Streitkräfte auf unserem Boden stationiert sind; das Land, auf dem sich die beiden britischen Militärbasen befinden, gilt nicht mehr als unser Eigentum. Unsere Regierung ist einfach unfähig! Kein Land der Welt würde solch aberwitzige Zustände hinnehmen. Unsere einzige Hoffnung besteht darin, dass der Präsident genug politische Macht zurückgewinnt, um der Insel ihr Recht auf Selbstbestimmung zu geben. Zugegeben, auf kurze Sicht wird das auf Kosten der Minderheit geschehen, doch letzten Endes ist es zu unser aller Wohl.«

Selbst für das Freitagsgebet war die Moschee ungewöhnlich voll, und Mehmet war unbehaglich zumute. Ganz vorn, links neben dem Imam, stand ein Mann, der ihm irgendwie bekannt vorkam, doch er wusste nicht, wo er sein Gesicht unterbringen sollte. Er war gekleidet wie ein Städter, doch seine Stimme klang wie die eines Kämpfers.

»Brüder«, rief er zur Begrüßung und breitete seine Arme in Richtung der versammelten Männer aus, von denen einige kaum älter als dreizehn Jahre waren. »Ich wende mich heute in einer dringenden Angelegenheit an euch, und ich übertreibe nicht, wenn ich sage, dass euer aller Leben von eurer Verschwiegenheit und eurem Ehrenwort abhängt. Denn das, was ich euch heute zu sagen habe, darf die heiligen Mauern dieser Moschee nicht verlassen. Kein Wort dürft ihr darüber verlieren, weder zu Hause noch an eurem Arbeitsplatz oder im Kaffeehaus. Und auch wenn ich es nicht gern tue, so schwöre ich auf den Heiligen Koran, den ich hier in den Händen halte, dass jeder, der sein Schweigen brechen sollte, hart bestraft werden wird – in diesem und im nächsten Leben!«

Der Mann machte eine kunstvolle Pause. Mehmet suchte Blickkontakt zu den Gläubigen neben ihm, die jedoch alle starr und konzentriert nach vorn auf den Fremden blickten.

»Brüder«, fuhr der Kämpfer fort, »ich bitte euch nun, dem Beispiel eures Hodscha zu folgen.«

Der Imam trat vor, küsste den Koran und begann mit lauter, klarer Stimme zu sprechen: »Ich schwöre bei Allah und auf den Heiligen Koran, dass ich alles, was ich heute sehe und höre, mit in mein Grab nehmen werde. Ich bin mir bewusst, dass ich mit meinem Leben bezahlen werde, sollte ich diesen Schwur brechen, und ich akzeptiere diese Strafe.«

Langsam wurde der Koran weitergereicht, und bestürzt sah Mehmet zu, wie Jungen, die eigentlich noch Kinder waren, unter den stolzen Blicken ihrer Väter und Großväter die Worte erwachsener Männer wiederholten. Auch Mehmet legte den Schwur mit bebenden Lippen ab. Bei dem Gedanken an das Geheimnis, das er gleich hören und für sich würde behalten müssen, schauderte ihm.

Als der Koran schließlich wieder an den Kämpfer übergeben wurde, blickte dieser zufrieden in die Runde und sprach dann weiter.

»Brüder, diese Insel steht kurz davor, in die Klauen der Griechen zu geraten. Eure griechischen Nachbarn stört es, dass wir rechtmäßiger Teil der Regierung dieser Republik sind, und ich sage euch, sie werden ihren Traum von *enosis* in die Wirklichkeit umsetzen, koste es, was es wolle – und wenn sie dafür unser Volk vernichten müssen.« Er ließ seine Worte wirken und seinen Blick über die Anwesenden wandern. Mehmet fühlte sich wie ein Prüfling und errötete. »Ja«, sagte er dann, als könnte er die Gedanken einiger Männer lesen, »ich weiß, dass ihr noch einmal Glück hattet und dass in euren Dörfer kein Blut vergossen wurde, so wie in anderen Teilen der Insel. Aber wurden nicht etliche von euch gezwungen, ihre Weinberge oder Gärten an Griechen abzutreten? Musstet ihr nicht mitansehen, wie eure Kinder eingeschüchtert, eure Tiere vergiftet und eure Esel erschossen wurden? Ach Brüder! Wenn das alles wäre, was die Griechen uns antun, müssten wir einfach nur Allah für sein Erbarmen danken. Aber ich sage euch, so wahr ich hier stehe, dass es Pläne gibt, die das, was wir bislang erdulden mussten, geradezu paradiesisch erscheinen lassen. Laut Informationen, die wir aus der Hauptstadt haben, plant die EOKA, wieder zu den Waffen zu greifen, um die Insel mit Gewalt an sich zu reißen und an Griechenland zu übergeben. Und solltet ihr diesen Tag erleben – könnt ihr euch vorstellen, was das für euer aller Leben bedeutet? Ihr wäret aus der Regierung verbannt, würdet mit eiserner Faust von Athen zum Schweigen gebracht und zu Bauern degradiert werden – ihr, die ihr rechtmäßige Könige seid! Ich sage euch, es ist nur eine Frage der Zeit, bis diese blutrünstigen Bestien über eure Dörfer herfallen werden. Darum müsst ihr jetzt handeln. Von heute an müsst ihr wachsam sein, und ich bitte euch, eure Brüder zu unterstützen, wenn sie sich in den nächsten Tagen an euch wenden.«

Als er geendet hatte, erhob sich leises Gemurmel in der Moschee.

»Er hat recht mit dem, was er sagt«, sagte ein älterer Mann zu niemand Bestimmtem. »Letzte Woche hat sich der Busfahrer geweigert, meiner Frau die Bustür zu öffnen, obwohl sie in Keryneia an der Haltestelle stand und dort ganz offensichtlich gewartet hat. Was für ein Mensch lässt seinen Hass an einer alten

Frau aus, frage ich euch? Ein Grieche, natürlich. Ein verdammter Grieche!«

Als Mehmet die Moschee verließ, musste er an Aphrodite und das Entsetzen in ihren starren, leblosen Augen denken. Und an die Feindseligkeit, mit der ihm inzwischen immer häufiger auf dem Markt begegnet wurde. Es lag eindeutig etwas in der Luft. Würde es sich im Guten wieder auflösen? Über ihm kündigte ein Donnergrollen den ersten Herbststurm an. Mehmet fröstelte, jedoch nicht vor Kälte, sondern vor Furcht.

Sie erwachte beim ersten krachenden Donnerschlag.

Aufgewühlt von ihren wirren Träumen, befühlte Praxi das schweißnasse Laken, in dem sie sich bis eben hin und her gewälzt hatte und das sich nun ganz kalt auf ihrer Haut anfühlte. Ihr Kopf hämmerte in einem anderen Rhythmus als ihr Herz, und sie hatte das Gefühl, dass der Wind sie nach draußen zog. Sie verließ das Zimmer und stieg die Außentreppe hinunter.

Die Pflastersteine fühlten sich hart, aber angenehm unter ihren Füßen an. Der Wind ließ das Wasser hoch an die Hafenmauer schlagen und zerwühlte ihre Haare. Es fielen die ersten Regentropfen, doch Praxi bekam von all dem nichts mit. Unempfänglich für die Kälte jagte sie dem Wind nach, der sie aus den beleuchteten Straßen hinaus in die Dunkelheit führte. Aus dem glatten Pflasterstein wurde spitzer Kies, der ihr in die Fußsohlen stach, das Nachthemd klebte ihr nun nass an den Beinen. Sie begann zu rennen, fest entschlossen, dem Leben zu entfliehen, das hinter ihr lag.

Obwohl sie keinen Plan gefasst hatte, wusste Praxi vom ersten Moment an, wohin sie unterwegs war. Über ihr grollte der Donner ihr Mut zu, die Blitze wiesen ihr den Weg. Die Kraft der Elemente trieb sie immer weiter.

Als das kleine Haus vor ihr auftauchte und sie das Licht einer Kerze im Fenster flackern sah, verlangsamte sie ihren Schritt. Die Scheibe war beschlagen, sie konnte seinen Atem darauf spüren. Sie hatte sein Haus nie betreten, doch in Gedanken war sie schon Tausende Male durch diese Räume gegangen, in denen sie zusammen leben sollten.

Zentimeterweise schob sich Praxi auf das Licht zu. Sie hatte die Hand noch nicht zum Klopfen erhoben, als die Tür aufschwang und sich ihre Blicke trafen. Hinter ihm knöpfte sich Maria gerade ihren Mantel zu.

»Loukis …«

»Was in Gottes Namen …?«

Loukis betrachtete das winzige Geschöpf, das vor ihm stand. Sie war bis auf die Knochen durchnässt, und ihre nackten Beine waren schlammbespritzt und zerkratzt. Maria trat an seine Seite, Schreck und Wut zeichneten hässliche Furchen in ihr hübsches Gesicht.

»Mach die Tür zu!«, befahl sie und wollte Loukis wegziehen, doch er wich vor ihrer Berührung zurück und griff nach Praxis Händen, um sie aus der Kälte zu holen.

»Ich musste dich sehen«, flüsterte sie.

»Mach die Tür zu!«, kreischte Maria. Loukis sah sie kurz an, dann schloss er die Tür – von außen.

Praxi stand dicht vor ihm. Er zog sie an sich, spürte, wie sie zitterte. Ihr Atem ging schwer und stoßweise.

»Wir müssen dich nach Hause bringen«, sagte er, woraufhin sich Praxi von ihm losriss und ihre Hände fest um sein Gesicht schloss. Sie funkelte ihn an, vergeblich versuchte Loukis, ihrem Blick auszuweichen.

»Versprich mir!«, verlangte sie. »Schwöre auf alles, was je zwischen uns war, dass du mich niemals betrügen wirst!«

»Praxi, hör auf …«

»Du kannst Maria nicht heiraten! Denn wenn du es tust, kannst du mir ebenso gut eine Waffe an den Kopf halten und abdrücken, denn es wird mich umbringen. Versprich es mir, Loukis! Versprich mir, dass du sie nicht heiraten wirst!«

Loukis sank auf die Knie.

»Wie kannst du das von mir verlangen?«, fragte er flehend.

»Weil du zu mir gehörst!«, schrie Praxi. »Du hast immer zu

mir gehört, und ich schwöre bei meinem Leben, dass ich dich niemals freigeben werde. Niemals! Nicht bevor wir beide unter der Erde liegen und die Welt aufgehört hat, sich zu drehen! Deshalb verlange ich es von dir, Loukis! Deshalb verlange ich es von dir!«

Mit diesen Worten brach sie ohnmächtig vor ihm zusammen.

12

Wenn Michalakis im Rückblick über die folgenden Ereignisse nachdachte, ließ er sich gern zu der Aussage hinreißen, dass der Anfang vom Ende mit dem Streit um einen Damenschlüpfer eingeläutet worden war.

Im November 1963 stellte Makarios seinen 13-Punkte-Plan zur Verfassungsänderung vor, der unter anderem vorsah, das Vetorecht des Vizepräsidenten sowie die getrennten Gemeindeverwaltungen abzuschaffen. Der Erzbischof präsentierte seinen Änderungskatalog als ernsthaften Versuch, sämtliche Hindernisse zu beseitigen, die den Verwaltungsapparat lähmten und für Zwistigkeiten sorgten. Es gelang ihm jedoch nicht, über sein eigentliches Ziel hinwegzutäuschen: die machtpolitische Stärkung der griechischen Mehrheit.

Im Dezember wies die Türkei Makarios' Änderungspläne zurück, woraufhin die Insel binnen weniger Tage wieder in den gezogenen Lauf eines Gewehrs blicken musste: Am Denkmal eines EOKA-Kämpfers explodierte eine Bombe. Griechische Zyprer riefen zu den Waffen, die muslimischen Kämpfer der Untergrundorganisation TMT brachten Geschütze auf den Dächern von Moscheen in Stellung, und ganze Stadtteile wurden abgesperrt. Am 16. Dezember kam es dann im türkischen Bezirk von Lefkosia zu einer Auseinandersetzung wegen einer Prostituierten, man rief die Polizei hinzu. Die Situation eskalierte, plötzlich fielen in der wütenden Menschenmenge Schüsse, und die Feindseligkeiten, die drei Jahre lang geruht hatten, brachen explosionsartig wieder aus.

Sechs Menschen kamen bei den Kämpfen in der Hauptstadt allein in den ersten beiden Tagen ums Leben, und als die griechisch-zyprischen Streitkräfte begannen mobilzumachen, verließen türkische Zyprer ihre Posten in der Polizei. Am dritten Tag zählte man bereits siebzehn türkische und elf griechische Tote. Inzwischen wurde auch in Larnaka, Ammochostos, Lemesos, Pafos und Keryneia gekämpft. Privatarmeen wurden mit Granatwerfern, Pistolen, Maschinengewehren und gepanzerten Planierraupen ausgerüstet, Telefonleitungen in muslimische Gebiete gekappt und ganze Dörfer von der jeweils anderen Seite als Geiseln genommen. Die Ausschreitungen gerieten immer weiter außer Kontrolle, und zu Weihnachten läuteten die Kirchenglocken gegen den Lärm türkischer Düsenflugzeuge an. Als es schließlich hieß, drei Truppentransporter seien in zyprische Hoheitsgewässer eingedrungen, brach endgültig Panik unter den Inselbewohnern aus. Präsident Makarios ordnete daraufhin einen Waffenstillstand an, und die Briten entsandten Truppen, die für Ruhe zwischen den verfeindeten Lagern sorgen sollten. Tags darauf wurden die Geiseln ausgetauscht, doch der entstandene Schaden war nicht wiedergutzumachen. Eine Zusammenarbeit zwischen den beiden Gemeinschaften erwies sich fortan als unmöglich. Die türkischen Zyprer zogen sich aus der Regierung zurück und sollten nie wieder dorthin zurückkehren.

Während die Lage weiterhin angespannt blieb, schloss sich Michalakis einer Gruppe ausländischer Journalisten an, die eingeladen worden war, sich in einem der Vororte von Lefkosia einen Eindruck von den Zerstörungen zu verschaffen. In Kumsal wurden sie in ein Haus geführt, dessen Boden von Glasscherben übersät war. In einem der Zimmer lag ein Kinderfahrrad in der Ecke, in einem anderen der Körper einer Frau, ihr Kopf war von einer Kugel zerfetzt. Einer der Reporter, ein Brite, stammelte entsetzt irgendetwas Unverständliches; als die Gruppe weiter zum Badezimmer zog, verschlug es schließlich allen die Sprache: In einer blutroten Badewanne lagen übereinandergestapelt drei tote Kinder auf ihrer ermordeten Mutter. Die fassungslosen Journalisten erfuhren, dass das Haus einem türkischen Major gehörte. Die Körper waren alles, was von der Familie des Mannes – und einer Nachbarin, die sich zur falschen Zeit am falschen Ort aufgehalten hatte – noch übrig war.

Als sie das Haus wieder verließen, entschuldigte sich Michalakis und entfernte sich von der Gruppe. Er lief um die nächste Ecke und erbrach sich. Den Anblick des Grauens, der sich ihm soeben geboten hatte, würde er für den Rest seines Lebens nicht mehr vergessen; jeder Bericht, den er von diesem Tag an hörte, würde die furchtbaren Bilder wieder heraufbeschwören. Das Massaker rief in ihm nicht nur einen namenlosen Abscheu gegenüber der Grausamkeit hervor, zu der Menschen fähig waren, sondern auch Unverständnis: Warum hatte man die Toten wie Ausstellungsstücke liegen lassen – fünf Tage nach ihrer Ermordung?

»Zeig mir das Tier, das mehr Gesichter hat als ein Türke!«

Victor schleuderte seine Jacke auf einen Hocker und griff nach dem Brandy, der hinter der Theke stand. Yiannis nahm zwei Gläser von der Spüle, ging die Tür abschließen und setzte sich dann an den Tisch vor dem Kamin. Die Lichter im Café hatte er bereits gelöscht, und die Kerzen waren bis auf den Docht abgebrannt.

Während sich Victor einen Stuhl heranzog, tanzten die Schatten des Feuers auf seinem Gesicht. Yiannis war wie hypnotisiert von dem Anblick: Der junge Offizier hatte die stolze Nase eines echten Griechen, sie machte sein markantes, schönes Gesicht perfekt.

»Schweren Tag gehabt?«, fragte er und hielt ihm eine Zigarette hin.

»Gibt's denn andere?«, entgegnete Victor und tippte gegen den Verband an seinem Unterarm – ein Souvenir aus einem der Gefechte der vergangenen Tage. Während die Kämpfe in der Hauptstadt tobten, waren die türkischen Soldaten aus ihren Kasernen ausgerückt, um die Passstraße zwischen Keryneia und

Lefkosia unter ihre Kontrolle zu bringen. Angeführt von Victor und seinen griechischen Offizierskollegen hatten die griechischen Zyprer erbittert gekämpft, um das Ruder herumzureißen, doch sie hatten auf ganzer Linie versagt.

»Weißt du, ich hasse es, das zu sagen, aber die Türken haben uns nach allen Regeln der Kunst ausmanövriert«, erklärte Victor. »Während euer Präsident fleißig mit seinen politischen Winkelzügen beschäftigt ist, lassen sich die türkischen Zyprer vom Festland fröhlich mit Waffen beliefern. Sie ziehen sich in ihre Hochburgen zurück, praktizieren *taksim* sozusagen vor eurer Nase und liefern obendrein ihrem Mutterland einen Vorwand, sich einzuschalten und dabei auch noch laut ›Mord‹ und ›Verfolgung‹ zu rufen ... Taten, die sie mit ihren eigenen Händen begehen!«

»Wie verdammt verschlagen die sind«, sagte Yiannis. Ihm war bewusst, wie dämlich diese Bemerkung war, aber er konnte nichts dafür: Sein Geist war benebelt.

»Diese ganze Propaganda«, fuhr Victor fort, »diese angeblichen Morde. Willst du wissen, wo die wirklichen Mörder sitzen? Ich werde dir sagen, wo: in den türkischen Elendsvierteln. Dort findest du die Waffen, an denen das Blut klebt. Wir wissen doch alle, dass diese Barbaren nicht lange fackeln würden, ihre eigenen Leute zu opfern, wenn sie dadurch ihre Ziele erreichten.«

Yiannis nickte und schenkte ihnen Brandy nach. Sein Gesicht glühte regelrecht von dem ganzen Alkohol, den er sich aus lauter Vorfreude bereits genehmigt hatte, und er musste sich zwingen, seinen Blick von der feuchtglänzenden Unterlippe des Offiziers loszureißen.

»Steht die Polizei noch hinter euch?«, fragte Yiannis.

Victor lachte bitter auf. »Vorläufig ja, aber ich bezweifle, dass das noch lange der Fall sein wird. Euer Land ist in Gefahr, aber eure Führer haben nicht den Mumm, zu kämpfen.«

»Wir können nicht auf sie verzichten!«, rief Yiannis besorgt. »Wir brauchen sie für die Verhandlungen und all das.«

Victor prostete Yiannis zustimmend zu. Die Türken kontrollierten zwar die Passstraße, doch die griechischen Zyprer hatten unmittelbar reagiert und Keryneia gesichert; außerdem hatten sie zu Weihnachten eine Reihe türkisch-zyprischer Polizisten festgenommen, die nun als Geiseln dienten, die man töten würde, sollte die Türkei einmarschieren.

»Das Problem ist«, sagte Victor und strich sich missmutig die Haare aus dem Gesicht, »dass *wir* als die Aggressoren gelten. Ich sage dir, Yiannis, die Türken und ihre ganze beschissene Brut machen das überaus geschickt. Die türkischen Zyprer kehren der Regierung wegen ein paar unbedeutender Verfassungsänderungen den Rücken und ziehen ihre Leute von Posten ab, mit der Behauptung, sie würden bedroht. Sie schicken Familien in Enklaven, um ihre Positionen zu stärken, sie bringen genau die Straße unter ihre Kontrolle, die strategisch am wichtigsten ist, und dann – das ist wirklich genial – schreien sie laut ›Opfer, Opfer‹, um sicherzustellen, dass Griechenland und Makarios vom Rest der Welt den Hintern versohlt bekommen. Und dass euer Präsident mit den Sowjets turtelt, macht es nicht besser. Amerika und seine Verbündeten werden ihre kostbaren Spionage-Stützpunkte niemals gefährden. Glaub mir, Makarios macht das alles komplett falsch.«

»Wir brauchen Grivas«, stellte Yiannis fest und schenkte Victor zum vierten Mal an diesem Abend nach.

»Vielleicht«, räumte Victor ein. »Auf alle Fälle brauchen wir einen Mann, der das Ziel nicht aus dem Blick verliert, wenn wir Zypern zurück in die Arme des Mutterlandes bringen wollen.« Er lächelte Yiannis zuversichtlich an, als er hinzufügte: »Unser Volk gehört zusammen.«

Und mit diesen Worten beugte er sich vor und löste das Versprechen ein, auf das Yiannis so lange gewartet hatte.

Über drei Wochen hinweg hatte Praxi immer wieder das Bewusstsein verloren und war von heftigen Fieberkrämpfen geschüttelt worden, die ihre Wangen tiefrot färbten. Als selbst der

Arzt nicht mehr wusste, was er tun sollte, bat Elena in ihrer Verzweiflung Dhespina um Hilfe, die mit feuchten Kräutern für die Wunden an Praxis Füßen und mit zwei Eimern herbeieilte, die sie umgehend mit Wasser füllte – so kalt wie Eis, und so warm wie der Sommer.

Mit vereinten Kräften versuchten die beiden Frauen, Praxis Leid zu lindern, das Dhespina unbeirrt einen »Angstanfall« nannte. Elpida hüpfte aufgeregt zwischen ihren Beinen umher, und Elena krampfte sich jäh das Herz zusammen, als sie die Freude darüber auf dem liebenswürdigen Gesicht ihrer Freundin bemerkte. Als die Kleine ihre Großmutter ans Fenster rief, um ihr den Mann mit den dunklen Augen zu zeigen, der draußen wartete, bedankte sich Elena eilig bei Dhespina und sagte, sie könne sich nun allein um ihre Tochter kümmern.

»Wer ist das, *yiayia*?«, fragte Elpida, nachdem Dhespina die Tür hinter sich geschlossen hatte.

Elena würde es sich nie verzeihen, doch zu ihrer Schande erzählte sie ihrer Enkelin, dass der Fremde, den sie gesehen hatte, der Dorftrottel sei.

Jahrelang hatte es Yiannis gar nicht erwarten können, morgens die ersten Sonnenstrahlen am Himmel zu sehen, um endlich seinem Bett entfliehen zu können. Doch als er nun Victors warmen Atem auf seiner Haut spürte, gab es für ihn keinen schöneren Ort auf der Welt. Dieser Morgen gehörte zu den friedlichsten Momenten, die er in seinem Leben bislang erfahren hatte, und er wünschte, er würde niemals enden – sollte seine Frau doch für immer bei ihrer Mutter bleiben.

In einem unbeholfenen Gespräch hatte Elena Yiannis erklärt, dass Praxi schlafgewandelt sei, als sie mitten in der Nacht ins Dorf gelaufen war. Yiannis hätte ihr die Geschichte gern geglaubt – immerhin war er selbst schon Zeuge der nächtlichen Wanderungen seiner Frau geworden –, wäre da nicht der Ehebruch, den er fast ebenso hautnah miterlebt hatte. Und auch wenn inzwischen drei Jahre vergangen waren, in denen es keinerlei Anzeichen für eine Wiederholung gegeben hatte, wurde er das Gefühl nicht los, dass man ihn abermals für dumm verkaufte. Zu seiner eigenen Überraschung – und auch Bestürzung – musste er feststellen, dass es ihm im Grunde gleichgültig war, was Praxi tat, solange seine Tochter und die Nachbarn nichts davon mitbekamen. Natürlich missfiel ihm die Vorstellung, dass sie in den Armen eines halbwilden Hilfsbauern liegen könnte, doch mit Eifersucht hatte dieses Gefühl nichts zu tun – es hatte vielmehr etwas Befreiendes.

Vor knapp einem Jahr hatte die Situation noch anders ausgesehen, als Praxi plötzlich angefangen hatte, bei jeder sich bietenden Gelegenheit in die Kirche zu verschwinden. Yiannis war außer sich gewesen, da er vermutete, sie habe die Affäre wieder aufgenommen. Doch wie sich herausstellte, ging sie wirklich in die Kirche, und in der Überzeugung, dass ihre Schuldgefühle nun endlich die Oberhand gewonnen hatten, war seine Wut wieder abgeklungen. Als Praxis Wahn, Buße zu tun, schließlich vorüber zu sein schien, entdeckte Yiannis, dass er in der Lage war, weiterzumachen, indem er einfach nichts tat. Und je länger er nichts tat, desto mehr löste er sich von der Frau, die er geheiratet hatte. Was jedoch nicht bedeutete, dass ihm seine Tochter nicht fehlte. In der ersten Woche, die Praxi nach ihrem nächtlichen Ausflug bei ihrer Mutter verbracht hatte, hätte er Elpida am liebsten zu sich in die Bar geholt, da er es kaum ausgehalten hatte, wie still es dort ohne sie war. Doch dann hatte ihm das Schicksal Victor gesandt.

Die beiden kannten sich seit drei Monaten. Griechenland stationierte inzwischen immer mehr Truppen auf der Insel, Victor war in einem der Lager westlich von Keryneia untergebracht. Nach seinem ersten Besuch im Café mit einigen Offizierskollegen war er zu einer Art Stammgast geworden und hatte sich gelegentlich sogar mit Praxi über seine Frau und seine zwei kleinen Söhne unterhalten, die er auf dem Festland zurückgelassen hatte. Trotzdem glaubte Yiannis, etwas anderes in den Blicken des Offiziers zu erkennen.

Dann, eine Woche nachdem Praxi barfuß bei Wind und Wetter davongelaufen war, hatte ihm Victor überraschend seine Hilfe im Café angeboten. Als die letzten Gäste das Lokal verlassen hatten, spürte Yiannis, wie die Stimmung von einer Sekunde auf die andere umschlug. Mit zitternden Händen trug er die schmutzigen Tassen und Gläser zum Spültisch. Während das Wasser ins Becken lief, trat Victor hinter ihn und beugte sich vor, um nach einem Abtrockentuch zu greifen. Yiannis spürte den harten Bauch des Offiziers an seiner Lende. Er drehte sich zu ihm um und kehrte allem anderen für immer den Rücken.

Nach ihrer ersten gemeinsamen Nacht ließ sich Victor drei lange Tage nicht im Café blicken, und Yiannis begann sich für das zu schämen, was sie getan hatten. Er wollte die Hoffnung schon aufgeben, als die Tür aufschwang und Victors Lächeln ihm sagte, dass es nichts gab, worum er sich sorgen musste, außer um seine eigene Verunsicherung.

Yiannis hatte nie zu hoffen gewagt, je diese Wonnen der Lust zu erleben, und der Nervenkitzel verschlang jeden seiner Gedanken. Nicht, dass es immer einfach war. Victor war ein stolzer Mann, der seine unverrückbaren Prinzipien hatte, und als Yiannis sich ihm eines Tages öffnete und von seiner lieblosen Ehe erzählte, traf ihn Victors Verurteilung bis ins Mark.

»Wäre sie meine Frau gewesen, ich hätte sie umgebracht. Oder ihn … Vermutlich sogar alle beide! Es gibt Situationen, da muss man ein Mann sein.« Seine Worte waren für Yiannis wie ein Stich ins Herz.

Es war daher nicht verwunderlich, dass Yiannis keine Lust mehr verspürte, über seine Frau zu sprechen. Es gefiel ihm, so zu tun, als lebte er allein. Doch Victor ließ nicht locker. Als schließlich herauskam, dass der Mann, mit dem sie geschlafen hatte, obendrein bei zwei Türken lebte, spuckte der Offizier Yiannis seinen Abscheu regelrecht ins Gesicht.

»Zuzuschauen, wie deine Frau mit einem Verräter vögelt, befleckt deinen Ruf für alle Zeiten!«, fauchte Victor ihn an.

Während Yiannis nun in der Morgendämmerung Victors nackten Körper betrachtete, hallte dieser Satz in ihm nach, und die Kränkung nagte an seinem Selbstwertgefühl.

Pembe war gerade dabei, einen Korb mit Feuerholz ins Haus zu schleifen, als sie den Wagen kommen sah. Sie richtete sich auf, um die Besucher zu grüßen, doch die Männer beachteten sie gar nicht und hielten direkt auf Loukis' Haus zu. Die alte Frau bedachte die schlechten Manieren der Fremden mit einem verächtlichen Schulterzucken. Sie wollte sich gerade wieder nach dem Korb bücken, als ihr Blick noch einmal auf den Wagen fiel. Was sie sah, ließ ihr das Blut in den Adern gefrieren: Unter ihren langen Mänteln zogen die drei Männer schwere Ketten und Eisenstangen hervor, und kurz bevor sie vor Loukis' Haus zum Stehen kamen, vermummten sie ihre Gesichter mit den Tüchern, die sie um den Hals trugen.

Zwei von ihnen postierten sich neben der Tür, der dritte klopfte.

»Loukis, nein!«, schrie Pembe.

Die Tür ging auf, und Loukis blieb kaum Zeit, überrascht zu sein, als ihn der erste Schlag in den Bauch traf. Die Männer rechts und links neben der Tür packten ihn an den Armen und schleppten ihn hinüber zum Apfelbaum. Als Pembe loslief, um ihren Mann zu holen, sah sie gerade noch, wie sie ihn an den Stamm fesselten. Sie nannten ihn einen »Türkenfreund und Verräter«, das verstand sie so deutlich, als wäre sie selbst an den Stamm gefesselt.

Pembe konnte sich nicht daran erinnern, wann sie das letzte Mal in ihrem Leben gerannt war, wie eine Wahnsinnige stürzte sie durch den Olivenhain.

»Loukis!«, schrie sie. »Sie bringen ihn um!«

Mehmet ließ erschrocken die Sense fallen, als seine Frau atemlos auf ihn zukam. Er fasste sie bei den Schultern, versuchte zu verstehen, was sie ihm sagen wollte.

»Wo ist er?«

»Am Haus. Am Baum. O barmherziger Allah, hilf ihm, Mehmet!«

»Du rührst dich nicht vom Fleck!«

Mehmet lief zu seinem Traktor, den er am Rande des Olivenhains geparkt hatte. Er kurbelte den Motor an und donnerte den Weg hinunter. Er betete, dass er nicht zu spät kommen möge. Als er Loukis' Haus erreichte, fuhr ihm der Anblick des Jungen durch Mark und Bein. Loukis' Kinn hing auf seiner Brust, aus dem Mund quoll Blut, hässliche Striemen von Ketten zogen sich über seine Arme.

»Lasst ihn in Ruhe, ihr Schweine!«

Mehmet ruckelte weiter. Holpernd zwang er den kleinen Traktor über den weißen Steinweg, den Marios zu Loukis' Haus gelegt hatte. Dann riss er das Steuer nach rechts und hielt direkt auf den Apfelbaum zu.

»Lasst ihn in Ruhe!«, schrie er abermals.

Die Männer wandten sich um. Mehmet erwischte einen von ihnen am Bein, fuhr weiter, wendete und ging erneut in die Offensive. Als sich die drei Angreifer zur Gegenwehr bereit machten, zerriss plötzlich ein Schuss die Luft. Mehmet fuhr auf seinem Sitz herum und sah seine Frau, alt und gebrechlich, wie sie inzwischen war, vollkommen ruhig eine zweite Patrone in ein Jagdgewehr einlegen.

Die drei Männer sahen sich an. Mit einem letzten Tritt in Loukis' Gesicht rannten sie zurück zu dem Pick-up, in dem sie gekommen waren, und ergriffen die Flucht.

Dhespina war gerade dabei, den Sellerietee für Mandalena, die Tochter des Bäckers, aufzubrühen, als Mehmet mit seinem Traktor um die Kurve geschossen kam, um ihr von dem Anschlag auf ihren Sohn zu berichten. Während sie eilig alles zusammenpackte, was sie brauchen könnte, traf die junge Mandalena ein. Dhespina setzte sie vor die Teekanne, entschuldigte sich, dass sie sich heute nicht persönlich um ihre Blasenentzündung kümmern könne, und hastete zu Loukis, während Mehmet weiter ins Dorf zur Telefonzelle fuhr, um den Arzt zu rufen.

Dhespina hatte Mühe, den Sohn zu erkennen, der da auf seinem Bett lag, und machte sich mit zugeschnürter Kehle sofort an die Arbeit. Vorsichtig tastete sie seinen blutverschmierten Kopf und den immer stärker anschwellenden Körper ab: Sie fand vier dicke Beulen an seinem Schädel, seine Nase und mehrere Rippen waren zweifellos gebrochen, zwei Backenzähne ausgeschlagen, und er hatte tiefe Schnittwunden an Armen, Oberschenkeln und Brust sowie ein Loch im linken Knie.

»Haben sie auf dich eingestochen?«, fragte sie, während sie einen Topf Wasser auf den Herd stellte.

Loukis versuchte zu antworten, doch die Worte verloren sich in den Trümmern seines Mundes.

»Haben sie auf dich eingestochen?«, wiederholte Dhespina und spürte, wie Wut in ihr aufstieg.

»Baumwurzeln!«, stieß Loukis hervor, schloss die Augen und versuchte erfolglos, die Schmerzen auszublenden.

Als der Arzt eintraf, hatte Dhespina die Wunden ihres Sohnes mit der Hirtentäscheltinktur ausgewaschen, die sie mitgebracht hatte. Der Arzt schenkte ihr ein ermutigendes Lächeln und nahm dann seine eigenen Instrumente zur Hand.

»Vier sind gebrochen«, erklärte er, nachdem er Loukis' Rippen abgetastet hatte. »Die Atmung ist in Ordnung.«

Er bandagierte seinen Brustkorb und besah sich anschließend Loukis' Gesicht.

»Das könnte jetzt weh tun«, sagte er ruhig, umfasste Loukis' Nase und rückte sie mit einem abscheulichen Knacken in ihre ursprüngliche Position zurück. Augenblicklich schossen Loukis Tränen in die Augen, und er stieß einen gotteslästerlichen Fluch aus. In Anbetracht der Umstände ließ Dhespina es ihm ausnahmsweise durchgehen.

Als der Arzt mit der Untersuchung fertig war, verschrieb er Loukis Schmerzmittel und Ruhe. Die Medikamente waren Dhespina alles andere als geheuer, doch sie wollte in diesem

Augenblick einfach nur, dass jemand oder etwas ihren Sohn schnell von seinen qualvollen Schmerzen befreite.

Nachdem sie dem Arzt das Versprechen abgenommen hatte, am nächsten Tag wiederzukommen, und er gegangen war, bezog Dhespina das Bett neu. Dann half sie Loukis zurück ins Bett, küsste ihn auf die Stirn und zog die Vorhänge zu. Als ihre Gefühle sie zu überwältigen drohten, verließ sie schnell das Haus. Draußen warteten Mehmet und Pembe. Das Gesicht der alten Frau war verweint, Dhespina strich ihr über die Wangen.

»Danke«, sagte sie und musste schlucken.

»Danke nicht uns«, schluchzte Pembe. »Gäbe es uns nicht … Würde Loukis nicht hier bei uns wohnen … wäre …«

Unfähig, weiterzusprechen, sank Pembe an die Brust ihres Mannes.

»Allah, hilf uns«, sprach Mehmet für sie weiter. »Pembe hat recht. Sie hat diese Verbrecher gehört, als sie deinen Jungen zusammengeschlagen haben. Sie haben ihn einen Verräter genannt, unsretwegen.«

Dhespina schlug die Hände vors Gesicht und schüttelte energisch den Kopf. »Mein Sohn ist kein Verräter! Und wagt es nicht, euch die Schuld zu geben – dieses Gesindel, es verrät die Insel. Schlechte Menschen sind das. Was ihr beide heute getan habt … Mein Gott, Mehmet, Pembe, ihr habt meinem Jungen das Leben gerettet!«

Die beiden Alten wussten Dhespinas Worte zu schätzen, dennoch waren sie überzeugt davon, dass sich der Überfall auf Loukis ohne sie niemals zugetragen hätte.

Als Georgios eintraf und in das entstellte Gesicht seines Sohnes blickte, bebte er vor Zorn und verlangte, dass die Polizei gerufen wurde. Loukis gelang es, ihm begreiflich zu machen, dass er das nicht wollte, und auch Dhespina erklärte ihrem Mann unmissverständlich, dass sie nicht wünschte, dass das ganze Dorf davon erfuhr. Marios brach in Tränen aus, als er seinen kleinen Bruder so sah, und Christakis versuchte seine Hilflosigkeit zu überspielen, indem er Mehmet und Pembe mit Fragen löcherte.

In den Tagen darauf erholte sich Loukis allmählich, er stieg sogar von Suppe auf weichen Linseneintopf um, weigerte sich jedoch standhaft, über den Vorfall zu sprechen.

»Wie geht's Praxi?«, war seine erste klar artikulierte Frage, und Dhespina war der Verzweiflung nahe.

»Ihr geht es gut, sie ist wieder in Keryneia«, log sie. Bei ihren Worten verzog Loukis das Gesicht, als hätte man ihm einen weiteren Schlag verpasst. Doch Dhespina kümmerte momentan vor allen Dingen sein leibliches Wohl. Seine seelischen Wunden konnten später versorgt werden.

Als Loukis so weit wiederhergestellt war, dass er sich ohne die Hilfe seiner Eltern anziehen konnte, kam Christakis vorbei, um mit ihm zu reden.

»Pembe hat gesagt, dass die Angreifer in einem Chevrolet Pick-up gekommen sind«, sagte er zu seinem jüngeren Bruder. Beide wussten, dass nur eine einzige Person in der Gegend einen solchen Wagen besaß. Christakis wartete auf eine Antwort. Loukis schwieg.

»Ich werde zu ihm gehen«, sagte Christakis schließlich.

»Um was zu tun?«, fragte Loukis.

»Sein Gesicht zu Brei zu schlagen, was glaubst du?«

Loukis warf einen Blick auf die riesigen Fäuste seines Bruders und musste grinsen. Er hatte sie und ihre Kraft als Kind oft genug zu spüren bekommen, trotzdem schüttelte er den Kopf. »Es ist nicht dein Kampf.«

»Loukis, greift man einen von uns an, greift man uns alle an!«

»Ich muss nachdenken«, sagte Loukis.

Christakis wollte protestieren, doch sein Bruder schnitt ihm das Wort ab.

»Ich werde dir sagen, wann«, versprach Loukis, »aber nicht jetzt. Ich bin noch nicht so weit.«

Christakis nickte widerwillig. Jeder Muskel, jede Sehne seines Körpers war bereit, Gleiches mit Gleichem zu vergelten, doch die Entscheidung lag nicht bei ihm. Kurz nachdem er gegangen war, klopften Pembe und Mehmet an die Tür, um mit Loukis zu Abend zu essen. Sie hatten Eintopf dabei, und betreten stocherten sie während des gemeinsamen Mahls darin herum. Nach dem Essen vergewisserten sie sich, dass Loukis genug Holz für die Nacht im Haus hatte. Dann drückte ihn Mehmet an sich, und Pembe küsste ihn vorsichtig auf die Wange.

Später, als der Mond hoch am Himmel stand und die Welt um sie herum tief und fest schlief, zogen sie die Tür ihres Hauses zu und trugen zwei bescheidene Koffer zu einem Bedford-Bus, der am Dorfrand auf sie wartete. Beim Einsteigen nickten sie den anderen Fahrgästen zu. Sie alle waren türkische Zyprer, und niemand sprach ein Wort, denn ihre Blicke sagten alles, was zu sagen war. Der Fahrer schloss die Tür und fuhr los in Richtung Süden.

Als Dhespina am nächsten Morgen ihren Sohn besuchen ging, wunderte sie sich, wie seltsam ruhig es auf dem Hof war. Die Tür zu Pembes Haus war zu, jedoch nicht verschlossen. Sie ging hinein, alles dort wirkte wie immer: Das Geschirr war gespült, die Betten gemacht – und dennoch wurde Dhespina das Gefühl nicht los, dass irgendetwas nicht stimmte. Sie wollte Georgios davon erzählen, doch ihr Mann kam ihr zuvor.

»Hast du Mehmet und Pembe gesehen?«, fragte er besorgt, als sie zu Hause ankam. Sie schüttelte den Kopf.

»Gott steh uns bei!«, erwiderte er, sank auf einem Stuhl zusammen und fuhr sich mit zitternden Fingern durchs Haar.

»Sie sind weg, Dhespo. Die Türken sind aus dem Dorf geflohen, jeder Einzelne von ihnen.«

Praxi drückte gegen die Fensterläden, doch nichts rührte sich. Prüfend sah sie sich die Läden an, dann zog sie verwirrt ihre Augenbrauen hoch.

»Mamma?«, fragte sie. »Hast du etwa die Fensterläden zugenagelt?«

Elena ließ das Bettzeug sinken, das sie gerade aufschüttelte, und ging im Kopf kurz die Erklärungsmöglichkeiten durch. Sie kam zu dem Schluss, dass keine wirklich plausibel klang.

»Um dich daran zu hindern, hinauszusteigen, und um ihn daran zu hindern, hineinzusteigen.«

Praxi lehnte sich gegen die Wand und rutschte kopfschüttelnd zu Boden. »Du benimmst dich wie eine Verrückte.«

Seit zwei Monaten erholte sich Praxi nun von ihren Beschwerden – den tatsächlichen und den simulierten. Die Undankbarkeit ihrer Tochter kränkte Elena zutiefst: Tag und Nacht war sie in ihrem eigenen Haus gefangen – festgehalten von einem Kind, das sich weigerte, gesund zu werden, und belagert von einem Wolf vor der Tür, der sich weigerte, aufzugeben. Sie war mit den Nerven am Ende. Zu keinem einzigen Kaffeekränzchen hatte sie mehr gehen können, geschweige denn in die Kirche oder zum Einkaufen. Stattdessen hatte sie jedem, der zufällig vorbeigekommen war, eine Einkaufsliste samt Geld in die Hand gedrückt. Elena bezweifelte, dass irgendeine andere Mutter derart geduldig sein würde. Nachdem das Fieber endlich gesunken war und der Zauber von Dhespinas Umschlägen gewirkt hatte, schien Praxi beschlossen zu haben, sich ihrer Genesung einfach zu widersetzen, und wand sich in eine neue, noch launenhaftere Tollheit hinein. Ihre Kräfte schwanden zusehends, und mit ihnen ihr Appetit. Elena musste die Mahlzeiten regelrecht in ihre Tochter hineinzwingen. Praxi war in eine Depression verfallen: Wenn sie sich die Augen nicht aus dem Kopf weinte, hielt sie sie starr auf die Wand gerichtet, was Elena von allem am unheimlichsten fand. Das erste Mal, dass es ihrer Tochter in irgendeiner Form besser zu gehen schien, war, als Frau Televantos zu Besuch kam.

Im Gegensatz zu ihrem hageren, von Hämorrhoiden geplagten Ehemann war Frau Televantos mit einer regelmäßigen Verdauung und einem kugelrunden Bauch gesegnet, der über ihre dünnen Beinchen ragte und sie aussehen ließ wie ein Ei auf Stelzen. Sie war schlagfertig und eine liebenswürdige Gastgeberin – wenn sie wollte –, aber vor allem war sie eine unverbesserliche Klatschtante. Letzteres war auch der Grund, weshalb sie Elena aufsuchte.

Nach ihrer wochenlangen Gefangenschaft fernab der Dorfbäckerei und dem kleinen Krämerladen, über deren Tresen ausnahmslos jede Neuigkeit und jedes Gerücht der Gegend kolportiert wurden, standen Elena regelrecht die Haare zu Berge, als ihr Frau Televantos bei einem Stückchen Bananenkuchen das Neueste vom Neuen berichtete. Die alte Frau konnte kaum glauben, dass Elena tatsächlich noch nichts von dem Skandal gehört hatte, und musste aufpassen, dass sie vor Aufregung nichts durcheinanderbrachte: Sämtliche achtundsechzig Türken hatten über Nacht das Dorf und damit ihre Heimat verlassen. Einige »schwarze Schafe« aus ihren eigenen Reihen hatten sich daraufhin nicht gerade mit Ruhm bekleckert, als sie die Gunst der Stunde nutzten, um sich Kühlschränke, Doppelbetten und andere Möbelstücke anzueignen, die ihnen nicht gehörten. In einem Fall hatten sie ein Haus nicht nur ausgeräumt, sondern sogar in Brand gesteckt.

»Das Feuer hat aber keinen großen Schaden angerichtet, weil der nette Herr Panayiotou – Lambros, nicht Elias, der ist ein Schwein – die Flammen mit seiner Jacke ausgeschlagen hat, bis sie ihm in den Händen zerfiel. Es war noch dazu eine gute Jacke. Kostas hat dann vorgeschlagen, er könnte sich ja dafür einen Mantel von den Türken nehmen, das wäre ein fairer Tausch, aber das hat Herr Panayiotou nicht getan. Er sagte, eher würde er nackt gehen als einem anderen Mann die Jacke stehlen, und Frau Miltiadous hat gelacht und gesagt, dass sie das zu gern sehen würde! Natürlich war die ganze Angelegenheit alles andere als zum Lachen. Es ist eine Schande, was da passiert ist: erst die Nachbarn verlieren und dann ihre Häuser anzünden.«

Frau Televantos schnalzte empört mit der Zunge und beeilte sich dann, mit anderen interessanten Neuigkeiten fortzufahren. Demnach tobte der Dorfoberste vor Wut: Doros hatte Eleftherios' Hund überfahren und sollte ihm nun eine Ziege als Entschädigung dafür geben, was er jedoch störrisch verweigerte; Takis der Metzger hatte sich die Fingerkuppe abgeschnitten, und nun hatten alle im Dorf Angst, sie beim nächsten Einkauf in ihrer Tüte zu finden; Costas Charalambous hatte mal wieder seine Frau verprügelt, nachdem er mit Fotis dem Bauern gesoffen hatte; und dann hieß es noch, das Germanos-Mädchen, Maria, sei nach Lefkosia ins Krankenhaus gebracht worden, nachdem sie sich mit einer Glasscherbe die Pulsadern aufgeschlitzt habe.

»Ihre Mutter sagt, es war ein Unfall, aber was man so hört, soll es ein Selbstmordversuch gewesen sein«, flüsterte Frau Televantos, bekreuzigte sich schnell und warf einen Blick auf Elpida, die in der Ecke saß und mit einer Puppe spielte. Nicht sicher, ob das Kind zuhörte, wiegelte die alte Frau ab. Doch mit einer hochgezogenen Augenbraue gab sie Elena zu verstehen, dass sie die Gerüchte nicht für aus der Luft gegriffen hielt.

»Oh, wie schrecklich«, erwiderte Elena. Die Familie Germanos tat ihr aufrichtig leid. »Kennt das Leid einer Mutter denn nie ein Ende?«

»Nicht, solange wir leben«, antwortete Frau Televantos und griff nach ihrer Tasche.

Die alte Frau versprach, am nächsten Tag mit Kartoffeln und Büchsenfleisch wiederzukommen, und nachdem sie gegangen war, sah Elena Praxi am Treppenabsatz stehen. Sie hatte ihr Zimmer seit Wochen kein einziges Mal verlassen, und Elpida flog regelrecht die Treppe hinauf, als sie ihre Mutter dort oben entdeckte.

Später am Abend gelang es Praxi wie durch ein Wunder, zu baden, sich anzuziehen und ohne Hilfe zu essen. Als sie sich über den Tisch beugte, um Elpida ihr Fleisch zu schneiden, fühlte Elena, wie die Last der Verantwortung endlich von ihren Schultern abzufallen begann. Ihre andauernden Bemühungen, Elpida im Haus zu halten, hatten ihr ein Dutzend oder mehr graue Haare beschert, und sie war am Ende ihrer Kräfte. Natürlich war Praxis erste Maßnahme am nächsten Morgen – noch bevor sie den Anstand hatte, sich anzuziehen –, die Haustür aufzureißen und ihre Tochter freizulassen.

»Warum mache ich mir überhaupt die Mühe?«, murrte Elena, woraufhin Praxi ihrer Mutter einen Kuss gab und beteuerte, dass sie sich keine Sorgen zu machen brauchte.

»Im Dorf wird ihr nichts passieren«, versicherte Praxi. Dabei wussten sie beide genau, dass Elena aus einem ganz anderen Grund verhindern wollte, dass ihre Enkelin das Haus verließ.

Beflügelt vom Lachen ihrer Mutter, wirbelte Elpida durch den Garten und kletterte auf den nächsten Apfelbaum, um auf den Ästen zu schaukeln. Nach all den Wochen, die sie im Haus festgehalten worden war, schien sie sich nun in einem wahren Energierausch auszutoben. Sie sprang nach den Mandelfrüchten, die an einem Baum am Ende des Weges hingen, und als sie sich umdrehte und ihre Mutter fröhlich winken sah, sauste sie durch das Gartentor hinaus ins Dorf.

Lächelnd kehrte Praxi zurück ins Haus und entdeckte ihre Mutter auf einem Stuhl neben dem Ofen. Die Missbilligung stand der alten Dame mehr als deutlich ins Gesicht geschrieben.

Dhespina wischte das Spülbecken aus, dann machte sie sich an den Geschirrschrank und rückte anschließend auf Knien den Spinnweben unter Pembes kleinem Toilettentisch zu Leibe. Als sie wieder aufstand, fiel ihr Blick auf die Schwarzweißfotos, die einen Ehrenplatz auf dem Regal einnahmen. Vorsichtig staubte sie die Bilderrahmen ab. Gesichter blickten sie an, fremde und solche, die sie einst gekannt hatte. Eine sehr alte Aufnahme zeigte einen stolz aussehenden Mann in einem weißen Hemd mit Gürtel und einer weiten weißen Hose, die in dunklen Lederstiefeln steckte. Auf dem Kopf trug er einen Tarbusch mit dunkler Quaste. War das Pembes Vater? Oder vielleicht Mehmets? Dhespina fragte sich, was wohl aus ihm geworden war, und verlor sich ganz in Gedanken.

Erst Marios riss sie aus ihren Tagträumen. »Da bin ich«, verkündete er außer Atem. »Jetzt brauch ich erst mal was zu trinken.«

Seit dem Überfall half Marios, mit dem Segen seines ältesten Bruders Christakis, seinem jüngsten Bruder auf dem Hof.

»Da drüben steht Saft«, erwiderte Dhespina. »Du kannst ja schon mal zu Loukis rübergehen, ich bin hier auch gleich fertig.«

Marios ließ seine Mutter weiterputzen und ging die dreiundfünfzig Schritte – er wusste es genau, weil er sie gezählt hatte – hinüber zu Loukis' Haus. Sein Bruder saß auf einem Stuhl und machte sich an seinen Stiefeln zu schaffen. Marios ging in die Hocke, um ihm beim Schnüren zu helfen.

»Ich muss hier raus«, sagte Loukis. »Sonst ersticke ich.«

»Wo willst du denn hin?«

»Keine Ahnung – irgendwohin.«

»Sollen wir Nicos besuchen gehen?«

Loukis sah das erwartungsfrohe Glänzen in den Augen seines Bruders und konnte ihm den Wunsch nicht abschlagen.

Sie liefen eine gefühlte Ewigkeit bis zur Kirche, unterwegs mussten sie mehrere Male anhalten, da Loukis jeder Körperteil schmerzte. Als sie endlich vor dem Grab standen, ließ er sich völlig erschöpft ins Gras sinken. Marios legte ihm seine Tasche als kleine Stütze in den Rücken und machte sich daran, das Unkraut um Nicos' Grabstein zu zupfen.

»Kommst du immer noch jeden Tag her?«, fragte Loukis. Er selbst hatte seinen toten Bruder nur wenige Male besucht und schämte sich nun dafür.

»Ja, jeden Tag«, sagte Marios. »Um zu reden … und das Grab zu pflegen, denn du glaubst nicht, wie schnell dieses Unkraut wächst …«

»Und worüber redest du mit Nicos?«, wollte Loukis wissen.

»Ich weiß nicht, über alles. Momentan hauptsächlich über dich und die Männer, die dich verprügelt haben. Ich habe Nicos gesagt, dass wir zur Polizei gehen sollten, aber er hat geantwortet, dass wir uns lieber einen Stock greifen und sie ins nächste Leben prügeln sollten.«

Loukis lachte und zuckte augenblicklich vor Schmerz zusammen. Die Vorstellung, wie sein hitzköpfiger toter Bruder vor Wut schnaubte, war irgendwie tröstlich – auch wenn sie nur der Phantasie seines lebenden Zwillings entsprang. Vorsichtig lehnte er sich wieder an Marios' Tasche. Da entdeckte er einen dunklen Haarschopf zwischen den Sträuchern. Er deutete mit dem Kopf zum Friedhofseingang. »Ich glaube, wir werden beobachtet.«

Marios sah auf und begann über das ganze Gesicht zu strahlen.

»Elpida! Komm her zu uns«, rief er der Kleinen ermunternd zu. Doch Elpida bewegte sich keinen Schritt. Marios musste sie abholen und einmal herumwirbeln, bis ihre Neugier schließlich doch überwog. Sie legte ihr Händchen in Marios' große Hand und wagte sich an seiner Seite tapfer vor. Erst jetzt sah Loukis, wie klein sie war – allerdings kamen ihm alle Kinder klein vor. Er versuchte, ihren Blick aufzufangen, doch sie versteckte sich verschämt hinter den Beinen seines Bruders.

»Na, komm schon, Elpida *mou*, sei nicht so schüchtern, sag guten Tag. Weißt du, wer das ist?«, fragte Marios und deutete auf Loukis. Elpida nickte zaghaft.

»Und wer?«

Das Mädchen holte tief Luft. »Das ist der Dorftrottel.«

Bei ihren Worten musste Loukis laut auflachen und sich den schmerzenden Brustkorb halten. Marios hingegen war verwirrt.

»Das ist nicht der Dorftrottel, Elpida. Das ist mein Bruder.«

Elpida riss die Augen auf. Verstört sah sie von einem zum anderen. Zögernd ging sie auf Loukis zu und streckte im Näherkommen ihre rechte Hand aus, um sein Gesicht zu berühren.

»Loukis?«, fragte sie.

Benommen von der Aufmerksamkeit des Kindes nickte Loukis vorsichtig, er wollte die Kleine nicht verschrecken.

»Loukis«, sagte Elpida nun energischer. »Loukis, der Wolf.«

Marios schwoll vor Stolz die Brust, denn er dachte an das Geschenk, das er dem Mädchen geschnitzt hatte, als sie noch ein Baby gewesen war.

»Ja!«, bestätigte er. »Ja, Elpida. Loukis ist der Wolf.«

»Du bist der Wolf«, sagte sie kichernd. »Und du bist immer da, um auf mich aufzupassen.«

13

Am schönsten war Zypern im Frühling, zu dieser Jahreszeit trieb es Loukis regelmäßig zu morgendlichen Spaziergängen aus dem Haus. Wenn er unterwegs Hunger bekam, kaufte er sich etwas zu essen bei Bauern, die er nicht kannte, und seinen Durst löschte er an Bächen. Er streifte an der Küste entlang, marschierte auf Kieswegen, die von Büschen überwuchert waren, wanderte Berge hinauf, von denen er vermutete, dass sie vor Heckenschützen oder versteckten Sprengsätzen sicher waren – er ging überall dorthin, wo er hoffte, vor anderen Menschen seine Ruhe zu haben.

Wohin er an diesem Morgen auch spazierte, er fiel in ein Farbenmeer: Auf den Feldern leuchteten karminrote Alpenveilchen und weiße und gelbe Narzissen. Zwischen grünen Weizentrieben spähten schwarze Tulpen hervor, und entlang grauer Felsen strahlten gelb die Sonnenröschen. Seine Mutter nannte Keryneia immer die Perle Zyperns. Doch für Loukis öffnete sich im Frühling eine ganze Schatztruhe voller Edelsteine: Blau, violett und purpurfarben warfen sich ihm Blumen in voller Blüte in den Weg, Schmetterlinge flatterten wie bunt bemalte Wolken vor ihm her. An Tagen wie diesem war Zypern geradezu atemberaubend, doch erfüllte der farbenprächtige Reigen Loukis heute mit einer schmerzenden Sehnsucht, und der Anblick der Schwalben, die sich um ihre Jungen kümmerten, nährte weiter seinen Verdacht.

Im Sommer 1957, hatte Marios gesagt. Genauer konnte er sich nicht erinnern, obwohl er bei der Geburt dabei gewesen war; allerdings bestand er darauf, dass das Kind zu früh gekommen war. Loukis' Überzeugung, dass Praxi ihre Liebe verraten hatte, geriet mehr und mehr ins Wanken, und sollte er mit seinem Verdacht recht haben, waren beinahe sieben Jahre vergangen, in denen aus einem Baby ein Mädchen geworden war, seine Tochter, in deren Leben er nicht die geringste Rolle gespielt hatte – sieben lange, verlorene Jahre. Gäbe es einen Gott, dem Loukis die Schuld zuschreiben könnte, er hätte die Fäuste gegen den Himmel erhoben; so konnte er sich nur über seine eigene Dummheit grämen.

Wie immer erwartete ihn bereits seine Mutter, als er nach Hause zurückkam. Während sie ihr mitgebrachtes Essen auf Teller verteilte, wurde sie das Gefühl nicht los, dass irgendetwas mit ihrem Sohn nicht stimmte. Er sagte nichts, doch sie spürte, dass er sie verstohlen beobachtete. Als sie Georgios davon erzählte, tat er ihre Bedenken als Hirngespinste einer fürsorglichen Mutter ab.

»Beruhige dich, Dhespo. Meinst du nicht, der Junge hat ohne dich schon genug Probleme?«

Obwohl Dhespina der Meinung war, dass ihr Mann das Feingefühl eines Türpfostens besaß und ein Problem erst dann erkannte, wenn es Blut hustend vor seinen Augen zusammenklappte, ließ sie es dabei bewenden. Tags darauf nahm sie jedoch Marios zur Seite und bat ihn, seinen jüngeren Bruder im Auge zu behalten.

»Für den Fall, dass er – was genau tut?«

»Ich weiß es nicht … irgendetwas Merkwürdiges.«

»Wir sprechen von Loukis«, stöhnte Marios. »Wann tut der mal nicht etwas Merkwürdiges?«

»Du weißt schon, was ich meine«, entgegnete Dhespina ungeduldig, aber Marios wusste es wirklich nicht.

»Und wie lange soll ich ihn im Auge behalten?«

»Solange es nötig ist.«

Marios sah seine Mutter an und fragte sich, ob er sie bitten sollte, etwas genauer zu werden. Doch sie hatte ihm schon den Rücken zugekehrt, und er schloss daraus, dass sie nicht mehr weiterreden wollte. Insgeheim betete er, Loukis möge möglichst schnell etwas »Merkwürdiges« tun, denn er hatte die Arbeit auf dem Hof allmählich satt. Er verbrachte gern Zeit mit seinem jüngeren Bruder, doch ihm fehlten das Licht von Christakis' Werkstatt und der Geruch von Holz, wenn es verarbeitet wurde. Außerdem waren bestimmt schon die Stühle für das neue Hotel fertig, und er konnte es kaum erwarten, sie endlich zu sehen. Sie waren besonders edel, und sogar sein Vater hatte daran mitgearbeitet, indem er das Leder für die Sitzflächen zugeschnitten hatte. Diese Stühle waren praktisch ein Familienprodukt, und Marios liebte diese Vorstellung. Aber natürlich liebte er auch Loukis, der wichtiger war als alle Stühle, selbst solche mit Ledersitz, und sollte ihn seine Mutter bitten, Loukis für immer und ewig im Auge zu behalten, so würde er es tun. Allerdings konnte Marios nicht an zwei Orten gleichzeitig sein, und als Loukis ihn fragte, warum er ihm bei seinem täglichen Spaziergang hinterherlief, statt auf dem Hof zu arbeiten, gestand Marios, dass ihre Mutter ihm das aufgetragen hatte, weil sie sich Sorgen machte.

»Sorgen worüber?«

»Also, um ehrlich zu sein, ich weiß das selbst nicht so genau«, sagte Marios. »Vielleicht glaubt sie, dass du wieder weglaufen willst.«

»Ich laufe nirgendwohin«, sagte Loukis.

»Oder dass du plötzlich tot umfallen könntest.«

Loukis blieb stehen. »Warum sollte ich denn tot umfallen?«

»Keine Ahnung«, gab Marios zu.

Was auch immer der Grund war, weshalb seine Mutter ihn beschatten ließ, Loukis war sich sicher, dass sie weder Angst um sein Leben hatte noch befürchtete, dass er fortlaufen könnte. Aus einem ihm unerklärlichen Grund half ihm Marios' Geständnis aus seinem Müßiggang heraus. In der darauffolgenden Woche schlug er seinem älteren Bruder lachend vor, ihn doch im Auge zu behalten, während sie Orangen für den Markt zusammenpackten und die Olivenbäume auf Krankheiten überprüften – die einzige Form von Landarbeit, für die sich Marios wirklich interessierte.

»Es gab mal einen Schriftsteller, der hat Oliven als flüssiges Gold bezeichnet«, klärte Marios seinen Bruder auf. »Aber das stimmt natürlich nicht, das ist Poesie. Denn wenn es so wäre, wären alle Bauern auf Zypern reich wie Könige, und das ist ja keiner.«

»Dann muss es wohl Poesie sein«, pflichtete Loukis ihm bei. »Wusstest du, dass es heißt, die Römer hätten die Olivenbäume nach Zypern gebracht?«

»Nein«, bekannte Marios kopfschüttelnd. Staunend blickte er sich in dem Hain um. »Das muss ja eine Ewigkeit gedauert haben, die alle zu pflanzen.«

Loukis verkniff sich ein Lachen, und Marios machte sich daran, die Bäume auf Pilze zu kontrollieren. Er untersuchte Stamm und Äste auf Anzeichen der Tuberkelkrankheit und überprüfte die Blätter auf Rußtau. Wie Loukis kam er zu dem Ergebnis, dass alles in Ordnung war. Marios fiel ein Stein vom Herzen: Er könnte es sich vermutlich nie verzeihen, wenn die Bäume von Herrn Mehmet während seiner Abwesenheit sterben würden.

Als sie am nächsten Morgen vom Markt zurückkehrten, honorierte Loukis die schwere Arbeit seines Bruders mit 20 Cent und erklärte ihm dann, dass er nun in die Stadt aufbrechen würde. Marios sah ihn gequält an.

»Schön«, rief Loukis aus und warf die Hände in die Luft. »Dann komm eben mit, wenn es dich und unsere Mutter glücklich macht. Aber ich gehe bloß zur Bank.«

Sie marschierten los, und als sie die Stadt erreichten, brannte ihnen die Sonne im Nacken, als wäre es Sommer. In den Straßen am Hafen saßen dicht gedrängt Menschen unter den Sonnenschirmen neu eröffneter Cafés und Restaurants. Alle sahen so glücklich aus, und Marios war überzeugt, dass es auf der ganzen Welt keinen schöneren Ort als Keryneia gab.

Zu ihrer Erleichterung stand in der Bank nur ein einziger Kunde am Schalter. Als Loukis an der Reihe war, nahm er ein Geldbündel aus seiner Tasche und erklärte der Kassiererin, dass er Geld einzahlen wolle.

»Sehr gern, Loukis«, erwiderte die Frau, und Marios fragte sich, woher sein Bruder diese Frau wohl kannte, die nicht aus ihrem Dorf stammte. Sie beugte sich hinunter und zog ein paar Bogen Papier hervor. »Wenn du bitte diese Formulare ausfüllen würdest, dann eröffnen wir sofort ein Konto für dich.«

»Ich habe gesagt, dass ich Geld einzahlen will, nicht, dass ich ein Konto eröffnen will«, korrigierte Loukis die Frau, die daraufhin rot anlief.

»Entschuldigung, natürlich«, sagte sie lächelnd und legte die Formulare zur Seite. »Also noch mal von vorn: Auf wessen Konto möchtest du Geld einzahlen?«

»Auf das Konto von Mehmet Kadir«, antwortete Loukis.

Der Frau entglitt das Lächeln. »Dem Türken?«

»Ja. Dem Türken.«

Die Frau blickte sich suchend um und rollte mit ihrem Stuhl zu einem Kollegen hinüber, der an einem Schreibtisch saß. Sie flüsterte ihm etwas ins Ohr, woraufhin der Mann einen neugierigen Blick in Loukis' Richtung warf. Schließlich nickte er. Mit einem aufgesetzten Lächeln rollte die Frau zu Loukis zurück.

»In Ordnung«, sagte sie.

Marios verstand nicht ganz, was hier vor sich ging. Warum hatte die Frau erst mit dem Mann sprechen müssen? Als Loukis fertig war und sie aus der Bank hinaus in die Sonne liefen, konnte er die Blicke der Angestellten im Rücken spüren. Er fragte sich, ob Loukis eben etwas Merkwürdiges getan hatte und ob er ihrer Mutter davon berichten sollte.

»Vielleicht haben sie Angst, dass wir sie ausrauben«, brummte Loukis.

»Aber wir haben ihnen doch Geld gebracht!«

»Bankmenschen sind paranoid. Außerdem sind sie geizig, deshalb suchen sie sich auch einen Beruf, bei dem sie auf Geld aufpassen können. Also, warum gehst du nicht los und schaust bei Christakis vorbei?«

»Und was machst du solange?«

»Einen Spaziergang, frische Seeluft schnuppern und dann gehe ich nach Hause. Wir sehen uns dann morgen.«

»Aber Mamma …«

»Marios! Ich weiß, dass du Mamma nur helfen willst, aber jetzt mal im Ernst: Was, bitte, soll mir passieren?«

Genau genommen war Marios der Ansicht, dass Loukis schon etwas passieren konnte, wenn er einfach nur zu Hause saß, doch das sagte er ihm lieber nicht.

»Wir sehen uns dann morgen«, sagte Loukis noch einmal und lief die nächste Querstraße hinunter.

Unglücklich ging Marios weiter die Hauptstraße entlang, bis ihn die Gewissensbisse plötzlich innehalten ließen. Er wirbelte herum, rannte zurück zu der Querstraße, doch Loukis war weg. Er rannte weiter und erreichte das Ende der Straße gerade noch rechtzeitig, um zu sehen, wie sein Bruder in das Café einbog, das Yiannis und Praxi gehörte.

»Na, dann ist es ja gut«, murmelte Marios und machte sich wieder auf den Weg zur Werkstatt. Er war ganz aufgeregt bei dem Gedanken, dass er gleich Christakis, Yianoulla und seine vier kleinen Neffen sehen würde – vor allem, weil er sich das Gesicht des Jüngsten noch einprägen musste. Als er keine drei Minuten später dort ankam, war er überrascht, nicht nur seinen Vater, sondern auch Michalakis anzutreffen.

»Was machst du denn hier?«, fragte er und umarmte seinen Bruder.

»Na, wenn das keine herzliche Begrüßung ist!«, erwiderte Michalakis und wuschelte seinem jüngeren Bruder durchs Haar.

»Dein Bruder ist gekommen, um mit seinem neuen Auto anzugeben«, klärte ihn Georgios auf.

»Echt? … O Mann, die Stühle sind toll geworden!« Marios trat einen Schritt vor, um sich das Werk von Christakis und seinem Vater genauer anzusehen.

Georgios strahlte. »Tausendmal interessanter als irgend so eine Blechkiste, nicht wahr?«

»Ihr seid doch alle nur neidisch«, gab Michalakis zurück.

»Hört, hört, da spricht der Hauptstädter!«, spottete Christakis. »Und, Marios, was verschafft uns die Ehre deines Besuchs?«

Marios erklärte, dass er nur mal vorbeischauen wollte, nachdem er eben mit Loukis auf der Bank gewesen war. Christakis' Gesicht verfinsterte sich.

»Er würde sich keinen Zacken aus der Krone brechen, wenn er selbst mal vorbeikäme.«

»Oh, das hat er bestimmt nicht so gemeint«, beeilte sich Marios zu sagen. »Bei der Hitze wollte er wohl lieber was trinken gehen, denn als wir uns getrennt haben, ist er in Praxis Kaffeehaus gegangen …«

»Er ist – was?!« Sein Vater fuhr hoch.

»Er ist in Praxis Kaffeehaus gegangen«, wiederholte Marios.

»Heilige Mutter Gottes!«, rief Christakis, und Marios machte vor Schreck einen Satz zur Seite. Er hatte keine Ahnung, warum plötzlich alle so aufgeregt waren. Doch als sein Vater und seine Brüder losliefen, rannte er ihnen natürlich hinterher.

Trotz seines Alters und ihrer langen Beine hielt Georgios recht gut mit seinen Söhnen mit und erreichte das Café nur wenige Sekunden, nachdem sie hineingestürmt waren. Drinnen stand Loukis mit dem Rücken zur Tür. Er hatte ein abgebrochenes Stuhlbein in der Hand, vor ihm lag ein Mann am Boden, und zwei weitere standen ihm mit Schlagstöcken und einem Schürhaken bewaffnet gegenüber. Als Marios, Michalakis, Christakis und Georgios ohne ein Wort neben Loukis in Position gingen, gerieten die Männer ins Wanken.

Yiannis starrte die menschliche Mauer an, die vor ihm aufragte, und ließ den Schürhaken sinken. Ihm trommelte das Herz in der Brust, und sein Kopf versuchte zu begreifen, was hier eigentlich vor sich ging: Er hatte Karten gespielt, als die Tür aufgegangen und Loukis hereingekommen war. Yiannis hatte Victor etwas zugeflüstert, und dann war plötzlich die Hölle losgebrochen. Zu seiner Rechten versuchte sein Liebhaber gerade verzweifelt, aus der Schusslinie zu kriechen, und dem anderen Offizier stand der Schweiß in dicken Tropfen auf der Stirn. Yiannis war entsetzt, was für ein jämmerliches Bild sie abgaben.

»Und jetzt«, sagte Loukis langsam, »hätte ich gern ein Bier.«

»Mach fünf draus«, korrigierte Christakis und sah mit einem grimmigen Lächeln zu Loukis hinüber.

Yiannis blickte die beiden Offiziere fragend an, und als sie nicht reagierten, schlurfte er hinüber zur Bar. Die Economidou-Männer setzten sich draußen an einen Tisch. Sekunden später erschien Yiannis mit zwei Halbliterflaschen Keo und fünf Gläsern. Abschätzig reichte ihm Georgios die Münzen.

»Geht auf's Haus«, murmelte Yiannis verlegen.

»Kommt nicht in Frage«, beharrte Georgios und gab Yiannis zu verstehen, dass er verschwinden sollte.

»Glaubst du, er hat reingespuckt?«, fragte Marios seinen Vater, als er allen einschenkte.

»Unwahrscheinlich«, erwiderte Michalakis. »Sein Mund ist von der ganzen Pisse in seiner Hose noch viel zu trocken.«

Lachend stießen die Brüder mit ihrem Vater an.

»Und nun erklärst du mir bitte«, begann Georgios und wandte sich dabei an seinen jüngsten Sohn, »was zum Teufel du dir dabei gedacht hast.«

Loukis nahm sich eine Zigarette aus dem Päckchen, das Michalakis auf den Tisch gelegt hatte.

»Ich bin nicht hergekommen, um mich zu prügeln. Ich habe Praxi gesucht. Ich muss sie etwas fragen. Doch bevor ich überhaupt was sagen konnte, ist dieser Festland-Idiot auf mich losgegangen.«

»Der auf dem Boden, mit der blutigen Nase?«, wollte Marios wissen.

»Ja.« Loukis begutachtete seine Knöchel, dann schaute er an der Hausfassade hinauf. »Sei's drum. Wie es scheint, ist Praxi sowieso nicht da.«

»Das hätte ich dir auch sagen können!«, rief Marios kopfschüttelnd. »Sie ist nach wie vor bei ihrer Mutter im Dorf.«

»Aber Mamma hat doch gesagt ...«

Georgios schloss die Augen und stieß einen schweren Seufzer aus. Anschließend hob er sein Glas.

»Lasst uns austrinken und nach Hause gehen, bevor diese Schweinehunde noch Verstärkung holen.«

Loukis saß am Küchentisch und wartete, dass seine Mutter sich zu ihm setzte. Die Atmosphäre war derart gespannt, als hätte selbst die Zeit die Luft angehalten.

»Ich gehe Nicos besuchen«, erklärte Marios.

»Ich auch«, murmelte Michalakis.

Georgios blickte ihnen geradezu sehnsüchtig hinterher.

»Hast du eine Ahnung, was da los ist?«, fragte Marios seinen Bruder auf dem Weg zur Kirche.

»Genauso wenig wie du«, erwiderte Michalakis.

»Und so was nennt sich Journalist ...«

Schweigend knieten sie vor dem Grab nieder. Nach einer Weile erhob sich Michalakis und ließ Marios allein am Grab des Zwillingsbruders zurück. Er wusste, dass Marios immer irgendein Ritual zum Abschied vollziehen wollte, und machte sich auf den Weg zum Strand. Er hoffte, dass ihm die frische Meeresbrise dabei helfen würde, einen klaren Kopf zu bekommen.

Die Lage in Lefkosia war zum Verzweifeln. Vor ein paar Monaten hatte ein britischer General versucht, die beiden Kriegsparteien der Hauptstadt auseinanderzuhalten, indem er die Stadt in zwei Teile geteilt und eine Grenze zwischen zwanzigtausend türkischen und vierzigtausend griechischen Zyprern gezogen hatte.

»Einst hieß es: teilen und herrschen. Jetzt heißt es: teilen und auf das Beste hoffen«, war der Kommentar von Michalakis' Herausgeber zur Grünen Linie – und es war die erste ehrliche Beurteilung, die der Journalist seit langem gehört hatte.

Obwohl *Die Stimme* der übrigen griechischen Presse angepasst war, bewahrte sich die Zeitung einen Hauch von Integrität, indem sie von Akademikern und Kommunisten verfasste Stellungnahmen abdruckte, welche die Schilderungen einer türkischen Revolte gegen die Republik in Frage stellten. Die Verbrechen auf der Insel wurden von beiden Seiten begangen, dennoch zogen die Medien es vor, ihre voreingenommenen Leser überwiegend mit einseitigen Berichten zu versorgen. Und auch wenn sich *Die Stimme* vielleicht nicht ganz so schuldig machte wie andere Zeitungen, spürte Michalakis das Blut von seinen Fingern tropfen. Als er eindeutige Beweise der internationalen Presse zum Anlass nahm, einen kleinen Bericht über das Massengrab zu schreiben, das in Ayios Vasilios entdeckt worden war, erhielt er am nächsten Tag zwölf Hassbriefe.

In ganz Lefkosia und den dazugehörigen Vororten fanden unaufhörlich Kämpfe statt, in denen sich private Milizen als Richter, Geschworene und Vollstrecker aufspielten. Hunderte Menschen waren aus ihren Häusern geflohen, und während sich die Flammen des Hasses auf immer mehr Bezirke ausbreiteten, stieß die Interimsfriedenstruppe an ihre Grenzen. Unterdessen sammelten sich an der Südküste der Türkei Zehntausende Soldaten, was die Vereinten Nationen dazu veranlasste, eine eigene Friedenstruppe zusammenzustellen, um die türkischen Einheiten von der Insel fernzuhalten. Die Gräuel nahmen indes kein Ende: Menschen wurden beim Einkaufen als Geiseln genommen, Stadtteile wurden belagert, junge Idealisten starben ebenso wie Kriegstreiber. Als endlich die Friedenstruppen auf der Insel eintrafen, erwies sich deren Anwesenheit als wenig abschreckend: Die Blauhelme durften nur zur Selbstverteidigung schießen – wenn also die zyprischen Kontrahenten sich gegenseitig umbringen wollten, konnten die internationalen Truppen meist nur tatenlos zusehen.

Auf dem Weg von der Hauptstadt in sein Heimatdorf hatte Michalakis am Morgen mehrere finnische Soldaten passiert, die an einem Kontrollpunkt an der Einfahrt zum Keryneia-Pass Wache hielten. Sie baten ihn freundlich, sich auszuweisen, und wünschten ihm dann eine gute Weiterfahrt.

Plötzlich entdeckte er in etwa zweihundert Meter Entfernung vom Festland eine Gestalt, die mit dem Gesicht nach unten im Wasser trieb. Michalakis riss sich die Schuhe von den

Füßen und stürzte sich kopfüber in die mannshohen Wellen. Mehr als ein rotes Kleid und schwarze Haare konnte er zunächst nicht erkennen, als er aber den im Wasser treibenden Frauenkörper erreichte, schrie er entsetzt auf.

»Maria! Was zum Teufel …!«

Zwischen Husten und Spucken wirkte das Mädchen zunächst verwirrt, als sie dann ihren Retter erkannte, huschte ein verzweifelter Ausdruck über ihr ausgemergeltes Gesicht. Sie riss sich los, stürzte zurück in das eiskalte Wasser und zog Michalakis mit sich in die Tiefe. Er packte sie am Bauch, wuchtete sie mit aller Kraft an die Oberfläche. Maria wehrte sich aus Leibeskräften, so dass Michalakis große Mühe hatte, sie beide beim Schwimmen über Wasser zu halten. Doch er war stärker als sie und schaffte es, sie an den Strand zu befördern, wo er vollkommen erschöpft neben ihr zusammenbrach.

Maria spuckte Unmengen Salzwasser und schlug so lange in verzweifelter Wut mit der Faust gegen den steinigen Boden, bis ihre Knöchel bluteten.

»Warum lässt mich keiner sterben?«, schrie sie.

»Warum hast du mir erzählt, Praxi sei wieder in Keryneia?«

Dhespina versuchte verzweifelt, dem Blick ihres Sohnes standzuhalten, doch nur die Wahrheit hätte ihr die Kraft dazu gegeben.

Nach einer Weile flüsterte sie: »Ich wollte, dass du dich erholst«, und Georgios griff nach ihrer Hand.

Loukis schüttelte langsam den Kopf. Er war nicht zornig – er war überrascht. Er hatte noch nie darüber nachgedacht, dass seine Mutter ihn belügen könnte, doch nun fragte er sich: Wie oft schon?

»Ich habe Elpida gesehen«, sagte er und ließ seine Worte einen Moment wirken. Der flüchtige Blick, den seine Eltern tauschten, entging ihm dabei nicht. »Wann ist sie geboren?«

»In dem Sommer, nachdem du weg warst«, antwortete Dhespina.

»Gut«, sagte er ruhig und geduldig. »Wann im Sommer?«

»Acht Monate, nachdem du weg warst, sieben Monate nach Praxis Hochzeit.«

»Und, ist sie von mir?«

»Das nehmen wir an, ja.«

Loukis nickte.

»Danke«, sagte er.

Michalakis machte Frau Germanos ein Kompliment für den vorzüglichen Kaffee, den sie ihm gekocht hatte. Dankend strich ihm die kleine Frau über den Hinterkopf, dann lief sie, mit den Tränen kämpfend, in die Küche zurück.

Maria hatte sich inzwischen umgezogen und saß ihm gegenüber. Sie war blass, und ihr Blick war leer, trotzdem fand Michalakis noch immer, dass sie eine außergewöhnlich hübsche Frau war.

»Du hast abgenommen«, bemerkte er.

Maria zupfte an dem Schal, der ihr um die Schultern lag. »Ich habe keinen Hunger«, sagte sie leise. Und das stimmte. Sie musste würgen, wenn sie nur versuchte, etwas zu essen. Ganz egal, wie wenig sie auf die Gabel nahm, es erschien ihr ein unbezwingbarer Berg. Und während ihr die Sonne durch das Fenster ins Gesicht schien und Michalakis sie mitleidig ansah, wurde ihr bewusst, dass sie nicht nur ihren Appetit verloren hatte, sondern auch jegliche Würde. Michalakis' Blick fiel auf die Narben an ihren Armen, die sie sich selbst zugefügt hatte.

»Ich weiß«, glaubte sie seine Gedanken zu lesen, »ich habe mich verunstaltet.«

»Das ist unmöglich, Maria *mou*. Du bist noch schöner, als ich dich in Erinnerung hatte.«

Überrascht von seinen liebenswürdigen Worten brach mit einem Mal all ihr Schmerz, all die Wut über die Demütigung aus ihr hervor, die sie in den vergangenen Wochen und Monaten erfahren hatte. Michalakis reichte ihr ein Taschentuch und wartete, bis der erste Sturm vorübergezogen war. Nach einer

Weile – er hatte sich inzwischen neben sie gesetzt und ihr einen Arm um die Schultern gelegt – riskierte er eine erste Frage.

»Ist dein Leben denn so unerträglich geworden, Maria?«

Sie sah ihn an und überlegte, ob und wie sie diese ungeheure Frage beantworten sollte. Plötzlich aber hatte sie das Bedürfnis, alles loszuwerden, was sie so tief in sich verschlossen hatte, seit Loukis ihr das Herz gebrochen hatte. Sie erzählte von seiner vernichtenden Zurückweisung, davon, wie er ihre Ergebenheit mit Füßen getreten hatte, und von ihrer Angst, allein zu sein, als die Zurückgewiesene im Dorf zu gelten, die Frau, die ihr Leben einem Mann zu Füßen gelegt hatte, der sie nicht wollte. Sie schilderte, wie ihre angeblichen Freunde über sie lachten und wie Mütter Mitgefühl heuchelten, obwohl sie im Grunde nur dankbar waren, dass es nicht ihre eigenen Töchter waren, die eine solche Schmach erlitten hatten. Sie hasste sich selbst, verachtete sich für ihre Schwäche und für ihre Dummheit. Sie hatte es zugelassen, zu einer Witzfigur zu werden – sie, das Mädchen, das jeden Jungen in ganz Zypern hätte haben können. Und sie wünschte – o ja, das tat sie, von ganzem Herzen –, dass der Tod kommen und sie mit sich reißen würde, um ihr zu ersparen, von der Fäulnis der Erniedrigung innerlich zerfressen zu werden.

Als sie vollkommen erschöpft und verstört von ihrem eigenen Geständnis verstummte, war Michalakis hin- und hergerissen zwischen Mitleid, Eifersucht und Begierde. Unbeholfen griff er nach ihrer Hand. Als sie sie nicht zurückzog, fasste er Mut.

»Du solltest weg von hier«, sagte er.

Maria lachte verbittert auf. »Und wohin, bitte?«

»Nach Lefkosia«, erklärte er. »Mit mir.«

Maria sah ihn verdutzt an. Sie konnte kaum glauben, was er da sagte, und Michalakis ging es nicht viel anders, als er sich seine Worte sagen hörte.

Doch tags darauf stattete er Loukis einen Besuch ab.

Er fand seinen jüngsten Bruder beim Orangenpflücken in

Mehmets Garten. Aus der Entfernung fiel ihm auf, wie ähnlich sie sich sahen, und für einen Moment irritierte ihn diese Feststellung.

Als Michalakis näher kam, grüßte Loukis ihn unbeschwert.

»Du kommst genau richtig«, sagte er. »Ich könnte ein Bier vertragen.«

»Um diese Uhrzeit? Es ist noch nicht mal zehn.«

»Bruder, das Stadtleben verweichlicht dich.«

»O Mann, jetzt fang du nicht auch noch an!«

Arm in Arm gingen sie hinüber zu Loukis' Haus, wo sie sich zwei Flaschen Keo aus dem Kühlschrank nahmen und sich in die Sonne setzten. Sie teilten sich eine Zigarette und redeten über Michalakis' Arbeit, die Unruhen in Lefkosia und Loukis' Zusammenstoß im Café.

»Du solltest vorsichtig sein«, warnte Michalakis seinen Bruder. »Die Menschen hier vergessen nicht so leicht, und verzeihen können sie noch schlechter.«

»Ich nehme an, dass ich das zu gegebener Zeit herausfinden werde«, sagte Loukis.

Sollte sein Bruder Angst haben, so verbarg er es geschickt hinter einem lässigen Schulterzucken. Michalakis zündete sich eine neue Zigarette an, und während sich der Rauch zwischen ihnen in der Luft ringelte, wusste er, dass er den Grund für seinen Besuch nicht länger hinauszögern konnte. Den Blick fest auf Loukis' Gesicht gerichtet, eröffnete er ihm, dass er Maria – mit dem Segen ihrer Eltern – mit nach Lefkosia nehmen würde.

Loukis zuckte noch nicht einmal mit der Wimper.

»Bei der Zeitung ist eine Stelle als Sekretärin frei, und wohnen wird sie in einem der Frauenwohnheime.«

Loukis bekräftigte, dass ihr der Umzug sicher guttun würde, aber Michalakis war noch nicht fertig.

»Ich sage es frei heraus, Loukis … Ich hoffe, dass Maria eines Tages meine Frau werden wird.«

Überrascht zog Loukis die Augenbrauen hoch, erwiderte aber nichts.

»Es ist natürlich nicht gesagt, dass sie meinen Antrag annehmen wird«, fuhr Michalakis fort. »Aber wenn sie es tut, und das hoffe ich, will ich von dir wissen, wie du dich dabei fühlen würdest.«

»Fühlen?«

»Ja. Ich muss wissen, ob es ein Problem für dich wäre.«

»Nicht, wenn es kein Problem für dich ist«, erwiderte Loukis, und die Leichtigkeit, mit der er das sagte, freute und bestürzte Michalakis zugleich.

Behutsam stieß er seine Flasche gegen die von Loukis.

»*Yiamas*.«

»*Yiamas*.«

Loukis unternahm nicht sofort etwas. Er ließ sich Zeit, um zu überlegen, wie er die Sache am besten angehen sollte. Nachdem er sich eine ganze Woche lang ergebnislos den Kopf zerbrochen hatte, rasierte er sich, zog seine besten Kleider an und lief zum Haus von Praxis Mutter.

Elpida saß im Garten auf einer Schaukel, die an dem alten Apfelbaum hing – genau wie er und ihre Mutter vor so vielen Jahren.

»Der Wolf!«, rief sie, als sie ihn entdeckte. Sie sprang von der Schaukel, rannte auf ihn zu und führte ihn ins Haus. Als Elena Loukis durch die Tür kommen sah, ließ sie vor Schreck das Glas fallen, das sie gerade abtrocknete, und Praxi blickte überrascht von ihrer Näharbeit auf. Ein Lächeln huschte über ihr Gesicht, und sie bat Loukis Platz zu nehmen, während sie ihrer Mutter half, sich zu sammeln.

Nach einer schier endlosen Stunde voller steifer Nettigkeiten und klebrigem *baklava* verkündete Praxi ihrer Mutter, dass sie und Loukis nun einen Spaziergang machen würden.

»Darf ich mitkommen?«, fragte Elpida, und als Praxi einwilligte, griff sich ihre Mutter an die Brust.

»Hast du einen Herzinfarkt?«, erkundigte sich Praxi.

»Würde das irgendetwas ändern?«, knurrte ihre Mutter.

»Es würde die Sache vielleicht etwas hinauszögern.«

»Ich habe keinen Herzinfarkt.«

»Gut. Dann sehen wir uns später.«

Erlöst von Elenas theatralischem Getue schlenderten die drei in Richtung Meer. Vor ein paar Jahren wären Loukis und Praxi zur Burg St. Hilarion gelaufen, doch türkische Truppen machten das heute unmöglich.

Elpida hüpfte die ganze Zeit aufgeregt um die Erwachsenen herum, bis das Mittelmeer sie schließlich magisch anzog und sie vorauslief. Loukis und Praxi setzten sich auf ein Stückchen Wiese und sahen dem Kind dabei zu, wie es Kieselsteine in seinem Rock sammelte. Gespräche, die bereits vor langer Zeit hätten geführt werden sollen, lagen drückend in der Luft, und schließlich war es Loukis, der das Schweigen brach.

»Ist sie meine Tochter?«

»Ja, das ist sie«, erwiderte Praxi.

»Gut«, sagte er sanft.

Mit einer winzigkleinen Bewegung legte er seine Hand über Praxis Finger, und zusammen sahen sie ihrer Tochter dabei zu, wie sie in der Sonne Steine sammelte.

14

Die beiden redeten jetzt schon seit über einer Stunde miteinander – steckten die Köpfe zusammen, als wären sie die dicksten Freunde –, und als der Mann Victor beruhigend die Hand auf den Arm legte, wurde Yiannis ganz übel. Er konnte die Wünsche seiner Gäste kaum verstehen, so laut höhnte seine Eifersucht, und ununterbrochen schnellte sein Blick zu dem Tisch am Fenster, wo er die warmen Finger des Fremden Victors Haut liebkosen sah. Verächtlich schnaubte Yiannis, als er den Dreck unter den Nägeln des Mannes entdeckte.

Es war absurd, das war ihm klar – nicht zuletzt, weil dem Zyprer ein Bein fehlte. Trotzdem spuckte er innerlich Gift und Galle. Er hatte Angst. Seit der Prügelei im Café war Victor mürrisch und reserviert, ganz so, als würde er Yiannis die Schuld an ihrer Blamage geben. Als er endlich einlenkte und wieder ins gemeinsame Bett kam, waren seine Berührungen grob und gewaltgeladen. Während Victor von Rachegedanken getrieben war, wollte Yiannis einfach nur, dass Frieden einkehrte. Es war ganz so, als hätte sich ein Schalter umgelegt: In Loukis' geballter Faust hatte Yiannis erkannt, was den Rivalen antrieb – es war die gleiche Hitze, die ihm selbst durch die Adern schoss, wann immer er an Victor dachte.

Yiannis neigte im Allgemeinen nicht zu Gewalt, und die Erinnerung an das, was auf dem Hof der Türken geschehen war, verfolgte ihn bis heute. Das Adrenalin hatte seinen Verstand aussetzen lassen, und er hatte sich nach dem Überfall nicht männlicher gefühlt, im Gegenteil. Es war kein fairer Kampf gewesen, sondern ein Hinterhalt, und er schämte sich vor sich selbst, was vielleicht auch der Grund dafür war, dass er Loukis seinen Gegenangriff verzieh: Es linderte seine Schuldgefühle. Praxi hingegen war ein anderes Thema. Seine Frau konnte von ihm aus in dem dunklen Loch ihrer Mutter verrotten. Sie hatte ihn nie geliebt, und wenngleich er es versucht hatte, war es ihm ebenso wenig gelungen, sie zu lieben. In der Nacht, als sie aus ihrem gemeinsamen Haus gelaufen war, um Schande über ihn zu bringen, hatte sie seine Geduld endgültig überstrapaziert. Und auch wenn er seine Tochter vermisste, so war er zufrieden mit den Besuchen, die seine Schwiegermutter zwei Mal in der Woche arrangierte. Die Erleichterung über Praxis Auszug wurde nur noch größer, als er eines Tages den Küchenschrank öffnete. Es war Victor, der die Kerne entdeckte.

»Unglaublich«, sagte der Offizier. »Was, wenn deine Tochter die in die Finger gekriegt hätte?«

»Das sind doch nur Apfelkerne.« Ratlos, was seine Frau dazu bewogen haben könnte, sie aufzuheben, ließ Yiannis die Kerne durch seine Finger gleiten.

»Die sind giftig, du Idiot! Diese Schüssel enthält genug Zyanid, um ein Pferd zu töten.«

Schnell stellte Yiannis die Schüssel beiseite und wusch sich die Hände. Als Victor fort war, untersuchte er den Rest des Schrankes. Er hatte das Gefühl, dem Tod ins Auge zu blicken: flaschenweise Bleich-, Lösungs- und Schädlingsbekämpfungsmittel, Kanister voller Feuerzeugbenzin und eine ganze Schublade voll mit glitzernden Messern. Yiannis sah für einen kurzen Moment sein Leben an sich vorüberziehen, an dessen Ende er mit dem Gesicht nach unten auf seinem eigenen Küchenboden lag – getötet durch Gift, zerfressen von Chemikalien und mit vier Klingen im Rücken.

Im Café beobachtete Yiannis vom Spülbecken aus, wie sich Victors verkrüppelter Freund zum Gehen bereit machte: Er klemmte sich seine beiden Krücken unter die Arme und schüttelte Victor die Hand, bevor er nach draußen hinkte, wo ihm ein Fahrer in ein Auto half.

»Wer war das?«, fragte Yiannis.

»Ein Kollege«, antwortete Victor.

»Hässlicher Bursche, was?«

Victor knallte die Gläser, die er von seinem Tisch mitgebracht hatte, mit solcher Wucht auf die Theke, dass eines davon zerbrach. Yiannis versuchte seinem Blick standzuhalten, musste dann aber wegschauen. Er wandte sich wieder dem Spülbecken zu.

»Dieser *hässliche Bursche* ist einer der tapfersten Männer, die ich kenne!«

»Entschuldige, ich ...«

»Halt's Maul, Yiannis! Spül einfach weiter deine schmutzigen Gläser. Tu das, was alle Mädchen tun.«

Loukis hob den Kieselstein auf und legte ihn in die Schale, die Marios ihm geschnitzt hatte. Vierzehn Stück waren es inzwischen, allesamt weiß, alle sorgfältig abgewaschen, und alle hatten sie vor seiner Tür gelegen. Er hatte drei Wochen gebraucht, um dahinterzukommen, wer die geheimnisvolle Kieselsteinfee war. Und es war jede schmerzhafte Minute wert gewesen, die er mit Krämpfen in den Beinen neben Mehmet und Pembes Veranda gekauert hatte. Die Steine waren heimliche Geschenke seiner heimlichen Tochter.

Loukis wusste nicht, was Elpida dazu veranlasste, ihm diese Freude zu bereiten – schließlich kannte sie die Wahrheit nicht –, noch was die Steine zu bedeuten hatten. Aber jedes Mal, wenn er einen neuen fand, wusste er, dass ihm diese Steine jede Enttäuschung wert waren, die er erleben musste. Zum Teufel, dieser hier war sogar die nervtötende Stunde wert, die er gerade bei seiner Mutter hatte verbringen müssen. Er hatte ihr eigentlich nur zwei gehäutete Hasen vorbeibringen wollen, als ihn die alte Televantos in Beschlag genommen hatte. Sie war auf Informationen über Marias plötzlichen Umzug in die Hauptstadt aus sowie über Praxis scheinbar zeitlich unbegrenzte Rückkehr in ihr Elternhaus. Als die gewünschten Antworten auf ihre bohrenden Fragen ausblieben, tröstete sie sich mit einem atemlosen, nicht enden wollenden Monolog, der keinerlei Verschnaufpause bot und schon gar keine Gelegenheit zu verschwinden.

Mit einer für sie äußerst ungewöhnlichen Begeisterung für Politik rasselte sie Radioberichte über den Angriff der Nationalgarde auf Kokkina herunter, berichtete von dem jüngsten Versuch, den »ungläubigen türkischen Hunden« den Keryneia-Pass zu entreißen, und davon, wie Makarios einer Amnestie zugestimmt und sogar angeboten hatte, die »sogenannten Flüchtlinge« um des Friedens willen auf der Insel anzusiedeln.

»Dieser Mann ist ein Heiliger«, schnatterte die Alte und bekreuzigte sich hastig. Loukis nutzte den Moment der Ehrfurcht, um aufzustehen. Doch er war zu langsam.

»O Loukis, das wird dir gefallen«, gackerte sie schon weiter und stimmte den nächsten Monolog an, diesmal über ihren bedauerlichen Nachbarn Christos, der eine Zecke aus seinem Hodensack entfernt hatte, woraufhin das gute Stück auf die Größe einer Orange angeschwollen war – »seine Hoden, nicht die Zecke.« Weiter wusste sie über das Glück von Baumeister Kostas zu berichten – »das Schlitzohr, das mir mal eine Riesensumme für das Verputzen einer Wand abgeknöpft hat« –, der unlängst einen lukrativen Vertrag mit dem Militär geschlossen hatte: »Du kannst einen Hund waschen, du kannst einen Hund baden, er stinkt immer noch wie ein Hund.« Auch das jüngste Missgeschick des Metzgers vergaß sie nicht, er hatte offenbar einen weiteren Finger eingebüßt.

»Er braucht eine Brille«, erklärte Frau Televantos. »Seine Frau hat ihn geradezu angefleht, sich endlich eine zu kaufen, aber hört er auf sie? Nein, natürlich nicht. Dieser störrische alte Esel. Ich sage euch, dass gesamte Dorf wird sich erst durch seine verbliebenen sechs Finger durchbeißen müssen, bevor er Vernunft annimmt.

»Er sollte mehr Obst und Gemüse essen«, riet Dhespina, was die alte Dame köstlich amüsierte.

»Der Metzger – so sieht er aus!«

Als die beiden Nachbarinnen zum Thema Heilkräuter übergingen und den doppelten Nutzen von Brennnesselsud erörterten – zum einen als Haarwuchsmittel für Frau Televantos, zum anderen zur Behandlung der vergrößerten Prostata ihres Mannes –, ergriff Loukis die Flucht. Noch mehr Details aus dem Leben der Dorfbewohner verkraftete er nicht.

Loukis schloss seine Finger um den Kieselstein und betrat sein Haus. Kaum eine halbe Stunde verging, als er glaubte, eine Erscheinung zu haben. Sie traf in einem Auto ein und stieg auf zwei Krücken gestützt aus.

»Großer Gott«, rief Loukis und stürzte auf den Besucher zu. »Antoniou, ich dachte, du wärst tot!«

»Das war ich auch … irgendwie.« Er befreite sich aus Loukis' stürmischer Umarmung und schüttelte dann ungläubig den Kopf. »Heilige Mutter Gottes, wenn ich es nicht mit eigenen Augen sehen würde, ich würd's nicht glauben: Du bist noch größer, als ich dich in Erinnerung hatte!«

»Dann warte mal ab, bis du meine Brüder kennengelernt hast«, sagte Loukis lachend.

»Na los, zeig mir dein Haus. Mein eines Bein bringt mich um.«

Loukis bückte sich, um Antonious Krücken aufzuheben, und führte den ehemaligen EOKA-Mann in sein Haus. Bei Kaffee und hausgemachtem *baklava* seiner Mutter lauschte er der Geschichte von Antonious Rettung.

»Nachdem Stelios' Bombe hochgegangen war, wurde ich gefunden, verhaftet und in ein Militärkrankenhaus gebracht«, begann er. »Als ich dort zu Bewusstsein kam, war zwar mein Bein weg, aber dafür hatte ich meine Freiheit zurück.«

Loukis musste an seinen eigenen traumartigen Aufenthalt in Havvas Haus denken. Bis heute konnte er den Geschmack der Verzweiflung in seinem Mund schmecken, als er erfahren musste, dass die Unabhängigkeit für seine Freunde zu spät gekommen war. Er schüttelte den Kopf. Er hoffte, dass es der alten Frau gutging.

»Es war keine leichte Zeit«, sprach Antoniou weiter und fuhr sich mit den Fingern über die Narben in seinem Gesicht. »Eine ganze Weile wusste ich nicht, warum ich überhaupt weitermachen sollte. Ich hatte mein Bein verloren, und Harris' Tod fühlte sich an, als hätte man mir meine rechte Hand auch noch abgehackt. Und auch wenn Zypern angeblich frei war, so war ich entsetzt über die Abkommen, die hinter unserem Rücken geschlossen wurden. Makarios hat uns betrogen. Wir haben für *enosis* gekämpft, und er verrät unsere Ideale, um Präsident zu werden. Dein alter Freund Demetris – so blind, wie die Briten ihn gemacht haben – hat diese Schweinerei kommen sehen. Er hat vorausgesagt, dass die Regierung niemals handlungsfähig sein würde und dass wir damit nur der Türkei die Tür öffnen würden. Großer Gott, Loukis, wurde je eine Tochter so von ihrem Vater verraten?«

Loukis rutschte unruhig auf seinem Stuhl hin und her. Er wusste, dass er etwas sagen sollte, doch Antonious Traum war nie sein Traum gewesen.

»Es ist eine Schweinerei«, griff er dessen Worte auf.

»Und was für eine.« Antoniou nahm eine Zigarette und zündete sie sich ungeduldig an. »Die türkischen Zyprer sind gerade dabei, eine eigene zivile und militärische Verwaltung aufzubauen. In Ammochostos haben sie drei von unseren Leuten abgeknallt, und keinen juckt's. Es vergeht kaum ein Monat, in dem die Türkei nicht damit droht, bei uns einzumarschieren. Und was Makarios und sein Liebäugeln mit den Kommunisten und den Tschechen betrifft – nun, der Mann muss einfach weg. Er hat den Kahn, in dem wir alle sitzen, absaufen lassen. Jetzt ist es an der Zeit, dass ein anderer das Ruder übernimmt.«

»Etwa Grivas?«, fragte Loukis. Obwohl ihn Politik mittlerweile noch weniger interessierte als der Kräuter-Hokuspokus seiner Mutter, unterstützte er seinen Bruder Michalakis, indem er regelmäßig *Die Stimme* las. Die Zeitung berichtete derzeit unermüdlich von der Rückkehr des EOKA-Führers auf die Insel – als Oberbefehlshaber der griechischen Armee.

»Grivas, ganz genau«, bestätigte Antoniou.

»Für Völkerverständigung steht er ja nicht gerade«, bemerkte Loukis. Es war kein Geheimnis, dass der frischgekürte General zutiefst antitürkisch eingestellt war und niemand seinem jüngsten – lächerlichen – Aufruf an die beiden Gemeinschaften, doch endlich zusammenzukommen, Glauben schenkte.

»Sieh mal, ich weiß, du bist ein …« Antoniou hielt inne, um nach dem richtigen Wort zu suchen. Als er nicht fündig wurde, winkte er gereizt ab. »Du hast mit Türken zusammengelebt. Gut. Schwamm drüber, sie sind weg. Du lebst auf ihrem Land. Verdienst dein Geld. Wir müssen alle von irgendwas leben … Egal, die Sache ist die: Die Türken sind nicht unsere Feinde, aber sie sind – wie sag ich es am besten? – der fehlgeleitete Stachel in unserem Fleisch. Sie haben sich diese ganzen Rechte, die wir ihnen gewährt haben, zunutze gemacht, um laut nach Teilung zu rufen. In gewisser Weise sind wir ja selbst schuld: Wir hätten weniger großzügig sein sollen. Tja, hinterher ist man immer klüger.«

»Tjaja«, meinte Loukis nur, denn er beurteilte die Situation vollkommen anders. Er stand auf und holte zwei weitere Flaschen Bier aus dem Kühlschrank. Antoniou blickte sich unterdessen im Raum um.

»Ganz schön kleines Häuschen«, bemerkte er. »War die Richtige noch nicht dabei?«

»Ich arbeitete daran«, räumte Loukis ein.

»Das glaub ich gern«, erwiderte Antoniou vergnügt. »Ich dachte ja immer, die kleine Toulla hätte ein Auge auf dich geworfen.«

Loukis lachte und schüttelte dann den Kopf. »Ich war nur Mittel zum Zweck, um an Stelios ranzukommen.« Selbst nach ihrem Tod verspürte Loukis das Bedürfnis, die Gefühle seiner Freundin zu schützen. »Aber wie sieht's bei dir aus? Hast du eine Frau gefunden, die dir deine verlauste Wäsche wäscht?«

Antoniou grinste verschlagen. »Ich hab vielleicht ein Bein verloren, aber ich bin wieder im Spiel und zurück im Sattel. Wie sich zufällig herausgestellt hat, ist meine Krankenschwester eine große Anhängerin des Widerstands. Wir haben ein kleines Abkommen geschlossen: Ist die Insel erst mal wieder auf Kurs gebracht, feiern wir das mit dem Spurt zum Altar.«

»So lange will sie warten?«, fragte Loukis, nur halb im Scherz.

»Ich denke, unsere Probleme werden sich schneller lösen, als du glaubst«, erwiderte Antoniou und ließ seine Bierflasche mit einem Augenzwinkern gegen die von Loukis krachen.

Im Grunde war ihr Leben im Dorf gar nicht schlecht gewesen – die Angst war dort hauptsächlich das Produkt ihrer eigenen Verunsicherung gewesen. Hier in Gönyeli hingegen glich ihr Dasein einem einzigen Alptraum.

Mehmet überließ seine beste und letzte Hose dem Jugendlichen, der zu seinen Füßen hin und her schaukelte. Er war kaum älter als ein Kind, doch bereits jetzt ein gebrochener Mann. Seine dünnen Arme hatte er schützend um seinen Körper geschlungen, sein Blick war leer.

»Hier, bitte, mein Sohn.« Mehmet reichte dem Jungen die Hose. Sie würde zu lang sein, doch sie war alles, was er noch hatte.

Um sie herum waren Männer damit beschäftigt, Mauern hochzuziehen und aus allem, was sie finden konnten, ein Dach zu errichten. Seit die Griechen ihre Blockaden errichtet hatten, kamen nur noch weniger Güter bis zu ihnen durch – das Einzige, was nicht abriss, war der Strom an Notleidenden: Manche schliefen in Autos, die niemand mehr brauchte, weil der Tank leer oder der Motor verrostet war. Die Glücklicheren unter ihnen kamen bei Verwandten unter, die noch Platz in ihren Häusern hatten. Zuletzt hatte eine Familie aus Erenköy Zuflucht gesucht, dem Ort, den die Griechen Kokkina nannten. Es waren vier Personen: Vater, Mutter, Großvater und Sohn. Eine Woche zuvor waren sie noch zu fünft gewesen.

Sevket Osman und seine Familie waren nachts angekommen, müde, hungrig und traumatisiert. Da sich die Menschen in Gönyeli mit Berichten von Radio Bayrak auf dem Laufenden hielten, wussten sie über die Gräuel Bescheid, die in Erenköy verübt wurden – doch die Belagerung spielte sich im Nordwesten der Insel ab, über fünfzig Kilometer entfernt, daher waren die Dorfbewohner fassungslos, als die Flüchtlinge vor ihrer Haustür standen.

Der Angriff der Griechen auf Erenköy war erbarmungslos.

Es war kein Geheimnis, dass die türkischen Zyprer Waffen und Kriegsfreiwillige über die Enklave vom Festland auf die Insel schmuggelten, doch sie war auch ein lebenswichtiger Nachschubhafen für Nahrung und Medikamente. Trotzdem, oder gerade deshalb, griff die griechische Nationalgarde den Hafen von Erenköy an. Da die UN-Truppen der Offensive nichts entgegensetzen konnten, zogen sie sich zurück und überließen die Enklave sich selbst. Umzingelt von den Bergen, mit dem Rücken zum Meer, gab es kein Entkommen und kein Erbarmen.

»Alles fing mit einem Kampf um die Landstraße an«, schilderte Sevket. »Dann handelten die Blauhelme einen Waffenstillstand aus und holten ihre Truppen, um ihn zu überwachen. Doch es war bedeutungslos. Als die Griechen mit ihren Granatwerfern und schwerer Artillerie angriffen, überließen uns die Ausländer unserem Schicksal. Tagelang herrschte finsterste Nacht: Häuser wurden in die Luft gesprengt, unsere Jungs knickten um wie Streichhölzer und fielen uns tot zu Füßen, und diese Bastarde kamen immer näher, obwohl wir ihnen nichts entgegenzusetzen hatten. Sie drängten uns rückwärts, bis wir knietief im Meer standen – wo schon ihre Kriegsflotte wartete, um uns wieder an Land zu pusten. Wir waren ihnen völlig unterlegen, und sie haben uns einfach niedergemetzelt. Yusuf, mein Sohn, wurde getötet, als er versuchte, uns zu retten. Und all die anderen Kinder, ich habe sie gesehen, in Stücke, in Fetzen gerissen, unschuldige kleine Kinder, die nie wieder laufen, nie wieder einen Ball werfen werden. Kinder, sage ich euch! Was haben sie ihnen getan? Was für Verbrechen könnten sie schon begangen haben?«

Als der Mann nach diesen Worten in Tränen ausbrach, hielt

Mehmet es nicht länger aus und verließ den Holzverschlag, den die Familie ab sofort ihr Zuhause nennen sollte. Draußen fand er den Imam des Dorfes, er hatte die Hände vors Gesicht geschlagen und weinte.

»Was kann ich nur tun?«, rief der Mann flehend, als er Mehmets Hand auf seiner Schulter spürte. »Was kann ich ihnen geben? Ich habe nur meinen Glauben, doch was kann der gegen Männer ausrichten, die entschlossen sind zu morden?«

»Ihr Glaube ist das Beste, was Sie ihnen geben können«, sagte Mehmet sanft.

»Und wenn ich merke, wie er von mir abzufallen droht? Möge Allah mir verzeihen, aber ich habe versagt.«

Mehmet blickte dem Geistlichen in die geröteten Augen. Es gab nichts, was er ihm sagen konnte. Der Mann hatte seine eigene Schlacht zu schlagen, so wie alle anderen auch.

Obwohl Gönyeli bis auf den letzten Stein türkisch war, schien der Ort für die Griechen uninteressant und blieb daher von Angriffen verschont. Die Männer blieben indes wachsam, und aus den Schützengräben, die um das Dorf gezogen worden waren, sah man Gewehrläufe ragen. Jeder, der als diensttauglich galt, musste auf Streife gehen, wofür ihm das Festland zwei Pfund im Monat zahlte; die Befehle kamen von ehemaligen Polizisten oder Mitgliedern der inzwischen nicht mehr bestehenden Armee Zyperns. Mehmet erinnerte sich an einen Vorfall, der sich kurz nach ihrer Ankunft in Gönyeli ereignet hatte: Ein griechischer Zyprer war durch das Dorf gefahren – entweder nicht ahnend, in welches Gebiet er eingedrungen war, oder aber zu betrunken, um sich darum zu scheren. Er wurde aus seinem Auto gezerrt und zu Tode geprügelt. Ein paar Dorfbewohner zeigten sich erschüttert über den Mord, die Mehrheit hingegen machte sich lediglich Sorgen über mögliche Vergeltungsschläge. Als nach einem Monat noch immer kein bewaffneter Mob über den Ort hergefallen war, legte sich die Panik allmählich, und der Tote geriet in Vergessenheit – zumindest im Dorf. Vor nicht allzu langer Zeit hätte Mehmet gefordert, dass die Täter vor Gericht gebracht würden, heute war er einfach nur dankbar, dass er das Verbrechen nicht hatte mitansehen müssen. Als er neben Pembe in ihrem provisorischen Bett lag, betrauerte er die Rechtschaffenheit, die ihn einst zu einem besseren Menschen gemacht hatte.

»Wusstest du, dass die Jungs Zwillinge waren?«

Mehmet wandte sich seiner Frau zu. »Nein, ich dachte, sie wären nur Brüder.«

»Sie waren Zwillinge, und sie waren unzertrennlich, hat mir ihre Mutter erzählt.« Pembe hatte den Abend mit Sevkets Frau verbracht.

»Ali, der Junge, der überlebt hat, war der Jüngere von den beiden«, fuhr Pembe flüsternd fort, um die Kinder ihres Neffen nicht zu wecken, die auf der anderen Seite des Vorhangs schliefen, mit dem der Raum unterteilt worden war. »Ihre Mutter sagt, dass er seit dem Mord an seinem Bruder nichts mehr gegessen hat und alles wieder ausspuckt, was sie in ihn hineinzwingen. Er trinkt nur Wasser, aber er bekommt den Geschmack einfach nicht los. Seine Mutter sagt, dass er daneben stand, als seinem Bruder eine Kugel in den Kopf geschossen wurde, und dass er von seinem Hirn schlucken musste.«

»Das arme Kind!«

Im Dunkeln liefen Mehmet Tränen über die Schläfen, und er fragte sich, wie der junge Mann je die Kraft finden sollte, weiterzumachen. Am nächsten Morgen, noch vor dem ersten Hahnenschrei, erhielt Mehmet die Antwort auf seine Frage, als er die verzweifelten Schreie der Mutter des Jungen hörte.

Während der Rest des Dorfes schlief, hatte sich Ali, Sohn von Sevket und Zwillingsbruder von Yusuf, das Leben genommen. Der Junge hatte sich den Geschmack seines toten Bruders mit Batteriesäure aus dem Hals geätzt.

Es war etwa ein Jahr her, da hatte Dhespina ein scharfes Messer zur Hand genommen und die Enden von annähernd einhundert geschälten Walnüssen aufgeschnitten. Anschließend hatte sie die Nüsse sieben Tage lang eingeweicht, wobei sie täglich das Wasser wechselte, und am achten Tag gab sie eine Handvoll Kalk hinzu. Sie wusch die Walnüsse ab und gab sie in einen großen Topf mit Wasser, das sie zum Kochen brachte. Nach zehn Minuten goss sie das Wasser wieder ab und ließ die Nüsse mit frischem Wasser weitere zwanzig Minuten kochen. Dann nahm sie einen Spieß und stach je zwei Löcher in jede Nuss, bevor sie sie ein weiteres Mal zwanzig Minuten lang kochte. Abermals goss sie das heiße Wasser ab, ließ die Nüsse in kaltem Wasser abkühlen und gab den Saft von zwei Zitronen hinzu. Sie goss noch einmal das Wasser ab und steckte zwischen die Enden jeder Nuss eine Mandel. Dann streute sie Zucker darüber und kochte alles auf kleiner Flamme, bis der Sirup eindickte. Nachdem sie den Saft einer halben Zitrone darübergeträufelt hatte, ließ sie alles abkühlen und füllte es in Einmachgläser ab, die sie im Schrank versteckte, um einen angemessenen Anlass abzuwarten. Es war ein aufwendiges und strapaziöses Verfahren – nicht zuletzt für die Walnüsse –, daher wurde Dhespina das Gefühl nicht los, dass man an diesem Nachmittag weder ihnen noch ihr den gebührenden Respekt entgegenbrachte.

»Esst!«, befahl sie, und jeder im Raum nahm eilig eine kleine silberne Gabel zur Hand und knabberte an den klebrigen Klumpen herum, aus denen Sirup auf ihre Teller sickerte. Während sie schweigend aßen, teilte Dhespina Wassergläser aus.

»Ich mag das nicht«, murmelte Elpida.

»Psst!«, mahnte Praxi.

»Es schmeckt wie Holz.«

»Ich mag es auch nicht«, bekannte Loukis und zwinkerte ihr zu.

»Also, ich find's prima«, hielt Lenya dagegen und warf ihrer Schwester ein Lächeln zu.

»Ich mag es!«, pflichtete Marios ihr bei.

»Ja, wirklich gut«, fügte Georgios hinzu.

»Die Nelken fehlen«, sagte Frau Televantos und verzog das Gesicht.

»Da hängt was in Ihren Kinnhaaren«, setzte Elpida ihre Tischnachbarin in Kenntnis, was ihr ein weiteres »Psst!« ihrer Mutter einbrachte.

»Und jetzt?«, fragte das Kind ungeduldig, und Dhespina lächelte dankbar. Elpida hatte sie soeben daran erinnert, was der ursprüngliche Anlass dieses ungeplanten Massenauflaufs in ihrem Wohnzimmer war: Sie hatte Zeit mit ihrer Enkelin verbringen wollen.

Wie Georgios es einst vorausgesehen hatte, hatte sich die Wahrheit schließlich ihren eigenen Weg gesucht, um ans Licht zu kommen. Allerdings war das Geheimnis kaum gelüftet, da wurde bereits der Schleier der Schicklichkeit darüber gebreitet. Praxi hatte Loukis gegenüber zugegeben, dass er Elpidas leiblicher Vater war – Dhespina hatte wieder einmal recht behalten, wobei Georgios nur froh war, dass sie sich nicht eingemischt hatte. Elena hingegen war der festen Überzeugung, dass Praxi mit ihrem Bekenntnis die ersten Risse in einen Damm gemeißelt hatte, der früher oder später brechen und sie alle unter sich begraben würde.

Angesichts der neuen Umstände hatte Dhespina Praxi und ihre Tochter zwei Tage zuvor zu sich eingeladen, nachdem sich die drei zufällig in der Dorfbäckerei getroffen hatten. Als Elena von Praxis Plänen hörte, bestand sie darauf, mitzukommen – zweifellos, um Praxi einen Maulkorb zu verpassen, sollte sie auf die Idee kommen, weitere spontane Geständnisse abzulegen. Sie hatten kaum Platz genommen, da kam Loukis durch die Tür spaziert und demonstrierte einmal mehr seine geradezu übernatürliche Verbindung zur Mutter seines Kindes, indem er unangemeldet und zu einer für ihn vollkommen untypischen Tageszeit auftauchte. Und gerade als Dhespina dachte, der Nachmittag könne nicht noch unentspannter oder ihr Wohnzimmer nicht noch voller werden, erschienen Lenya und Andreas mit ihrer Tochter Niki, um zu verkünden, dass sie ein weiteres Kind erwarteten. Kurz darauf war Marios von der Arbeit nach Hause gekommen. Und wie der Puderzucker auf einer

Portion *loukoumia* machte zu guter Letzt Frau Televantos die spontane Runde komplett, weil sie gerade »zufällig« in der Gegend war und die Versammlung für eine Art Totenwache für die Opfer von Kokkina hielt.

»Diese Bestien haben Napalm eingesetzt!«, kreischte sie. »Unsere Söhne versuchen, sie daran zu hindern, Waffen ins Land zu schmuggeln, mit denen Griechen umgebracht werden, und die Türkei schickt ihre Düsenflugzeuge, um dieses Teufelszeug über uns auszukippen!«

Georgios reichte der alten Frau einen Schluck Brandy zur Beruhigung.

»Nun, ich sollte ja eigentlich nicht …«, erklärte sie, bevor sie das Glas in einem Zug leerte und es Georgios für »ein kleines Schlückchen noch« zurückreichte. Zu ihrer Linken verschlang Praxi Loukis mit den Augen. Lenyas fragender Blick, mit dem sie die beiden beobachtete, entging Dhespina nicht.

»Nun sag mal, Praxi *mou*«, begann Frau Televantos, während sie beherzt die nelkenfreien Walnüsse in sich hineinschaufelte. »Wann wirst du denn nun zu deinem Mann zurückkehren?«

Neben ihrer Tochter erstickte Elena beinahe an einem Schluck Wasser.

»Das lässt sich leider nicht abschätzen«, erwiderte Praxi vollkommen gelassen, riss ihren Blick von Loukis los und ließ einen Anflug von Traurigkeit über ihr Gesicht huschen. »Wie Sie ja wissen, haben wir eine gutgehende Bar, was einerseits natürlich ein Segen ist, andererseits aber nicht die richtige Umgebung für ein kleines Mädchen darstellt, wie Sie mir sicher zustimmen werden. Dieser ganze Biergestank und all die lauten Männer … Yiannis und ich haben darüber gesprochen und sind uns einig, dass Elpidas Wohl und Gesundheit stets an erster Stelle stehen muss.«

»Ich mag aber Bier«, meldete sich Elpida zu Wort, woraufhin Praxi Frau Televantos einen vielsagenden Blick zuwarf, den die alte Frau mit einem mitfühlenden Nicken beantwortete.

»Ganz recht, liebe Praxi, deine eigenen Bedürfnisse müssen hinter denen deines Kindes zurückstehen.«

»Und dann die anhaltenden Unruhen und der drohende Einmarsch der Türkei …«, fuhr Praxi fort.

»Nein, nein, du hast völlig recht«, bekräftigte Frau Televantos. »Es ist kein Platz für Romantik im Schatten des Krieges.«

Loukis und Praxi warfen sich einen innigen Blick zu, und Elena geriet immer mehr ins Schwitzen. »Bleibt einem hier denn gar nichts erspart?«, murmelte sie und trug ihren Teller zur Spüle.

»Wisst ihr was? Ich hätte Lust auf ein bisschen frische Luft«, verkündete Praxi und erhob sich von ihrem Stuhl.

»Darf ich mitkommen?«, fragte Elpida.

»Ja, natürlich.«

»Ich komme auch mit«, erklärte Loukis.

»Ich auch!«, rief Elena, der bei dem Gedanken an Frau Televantos' loses Mundwerk ganz übel wurde.

»Ich begleite euch bis zum Friedhof«, sagte Marios.

»Ach, dann leiste ich euch auch Gesellschaft«, schloss sich Georgios an.

»Ich bin ebenfalls dabei«, ließ Andreas wissen.

»Darf ich auch mit, Papa?«, fragte Niki.

»Aber klar, *mikri mou*.«

Und so verließen nacheinander alle den Raum und ließen eine verdutzte Frau Televantos zurück, die sich nun geräuschvoll daran machte, die Walnussreste aus ihren dritten Zähnen zu saugen. Dhespina und ihre Schwester räumten die Teller ab und trugen sie in die Küche, von wo aus sie dem Strom der Gäste nachblickten.

»Glaubst du, dass Loukis und Praxi …?«, flüsterte Lenya, beendete den Satz aber nicht.

»Natürlich nicht!«, erwiderte Dhespina entschieden. »Das würden sie niemals tun. Sie sind einfach nur … Meine Güte, sie haben gerade erst wieder angefangen, miteinander zu sprechen. Und davon mal ganz abgesehen, wie sollten sie das überhaupt anstellen? Loukis könnte sich vielleicht so frei bewegen, wie er wollte, aber Elena passt auf Praxi auf wie ein Schießhund.«

»Ja, natürlich. Entschuldige. Es war nur, weil ich dachte, Elena wäre eben beinahe vor Verlegenheit gestorben, als Frau Televantos nach Yiannis fragte.« Lenya griff nach einem Tuch, um die Teller abzutrocknen, die Dhespina zu spülen begonnen hatte. »Ich meine, es ist einfach merkwürdig, dass eine Frau im Haus ihrer Mutter lebt, wenn ihr Mann gerade mal zehn Minuten die Straße runter wohnt – und das bei Praxis Vorgeschichte mit Loukis ... Wirklich, die beiden müssen vorsichtig sein, Dhespo. Die Leute werden anfangen zu reden, zu Recht oder zu Unrecht. Praxi ist eine verheiratete Frau.«

»Ich verstehe dich ja, Lenya, aber hat nicht ein kleiner Teil in dir auch das Gefühl, dass die Dinge jetzt wieder so sind, wie sie sein sollten?«

»Wieso? Weil die beiden wieder Freunde sind?«

»Ja.«

»Heilige Mutter Gottes, Dhespo! Du bist ja noch unmöglicher als die beiden selbst. Nein, die Dinge sind nicht wieder beim Alten. Loukis und Praxi sind keine Kinder mehr, sie sind erwachsen und tragen Verantwortung. Und sollten sie mehr tun, als nur miteinander zu reden, begehen sie die schrecklichste aller Sünden. Was nicht heißen soll, dass ich meine, sie gingen so weit, aber die Versuchung wird auf jeden Fall da sein. Also bitte, Dhespo, behalte sie im Auge, denn so sicher, wie ich mein zweites Kind unter dem Herzen trage: Die Leute werden reden.«

15

Ein blonder Haarschopf erregte Loukis' Aufmerksamkeit. Das Kind lief in einem wahnwitzigen Tempo davon.

»Ist das Niki?«

Elpida warf einen Blick über den Zaun und nickte.

»Wo rennt sie hin?«

»Ich glaube, sie rennt nicht irgendwohin, sondern vor irgendwas weg«, überlegte Elpida laut.

Loukis legte das Jagdgewehr ab, das er gerade reinigte, und wartete auf eine Erklärung. Elpida zuckte mit den Schultern und verzog die Mundwinkel auf eine Art, die ihm nur allzu bekannt vorkam.

»Ich hab ihr gesagt, dass es hier Schlangen gibt.«

»Tut es ja auch«, bestätigte Loukis.

»Ja, aber ich hab ihr auch gesagt, dass sie einen Mordshunger auf kleine Mädchen hätten und versuchen würden, sie zu fressen.«

»Du bist doch selbst ein kleines Mädchen.«

»Wohl kaum, Loukis der Wolf, ich werde in ein paar Monaten acht. Niki ist noch nicht mal sechs.«

»Oh, na dann ist sie wirklich noch ein kleines Mädchen.« Loukis nahm wieder sein Gewehr zur Hand und reinigte es weiter. Er fragte sich, ob er einschreiten sollte, weil seine Tochter seine kleine Cousine in Angst und Schrecken versetzte, kam dann aber zu dem Schluss, dass es Charakter bewies, und ließ es dabei bewenden.

»Ich hatte heute Nacht wieder diesen Traum.« Elpida setzte sich neben Loukis auf die Felsen und begann seine rußgeschwärzten Lappen aneinanderzuknoten.

»Welchen?«

»Der, in dem die Wolken immer weiter zu mir runterkommen und sich dann so fest auf mein Gesicht drücken, dass ich keine Luft mehr bekomme.«

»Und was hast du gemacht?«

»Ich hab sie weggepustet – so, wie du es mir gesagt hast.«

»Hat's geklappt?«

»Ja. Aber ich musste ganz schön fest pusten. Ich war total müde danach.«

»Ja, diese Wolken können manchmal verflixt hartnäckig sein.«

Loukis musste lächeln bei der Vorstellung, wie seine Tochter sich selbst wieder in den Schlaf pustete. Er konnte kaum glauben, dass er vor einem Jahr gedankenverloren auf gewundenen Feldwegen herumgeirrt war, weil er die Welt um sich herum nicht verstanden hatte. Während er nun hier in der gleichen Frühlingssonne saß, hatte sein Leben auf einmal einen Sinn, und alles drehte sich um ein kleines Mädchen, das nicht ganz acht, aber viel älter als sechs war.

Obwohl sie Yiannis ihren »Papa« nannte, war es inzwischen Loukis, zu dem Elpida lief, wenn sie sich unterhalten wollte, wenn ihr langweilig war oder sie von Alpträumen geplagt wurde. Und am Weihnachtstag hatte sie mit Praxi die Economidous besucht und Loukis eine kleine, in goldenes Papier eingewickelte Schachtel überreicht. Darin lag auf einem Watteberg ein vollkommen glatter weißer Stein. Aufgeregt blinzelnd wartete Elpida auf seine Reaktion, und Loukis' Blick sagte ihr alles, was sie wissen wollte.

»Ein Kieselstein?«, fragte Praxi, als sie das Geschenk ihrer Tochter sah.

»Das ist ein Mondstein, Mamma – ein Mondstein für einen Wolf.«

Elpida zog ihre Strümpfe hoch und stand auf, um nach dem Stock zu sehen, den Loukis in den Boden gesteckt hatte.

»Der Schatten ist fast weg«, sagte sie. »Ich sollte wohl nach

Hause gehen. *Yiayia* kocht *psito*, und heute Nachmittag besuche ich Papa.«

Augenblicklich begann die Luft um Loukis herum zu gefrieren. Die Worte des Kindes holten ihn in eine Realität zurück, die er nur allzu gern verdrängte.

Noch zwanzig Minuten zuvor hatte Michalakis vor einem der beliebtesten Cafés von Lefkosia in der prallen Frühlingssonne gesessen und sich Notizen gemacht. Nun rangelte er drinnen mit den anderen Gästen um einen Stuhl, nachdem alle von einem Platzregen überrascht worden waren. Wie sagte seine Mutter so gern: »Räum das Holz nie vor Ende Mai weg.«

Kyriakos drängelte sich zu einem freien Tisch neben dem Spielautomaten durch und bestellte zwei Kaffee. Er hatte in den letzten Monaten stark abgenommen, seine Wangen wirkten geradezu eingefallen und die überschüssige Haut hing ihm in Falten schlaff im Gesicht herunter. Michalakis war sich nicht sicher, ob das den Forderungen seiner Frau zuzuschreiben war oder dem Druck in der Regierung. Zypern war im vergangenen Jahr nur einen Wimpernschlag von einem Krieg mit der Türkei entfernt gewesen, die insgesamt fünf Mal damit gedroht hatte, auf der Insel einzumarschieren. Nach neunmonatigen Kämpfen waren die beiden Gemeinschaften verfeindeter denn je, und insgesamt einhundertdrei türkisch-zyprische Dörfer waren zu Geisterstädten geworden. Auf beiden Seiten waren Menschen getötet worden, und auch wenn sich der Sturm inzwischen gelegt hatte, war die Situation weiterhin so unbeständig wie das Frühlingswetter – keine der beiden Seiten war einer Lösung auch nur einen einzigen Schritt näher gekommen.

»Wir stehen am Rande eines politischen Abgrunds«, sagte Kyriakos wenig hoffnungsfroh. »Die Türkei lässt ihre Muskeln spielen, unsere Mutter Griechenland hat demonstriert, dass sie unfähig ist, Gleiches mit Gleichem zu vergelten, und unsere eigenen Streitkräfte werden von einem Mann angeführt, der den Präsidenten unverhohlen verachtet.«

»Warum schickt Makarios General Grivas nicht einfach in die Wüste?«

Kyriakos lachte bitter. »Und wie soll er das, bitte, anstellen? Grivas hat Griechenland im Rücken – und sämtliche Waffen der Insel unter seiner Kontrolle.«

»Ja, so gesehen …« Michalakis schlürfte seinen Kaffee aus und blickte Kyriakos geradeheraus an. »Meinst du, du könntest für mich ein Treffen mit dem Präsidenten arrangieren?«

»Bei dem Ruf, den eure Zeitung hat? Wohl kaum!«, blaffte Kyriakos. »Ihr wart in den vergangen Jahren nicht gerade die loyalsten Verbündeten.«

»Das vielleicht nicht, aber wir haben stets versucht, unparteiisch zu sein.«

»Da muss ich dir leider recht geben.« Der Politiker seufzte. »Gut, ich werde schauen, was sich machen lässt. Vielleicht hast du ja tatsächlich eine Chance, jetzt, wo der Präsident mehr auf die Hilfe der Kommunisten angewiesen ist.«

Michalakis bedankte sich. Dann warf er einen raschen Blick auf die Uhr und stand auf. Er war spät dran.

»Halte ich dich von irgendetwas ab?«, fragte Kyriakos.

»Das tust du in der Tat«, erwiderte Michalakis. »War schön, dich zu sehen, alter Freund.«

»Das Vergnügen war, wie immer, ganz meinerseits – genau wie die Rechnung, scheint mir.«

Draußen hatte es inzwischen aufgeklart, Michalakis lief zu seinem Auto und fuhr ins Ledra Palace Hotel. Dort fand er seine Mutter und Maria bei einer Coca-Cola am neuen Swimmingpool. Mit ihrem schwarzen Kopftuch und der dicken Strumpfhose wirkte Dhespina fehl am Platz und fühlte sich sichtlich unwohl. Maria hingegen strahlte wie eine Göttin. Erfreut stellte Michalakis fest, dass sie das blaue Baumwollkleid trug, das er ihr eine Woche zuvor geschenkt hatte.

»Na, wie geht es meinen beiden Lieblingsfrauen?«, fragte er, während er sich zu ihnen setzte. Liebevoll legte er seiner Mutter eine Hand aufs Knie. Dhespina wagte sich nur selten in die

Hauptstadt – sie behauptete, sie bekäme dort Juckreiz –, daher wusste er es zu schätzen, dass sie auf seine Bitte hin gekommen war. Seit Marias Umzug nach Lefkosia versuchte Michalakis äußert behutsam, geradezu quälend behutsam, Maria für sich zu gewinnen. Nun war es an der Zeit, fand er, dass seine Familie, insbesondere seine Mutter, ihre Beziehungen zu dem Mädchen neu knüpfte.

»Hast du bei deinem Freund von der Regierung erreicht, was du wolltest?«, fragte Dhespina.

»Das wird sich zeigen, aber ich hoffe es. Habt ihr beide den ganzen Tag am Pool verbracht?«

»Wohl kaum! Hast du nicht mitgekriegt, wie es geschüttet hat?«, rief Maria und zog an den Spitzen ihrer Haare, die durch den Regen ganz lockig geworden waren.

»Wir waren einkaufen«, erklärte Dhespina ihrem Sohn.

»Warum überrascht mich das nicht?«

Maria versetzte Michalakis einen spielerischen Tritt unter dem Tisch, und Dhespina lächelte. Die ganze Situation war geradezu bizarr, und als Mutter gab sie ihr Bestes, das Bild von Maria aus dem Kopf zu bekommen, wie sie sehnsüchtig einen ihrer anderen Söhne anschmachtete. Was Michalakis betraf, so konnte selbst ein Blinder das Funkeln in seinen Augen sehen, und Dhespina betete, dass sich die gleiche Zuneigung eines Tages auch in Marias Gesicht spiegeln würde. Es war nicht ausgeschlossen. Nichts war ausgeschlossen. Ein kurzer Blick auf die Cocktail trinkenden Gäste am Pool bestätigte ihr das.

Unwillkürlich kratzte sie sich an der Innenseite ihrer Oberarme.

Praxi liebte die Unberechenbarkeit des Frühlings, wenn die Sonne von einer Sekunde auf die andere von Stürmen weggepeitscht wurde, um dann nach kürzester Zeit wieder durch die Wolken zu brechen und den Himmel zurückzuerobern. Als die letzten Tropfen gefallen waren, fühlte sie sich wie neugeboren und so aufgewirbelt wie die Luft. Zu lange war sie in der Dunkelheit des Winters verkümmert, und nun brach ein neuer Tag an und mit ihm die verlockende Aussicht auf mehr. Loukis wusste endlich alles, was er wissen musste: dass sie ihre Liebe nicht aus Bosheit verraten hatte, sondern dazu gezwungen gewesen war, und dass die Tochter, die sie zur Welt gebracht hatte, sein Fleisch und Blut war. Und obwohl sie seinen Atem noch immer nicht auf ihrem Gesicht spüren konnte, da sie auf Schritt und Tritt von ihrer Mutter und den misstrauischen Blicken unbarmherziger Nachbarn beschattet wurde, wusste sie wenigstens, dass auch keine andere unter seinen Berührungen erschauerte. Maria hatte das Weite gesucht, nachdem sie von einem Mann zurückgewiesen worden war, bei dem sie – wenn überhaupt – an zweiter Stelle rangierte. Praxi würde lügen, wenn sie behauptete, dass sie diese Entwicklung nicht freute. Wäre Maria nicht gewesen, wäre sie vor acht Jahren mit Loukis vor den Altar getreten, und es wäre der glücklichste Tag ihres Lebens gewesen. Stattdessen waren sie den Launen des Schicksals zum Opfer gefallen. Doch Praxi hatte die Hoffnung noch nicht aufgegeben. Irgendwie war es ihnen gelungen, sich aus den Klauen ihrer Widersacher zu befreien, und nun lebten sie wieder beide im Dorf. Bestimmt würde ihnen noch mehr Gutes widerfahren, dafür würden Gott und die Insel schon sorgen. Sie waren Kinder Gottes, und sie waren Zypern; sie waren Regen und Sonnenschein, rauer Wind und sanfte Brise, alles und nichts, und beflügelt von den Kräften der Natur hüpfte und sprang Praxi mit zwei toten Hasen unter dem Arm zurück zum Haus ihrer Mutter. Der Metzger hatte ihr ein kleines Vermögen für die beiden Tiere abgeknöpft, doch da sie Loukis' Hände an den leblosen Körpern spüren konnte, hätte sie wohl jeden Preis bezahlt, so sehr verzehrte sie sich nach seiner Berührung.

Als sie zu Hause ankam, war auch Elpida von ihrem Nachmittag bei Yiannis zurück. Praxi kam durch die Tür geschwebt, und Elena warf ihr einen argwöhnischen Blick zu, den ihre Tochter pflichtgemäß ignorierte. Sie tänzelte auf Elpida zu, die gerade den Tisch deckte und von einer Hochzeit schwärmte, die sie in Keryneia gesehen hatte.

»Die Ehe wurde von der *proxenitra* arrangiert, und die beiden haben gut zusammengepasst, stimmt's, *yiayia*?«

Elena nickte und lächelte zustimmend, dann befreite sie Praxi von den toten Hasen.

»Und wie viele Leute da waren!«, rief Elpida. »Es war wie im Märchen. *Yiayia* hat mir erzählt, dass es vor der großen Feier am Hochzeitstag viele kleine Feste gibt, zum Beispiel diese Bettgeschichte: Da beziehen die Frauen das Bett des Brautpaares und singen und tanzen dabei. Und dann legt die Familie Geld und einen kleinen Jungen auf das Bett. Ich weiß zwar nicht, warum sie das machen, aber sie nennen es Tradition.«

Elena und Praxi warfen sich einen vergnügten Blick zu. Sie wussten beide nur zu gut, was es mit dem Fruchtbarkeitsritual auf sich hatte.

»Jedenfalls war die Braut wunderschön, so schön wie ein Engel, und erst ihr weißes Kleid! Und wenn sie nach Hause kommt, dann nimmt sie ihr Bettlaken und hängt es aus dem Fenster – wahrscheinlich, um allen zu zeigen, dass sie so viel Spaß auf ihrer Hochzeit hatte, dass sie kein Auge zugekriegt hat.«

Nun konnten Elena und Praxi nicht mehr länger an sich halten und brachen in Gelächter aus.

»Was ist denn? Was ist so lustig?«

Praxi sah die Verwirrung in den Augen ihrer Tochter, stürmte auf sie zu und nahm sie fest in die Arme.

»Elpida *mou*, wir freuen uns einfach nur, das ist alles – wir freuen uns über deine wunderbare Geschichte von der Hochzeit.«

»Wirklich?«

»Ja, wirklich. Und ich kann es gar nicht erwarten, bis du groß bist und selbst heiratest und ein kleines Mädchen in deinem Alter zu ihrer Mamma rennt, um ihr von dem wunderschönen Engel zu erzählen, den sie gesehen hat.«

Elpida strahlte nun übers ganze Gesicht, und ihre dunklen Augen leuchteten vor Freude.

»Das wird bestimmt schön, nicht wahr? Und obwohl meine Hochzeit noch Lichtjahre entfernt ist, weiß ich schon ganz genau, wen ich mal heiraten werde.«

»Ach ja?«, fragte Praxi und lachte. »Und wer ist der Glückliche?«

»Na, Loukis der Wolf, natürlich!«

Hinter Praxi gingen gleich mehrere Teller zu Bruch. Als sie sich umdrehte, sah sie Elena bewusstlos auf dem Boden liegen.

16

Egal, wo sie hinschaute, sah Elena nur Probleme: Im Dorf versteckte sich ihre Tochter vor ihren ehelichen Pflichten, während ihre Enkelin eine Hochzeit mit ihrem eigenen Vater plante; und in Keryneia lugte unter einem so gut wie nicht benutzten Ehebett eine Männerunterhose hervor, die viel zu klein war, um ihrem Schwiegersohn zu gehören. Elena schob sie mit dem Fuß ein Stück weiter unter das Bett, als bedeutete aus den Augen auch aus dem Sinn. Sie hatte nicht die Nerven, um sich mit den Fragen zu beschäftigen, die sich beim Fund dieser fremden Männerunterhose unweigerlich stellten.

Wie gern würde sie mit jemandem reden, aber mit wem? Dhespina, die all die Jahre ihre Stimme der Vernunft und ihre Leibärztin gewesen war, schien entschlossen, die Augen zu verschließen, und jemand anderen, dem sie vertrauen könnte, gab es nicht. Ihr Mann war schon lange tot, Gott hatte allem Anschein nach ein taubes Ohr für ihre Gebete, die Heiligen wollten ihr auch keine Hilfe sein, und der Priester – nun, da hätte sie gleich Frau Televantos bitten können, sich mit einem Megaphon auf den Marktplatz zu stellen und aller Welt ihre Probleme zu verkünden. Nein, sie war völlig auf sich gestellt und musste ganz allein zusehen, wie sie ihren Grundsätzen und ihrem Glauben treu blieb – und an allen Ecken und Enden scheiterte. Den gesamten Sommer über bis in den Herbst hinein hatte sie mit allen Mitteln versucht, ihre Familie auf den Pfad der Normalität zurückzuführen: Sie hatte Praxi nach Hause gescheucht, wann immer ihre Ausflüge zu Dhespina über die übliche Länge eines Nachbarschaftsbesuches hinausgingen, und sie hatte ihre Enkelin dazu angetrieben, lieber mit Lenyas Tochter zu spielen statt bei jeder sich bietenden Gelegenheit zum Hof der Türken zu laufen. Doch Niki war ein rastloses Kind, ununterbrochen war sie in Bewegung, und Elpida hatte weder die Geduld noch die Kondition für solch eine Freundschaft. Als Elena mit Praxi über ihre Bedenken sprechen wollte, tat diese die unsittlichen Gefühle der Kleinen schlicht als »kindliche Schwärmerei« ab.

»Und was ist mit dir?«, fragte Elena.

»Mit mir, Mamma? Ich habe genug geschwärmt, und jetzt warte ich darauf, dass sich mein Schicksal erfüllt.«

Für Elena gab es keinen Zweifel, dass ihre Familie den bösen Blick auf sich gezogen hatte und seither ein Fluch auf ihr lastete.

Um ihm entgegenzuwirken, reinigte sie ihr Haus inzwischen täglich, indem sie mit schwelenden Olivenblättern von einem Zimmer zum anderen lief. Und wenn Elpida ihr den Teufel persönlich ins Haus schleppte, streute sie Salz auf seinen Stuhl, um zu verhindern, dass er wiederkam. Ihr entging zwar nicht, dass Loukis wenigstens den Anstand besaß, einen entschuldigenden Blick aufzusetzen, wann immer er über ihre Schwelle trat; doch ein beschämtes Lächeln reichte bei weitem nicht aus, um den Untergang ihrer Familie abzuwenden. Elena wusste einfach nicht mehr weiter. Es war gar nicht so lange her, da hatte sie geglaubt, ihr Haus sei eine Burg – eine uneinnehmbare Festung, in der sie alle sicher seien. Im Laufe der vergangenen Jahre aber war es zunehmend zu ihrem Konstantinopel geworden: Hatte es nicht geheißen, die große Stadt würde erst fallen, wenn die Schiffe über Land segelten? Tausend Jahre später errichteten die Osmanen eine Schiffstransportstraße vom Bosporus zum Goldenen Horn und zogen ihre gesamte Flotte tatsächlich über Land, während Konstantinopel nur entsetzt zusehen konnte.

Elena spuckte sich selbst an, um das böse Omen ihrer Gedanken abzuwehren. In diesem Moment kam Yiannis ins Zimmer und blickte sich mit gespieltem Erstaunen um.

»Du hast ganze Arbeit geleistet, Elena!« Anerkennend klatschte er in die Hände.

Elena lief rot an. Sie war überzeugt, dass ihr Schwiegersohn, wenn er auch sonst nicht viel zustande brachte, in der Lage war, ihre Gedanken zu lesen. Sie spülte den Lappen aus und hängte ihn zum Trocknen auf.

»Ich fahre dich zurück ins Dorf. Ich habe ein Geschenk für dich, und es ist ziemlich schwer«, sagte er, verschwand und ließ eine besorgte Elena zurück, die schon wieder mit dem Schlimmsten rechnete – nicht einmal zu Weihnachten war Yiannis ihr gegenüber derart aufmerksam gewesen.

Im Auto saß Elpida auf den Knien ihres Vater und tat so, als würde sie fahren. Als sie vor Elenas Haus zum Stehen kamen, forderte sie ungeduldig, dass sie das Paket auspackten, das Yiannis mitgebracht hatte. Darin war ein Fernseher. Keinen überraschte das Geschenk mehr – oder machte es misstrauischer – als Elena selbst. Als sie endlich ein Bild gefunden hatten, war die Wintersonne bereits untergegangen, und Praxi trommelte unverhohlen gelangweilt mit den Fingern auf den Tisch.

Yiannis hatte seine Frau seit über einem Jahr nicht mehr gesehen, und als sie sich gegenüberstanden, wusste er zunächst nicht, ob er sie küssen oder ihr die Hand geben sollte. Am Ende tat er weder das eine noch das andere, denn beides erschien ihm unangemessen. Er hatte seine Besuche im Dorf eingestellt, kurz nachdem er das erste Mal mit Victor geschlafen hatte, da er sicher war, Praxi würde die Sünde riechen können, die er begangen hatte. Und als sie nicht dagegen protestierte, ließ er es zu, dass sie sich weiter auseinanderlebten, bis ihr Kontakt schließlich nur noch über ihre Tochter oder Schwiegermutter lief. Es interessierte ihn natürlich, was seine Frau in der Zwischenzeit getrieben hatte, denn es waren keine Gerüchte aus dem Dorf zu ihm durchgedrungen. Einmal war er allerdings von Frau Televantos in der Post bedrängt worden, die ihn für das große Opfer lobte, das er gebracht hatte, um seine Tochter vor den Lastern des Gastgewerbes zu schützen. Yiannis war bei den Worten der alten Frau knallrot angelaufen. Er hatte nicht die leiseste Ahnung, wovon sie sprach, doch die irrtümliche

Annahme, sie könnte auch nur ahnen, was sich Verdorbenes unter seinem Dach abspielte, trieb ihm den Schweiß auf die Stirn.

Nachdem er den Fernseher so gut eingestellt hatte, wie er eben konnte, erhob sich Yiannis von den Knien und wandte sich seiner ihm fremd gewordenen Frau zu.

»Pack deine Sachen, Praxi. Es wird Zeit, dass du nach Hause kommst.«

Die Schwarzweißbilder vor Elenas Auge flimmerten hektisch hin und her, in ihrem Magen machte sich ein flaues Gefühl breit. Beklommen sah sie zu, wie sich Praxis Augen zu Schlitzen verengten, doch letztlich leistete ihre Tochter keinerlei Widerstand. Sie packte einfach ihre Kleider zusammen, sammelte ihr Make-up und ihre Cremedöschen ein und gab ihrer Mutter einen Abschiedskuss. Möge Gott ihr verzeihen, aber das Einzige, was Elena verspürte, als sich die Tür hinter den dreien schloss, war Erleichterung.

Yiannis setzte den Chevrolet auf die Straße zurück. Wie er es erwartet hatte, verlief die Fahrt zum Hafen schweigsam und angespannt. Niemand sprach ein Wort, und jeder Blick zur Seite verunsicherte ihn.

Zu Hause angekommen, ließ Praxi ihre Taschen mitten im Flur fallen und blickte sich in der Wohnung um.

»Da hat meine Mutter ja ganze Arbeit geleistet.«

»Wo ist mein Zimmer?«, wollte Elpida wissen. »Ich schlafe nicht wieder mit Mamma zusammen.«

»Du bekommst mein Zimmer«, erklärte Yiannis. Als er die Panik in Praxis Augen sah, fügte er hinzu: »Beruhige dich, ich bleibe nicht hier. Und bis ich gehe, nehme ich mit dem Café vorlieb. Ich werde mir auch selbst mein Essen kochen …«

»Wo gehst du denn hin, Papa?«

»Ich werde meinem Land dienen, Elpida *mou*. Die Nachricht kam im Radio. Ich wurde in die Nationalgarde einberufen. In zwei Tagen bin ich weg.«

Dhespina stand auf und ließ Georgios schnarchend in ihrem gemeinsamen Bett zurück. Es war ungewöhnlich kalt im Zimmer. Im ganzen Haus waren die Feuer ausgegangen, und Eisblumen zierten die Fensterscheiben. Sie beneidete ihren Mann: Er schlief einfach immer gut. Dhespina hingegen machte sich einmal mehr zu viele Gedanken, um auch nur an Schlaf zu denken, und entschied daher, Holz aus dem Schuppen zu holen. Als sie aus dem Haus trat, stockte ihr vor Schreck der Atem. Er lag zusammengekauert vor der Tür, und seine Nase lief vor Kälte und vor Tränen.

»Herr Televantos, was machen Sie denn hier?«

Der alte Mann hob den Kopf und versuchte aufzustehen.

Dhespina beugte sich zu ihm hinunter, um ihm zu helfen.

»Dhespo, bitte, komm mit. Meine geliebte Frau … du musst etwas tun.«

»Was ist los, was ist passiert?«

Dhespina rief nach ihrem Mann, und Georgios kam verschlafen hinzu. Kurz darauf erschien auch Marios.

»Mach Herrn Televantos etwas Warmes zu trinken«, trug Dhespina ihrem Mann auf. »Marios, du kommst mit mir.«

»Nein, Dhespo, ich will mitkommen«, bat der alte Mann, und wie hätte sie es ihm verwehren können?

Rasch streiften sie sich ihre Mäntel über und machten sich auf den Weg zu dem kleinen Steinhaus im Dorfzentrum. Herr Televantos klammerte sich an Dhespinas Arm, und sie gingen langsamer, als es die Eile gebot, die sie verspürte. Als sie das Heim der Televantos erreichten, führte der Alte sie ins Schlafzimmer. Frau Televantos lag reglos unter einem Berg Decken auf dem Bett. Als sie näher herantrat, sah Dhespina, dass sie mit offenen Augen dalag, doch das Licht darin war erloschen.

»Gib ihr etwas, Dhespo«, flehte der alte Mann. »Mach, dass sie aufwacht, sie soll wieder aufwachen!«

Er sank in den Korbstuhl, der neben dem Bett stand, und griff nach der Hand seiner Frau. Dhespina sah ihren Mann an.

»Ich gehe und hole den Priester«, flüsterte Georgios.

Dhespina trug Marios auf, nach Hause zurückzulaufen und ihr ein Fläschchen Jasmin aus dem Gartenhaus zu bringen. Sie konnte nichts mehr für die alte Frau tun, das wussten alle, außer den Geruch des Todes von ihrer Haut waschen, während sie auf den Priester warteten.

Wortlos schloss Dhespina ihren alten Nachbarn in die Arme.

Michalakis nahm seine Uniform entgegen, stellte sich in die Schlange, füllte seine Blechdose auf, ließ die Rede über sich ergehen und bedankte sich im Stillen bei Kyriakos.

»Lass dir unbedingt einen Bürstenschnitt machen, bevor du gehst«, hatte er ihm geraten. »Und wenn du dort bist, widersprich niemandem, aber sei trotzdem kein Feigling, rede nicht über Politik, aber verhalte dich patriotisch. Und das Wichtigste: Sorg unbedingt dafür, dass du ein oberes Bett ergatterst – du wirst überrascht sein, wie viele Männer vergessen aufzuwachen, wenn sie nachts pinkeln müssen.«

Es waren gute Ratschläge. Der Grad der Dummheit beim Militär war verblüffend, die Haarschnitte, die einem dort verpasst wurden, waren scheußlich und die Kasernen überfüllt. Fünfzig Männer teilten sich einen Raum und schliefen zu dritt übereinander. Michalakis hatte sich seit seinem Umzug in die Hauptstadt sehr an Platz und Freiräume gewöhnt, so sehr, dass er, obwohl er den Großteil seines Lebens von vier Brüdern umringt gewesen war, beinahe vergessen hatte, was es hieß, wenn sein Nebenmann unter Blähungen litt.

Nachdem ihr Geburtsjahr im Radio und Fernsehen aufgerufen worden war, hatten die neuen Rekruten zehn Tage Zeit gehabt, um sich im alten britischen Militärkrankenhaus einzufinden. Michalakis war auf hundertachtzig gewesen, nicht zuletzt, weil Kyriakos in ihrem letzten Gespräch angedeutet hatte, dass der in Bedrängnis geratene Erzbischof kurz davor stand, einem Interview mit seiner Zeitung zuzustimmen. Es wäre fraglos der Höhepunkt in Michalakis' Karriere gewesen, und nun das. Tatsächlich war das einzig Positive an seiner Einberufung, dass

Maria plötzlich ein gesteigertes Interesse an ihm zeigte. Obwohl sie sich im Laufe der Zeit angenähert hatten und ihre Lippen einander nicht mehr fremd waren, hatte sie die Tür zu mehr stets verschlossen gehalten. Erst nachdem Michalakis verkündet hatte, dass er zum Militär müsse, verspürte er ein ungewohntes Drängen in ihren Küssen. Er verstand die Welt nicht mehr, zugleich wusste er, was es zu tun galt: Sobald er seine Wehrpflicht erfüllt hätte, wollte er um ihre Hand anhalten, und er war sich sicher, dass sie seinen Antrag annehmen würde.

Doch es sollten achtzehn Monate vergehen, bis Michalakis seinen Dienst fürs Vaterland abgeleistet hatte. Die erste Nacht in der Kaserne verbrachte er inmitten einer Horde schnarchender, stöhnender, ja sogar schreiender Männer. Er konnte Christakis regelrecht lachen hören über seine mädchenhafte Empfindlichkeit. Entnervt zog sich Michalakis die kratzige Decke über den Kopf und versuchte zu schlafen – wie ein Mann.

Als der nächste Tag anbrach, hatte sich Michalakis damit abgefunden, dass sein Leben nun nicht mehr ihm gehörte. Aus den Gesprächen, die er mitanhörte, schloss er beruhigt, dass keiner seiner Mitstreiter sonderlich begeistert war, seine patriotische Pflicht zu erfüllen, mit Ausnahme von ein paar besonders eifrigen Hellenen. »Cheerleader für den Imperialismus«, murmelte Savvas im Hochbett neben ihm, und Michalakis lächelte zustimmend.

Savvas war ein Gewerkschafter aus Pafos. Er war zugleich Arbeiter und Intellektueller, besaß einen trockenen Humor und einen Pack Spielkarten, und bei ihren regelmäßigen Partien *pilotta* freundeten die beiden Männer sich an. Er stammte aus einer Familie berühmter Kommunisten, sein Großvater hatte im spanischen Bürgerkrieg gekämpft, sein Vater war von EOKA-Anhängern mit einer Pistole verprügelt worden, und Savvas war in ihre ideologischen Fußstapfen getreten: Er war aktives Mitglied der kommunistischen AKEL, der Fortschrittspartei des Werktätigen Volkes.

»Ich bin das schwarze Schaf der Familie«, verriet er Michalakis eines Abends beim Kartenspielen. »Ich bin für die gute Sache bislang weder erschossen noch verprügelt worden.«

»Jetzt gräm dich mal nicht«, gab Michalakis zurück. »Früher oder später wird es schon dazu kommen. Immerhin bist du jetzt beim Militär: Sollte dich der Feind nicht erwischen, dann tut's mit Sicherheit der Gruppenführer.«

»Das ist nicht lustig«, erwiderte Savvas grimmig. Ein paar Tage zuvor hatten die Rekruten nach einer dreitägigen Übung in den Wäldern von Troodos ihre Zelte abgebaut, die Latrinen abgedeckt und sich erschöpft auf die Ladefläche eines der vier Lastwagen gehievt, als zum Schluss noch der Gruppenführer an Bord sprang. In seinem Halfter steckte eine Leuchtpistole, und kaum hatte sich der Konvoi auf dem unebenen Gelände in Bewegung gesetzt, war das Ding losgegangen. Wie eine Rakete jagte das Geschoss durch den Boden des Lastwagens, genau zwischen Savvas Beinen hindurch.

»Um ein Haar wäre ich zum Mädchen geworden«, erinnerte sich Savvas. Unwillkürlich griff er sich in den Schritt, um zu prüfen, ob noch alles da war.

»Vielleicht war es ja gar kein Unfall«, überlegte Michalakis. »Wir wissen doch alle, wie Grivas zu den Kommunisten steht.«

»Ich sage dir, wir leben in gefährlichen Zeiten, und da sind die Eier von ein paar wenigen tapferen Männern alles, was unser Volk noch von der Sklaverei trennt«, scherzte Savvas. »Die Griechen höhlen die Republik von innen aus, und wir, mein Lieber, befinden uns gegenwärtig im Herzen dieses faschistischen Apparats.«

Es überraschte Michalakis nur wenig, als er eines Tages Yiannis unter den Kameraden entdeckte – immerhin waren sie als Kinder in die gleiche Klasse gegangen. Aus Loyalität Loukis gegenüber und auch, weil er sich unbehaglich in seiner Gesellschaft fühlte, mied Michalakis Yiannis so gut es ging. Bisweilen regte sich allerdings sein schlechtes Gewissen dem ehemaligen Schulfreund gegenüber. Von dem Geschwätz in der Kaserne wusste Michalakis, dass Yiannis seine freien Abende in der

Stadt verbrachte, anstatt nach Hause zu fahren – wie einsam musste dieser Mann sein? Ein besserer Mensch hätte ihm die Hand gereicht.

Jeden Mittwoch durften die Soldaten die Kaserne verlassen, um ihre Liebsten zu besuchen und ihren Sold zu verprassen – ganze drei Zypern-Pfund. Diejenigen, die von weiter her kamen, lebten für die Sonnabende, an denen sie Ausgang bis zum nächsten Morgen hatten. Es machte ihnen die übrigen Tage erträglicher.

Da Maria nur eine Busfahrt von ihm entfernt wohnte, fuhr Michalakis zwei Mal in der Woche zu ihr. Und nachdem er einmal bemerkt hatte, wie sich ihre Augen beim Anblick seiner Uniform weiteten, stellte er stets sicher, dass er bei seinen Besuchen tadellos gekleidet war. Wäre er im Vollbesitz seiner geistigen Kräfte gewesen, hätte er diese kurzfristige Anziehungskraft durchschaut – und vielleicht sogar ausgenutzt. Doch damals war er noch töricht genug, Begierde mit Liebe zu verwechseln. Trotz seiner herablassenden Haltung war Michalakis den anderen Soldaten in seinem Schlafsaal gar nicht so unähnlich.

Ihm gefiel die Ausbildung überraschend gut. Er hatte das Glück, ein ungewöhnlich zuverlässiges Martini-Henry-Gewehr zu besitzen, und außerdem formten die endlosen Runden um den Platz und die Liegestütze seine Muskeln an Armen und Oberschenkeln. Insgeheim hoffte er, dass Maria die Veränderungen unter seiner Uniform bemerkte.

Bereits in den ersten Wochen seiner Ausbildung durfte Michalakis Grivas in Aktion erleben. Es war ein extrem heißer Tag, und die Gerüchte vom Besuch des Generals verbreiteten sich wie ein Lauffeuer im Lager.

Seine Ankunft glich der eines Rockstars: Umringt von Leibwächtern trat er vor die neuen Rekruten und sprach mit so durchdringender Stimme, wie man sie einem Mann seiner schmächtigen Statur nicht zugetraut hätte. Er war inzwischen um die sechzig, und seine schwarzen Barthaare waren bereits ergraut; doch seine Worte hatten nichts von ihrer legendären Kraft eingebüßt. Als er erklärte, die Soldaten würden die Türken ins Meer stoßen, brach die Menge in Jubel aus. Neben Michalakis bemerkte Savvas trocken, dass die Türken sich da wahrscheinlich hinten anstellen müssten, denn zuerst seien wohl die Kommunisten dran. Als der Spuk nach vierzig Minuten vorbei war, eilten die Männer, erlöst vom Strammstehen, in die Kantine, wo Michalakis einen Wurm in seinem Eintopf fand.

Das Hauptnahrungsmittel der Soldaten bestand in antitürkischen Parolen. Der »Feind« befand sich nur sechzig Kilometer nördlich von Zypern entfernt, und seine »Schläferzellen« lauerten in den Enklaven, von denen es auf der Insel wimmelte. Jeden Tag wurde ihnen das zehn Minuten lang eingebläut. Der Stolz Griechenlands stand auf dem Spiel, das Schicksal Zyperns war in Gefahr, und alles, was noch zwischen der Sicherheit ihrer Familien und der Unschuld ihrer jungen Frauen stand, waren sie, die Soldaten. Für Verhandlungen war es zu spät, denn wer nicht ihrer Meinung war, verriet die Insel. Die Türken mussten besiegt werden, da sie nicht Teil der Großen Idee waren, und ihre Herren in Ankara würden mit ihrem Leben bezahlen, sollten sie die Verwirklichung des großen hellenischen Traums zu verhindern versuchen. Michalakis und Savvas war klar, dass sich hier alle etwas vormachten. Fünf Mal hatte die Türkei damit gedroht, einzumarschieren, und der Zorn Griechenlands hatte dabei nicht gerade abschreckend gewirkt. Selbst als türkische Flugzeuge über Kokkina einen Bombenhagel niedergehen ließen, war Griechenland wie gelähmt gewesen, da das Mutterland weder über die Männer noch die Mittel verfügte, um der Insel zur Hilfe zu eilen. Und was noch wichtiger war: Die Türken wussten das.

Während einer Unterrichtseinheit zum Thema Tapferkeit hielt ein Ortsansässiger und ehemaliger Kämpfer eine ergreifende Rede, die sogar Michalakis ein wenig bewegte. Den Worten des Mannes haftete etwas Wahres an, das auf Erfahrung beruhte, und die Krücken, an denen er ging, zeugten von den

Opfern, die er gebracht hatte. Als der Applaus schließlich verebbte und die Rekruten auseinanderstoben, geschah etwas äußerst Merkwürdiges: Der Mann erhob sich von seinem Platz und steuerte direkt auf Michalakis zu, offenbar angenehm überrascht, ihn unter den Anwesenden zu entdecken. Als er näher kam, sah er ihn jedoch irritiert an und wandte sich mit finsterem Blick wieder ab.

Obwohl die Ausbildung nicht über die Maßen anstrengend war, stießen einige Rekruten an ihre Grenzen. Am Schießstand setzte sich ein dicker Kamerad in einer viel zu engen Uniform dem Gelächter der anderen Männer aus, weil es ihm einfach nicht gelingen wollte, das Ziel zu treffen. Michalakis konnte spüren, wie sehr sich der Mann schämte, und auch wenn ihm selbst die raue Atmosphäre nichts anhaben konnte, zog er sich zunehmend in seine Gruppe Intellektueller und Marxisten zurück.

Zu seiner Überraschung fand sich Yiannis in dieser Umgebung gut zurecht. Einst Zielscheibe für Witze und Opfer von Angriffen auf dem Schulhof, übernahm er hier in kürzester Zeit die Rolle eines Anführers, und je größer sein Ego wurde, desto lauter wurde seine Stimme, mit der er seine Überzeugungen in die Welt hinausposaunte. Michalakis hatte keine Ahnung, wo Yiannis seine Informationen hernahm, jedenfalls schien er sich bestens mit den komplizierten Gepflogenheiten des Soldatenlebens auszukennen. Obwohl die beiden während ihrer gesamten Zeit im Ausbildungslager nicht ein einziges Wort miteinander wechselten, war Michalakis aus unerklärlichem Grund erleichtert, als sie schließlich ihren Truppen zugeteilt wurden: Er kam in eine Infanteriedivision in Lefkosia. Yiannis wurde nach Larnaka geschickt.

Die Bar war in einem jämmerlichen Zustand: Die Kerzen waren von den Tischen verschwunden, die Tischdecken entsorgt worden und die Beleuchtung einfach scheußlich. Praxi wusste nicht, ob Orte die Fähigkeit besaßen, deprimiert zu sein, wenn ja, dann stand sie gerade an solch einem Ort. Die gemütliche Atmosphäre, die sie einst geschaffen hatte, war von nackten Glühbirnen, Plastikbechern und widerlichen Männern ruiniert worden. Jegliche Wärme war gewichen, die Bar versprühte den Charme einer Militärkantine. Die griechischen Offiziere und ihre zwielichtigen Kameraden mussten weg. Und fast augenblicklich begann Praxi, das Geschäft ihres Mannes umzukrempeln.

Frau Televantos' Beerdigung gab, so traurig das Ereignis auch war, Praxi zumindest die Möglichkeit, zu erklären, warum sie das Dorf so überstürzt verlassen hatte. Ihre Situation in Keryneia gestaltete sich zudem um einiges erträglicher als befürchtet. Zwei Mal in der Woche besuchten sie die Economidou-Männer in der Bar, und einer von ihnen blieb immer ein paar Minuten länger als die anderen. Praxis Erwartungen und Gebete hatten sich also erfüllt: Gott und die Insel hatten einen Schritt nach vorn gemacht. Was nicht heißen sollte, dass sie keine Höllenqualen litt, Loukis so nah bei sich und doch so weit entfernt zu wissen. Zum Glück allerdings hatten Georgios und Christakis offenbar den Plan ausgeheckt, um Loukis einen Vorwand zu liefern, Zeit in der Bar und damit in der Nähe seiner Tochter zu verbringen. Wenn Praxi die anderen Gäste nach Feierabend aus dem Lokal trieb, plauderten sie einfach weiter, damit Loukis und sie sich in Ruhe voneinander verabschieden konnten.

»Ich komme mir vor wie ein Gefängniswärter«, brummte Christakis eines Abends, während sie wieder einmal auf den Jüngsten warteten. Georgios nickte, behielt seine Gedanken jedoch für sich, denn er war innerlich zerrissen zwischen dem Wunsch, dass sein Sohn endlich losließ und weiterzog, und dem Bedürfnis, ihn zu beschützen, da er wusste, er würde nie loslassen können.

Wenn Praxi in Gedanken nicht bei Loukis und den Überlegungen war, wie sie nur jemals mit ihm zusammensein könnte, konzentrierte sie sich darauf, die Bar wieder in Schwung zu bringen. Innerhalb eines Monats nach Yiannis' Einberufung hatte sie eine kleine Speisekarte zusammengestellt, um Touristen tagsüber ins Café zu locken, und für die Abende hatte sie einen Sänger engagiert, der für Romantik bei den Einheimischen sorgen sollte. Als die Soldaten endlich Reißaus nahmen und das Ambiente wieder stimmte, suchte sie das Hotel Dome auf der anderen Straßenseite auf. Gekleidet wie eine Geschäftsfrau und mit rot geschminkten Lippen überzeugte sie den Direktor davon, gegenseitig füreinander Werbung zu machen. Ihren Gästen würde sie sein Hotel empfehlen, und er würde seine Gäste umgekehrt ermuntern, ihren Durst in der Bar zu löschen. Außerdem beauftragte sie Christakis und Marios, ihr ein neues Schild zu malen, das sie stolz über die Tür hängte: *Die Perle von Keryneia*.

Nachdem der Tourismus auf der Insel in den Zeiten der Unruhen so gut wie zum Erliegen gekommen war, wagten sich inzwischen sowohl Inselbewohner als auch Touristen wieder nach Keryneia, um die Schönheit des Hafens zu genießen. Die Mutigen riskierten sogar den Spießrutenlauf über die Passstraße, andere entschieden sich für den längeren Weg, um einen Bogen um die – wenn auch nur noch vereinzelt auftretenden – Heckenschützen zu machen. Mit den Besucherzahlen wuchs auch der Optimismus der Hafenbewohner, und überall sah man neue Lokale und Restaurants eröffnen. Keryneia fand zu dem zurück, was es einst gewesen war – wenn auch die Türken im Stadtbild fehlten. Im Radio und im Fernsehen wurde weiterhin von aufflammender Gewalt berichtet, doch wurden die Gefechte, im Unterschied zu den Vorjahren, zu Kleindarstellern auf der Bühne des Weltgeschehens. Die griechischen Zyprer hatten den Sturm überstanden, und die meisten waren darüber so erleichtert, dass sie sich über die festgefahrene politische Situation nur am Rande grämten – unternehmerischer Eifer verdrängte den Geist von *enosis*.

Praxi hätte nie gedacht, dass sie ein Händchen fürs Geschäft haben könnte, doch ein Blick in die Bücher bewies ihr das Gegenteil. Sie liebte ihre Arbeit, aus der sie Kraft und neuen

Lebensmut schöpfte. Einzig, dass Loukis nicht an ihrer Seite stand, trübte ihr Dasein. Dass er nur einen Platz im Schatten ihres Lebens einnahm, brachte sie in untätigen Augenblicken schier um den Verstand. Sie liebten einander seit nunmehr vierundzwanzig Jahren, vermutlich sogar fünfundzwanzig, wenn man Dhespinas Geschichte von ihrer Schwangerschaft Glauben schenken wollte. Doch das Schicksal hatte sich gegen sie verschworen und zwei Narren aus ihnen gemacht – und einer dieser Narren war nun schon viel zu lange mit einem Schwachkopf verheiratet.

Obwohl Yiannis nur zwei Mal im Monat vorbeikam, um den Tag mit Elpida zu verbringen, gab sich Praxi weiterhin dem Vergnügen hin, von seinem baldigen Ableben zu träumen. Manchmal traf ihn eine Kugel – immerhin war er in der Nationalgarde –, manchmal starb er bei einem Autounfall auf dem Weg nach Keryneia oder an einem Herzinfarkt wegen der vielen Zigaretten und seiner Leibesfülle. Praxi war sich nahezu sicher, dass sie für diese Gedanken auf direktem Weg in die Hölle kommen würde, doch wenn sie dafür ihr irdisches Leben mit Loukis verbringen dürfte, war es die Strafe allemal wert. Zu ihrem Verdruss blieb Yiannis jedoch weiterhin völlig unversehrt und Praxi als Trost lediglich seine flüchtige Verärgerung, als er sah, was sie mit seiner Bar angestellt hatte. Als sie ihm stolz die Bücher brachte und er die Umsatzsteigerung zur Kenntnis nehmen musste, zuckte er nur gleichgültig mit den Schultern.

»Soll ich dir etwas zu essen machen?«, fragte sie ihn.

»Nein, ich esse außer Haus«, erwiderte er.

17

»Wie heißt du?«

»Jason. Und du?«

»Artemis.«

»Wie die Göttin.«

»Genau.«

Elpida setzte sich und warf ihr Haar lässig über eine Schulter. Sie wusste nicht genau, warum sie den Jungen angelogen hatte; es kam ihr in diesem Moment einfach lustig vor. Sie hatte ihn nun schon seit über einer Stunde beobachtet und war fasziniert von ihm. Er war so weiß wie ein Arztkittel und so unbewegt wie eine Statue. Als sie sich ihm näherte, verspürte sie einen überwältigenden Drang, ihn ins Meer zu schubsen. Diesem Drang nachzugeben wäre ein Leichtes gewesen, aber im letzten Moment überlegte sie es sich doch anders, da ihre *yiayia* sie dabei beobachtete, wie sie ihn beobachtete, und Elpida wusste, dass sich ein solches Verhalten für eine junge Frau von fast zehn Jahren nicht geziemte. Statt Jason also in den Rücken zu stoßen, setzte Elpida sich neben ihn auf die Hafenmauer.

»Wohin schaust du?«, wollte sie wissen.

»Nirgendwohin«, gab Jason zurück.

»Warum schaust du nirgendwohin?«

Der Junge drehte sich mit einem Seufzer zu ihr um. Seine blauen Augen weiteten sich sofort verblüfft. Das Mädchen war wunderschön.

»Mein Vater, Jack, ist da draußen – beim Tauchen.« Jason zeigte auf die Lücke zwischen den Mauern, die in einem Bogen aufeinander zuliefen.

»Ist dein Vater Fischer?«

»Nein, Archäologe.«

Elpida war nicht sicher, ob sie wusste, was ein Archäologe war, in jedem Fall klang es beeindruckend.

»Da draußen liegt ein altes Schiff«, fuhr Jason fort. »Sie glauben, dass es ungefähr 300 vor Christus gesunken ist. Jack schaut es sich im Auftrag des Universitätsmuseums von Pennsylvania an.«

»Wo ist Pennsylvania?«

»In Amerika.«

»Dann bist du also Amerikaner?«

»Nein, Brite. Na ja, halb Grieche«, verbesserte Jason sich. »Meine Mutter stammt aus Athen.«

»Und deshalb kannst du so gut Griechisch?«

»Ja.«

»Wo ist denn deine Mamma?«

Jason sah Elpida prüfend an. »Normalerweise erzähle ich den Leuten, dass sie tot ist.«

»Ist sie das denn nicht?«

»Nein.«

»Warum erzählst du es dann?«

»Es gefällt mir besser als die Wahrheit.« Jason schwieg, Elpida wartete ab. Er spürte instinktiv, dass Widerstand zwecklos war. »Meine Mutter ist mit einem Maler aus Bulgarien durchgebrannt, der Haare am ganzen Körper hatte.«

Elpida lehnte sich zurück und zischte durch die Zähne, da sie das Pfeifen noch nicht beherrschte. Es war sicher nicht leicht, seine Mamma an einen Affenmann zu verlieren.

»Wo ist Bulgarien?«

Jason erklärte es ihr geduldig, und Elpida gab ihm von ihrer Schokolade ab und hörte zu. Der Junge hatte einen sanften Akzent, der sich von ihrem eigenen schweren unterschied, und der ihr gut gefiel. Seine Worte kamen ihr vor wie Musik, und sie bombardierte ihn mit Fragen, damit die Musik weiter in ihren Ohren spielte.

Sie erfuhr, dass Bulgarien an der Grenze zu Griechenland und der Türkei lag – endlich zwei Länder, die sie gut kannte – und dass nach dem Zweiten Weltkrieg ein kommunistischer Staat, eine Volksrepublik daraus geworden war.

»Das klingt gut«, stellte Elpida fest.

»Was?«

»Eine Volksrepublik«, wiederholte sie. »Wir haben hier auch eine Republik, allerdings die Republik Zypern, und um das Volk kümmert sich keiner groß, so weit ich das verstehe.«

Jason sah sie belustigt an, kommentierte ihre Aussage jedoch nicht. Sie war wirklich sehr schön.

»Erzähl mir von dem Schiff«, forderte Elpida ihn auf. Und Jason tat, wie ihm geheißen.

Ein Schwammtaucher hatte das Schiff kürzlich entdeckt, und als den Leuten klar wurde, dass es womöglich aus der Zeit Alexander des Großen stammte, waren sie außer sich vor Aufregung gewesen. In Begleitung einer Gruppe von Wissenschaftlern begutachtete Jasons Vater die Fundstelle gerade mit einem Metalldetektor.

»Wenn es wirklich das ist, was sie hoffen – das älteste bekannte Handelsschiff –, dann wird nächstes Jahr ein Team aus Unterwasserarchäologen, Studenten und Technikern herkommen, um die Lage jedes einzelnen Objekts zu dokumentieren, bevor sie alles aus dem Wasser holen. Sie werden auch versuchen, das Schiff selbst zu bergen und es dann wahrscheinlich in ein Museum stellen – 2300 Jahre, nachdem es gesunken ist. Das wird eine Ewigkeit dauern.«

»Also bleibst du dann eine Ewigkeit in Keryneia?«, fragte Elpida.

»Sieht ganz so aus«, antwortete Jason, und diese Aussicht erfreute Elpida. Da hörte sie, wie ihre Mutter sie aus dem Haus zum Essen rief.

»Ich dachte, du heißt Artemis?«, fragte Jason. Elpida lachte zur Antwort und eilte ins Café.

Der Offizier führte die drei in ein Haus im Norden der Stadt. Das Glas war aus den Fenstern gebrochen, es gab keinen Strom mehr, und das Gebäude war eindeutig bereits vor einiger Zeit verlassen worden. Seit Dezember 1963, vermutete Savvas.

»Wo sind die Türken?«, fragte Pieris, ein Bauernsohn aus Trimiklini.

»Da drüben«, antwortete der Offizier mit einer undeutlichen Handbewegung und ohne weitere Ausführungen. Da die Nacht stockdunkel war, hatte keiner eine Ahnung, wo »da drüben« sein könnte.

Sie tasteten sich an einer Wand entlang und betraten schließlich einen Raum, der vom Halbmond erleuchtet wurde. Unterhalb der Fensteröffnung pressten sie sich mit dem Rücken gegen die Wand. Pieris wühlte in seinen Taschen nach Zigaretten und Streichhölzern.

»Das würde ich an deiner Stelle nicht tun«, riet ihm Michalakis. »Du könntest dir eine Kugel einfangen.«

»Das passiert erst bei der dritten Zigarette«, gab Pieris zurück.

»Oh, verstehe«, antwortete Michalakis. »Du zählst also darauf, dass es einem von uns passiert, denn wir rauchen ja alle. Gut zu wissen, dass du uns Deckung gibst.«

»So habe ich das nicht gemeint«, protestierte der Soldat.

»Nur mit der Ruhe«, lachte Michalakis. »Ich mache doch bloß Spaß. Rauch nur eine. Wir können warten.«

Savvas meldete sich zu Wort: »Übrigens hast du dich gerade als Opfer des kapitalistischen Einfallsreichtums zu erkennen gegeben, Pieris.«

»Ach ja?« Pieris zündete sich die Zigarette an.

»Ja«, bestätigte Savvas. »Man hat dir bestimmt erzählt, dass es im Ersten Weltkrieg als Unglücksbringer angesehen wurde, wenn drei Männer sich ihre Zigaretten an nur einem Streichholz anzündeten – aus Angst, dass einer getötet werden könnte. Denn der Feind würde die Flamme sehen, wenn der erste Soldat sie benutzte, sein Gewehr ausrichten, wenn der zweite seine

Zigarette anzündete, und schließlich schießen, wenn das Streichholz beim dritten angelangt war. Das ist aber völliger Unfug. Während des Ersten Weltkriegs gab es diesen Aberglauben gar nicht. Die Geschichte wurde etwa zehn Jahre später vom schwedischen Zündholzfabrikanten Ivan Kreuger verbreitet, damit Leute wie du mehr Streichhölzer verwenden.«

»Das ist ja verrückt«, verkündete Pieris.

»So macht man nun mal Geschäfte«, erwiderte Savvas, und Michalakis meinte zu erkennen, wie dem AKEL-Mann der Schalk aus den Augen blitzte. Ihn überkam plötzlich ein tiefes Gefühl des Verlusts. In ein paar Monaten würden die drei wieder Zivilkleidung tragen, und zu seiner eigenen Überraschung wurde Michalakis beinahe nostalgisch bei diesem Gedanken. Auch wenn es ihn zunächst verstimmt hatte, war ihm das Soldatenleben doch bald lieb geworden. Sein Körper war nun muskulöser, seine Einstellungen toleranter, und bislang hatte er noch keinen Menschen töten müssen. Im Nachhinein würde er die starke Verbindung vermissen, die er zu einigen der Männer geknüpft hatte.

»Ach, kommt schon, das hat doch keinen Sinn«, erklärte Michalakis und stand auf. »Lasst uns nachsehen, wo unser sogenannter Feind steckt, damit wir zumindest wissen, in welche Richtung wir schießen müssen.«

»Ich stimme dir zu, Bruder.« Savvas stand vom Boden auf, und Pieris folgte ihm widerstrebend.

Mit ihren Waffen im Anschlag schlichen die drei Soldaten durch die verwinkelten Straßen, die einst Heimat einer geschäftigen türkisch-zyprischen Gemeinschaft gewesen waren. Es herrschte eine unheimliche Stille, die zusammen mit den deutlichen Spuren eines Kampfes eine traurige und zermürbende Atmosphäre schuf.

»Das ist doch Unsinn, hier ist niemand!«, brummte Pieris, als sie das verlassene Haus aus dem Blick verloren, das ihnen als »Basis« zugewiesen worden war.

»Doch, hier ist jemand«, flüsterte Savvas vor ihnen. Michalakis folgte ihm bis zur Ecke der engen Gasse. Aus einem offenen Türrahmen flackerte ein Licht, das offensichtlich von einer Kerze stammte.

Die Soldaten umschlossen ihre Waffen fester, sahen sich an und nickten in stillem Einverständnis. Vorsichtig schlichen sie über das Pflaster und konzentrierten sich auf die einstudierten Handgriffe. Michalakis übernahm die Führung, Savvas gab ihm Rückendeckung. Pieris sicherte die beiden von der anderen Straßenseite aus. Plötzlich durchdrang ein Schrei die Stille.

»Ich kann euch hören!«

Die Soldaten blieben erschrocken stehen. Der Feind hatte sie entdeckt, und er sprach Griechisch. Michalakis sah Savvas an, der seine Waffe entsicherte. Dann sprang er, die Martini-Henry nach vorn gerichtet, ins Licht und fand sich vor der zusammengesunkenen Gestalt eines Mannes wieder, der, über einen Resopaltisch gebeugt, seine Mahlzeit verspeiste. Er war alt wie Methusalem.

»He, alter Mann, was tun Sie hier?«, fragte Michalakis verärgert, als sein wild schlagendes Herz sich allmählich beruhigt hatte.

»Wonach sieht's denn aus?«, knurrte der Alte. Michalakis hörte Savvas hinter sich kichern.

»Sind Sie allein?«

»Ja, bin ich.«

»Haben Sie keine Angst?«, rief Pieris, der immer noch draußen die Straße absicherte.

»Wovor?«, rief der alte Mann zurück. »Hier leistet mir nur mein eigener Schatten Gesellschaft, außer man zählt die Katzen und Ratten mit.«

»Was ist mit den Türken?«

Der alte Mann klackerte mit seinem Gebiss. »Hier sind keine Türken, mein Sohn. Sieh dich um! Und selbst wenn es welche gäbe, warum sollten sie mich angreifen? Ich tue doch niemandem was.« Er stand auf und ging mit der Kerze in ein anderes Zimmer. Kurz darauf kam er mit drei kleinen Gläsern zurück und füllte sie mit je einem Schluck Weinbrand. Michalakis nahm die Gabe dankend an und reichte die Gläser an Savvas und Pieris weiter.

»Wo ist Ihre Familie?«

»Schon lange tot.«

»Gibt es niemanden, zu dem Sie gehen können?«

»Warum sollte ich weggehen?«, fragte der alte Mann ehrlich überrascht. »Es ist ruhig hier. Ich habe mein Haus. Ich habe mein Leben. Und, lasst mich drei Mal auf Holz klopfen, ich habe immer noch meine Gesundheit. Ich gehe jeden Tag rüber ins Nachbardorf und hole mir meine Gurken und Tomaten und einmal im Monat eine Flasche Weinbrand. Ich störe niemanden und kümmere mich um meine eigenen Angelegenheiten. Wenn jeder das so machen würde, wärt ihr heute Nacht vielleicht auch in euren Häusern und würdet hier nicht Geistern hinterherjagen.«

Am 21. April 1967 wurde Griechenland von einem Militärputsch erschüttert, den Obristen und höhere Offiziere des Geheimdienstes angestiftet hatten. Der Kopf der Junta war Oberst Georgios Papadopoulos, und Yiannis war nicht sicher, was er von der Entwicklung halten sollte – bis Victor es ihm vorgab.

»Jetzt geht es endlich voran«, verkündete der Offizier zuversichtlich, während sie sich über ihre Fleischvorspeisen hermachten, die sie zu einem günstigen Preis in einer malerischen Taverne an der Küste von Ammochostos bestellt hatten.

Yiannis biss in ein scharfes Würstchen, nickte und klopfte sich dann gegen die Brust, um sich geräuschvoll von einem aufsteigenden Sodbrennen zu befreien. Victor zuckte zusammen, und Yiannis errötete.

»Wird Zeit, dass dein Dienst zu Ende geht.« Victor lachte, woraufhin Yiannis sich entspannte, da er die scherzhafte Bemerkung seines Freundes als Zeichen dafür ansah, dass dieser ihn vermisst hatte.

Seit sechzehn Monaten trafen sich die beiden Liebhaber nur alle zwei Wochen sonntags in Hotels und Herbergen, die über die ganze Insel verteilt lagen, wobei sie stets zwei Einzelzimmer nahmen, um nicht aufzufallen. Wenn das Wetter es erlaubte, übernachteten sie unter freiem Sternenhimmel. Und wenn Victor während seines Urlaubs aufs Festland verschwand, suchte Yiannis noch einmal all die Orte auf, an denen sie sich geliebt hatten. Ihm war schamhaft bewusst, wie dumm sein Verhalten war und dass er die Gelegenheit nutzen sollte, seine Tochter zu sehen, doch er konnte die Verstellung nicht ertragen, die eine solche Reise erfordert und die sein eigenes Gefühl von Verlust nur noch verstärkt hätte. Wenn Victor weg war, kam Yiannis sich schrecklich verloren vor. Manchmal fühlte er sich so unsicher, dass er kaum noch sprechen konnte. Und wenn er nicht zur Armee gemusst hätte, hätte er aller Wahrscheinlichkeit nach die Zeiten von Victors Abwesenheit im Bett verbracht. Natürlich wusste niemand außer ihm selbst etwas von all dem. Obwohl er sich danach sehnte, mit jemandem über das Schwanken zwischen Trauer und Freude zu sprechen, das Victor in ihm auslöste, hielten ihn seine eigenen Vorurteile davon ab. Denn trotz seiner Neigung war er schließlich ein Mann, und nur Frauen redeten über ihre Gefühle.

Yiannis hatte keinen Zweifel daran, dass er Victor liebte, allerdings war er sich weniger sicher, ob seine Gefühle erwidert wurden. Er betete dafür, Victor möge auch nur einen Bruchteil seiner eigenen Hingabe verspüren. Das Wort Liebe war in all den Jahren, in denen sie das Bett geteilt hatten, nicht ein einziges Mal gefallen. Sie sprachen über kaum etwas anderes als über Politik. Nicht einmal von ihren Familien oder der Verlogenheit ihrer Ehen erzählten sie sich noch. Bisweilen hatten sie sich bei ihren Treffen auch gar nichts zu sagen. Doch heute hatten der zweite Krug *kokinelli* und die Nachricht vom Putsch die Unbeschwertheit in Victors Blick zurückgebracht, und Yiannis glaubte nicht, dass er je für einen anderen Menschen so viel würde empfinden können wie für den Mann, der ihm am Tisch gegenübersaß.

»Du wirst sehen, die Junta wird sich aufmachen und für Griechenland kämpfen«, erklärte Victor ihm zwischen zwei Bissen Schweinekebab mit Pitabrot. »In diesem Augenblick haben wir zehntausend Mann auf der Insel, und vor diesem Castro im Priestergewand müssen wir keinen Kotau mehr machen. Die Offiziere werden bald Grivas statt Makarios unterstützen. Es wird Zeit, den Krieg zu den Türken zu bringen.«

»Ein paar der Offiziere in Larnaka haben von Kophinou gesprochen«, verriet Yiannis. Victor grinste.

»Dort wird es definitiv anfangen«, bestätigte er. »Die Hunde haben lange genug über uns gelacht.«

Die Straßen nach Lefkosia, Larnaka und Lemesos trafen sich alle unmittelbar bei Kophinou, und die türkischen Zyprer hatten Straßensperren errichtet, welche die Polizei am Passieren hinderten. Es war kein Geheimnis, dass Grivas den Widerstand des Dorfes brechen wollte, und da er die neue Junta auf seiner Seite wusste, konnte er diesen Schritt wagen – mit oder ohne Zustimmung des Präsidenten.

»Wer weiß, da du in Larnaka stationiert bist, wirst du vielleicht sogar eine historisch bedeutsame Rolle spielen«, sagte Victor lächelnd.

Yiannis erwiderte das Lächeln. Ihm wurde ganz warm ums Herz, wenn er daran dachte, wie solches Heldentum sich auf ihre Beziehung auswirken würde. Er erhob sein Glas.

»*Enosis!*«

»*Enosis!*«, gab Victor zurück. Dann deutete er mit seiner Gabel auf Yiannis' Mund. »Du hast da übrigens Petersilie zwischen den Zähnen.«

Loukis hatte sich extra einen Platz gesucht, der weit genug entfernt war, um zu verhindern, dass er seine Hand plötzlich auf Praxis Knie wiederfand. Während die Gastgeberin also unter dem Schild mit der Aufschrift *Die Perle von Keryneia* saß, befand er selbst sich im grellen Sonnenlicht, umgeben von Männern, die über die Schmach im Fußball diskutierten. Anfang des Jahres hatte die Nationalmannschaft mit 0:2 gegen Italien und 0:7 gegen Rumänien einen traurigen Start bei den Qualifikationsspielen für die Europameisterschaft hingelegt. Nun musste das Team im November zuerst gegen Italien und dann gegen die Schweiz ausgleichen.

»Zu dumm, dass die Spiele nicht hier im Land stattfinden, die Jungs könnten ein wenig Unterstützung gut gebrauchen«, klagte Andreas.

»Keine Sorge, Asprou wird das schon meistern«, orakelte Georgios.

»Niemals«, sagte Marios. »Wenn überhaupt, dann schießt Papadopoulos die Tore für uns. Darauf verwette ich einen ganzen Monatslohn.«

»Und ich wette um den Jahresverdienst von euch beiden, dass wir mit leeren Händen nach Hause kommen«, brummte Christakis. »Mit Gavalas als Trainer haben wir keine Chance. Der Mann wüsste nicht mal, wie er einen Heuballen auf zwei Esel aufteilen sollte.«

Am Kopfende des Tisches beugte sich Elena zu Dhespina hinüber. »Reden die etwa schon wieder über Fußball?«

»Besser als über Politik«, erwiderte ihre Freundin.

»Mamma, kannst du mir die Kartoffeln noch mal geben?« Niki streckte ihre Hand erwartungsvoll in Lenyas Richtung. Überzeugt davon, dass Keryneias Schlangen auch während der Mahlzeiten eine Gefahr darstellten, hatte sie sich mit angezogenen Beinen auf ihren Stuhl gehockt.

»Hast du noch nicht genug, Niki?«, fragte Lenya.

»Fast«, antwortete ihre Tochter, woraufhin Elena eine Augenbraue hochzog.

»Das Kind hat den Appetit eines Löwen«, sagte sie mehr zu sich selbst, doch Nikis Vater am anderen Ende des Tisches nahm den Faden auf.

»Sie hat den Appetit eines Champions, Elena!« Andreas wandte sich den Männern zu und berichtete, dass seine Tochter von der Schule ausgewählt worden war, die Unter-Elfjährigen beim 400-Meter-Lauf der Landesbesten zu vertreten. »Sie wird die Jüngste auf dem Feld sein«, fügte er stolz hinzu.

»In der Schule meinen sie, dass wir ihr, wenn ihre Entwicklung weiterhin Erfolg verspricht, einen professionellen Ausbilder suchen sollen«, erzählte Lenya den Frauen. »Andreas denkt natürlich, dass das nur ein Trick des Sportlehrers ist, um mehr Geld zu bekommen.«

»Wir brauchen keinen Lehrer, nicht wahr, Niki *mou*?«, rief ihr Vater daraufhin. »Stell dir einfach nur vor, die Schlangen sind hinter dir her!«

»Papa!«, kreischte das Mädchen, und Lenya rollte die Augen. Die anderen Frauen steuerten sogleich Geschichten über ihre Männer bei, die sie zur Verzweiflung brachten – alle außer Praxi, die sich nicht in der Position sah, über solche Themen zu sprechen. Sie schaute zu Loukis hinüber und begegnete seinem Blick. Ein Blick, der sie nach all den Jahren noch immer bis ins Mark traf. Der sie entblößt zurückließ und sie obendrein, was viel skandalöser war, auch seine eigene Nacktheit spüren ließ. Ohne Vorwarnung stieg die Aufregung in ihr hoch und platzte mit einem Kichern aus ihr heraus.

»Was hast du?«, fragte ihre Mutter.

»Gar nichts«, antwortete Praxi und umarmte sie. »Ich bin nur so froh, euch alle hier zu haben!«

»*Yiamas* darauf!«, rief Christakis von der Männerseite des Tisches her, und alle erhoben sich von ihren Stühlen, um miteinander anzustoßen.

Sie trafen sich nun schon zum dritten Mal alle gemeinsam im Café. Angefangen hatte es damit, dass sie den neuen Koch testen wollten, den Praxi eingestellt hatte. Da das Essen ein voller Erfolg war, beschlossen sie, den Test jeden zweiten Sonntag im Monat zu wiederholen, und wenn Praxi sich umschaute, konnte sie sich nicht vorstellen, jemals glücklicher gewesen zu sein. Selbst ihre Mutter hatte es geschafft, ihre moralischen Bedenken über dem fröhlichen Geschnatter von Dhespina, Lenya und Yianoulla zu vergessen. Und am anderen Ende des Tisches schlüpfte Loukis mit Leichtigkeit in die Rolle des heimlichen Gastgebers, der ein Auge darauf hatte, dass die Gläser der Männer immer gefüllt waren und Christakis' vier Jungs nicht die

Keo-Flaschen in die Hände bekamen. Den einzigen Schatten über diese Gesellschaft warf ihre Tochter, die sich schmollend abseits der vergnügten Runde hielt. Auch nach zwei Tagen hatte sie die Standpauke noch nicht verwunden, die Praxi ihr nach dem Zwischenfall mit dem fremden Jungen gehalten hatte.

Anfang der Woche hatten Elpida und Jason im Hafen nach Münzen gesucht, als sie auf das Thema Haarfarben zu sprechen kamen. Obwohl er Halbgrieche war, war Jasons Haar eher weiß als blond. Er betonte aber, dass ja auch Niki und Christakis recht hell seien.

»Das bringt Unglück«, verkündete Elpida mit Nachdruck. »Nur weil Niki ein Mädchen ist, haben sie ihr das Haar nicht täglich abrasiert, wie sie es bei Christakis gemacht haben.«

»Eigentlich ist es ein Zeichen von Vornehmheit«, erwiderte Jason. Er war zwar erst zwölf Jahre alt, aber sein Wortschatz versetzte Elpida ins Staunen. Er klang wie ein Erwachsener. Außerdem nannte er seinen Papa bei seinem Vornamen, Jack, was es Elpida leichter machte zu verstehen, warum seine Mamma weggelaufen war. Keiner von ihnen hielt sich an normale Regeln.

»Was ist Vornehmheit?«, wollte sie wissen.

»Die oberen Klassen, die reichen Leute sind vornehm«, erklärte Jason. »Und schau dir nur die antiken Götter an, viele von ihnen waren blond, zum Beispiel auch eure Aphrodite.«

»Die Göttin der Liebe«, seufzte Elpida und sah Jason verschmitzt an. Der Junge lief sofort rosarot an.

»Aphrodite war gar nicht so liebevoll, wie ihr Zyprer sie darstellt«, widersprach Jason. »Wenn ihr jemand missfiel, konnte sie ziemlich grausam sein. Weil Glaukos seinen Stuten die Hengste vorenthielt, damit sie bei den Wagenrennen feuriger waren, bestrafte Aphrodite ihn, indem sie ihn von seinen eigenen Pferden zerfleischen ließ. Sie hat sechs Söhne von Poseidon dazu gezwungen, ihre eigene Mutter zu vergewaltigen, und als Aigeus sich weigerte, sie zu verehren, sorgte sie dafür, dass er kinderlos blieb. Und sie war immer nur auf das Eine aus. Obwohl sie mit dem hinkenden Schmiedegott Hephaistos verheiratet war, hatte sie ständig Affären: Sie ist mit Ares, Hermes, Dionysos und Adonis ins Bett gegangen, außerdem mit so vielen Sterblichen, dass man sie gar nicht zählen kann. Aber was soll man auch von einer Göttin erwarten, die aus den abgetrennten Genitalien des Uranos entstanden ist?«

Elpida war entsetzt. Solche Geschichten waren ihr nie zuvor zu Ohren gekommen, ganz zu schweigen von solchen Ausdrücken.

»Woher weißt du das alles?«, fragte sie.

»Ich habe dir doch gesagt, dass Jack Archäologe ist. Solche Sachen zu wissen gehört zu seinem Beruf, und er erzählt mir davon. Vor langer, langer Zeit gab es übrigens einen Kult zu Ehren der Aphrodite hier auf der Insel, bei dem praktisch jeder mit jedem in den Tempeln und an heiligen Stätten Sex hatte. Ihre Priester waren im Grunde nichts anderes als Zuhälter.«

Jasons Enthüllungen hatten einen derartigen Eindruck auf Elpida gemacht, dass sie am Abend ihre Mamma darauf ansprach.

»Aphrodite war das schönste Wesen, das es je gab, und sie konnte jeden Mann dazu bringen, sich in sie zu verlieben«, erklärte Praxi ihrer Tochter. »Das Meer gebar sie und trug sie in einer Muschel nach Zypern, weshalb sie hier auf der Insel so sehr verehrt wird.«

»Nein, Mamma, das stimmt alles gar nicht. Aphrodite war eine ganz schreckliche Göttin!«

»Wie kommst du denn auf so etwas?«, fragte Praxi.

Elpida ließ sich auf einen Stuhl fallen und schüttelte den Kopf. »Mamma, Aphrodite war eine Schlampe, die von Huren verehrt wurde und aus den Hoden eines Mannes entstanden ist.«

In diesem Augenblick spiegelte sich auf Praxis Gesicht das Entsetzen ihrer Mutter. Als Loukis später in die Bar kam, aus Anstandsgründen begleitet von seinem Vater und Christakis, erzählte sie ihm von Elpidas Frevel, und er konnte sich vor Lachen kaum halten.

»Das ist wohl die passendste Beschreibung von unserer hochverehrten Gottheit, die ich jemals gehört habe«, prustete er. Da ihre Tochter außer Hörweite war, stimmte Praxi ihm zu.

»Da haben wir wohl etwas ganz Besonderes in die Welt gesetzt, was meinst du?«, flüsterte sie ihm über die Theke zu, durch die sie getrennt waren.

»Ja, Praxi, das haben wir. Wir haben ein kleines Mädchen in die Welt gesetzt, das die umwerfende Schönheit seiner Mutter und den scharfen Verstand seines Vaters in sich vereint.«

»Findest du mich wirklich schön?«

»Oh, ja«, versicherte Loukis. »Auf der ganzen Welt gibt es keine Frau, die dir das Wasser reichen könnte.«

Das Kompliment ließ Praxis Augen feucht werden, schnell drehte sie sich weg, da sie fürchtete, ihre Hände könnten nach ihm greifen und sie beide preisgeben. Zwei Tage später ließ der Gedanke an Loukis' Worte ihr Gesicht erneut erröten, als sie aufstand, um den Tisch abzuräumen. Die Sonne stand schon tief über dem Meer und die Reste des *souvlakis* waren auf ihren Tellern kalt geworden. Die anderen Frauen folgten Praxis Beispiel und erhoben sich, um die Überbleibsel ihres Mahls wegzuräumen. Sie verschwanden damit ins Café und kamen nach ein paar Minuten mit Tabletts zurück, auf denen Kaffee und Nachtisch bereitstanden. Als Praxi sich mit zwei Schüsseln Obst wieder zu ihren Freunden gesellte, gefror ihr Lächeln plötzlich, während Elpida von ihrem Stuhl aufsprang.

»Papa!«

Yiannis hob Elpida hoch in die Luft und küsste sie ungestüm auf Wangen und Stirn. Besitzergreifend schlossen sich seine Arme um sie, als er an den Tisch trat, und sein Blick wurde hart. Loukis spürte, wie sich seine Muskeln verkrampften. Schützend stellte sich Dhespina an seine Seite, um ihn notfalls auch festzuhalten.

»Kommt, wir gehen besser zurück ins Dorf«, flüsterte sie.

Loukis trat einen Schritt vor, und Yiannis wich instinktiv zurück. Als Elpida sich in seinen Armen umdrehte, sah Loukis die Frage in ihren Augen. Er hielt sich jedoch zurück und lief schließlich davon.

Es brach Praxi das Herz.

18

In einem Dorf zwischen Larnaka und Lemesos schob eine junge Mutter Brotteig in den Tonofen. Ihr Mann würde in einer Stunde nach Hause kommen, mit dem Gewehr über der Schulter und einem müden Lächeln auf den Lippen, das verriet, wie jung er eigentlich noch war. Ihr ältester Sohn würde sich vom Bett erheben und den Platz seines Vaters am südlichen Tor einnehmen. Erst wenn die Sonne unterging, würden ihre anderen Kinder vom Spielen zurückkehren. Wenn sie die Tür vor dem nahenden Winter zuwarfen, würde die Frau sich an ihre abgenutzten Pullover erinnern, die im Schlafzimmer der Jungen auf einem Stapel lagen und darauf warteten, geflickt zu werden. Es war in jeder Hinsicht ein ganz gewöhnlicher Tag, der durch nichts von all den anderen zu unterscheiden war, die ihm in den letzten Jahren vorausgegangen waren – bis sich um zehn vor drei die Tore zur Hölle öffneten.

Ausgerüstet mit Gewehren, Granatwerfern und Panzerfäusten fielen dreitausend Soldaten in Kophinou ein und feuerten alles ab, was sie dabeihatten. Eine Viertelstunde nach dem ersten Schuss kapitulierten die UN-Friedenswächter und zogen sich zurück, während sich das Geschützfeuer in jeden Winkel des Dorfes ausbreitete. Kugeln prallten an Hauswänden ab und durchbohrten Körper, Mütter rannten schreiend nach ihren Kindern, die draußen auf den Feldern von ihnen abgeschnitten waren, während ihre Väter und älteren Geschwister die hölzernen Barrikaden mit ihren veralteten Gewehren besetzten. Dem Inferno, das gekommen war, um sie zu vertilgen, vermochten sie damit jedoch nur ins Gesicht zu spucken. Kophinou wurde bombardiert, bis überall die Flammen loderten und alle Mütter zum Schweigen gebracht waren. Um einundzwanzig Uhr fiel das Dorf – am Ende, erschöpft und geschlagen. Jungen und Männer lagen tot auf der Erde, auf den Türschwellen brannten Leichen wie Fackeln, und im Herzen des türkischen Dorfes brüllten griechische Stimmen ihren Sieg heraus.

Die Soldaten zogen von Haus zu Haus und sammelten ihre Kriegsbeute ein. Sie trieben die verstörten Dorfbewohner ins Krankenhaus und ins Kaffeehaus und bewachten sie dort die ganze Nacht hindurch mit Gewehren im Anschlag. Im Morgengrauen verschwanden die Griechen dann so plötzlich, wie sie gekommen waren.

»Nun konnten wir unsere Toten begraben«, erzählte die Frau ruhig. Ihre Finger waren verschorft, sie hatte Kratzer am Hals. »Doch tagelang war ich selbst so gut wie tot. Die Trauer war zu groß. Ich konnte nicht verstehen, was ihr uns angetan habt. Erst später wurde ich vom Feuer verschlungen. Was geschehen ist, ist geschehen, aber ich werde niemals vergeben, und ich werde niemals vergessen. Mein Ehemann und mein Sohn sind bei der Verteidigung unseres Dorfes gefallen. Jetzt sind sie Märtyrer, Helden. Ihr wolltet uns zerstören, aber ihr habt uns Ehre und Stolz gebracht.«

Als die Frau geendet hatte, legte Michalakis sein Notizbuch beiseite und bedankte sich. Sie gab sich keine Mühe, die Verachtung in ihrem Blick zu verbergen, in ihrer Gegenwart schrumpfte Michalakis in sich zusammen. Als er fortging, war er erleichtert, dass er bei dem Massaker nicht dabei gewesen war, doch ihm war schmerzlich bewusst, dass er es einer Fügung des Schicksals und nicht seiner eigenen Entscheidung zu verdanken hatte. Wenn er immer noch in der Nationalgarde gewesen wäre, hätte er den Mut gehabt, den Befehl zu verweigern? Er vermochte es nicht mit Sicherheit zu sagen. Das Einzige, was er tun konnte, war, die Geschichte der Frau wahrheitsgetreu aufzuschreiben. Das wäre noch ein paar Wochen zuvor undenkbar gewesen, inzwischen aber hatte sich im Handumdrehen alles verändert.

In seiner Eile, Kophinou zu erobern, war Grivas einer katastrophalen Fehleinschätzung unterlegen. Die Schnelligkeit der Operation hatte die Türkei überraschend getroffen, und ihr rasches Ende milderte den Zorn der Türken nicht. Ankaras Geduld war am Ende, immer lauter ertönte der Ruf nicht nur nach einer Intervention in Zypern, sondern auch nach einem Krieg gegen Griechenland. Auf großen Demonstrationen wurde die Kampfansage bekräftigt, und türkische Düsenflugzeuge ließen ihre Absichten donnernd über der Insel ertönen. Die Bedrohung galt als so ernst, dass Großbritannien seine Leute auf der Militärbasis Dhekelia sammelte und sich auf ihre Evakuierung vorbereitete. Während die Regierungen auf der ganzen Welt die Situation in Zypern voller Besorgnis beobachteten und Griechenland bei der Aussicht auf einen echten Krieg zurückschreckte, verlangte die Türkei, dass Grivas von der Insel verbannt würde, um in Athen in seinem eigenen Hass zu verfaulen. Außerdem bestanden die Türken darauf, dass die Griechen ihre Besatzung aus Zypern abzögen, bis auf das Bataillon von neunhundertfünfzig Mann, das ihnen der Garantievertrag zusicherte; dass die Nationalgarde aufgelöst würde, die illegalen tschechischen Waffen sichergestellt würden und die türkischen Zyprer eine Entschädigung bekämen. Es gab keinen Handlungsspielraum: Die türkische Bedrohung war äußerst real, und die Möglichkeiten, sie abzuwehren, waren gering. Widerstrebend holten die Griechen also ihre Soldaten nach Hause, die geschmuggelten Waffen wurden übergeben, die Sanktionen gegen türkische Zyprer aufgehoben und Grivas ein zweites Mal ins Exil geschickt und in Athen unter Hausarrest gestellt. Nur die Nationalgarde überlebte unbeschadet. Und obwohl auch die Türkei Truppen abzog, welche die Insel unterwandert hatten, zahlten die Griechen einen hohen Preis für Grivas' Unbesonnenheit. Die Junta beorderte mehr als zehntausend Soldaten zurück, verlor ihren Halt und Einfluss auf der Insel und war obendrein zutiefst gedemütigt worden. Einzig Makarios ging als Sieger hervor, da seine Macht dank der Verbannung seines ehemaligen Verbündeten nicht länger bedroht war.

Yiannis wusste noch nicht, wie er Praxi dazu bringen würde, zu ihrer Mutter zurückzugehen, nahm aber an, dass sie dafür zugänglich sein würde, welche Ausrede auch immer er verwendete. Sie führte das Café mit Freude, das zeigten ihm allein die Einnahmen, aber er wusste auch, dass sie es vor allem deshalb gern machte, weil er nicht da war. Das größte Problem stellte also Elpida dar – und ihre merkwürdige Anhänglichkeit an diesen britischen Jungen.

»Das kannst du vergessen, Papa«, entgegnete sie, als er beiläufig eine Rückkehr ins Dorf vorschlug.

»Junge Dame, du tust, was man dir sagt.«

»Ach ja?«, fragte Elpida, und die Verachtung in ihrer Stimme ließ ihn verzweifeln.

Seine Tochter war in seiner Abwesenheit launisch geworden. Da sie erst zehn Jahre alt war, konnte er ihre Unverschämtheit noch nicht ihren Hormonen zuschreiben, und nur seine Schuldgefühle hielten ihn davon ab, ihr eine Ohrfeige zu geben. Voller Schrecken sah er seine Schwäche in Elpidas unbeugsamem Blick gespiegelt. Dennoch konnte er auch sein Verlangen nicht verleugnen. Aber noch während er mit sich um eine Lösung rang, die sowohl seine Tochter als auch seinen Liebhaber zufriedenstellte, wurde der jugendliche Störenfried, der Elpidas Herz gewonnen hatte, in die Sicherheit der Militärbasis Dhekelia gebracht, und für Yiannis stellte es keinen Vorteil mehr dar, das Haus zurückzubekommen, da auch Victor versetzt wurde.

Er erfuhr die Neuigkeit in einem schmerzhaft kurzen Telefonat, das zu Yiannis' Bestürzung in jeder Hinsicht distanziert war. Er hörte Wut und Ärger, indes lag in Victors Worten kein Hinweis auf einen größeren Verlust. Und als er endlich all seinen Mut zusammennahm, um ihn zu fragen, da hatte Victor schon wieder aufgelegt.

»Wann sehe ich dich wieder?«, krächzte er. Er bekam nur ein Piepen als Antwort, bis die Leitung schließlich tot war.

Eine Woche später erhielt er einen Brief.

Nun, alter Freund, das war's. Mein Flieger geht in einer Stunde, und dann wird ein Ozean zwischen uns und unseren großen Träumen von enosis liegen. Kannst Du glauben, dass es so weit gekommen ist? Ich stehe wohl immer noch unter Schock, wie die Ärzte es nennen, und kann es auch in den Augen all der anderen Männer hier erkennen. Egal, was die Welt uns vorwirft, wir haben für etwas gekämpft, an das wir glauben: für den Ruhm Griechenlands, den Schutz Zyperns und unseres Volkes. Ich weiß, dass Du, vielleicht mehr als die meisten, unseren kollektiven Schmerz und die Traurigkeit der Situation, in der wir uns befinden, verspürst. Gemeinsam und getrennt sind wir immer auf dem gleichen Weg marschiert, der nun vor unseren Augen wegbricht. Wir haben alles verloren, und ich glaube nicht, dass ich mich in meinem ganzen Leben schon einmal so elend und verraten gefühlt habe. Wohin führt uns unser Weg jetzt? Wohin können wir uns wenden? Auf diese Fragen habe ich keine Antworten. Noch nicht. Wir bluten, doch wir sind noch nicht tot. Yiannis, der Tag wird kommen, an dem wir wieder als Brüder und Griechen vereint sein werden. Doch zunächst, so schrecklich die Realität auch sein mag, müssen wir in unser altes Leben zurückkehren und diesen niederschmetternden Moment in unserer beider Geschichte einfach überstehen. Vertraue mir, wir werden die Scherben aufsammeln, und wir werden siegreich sein. Du darfst Deinen Glauben nicht verlieren. Griechenland und ich sind für Dich da. Ich stelle mir gerade beim Schreiben vor, wie Du die Stirn runzelst. Vielleicht fällt es Dir schwer, mir zu glauben, da ich Dich nicht immer so behandelt habe, wie Du es erwartet oder gehofft hast, und ich habe erkannt, dass Dich die Härte meiner Worte manchmal verletzt hat. Aber Du musst wissen, dass ich meine Zeit mit Dir verbracht habe, weil ich es so wollte. Du bist die größte Quelle des Glücks, die ich von dieser Insel mitnehme. Dein Victor.

Yiannis faltete den Brief sorgfältig, steckte ihn in die Brusttasche direkt über seinem Herzen, tätschelte sie einmal zärtlich und versuchte dann weiterzuarbeiten. Doch nur Sekunden später zogen ihn die Worte wieder magisch an, und nach drei Tagen waren die Seiten so oft gefaltet worden, dass sie in seinen groben Händen zu zerfallen drohten. Aber mit jedem Lesen wuchs seine Entschlossenheit, bis er sich schließlich zu Praxi und seiner Tochter an den Esstisch setzte. Zu ihrer tiefen Bestürzung teilte er ihnen mit, dass sie nach Griechenland umziehen würden.

In dieser Nacht, nachdem Elpida sich in den Schlaf geweint hatte und Yiannis, wenn auch in stiller Abgeschiedenheit, ihrem Beispiel gefolgt war, nahm Praxi ihren roten Schal von der Tür und verließ die Perle von Keryneia über die Außentreppe. Auf der Straße traf die Kälte sie wie eine Wand, und sie wickelte den Schal enger um sich. Die weiche Wolle roch nach ihrem Parfüm und verfing sich in ihrem Haar, das sie absichtlich offen trug.

Im Gegensatz zum letzten Mal waren ihre Schritte langsam, aber fest. Diesmal wurde sie von keinem Sturm vorangetrieben. Sie hatte keine Angst. Und sie konnte sich an keinen Moment größerer Klarheit erinnern. Die Vorwürfe, die sie bislang gequält hatten, waren verstummt, und die Schande hatte nicht mehr die beängstigende Macht von einst. Wenn sie die Wahl hatte zwischen nichts und allem, das befleckt von Schande war, dann würde sie Letzteres wählen.

Sie drückte den Griff der Tür hinunter, da sie wusste, dass sie nicht abgeschlossen sein würde. Als sie das Zimmer betrat, merkte sie, wie seine Gestalt sich mit einem Ruck auf dem Metallbett am anderen Ende des Raumes umdrehte. Sie konnte mehr hören als sehen, wie seine Hand nach dem Gewehr griff.

»Praxi?«

Mit einem Kratzgeräusch entzündete sich ein Streichholz. Während die Flamme in seinen Fingern zitterte und erstarb, trat er vorwärts. Sie roch den moschusartigen Duft des Schlafes, den seine nackte Brust verströmte, und biss sich auf die Lippen. Im Dunkeln wurden seine Gesichtszüge erkennbar, und seine schwarzen Augen versprachen eine Zeit ohne Ende. Sie ließ ihren Schal von den Schultern fallen. Eilig knöpfte sie ihr Kleid auf, bevor sie nach seinem Gesicht tastete.

»Jetzt ist es mir egal«, flüsterte sie. »Was auch immer du willst, ich werde es tun.«

Dhespina hob den Kopf ihres Sohnes so weit an, dass ihre Augen auf gleicher Höhe waren. Die Farbe war aus seinem Gesicht gewichen, und sein Kiefer zuckte vor Anstrengung. Sie brachte ihre Lippen an seine Stirn. »Atme, Loukis, atme mit mir. Ich bin für dich da. Ich werde immer da sein.«

Loukis stöhnte.

Eine Stunde zuvor hatte Dhespina den Staub von Mehmets und Pembes Veranda gefegt und sich dabei träge gefragt, wie Maria wohl in ihre Familie passen würde, nachdem Michalakis ihr nun einen Antrag gemacht hatte. Da taumelte Loukis ihr entgegen.

»Es muss aufhören«, war alles, was er hervorbrachte. Und statt eilig Eimer und Kräuter herbeizuholen, führte Dhespina ihren Sohn in sein Haus und zog die Vorhänge zu.

Sie setzten sich im Halbdunkel des Zimmers auf den Fußboden, und Dhespina bat ihn um eine Erklärung. Genötigt, seine Ängste in Worte zu fassen, wurde sein Atem ruhiger und sein Blick fester. Dhespina war kaum verwundert, dass die Geschichte mit Praxi begann.

»Mein ganzes Leben lang habe ich sie geliebt«, sagte er leise. »Ich bin zufrieden damit, in ihrem Schatten zu leben, wenn er sie nur bei mir lässt.«

»Und wenn sie nach Griechenland geht?«

»Sie wird nicht gehen.«

»Sie muss, Loukis.«

»Vorher bringe ich ihn um.«

Dhespina sah ihren Sohn prüfend an. Sie konnte keine Wut in

seinen Zügen entdecken. Er sprach mit Gewissheit und Klarheit. Und sie glaubte ihm.

»Du kannst Yiannis nicht umbringen«, sagte sie.

»Wieso, willst du es tun?«

»Loukis! Du kannst einen Mann nicht einfach umbringen, nur weil er dir im Weg steht. Willst du den Rest deines Lebens hinter Gittern verbringen?«

»Mamma, das hier ist Zypern. Hier entkommen Mörder täglich dem Gefängnis.« Dhespina schüttelte zornig die Schultern ihres Sohnes. »Um Himmels willen, ich weiß doch, dass ich Yiannis nicht umbringen kann«, gab Loukis knurrend zu. »Aber ich kann nicht ohne Praxi leben. Ich will nicht ohne sie leben. Wenn sie fortginge, wenn sie und Elpida fortgingen – ich würde zugrunde gehen.«

»Was hast du also vor?«

»Das Land verlassen.«

Bei seinen Worten zog sich Dhespinas Herz zusammen. Zu ihrer heimlichen Schande war sie weniger betroffen gewesen, als Loukis von Mord gesprochen hatte. Sie kämpfte gegen die Tränen an, die ihr in die Augen traten.

»Ja, ihr könntet das Land verlassen«, stimmte sie zu. »Aber wohin würdet ihr gehen?«

»England?«

»Das ließe sich wohl machen«, gab sie zu. Trotz der turbulenten Geschichte der beiden Länder hatten Tausende Zyprer sich in den letzten Jahren auf diese Reise begeben, Georgios' Cousin eingeschlossen.

Loukis hob langsam den Kopf. Er schaute sie mit solcher Intensität an, dass sie seine Worte zu hören glaubte, bevor er sie aussprach. In diesem Augenblick wurde ihr bewusst, dass keineswegs Praxi der Auslöser dieses Angstanfalls war.

»Mamma, ich kann mir mein Leben ohne dich nicht vorstellen.«

»Ich mir meins ohne dich genauso wenig, mein Sohn.«

Dhespina brach es das Herz, als sie Loukis' Kopf nahm und

ihn in ihren Schoß legte. Behutsam strich sie ihm übers Haar und wiegte seine Sorgen fort, bis sie sah, wie sich die Angst davonschlich. Er sah erschöpft aus und viel älter als sechsundzwanzig Jahre. Aber er war immer noch ihr Junge. Bei Gott! Er war ihr Junge! Dhespina zog ihr Kopftuch zum Mund und biss darauf, um ihre Zunge still zu halten.

Als der Moment vorüber war, entfernte sie sich leise. Sie schob Loukis ein Kissen unter den Kopf und holte die Decke von seinem Bett, um ihn dort unten auf dem Boden zuzudecken. Als sich bei ihr erneut Tränen ankündigten, verließ sie rasch das Haus.

Draußen war der Mond aufgegangen, und erschrocken stellte sie fest, dass in Mehmets und Pembes Haus Licht brannte. Sie wusste, dass sie es nicht angelassen haben konnte, da es noch hell gewesen war, als Loukis zu ihr kam. Leise und mit klopfendem Herzen schlich sie sich auf die Veranda. Durch das Fenster sah sie einen alten Mann auf einem Stuhl, dessen Blick auf eine gerahmte Fotografie geheftet war. Es war Mehmet. Und er war allein.

19

Mehmet fuhr hoch, als Pembe einen tiefen Atemzug tat.

»Sieh dir das Pferd an«, murmelte sie, rückte ein wenig näher an ihn heran und versank wieder im Schlaf.

Es war das erste Mal seit Verlassen des Dorfes, dass sie das Tier erwähnte, das eine so prächtige Rolle auf ihrer Hochzeit gespielt hatte. Und als er aufwachte, musste Mehmet bestürzt erkennen, dass das weiße Pferd aus den Träumen seiner Frau nur zurückgekehrt war, um sie davonzutragen. Es hatte weder Krankheit noch ein quälendes Vorspiel gegeben. Pembe war im Schlaf mit einem Lächeln auf den Lippen gestorben. Ihr Tod war so sanft wie ihr Wesen, und es war genau das Ende, das Mehmet sich für seine Frau gewünscht hätte – wenn sie ihn dabei nur nicht so weit zurückgelassen hätte.

Mehmet blieb den nächsten Monat über in Gönyeli, um die Sterberituale zu vollenden. Ihre Tochter Ayşe war mit ihren vier Kindern aus Leymosun gekommen, und ihre beiden Söhne waren mit dem Schiff vom Festland angereist. Die Trauer und die Schuldgefühle seiner Kinder empfand Mehmet bald als beengend, und so war er erleichtert, als sie ihn wieder verließen, ohne dass sie ihn zum Mitkommen hatten bewegen können. Als sie fort waren, spielten die Männer, die sich täglich bei Onkel Çavuş im Kaffeehaus trafen, zur Ablenkung *tavli* mit ihm und überredeten ihn sogar dazu, sich in einem der beiden kleinen Kinos einen Film anzusehen. Es war eine Liebesgeschichte, und das Zusehen tat ihm weh, aber nicht so sehr wegen seines Verlustes, sondern weil die flackernden Bilder ihm Kopfschmerzen bereiteten.

Während Leere in sein eigenes Leben trat, beruhigte sich die

Welt um ihn herum. Die Barrikaden, die sowohl schützten als auch einsperrten, wurden nach und nach abgebaut, und auch wenn die türkischen Soldaten die alte Schule als Kaserne behielten, schwand die Atmosphäre von Angst und Widerstand. Wie vorherzusehen war, bekam Mehmet nach Pembes Tod mehr Heimweh als je zuvor. Als er alles Nötige erledigt hatte, machte er sich auf den Weg. Sein Neffe versuchte vergeblich, ihn vom Gehen abzuhalten, und bot ihm schließlich an, zumindest eine Fahrt für ihn zu organisieren, doch Mehmet schüttelte den Kopf und erklärte, dass er die Reise in seinen Füßen spüren müsse. Mit nichts als den Kleidern an seinem Leib und Pembes Lieblingskopftuch als Schal um den Hals verließ er Gönyeli. Sieben Stunden später betrat er sein altes Haus. Als er die Türklinke hinunterdrückte, spürte er, dass seine Frau bei ihm war, und seine Schultern strafften sich in der Erinnerung an ihr wahrhaftiges Glück – und vor Überraschung. Nach so vielen Jahren Abwesenheit war ihr Haus noch immer intakt und in einwandfreiem Zustand. Alles befand sich an seinem Platz, und kein Staubkörnchen wies auf die verstrichene Zeit hin. Jemand hatte sich um ihr Haus gekümmert, während sie fort waren, und als er sich umdrehte, weil er Schritte hinter sich vernahm, zeigte das Wunder sein Gesicht. Er nahm Dhespina in den Arm und weinte seine Trauer und Dankbarkeit in ihr Haar.

Am nächsten Tag saß Mehmet auf der Veranda und wartete geduldig darauf, dass Loukis aufstand. Er hatte in der Frühe einen kurzen Rundgang über den Hof und die Felder unternommen und staunend gewahrt, dass alles in Ordnung gehalten worden war – dafür wollte er dem Jungen von Herzen danken. Als Loukis schließlich in die Sonne hinaustrat, stand ihm die Anstrengung einer unruhigen Nacht ins Gesicht geschrieben, und Mehmet verspürte eine leichte Traurigkeit bei dem Gedanken, dass er die Verwandlung des Jungen in einen Mann verpasst hatte. Loukis war groß, mit ernster Miene, aber er war ja schon als Kind düster gewesen. Es passte zu ihm, dass er auf Mehmets plötzliche Anwesenheit statt mit einem Gefühlsausbruch mit einem leisen Lächeln reagierte. Ohne ein Wort verschwand er wieder in seinem Haus und tauchte Sekunden später mit einem kleinen Büchlein auf, das er Mehmet übergab. Es war von der Bank, und der Name des Bauern stand auf der ersten Seite. Es folgte eine lange Liste mit Zahlen.

»Ich habe mir nur meinen Lohn und etwas für die Instandhaltung davon genommen«, erklärte Loukis.

»Es gab keine Garantie, dass ich zurückkomme.«

»Ich wusste, dass du wiederkommst.«

Mehmet war zutiefst gerührt und hatte Mühe, seine Dankbarkeit in Worte zu fassen, bevor Loukis sich abwandte, um ihnen beiden jede weitere Verlegenheit zu ersparen.

Mehmet konnte schwören, dass er aus dem Haus das frohe Lachen seiner Frau vernahm.

Der Bus schlängelte sich durch dunkle Gassen, in denen sich Plastiktüten voller Müll stapelten, und vorbei an baufälligen Häusern, von deren alten Rohren der Rost rieselte. Von seinem Sitz aus sah er schäbig gekleidete Menschen inmitten einer Atmosphäre des Verfalls. Erst als Yiannis einen Blick auf das vollendetste aller Gebäude erhaschte, das von der am höchsten entwickelten Zivilisation der Welt errichtet worden war, erwachte sein Stolz auf das Mutterland wieder. Die Akropolis war atemberaubend. Obwohl er schon viel über sie gelesen hatte, war er auf ihren Anblick nicht vorbereitet, und spontan packte ihn das Verlangen, den Hügel zu erklimmen und ganz in das Leuchten der weißen Steine einzutauchen. Doch Yiannis hatte keine Zeit – und er fühlte sich ohnehin unwürdig. Aus seinen Büchern wusste er, dass die antike Stadt auch Kekropia genannt wurde, nach dem sagenhaften König Kekrops, von dem es hieß, dass er halb Mensch, halb Schlange gewesen sei. In diesem Augenblick, in einem Bus Richtung Süden, fühlte Yiannis sich vollständig wie eine Schlange.

Nach drei Stunden, in denen er immer wieder in einen so unruhigen Schlaf gefallen war, dass sein Sitznachbar sich einen anderen Platz suchte, kam Yiannis in Tolo auf der peloponnesischen Halbinsel an.

Als Erster hatte Homer das malerische Städtchen in seinem Bericht über den Trojanischen Krieg erwähnt, seither war es Anlaufhafen für mehrere Kriege gewesen, und nach der griechischen Revolution waren viele Flüchtlinge aus Kreta hierher gezogen. Seit 1916 war das Fischerdorf unter dem Namen Tolo bekannt, und im Laufe der Zeit war an der Bucht ein Haus nach dem anderen aus dem Sand gewachsen, um wenigstens einen Nutzen aus den Nordeuropäern zu ziehen, die auf der Suche nach warmem Badewasser, feinen Sandstränden und den vielen archäologischen Stätten die Gegend überfluteten. Yiannis nahm seine einzige Tasche aus dem Kofferraum des Busses und hielt einen Moment inne, um tief durchzuatmen und sich eine Zigarette anzuzünden. Eine schützende Gebirgskette ringsum ließ die Bucht abgeschieden, aber dennoch offen wirken. Ein Gefühl von Geborgenheit durchströmte Yiannis. Es war wirklich sehr hübsch hier, ganz so, wie Victor es beschrieben hatte. Nachdem er sich zwei Hotels direkt am Strand angesehen hatte, zog Yiannis weiter den Hügel hinauf und fort von dem Meerblick, der ihm nur das Geld aus der Tasche zog. Schließlich fand er eine verblichene, drei Stockwerke hohe Pension, die einfachen Komfort, inklusive Frühstück, zu einem vernünftigen Preis anbot. Er wechselte sein Hemd und ging zurück zum Strand, vorbei an handgemalten Schildern, die für Bootsfahrten zu den Inseln Hydra, Spetses oder Poros warben. Nachdem er sich orientiert hatte, betrat er ein gut besuchtes Lokal namens *Paradise Bar*, das ihm einen Panoramablick nicht nur über die Bucht, sondern auch über ihre Bewohner bot.

Am nächsten Morgen begann Yiannis nach einem einsamen, aber herzhaften Frühstück aus Halloumi, Oliven und altbackenem Dorfbrot mit der Suche nach potentiellen Räumen für ein eigenes Lokal. Als er sich eine Zeitung kaufte, kam er mit einem großen, freundlichen Herrn namens Panos ins Gespräch. Es stellte sich heraus, dass die Schwägerin von Panos' Bruder einen Onkel hatte, der jemanden im Immobiliengeschäft kannte. Die beiden Männer verabschiedeten sich mit einem Handschlag und vereinbarten, sich am folgenden Montag erneut zu treffen. Da er nichts anderes zu tun hatte, kehrte Yiannis anschließend wieder im *Paradise* ein. Als er die vierte Nacht nach reichlichem Genuss von Metaxa benebelt hinter sich gebracht hatte, verfluchte er seine Dummheit, nie nach einer Adresse gefragt zu haben.

Victor hatte zwar oft von seiner Heimat gesprochen, doch Yiannis hatte nie richtig zugehört, da es für ihn angenehmer war, sich nicht vorzustellen, dass sein Liebhaber weit weg von ihm noch ein anderes Leben führte. Nun zermarterte er sich den Kopf, um auf irgendein Detail zu kommen, das Victor erwähnt haben könnte: eine baumbewachsene Straße, eine Veranda voller Rosenbüsche, ein Blick aufs Meer, ein bevorzugtes Geschäft – irgendetwas. Aber aus der Brühe seiner Erinnerung ließ sich nichts Brauchbares fischen. Yiannis konnte sich nicht einmal an den Namen einer Bar erinnern, in die er sich setzen und warten konnte, und er brachte es nicht über sich, jede einzelne abzuklappern und zu fragen, ob jemand dort Victor kannte. Das erschien selbst Yiannis als ein zu beschämendes Unterfangen. Der Anblick seiner runzligen Zimmerwirtin hob seine Laune auch nicht gerade.

»Wie lange wollen Sie bleiben?«, krächzte sie.

»Ich weiß nicht. Ein paar Wochen.«

»Warum wissen Sie es nicht?«

»Wollen Sie mein Geld haben, oder nicht?«

Die alte Frau beäugte ihn misstrauisch, was sie jedoch nicht davon abhielt, ihm die Scheine für die letzte Übernachtung aus der Hand zu schnappen und sie in ihrer Tasche verschwinden zu lassen.

»Wollen Sie Ihre Bettwäsche gewaschen haben?«, fragte sie. »Sie schlafen nun schon seit über einer Woche darin.«

»Kostet das extra?«

»Sehe ich etwa aus wie eine Heilige?«

»Dann lassen Sie es so.« Damit machte sich Yiannis erneut auf den Weg ins *Paradise.*

Am nächsten Morgen traf er sich mit dem Mann, der den Onkel der Schwägerin von Panos' Bruder kannte. Er hieß zufälligerweise auch Panos und führte Yiannis zu einem heruntergekommenen Gebäude, das auf Touristen so viel Anziehungskraft ausüben würde, wie ein Schweinestall es eben vermochte.

»Jetzt sieht es noch nach nichts aus«, gab der Mann mit entwaffnender Ehrlichkeit zu. »Aber Sie müssen das Potential erkennen.«

Yiannis kniff die Augen zusammen, aber das Potential schien sich in einer Ecke zu verstecken, die sein Blick nicht erreichen konnte.

»Erstens befindet es sich in bester Lage in der Nähe des Dorfes, aber mit Platz zum Ausbauen«, beschwatzte ihn der Immobilien-Panos. »Und wenn der Bauer endlich einmal seine Schweine woanders unterbringt, wird das Land hier schnell voll mit Hotels sein. Das Abkommen steht so gut wie fest, und in ein paar Jahren wird es hier von Touristen nur so wimmeln. Vertrauen Sie mir, Sie kaufen sich hier in eine Goldmine ein und könnten bald ein blühendes Geschäft besitzen, wenn Sie nur wollen.«

Yiannis erklärte Panos II., dass er darüber schlafen wolle, und sie verabredeten sich erneut für den nächsten Montag. Auf direktem Wege eilte er daraufhin ins *Paradise* und bestellte sich in seiner Verzweiflung gleich eine ganze Flasche Metaxa, anstatt Glas für Glas zu bezahlen. Als er am nächsten Morgen zu sich kam, hämmerte sein Kopf im Rhythmus des Weinbrands, und auf seinem Laken entdeckte er Blut. Erschrocken fuhr sich Yiannis mit den Händen über die Brust, fest davon überzeugt, dass ihm jemand im Schlaf ein Messer hineingestochen hatte. Allmählich verlangsamte sich sein Puls, und er erinnerte sich dunkel wieder daran, dass er auf der Treppe, die vom Platz hinaufführte, gestolpert und aufs Gesicht gestürzt war.

Beschämt und zugleich erleichtert hievte er sich von der speckigen Matratze und wankte ins Badezimmer. Er spritzte sich Wasser ins Gesicht und schaute dann in den Spiegel. Dort, wo sich bis vor wenigen Stunden seine oberen Schneidezähne befunden hatten, klaffte ein dunkles Loch. Geräuschvoll übergab er sich ins Waschbecken.

Weder sein Magen noch sein Mund waren bereit für ein Frühstück, und nur mit zitternden Fingern gelang es Yiannis, sich ein sauberes Hemd überzustreifen. Um seiner Wirtin aus dem Weg zu gehen, die auf der Treppe wartete, um ihre Bezahlung entgegenzunehmen, kletterte er aus dem Fenster und machte sich auf die Suche nach Hilfe. Nach zwei unbeschreiblich demütigenden Stunden spürte Yiannis einen Zahnarzt im Dorfzentrum auf, der im Angesicht des Schlamassels durch die Zähne pfiff, sich staunend die dazugehörige Geschichte anhörte und versprach, sein Gebiss gleich am nächsten Tag zu reparieren – so weit es eben in seiner Macht stand. Beruhigt schlenderte Yiannis zurück zu seiner Pension. Auf dem Weg dorthin kaufte er in einem Supermarkt Brot und Käse, denn allmählich, nachdem er die einzige kostenlose Mahlzeit des Tages verpasst hatte, verspürte er einen Bärenhunger. Als er seine Münzen auf den Tresen legte, zeterte wütend ein Kind am Eingang des Ladens, und das Geschrei tat Yiannis in den Ohren weh. Verärgert wandte er sich um. Die Mutter brachte den Jungen mit einer Ohrfeige zum Schweigen, und plötzlich begann Yiannis' Herz zu rasen. Bevor ihm bewusst wurde, was er tat, stand er mit ausgestreckter Hand vor der Familie. Victor erbleichte vor Überraschung und zuckte vor Schreck und Entsetzen zusammen. Zu spät klappte Yiannis seinen Mund zu.

Nach einer unbehaglichen Vorstellungsrunde bestand Victors Frau darauf, Yiannis am folgenden Abend in ihr Haus einzuladen. Er fand sich dort mit einer Flasche Wein und einer schlecht sitzenden Zahnprothese ein, die ihn befangen machte und zischende Geräusche von sich geben ließ. Der Abend verlief in jeder Hinsicht qualvoll. Der Genuss des prächtigen Festmahls aus *souvlaki*, Dorfsalat und Bratkartoffeln wurde durch die

Schwierigkeiten mit seinem Gebiss und die Akrobatik, die in seinem Magen stattfand, stark beeinträchtigt. Noch bevor das Essen auf dem Tisch stand, war ihm klar geworden, dass er einen schrecklichen Fehler begangen hatte, indem er die Einladung angenommen hatte. Und zu seinem großen Kummer verhielt sich Victor den ganzen Abend über schroff und übertrieben grob. Seine Frau war nicht viel besser. Sie war eine große, imposante Erscheinung und schien ihrem Mann gegenüber dieselbe Unduldsamkeit an den Tag zu legen wie ihren Kindern. Sie fragte ihren Gast beinahe schon feindselig aus, und Yiannis sah sich genötigt, das Gespräch bald auf die Politik zu bringen, um zu erklären, in welcher Beziehung er zu ihrem Ehemann stand. Alles, was er sagte, klang wie eine Entschuldigung. Victor tat nichts, um ihn aus seiner misslichen Lage zu befreien. Im Grunde wirkte er gelangweilt und schien nicht fähig oder willens, die große Anstrengung zu würdigen, die Yiannis für ihn unternommen hatte. Als schließlich der Kaffee gereicht wurde, war Yiannis erschöpft, sein Zahnfleisch war wund, und er fühlte sich wie ein Idiot. Beim Händeschütteln zum Abschied wusste er, dass es ihre letzte Berührung sein würde, und dieser Gedanke brachte ihn fast um.

Am nächsten Tag nahm er den ersten Bus nach Athen. Aus Wut rächte er sich an seiner Wirtin, indem er sich mit dem Geld für die letzte Nacht aus dem Staub machte. Außerdem hinterließ er seine blutverschmierte Kleidung und die dreckigen Laken in einem Haufen auf dem Bett. Der Bus fuhr in Schrittgeschwindigkeit durch den malerischen Ort und kam an der Scheune vorbei, die ihn hatte reich machen sollen. Die Schweine des Bauern standen immer noch auf dem Feld.

»Hast du sie geliebt?«

»Hast du Yiannis geliebt?«

»Ach, Loukis, die Frage ist doch lächerlich!«

»Dann siehst du vielleicht ein, wie dumm auch deine Frage ist.«

Praxi lächelte und kuschelte sich tiefer in die Kuhle zwischen seiner Schulter und seiner Brust. Eigentlich wusste sie, dass in Loukis' Herz keine andere Platz hatte, doch ihr eigenes war rasend eifersüchtig. Bestimmt hatte Maria mit ihm geschlafen, Sünde hin oder her, so wie sie selbst es getan hatte und wieder tat. Und auch wenn Maria für Loukis nicht viel mehr als ein Gegenstand war, der aus dem Bett geworfen wurde, sobald der Moment vorüber war, hatte es doch sicher auch ein gewisses Maß an Zärtlichkeit gegeben, Minuten, in denen er ihr erlaubte, in seinen Armen zu liegen und seinem Atem zu lauschen. Der Gedanke daran fraß sie innerlich auf.

»Denkst du manchmal an sie?« Praxi spürte, wie Ärger in Loukis' Brust aufstieg. »Komm schon, die Frage ist berechtigt.«

»Also gut, ja, ab und zu denke ich an sie«, gab er zu, richtete sich auf und zündete sich eine Zigarette an. »Aber nicht so, wie du glaubst.«

Praxi erhob sich vom Gras und versuchte in seinem Gesicht zu lesen, doch seine Augen waren auf den Rauchring gerichtet, der über ihren Köpfen zerstob.

»Hat sie dir etwas bedeutet?«, hakte sie nach.

»Nein. Das kann ich nicht behaupten. Aber das heißt nicht, dass ich ihr nicht alles Gute wünsche.«

»Ich wünsche Yiannis nichts Gutes«, beichtete Praxi. »Ist das nicht furchtbar?«

»Nur, wenn du es nicht ernst meinst.«

Praxi lachte, und Loukis nahm die Jacke, auf der sie es sich bequem gemacht hatten, und legte sie ihr um die Schultern.

»O Gott, ich liebe diesen Ort«, seufzte sie.

»Ich auch.«

»Wie kannst du dann fortgehen?«

»Weil ich dich noch mehr liebe.« Loukis drehte den Kopf zu ihr, so dass sie die Wahrhaftigkeit seiner Worte in seinen Augen erkennen konnte.

»Aber wirst du mich auch für immer lieben und mich niemals verlassen?«

»Praxi!« Loukis griff um ihre Taille und zog sie an sich heran. »Ich werde dich niemals verlassen.«

»Dann versprich es mir.«

»Ich verspreche es dir.«

»Schwöre auf die Bibel!«

Loukis hob verzweifelt die Arme, um die Situation deutlich zu machen, in der sie sich befanden.

»Gut«, räumte Praxi ein. »Dann schwöre bei meinem Leben!«

»Gut, ich schwöre bei deinem Leben und meinem Leben und dem Leben jeder Person, die du mir nennst.«

»Schwöre, dass du mich niemals verlassen wirst, auch wenn die ganze Welt in Flammen aufgeht.«

»Ich werde dich niemals verlassen, auch wenn die ganze Welt in Flammen aufgeht und du nur noch gerösteter Toast bist. So, bist du nun zufrieden?«

»Ja, das bin ich. Danke. Ich liebe dich, Loukis.«

»Ich liebe dich auch, Praxi.«

Hand in Hand blickten sie in die grauen und weißen Wolken, die über ihnen hinwegzogen, von einer sanften Brise nach Süden getrieben. Die Sonne schien warm, und um den Pistazienbaum herum versprühten Frühlingsblumen ihre Farben wie zu einer Willkommensparade. In einiger Entfernung glitzerte unter ihnen das Meer – leuchtend blaue Wellen, geküsst von goldenen Strahlen. Hin und wieder fielen kleine Regentropfen auf sie nieder, doch das konnte sie nicht von der Schönheit des Tages ablenken. Schweigend saßen sie da und versuchten verzweifelt, jedes Geräusch, jeden Geruch und jeden Atemzug ihrer Insel in sich aufzunehmen, da sie nicht wussten, wann sie ihre Heimat je wiedersehen würden.

Zehn Jahre lang hatten sie sich von St. Hilarion ferngehalten, doch nichts hatte sich verändert. Die türkischen Soldaten waren zwar immer noch in der Nähe, versteckten aber keine Scharfschützen mehr und bedeuteten keine akute Gefahr. Mit dem enormen Truppenabzug hatte sich die politische Situation auf Zypern entspannt, und er hatte für neuen Schwung auf der

Mittelmeerinsel gesorgt. So erschien die Aussicht darauf, die Insel zu verlassen, umso tragischer.

»Wir werden eines Tages zurückkommen«, flüsterte Loukis, als könnte er ihre Gedanken lesen. Aber Praxi war sich da nicht so sicher. Sie wussten beide, dass es nicht leicht war, zurückzukehren, wenn man einmal fortgegangen war.

»Ich hätte nie gedacht, dass ich das einmal sage, aber ich werde meine Mamma vermissen«, sagte Praxi.

»Ich hätte nie gedacht, dass ich das einmal sage, aber ich werde sie auch vermissen.« Loukis lachte.

Während Yiannis in Griechenland war, hatten Praxi und Loukis die Gelegenheit genutzt, um ihre Flucht bis ins Detail zu planen. Sie würden das Land in ein paar Wochen, nach den Osterfeiertagen, verlassen. Sie hatten das Fest ausgewählt, um noch ein letztes Mal ihre Familien zusammenzuführen, ohne Verdacht zu erregen. Nur Dhespina wusste von ihrer bevorstehenden Flucht, die anderen würden früh genug davon erfahren. Elpida würde sie begleiten und sich auf einer Urlaubsreise wähnen, bis sie ihr in sicherer Distanz den wahren Grund der Unternehmung offenbarten. Praxi befürchtete, dass die Hölle losbrechen würde, doch Loukis mutmaßte, dass ihre Tochter sich wahrscheinlich schneller als sie beide selbst in der Fremde einleben würde. Praxi blieb skeptisch. Außerdem gefiel ihr nicht, dass sie sich mitten in der Nacht davonschleichen mussten wie Diebe, obwohl ihr einziges Verbrechen darin bestand, dass sie sich liebten. Loukis kannte solche Bedenken nicht. Ob Zypern oder England war ihm einerlei. Es war bloß ein anderer Boden, auf dem sie gehen würden. Um Praxis Schmerz ein wenig zu lindern, versprach er ihr, sie würden Elena zu sich holen, sobald sie sich etwas eingelebt hatten.

»Wirst du deine Mamma nicht vermissen?«, fragte Praxi.

»Natürlich«, antwortete er und verschloss ihre Lippen mit einem Kuss, bevor sie weiterfragen konnte. Seit Loukis den Entschluss gefasst hatte, zu fliehen, hatte ihn dieser schmerzhafte Gedanke verfolgt, und je näher Ostern rückte, desto schwieriger wurde es, ihn zu ignorieren. Er konnte sich ein Leben ohne die Gegenwart seiner Mutter kaum vorstellen, und jedes Mal, wenn er es versuchte, fragte er sich, wer er selbst dann noch sein würde.

»Es hört sich nett an, nicht wahr? Angel Islington?«

Loukis stimmte zu, dass es sich wirklich sehr nett anhörte, obwohl ihm noch die Worte des Cousins seines Vaters im Ohr klangen. Nach seiner Beschreibung wies der Londoner Stadtbezirk kaum himmlische Züge auf.

»Wenn du dort lebst, müssen sie es in Two Angels of Islington umbenennen, denn dann gibt es dort einen weiteren Engel«, sagte er lächelnd.

Praxi strahlte vor Freude. Es war unfassbar, wie leicht dieser Mann sie immer noch bezaubern konnte, und das sagte sie ihm auch.

Die drei älteren Söhne von Christakis hatten ihren jüngsten Bruder an den Zaun gebunden. Elpida überlegte, ob sie ihn befreien sollte, aber er schien recht zufrieden, wo er war, also beobachtete sie ihn von der Schaukel am Apfelbaum aus. Hinter dem Tor rannte Niki die Straße rauf und runter, angetrieben von den Medaillen, die sie gewonnen hatte, und dem Ruhm, den ihr all die anderen voraussagten.

Im Haus der Economidous herrschte ein organisiertes Chaos. Dhespina hatte die Befehlsgewalt über den Hauptgang und wurde von Lenya unterstützt, die mit Töpfen und Pfannen jonglierte, während sie gleichzeitig ihre dunkelhaarige kleine Erado auf der Hüfte balancierte. Elena und Yianoulla kümmerten sich um den Nachtisch, und Praxi und Maria bemühten sich, Salat kleinzuschneiden, ohne sich mit ihren Messern an die Kehle zu gehen. Im Wohnzimmer füllten Michalakis und Andreas zur Neige gehende Gläser mit Bier auf, während Georgios und Marios einen Jahresverdienst von Christakis verlangten. Da sie mit ihrer Forderung nicht weiterkamen, riefen sie laut nach Loukis, der als Schiedsrichter bestimmen sollte, da er schließlich bei der Wette dabei gewesen war. Zypern hatte alle Hoffnungen enttäuscht und war mit nur zwei Punkten als Gruppenletzter aus den Qualifikationsspielen für die Europameisterschaft herausgegangen. Es zerriss einem das Herz, und der einzige kleine Trost war, dass es sowohl Asprou als auch Papadopoulos im GPS-Stadion in Lefkosia gelungen war, ein Tor gegen die Gäste aus der Schweiz zu schießen – Tore, die Georgios und Marios vorhergesagt haben wollten. Christakis wollte dieses Ergebnis jedoch nicht anerkennen und beharrte darauf, dass sie auf eine erfolgreiche Qualifikation gewettet hatten. Da die Nationalmannschaft aber insgesamt achtzehn Tore kassiert hatte, konnte man den Feldzug wohl kaum als erfolgreich bezeichnen.

»Worüber streiten die sich?«, wollte Herr Televantos von Mehmet wissen.

»Über einen Wetteinsatz.«

»Jaja, mit dem Sitzen habe ich auch schon so meine Probleme gehabt«, rief der alte Mann. »Sag ihnen, sie sollen sich von Dhespo eine Creme geben lassen.«

»Es geht nicht ums Sitzen!«, rief Mehmet zurück. »Sie streiten sich über eine Wette.«

»Immer im Bett bleiben ist aber doch auch keine Lösung«, brummte Herr Televantos und schüttelte verwundert den Kopf über die jungen Leute.

Mehmet gab auf und betete stumm, sein eigenes Gehör möchte sich nicht so bald verabschieden. Sich keinerlei Missverständnisses bewusst, futterte Herr Televantos sich weiter munter durch den Berg von Eiern, die er gewonnen hatte. Das Zerschlagen der bemalten Eier blieb normalerweise den Kindern vorbehalten, doch in diesem Jahr hatten alle mitgemacht, und der alte Mann war am Ende als Sieger daraus hervorgegangen. Mehmet überließ ihn seinen Eiern und ging hinüber zum Tisch, um die *flaounes*, *koulouria* und *tyropittes* zu kosten, welche die Frauen schon Tage zuvor gebacken hatten. Obwohl er seine eigene Religion hatte, genoss Mehmet das griechische Osterfest immer sehr. Aus der Küche wehte ihm der Duft von gebratenem Fleisch entgegen – es versprach, ein herrliches Festmahl zu werden!

Praxi und Maria traten schweigend aus der Küche, um den langen Tisch zu decken. Dhespina rollte mit den Augen, als sie an ihnen vorbeilief, um die Kinder vom Spielen einzusammeln. Normalerweise aßen sie bei solchen Gelegenheiten im Garten, aber der Himmel kündigte Regen an.

»Kommt rein, Kinder!«, rief Dhespina aus dem Hauseingang. Zu ihrem Entsetzen sah sie, dass ihr jüngster Enkel an den Zaun gefesselt war.

»Elpida, hilf dem Jungen, sich loszubinden«, befahl sie. Träge glitt ihre Enkelin von der Schaukel und befolgte die Anordnung. Dhespina versetzte den älteren Söhnen von Christakis einen Klaps auf den Hinterkopf, als sie sich ins Haus drängelten.

»Wo ist Niki?«

»Rennt die Straße rauf und runter, wie immer«, antwortete Elpida, und Dhespina ging los, um sie zu suchen. An der Häuserecke angelangt, stieß sie beinahe mit ihrer Nichte zusammen. Niki joggte auf der Stelle, wobei ihre blonden Haare wie Schnüre um ihr hübsches Gesicht tanzten, und fragte Dhespina, weshalb Elpidas Vater in seinem Wagen saß und weinte.

»Wovon redest du?«, wollte Dhespina wissen.

Niki deutete auf die Straße, die ins Dorf führte. Dann schoss sie an ihrer Tante vorbei ins Haus.

Yiannis hatte seinen Kopf in den Händen vergraben und sah sie nicht kommen. Auch als Dhespina sanft die Tür öffnete und sich zu ihm setzte, schaute er kaum auf. Sein Gesicht war tränenüberströmt. Dhespina kramte in der Tasche ihres Kleides nach einem sauberen Taschentuch und reichte es ihm. Zu ihrer Bestürzung schnäuzte Yiannis hinein und gab es ihr zurück.

»Es ist vorbei«, schniefte er, als sie das anstößige Stück Stoff mit spitzen Fingern entgegennahm.

»Was ist vorbei?«, fragte sie, überrascht, dass er Bescheid wusste, und in Furcht vor seiner Antwort, da sie selbst nicht ganz unschuldig am Niedergang des Jungen war.

»Mein Leben!«, rief er, worauf ein neuer Schwall Tränen folgte. Dhespina gab ihm das Taschentuch zurück.

»Na komm, Yiannis, niemand will dir weh tun …«

»Was wissen Sie denn schon?«, unterbrach er sie ärgerlich, und Dhespina zuckte zusammen. »Sie haben keine Ahnung, was ich durchmache. Niemand von euch weiß das. Und Sie! Sie sitzen in Ihrem schönen Haus, inmitten Ihrer großen, starken Jungs, mit einem Ehemann, der Sie liebt, und Menschen, die gern bei Ihnen sind. Woher wollen Sie also wissen, wie es mir geht?«

Dhespina schwieg. Was sollte sie auch schon sagen? Yiannis' Schmerz mitanzusehen war schwer zu ertragen. Letztlich war er ja auch nur ein unglücklicher Mann, der sich in die falsche Frau verliebt hatte. Er war kein schlechter Mensch. Er hatte es nicht verdient, das Osterfest allein und weinend in diesem Auto zu verbringen.

»Ich liebe ihn«, schniefte Yiannis.

»Ich bin sicher, auf ihre eigene Weise liebt sie dich auch«, log Dhespina.

Yiannis sah sie verwirrt an. »Nicht sie. Ihn! Praxi liebe ich nicht. Ich liebe Victor.«

Die Welt um sie herum schien den Atem anzuhalten ob der Ungeheuerlichkeit von Yiannis' Geständnis. Dhespina wusste nicht, was sie erwidern sollte.

»Ich habe Ihnen einen Schock versetzt«, stellte Yiannis treffend fest.

»Nun ja, das hast du wohl …«, gab Dhespina zu. Plötzlich betrachtete sie Yiannis mit neuen Augen. Er sah nicht aus wie ein Homosexueller – allerdings war sie auch noch nie zuvor einem anderen begegnet. Sie musterte ihn, seinen dicken Hals und seine schlichte Kleidung, und war merkwürdig enttäuscht, da sie sich einen Homosexuellen etwas extravaganter vorgestellt hatte. Nun, da er sich offenbart hatte, ergab es durchaus Sinn: das Fehlen von Kindern in seiner Ehe und die Duldsamkeit, die er all die Jahre an den Tag gelegt hatte, in denen seine

Frau im selben Dorf wohnte wie ihre Jugendliebe. Es musste für den Jungen eine schreckliche und unbeschreiblich einsame Zeit gewesen sein.

»Erzähl mir von diesem Victor«, flüsterte sie, und da Yiannis sich so lange schon danach sehnte, von ihm zu erzählen, tat er es auch.

Er schüttete Dhespina sein Herz aus, mit ehrlichen Worten und ohne Scham, und zu ihrer eigenen Überraschung brachte Dhespina es fertig, über die Sünde seines Geständnisses hinwegzusehen. Yiannis war ein junger Mann, ebenso alt wie Michalakis, und er war homosexuell. Ein Homosexueller, der sitzengelassen worden war.

»Ach, Yiannis ... Es ist schwer, nicht den Mut zu verlieren, wenn einem das Herz gebrochen wurde. Aber du musst die Stärke finden. Du musst weitermachen und es hinter dir lassen.«

»So wie Ihr Loukis?«, höhnte Yiannis. Als er Dhespinas betrübtes Gesicht sah, bereute er seine Schroffheit sofort. »Tut mit leid«, sagte er leise. »Das war unangebracht ... Wissen Sie, lange Zeit habe ich Ihren Sohn gehasst, und dann habe ich ihn gefürchtet. Allmählich beginne ich, ihn zu verstehen. Nicht, dass ich Loukis deswegen mögen würde, das habe ich nie getan, aber irgendwie respektiere ich ihn. Er hat die Frau, die er liebt, niemals gehen lassen – auch wenn diese Frau nun einmal mit mir verheiratet war. Wenn ich sie selbst jemals geliebt hätte, würde ich mich jetzt vielleicht nicht so mit Ihnen unterhalten. Doch ich habe Praxi nie geliebt. Allein der Gedanke, sie anzufassen, ist mir zuwider. Und ich bin es leid, so zu tun, als wäre es anders, und von den Leuten für einen Idioten gehalten zu werden. Wir alle haben den größten Teil unseres Lebens damit zugebracht, einander anzulügen. Und hat das auch nur einen von uns glücklich gemacht? Wissen Sie, ich würde Praxi liebend gern gehen lassen. Es kümmert mich nicht weiter, ob sie den Rest ihres Lebens mit Loukis verbringt. Wirklich nicht. Aber wir leben nicht in Amerika. Hier kann man sich nicht einfach scheiden lassen. Und außerdem ist da ja auch noch meine Tochter …«

Yiannis hielt inne, und Dhespina sah die Frage in seinen Augen. Sie verzog keine Miene, doch ihr Gewissen plagte sie schrecklich, als sie die Dankbarkeit in seinem Gesicht las.

»… meine Tochter ist das Wichtigste in meinem Leben«, fuhr er fort. »Sie ist alles, was ich habe.«

»Und deshalb reißt du sie von hier fort und nimmst sie mit nach Griechenland.«

»Das wollte ich«, korrigierte Yiannis. »Aber ich bin einem Traum hinterhergejagt, und dieser Traum wollte mich nicht. Also ist mein Leben hier, bei meiner Tochter.«

Dhespina wusste nichts zu erwidern. Doch zum ersten Mal seit Wochen spürte sie Erleichterung von einem erdrückenden Gewicht.

»Komm«, sagte sie schließlich und klopfte sich auf die Oberschenkel, um ihrer Entschlossenheit Ausdruck zu verleihen. »Iss mit uns. Es ist Ostern – die richtige Zeit, um die Vergangenheit ruhen zu lassen und Streit zu begraben. Yiannis, mein Sohn, wir alle müssen nach vorn blicken. Und wenn ich dir dabei irgendwie helfen kann, dann werde ich es tun.«

Yiannis griff nur allzu gern nach dem Ast, den Dhespina ihm hinhielt. Lammfromm stieg er aus dem Auto und folgte ihr. Er war geradezu ausgehungert, und weder sein Magen noch sein gebrochenes Herz ließen Raum für durchdachtes Handeln. Aus diesem Grund traf ihn das Meer aus verblüfften Gesichtern, dem er sich gegenübersah, als er das Haus der Economidous betrat, völlig unvorbereitet. Barmherzig durchbrach Elpidas Freudenschrei die schwere Stille. Als er das Kind hoch in die Luft hob, spürte er, wie die Last der Welt von seinen Schultern fiel, und zum ersten Mal seit seiner Abreise aus Athen huschte ein Lächeln über sein Gesicht.

»Gütiger Gott!«, schrie Herr Televantos. »Was zur Hölle ist mit Ihrem Mund passiert?«

20

Eine letzte Runde vor der Hochzeit hatte sie in die Perle von Keryneia gelockt, doch als sie den weißen Bikini erblickten, zogen die Brüder zur Hafenmauer um. Sie stellten ihre Stühle in einer Reihe auf, ein Päckchen Zigaretten ging von Hand zu Hand, dann ließen sie ihre Gläser klirrend aneinanderschlagen und setzten sich, um das Schauspiel zu beobachten. Die Frau bemerkte, dass sie ihr zusahen – wie hätte sie es auch nicht bemerken sollen? Da saßen vier ungewöhnlich große, ausnehmend gutaussehende Männer, herausgeputzt mit dunklen Anzügen, gebügelten Hemden, polierten Schuhen und zurückgegelten Haaren. Sie zog ihren Bauch ein und sprang elegant ins Wasser. Die Brüder zogen anerkennend die Augenbrauen hoch.

Von hinten kam Angelis angerannt.

»Mamma sagt, dass du nach Hause kommen sollst. Wir sind schon spät dran, und sie wird sauer.«

Christakis schnappte sich seinen ältesten Sohn und zog ihn auf seinen Schoß. »Deine Mamma ist ganz sicher auch der Ansicht, dass Bildung über alles geht. Also setz dich und lerne.«

Da der Junge in einem Alter war, in dem Männergeheimnisse deutlich interessanter waren als ein Raum voller Frauen, tat er anstandslos, was sein Vater ihm sagte. »Was sehen wir uns an?«

»Die Frau«, antwortete Loukis und deutete träge auf die Bucht.

»Wieso? Die schwimmt doch nur.«

»Sieh nur hin«, empfahl sein Vater belustigt.

In etwa fünfzig Meter Entfernung glitt die Frau durchs Wasser und verschwand von Zeit zu Zeit hinter hölzernen Fischerbooten und heranrollenden Wellen. Ihre langen Arme beschrieben anmutig einen Bogen über ihrem Kopf, und ihre schlanken Beine spritzten nur wenig Wasser auf. Ihr Bikini schimmerte.

»Jetzt ist es gleich so weit«, kommentierte Michalakis, der dankbar für die Ablenkung an seinem großen Tag war.

»Nur noch eine Frage von Sekunden«, pflichtete Christakis ihm bei.

Obwohl die Maisonne auf ihren Köpfen brannte, war das Meer noch eiskalt, und die Erfahrung sagte ihnen, dass die Frau bald frierend wieder aus dem Wasser kommen würde. Nachdem sie eine orangefarbene Boje umkreist hatte, schwamm sie in Richtung Land. Die Brüder nickten einmütig. Als sie die Felsen erreicht hatte, bewegte sich die Frau einen Augenblick auf der Stelle und suchte nach einem geeigneten Halt. Dann griff sie nach oben, um sich an Land zu ziehen, fiel aber sogleich schreiend nach hinten, wobei sie wie wild auf ihre linke Brust einschlug, die sich fest im Griff der Tentakel eines zielstrebigen Oktopus befand.

»Auf geht's, Marios!«, befahl Christakis, und sein Bruder eilte ihr zu Hilfe. Am Hafendamm angekommen, bedeutete er der panischen Frau, näher zu kommen. Sie ruderte immer noch heftig mit den Armen. Marios ergriff ihre Hand und zog sie mit einer einzigen Bewegung nach oben, nahm den Oktopus am Kopf und durchbohrte sein Hirn mit einem Daumen. Das unglückliche Wesen lockerte seinen Griff, und dankbar und verlegen ließ die Frau sich zu Boden gleiten.

Christakis wandte sich seinem Sohn zu: »Kraken werden von hellen Farben angezogen. Früher haben die Fischer weiße Taschentücher ins Meer geworfen, um sie aus ihren Löchern zwischen den Felsen zu locken. Du siehst also, die Frau hat es mit ihrem Bikini geradezu darauf angelegt.«

Die Männer freuten sich über die glückliche Fügung, als Marios sich mit einem Siegerlächeln wieder zu ihnen gesellte.

»Und?«, fragte Michalakis.

»Wir treffen uns morgen um acht«, verriet er grinsend.

»Großartig!«, verkündete Christakis. Er erhob sich von

seinem Stuhl und zerzauste Angelis die Haare. »Und das, mein Sohn, beendet den Unterricht für heute. Nun gehen wir und sehen zu, wie dein Onkel heiratet.«

Als die Brüder sich mit ihren Stühlen auf den Weg zurück zum Café machten, fuhr ein ramponierter Ford Cortina auf sie zu und kam direkt vor ihnen zum Stehen. Mit einem Fußtritt wurde die Tür geöffnet, und heraus trat ein breit lächelnder Savvas.

»Ich hatte schon befürchtet, du kommst nicht mehr!«, begrüßte ihn Michalakis.

»Und verpasse die Gelegenheit, zu sehen, wie aus einem Journalisten ein ehrbarer Mann wird? Du machst wohl Witze.«

Michalakis stellte seinen Trauzeugen vor. Wenn die Umstände andere gewesen wären und er nicht auf die Gefühle seiner Braut und seiner anderen Brüder hätte Rücksicht nehmen müssen, hätte er vielleicht Loukis darum gebeten, sein *koumbaro* zu sein. Doch in der gegenwärtigen Situation konnte er sich keinen Menschen vorstellen, der dieser Aufgabe besser gewachsen wäre als sein ehemaliger Militärkollege.

»Nervös?«, wollte Savvas wissen. Michalakis antwortete offenherzig, dass er es tatsächlich sei, was ihn selbst ein wenig erstaunte, da es ihn so unerwartet überkam. Vor der Kirche musste er mit noch größerem Erstaunen feststellen, dass seine Hände zitterten, als er seiner Mutter den Blumenstrauß abnahm.

»Nervös?«, fragte sie. Und als er wieder mit ja antworten wollte, klebte ihm die Zunge fest am Gaumen, und er befürchtete, sich im nächsten Augenblick übergeben zu müssen. Schweigend stellte er sich an seinem Platz am Eingangsportal auf. Etwa eine Viertelstunde später erschien Maria in einer prächtigen Kreation aus bauschigem weißen Satin, ihr langes Haar fiel in Locken über ein glitzerndes Diadem.

»Mein Gott, du siehst umwerfend aus«, flüsterte Michalakis, als er ihr die Blumen seiner Mutter übergab. Maria lächelte zurückhaltend. Sie hegte keinen Zweifel daran, dass sie großartig aussah, doch sie wusste, dass eine Spur Bescheidenheit die Wirkung noch verstärken würde. Michalakis spürte, wie ihn jemand in den Arm zwickte.

»Du bist ein glücklicher Mann«, versicherte Christakis ihm. Und Michalakis war derselben Meinung.

Gemeinsam betraten Braut und Bräutigam die Kirche, und ihre Gäste folgten ihnen artig, wobei sie laut schwatzten und Marias üppiges Kleid bewunderten. Drinnen hatte sich Herr Televantos bereits den besten Platz gesichert, da er sich vor allen anderen hineingeschlichen hatte. Einige machten es ihm nach und setzten sich rasch, manche blieben lieber stehen und versuchten, die wilde Kinderhorde zu zähmen, die schon gelangweilt war, bevor der Priester überhaupt mit der Zeremonie begonnen hatte.

»Das ist die seltsamste Hochzeit, auf der ich je war«, flüsterte Jason. Er war kurz nach Ostern mit seinem Vater Jack zurückgekehrt, nachdem die Briten verkündet hatten, Zypern sei nicht mehr unmittelbar von einem Einmarsch bedroht.

»Warum findest du es seltsam?«, wollte Elpida wissen.

»Schau dich doch mal um«, sagte er mit einer weiten Handbewegung. »Jeder setzt sich, wohin er will, manche bleiben einfach stehen, die Kinder rennen überall herum, und alle reden so laut, dass man den Priester kaum verstehen kann. Es würde mich nicht wundern, wenn der alte Mann in der ersten Reihe gleich seine belegten Brote auspackt.«

»Aber was ist daran seltsam?«, meinte Elpida mit einem kurzen Blick in Herrn Televantos' Richtung.

»Na gut, vielleicht ist es nicht seltsam, nur anders. In England bekommen wir gesagt, wo wir sitzen sollen, und außer der Braut, dem Bräutigam und dem Pfarrer sagt niemand ein Wort. Hier reden ja eigentlich alle außer dem Brautpaar!«

»Gott, wie langweilig. Das klingt ja nicht gerade nach einer tollen Feier bei euch in England«, erwiderte Elpida.

»Nein, das wohl nicht«, gab Jason zu. »Übrigens sagt Jack, dass die Ehe ein Verbrechen gegen die Menschlichkeit ist und eine Form der legalisierten Kastration.«

»Was heißt ›legalisiert‹?«, fragte Elpida.

»Das heißt, dass etwas vom Gesetz erlaubt wird.«

»Und was ist eine ›Kastration‹?«

»Dabei wird einem Mann der Schwanz abgeschnitten.«

Erschrocken wandte Elpida ihren Blick zum Altar und versuchte sich auf die Zeremonie zu konzentrieren. Sie betete, ihre Wangen mögen ihre Verlegenheit nicht preisgeben und der gütige Herr möge Jasons Sünde nicht mit tödlichen Blitzen bestrafen. Michalakis' Militärfreund führte gerade das Ringritual mit Braut und Bräutigam aus.

Savvas wahrte einen feierlichen Gesichtsausdruck, als er die goldenen Ringe als Symbol für die heilige Dreifaltigkeit drei Mal austauschte. Als er fertig war, erhob der Priester seine Stimme zum Gebet und führte die Hände von Michalakis und Maria zusammen. Über ihren Köpfen wurden die *stefana*-Kronen, die durch die weiße Schleife der Eintracht miteinander verbunden waren, drei Mal getauscht. Der Priester sprach von der Hochzeit zu Kana in Galiläa, wo Jesus sein erstes Wunder vollbracht hatte, als er Wasser in Wein verwandelte. Dann trank Michalakis drei Mal aus einem Kelchglas, bevor der Priester das Paar drei Mal um den Altar führte, gefolgt von Savvas, der sich bemühte, die Kronen an ihrem Platz zu halten, ohne über die herumjagenden Kinder zu stolpern. Für Michalakis und Maria waren es die ersten Schritte als Ehepaar. Als sie wieder zum Stehen kamen, wurden sie sogleich mit Reis beworfen. Ungeniert hob der Priester die Bibel vor sein Gesicht, um sich zu schützen.

Nachdem wieder halbwegs Ruhe eingekehrt war, trennte der Priester schließlich die Hände des Paares, indem er die Bibel dazwischen schob, womit er sie daran erinnerte, dass Gott allein die Macht hatte, die Verbindung zu lösen, die sie soeben eingegangen waren. Im hinteren Teil der Kirche senkte Praxi den Kopf, Yiannis zuckte leicht zusammen, und Loukis blickte teilnahmslos geradeaus.

Als der Gottesdienst vorüber war, strömte die Gemeinde aus

der Kirche, blinzelte im Sonnenlicht und schritt zum Dorfgemeinschaftshaus. Die Gäste gratulierten den Frischvermählten, rangelten sich um Plätze an den Tischen, die der aufgebauten Bühne am nächsten standen, und warteten darauf, dass sich die Durchreichen zur Küche öffneten. Georgios und seine Söhne wechselten sich hinter dem Tresen ab, häuften Essen auf Teller und drehten *souvla* am Spieß. Die Frauen, die den vorigen Tag mit Kartoffelschälen, Zwiebelhacken, Gemüseschneiden und Salatzupfen zugebracht hatten, sollten an diesem Abend nichts mehr tun müssen. Die Bäuche füllten sich, und der Raum summte von ausgelassenen, angeheiterten Gesprächen, bis schließlich die Musik einsetzte und Michalakis und seine Braut auf die Bühne traten. Angeführt von den Eltern des glücklichen Paares, reihten sich die Gäste auf, um Geldscheine an Marias wunderschönes Kleid zu heften, wobei sie sich je nach Höhe der gespendeten Summe mehr oder weniger in Szene setzten.

Nachdem Kyriakos der Braut sein eigenes großzügiges Geschenk angesteckt hatte, schüttelte er Michalakis die Hand und flüsterte ihm ins Ohr: »Ich habe noch ein Geschenk für dich: Der Erzbischof gestattet deiner Zeitung Anfang nächsten Monats ein Interview. Ruf mich an, wenn du dich von den ehelichen Strapazen erholt hast, und wir machen einen Termin aus.«

Michalakis fehlten die Worte. Mitgerissen von der Ausgelassenheit des Tages küsste er Kyriakos rau auf beide Wangen und wirbelte seine Frau übermütig durch die Luft. Die Menge klatschte aufmunternd Beifall. Angesteckt von der Freude auf dem Gesicht ihres Sohnes und den Klängen der *bouzouki*, kehrten Georgios und Dhespina Arm in Arm auf die Bühne zurück. Ein Paar nach dem anderen tat es ihnen nach, und die jungen Männer baten die zunächst theatralisch ablehnenden Mädchen, sich mit ihnen dazuzugesellen. Nach und nach formte sich ein großer Kreis für den traditionellen *syrtos*. Als die Musik schneller wurde, steckte Christakis sich seine Zigarette zwischen die Zähne, riss sein Hemd auf und begab sich in die Mitte des Kreises. Michalakis, Marios und Savvas folgten ihm. Angeheizt vom Rufen und Klatschen der anderen Tänzer traten sie mit ausgestreckten Armen und schnipsenden Fingern um den lautesten Applaus der ohnehin schon begeisterten Menge an. Loukis, Praxi und Yiannis waren an ihren Plätzen geblieben und fielen unter den übrigen Zuschauern im Greisenalter deutlich auf.

Nach den skandalösen Enthüllungen des Osterfestes hatten die drei ein unausgesprochenes Abkommen getroffen, nach dem Praxi und Elpida ihre Nächte wieder bei Elena und ihre Tage in Keryneia verbrachten. Seit seiner Rückkehr aus Griechenland besaß Yiannis keine Motivation mehr, seine Frau für all ihre Fehler zu hassen. Sie hatte ihm vieles angetan – doch das Herz hatte sie ihm nie gebrochen. Praxi wiederum betrachtete ihren Ehemann nun in einem neuen Licht und war sogar imstande, Mitgefühl für ihn aufzubringen. Sie hatte immer geglaubt, sie allein sei diejenige, die in der Falle saß, dabei musste sich Yiannis hinter den Gittern ihrer Lügen und seiner Sexualität viel stärker eingesperrt fühlen als sie alle zusammen.

»Er tut mir eigentlich leid«, erklärte sie Loukis. »Was hältst du von alledem?«

»Was ich davon halte?«, erwiderte Loukis, der an all die Nächte dachte, die Yiannis in den Armen seines griechischen Offiziers verbracht hatte, während er in seinem Haus fast wahnsinnig vor Sehnsucht geworden war. »Von mir aus darf er ruhig noch ein paar Mal auf die Nase fallen.«

Obwohl die Situation für keinen von ihnen auch nur ansatzweise befriedigend war, wollten sie doch nicht die einzige Heimat verlassen, die sie je gekannt hatten. Daher hatten sie eine Art Waffenstillstand vereinbart, einen würdevollen Kompromiss, der die Liebe von zweien und den gegenseitigen Respekt von dreien ermöglichte und für Elena und den Rest der Gesellschaft den Anschein von Konformität wahrte. Ihre Übereinkunft ging jedoch nicht so weit, dass sie nun mit der fröhlichen Ausgelassenheit der anderen Gäste die Tanzfläche betreten konnten, daher klatschten sie mit den Rentnern im Takt und hofften, die anderen Gäste würden es gnädigerweise unkommentiert lassen.

Elpida hob den Löffel und ließ ihn wieder sinken. Ihre Haarwurzeln schmerzten von *yiayias* grober Behandlung, und ihr Kopf fühlte sich unendlich schwer an. Sie legte ihre Wange auf den Tisch und schloss die Augen.

»Beeil dich, du kommst zu spät zur Schule«, schimpfte Praxi.

Elpida streckte sich und gähnte affektiert. »Ich glaube, ich werde heute nicht in die Schule gehen.«

»Bist du krank?«, fragte Elena und legte dem Kind die Hand auf die Stirn.

»Nein, mir geht's gut.«

»Warum glaubst du dann, dass du nicht in die Schule gehen wirst?«, wollte ihre Mutter wissen.

»Weil es überflüssig ist«, antwortete Elpida.

»Wie bitte?«

»Jason geht auch nicht zur Schule, und er ist der intelligenteste Mensch, den ich jemals getroffen habe.«

»Du bist erst zehn Jahre alt, Elpida. Du hast in deinem Leben noch gar nicht genug Menschen kennengelernt, um so eine Aussage treffen zu können.«

»Mamma, die Schule ist kein Ort des Lernens, sondern ein Ort der stumpfen Wiederholung.«

»Ich nehme mal an, das hat Jason dir erzählt, nicht wahr?«

Elpida antwortete nicht. Sie wusste, wann ihre Mutter versuchte, sie zu überlisten.

»Wovon redet sie?«, fragte Elena ihre Tochter.

»Elpida will heute nicht in die Schule gehen, weil Jason auch nicht in die Schule geht.«

»Der britische Junge?«

»Ja.«

»Ist er etwa einer von diesen Schulabbrechern?«, fragte Elena. »In den Nachrichten im Fernsehen haben sie etwas darüber gebracht. Hoppies nennen diese Leute sich.«

»Hippies«, verbesserte Praxi sie.

»Hippies, Hoppies. Das ist alles Teufelszeug, mit den langen Haaren und der freien Liebe.«

»Was ist freie Liebe?«

»Elpida! Ich sage es dir nicht noch einmal: Geh hoch und mach dich fertig für die Schule, oder ich versohle dir den Hintern.«

»Oh, ehrlich, du bist so was von … bourgeois!« Das Kind rannte vom Tisch weg, bevor die Hand ihrer Mutter sie erreichen konnte.

»Was, zur Hölle, ist denn bourgeois?«, fragte Elena. Praxi gab keine Antwort, einerseits, weil sie Wut in sich aufsteigen fühlte, doch vor allem, weil sie es selbst nicht ganz genau wusste.

»Daran sind die Schulen schuld«, fuhr Elena fort. »Zu meiner Zeit haben wir etwas über unsere Mutter Griechenland und über unseren Vater, den lieben Gott, gelernt. Heute geht es um The Mamas and the Papas und Uncle Sam.«

»Woher kennst du denn diese Sachen?«, fragte Praxi ungläubig.

»Das habe ich doch gesagt, aus dem Fernsehen. Aber ich sehe natürlich nur wegen Erzbischof Makarios fern, möge Gott ihn schützen und Unheil von ihm abwenden.«

»Natürlich siehst du nur deswegen fern, Mamma. Natürlich.«

Michalakis wurde in einen kargen Raum geführt, in dem sich außer einem Stuhl mit Goldrand hinter einem robusten Holzschreibtisch keinerlei präsidiale Insignien befanden. Er rieb sich eben seine vor Aufregung feuchten Hände an seiner Hose trocken, als Erzbischof Makarios den Raum betrat, gefolgt von einem kleinen Mann, der einen unglaublich hohen Papierstapel vor sich her trug. Michalakis trat vor, um dem Erzbischof den Handrücken zu küssen. Zu seiner Überraschung antwortete dieser darauf, indem er ihm zu seiner Hochzeit gratulierte. Auf solche Nettigkeiten nicht vorbereitet, gab Michalakis zunächst unzusammenhängende und kaum verständliche Worte des Dankes von sich, um sich dann unaufgefordert in kleinsten Details seiner Feier zu ergießen. Der Erzbischof lächelte geduldig und bat Michalakis schließlich, Platz zu nehmen, da die Zeit leider dränge und er noch andere Pflichten zu erfüllen habe. Mit seiner nun folgenden ausgiebigen Entschuldigung vergeudete Michalakis, wie er sehr wohl erkannte, nur noch mehr der kostbaren Zeit, die ihm zugestanden wurde.

Es war nicht das erste Mal, dass Michalakis Makarios zu Gesicht bekam: Er hatte mehrere politische Versammlungen in Lefkosia besucht und zugesehen, wie der Präsident sich seinen Weg durch die Ruinen des Konflikts zwischen den beiden Gemeinschaften bahnte, und einmal hatte ihn seine schwarze Soutane gestreift, als sie in einem Korridor des Ministeriums aneinander vorbeiliefen. Dennoch überkam ihn in der intimen Atmosphäre dieses Raumes ein Gefühl der Ehrfurcht, das von jahrelanger Konditionierung herrührte. Der Erzbischof war der politische und geistliche Führer des Landes. Er war Staatsmann und Vaterfigur zugleich. Trotzdem war Michalakis verblüfft über die Präsenz des Mannes. Hinter seinem graugesprenkelten Bart ahnte man ein verschmitztes Lächeln, und die dunklen Augen mit den schweren Lidern sprühten vor Klugheit. Unter seinem zylinderförmigen *kalmafi*-Hut strahlte der Präsident Würde und Selbstvertrauen aus – was er sich auch leisten konnte, da er vier Monate zuvor mit sechsundneunzig Prozent der Stimmen wiedergewählt worden war.

»Hat es Sie überrascht, dass die Enosis-Front bei den Wahlen so schlecht abgeschnitten hat?«, fragte Michalakis.

Makarios ließ sich genug Zeit für eine gründliche Abwägung, bevor er mit einem klaren Nein antwortete.

»Die Menschen verstehen heute, dass die Republik als untrennbarer, einheitlicher Staat geschützt werden muss. Wir haben die Aufgabe, mit friedlichen Mitteln Lösungen für unsere konstitutionellen Probleme zu finden, die der türkisch-zyprischen Gemeinschaft Sicherheit bieten und zugleich eine effektive Regierung ermöglichen, die auf demokratischen Prinzipien basiert. Ich glaube, Athen wäre bereit, einen Teil der Insel der Türkei zu opfern, wenn der Rest dafür mit Griechenland vereint wird. Das ist natürlich völlig inakzeptabel, nicht nur für mich, sondern für alle griechischen Zyprer. Diesen Preis für *enosis* will niemand von uns zahlen. Und wenn *enosis* nur erreichbar ist, indem wir eine Teilung riskieren, dann müssen wir dieses Ziel, zumindest fürs Erste, zurückstellen.«

»Einige behaupten, Sie hätten Ihr Engagement für *enosis* zugunsten eines unabhängigen Zypern aufgegeben, an dessen Spitze Sie als Präsident stehen.«

»Sie wollen sagen, ich hätte die Interessen meines Landes persönlichen Ambitionen untergeordnet?«, hakte Makarios nach. Sein Gesicht war ernst und unbewegt, seine Augen hingegen schienen angesichts einer solchen Behauptung zu lachen.

»Man hat diesen Vorwurf gegen Sie erhoben«, erwiderte Michalakis vorsichtig.

»In Zypern oder in Athen?«, wollte Makarios wissen, wischte seine eigene Frage aber sogleich mit einer Handbewegung beiseite. »Ich bin nicht taub für die Forderungen gewisser Interessenvertretungen, aber ich habe eine Verpflichtung gegenüber Zypern und bin nicht bereit, mich darin manipulieren zu lassen, um den Erwartungen einer verstimmten Macht oder Minderheit gerecht zu werden. In diesem Moment der Geschichte müssen wir einen mutigen Kompromiss eingehen. Wir müssen gewillt sein, einen gangbaren Weg zu finden, und ja, es ist wahr, dass dieser Weg nicht all unsere Wünsche erfüllen mag, doch er ist zu diesem Zeitpunkt der richtige für Zypern und für die griechischen Zyprer.«

Obwohl völlig klar war, dass die Kompromissbereitschaft des Erzbischofs zu einem großen Teil daher rührte, dass er keine Begeisterung für eine politische Vereinigung mit einer Militärdiktatur aufbrachte, sprach keiner der Männer diese Tatsache aus.

»Was werden also Ihre nächsten Schritte sein?«, fragte Michalakis.

»Wir bewegen uns auf einem langen, beschwerlichen Pfad. Um meinen eigenen Glauben deutlich zu machen und diesen Neubeginn in unserer Geschichte zu verkünden, habe ich die griechisch-zyprischen Streitkräfte angewiesen, ihre Befestigungen niederzureißen und die Straßensperren um das türkische Viertel von Lefkosia zu beseitigen. In etwas mehr als einer Woche werden wir mit den Verhandlungen über eine Einigung beginnen. Ich glaube fest daran, dass es trotz der schrecklichen Dinge, die unseren beiden Gemeinschaften widerfahren sind, auf jeder Seite guten Willen gibt. Darauf müssen wir aufbauen, um eine echte und dauerhafte Lösung zu finden, die es uns ermöglicht, ohne Angst vor einer Intervention von Dritten voranzuschreiten.«

21

Kurz nachdem die Amerikaner einen Mann auf den Mond geschickt hatten, schloss Elena sich einer Gruppe von Untergangspropheten zum täglichen Gebet an. Yiannis legte sich dagegen einen Ford Torino Cobra mit Fließheck, Schalensitzen und modernster Innenausstattung zu. Er beschloss, Praxi den Chevrolet zu überlassen und ihr Fahrstunden zu geben.

»Ein kleiner Schritt für eine Frau, ein großer Sprung aus dem Weg für die Menschheit«, witzelte Yiannis, als sie in den Wagen stiegen.

»Sehr komisch«, murrte Praxi, doch ihre schlechte Laune wurde eher durch Nervosität erzeugt, als dass sie ernsthaft böse gewesen wäre. Trotz ihrer Differenzen und des ungeliebten Treueschwurs, der sie aneinander band und einst zu ersticken gedroht hatte, waren Praxi und Yiannis in eine Freundschaft gestolpert, die sie beide erstaunte. Sie hatten ihren Groll in einer Woge größtmöglicher Ehrlichkeit – die Wahrheit über das Blut ihrer Tochter blieb ungesagt – von Bord gespült und lebten nun ihr Leben, statt ihre Vergangenheit zu verfluchen. Praxi hatte Loukis, und Yiannis hatte seine wöchentlichen Besuche in der Stadt. Praxi fragte nicht nach, was ihr Ehemann in Lefkosia trieb, doch was es auch war, es nahm Einfluss auf die Länge seiner Haare und die Weite seiner Jeans. Er schien nahezu glücklich, und Praxi war froh darüber, auch wenn sie die Vorstellung der Dinge ausblenden musste, die hinter diesem Glück liegen mochten.

Jedes Mal, wenn Praxi den Motor abwürgte, brachte sie den Wagen danach nur holpernd wieder in Fahrt, so dass sie sich nur sehr langsam vom Hafen entfernten. Dabei fuhren sie an Elpida vorbei. Praxi übersah ihre Tochter, da sie ihren Blick vor Angst starr auf die Straße gerichtet hielt, doch Yiannis winkte ihr fröhlich zu und verzog sein Gesicht in leisem Spott. Elpida war entsetzt von dem Spektakel, das ihre Eltern veranstalteten, und wandte ihnen schnell den Rücken zu.

»Das ist so peinlich«, stöhnte sie.

Jason lachte. »Ich finde es ziemlich cool, dass deine Mutter Autofahren lernt.«

»War ja klar, dass du das sagst«, erwiderte Elpida. »Du weißt eben nicht, was sich gehört und was nicht.«

»Ach, ist das so?«

Jason bückte sich schnell und zog Elpidas Rock hoch, so dass ihre Unterhose für jedermann sichtbar war. Kreischend wollte sie auf ihn losgehen, doch Jason hatte instinktiv bereits die Flucht ergriffen und rannte die gepflasterte Straße hinab, während Elpida ihm wutschnaubend auf den Fersen war. Die beiden mussten Fußgängern und der ein oder anderen Katze ausweichen, bis sie schließlich die Hauptstraße erreichten. Verbissen jagten sie noch eine Runde um den Platz und kamen erst an der Kirche erschöpft zum Stehen.

»Wenn ich erst wieder Luft kriege, wirst du dafür bezahlen«, keuchte Elpida.

»Daran hab ich keinen Zweifel«, entgegnete Jason und schenkte ihr ein Lächeln, das sie innerlich wie Butter in der Sonne schmelzen ließ. Müde streckte er seine Beine vor sich aus. In Elpidas Augen war er unglaublich groß geworden. Letztes Jahr hatte sie noch gedacht, sie würde ihn bald einholen, aber als er vom Frühlingsrefugium seiner Mutter auf Kreta zurückkehrte, war er einen Kopf größer, als sie ihn in Erinnerung hatte, und konnte einiges an Geschichten erzählen.

»Wir haben alle in einem Ort namens Matala gewohnt«, erklärte Jason ihr. »Da hingen ein paar britische Rockstars rum, rauchten Dope und redeten eine Menge Unsinn, aber es war ziemlich cool. Weißt du, der Legende nach hat Zeus die Prinzessin Europa zum Strand in Matala gebracht, nachdem er sie als weißer Stier verführt hatte. Dann hat er sich in einen Adler verwandelt und ist mit ihr nach Gortys geflogen, wo er Sex mit ihr hatte.«

Elpida zuckte wie üblich bei diesen für ihren Freund so typischen Enthüllungen zusammen. Doch noch in ihrer Verlegenheit spürte sie ein unausgereiftes Verlangen nach Sonnenuntergängen in sich aufsteigen, die sie zum Leuchten brachten, nach leiser Gitarrenmusik und nach einem Jungen, der seine Gestalt verändern konnte, der weiches, helles Haar hatte und sie sehnsüchtig ansah.

»Warum geht es in all deinen Geschichten eigentlich immer um Sex?«, wollte sie wissen.

»Weil es das Einzige ist, woran ich denken kann«, antwortete Jason.

Elpida wand sich bei dieser Stichelei unbehaglich. »Das ist ungesund«, sagte sie und gab damit die Verdammung alles Körperlichen wieder, die ihre Großmutter predigte.

»Wieso sollte das ungesund sein?«, forderte Jason sie heraus. »Es ist so natürlich wie Essen und Trinken, und eines Tages wirst du es auch tun müssen, ob du willst oder nicht. Hoffentlich mit mir.«

»Jason!«

»Elpida!«, äffte der Junge sie nach und boxte ihr freundschaftlich gegen den Arm, um ihr zu versichern, dass diese Zeit noch nicht ganz gekommen war.

Sie sahen, wie Marios Hand in Hand mit einer kleinen Frau mit langem Haar, in das sie ein paar winzige Blüten geflochten hatte, vom Friedhof kam.

»Die ist neu«, kommentierte Jason. Elpida stimmte ihm zu und winkte, als Marios zu ihnen herüberschaute.

»Wer ist das?«, fragte die Frau an seiner Seite auf Englisch.

»Elpida«, antwortete Marios. Er hätte noch mehr erklärt, aber sein Englisch war schlecht – was seine Freundschaften mit den ausländischen Mädchen allerdings nicht weiter behinderte. Seit die Insel nicht mehr von Kämpfen auseinandergerissen wurde, kamen die Touristen in Scharen, und Marios' Zeit wurde zunehmend von weiblicher Aufmerksamkeit in Anspruch genommen. Die griechischen Mädchen zeigten kaum Interesse an ihm, aber die ausländischen, mit ihrer sonnenverbrannten Haut und ihren hellen Haaren, ließen sich immer gern an seinem Arm über die Insel führen. Und zu seiner großen Erleichterung war keine allzu sehr am Reden interessiert. Marios wusste, dass er anders war. Er hatte nicht den Intellekt seiner Brüder oder der meisten anderen Männer in seinem Alter, und oft langweilte er die Leute im Gespräch. Wenn er sich mit Mädchen aus dem Ort unterhielt, entging ihm die Enttäuschung in ihren Blicken nicht, bevor sie sich sammelten und in seine Mutter verwandelten. Die Augen der Touristinnen hingegen, die in Ferienlaune waren und eine fremde Sprache sprachen, behielten den Glanz unmittelbaren Gefallens.

»Du wirst dir noch Ärger einhandeln«, prophezeite seine Mutter ihm ernst, während sein Vater seine Begegnungen trotz ihrer Schwierigkeiten unterstützte. In den letzten zwei Jahren hatte Marios genügend Erfahrung gesammelt, um zu wissen, dass Mädchen komplizierter waren, als sie aussahen – und das galt selbst für die ausländischen. Und wenn man mit zu vielen gleichzeitig befreundet war, bekamen sie furchteinflößende Wutanfälle. Einmal trafen zwei seiner Freundinnen in Praxis Bar von Angesicht zu Angesicht aufeinander, was zu äußerst verwirrendem Geschrei geführt hatte und in einem Chaos endete, bei dem Gläser durch den Raum flogen und Haare ausgerissen wurden. Obwohl er nur langsam lernte, kapierte Marios schnell, dass er seine Freundinnen voneinander fernhalten musste, damit alle glücklich waren. Daher beschränkte er sich auf eine neue Freundin alle zwei Wochen. Wenn sie in ihr Heimatland zurückkehrten, gab er ihnen einen Abschiedskuss, versprach zu schreiben und schaute sich nach der nächsten um. Für Marios war das Leben angenehm, und das neue Mädchen an seinem Arm gefiel ihm auch gut. Sie hieß Carina und lebte mit ihrer Familie und einem Kater namens Remo in Deutschland. Sie war zehn Jahre jünger als Marios, wirkte aber erwachsener und war trotz der Blumen in ihrem Haar strenger als eine Lehrerin. Im Unterschied zu seinen bisherigen Bekanntschaften war Marios bei Carina noch nicht über das Händchenhalten hinausgekommen, dabei befanden sie sich schon mitten in der zweiten Woche. Obwohl ihre Kälte Marios ein wenig frustrierte, wirkte Carina auf ihn seltsam beruhigend. Er glaubte, dass er dieses Mädchen tatsächlich vermissen würde, wenn sie fortging. Daher war er nicht nur überrascht, sondern auch erfreut, als sie einen Monat nach ihrer Abreise wieder auf der Insel auftauchte. Es war Mittag, und er aß gerade einen Kebab mit Virginie, als Carina plötzlich vor ihm stand. Wortlos nahm sie eine Serviette aus ihrer Tasche und wischte ihm das Fett aus den Mundwinkeln, bevor sie das französische Mädchen mit einem finsteren Gesichtsausdruck verjagte. Als sie sich auf Virginies freien Stuhl setzte, ahnte Marios, dass sein Leben in diesem Augenblick eine entscheidende Wende nahm. Er zerteilte sein Mittagessen und gab Carina die Hälfte davon ab.

Mit dem Segen ihrer Eltern hatte Carina einen Job in einem kleinen Hotel am Rande von Keryneia gefunden, wo sie abends im Restaurant und tagsüber bei der Abrechnung half, da sie gerade die Handelsschule abgeschlossen hatte. Als sie ein wenig Geld beisammenhatte, kaufte sie sich ein Fahrrad. Dienstags und donnerstags nahm sie abends Griechischunterricht. Als ihre Sprachkenntnisse sich besserten, erwartete Marios, dass sie anfangen würde, sich zu langweilen, doch zu seinem Erstaunen tat sie es nicht. Tatsächlich wurde die Zeit, die sie zusammen verbrachten, immer schöner und immer intensiver, je mehr sie miteinander sprechen konnten. Nach drei Monaten, als das Hotel über den Winter schloss, fasste Marios sich ein Herz und bat Carina, doch zu bleiben und ihn zu heiraten. Er war überrascht, dass sie zu beidem ja sagte.

Reichlich nervös stellte Marios Carina am nächsten Tag seinen Eltern vor. Dhespina war hocherfreut von dem Besuch und überhäufte das Mädchen mit süßen Kuchen, während Georgios ihr freundliche Fragen stellte. Beide schienen vollkommen eingenommen von Carina, und Dhespina machte einen furchtbaren Wirbel um ihr rotes Haar, bevor es Marios gelang, das Gespräch zum Verstummen zu bringen, indem er die Bombe ihrer Verlobung platzen ließ.

Dhespina warf Georgios einen Blick zu, woraufhin er sich von seinem Stuhl erhob.

»Marios, mein Sohn, gehen wir und erzählen Nicos die Neuigkeit.«

Als die Männer gegangen waren, sah Dhespina das Mädchen sanft an. Mit einem leichten Hüsteln machte sie sich daran, das Thema mit so viel Feingefühl anzusprechen, wie es ihr die Sprachbarriere zwischen ihnen erlaubte.

»Lassen Sie mich zunächst einmal sagen, dass ich mich sehr darüber freue, dass Sie Marios so glücklich machen«, begann Dhespina.

Carina hielt ihrem Blick stand, ohne zu blinzeln, und antwortete, dass Marios sie ebenso glücklich mache. Dhespina nickte ruhig.

»Wir sehen, dass Sie unseren Sohn mögen«, fuhr sie fort. »Sie haben einen großen Schritt getan, als Sie Ihre Familie verlassen haben und nach Keryneia gekommen sind, aber das alltägliche Leben ist etwas ganz anderes als ein Urlaub, und die Wahrheit ist doch, dass ihr beiden euch kaum kennt.«

»Ich weiß so viel«, erwiderte Carina. Zwischen ihren Brauen kamen zwei Fältchen zum Vorschein, als sie nach weiteren Worten zur Erklärung suchte. »Ich bin mit Marios seit fünf Monaten befreundet. Ich bin nicht im Urlaub. Ich lebe hier.«

Dhespina lächelte ermunternd, aber die Wahrheit war noch immer nicht gesagt.

»Carina, ich befürchte, dass es noch zu früh ist, über Heirat zu sprechen, bevor ihr euch ein bisschen besser kennengelernt habt. Marios ist …«

»Zurückgeblieben?«, beendete das Mädchen den Satz.

»Nun, ich wollte sagen: ›anders‹ …« Dhespina schluckte. Sie

war nervös und doch erleichtert, dass sie die Defizite ihres Sohnes nicht selbst aussprechen musste.

»Frau Economidou, ich bin kein kleines Mädchen mehr. Ich habe Freunde gehabt, manche hatten viel im Kopf, manche wenig. Sehen Sie dieses Ohr?« Carina deutete auf ihr rechtes Ohrläppchen. »Dieses Ohr ist taub. Das hat ein Mann mit viel im Kopf getan. Ich weiß, dass Marios ein kleiner Junge in einem großen Mann ist, aber er ist ein guter Mann. Er ist liebevoll und mitfühlend, und er macht mich im Herzen und im Kopf glücklich ... Er ist wie ...« Carina suchte stirnrunzelnd nach einem passenden Wort auf Griechisch. »Er ist wie eine Burgmauer. Marios ist sehr lieb, sehr stark, sehr schön, sehr lustig, und ich liebe ihn. Wir werden ein gutes und glückliches und sicheres Leben miteinander haben.«

Dhespina lächelte gerührt. Sie war zwar nach diesen Worten ein wenig beruhigt, aber doch nicht ganz überzeugt davon, dass Carinas Zuneigung Bestand haben würde, wenn sich ihr Wortschatz erst einmal erweitert hätte. Andererseits hatte die Kleine offenbar ihren eigenen Kopf. Von dem Tag an, an dem Dhespina das Wesen ihres Sohnes erkannt hatte, hatte sie sich Sorgen um seine Zukunft gemacht. Nun saß vor ihr eine junge, kluge Frau, die ihr diese Sorgen abnehmen wollte.

»Nun, wenn ihr sicher seid, dass es das ist, was ihr beide wollt, dann sollten wir anfangen, das Fest vorzubereiten«, sagte Dhespina und stand vom Tisch auf, um das Mädchen fest in ihre Arme zu schließen.

Nicht weit entfernt, vor einem kleinen, mit Liebe gravierten Grabstein, legte Georgios seinem Sohn einen Arm um die Schultern.

»Sie ist wunderschön, Marios. Aber bist du bereit für die Ehe?«

Marios sah seinen Vater an. Sein Blick war sanft und offen.

»Ich weiß, dass ihr alle denkt, ich sei zu dumm zum Heiraten.«

»Nein, mein Sohn, das wollte ich nicht sagen ...«

»Es ist in Ordnung, Papa. Wirklich, es macht mir nichts aus. Ich weiß, dass ich nicht schlau bin. Aber ich habe einen guten Arbeitsplatz bei Christakis, ich verdiene mein eigenes Geld, ich kann für mich selbst sorgen, und ich weiß, dass ich auch für Carina sorgen kann. Ich weiß, tief in mir drin, dass wir glücklich sein werden. Ich möchte, dass du das weißt.«

Georgios nickte und wischte sich eine Träne aus dem Auge.

»Ich bin stolz auf dich, mein Sohn. Und ich finde, du hast eine großartige Wahl getroffen.« Er machte eine kurze Pause und zog eine Augenbraue hoch. »Carina ist doch nicht schwanger, oder?«

Marios antwortete mit einem Grinsen: »Noch nicht, Papa.«

22

»Willst du mal sehen?«

Bevor Michalakis sagen konnte, dass es eigentlich das Letzte war, was er sehen wollte, hatte Savvas schon die Pflaster abgezogen, die den Verband an seinem Platz hielten. Vorsichtig wickelte er die Binde ab. Michalakis pfiff durch die Zähne.

»Der Lauf hat die Haut berührt, als der Typ abgedrückt hat, und diese sternförmige Verletzung kommt von den Gasen, die beim Abfeuern ausgetreten sind. Und sieh mal hier, die grauschwarze Verfärbung vom Ruß und die leichte ringförmige Abschürfung.«

Michalakis bedachte die Verfärbung und die Abschürfung mit gebührender Aufmerksamkeit. »Tut es weh?«

»Trägt der Erzbischof Schwarz? ... Natürlich tut es weh, mir wurde ins Bein geschossen.«

»Ja, natürlich. Tut mir leid.«

Der AKEL-Mann war zuerst überrascht und dann angeschossen worden, als er an jenem Abend noch spät im Büro gearbeitet hatte. Der Benzinkanister, den die Eindringlinge zurückgelassen hatten, deutete auf geplante Brandstiftung hin, aber sie hatten nicht mit einem wütenden Savvas gerechnet. Plötzlich war in dem Handgemenge eine Pistole losgegangen, und der Gewerkschafter war blutend zu Boden gesunken, während das Büro unbeschadet blieb. Obwohl er reichlich Blut verloren hatte, sah die Wunde schlimmer aus, als sie war, und auch wenn Savvas es niemals zugeben würde: Die Konfrontation hatte ihn endlich auf den Heldenstatus seiner politisch hartnäckigen Vorfahren erhoben. Michalakis hingegen war entsetzt gewesen, als er von dem Übergriff hörte. Er bereitete ihm Sorgen, da er symptomatisch für die neue Welle der Gewalt war, welche die Insel offenbar überschwemmte. Die Zeitungen waren wieder voll mit Artikeln über Bombardierungen, Prügeleien und Schießereien, nur dass diesmal nicht Griechen gegen Türken, sondern Griechen gegen Griechen kämpften.

Michalakis bot seinen Arm dar, mühsam hievte sich der Freund aus dem Krankenhausbett, um das Angebot eines kurzen Spaziergangs auf dem Gelände anzunehmen. Als Savvas an der Oberschwester vorbeikam, zwinkerte er spitzbübisch. Die Frau verdrehte die Augen. Aber Michalakis bemerkte auch, wie sie zugleich ihr Haar zurechtstrich.

»Hat unser Held etwa eine Bewunderin?«, fragte Michalakis.

Savvas grinste. »Ich gebe mein Bestes, um sie für die Sache zu gewinnen.«

»Das glaube ich gern. Ich hoffe nur, ihr Ehemann ist kein weiterer *enosis*-Anhänger, der mit seiner Waffe herumfuchtelt.«

»Wie ich mein Glück kenne, ist er wahrscheinlich ein vollwertiges Mitglied der Junta mit eigenem Panzer.«

Als die beiden Freunde den sterilen Geruch von Station drei hinter sich ließen, um auf den kleinen Wegen zwischen den Grünflächen des Krankenhauses umherzuspazieren, kam eine Frau mit einem fröhlichen Lächeln auf sie zu. Varnavia war Savvas' Schwester. Sie trug ein strahlend gelbes Kleid zu grünen Schuhen und eine blaue Schleife in ihrem wild gelockten Haar. Michalakis konnte Marias spöttisches Lachen beinahe hören, als die junge Frau sich näherte. Seltsamerweise weckte es seinen Beschützerinstinkt.

»Mein Bruder«, begrüßte Varnavia Savvas und küsste ihn auf die Wange, bevor sie seinem Freund ein breites Lächeln schenkte. »Michalakis.«

»Varnavia«, erwiderte er. »Schön, Sie wiederzusehen.«

»Sie sind wohl so eine Art Todesengel, nicht wahr?«

Die Kühnheit seiner Schwester ließ Savvas nach Luft schnappen, doch Michalakis konnte sehen, dass sie nur scherzte. Oder zumindest hoffte er das. Sie waren sich fünf Monate zuvor schon einmal begegnet, kurz nach dem Mordanschlag auf den Präsidenten. Der Helikopter des Erzbischofs war unter Beschuss geraten, als er vom Palast zu einem Gedenkgottesdienst abhob. Der Pilot wurde schwer verletzt, Makarios überstand den Angriff wie durch ein Wunder unversehrt. Die Polizei fand später eine Sten Gun und zwei Gewehre auf dem Dach einer Schule. Varnavia war Lehrerin an dieser Schule und hatte Michalakis, ermutigt durch Savvas, ein paar großartige Sätze zum Zitieren geliefert.

»Und beherbergen Sie immer noch Attentäter?«, fragte Michalakis zurück.

»Nicht mehr«, lachte sie. »Wir untergraben jetzt von innen.«

In den vergangenen Monaten hatte der linke Flügel spielend dreißig Prozent der Stimmen bei den Parlamentswahlen eingefahren, trotz der massiven Unterstützung, die dem Präsidenten nach dem gescheiterten Attentat zuteil wurde. Also war es vorstellbar, dass die Kommunisten eines Tages den Sieg erringen würden. Savvas und das Loch in seinem Bein waren der Beweis dafür, wie sehr das Ergebnis den kriegslüsternen Teil der Insel aufgebracht hatte, der befürchtete, Zypern könne eines Tages in die Hände Moskaus fallen und nicht an Griechenland übergeben werden.

»Die Mutter, mit der wir uns vereinigen wollten, hat sich in eine boshafte, unmoralische Hündin verwandelt«, kommentierte Savvas auf die ihm eigene kompromisslose Weise solche Befürchtungen. Er musste zugeben, dass sich die Linken höchstwahrscheinlich nicht auf eine Einheit mit den Faschisten einlassen würden, die Griechenland regierten, ohne gewählt worden zu sein.

»Demokratie statt Autokratie«, jubelte Varnavia, und Michalakis wurde von ihrem Enthusiasmus angesteckt.

Am Abend fragte er seine Frau in ihrer mit Chintz und Kristall geschmückten Wohnung, was sie bevorzugte, Demokratie oder Autokratie. Maria schaute von ihrer Zeitschrift auf, in der Models mit Fingernägeln, so scharf wie Messerklingen, und steifen Frisuren voller Haarspray abgebildet waren. Sie schien beinahe überrascht, dass sich ihr Mann im selben Raum befand wie sie und sie noch dazu ansprach. Sie dachte kurz über seine Frage nach, tat sie aber rasch als Nichtigkeit ab, auf die sie nicht weiter einzugehen gedachte. Wenn Michalakis nachgehakt hätte, wäre ihm bewusst geworden, dass seine Frau Angst hatte, er würde sie auslachen. Dann hätte sie erfahren, dass er das gar nicht vorhatte, sondern dass er nur ein Gespräch anknüpfen wollte. Doch keiner der beiden konnte über die angenommene Beleidigung des anderen hinwegsehen, und so wandte Maria sich wieder ihrem Hochglanzmagazin zu, während Michalakis sich eine Zeitung schnappte.

Als seine Frau eine Viertelstunde später aufstand und den Raum verließ, sah Michalakis ihrer wohlgeformten Rückseite hinterher und erwartete seine übliche Reaktion. Entsetzt musste er feststellen, dass sich nichts in ihm regte, und diese Entdeckung jagte ihm einen Schauer über den Rücken. Sie waren beide noch jung, sie mussten noch ihr ganzes Leben miteinander verbringen, und ohne gegenseitige Anziehungskraft drohte ihre Zukunft zu einer Ewigkeit zu werden.

Michalakis wurde ganz schwindelig beim Gedanken an die Eiseskälte seiner Frau und an sein eigenes schockierendes Desinteresse. Wie sollten sie all die kommenden Jahre überstehen? In der Folge stürzte sich Michalakis wie ein Ertrinkender in die Arbeit. Ein Jahr später wurde seine Hingabe mit einer Pressereise nach Moskau belohnt, wo Makarios acht Tage damit verbrachte, die Russen zu umwerben, während Michalakis seiner Übersetzerin den Hof machte.

Die Schuldgefühle, die Michalakis nach seiner Rückkehr plagten, ließen ihn nach immer absurderen Gründen suchen, seiner Frau fernzubleiben, was seine Gewissensbisse jedoch nur verstärkte. Überraschenderweise war es General Grivas, der ihn rettete, indem er seinem Hausarrest in Athen entfloh und Michalakis' lange Arbeitszeiten mit täglichen Artikeln für die erste Seite legitimierte. Den tadellosen Quellen des Journalisten zufolge war der General im Schutz der Nacht als Priester verkleidet nach Zypern zurückgekehrt. Er hatte sofort damit begonnen, verschiedene bewaffnete Gruppen in einer neuen Version der EOKA zu organisieren, die er EOKA-B nannte. Das Ziel der Miliz war es, den Präsidenten zu stürzen.

Der Anblick des Blutes an dem Tuch rief Erleichterung und zugleich tiefe Traurigkeit in ihr hervor. Praxis Periode kam nur mit wenigen Tagen Verspätung, doch die Zeit hatte gereicht, ihr sowohl plötzliche Panikattacken als auch träge Tagträume zu bescheren. Ein weiteres ungeplantes Kind würde alles ruinieren, dessen war sie sich bewusst. Und doch sehnte sie sich heimlich nach einem zweiten Kind.

Tief in ihrem leeren Bauch trauerte Praxi um das Baby, das nicht existierte. Sie wollte Loukis eine Familie schenken, die so groß war wie seine eigene, doch sie wusste, dass dieser Traum nicht zu verwirklichen war und dass sie dankbar für das Glück sein sollte, das ihr das Schicksal barmherzigerweise geschenkt hatte. Doch als die Toilettenspülung hinter ihr rauschte, fühlte sie sich einfach nur elend. In einem Versuch, dieses Unbehagen abzuschütteln, ging sie den Segen aufsuchen, der ihr bereits zuteil geworden war.

Elpida war in ihrem Schlafzimmer und schaute lustlos aus dem Fenster. Ihr Gesicht war blass und ihr Blick glasig. Vor einer Woche hatte Jason die Insel verlassen, um seine unkonventionelle Ausbildung an einer Privatschule in Edinburgh zu beenden. Zurückgelassen hatte er ein zutiefst unglückliches Herz. Andere Eltern hätten die Tränen des Mädchens vielleicht als theatralische Äußerung einer kindischen Verliebtheit abgetan, die vorübergehen würde. Doch Praxi verstand Elpidas Schmerz, und sie konnte ihre Hingabe spüren. Sie war nur etwas über ein Jahr älter als ihre Tochter gewesen, als sie und Loukis sich das erste Mal geliebt hatten.

»Er kommt in den Ferien zurück«, tröstete Praxi sie und trat heran, um Elpidas dichtes schwarzes Haar zu streicheln.

»Außer er findet eine andere«, stellte Elpida fest, und die Tränen kullerten ihr die Wangen hinunter, wie sie es in der letzten Woche nahezu pausenlos getan hatten.

»Jason findet keine andere, Elpida *mou*. Der Junge liebt dich über alles.«

»Glaubst du das wirklich?«

»Das weiß ich. Ich würde sogar den Fernseher deiner Großmutter darauf verwetten.«

Elpida brachte ein kleines Lächeln zustande. Im Laufe des letzten Jahres waren sie fast in den Wahnsinn getrieben worden von einem Lautstärkeregler, der voll aufgedreht wurde, wann immer eine neue Schandtat gegen Elenas geliebten Erzbischof begangen worden war. Und als die Anschläge auf der Insel zunahmen, wurden die Schwarzweißbilder zu einer konstanten Präsenz in ihrem Haus, während die Warnungen und Schuldzuweisungen der Kommentatoren bis in jedes Zimmer und darüber hinaus durch das halbe Dorf schallten. Einige ihrer Nachbarn, die selbst nicht über die nötige Ausrüstung verfügten, fingen sogar an, einen Spaziergang vorzutäuschen und die Straße auf und ab zu gehen, um nichts von den Ereignissen zu verpassen, die aus Elenas geöffneten Fenstern herausgeschrien wurden.

»Denkst du, du kannst heute Abend eine Kleinigkeit essen?«, fragte Praxi ihre Tochter.

»Was gibt es denn?«

»*Kleftiko*.«

»Kannst du es im Ofen lassen? Ich komme dann später und hole mir etwas.«

»Na gut, aber komm rechtzeitig, bevor es austrocknet.«

Elpida nickte, und Praxi blieb nichts anderes übrig, als sie ihrer Trauer allein zu überlassen.

Als der Abend in die Nacht überging, trug Praxi einen Teller in das Zimmer ihrer Tochter. Das Kind hatte sich bereits im Bett zusammengerollt, also stellte sie den Teller leise auf dem Boden ab, falls es nachts hungrig aufwachen sollte. Dann holte sie ihren Mantel und verließ das Haus, um Loukis zu besuchen.

Beim Betreten seines Hauses sah sie, dass er sich schon ins Bett gelegt hatte. Lautlos schlüpfte sie aus ihrer Kleidung und kroch neben ihn unter die Decke. Als er ihren Körper spürte, drehte Loukis sich um und nahm sie in den Arm. Auf dem Fensterbrett brannte eine einzelne Kerze neben einer Schale leuchtend weißer Mondsteine.

»Elpida ist immer noch todunglücklich«, flüsterte Praxi.

»Wegen des Jungen?«

»Ja.«

Loukis seufzte und setzte sich auf. Er rieb sich die Augen und fuhr sich müde mit einer Hand über das Gesicht, bevor er sie nach einer Zigarette ausstreckte. »Sie wird darüber hinwegkommen.«

»Vielleicht auch nicht«, widersprach Praxi. »Ich glaube, sie liebt Jason wirklich.«

»Ach, du meine Güte«, lachte Loukis. »Die beiden sind doch noch Kinder.«

»Das mag sein, aber wir waren kaum älter, als wir …«

»Du denkst doch nicht, dass sie …«

»Nein! Nein!«, entgegnete Praxi schnell. »Um Gottes willen, ich würde sie umbringen! Ich will damit nur sagen, dass unsere Gefühle füreinander heute noch genauso stark sind wie zu der Zeit, als wir in ihrem Alter waren, das ist alles.«

»Das stimmt«, gab Loukis zu. »Ich schätze, das bedeutet, ich muss den Jungen im Auge behalten, wenn er nächsten Sommer zurückkommt.«

»Damit sind wir schon zu zweit«, erwiderte Praxi. »Ich schwöre dir, wir werden so erschöpft sein wie nie zuvor.«

»Erinnere mich nicht daran«, brummte Loukis. »Was gäbe ich dafür, einmal in Ruhe die ganze Nacht mit dir verbringen zu können, ohne dass wir uns im Dunkeln verstecken müssen.«

Praxi drückte Loukis so fest an sich, wie sie nur konnte. Die wenigen Stunden, die ihnen der Mond schenkte, waren ihr die wertvollsten, doch genau wie er sehnte sie sich danach, von der Morgensonne geweckt zu werden, statt mit dem ersten Hahnenschrei in die Dämmerung zu fliehen. Die Welt drehte sich so schnell und raubte ihnen die Zeit. Praxi spürte, wie sich das Gewicht der Jahre um ihre fülliger gewordene Taille sammelte, und sie sah es in Loukis' kräftigen Schultern und seinem breiten Kinn. Sie waren nicht mehr jung, sondern bewegten sich auf das mittlere Alter zu. In ein paar Wochen wurde Praxi dreißig, und ihre Tochter war auf dem besten Weg, sich zu einer jungen Frau zu entwickeln.

»Ich hasse es, alt zu werden«, murrte Praxi.

Loukis' Brust wurde von einem leichten Lachen erschüttert. »Du bist nicht alt.«

»Aber ich fühle mich alt.«

»Na, du siehst jedenfalls nicht so aus.«

Praxi stieß ihm sanft den Ellbogen in den Bauch, und Loukis küsste sie auf den Scheitel. In seinen Augen wurde Praxi mit den Jahren immer schöner. Er mochte die fließende Weichheit, die sich um ihre Schenkel legte und ihren Bauch sanft wölbte; er liebte die Fältchen, die das Tageslicht nun um ihre Augen zum Vorschein brachte, winzige Furchen, die ihr Lächeln erzeugt hatte; und er liebte es, dass sie keine Anstrengung scheute, um in sein Bett schlüpfen zu können, obwohl es leichter für sie wäre, an einem anderen Ort zu schlafen.

»Ich habe keine Angst vor dem Älterwerden«, erklärte Loukis. »Was mir Sorgen macht, ist die Zukunft.«

Praxi neigte den Kopf, um sich besser auf seine Worte zu konzentrieren. Nur selten sprach Loukis seine Ängste aus, und sie wollte ihn wissen lassen, dass sie zuhörte.

»Unsere Tochter wird erwachsen«, fuhr er fort. »Sie liebt einen Jungen, der ihre Gefühle zu erwidern scheint, und vielleicht werden sie eines Tages heiraten. Ich hoffe jedenfalls für sie, dass ihre gegenseitige Zuneigung von Bestand ist, aber selbst wenn nicht, wissen wir beide, dass Elpida eines Tages einmal irgendjemanden heiraten wird, und ich weiß, dass es mich umbringen wird, wenn es so weit ist. Ich werde zusehen müssen, wie sie in die Kirche schreitet, in einem aufsehenerregenden Kleid, mit ihrem wunderschönen Lächeln, während ein anderer Mann meinen rechtmäßigen Platz als Vater der Braut einnimmt.«

»O Gott, so weit nach vorn habe ich noch nie geschaut«, gab Praxi zu.

»Nun, ich schon, und wenn ich hier liege und auf dich warte, gehen mir noch viele andere Dinge durch den Kopf.«

»Ach, Loukis …« Praxi vergrub ihr Gesicht aus Scham über ihre Selbstsucht an seinem Hals. Während sie sich wünschte, der Tag möge mehr Stunden haben, betete er darum, dass die Zeit schneller vorüberging. Und während sie zwischen Keryneia und dem Dorf, zwischen dem Haus ihrer Mutter und seinem Bett hin und her huschte, verbrachte Loukis seine Tage mit Arbeiten und Warten. Ihm blieb nichts anderes übrig, als sich in ihr Leben einzufügen, wo er sein eigenes hätte führen sollen, und Praxi war bestürzt darüber, dass sie diejenige war, die ihn in diese Sackgasse getrieben hatte, in der er nun festsaß. Wenn sie ihn wirklich liebte, hätte sie ihn gehen lassen müssen. Bedeutete Liebe nicht, dass man die Kraft besaß, über sich selbst hinauszuwachsen? Sie wusste nicht, wie sie jemanden noch mehr lieben sollte, doch Loukis einer anderen zu überlassen, sich aus seiner Berührung zu lösen und ihn ziehen zu lassen – das überstieg ihre Vorstellungskraft. Sie würde Loukis niemals verlassen. Nie im Leben. Da sie nichts zu sagen wusste, das ihn von seinen Sorgen befreien konnte, schloss sie die Augen und stellte sich schlafend.

Nach einer Nacht voll trauriger Träume wachte Praxi am nächsten Morgen spät auf. Schnell rannte sie nach Hause und betete darum, dass ihre Tochter noch nicht aufgestanden war. Auf halbem Weg musste sie sich hinter einer Hecke verstecken, als sie Niki herbeilaufen sah, dicht gefolgt von ihrem Vater, der im Familienauto hinter ihr her fuhr. Zwei Monate zuvor war das Mädchen auserwählt worden, mit der Nationalmannschaft zu trainieren, und es hieß sogar, sie solle an den nächsten Olympischen Spielen teilnehmen. Als Andreas erkannte, dass seine Tochter talentierter war, als sie alle geglaubt hatten, begann er ihr Training ernster zu nehmen. Er sparte nun, um ihr einen privaten Ausbilder bezahlen zu können, und stand vor Sonnenaufgang auf, um seine Unterstützung zu zeigen. Als das Mädchen und der Wagen an ihr vorüberzogen, verschlug es Praxi nicht zum ersten Mal den Atem angesichts von Nikis Schnelligkeit.

Vor der Haustür traf sie ihre Mutter an, die ärgerlich Flugblätter einsammelte, die sich in der Hecke verfangen hatten.

»Ist Elpida wach?«

»Nein«, versicherte Elena mit finsterem Blick. »Hast du die hier gesehen?« Sie hielt Praxi die losen Zettel vor die Nase. Ihre Tochter griff danach, um sie sich genauer anzusehen. Der Druck war primitiv, doch die Botschaft war klar. Der Text über dem Namenszug »EOKA-B« war ein Ruf zu den Waffen. Die Flugblätter drängten alle vormaligen Helden des Widerstandes gegen die Briten, den Kampf für *enosis* erneut aufzunehmen.

»EOKA-B!«, fauchte Elena. »Und was kommt als Nächstes? Ich habe große Lust, mir eine Waffe zu schnappen und mich selbst EOKA-C zu nennen!«

Praxi konnte sich ein Lachen über die hitzigen Worte ihrer Mutter nicht verkneifen, die jedoch noch harmlos waren im Vergleich zu dem Katalog an Obszönitäten, den Elena vier Monate später hervorstieß, als drei Pro-*enosis*-Bischöfe es wagten, den Rücktritt des Erzbischofs zu fordern.

Bei einer Sitzung der Heiligen Synode legten die Bischöfe von Kition, Keryneia und Pafos einen Antrag vor, in dem sie ihrem Bruder Makarios nahelegten, die Präsidentschaft aufzugeben, da das Innehaben eines weltlichen Amtes den Regeln der Kirche widerspräche. Siebzehn Tage später beschuldigte Makarios die Bischöfe, sich gemeinsam mit Personen außerhalb der Kirche gegen ihn verschworen zu haben. Er fügte hinzu, dass sein Rücktritt zwangsläufig in eine nationale Katastrophe münden würde.

Elenas Unterstützung für den Erzbischof war unerschütterlich wie immer. Mit wütend erhobener Faust schimpfte sie vor dem Fernsehbildschirm: »Zuerst wollen sie ihn aus dem Amt schießen, und jetzt versuchen es die verdammten Mistkerle mit einem Kirchenputsch!«

Vor dem Fenster erwiderte leiser Applaus der neugierigen Nachbarn ihren Ausruf.

23

Im Büro erklang eine Symphonie aus tippenden Fingern, klingelnden Telefonen, gebellten Befehlen und dem Zerreißen von Papier. Die bleichgesichtigen Reporter ernährten sich von Kaffee, Zigaretten und Adrenalin. Michalakis stürzte sich mit einer Begeisterung in die Arbeit, die er seit dem Wendepunkt der Unabhängigkeit in diesem Maße nicht mehr verspürt hatte. Das Fieber der Präsidentschaftswahlen hatte ganz Zypern erfasst.

Von allen Seiten unter Beschuss geraten, hatte Makarios die Gläubigen an die Wahlurne gerufen, um seine Position zu stärken, und aus dem Palast kam täglich neuer Stoff für Seite eins. Mit stillschweigender Billigung der Regierung zeigte die Presse endlich ihre Zähne und wandte sich gegen Athen. Die Schlagzeilen wetterten gegen die Autorität der Junta, lautstark forderten Kommentatoren die Ausweisung ihrer Offiziere. *Die Stimme* ging einen Schritt weiter, indem sie den verdrängten griechischen Premier aufforderte, eine Exilregierung zu bilden. Diese Strategie war riskant und machte jedes Mitglied der Redaktion zu einer potentiellen Zielscheibe, dennoch wurden keinerlei Einwände erhoben. Michalakis und seine Kollegen waren endlich von ihren Fesseln befreit.

»Hoffnungslose Mistkerle.«

Der Herausgeber knallte die Pressemitteilung auf Michalakis' Schreibtisch. Es war eine erneute Forderung der Enosis-Lobby, aus der Präsidentschaftswahl eine Volksabstimmung über die Vereinigung mit Griechenland zu machen.

»Das kommt ein bisschen spät, oder?«, bemerkte Michalakis. Die Wahl fand in weniger als vierundzwanzig Stunden statt, und sofern die Junta nicht mit Panzern in die Hauptstadt einrollte, würde sie die Abstimmung wohl kaum noch verhindern können. Am Schreibtisch neben ihm knallte der Kriminalreporter Tassos den Telefonhörer auf die Gabel. Die gewünschte Aufmerksamkeit wurde ihm sofort zuteil.

»Noch weitere Angriffe!«, brüllte er.

»Wo?«, wollte der Herausgeber wissen.

»Zwei in Pafos, einer in Lemesos und drei in der Nähe von Larnaka.«

Sein Chef pfiff durch seine Zahnlücke. »Gut, fangt an zu schreiben. Michalakis, du besorgst eine Bestätigung und einen Kommentar vom Palast. Produktion: Die erste Seite wird neu entworfen!«

Auf den Befehl des Herausgebers hin setzte sich sofort das ganze Büro in Gang. Über eine knisternde Telefonverbindung verifizierte Michalakis rasch die neueste Zahl von achtzehn Angriffen, die der Kriminalreporter gemeldet hatte. Sie waren auf Polizeiwachen gerichtet, etwa hundertfünfzig bewaffnete Männer waren daran beteiligt, manche führten Dynamit bei sich. Michalakis übermittelte die angemessene Verurteilung der Taten aus dem Palast, Tassos fügte sie in den dritten Absatz seines Artikels ein und setzte darunter eine Auflistung der Beute, die die Attentäter gemacht hatten. Die Aufrührer hatten Uniformen, Waffen und Munition mitgehen lassen, die alle gegen ihr eigenes Volk verwendet werden sollten.

Am nächsten Tag verkündete *Die Stimme* in ihrer Titelschlagzeile: »Bewaffnete greifen die Demokratie an« – und Makarios marschierte ungehindert einem dritten Wahlsieg entgegen.

Georgios warf einen Blick auf Mehmet, der in tiefer Konzentration versunken war. Um sie herum summten alltägliche Gespräche und scherzhafte Sticheleien an den Tischen. Es war ein ganz gewöhnlicher Spätnachmittag, außer dass er seinen Kaffee nun *sade* statt *sketto* trank.

Nach den Schrecken der sechziger Jahre, die allen eine traurige Erinnerung waren, war die Hälfte der türkischen Bevölkerung des Dorfes zurückgekehrt und hatte ihr altes Leben wieder aufgenommen. Einige von ihnen waren gleich wieder fortgezogen, als sie ihre Häuser besetzt vorfanden, doch die meisten ließen sich nicht erschüttern und blieben, wenn sie auch nicht alles vergessen konnten. Das türkische Kaffeehaus, das man während des Exodus aufgegeben hatte, wurde stillschweigend wiedereröffnet, als sich genug Gäste fanden, um das Geschäft am Leben zu halten.

Als Georgios Mehmet das erste Mal nach seiner Rückkehr zu einem Kaffee im Dorf einladen wollte, hatte dieser nur zögerlich angenommen, da er unsicher war, wo zwischen vergangenen Beleidigungen und heutiger Versöhnung die Grenze des Verrats lag. In solche Gedanken versunken, war er sichtlich erstaunt gewesen, als Georgios nicht das griechische Café betrat, sondern die Straße überquerte und das türkische Kaffeehaus ansteuerte. Auf beiden Seiten der Grenzlinie aus Asphalt reagierte man darauf mit schweigender Missbilligung, die mit der Zeit jedoch einem zunehmenden Desinteresse wich: Die Dorfbewohner hatten den kleinlichen Groll satt. Und der Cafébesitzer zeigte sich der Situation gewachsen, indem er sich mit einer kleinen Tasse Kaffee zu Georgios und Mehmet an den Tisch gesellte.

»Eine Tasse Kaffee, die man gemeinsam trinkt, sichert einem vierzig Jahre Freundschaft«, erklärte er. Georgios hatte sich bei dieser sentimentalen Geste entspannt, während Mehmet nur die Augen verdreht hatte.

Heute, mehr als vier Jahre später, sann Georgios darüber nach, dass er nun schon so viel Kaffee mit seinen neuen Freunden getrunken hatte, dass er ihnen ins nächste Leben folgen müsste, um die Prophezeiung zu erfüllen. Er gab es nur ungern zu, aber er wurde allmählich alt. Seine Gelenke schmerzten am Morgen, er war bedenklich kurzatmig geworden, und sein Haaransatz ging immer weiter zurück.

Unterdessen eilte Mehmet forschen Schrittes seinem Lebensabend entgegen. Mehmet war Georgios allerdings schon immer alt vorgekommen, schließlich war er einst der Freund seines Vaters gewesen. Doch in letzter Zeit trat sein fortgeschrittenes Alter deutlicher denn je hervor: Sein Körper war in sich zusammengesunken, und seine Finger zitterten stets ein wenig. Mehmet war mit seinen über neunzig Jahren wahrscheinlich der älteste Mann, den Georgios je getroffen hatte. Der Bauer genoss das Wunder seines langen Lebens und witzelte, dass er seinen Körper der Wissenschaft vermachen würde, wenn es nicht gegen die Regeln seiner Religion verstieße. Es war bemerkenswert, dass er sich auch im Greisenalter seinen Witz und seinen scharfen Geist bewahrt hatte – nur, wenn sie gemeinsam Schach spielten, verfluchte Georgios den Alten manchmal für seine Gerissenheit. Mit einem einfachen Nicken stellte Mehmet eben seine Königin vor Georgios' letzten Läufer.

»Schachmatt.« Nachdem er sich das Brett gründlich angesehen hatte, legte Georgios seinen König geschlagen aufs Spielfeld.

»Mehmet hat dich erledigt, Papa.« Marios grinste. Georgios widerstand dem Drang, seinen Sohn dafür zu rügen, dass er das Offensichtliche feststellte.

»Nun erzähl einmal, wie gefällt dir das Eheleben?«, fragte Mehmet keuchend, als er sich nach seinem Sieg wieder dem Gespräch zuwandte.

Marios zuckte mit den Schultern. »Es ist anders.«

»Das ist es eindeutig«, lachte der alte Mann. »Kocht sie?«

»Ja.«

»Wäscht sie deine Kleidung?«

»Ja.«

»Hält sie dein Bett warm?«

Marios bestätigte kichernd, dass Carina sein Bett in der Tat warm hielt.

»Dann hast du die richtige Frau ausgewählt«, folgerte Mehmet.

»Ja, das habe ich wohl«, stimmte Marios zu. Und es entsprach der Wahrheit: Carina kochte, sie wusch, und sie war sehr warm. Doch das war eben längst nicht alles. Carina war ein übersprudelndes Gefäß voll verwirrender Ideen und Pläne. Nach nur wenigen Monaten Ehe war Marios völlig erschöpft. Sobald er mit der Arbeit in der Werkstatt fertig war, legte Carina ihm Tabellen mit Zahlen vor. Meist hatte sie ein Buch voller neuer Aufträge in der Hand, und da er langsam und präzise arbeitete, musste er zusehen, wie er mit den Ideen seiner Frau Schritt halten konnte.

In diesem Augenblick lag sie Christakis zu Hause mit Entwürfen für eine Broschüre in den Ohren. Im Gegensatz zu Marios konnte sich sein Bruder für Carinas große Reden begeistern. Er aber sehnte sich nach Frieden und nach der nächtlichen Wärme, von der Mehmet gesprochen hatte. Unglücklicherweise blieb Carinas Mund auch nach Löschen des Lichtes in ständiger Bewegung, und sie dachte andauernd darüber nach, wie sie das Haus seiner Eltern so schnell wie möglich verlassen konnten. Marios empfand nicht dieselbe Dringlichkeit wie seine Frau, da er dort sehr glücklich war. Doch Carina forderte mehr Raum für sich ein, und nachdem er mit ihr zusammen ihre Eltern besucht hatte, verstand er auch, weshalb: Ihr Haus war größer als ein Palast, in der Einfahrt stand ein dickes Auto, und auf einer Koppel nebenan graste ein Pferd. Im kommenden Jahr wollten sie den Sommer in Deutschland verbringen, und er freute sich ungemein darauf, sich in der Weite des Grundstücks seiner Schwiegereltern zu verlieren.

Neben ihm zog Christakis einen Stuhl heran.

»Du bist meiner Frau also entkommen?«, fragte Marios.

»Gerade so!«, lachte er. »Ich sag dir was, Carina hat ein paar wirklich große Ideen!«

»Wem sagst du das.«

Georgios fuhr Marios durchs Haar und bestellte einen Kaffee für seinen ältesten Sohn. Seine Jungs hier, auf der falschen Seite der Straße, bei sich zu haben, machte ihn stolz. Er hatte seine Söhne gut erzogen.

»Habt ihr schon die Nachrichten gehört?«, wollte Christakis wissen. »Da draußen herrscht das reinste Chaos.«

Mehmet hob den Kopf und sah sich um.

»Nicht hier.« Christakis beschrieb mit dem Arm einen großen Kreis. »Da draußen. Im Radio hieß es, dass man heute zweiunddreißig Explosionen in Pafos, Lemesos und Larnaka gezählt hat.«

»Gütiger Gott!«, rief Georgios.

»Grivas?«, fragte Mehmet. Christakis nickte.

»Also nichts wirklich Neues«, murmelte der alte Mann.

Nach der Wahl hatte der in Ungnade gefallene General Makarios gewarnt, dass er mit dem gleichen Terror rechnen müsse wie die Briten, sollte er *enosis* verraten. Doch Grivas brachte nicht einmal die Geduld auf, einen Verrat abzuwarten. Wieder setzte er die Guerillataktiken ein, die ihn achtzehn Jahre zuvor berühmt gemacht hatten: bewaffnete Überfälle auf Polizeiwachen, Bombenanschläge auf Politiker. Erbost trommelte Makarios mit der Taktischen Polizeireserve eine Hilfstruppe zusammen, die Grivas' Pläne durchkreuzen sollte.

»Wisst ihr, wir hätten mehr für euren Erzbischof übrig, wenn er *enosis* als legitimes Ziel komplett aufgeben würde«, brummte Mehmet.

»Unmöglich«, flüsterte Christakis, um keinen Anstoß bei den anderen Gästen zu erregen. »Die griechischen Zyprer haben ein Problem mit der Junta, nicht mit Griechenland selbst. Sie ist immer noch unsere Mutter.«

»Das wiederholt ihr ständig«, erwiderte Mehmet. »Aber manchmal muss ein Kind auch seinen eigenen Weg gehen.«

Elpida las den Brief noch einmal, aber der Inhalt wurde dadurch nicht besser. Jason würde über den Sommer bei seiner Mutter bleiben. Er betonte mehrfach, dass es nicht seine Entscheidung war, sondern auf Drängen seines Vaters geschah. Jack war besorgt über die zunehmende Gewalt auf Zypern und wollte seinen Sohn um keinen Preis dieser Gefahr aussetzen. Daher würde er dieses Jahr nicht kommen können, und wenn die Situation sich nicht besserte, auch nicht in naher Zukunft.

In seiner vierseitigen Schmähschrift schimpfte er in der ihm eigenen ungehörigen Art auf seinen Vater, und aus seinen wütend hingekritzelten Zeilen konnte Elpida Jasons Frustration herauslesen. Sie spürte seine Verzweiflung, und jedes Mal, wenn sie die wenigen Passagen des Briefes las, die ihrer Liebe gewidmet waren, brach es ihr aufs Neue das Herz. In Keryneia hatte Jason sie manchmal recht grob geneckt, aber mit der Distanz waren seine Gefühle zärtlicher geworden, und sie sehnte sich danach, die Worte, die er ihr nun schrieb, auch aus seinem Mund zu hören. In ihrer verzweifelten Lage wandte sie sich an ihre Mutter.

»Nur, damit ich es richtig verstehe«, erwiderte Praxi. »Du möchtest, dass ich dich allein ins Ausland gehen lasse, damit du dort bei einem siebzehnjährigen Jungen und ein paar Gras rauchenden Hippies deine Zeit verbringst? Jetzt hast du wohl endgültig den Verstand verloren.«

»Papa sagt, er denkt darüber nach.«

»Er will dich nur bei Laune halten, Elpida.«

»Aber …«

»Kein Wort mehr. Du wirst nicht gehen, also finde dich damit ab.«

Elpida verzog das Gesicht. Nach einer Weile stand sie auf und machte sich nützlich, wusch Kartoffeln und schälte Karotten. Als sie das Gefühl hatte, dass genug Zeit verstrichen war, versuchte sie es erneut.

»Du könntest ja mitkommen.«

»Ich habe ein Geschäft zu führen«, entgegnete Praxi, bestens vorbereitet auf eine zweite Welle durchdachter Appelle, bevor ihre Tochter es dann mit Dramatik und emotionaler Erpressung versuchen würde.

»Dann kann *yiayia* mich begleiten«, rief Elpida.

»Mich schleppst du nicht in diesen Sündenpfuhl«, schrie die alte Frau entsetzt.

»Ach, komm schon, *yiayia*, so schlimm ist es nun wirklich nicht …«

Elena zog skeptisch eine Augenbraue hoch. »Schlimm bleibt schlimm, mein Kind. Außerdem werde ich hier gebraucht.«

»Wozu denn? Du siehst doch den ganzen Tag nur fern!«

»Elpida!«, wies Praxi sie zurecht.

»Na ja …«, murrte das Mädchen. »Ist doch wahr.«

»Ich unterstütze unseren Erzbischof, das ist alles«, verteidigte Elena sich.

»Aber er hat doch längst gewonnen!«, protestierte Elpida.

»Der Teufel gibt niemals auf, also werde ich es auch nicht tun.«

Während Elena ihre Aufmerksamkeit wieder dem Fernsehbildschirm zuwandte, ließ Elpida sich auf den Boden fallen, hämmerte mit den Fäusten darauf ein und verkündete, dass sie binnen kürzester Zeit sterben werde, wenn ihr niemand zu Hilfe käme. Praxi lächelte, und Elena drehte die Lautstärke noch ein bisschen weiter auf.

Als Amt und Leben ihres spirituellen Führers bedroht wurden, hatte Elena regelmäßig in der Kirche gebetet, ihre Bürgerinnenpflicht an der Wahlurne erfüllt und Bilder des großen Mannes an die Fenster ihres Hauses geklebt. Makarios kämpfte nicht nur gegen die Türkei und die türkischen Zyprer, gegen Griechenland, Grivas und die Pro-Enosis-Lobby, gegen Teile der Nationalgarde, seine eigenen Polizeikräfte und zwei von drei Privatmilizen, sondern auch gegen Mitglieder seiner eigenen Kirche. Zum Glück war der Erzbischof gerissen. Als seine Brüder seinen Rücktritt forderten, berief er eine Oberste Synode ein, die einer Heiligen bei weitem überlegen war. Die aufrührerischen Bischöfe wurden der Kirchenspaltung bezichtigt und umgehend ihrer Ämtern enthoben.

»Früher hätte man dafür gesorgt, dass sie ins Gras beißen«, rief Elena.

»Die Hippies würden sich freuen, die mögen Gras ja gern«, witzelte Praxi. Elena würdigte diesen Scherz keines Kommentars. Die Zukunft des Erzbischofs war eine ernste Angelegenheit.

Außerstande, ihre Mutter zu provozieren, und in der sicheren Überzeugung, dass alle Hausbewohner gebührend abgelenkt waren, verkündete Praxi, sie würde ein wenig frische Luft schnappen gehen. Als sie die Haustür öffnete, schaute Elpida traurig von ihrem Brief hoch.

»Ich würde ja mitkommen, Mamma, aber das Gehen fällt schwer, wenn einem das Herz gebrochen wurde.«

Praxi verdrehte die Augen. Ihre Tochter erinnerte sie wirklich manchmal an sie selbst. Von der Theatralik ihrer Familie befreit, entfernte sie sich aus dem Dorf und lief auf Loukis' Haus zu. Er saß über einen Artikel seines Bruders gebeugt.

»Also, nun haben sie ihn«, stellte er nüchtern fest.

»Wen?«

»Antoniou Charalambous.«

»Dein einbeiniger Freund?«, fragte sie, und Loukis nickte.

»Na ja, aber du meintest doch, es sei nur eine Frage der Zeit«, verkündete sie und merkte zu spät, wie mitleidlos ihre Worte klangen. »Übrigens will Elpida Jason auf Kreta besuchen.«

»Was hast du dazu gesagt?«

»Natürlich nein.«

Loukis lächelte bei der Vorstellung, wie seine Tochter die Stirn in Falten zog, weil sie diese Antwort auf ihr Ansinnen unerträglich ungerecht fand. »Unter normalen Umständen wäre ich ganz deiner Meinung, aber hier wird bald die Hölle los sein. Vielleicht wäre es sogar besser, sie ins Ausland zu schicken.«

»Ach, komm schon, Loukis, so schlimm ist es auch wieder nicht«, gab Praxi zurück. »Wir haben schon Schlimmeres durchgemacht. Und außerdem werden zwei Wochen wohl kaum reichen, um die Lage auf der Insel zur Sicherheit unserer Tochter komplett zu wenden.«

»Da hast du recht«, gab Loukis zu. Er legte die Zeitung zusammengefaltet beiseite. So wie die Probleme sich zuspitzten, würde es mit der Gewalt wohl nicht so bald vorbei sein.

Auch wenn Loukis den Weg, den Antoniou eingeschlagen hatte, niemals gutheißen konnte, verstand er ihn doch bis zu einem gewissen Grad, und er fühlte mit ihm. Antoniou war kein schlechter Mensch. Er ließ sich von Trauer und einem unerschütterlichen Glauben an eine Sache leiten, die ihn bereits ein Bein gekostet hatte. Der unter Druck geratene Präsident hatte jedoch entschlossen gehandelt. Als die EOKA-B-Kämpfer einen Gang zulegten, wurde die Taktische Polizeireserve auf Zerschlagungsmissionen geschickt. Bei einer ihrer Razzien erwischten sie Grivas' Stellvertreter und mit ihm zwanzig andere ranghohe Kämpfer. Antoniou war einer von ihnen.

Der Zeitung zufolge warf man den Männern eine Verschwörung zum Sturz der Regierung vor. Die Pro-Enosis-Partei widersprach dieser Behauptung zwar in einer Stellungnahme, aber Loukis glaubte an die Wahrheit der Anklage. Es war noch nicht allzu lange her, dass Antoniou vor seiner eigenen Tür aufgetaucht war, um ihn zur Loyalität mit der jungen Rebellenbewegung aufzurufen. Nach dieser Razzia, die einen neuen geplanten Anschlag auf das Leben des Präsidenten aufgedeckt hatte, fühlte Loukis sich durch den Besuch seines Freundes leicht beschmutzt.

Michalakis befand sich gerade mit Maria im Wartezimmer des Arztes, der ihnen erklären sollte, weshalb sie einfach nicht schwanger wurde, als eine fassungslose Sprechstundenhilfe einen erneuten Mordanschlag auf den Präsidenten verkündete. Michalakis bat die Frau, ihr Telefon benutzen zu dürfen, und wählte die Nummer seines Büros. Die Empfangssekretärin nahm das Gespräch entgegen, und er konnte das wilde Durcheinander im Hintergrund hören. Sie erzählte, dass es vier Minen gewesen waren, die nur wenige Minuten, bevor Makarios auf dem Weg zu einem Gottesdienst in der Nähe von Ammochostos mit dem Auto vorbeifahren sollte, auf der Straße detoniert waren.

»Der Mann hat mehr Leben als eine Katze«, erwiderte Michalakis und machte sich nach einer Entschuldigung bei seiner Frau auf den Weg ins Büro. Als er fort war, erhob sich Maria ruhig von ihrem Stuhl und erklärte der Sprechstundenhilfe, dass der Termin nicht mehr nötig sei.

Zu Hause setzte sie Kaffee auf und weinte bitterlich über ihre verpasste Chance. Gott wusste, wie viel Kraft es sie gekostet hatte, ihre Jungfräulichkeit bis zur Hochzeitsnacht zu bewahren, und er wusste auch, wie sehr sie der freudig überraschte Gesichtsausdruck ihres Mannes gekränkt hatte, als er ihre Ehre bewiesen fand. Auch wenn sie sich Mühe gegeben hatte, den Stich der Demütigung zu vergessen, war die Wunde vereitert, bis sie nicht mehr an den Akt der Liebe denken konnte, ohne das Bild eines anderen heraufzubeschwören. Im grellen Licht der Küche mit dem leeren Tisch und den sterilen Arbeitsflächen war nun deutlich zu erkennen, dass ihrer Unfähigkeit, schwanger zu werden, ein einziger fundamentaler Makel zugrunde lag: Marias Ehemann war einfach nicht sein Bruder.

Später an diesem Abend, nachdem er die Zeitung in Druck gegeben hatte, kam Michalakis nach Hause und fand seine Frau schlafend vor. Auf dem Laken waren dunkle Flecken getrockneten Blutes, und ihre Arme waren zerkratzt. Michalakis wusste nicht, was er denken, und erst recht nicht, was er sagen sollte. Leise kroch er neben sie ins Bett. Er konnte an ihrem Atem hören, dass sie noch wach war, doch er brachte nicht den Mut auf, sie anzusprechen oder auch nur in den Arm zu nehmen. Als Michalakis am nächsten Morgen aufwachte, war Maria bereits aufgestanden und bereitete das Frühstück vor. Er tat so, als bemerkte er nicht, dass ihre Arme von langen Ärmeln bedeckt waren. So beiläufig er konnte, fragte er sie, wie der Arzttermin gelaufen sei, und seine Frau versicherte ihm, dass sie sich keine Sorgen zu machen brauchten.

»Bei manchen Paaren dauert es eben länger als bei anderen«, erklärte sie. »Besonders, wenn der Sex so unvorhersehbar ist.«

Michalakis ignorierte die Stichelei. »Lenya und Andreas haben auch eine Weile gebraucht, und jetzt haben sie eine zukünftige Olympiasiegerin im Haus.«

»Vielleicht sollte ich es auch mal mit einem Trank von deiner Mutter versuchen und ein paar große Unterhosen anziehen.«

»Was denn, noch größer als die, die du jetzt trägst?«

Maria stellte ihren Obstsalat auf den Tisch und stocherte

schweigend mit der Gabel darin herum. Michalakis seufzte. Er hatte nur einen Scherz machen wollen, aber er konnte seiner Frau in letzter Zeit kaum ein Lächeln entlocken. Maria war empfindlich und unglücklich, und Michalakis war nicht daran gewöhnt, dass jemand so viel Aufmerksamkeit benötigte. Nach ihrer Hochzeit hatte er geglaubt, er könnte nun gar nicht mehr glücklicher werden – womit er recht behalten sollte. Als sie ihr Häuschen in einem Außenbezirk der Hauptstadt bezogen hatten, hatte Maria ihren Job aufgegeben und sich darauf konzentriert, ihr Heim einzurichten. Ihr Geschmack war erlesen und teuer, und es war zu Streit gekommen, da Michalakis' Lohn mit den Forderungen von Maria nicht mithalten konnte. Als das verschönerte Haus schließlich den genauen Anforderungen seiner Frau entsprach, wendete sie sich den Damenkaffeerunden zu, bei denen bald recht persönliche Fragen zu ihrer schlanken Figur und ihrem kinderlosen Status gestellt wurden. Maria erkannte in den Bedenken der Frauen den Grund für ihre Eheschwierigkeiten und machte sich fortan mit derselben Konzentration, die sie all ihren Projekten widmete, an die Lösung dieses Problems. Das Ergebnis war, dass Sex bei ihnen zu einem Zeugungsakt wurde, dem jegliche Sinnlichkeit fehlte. Für Michalakis stand nun zweifelsfrei fest, dass es ein riesiger Fehler gewesen war zu heiraten – oder zumindest, Maria zu heiraten. Seine Verliebtheit hatte ihn in die Irre geführt. Hinter der nach außen sichtbaren Schönheit ihrer Verbindung lag eine leere Leinwand: Sie hatten einfach keinerlei Gemeinsamkeiten.

Nachdem er zu diesem traurigen Schluss gekommen war, hatte Michalakis sich zu kaltem Kaffee und Zigaretten in Zachs Café geflüchtet. Plötzlich wurde seine eigene Zeitung vor ihn auf den Tisch geknallt. Er hob den Kopf in Erwartung eines verstimmten Parlamentariers und schaute stattdessen geradewegs in die sanften braunen Augen von Savvas' Schwester.

»Schön zu sehen, dass Sie eine Zeitung mit Niveau lesen«, bemerkte er kühl, auch wenn sich in seinem Magen ein längst vergessener Knoten bildete.

»Ich lege nur mein Gemüseregal damit aus«, erwiderte Varnavia und setzte sich zu ihm, obwohl keine Einladung ausgesprochen worden war. »Zumindest wird *Die Stimme* ja auf hochwertigem Papier gedruckt.«

Michalakis zog eine Augenbraue hoch und hoffte, damit den Anschein von Lässigkeit zu erwecken. Er war nicht empfindlich, was seine Zeitung anbelangte; er wusste, dass sie zu einem vertrauenswürdigen Organ geworden war, das die komplexe Realität weitgehend unparteiisch darstellte. Doch die Tatsache, dass Varnavia versuchte, ihn zu ärgern, machte ihn ein wenig nervös. Und da ihm die Gegenwart dieser Frau neuen Schwung verlieh, lud er sie für die nächste Woche auf einen Kaffee ein. Nach einigen weiteren improvisierten Treffen wurden ihre Gespräche bei Zach zu festen Bestandteilen der Woche, bei denen es zu heftigen politischen Wortgefechten kam, die mit einer Prise vorsichtigen Flirtens gewürzt waren. Sie wussten beide, was sie dort hinzog, aber keiner von ihnen besaß den Mut, sein Verlangen in Worte zu fassen, oder die Selbstdisziplin, diesem zu widerstehen. So kam es, dass Michalakis und Varnavia auch gerade beisammen saßen, als der Anführer der griechischen Junta vom Kopf der griechischen Militärpolizei entmachtet wurde.

Gemeinsam hörten sie mit großen Augen dem Radio im Café zu, das soeben meldete, Brigadier Ioannides habe Phaedon Gizikis als neuen Präsidenten von Griechenland »installiert«.

»Installiert ist genau das richtige Wort dafür«, brummte Michalakis.

»Ist das der Polizeichef, der Makarios den Plan vorgelegt hat, unsere türkische Gemeinschaft zu eliminieren?«

»Ich denke schon«, antwortete Michalakis, der sich vage an das Ereignis im Jahr 1964 erinnerte, an dem Brigadier Ioannides und der örtliche Milizenführer Nikos Sampson beteiligt gewesen waren. »Wenn ich mich recht erinnere, hat Makarios ihn damals vor die Tür gesetzt.«

»Das verheißt ja nur Gutes«, sagte Varnavia und pfiff durch die Zähne.

24

Am 27. Januar 1974 starb Georgios Grivas. Für manche verkörperte er den Traum einer sich selbst entfremdeten Nation. Für andere war er ein gefallener Held, ein Uneinigkeit stiftender Anführer, der verbittert war, weil seine Pläne durchkreuzt worden waren, und der nicht im Kampf, sondern an Herzversagen in seinem Versteck in Lemesos starb.

Zwei Tage nach Grivas' Tod wurde eine Trauerfeier im Garten des Hauses abgehalten, das ihm während seines Feldzugs gegen die Briten zuletzt als Unterschlupf gedient hatte. Zehntausende erwiesen ihm die letzte Ehre, die Regierung beugte sich der öffentlichen Gefühlslage und rief drei Tage Trauer aus. Makarios nahm nicht am Begräbnis seines ehemaligen Verbündeten teil, doch Michalakis war dort und beobachtete ungläubig, wie Nikos Sampson vortrat und das Ereignis an sich riss.

Der übermäßig ehrgeizige Anführer seiner eigenen Privatarmee legte sich die griechische Flagge um und schleuderte all seinen Zorn und seine Trauer auf Grivas' geschlossenen Sarg. Er rief die Trauernden dazu auf, den Kampf um *enosis* fortzusetzen und den Tod des EOKA-Kommandanten zu rächen, wobei er anscheinend vergaß, dass der kleine General eines natürlichen Todes gestorben war. Zurück im Büro, schrieb Michalakis seinen Bericht über das Begräbnis, und die Wut, die er dabei empfand, hinterließ einen starken metallischen Geschmack auf seiner Zunge. Grivas' Tod hätte das Ende einer Ära bezeichnen können, einer heldenhaften Zeit, die durch Enttäuschung fadenscheinig geworden war – stattdessen erschien er ihm wie der Vorbote von schlimmeren Zeiten.

Dhespina duckte sich instinktiv vor der Attacke zweier nistender Schwalben, die flügelschlagend im Sturzflug auf sie zuschossen. Ihr wütender Angriff war lästig, aber auch verständlich, und so mussten die jungen Bäume eben noch ein wenig warten, bis sie beschnitten wurden. Sie kehrte ins Haus zurück, doch auch dort fand sie keinen Frieden, denn zwischen den Wänden kam es ihr unerträglich still vor. Es schien kaum Sekunden her zu sein, dass fünf lärmende Söhne um sie herumgetobt waren, deren Jugend aus der Küche ins Wohnzimmer und die Treppen hinauf in die Schlafzimmer tönte. Diese Kinder waren nun nur noch Erinnerungen. Christakis kämpfte inzwischen gegen das Chaos an, das seine eigenen ungestümen Jungs anrichteten; Michalakis war an seine Arbeit verloren; Nicos, Gott hab ihn selig, ruhte auf dem Friedhof; Marios war nach Deutschland geflogen, um den Sommer bei seinen Schwiegereltern zu verbringen; und Loukis war wie immer in seiner eigenen Welt versunken. Während Dhespina in dieser ungemütlichen Stille auf Georgios' Rückkehr wartete, spielte sie sogar mit dem Gedanken, den alten Televantos zu sich zu rufen. Doch ihr hochbetagter Nachbar war seit kurzem bettlägerig, und Dhespina glaubte nicht, dass seine Tochter, die ihre eigenen Kinder in Pissouri vorübergehend verlassen hatte, um ihn in seinen letzten Tagen zu umsorgen, ihre Einsamkeit als hinreichenden Grund erachten würde, den Vater aus seiner gewohnten Umgebung zu reißen. Dhespina würde nie verstehen, wie Loukis so ein einsames Leben ertragen konnte. Obwohl sie ihn besser verstand als die meisten Menschen, gab es doch auch Aspekte seines Charakters, die sie verwirrten und traurig machten. Hinter ihr öffnete sich die Tür. Zu ihrer großen Erleichterung trat ihr Mann mit einem Lächeln im Gesicht ins Haus.

»Wie war es?«, fragte sie.

»Fürchterlich«, erklärte er. »Ich konnte kaum glauben, was ich sah. Über die ganze Kirchenmauer – die *Kirchenmauer*, Dhespina – haben sie irgendeinen Mist über Makarios geschmiert. Ich bin kein gottesfürchtiger Bibelnarr, aber wenn ich die kleinen Mistkerle erwische, die dafür verantwortlich sind, dann drehe ich ihnen den Hals um, das sage ich dir.«

Auch Dhespina missbilligte diesen Akt von Vandalismus, jedoch erschien er ihr im Angesicht ihrer Sorge um die Gesundheit ihres Mannes völlig unbedeutend.

»Was hat der Arzt gesagt, Georgios?«

Ihr Mann trat seine besten Schuhe von sich, zog seine Socken aus und rollte sie zu einem Ball zusammen.

»Nicht viel«, gab er zu.

»Georgios!«, rief Dhespina drohend. Ihr Mann lächelte sie sanft an. Barfuß lief er auf sie zu, ergriff ihre Hände und führte sie an seine Brust, als wollten sie einen langsamen Tanz beginnen.

»Meine süße, wunderschöne Dhespo, alles wird gut werden.«

»Oh, Gott sei Dank«, murmelte sie.

»Zumindest hofft der Arzt das, er hat nämlich keinen blassen Schimmer«, fuhr er unbekümmert fort. »Er gibt den schwarzen Peter nach Lefkosia weiter, und dort habe ich im Juli einen Termin bei einem Herzspezialisten.«

Bei diesen Worten brach Dhespina in Tränen aus.

Mehmet schaute zu, wie Loukis Orangen auf den Traktor lud. Vor nicht allzu langer Zeit hätte er noch die Kraft besessen, ihm zu helfen. Wäre sie noch am Leben, hätte Pembe sie mit gekühltem Melonensaft versorgt, der ihren Durst stillen und ihre Nieren schützen sollte, und der Traktor wäre ein Esel namens Aphrodite gewesen. Es war traurig, zu sehen, wie schnell die Jahre verflogen waren, und wenn er sich umsah, konnte Mehmet kaum glauben, wie wenig er nach all der Zeit vorzuweisen hatte. Je länger man lebte, desto mehr nahm der Tod einem offenbar fort.

Er sah Praxi über das Feld auf sie zukommen. Sie trug ihr Haar offen, und der Wind spielte mit den Spitzen der einzelnen Locken. Loukis drehte sich um, als hätte er ihre Ankunft gespürt, und Mehmet schüttelte den Kopf. Manche Dinge änderten sich also nie. Er war dankbar für diesen kleinen Segen.

Nicht alle Dorfbewohner würden die Freundschaft der beiden so gutheißen, aber Mehmet konnte es sich gar nicht anders vorstellen. Es bereitete ihm Schwierigkeiten, sie als voneinander getrennte Individuen wahrzunehmen: Sie waren Loukis und Praxi, zwei Namen, ein Wesen. Er hatte ihnen ihr ganzes Leben lang zugesehen, wie sie im Sonnenschein den Schatten des anderen jagten, wie sie sich wie tollwütige Hunde bekämpften und wie sie sich mit beinahe religiöser Hingabe umeinander kümmerten. Auch wenn sie längst erwachsen waren, blieben sie für Mehmet doch Kinder, die hoffnungslos – manche mochten es verrückt nennen – und mit derselben Sicherheit, die sie als Jugendliche besessen hatten, ineinander verliebt waren. Mehmet war nicht so blind, wie er alt war, und selbst wenn Praxi einen anderen geheiratet hatte, wusste er, dass sich das Mädchen nachts in Loukis' Bett schlich. Und Loukis, der stark und gutaussehend war und jede junge Frau um den kleinen Finger wickeln konnte, hatte nie auch nur versucht, sein Leben ohne Praxi zu leben. Sie führten eine Beziehung im Schatten der Sünde, aber dennoch hatte Mehmet nie eine Liebe beobachtet, die mehr Sinn ergeben hätte. Außerdem – er hatte es nie angesprochen – hegte er bei näherem Hinsehen arge Zweifel an der offiziellen Version von Elpidas Abstammung.

»Nun geh schon, Junge«, forderte Mehmet ihn auf. Loukis hob die letzte Ladung Orangen auf den Traktor und versprach, in weniger als einer Stunde zurück zu sein. Als er Praxi erreicht hatte, sah er sich kurz nach neugierigen Beobachtern um, küsste sie dann sanft auf die Lippen und fragte, weshalb sie nicht im Café sei.

»Das Auto ist kaputt«, erklärte Praxi. »Yiannis hat mir den Tag freigegeben.«

»Das ist nett von ihm. Was ist denn mit dem Auto?«

»Sehe ich aus wie ein Mechaniker?«

Loukis trat einen Schritt zurück und musterte sie belustigt

von oben bis unten. Sie trug ein hellblaues Kleid, das die Konturen ihrer Kurven erahnen ließ. Sie hatte langes, volles Haar und dunkle, hübsch geschwungene Wimpern. Der einzige Mechaniker, den Loukis kannte, war Theoris Moustakas, und wie er zugeben musste, hatte Praxi mit ihm wirklich keinerlei Ähnlichkeit.

»Wo willst du hingehen?«, fragte er.

»Ich fühle mich völlig ausgedörrt.«

»Ans Meer?«

»Großartige Idee.«

»Hast du einen Badeanzug dabei?«

»Nein, habe ich nicht«, beichtete Praxi mit einem Zwinkern und lief los in Richtung Strand, Loukis spurtete hinterher. Als sie am Meeresufer standen, rissen sie sich die Kleider vom Leib und kicherten dabei wie kleine Kinder.

Unterdessen fühlte sich auch Yiannis, ein paar Kilometer entfernt, in der Perle von Keryneia nackt und schutzlos. Hinter ihm zierte eine griechische Flagge die Wand des Cafés, und die beiden Männer, die darauf bestanden hatten, dass er sie aufhängte, tranken draußen unter einem Sonnenschirm ein gekühltes Bier aufs Haus.

Ohne einen anderen Mann oder zumindest seine Frau an der Seite war Yiannis zu feige gewesen, um ihnen den nachdrücklich geäußerten Wunsch abzuschlagen, auch wenn er seine Leidenschaft für das Mutterland längst verloren hatte. Sie hatten ihn zwar nicht direkt bedroht, auch hatte er keine Unheil verkündenden Ausbeulungen an ihrer Kleidung erkennen können, die auf verstecktes Metall hingewiesen hätten. Doch alles hatte schmerzlich klar auf Ärger hingedeutet, als die Männer an ihn herantraten und ihm nahelegten, das blauweiße Banner Griechenlands über die Länge der Wand zu spannen.

»Die Zeiten ändern sich«, erklärte ihm der größere der beiden. »Und Sie wollen doch auf der richtigen Seite stehen, nicht wahr?«

Die Stimme des Nachrichtensprechers war ruhig und gefasst, und Elena konnte über so viel Selbstbeherrschung nur staunen, als er den Brief des Erzbischofs an den Präsidenten von Griechenland verlas. Sie hätte nie gedacht, dass sie das noch erleben würde.

»... Zutiefst bedauernd muss ich Sie über einige unerträgliche Entwicklungen in Zypern informieren, für die ich die griechische Regierung verantwortlich mache ...«

»Müssen wir uns das anhören?«, stöhnte Elpida.

»Ja, das müssen wir«, teilte Elena ihrer Enkelin mit.

»... Seit der heimlichen Ankunft von General Grivas im September 1971 gab es Gerüchte, die durch handfeste Beweise gestützt wurden, dass er auf Betreiben und mit Unterstützung gewisser Kreise in Athen herkam, woraufhin er die kriminelle Organisation EOKA-B gründete, die seither eine konstante Quelle schwerer Unruhen auf der Insel ist. Die Nationalgarde, ausgestattet und kontrolliert von griechischen Offizieren, war von Anfang an die Hauptlieferantin von Männern und Material für die EOKA-B. Herr Präsident, Sie verstehen sicher die bitteren Gedanken, die mich quälen, seit ich feststellen musste, dass die Mitglieder der Athener Regierung sich beharrlich gegen mich verschwören. Was jedoch viel schlimmer ist: Sie spalten die griechischen Zyprer, die sich selbst zerstören, indem sie das Blut ihrer Brüder vergießen lassen. Mehr als einmal habe ich eine unsichtbare Hand aus Athen im Nacken gespürt, die meine irdische Existenz auszulöschen suchte ...«

»Ich brauche etwas Kaltes zu trinken«, beschwerte sich Elpida.

»Du weißt, wo der Kühlschrank ist«, gab Elena zurück.

»Willst du auch irgendwas?«

»Kind, bitte!«, flehte Elena. »Du hast keine Ahnung, wie wichtig das ist, was wir gerade hören!«

Elpida seufzte, blieb aber sitzen. Zufrieden wandte sich Elena erneut dem Bildschirm zu, da sie kein Wort der schriftlichen Kanonenkugel verpassen wollte, die ihr Präsident ans Mutterland sandte.

»... Herr Präsident, ich bedaure zutiefst, dass ich viele unschöne Dinge ansprechen muss, um in aller Aufrichtigkeit die beklagenswerten Zustände zu beschreiben, die seit einiger Zeit herrschen. Das nationale Interesse lässt mir jedoch keine andere Wahl ... Ich möchte die Zusammenarbeit mit der griechischen Regierung nicht abbrechen. Es sollte aber stets bedacht werden, dass ich kein Beauftragter der griechischen Regierung in Zypern bin, sondern der gewählte Führer eines großen Teils des hellenischen Volkes, und ich verlange dementsprechend, vom politischen Zentrum der Nation behandelt zu werden. Der Inhalt dieses Briefes ist nicht geheim.«

Dreizehn Tage später antworteten die griechischen Obristen mit Geschützfeuer.

Maria rüttelte Michalakis wach und wies ihn gefasst, aber mit einem Sinn für das Unvermeidliche auf ihr erneutes Scheitern hin. Innerlich stöhnte Michalakis bei der Aussicht auf einen weiteren Monat liebloser Anstrengungen.

»Und im Gegensatz zu mir bist du spät dran«, informierte Maria ihn.

Michalakis griff nach der Uhr auf dem Nachttisch und stellte sie fluchend wieder zurück. Er hastete ins Badezimmer, das er jedoch von seinem Vater besetzt vorfand, der am vorigen Abend angereist war, um seinen Termin bei der besten kardiologischen Abteilung der Hauptstadt wahrzunehmen.

»Zwei Minuten!«, rief Georgios, und Michalakis brachte es angesichts seines möglichen Gesundheitszustandes nicht übers

Herz, ihn zu drängen. Auf der Suche nach Kaffee ging er in die Küche. Überrascht und über alle Maßen dankbar stellte er fest, dass seine Mamma sich für die Unterkunft revanchiert hatte: Auf dem Tisch fanden sich an Stelle von kaltem und lieblos auf einen Teller geworfenem Toast Berge von gegrilltem Halloumi und gebratenem Speck. Maria setzte sich mit grimmiger Miene an den Tisch und stocherte in ihrem Obstsalat herum.

»Alles für dich«, erklärte Georgios seinem Sohn, als er sich zum Frühstück zu ihnen setzte. Michalakis schob sich eine Gabel voll Speck in den Mund und verschwand im Bad. Sieben Minuten später trat er in tadelloser Montur und mit nur ein paar winzigen Schnitten am Kinn, die unter Taschentuchfetzen trockneten, wieder in die Küche und küsste zuerst seine Frau, dann seine Mutter.

»Wir sehen uns um zwei«, sagte er.

»Sei pünktlich«, bat ihn Dhespina.

Michalakis versicherte ihr, dass er nur etwa eine Stunde im Palast sein würde und mehr als rechtzeitig zurückkäme, um sie ins Krankenhaus zu fahren.

»Mach dir also keine Sorgen.«

»Ich mache mir keine Sorgen«, log Dhespina, bevor eine kleine Träne sie verriet. Georgios warf Michalakis einen bedeutsamen Blick zu und schloss seine Hände um die seiner Frau. Maria beschäftigte sich damit, den Tisch abzuräumen.

Als er am Palast ankam, führte man Michalakis sogleich ein paar schmucklose Korridore entlang in einen Empfangssaal, der von der Morgensonne und einer Gruppe aufgeregter Kinder erhellt wurde. Der Erzbischof war pünktlich um 7 Uhr 45 erschienen und hatte längst hinter seinem Schreibtisch Platz genommen. Mit einem freundlichen Kopfnicken deutete er auf die Uhr an der Wand. Michalakis entschuldigte sich mit einem verlegenen Lächeln und zog sein Notizbuch hervor. Es war 8 Uhr 20.

Er faltete die Pressemitteilung auseinander, die in seiner Brusttasche gesteckt hatte. Bei den Kindern handelte es sich um

Schüler aus Kairo, die auf persönliche Einladung des Erzbischofs nach Zypern gekommen waren. Die Kleinen hatten sich fein herausgeputzt und legten tadellose Manieren an den Tag. Michalakis, der sich nicht nur deutlich verspätet hatte, sondern zusätzlich beschämt feststellen musste, dass er sich noch nicht alle Taschentuchfetzen von seinem Kinn gezupft hatte, fühlte sich in ihrer Gegenwart schrecklich schmuddelig. Obwohl dieser Termin nicht von größter Wichtigkeit war, war er doch ein kleines Geschenk des Präsidenten, mit dem er der *Stimme* dankte für ihre beständige Unterstützung inmitten der sich verschärfenden Spannungen auf der Insel und im weiter entfernten Athen. Die Ereignisse hatten sich, wie Michalakis feststellte, im Bart des Präsidenten niedergeschlagen: Seine Farbe hatte nun endgültig von tiefschwarz zu grau gewechselt. Michalakis setzte sich am Rand der Versammlung auf einen Stuhl. Vor ihm kämpfte ein kleiner Junge, vom Anlass überwältigt, mit den Tränen, und eine Frau, die Michalakis für eine Lehrerin hielt, beugte sich hinüber, um ihn zu trösten. Mit einem unsicheren Hüsteln stand der Sprecher der Gruppe auf und wandte sich an den Erzbischof. Michalakis machte sich rasch eine Notiz, den Namen des Mannes herauszufinden, sobald die Formalitäten vorüber waren.

Mit leicht zitternder Stimme begann der Mann, seine tiefe Dankbarkeit für die Einladung auszudrücken, die den Kindern, ihren Eltern und der Schule so viel bedeutete. Makarios nickte ihm aufmunternd zu. In diesem Augenblick ertönten in der Ferne die ersten Geräusche von Geschützfeuer. Der Sprecher ließ seine Zettel sinken, und die Kinder rutschten nervös auf ihren Stühlen herum, flüsterten miteinander und tippten die Ellbogen ihrer Betreuerinnen an, um ihnen Fragen zu stellen. Vor ihnen blieb Makarios ganz ruhig. Nur sein Blick folgte einem seiner Angestellten, der gerade durch die Tür verschwand.

»Bitte, fahren Sie fort«, forderte er den Vertreter der Schüler gelassen auf.

Der Mann hielt seine Zettel mit sichtlich zitternden Fingern hoch und begann seine Rede von neuem, doch das Echo des Geschützfeuers erklang nun sogar noch lauter und in kürzeren Abständen, bis man über dem Lärm auch Schreie hören konnte. Als die erste Rakete explodierte, gab der Mann sein Skript völlig auf und rief den Kindern zu, sie sollten sich ducken. Die verängstigten Schüler ließen sich sofort panisch zu Boden fallen. Sie kauerten sich gerade unter ihre Stühle, da flog die Tür auf, und ein Wachmann des Präsidenten erklärte, dass Panzer vor den Toren des Palastes stünden. Michalakis stürzte zum Fenster. Die Höfe waren leer. Er wandte sich wieder dem Raum zu, wo der Präsident von seinem Personal bekniet wurde, er möge fliehen, doch Makarios schien wie benommen und beinahe gelähmt von der Realität der Ereignisse. Die griechischen Obristen führten einen Staatsstreich durch.

Draußen ließen weitere Geschosse die Luft erzittern, die Bedrohung rückte immer näher. V-förmige Löcher waren in das Mauerwerk geschossen worden, mehrere Panzer rollten geräuschvoll über die Trümmer hinweg und drangen auf der Suche nach Makarios ins Herz des Palastes vor. Dem Erzbischof blieb keine andere Wahl, er beugte sich den verzweifelten Bitten seiner Bediensteten und ging schnellen Schrittes auf den westlichen Eingang zu, nachdem er den Kindern noch ein paar beruhigende Worte zugerufen hatte. Er wurde von drei Wachen begleitet, eine führte ihn, die beiden anderen gaben ihm Rückendeckung. Alle hielten sie ihre Waffen gezückt, auf ihren Gesichtern war Anspannung zu lesen.

Michalakis befand sich nun gemeinsam mit den anderen vor Schreck erstarrten Gästen des Erzbischofs auf dem Fußboden. Er hob seinen Kopf langsam über die Fensterbank und zählte mehrere Panzer und noch mal so viele bewaffnete Fahrzeuge, die sie umzingelten. Ringsum stiegen schwarze Rauchschwaden aus brennenden Gebäuden empor. Das wiederkehrende Geschützfeuer prallte nun von den Mauern im Hof ab, als die Präsidentengarde ihr Bestes gab, um sich zu verteidigen. Das Blut pulsierte in Michalakis' Adern, und auch wenn er sich noch nie in seinem Leben so sehr gefürchtet hatte wie in diesem Augenblick, vergaß er doch nicht seine Pflichten: Womöglich war es die letzte Gelegenheit, den Präsidenten lebend zu sehen. Am anderen Ende des Raumes zerschmetterte eine Kugel das Glas eines der hohen Fenster, woraufhin alle aufschrien und Michalakis auf die Beine sprang, um Makarios und seinen Wachen durch den Westeingang zu folgen.

Als Michalakis ins Tageslicht trat, sah er, wie die vier Männer vor ihm durch ein kleines Tor verschwanden. Sie kletterten den Abhang hinunter und liefen durch einen spärlichen Obstgarten, der nur aus ein paar Schösslingen bestand. Als sie die Straße erreichten, hielten sie ein vorbeikommendes Auto an. Michalakis beobachtete, wie der Fahrer mit erhobenen Händen ausstieg und die Wachen mit dem Präsidenten sich rasch hineinsetzten. Makarios nahm auf der Rückbank Platz und duckte sich sofort, so dass er nicht mehr zu sehen war. Für einen kurzen Moment überlegte Michalakis, selbst das Weite zu suchen, doch dann machte er kehrt und ging zurück zum Palast.

Im Empfangssaal half er den Erwachsenen, die verängstigten Kinder zu beruhigen. Schließlich rückte er den Presseausweis gerade, der um seinen Hals hing, und wartete darauf, dass die Rebellen kamen und sie gehen ließen.

Elena heulte vor Trauer und Wut. Speichel glänzte auf ihrem Kinn, und gewaltsam wehrte sie Tochter und Enkeltochter ab, die sich nach Kräften bemühten, sie zu beruhigen. Kratzend und beißend kämpfte sie gegen ihre Arme an und weinte für sich und für ganz Zypern. Alles war verloren, ihr Herz war gebrochen. Makarios war tot.

Von Militärmusik begleitet brachte Radio Zypern die Nachricht seit 9 Uhr 15 wieder und wieder. Nach der zweiten Wiederholung kannte Elena den verräterischen Text auswendig, triumphierend hallte er in ihrem Kopf wider:

Wir betonen, dass es sich um eine innere Angelegenheit unter Griechen handelt. Makarios ist tot. Waffen sollen abgegeben werden. Die Straßen sind für die Bevölkerung gesperrt. Wer zum Widerstand aufruft, wird sofort erschossen.

Um 14 Uhr 50 war Nikos Sampson als Präsident der Republik vereidigt.

Während Praxi und ihre Tochter der verzweifelten Elena ins Bett halfen, saßen nur wenige hundert Meter entfernt Loukis und Mehmet über einer Flasche Keo auf der Veranda des Bauern und verfolgten im Radio die weiteren Entwicklungen. Als Sampson verkündete, Zypern bleibe unabhängig und blockfrei, sahen sie sich an und erkannten Skepsis im Blick des anderen. Sampson war ehemaliges EOKA-Mitglied und Anführer eines Hinrichtungskommandos gewesen, und zu seinen Freunden zählte er den derzeitigen griechischen Militärdiktator. Noch bedenklicher war, dass er eine Privatmiliz angeführt hatte, die 1963 eine Reihe verabscheuungswürdiger Überfälle auf türkische Zyprer verübt hatte. Ein solcher Mann würde der Insel niemals Frieden bringen, und alles, was Loukis und Mehmet durchgemacht hatten, was ihre Leute erreicht hatten, schien binnen Sekunden davongetragen vom Wind dieses furchtbaren Wandels. Als die Männer eine neue Flasche Bier öffneten, machte sich Michalakis, eine Fahrtstunde von ihnen entfernt, auf den Heimweg.

Das Feuergefecht im Palast hatte drei quälend lange Stunden angedauert. Die Kinder und ihre Betreuer waren freigelassen worden, während die uniformierten Angreifer ihre Stellung sicherten und Makarios' treue Bedienstete entwaffneten. Michalakis hielt man weitere fünf Stunden fest. Er musste in einer Ecke auf Knien kauern und die Hände über dem Kopf halten. Den Schreien und Tränen der gefangenen Günstlinge des Palastes entnahm er die Bemühungen der griechischen Offiziere, den Aufenthaltsort des verschwundenen Präsidenten herauszufinden. Michalakis trug immer noch seinen Presseausweis um den Hals, der ihm jedoch nur wenig Schutz vor den wütenden Fäusten der Eroberer bot, die seine Zeitung nicht gerade hochschätzten. Er nahm zur Kenntnis, dass die zyprischen Soldaten immerhin den Anstand besaßen, ihm den Rücken zuzukehren, als die Griechen ihre Wut an seinem Körper ausließen. Nachdem die Bombe von Makarios' Tod geplatzt war, ließen sie Michalakis endlich frei. Unter Schock und von Schuldgefühlen geplagt, fuhr er heim. Er hätte mehr tun müssen, um den Präsidenten zu schützen, hätte eine Waffe ergreifen oder sich sonst irgendetwas einfallen lassen müssen, anstatt einfach nur zuzusehen.

Im Rückspiegel erhaschte er einen Blick auf sein Gesicht. Sein rechtes Auge war geschwollen, seine Oberlippe an zwei Stellen aufgeplatzt – er sah so abscheulich aus, dass er kaum glauben konnte, dass er selbst es war, der ihm da entgegenblickte. Nichts fühlte sich real an, und er musste sich während der Fahrt immer wieder daran erinnern, dass der geistliche und politische Führer seines Landes von Soldaten des Mutterlandes gejagt und getötet worden war. Michalakis war nicht in der Lage, das ganze Ausmaß der Ereignisse zu erfassen, und als er durch die leergefegten Straßen der Hauptstadt fuhr, galt seine Hauptsorge dem verpassten Termin bei dem Herzspezialisten für seinen Vater.

Es überraschte ihn nicht, dass es seine Mutter war und nicht seine Frau, die ihm zu Hause tränenüberströmt und voller Fragen in die Arme fiel. Hinter ihr wartete sein Vater, ihm stand die Erleichterung ins Gesicht geschrieben. Maria drückte sich im Hintergrund herum. Sie war zu weit weg und sein Blick zu verschwommen, um ihren Gesichtsausdruck erkennen zu können.

»Was haben diese Ungeheuer dir angetan?«, rief Dhespina weinend und zog ihn in die Küche, um sein übel zugerichtetes Gesicht zu säubern. »Als wir hörten, dass der Erzbischof tot ist, dachten wir, o Gott …«

»Ich kann es nicht glauben«, murmelte Michalakis. »Makarios ist tot.« Sein Mut sank, als die Nachricht endlich in sein Bewusstsein sickerte.

»Der Erzbischof *war* tot«, verbesserte Georgios ihn und ließ seinem Sohn einen Augenblick Zeit, den Sinn seiner Worte zu begreifen. »Bis vor zwei Stunden war er noch der verstorbene Erzbischof Makarios III. Aber der alte Kerl konnte ihnen allen entkommen und ist erst nach Troodos und dann weiter nach Pafos geflohen, von wo aus er eine Nachricht gesendet hat.«

»Mein Gott, bist du dir sicher?«, keuchte Michalakis.

»Das war eindeutig Makarios.«

Ein breites Lächeln leuchtete auf Michalakis' Gesicht, ließ ihn jedoch sogleich vor Schmerz zusammenzucken. Der Mann in Schwarz hatte ihnen wieder einmal eine Lektion erteilt, und nachdem seine Mutter mit seinem Gesicht fertig war und sich entschuldigt hatte, dass sie ohne ihre Kräuter nicht mehr ausrichten konnte, rief Michalakis im Büro an. Er versuchte gerade, aus der Empfangssekretärin etwas Sinnvolles herauszubekommen, da wurde ihr überspanntes Kreischen plötzlich vom beruhigenden Brummen seines Herausgebers abgelöst. Michalakis gab rasch seinen Bericht über den Staatsstreich im Palast wieder und bat, ihn zum Diktat weiterzuleiten. Bestürzt lauschte er den Worten seines Chefs, der ihm mitteilte, dass er sich seine Energie sparen könnte, da es am nächsten Tag keine Zeitung geben würde. *Die Stimme* durfte auf Befehl der neuen Regierung bis auf weiteres nicht mehr erscheinen.

»Unser Tag wird kommen«, krächzte der Herausgeber. »In allen größeren Städten kämpfen die Makarios-Anhänger. Das Volk revoltiert. Diese Dreckskerle … die Hunde, die das getan haben … deren Blut ist nicht griechisch. Schreib deinen Bericht, und in ein paar Tagen …« Ohne Vorwarnung war die Leitung plötzlich tot.

Yiannis legte den Hörer auf, unschlüssig und verwirrt von der Bitte. Dhespina hatte im Café angerufen und gehofft, Praxi oder Elpida an den Apparat zu bekommen, doch stattdessen musste sie Yiannis anflehen, Christakis und Loukis Bescheid zu geben, dass sie und Georgios sich in Michalakis' Haus in Lefkosia in Sicherheit befänden. Sie nahm sich wirklich einiges heraus, ihn zu bitten, dem Liebhaber seiner Frau und dem Bruder des Liebhabers seiner Frau mitzuteilen, dass ihre Eltern unversehrt wären – doch Yiannis kam zu dem Schluss, dass sie nun einmal in außergewöhnlichen Zeiten lebten. Als er sich bereitmachte, die Nachricht zu überbringen, klingelte das Telefon erneut. Diesmal war es Jason, der nach Elpida fragte. Er überzeugte den Jungen davon, dass seine Tochter sich in Sicherheit befand, und ließ sich eine Nummer geben, damit sie ihn anrufen konnte. Auf dem Weg zu seinem Auto fragte sich Yiannis, ob irgendjemand sich eigentlich die Mühe machte, herauszufinden, ob *er* noch am Leben war.

Er jagte den Motor des Torino hoch und schob seine Verdrießlichkeit beiseite, um den heldenhaften Boten zu spielen. Sein scheinbar selbstloser Mut war von den zuvor vernommenen Geräuschen der griechischen Panzer und anderer Kriegsfahrzeuge angeheizt worden, die sich in Bewegung gesetzt hatten, um Makarios' Verfolgung aufzunehmen. Yiannis war insgeheim stolz, dass ihr Erzbischof sich von den Griechen nicht so leicht unterkriegen ließ, auch wenn er es bislang noch nicht gewagt hatte, die blauweiße Flagge von der Wand seines Cafés zu reißen. Man sollte auch wieder nicht zu voreilig sein.

Nachdem er Christakis Dhespinas Botschaft übermittelt und seinen unbeholfenen Dank in Form eines großzügigen Schlucks Weinbrand empfangen hatte, fuhr er ins Dorf, um Elpida die Nachricht von Jason auszurichten. Er fand Elenas Haus jedoch verschlossen vor, und mit einem Blick durchs Fenster vergewisserte er sich, dass niemand da war. In seiner Brust machte sich plötzlich Unbehagen breit. Und so war er geradezu erleichtert, wenn auch etwas verlegen, als er seine Tochter, ihre Mutter und ihre Großmutter kurz darauf gemeinsam mit Loukis auf dem Hof des Türken aufspürte. Sie saßen auf Mehmets Veranda und lauschten dem alten Mann, der die Übertragung von Radio Bayrak für sie übersetzte.

»Wir konnten Radio Zypern nicht mehr trauen«, erklärte Praxi etwas befangen, während Elpida Jasons hingebungsvolle Worte aufsog. Yiannis nahm das Glas Bier an, das Loukis ihm anbot.

»Die Nationalgarde hatte Makarios in Pafos umzingelt«, enthüllte Mehmet. »Dann hat Sampson seine Männer in das Gebiet geschickt und sie mit Kampfhubschraubern Stellungen der Makarios-Getreuen beschießen lassen. Daraufhin sind die Briten auf den Plan getreten. Sie haben einen Helikopter mitten durchs Kampfgeschehen gesandt. Er wurde beschossen, aber nicht getroffen. Der Hubschrauber hat euren Erzbischof zur Basis in Akrotiri gebracht. Man vermutet, dass Makarios mittlerweile nach Malta ausgeflogen wurde und dass er von da aus nach London weiterreisen wird.«

Mit einem dankbaren Aufschrei sprang Elena von ihrem Stuhl und fiel Mehmet schwungvoll um den Hals. »Danke«, brachte sie hervor, und er tätschelte ihr die Hand.

»Ich kann es gar nicht glauben«, murmelte Praxi und hielt die Hand ihrer Tochter fest umschlossen. »Dass die Griechen uns so etwas antun.«

»Wie eine Mutter, die ihre Tochter ins Gesicht schlägt«, stimmte Elena zu und küsste Praxi auf den Scheitel, um das Ausmaß des Verrats zu demonstrieren, den sie alle empfanden.

»Wird die Türkei reagieren?«, fragte Yiannis.

Mehmet erwiderte, dass damit wohl zu rechnen sei.

»Gott stehe uns bei«, betete Elena. Und als die Nacht hereinbrach, machte keiner Anstalten zum Aufbruch – weil sie sich zu mehreren sicherer fühlten.

Der Hunger trieb die Frauen dazu, sich in Mehmets Küche zurückzuziehen und einen einfachen, aber tröstenden Linseneintopf zu kochen. Als ihre Mägen gefüllt waren und die Nachtluft um sie herum still wurde, sanken sie auf der Veranda in den Schlaf, während das Radio im Hintergrund Wache hielt.

Am nächsten Morgen fuhren Yiannis und Loukis zu Elenas Haus und holten den Fernseher, damit sie auch die griechische Version der Ereignisse in Bild und Ton verfolgen konnten. Es war nicht schön anzusehen, wie Dutzende Makarios-Anhänger in Ketten vor die Kameras geführt wurden. Elena weinte für sie, und die Männer um sie herum brummten besorgt vor sich hin.

»Schaltet das aus«, bat Praxi, und zum ersten Mal war Elena einverstanden. Sie drückte auf den Knopf, und die Bilder schrumpften zu einem weißen Fleck zusammen, bevor der Bildschirm wieder schwarz wurde. Keiner sagte ein Wort, doch sie alle quälte die Angst vor dem, was ihnen in einer noch unbekannten Zukunft bevorstand.

An Schlaf war kaum zu denken, auch nicht, als sich die Gruppe auf ihre zweite gemeinsame Nacht vorbereitete. Yiannis bemerkte, dass Loukis und Praxi mit jeder verstreichenden Stunde näher zusammenrückten, und er stand auf und fragte sich, ob er seine Frau und Tochter auffordern sollte, ihn nach Hause zu begleiten. Aber Mehmet bat ihn zu bleiben, und es kam ihm unter den gegebenen Umständen kleinlich vor, seiner Familie den Trost zu entreißen, den sie auf der Veranda des alten Mannes zu finden schien. Er selbst fühlte sich in dieser speziellen Zusammenstellung jedoch unbehaglich und kehrte nach Keryneia zurück, allerdings musste er seiner Tochter versprechen, in wenigen Tagen wiederzukommen. Loukis schüttelte ihm die Hand, bevor er ging, und Yiannis wunderte sich wieder einmal über die außergewöhnlichen Zeiten, in denen sie lebten.

Drei Tage nach dem Putsch hielten Elena, Praxi und Elpida die Lage für ausreichend sicher – und sich selbst für schmutzig genug –, um sich nach Hause zu wagen. Nach weiteren vierundzwanzig Stunden betrat Makarios die Weltbühne. In klaren Worten erklärte er dem UN-Sicherheitsrat, dass die griechische Militärjunta ihre Diktatur auf Zypern ausgeweitet habe, ohne auch nur einen Funken Respekt vor der Unabhängigkeit und Souveränität der Republik zu zeigen. Der Putsch sei keine innere Angelegenheit, schimpfte er, sondern eine Invasion von außen.

Während die Welt über eine angemessene Reaktion debattierte, richteten sich aller Augen auf Großbritannien, eines der wenigen Länder, die bei einem Verstoß gegen den Garantievertrag legal einschreiten durften. Unter wachsender Empörung entsandten die Briten ihre Kommandoeinheiten jedoch nur, um ihre Staatsbürger zu evakuieren und die Stützpunkte der Königin zu verteidigen. Ansonsten sahen die britischen Politiker tatenlos zu, wie die Türkei 90000 Soldaten an ihrer Südküste sammelte.

Niki band ihr blondes Haar zu einem Pferdeschwanz und begann mit den Dehnungen und Sprüngen, die ihre Muskeln aufwärmen und ihre Zukunft sichern sollten. Als ihr Körper im letzten Jahr begonnen hatte, sich zu entwickeln, stand die Sorge im Raum, die Pubertät könnte ihrem Tempo im Weg stehen, aber zum Glück wurde die Schnelligkeit ihrer Beine nicht von den sich weiter oben nun deutlicher abzeichnenden Kurven beeinflusst, die sie von ihrer Mutter geerbt hatte. Dieses Gottesgeschenk brachte Niki dazu, sich mehr denn je um diesen Körper zu kümmern, mit dem sie gesegnet war. Lenya scherzte oft, sie werde schon müde, wenn sie ihrer Tochter nur bei den Vorbereitungen zum Laufen zusah.

Das Mädchen griff gerade nach der Türklinke, als ein trockener Husten sie aufschreckte.

»Warum hast du mich nicht geweckt?«, fragte Andreas, nachdem er den Teer von den Zigaretten des Vorabends abgehustet hatte.

Niki blickte auf die tiefen Tränensäcke und das spärliche Haar ihres Vaters. Sie zuckte mit den Schultern, was leichter war, als ihm die Wahrheit zu sagen: dass er zu alt war, um so früh aufzustehen.

So lange sie sich zurückerinnern konnte, war ihr Vater immer an ihrer Seite gewesen, hatte sie angefeuert und einen Ausbilder bezahlt, der besser war, als er selbst je sein konnte. Doch als sie anfing, vor dem Morgengrauen zu laufen, wenn alles noch gespenstisch still und die Straße frei war, hatte er darauf bestanden, sie zu begleiten. Sie war kein egoistisches Kind, und seine Bemühungen machten ihr ein schlechtes Gewissen. Er hatte so viel geopfert, nicht nur seinen Lohn, sondern auch seinen Schlaf, damit sie ihrem Traum nachjagen konnte.

»Ich wollte in der Nähe des Dorfes bleiben«, flunkerte Niki. »Ich dachte, du könntest weiterschlafen.«

Andreas rieb sich den kahler werdenden Schädel. »Na ja, jetzt bin ich wach. Gib mir eine Minute, um mir den Schlaf aus dem Gesicht zu waschen.«

»Papa, bitte, mach dir keine Sorgen, ich …«

»Niki!«, schnitt er ihr das Wort ab. »Du bist meine Tochter, und ich lasse dich nicht allein im Dunkeln herumrennen, ob du nun im Dorf bleibst oder nicht.«

Kaum drei Minuten später steckten die Schlüssel im Zündschloss des Autos, und Andreas folgte seiner Tochter auf die Hauptstraße, die nach Keryneia führte. Die Scheinwerfer des Datsuns beleuchteten sie wie eine Ballerina im Rampenlicht. Während er hinter ihr her fuhr, zündete er sich seine erste Zigarette des Tages an und ließ einen Arm aus dem offenen Fenster hängen. Die kühle Luft blies ihm den letzten Rest Schlaf aus den Augen, und er sah zu, wie Niki vor ihm die Straße mit ihren Füßen bearbeitete – wie immer voller Staunen über ihre natürlichen Fähigkeiten und seit kurzem auch über ihr rasantes Wachstum. Ihm kam es vor wie gestern, als Niki Lenyas und seinen lang gehegten Babywunsch erfüllte. Nun war sie kurz davor, eine Frau zu werden und sich obendrein einen Namen zu machen. Konnte ein Vater noch stolzer sein?

Es hatte ihn überrascht, und zugegebenermaßen zunächst auch entsetzt, dass seine Tochter von Anfang an am liebsten in aller Herrgottsfrühe lief. Sie sagte, sie liebe die Stille. Sie verriet ihm auch, dass sie sich, wenn die Morgendämmerung die Nacht durchbrach, immer vorstellte, dass sie in diesem Moment das Band der Ziellinie bei den Olympischen Spielen durchriss. Andreas sagte ihr nie, dass er das für emotionalen Unsinn hielt, und nach einer Weile ertappte er sich selbst dabei, wie er bei Sonnenaufgang die jubelnde Menge vor sich sah, wenn seine Tochter den neuen Weltrekord aufstellte.

Vor ihm variierte Niki ihr Tempo, trabte, sprintete dann wieder eine Strecke, so wie es ihr gerade in den Sinn kam. Als sie den Gipfel des Hangs erreicht hatten, machte Andreas den Motor aus und ließ den Wagen hinter ihr her rollen. Zu seiner Linken löste sich die Schwärze der Nacht am Horizont allmählich auf. Er schnippte den Stummel seiner zweiten Zigarette aus dem Fenster, um sich auf den Jubel zu konzentrieren, der nun gleich in seiner Phantasie ertönen würde. Als die ersten Sonnenstrahlen die Erde berührten, erklang jedoch kein ohrenbetäubender Applaus – es war der Knall eines Düsenjägers, der durch den Himmel brach. Darauf folgte eine Serie von Explosionen, und noch bevor Andreas Zeit hatte, sich zu wundern, wurde die Straße vor ihm aufgerissen. Das Auto wirbelte durch die Luft wie eine Münze, die von einem Lineal geschnipst wird, und er verlor das Bewusstsein.

Eine Stunde später sah Andreas die Hände von Fremden, die ihn aus den Trümmern zogen. Er schrie nach seiner Tochter, bevor die Welt um ihn wieder schwarz wurde. Wenn er das nächste Mal aufwachte, in einem Krankenhausbett im Süden des Landes, würde man ihm mitteilen, dass seine Frau und sein jüngstes Kind vermisst waren und dass Niki tot war. Zum Glück würde man ihm nie sagen, dass sein eigenes Auto sie umgebracht hatte, dass der Datsun auf seine Tochter gestürzt war und ihren Kopf und Körper zu einer unkenntlichen Masse zerquetscht hatte – lediglich ihre schlanken Beine ragten zuckend, aber unversehrt unter dem zerdrückten Autodach hervor.

Als er den Boden unter seinem Bett erzittern fühlte, war Yiannis' erster Gedanke, dass er die griechische Flagge aus dem Café entfernen musste. Der zweite galt seiner Familie.

In der Morgendämmerung kamen die Menschen verschlafen aus ihren Häusern, um das Ausmaß der Gefahr zu beurteilen, in der sie sich womöglich befanden. Wie zur Antwort jagte ein zweites Kampfflugzeug über sie hinweg, und irgendwo schrie eine Frau auf. Alle Blicke waren aufs Meer gerichtet. Eine Wand aus Truppentransportern bewegte sich auf die Insel zu, hinter ihnen zeichneten sich die düsteren Umrisse von etwa einem Dutzend Kriegsschiffen ab. In der Stadt brach Panik aus.

»Heilige Maria«, murmelte Yiannis und rannte zu seinem Wagen. Mit zitternden Beinen trat er auf die Kupplung, seine Finger hatten Mühe, den Schlüssel ins Zündschloss zu stecken. Endlich heulte der Motor des Torino auf, und Yiannis trat aufs Gas. Als er über das Kopfsteinpflaster jagte und rechts in die schmale Gasse einbog, die auf die Hauptstraße führte, strömten Menschen mit Kindern an der Hand und hastig gepackten Koffern in alle Richtungen davon. Yiannis trat auf die Bremse, um ein junges Mädchen nicht zu überfahren, da riss eine Hand die Beifahrertür auf. Er beugte sich hinüber und zog sie wieder zu, doch die angsterfüllten Augen einer alten Frau flehten ihn an.

»Meine Familie! Ich muss meine Familie holen!«, rief er entschuldigend. Es war alles beinahe zu viel für ihn.

Mit kreischenden Bremsen kam er auf der Hauptstraße zum Stehen, als ein weiterer Düsenjäger die Fahrbahn vor ihm im Tiefflug bombardierte. Beton und Asphalt schleuderten ihm entgegen. Yiannis riss das Lenkrad herum und steuerte den Wagen auf ein Feld, unter ihm stoben die Auberginenreihen auseinander. Mit den Scheibenwischern entfernte er die Pflanzen von seiner Frontscheibe, gerade rechtzeitig, um zusehen zu müssen, wie ein Feuerball auf ein verfallenes Gebäude niederging. Es fiel in einem Haufen aus Schutt und geborstenen Balken in sich zusammen. Verschreckt blickte Yiannis um sich. Zu seiner Rechten stieß eine Garage wütende Flammen in den Himmel, und über den Dächern von Keryneia stiegen schwarze Rauchsäulen auf, die sich wie in unaussprechlichen Qualen wanden und ins Blau hinein ausbreiteten. Das Kampfflugzeuggeschwader über ihm gab keine Ruhe, unentwegt warf es Bomben ab, wie Aaskrähen, die sich an Verwundeten labten.

Die Bewohner des Dorfes waren etwas weiter von den Zerstörungen entfernt, die den Hafen verschlangen, und hatten daher genügend Zeit, um ihre Gedanken sowie ihr Hab und Gut zu sammeln. In jedem Haus lief das Radio, allenthalben dementierte der offizielle Zyprische Rundfunk Gerüchte über eine Invasion, solches Reden sei schlicht »unverantwortlich«. Dennoch bewegte sich innerhalb von dreißig Minuten nach der ersten Explosion eine Autoschlange Richtung Westen, fort von dem Krieg, der für die Bewohner ganz offensichtlich begonnen hatte und sie zu vernichten drohte. In zehnminütigen Intervallen durchbrachen die Kampfflugzeuge den Himmel über ihnen, und Loukis witterte den Tod in der Luft. Er griff nach seinem Jagdgewehr und lief hinüber zu Mehmet.

»Es ist so weit«, sagte der alte Mann betrübt. »Radio Bayrak nennt es einen Friedenseinsatz, aber ich weiß nicht, mein Sohn. Ich würde mich besser fühlen, wenn du fortliefest.«

Loukis wollte nicht gehen, doch er wusste, dass die Überlebenschancen des alten Mannes weitaus besser waren als seine eigenen, wenn die Türken das Dorf erreichten. Und sie würden vermutlich steigen, wenn er nicht mehr da war. Er hatte das Gefühl, noch etwas sagen zu müssen, doch er brachte nicht mehr als ein geflüstertes »Danke« hervor und nahm den alten Mann kurz in den Arm.

Dann rannte er zu Praxi. Als er bei ihr ankam, brannten seine Lungen. Sie zerrte gerade ihre Mutter aus der Haustür. Elena hatte die Arme voll mit Heiligenbildern, die sie von der Wand genommen hatte, und passte auf, dass sie keins davon fallen ließ.

»Wir haben keine Zeit!«, rief Praxi.

»Ich muss sie mitnehmen!«, beharrte Elena.

Aufgebracht warf ihre Tochter die Arme in die Luft, als Loukis hinzukam. Er nahm Praxis Gesicht zwischen seine Hände und küsste sie innig, wenn auch eilig auf den Mund. Dann schritt er ins Haus, holte eine Ledertasche, die an einem Haken an der Tür hing, und packte Elenas Andenken hinein. Elpida tauchte mit einem kleinen Koffer und einem Bündel Briefe hinter ihm auf.

»Briefe?«, schrie Praxi.

»Die sind von Jason«, gab das Mädchen zurück.

Loukis nahm sie ihr ab und steckte sie zu Elenas kostbaren Heiligenbildern in die Tasche.

»Ich sollte die Tür abschließen«, murmelte Elena.

»Das wird nicht viel bringen«, erwiderte Loukis geradeheraus.

Yiannis' Ford Torino fuhr mit quietschenden Reifen um die Kurve. Er hielt an, sprang aus dem Wagen, nahm seiner Tochter den Koffer ab, warf ihn in den Kofferraum und wies alle an, sich ins Auto zu setzen. Elena und Elpida kletterten sofort auf den Rücksitz. Es folgte ein Augenblick der Verwirrung, als Praxi Loukis ansah und dann beide zusammen ihren Ehemann anstarrten.

»Herrgott, nun steigt schon ein!«, rief er.

Praxi setzte sich zu ihrer Tochter und ihrer Mutter nach hinten, während Loukis den Beifahrersitz nahm. Er kurbelte das Fenster hinunter. Sein Hemd war schweißdurchtränkt. Er hielt sein Gewehr fest umklammert, weiß traten seine Fingerknöchel hervor.

Sie bogen gerade auf die Hauptstraße ein, die durch das Dorf führte, als plötzlich die große Gestalt von Herrn Televantos' Tochter den Weg vor ihnen blockierte. Ihr Gesicht und ihre kräftigen Arme zitterten vor Angst und Unglauben. Verzweifelt schlug sie auf das Blech der vorbeifahrenden Autos und flehte die panisch fliehenden Nachbarn ihres Vaters um Hilfe an.

»Bitte!«, schrie sie. »In Gottes Namen, so helfe uns doch bitte jemand!« In ihrer Not warf sie sich auf die Kühlerhaube von Yiannis' Wagen und zwang ihn so zum Anhalten. Bevor jemand sie aufhalten konnte, war Praxi schon herausgesprungen.

»Wo ist Ihr Vater?«, fragte sie.

»Er ist im Haus. Lieber Gott, bitte, Sie müssen uns helfen.«

»Natürlich helfen wir Ihnen.«

Praxi wandte sich an Loukis, der ebenfalls ausgestiegen war. Auf nachdrücklichen Wunsch von Elpida trat auch Yiannis hinzu. Sie fanden den alten Televantos im ersten Stock des Steinhäuschens. Loukis schlug die Decke zurück.

»Ich will nicht weg!«, rief der alte Mann unter Tränen. »Lasst mich in meinem Haus sterben! Bringt mich nicht fort. Das ist mein Zuhause! Ich will hier nicht weg! Ich flehe euch an, lasst mich hier!«

Da ihnen keine Zeit blieb, ihn mit Argumenten und Erklärungen umzustimmen, weshalb er das Haus verlassen sollte, das sein Vater erbaut hatte und in dem er geboren worden war, trug Loukis den alten Herrn kurzerhand zum Auto. Er platzierte ihn vorsichtig auf dem Beifahrersitz und gurtete ihn an. Televantos' Tochter hatte bereits ihren Platz auf dem Rücksitz beansprucht, so dass Elena neben ihrer Enkeltochter in der Mitte eingequetscht war. Loukis öffnete den Kofferraum und forderte Yiannis auf, sich hineinzulegen.

»Du musst fahren«, erklärte er Praxi.

»Was ist mit dir?«

»Ich werde mich allein durchschlagen«, sagte er und ergriff das Gewehr, das zu Herrn Televantos' Füßen lag.

»Nein, Loukis«, flüsterte Praxi. »Ich werde nicht ohne dich fahren.«

»Doch, das wirst du, Praxi«, beharrte Loukis.

»Das werde ich nicht tun.«

»Du musst.«

Während sie noch stritten, kletterte Yiannis kleinlaut in den Kofferraum.

»Bitte, Praxi, ich kann mich allein durchschlagen. Ich werde versuchen, auf schnellstem Wege zu Michalakis nach Lefkosia zu kommen. Wenn du kannst, ruf bei ihm im Büro an, und er wird dir sagen, wo ich bin. Ich werde auf dich warten.«

Bevor Praxi noch ein Wort sagen konnte, griff Loukis in ihren lockigen Haarschopf und presste seine Lippen auf ihre. Er trank die Tränen, die ihr aus den Augen rannen, und schluckte ihren Atem, als er sich von ihr löste. Im Kofferraum des Wagens schloss Yiannis beschämt die Augen. Vom Rücksitz aus schaute Elpida ihnen erstaunt zu. Loukis riss sich aus Praxis Umarmung und rannte los.

»Praxi, fahr!«, schrie Elena, und ihre Tochter schlug sich auf die Brust, um das Schluchzen zu unterdrücken, das sich ihrer bemächtigen wollte, bevor sie auf den Fahrersitz glitt.

»Ich will nicht fort«, wimmerte Herr Televantos neben ihr.

»Keiner von uns will fort«, erwiderte Praxi schroff. Sie drehte den Schlüssel im Zündschloss und schaute in den Rückspiegel, sah jedoch nur den Deckel des Kofferraums. Praxi setzte das Auto vorsichtig zurück, wendete und schloss sich dem Autokonvoi an, der gen Westen zog.

»Ich muss zurück«, murmelte Dhespina.

»Lass Michalakis seine Arbeit tun«, erwiderte Georgios äußerlich ruhig. Auch wenn er es nicht sagte, war er froh, dass Marios sich im Ausland und in Sicherheit befand. Im Radio beharrten sie zwar darauf, dass das Gerede von einer Invasion geradezu skandalös sei, doch mit jedem Bericht, der aus der Hauptstadt durchsickerte, wurden die Dementis unglaubwürdiger. Wenn die Gerüchte nun doch stimmten, rückte die Nationalgarde nach Norden vor. Zehntausend Makarios-Anhänger waren aus dem Gefängnis entlassen worden, und der Himmel über dem Gebirgszug des Pentadaktylos war schwarz von türkischen Fallschirmjägern.

»Ich komme immer noch nicht durch«, berichtete Michalakis seinen Eltern. Er versuchte nun schon seit einer Stunde, Kyriakos zu erreichen, und Dhespina konnte seine Unruhe bestens nachempfinden: Dieselbe Stille schlug ihr aus der *Perle von Keryneia* sowie aus Lenyas Haus entgegen.

»Fahr mich nach Hause«, bat Dhespina ihren Sohn. Michalakis konnte ihr diesen Wunsch jedoch nicht guten Gewissens erfüllen.

»Man würde uns verhaften, noch bevor wir die Stadt verlassen hätten«, erklärte er ihr.

»Oder erschießen«, murmelte Maria. Michalakis warf seiner Frau einen warnenden Blick zu, und sie verschwand im Schlafzimmer, wo sie sich einsam um das Schicksal ihrer eigenen Eltern sorgte. Als es Nachmittag wurde, bestand kein Zweifel mehr daran, was sich ereignet hatte: Türkische Kampfflieger waren über Lefkosia erschienen und hatten über dem Norden der Hauptstadt Bomben abgeworfen, die griechische Häuser in Krater und Kinder in Waisen verwandelten.

»Weißt du, wo du hinfährst?«, fragte Elena ängstlich. Sie beugte sich nach vorn, um ihrem Körper, der von der Fülle von Herrn Televantos' Tochter beinahe erdrückt wurde, ein wenig Luft zu verschaffen.

»Ich schätze, wir fahren in einer Schleife nach Norden, wenn wir Panagra und Myrtou durchquert haben«, teilte Praxi ihrer Mutter mit.

»Was heißt: ›du schätzt‹?«, wollte Elena wissen.

»Mamma! Ich folge nur den anderen Autos.«

»Na ja, das wird schwierig, wenn du noch weiter zurückfällst. Das rote Auto vor uns ist ja kaum noch zu erkennen.«

Elena deutete auf die kleiner werdende Rückseite eines Nissans, doch ihr Murren wurde plötzlich von knatternden Gewehren unterbrochen.

»Heckenschützen!«, schrie Herr Televantos. Seine Tochter antwortete mit Jammern und Wehklagen, da sie sich offensichtlich soeben der Tatsache bewusst wurde, dass sie ein besonders großes Ziel abgab. Wo Kugeln auf den Straßenrand trafen, spritzte der Schlamm auf.

»O heilige Mutter Gottes!«, betete Elena, als das Fenster auf Herrn Televantos' Seite zersplitterte und alle gemeinsam aufschrien. Hinten im Auto hämmerte Yiannis wie wahnsinnig gegen den Kofferraumdeckel, und Praxi drückte den Fuß aufs Gaspedal, da sie nun doch mehr Angst davor hatte, erschossen zu werden, als die Kontrolle über das Auto zu verlieren. Das Pochen aus dem Kofferraum wurde immer heftiger.

»Ist ja gut, ist ja gut!«, schrie Praxi. »Ich fahre so schnell, wie ich nur kann!«

»Wir werden sterben!«, heulte Televantos' Tochter plötzlich los.

»Ich habe dir gesagt, dass du mich zurücklassen sollst«, erwiderte ihr Vater wütend. »Ich hätte mein Leben in meinem eigenen Bett beenden können.«

»Seid still!«, befahl Praxi. »Niemand wird sterben!«

Und zu ihrer aller Überraschung entkamen sie dem Kugelhagel unversehrt, mit nur einem geplatzten Reifen, den sie trotz des Rauchs und der Funken, die das Rad versprühte, ignorieren konnten, bis sie sich hinter der Ortsgrenze von Myrtou in Sicherheit gebracht hatten.

Erschöpft hielt Praxi hinter einer Handvoll anderer Wagen am Rande einer Obstplantage im Schatten an. Außer dem alten Televantos stiegen alle aus, um sich den Schrecken aus den Gliedern zu schütteln. Über dem Meer kreisten immer noch die dunklen Silhouetten der türkischen Kampfflugzeuge, aber der Lärm ihrer Motoren war durch die Entfernung verstummt. Praxi stützte sich mit den Händen auf ihre zitternden Knie und atmete tief durch. Ihre Mutter humpelte zu einem Baum und streckte sich nach ein paar Orangen aus, damit sie alle wieder etwas Zucker ins Blut bekamen. Die Tochter des alten Televantos bat gerade die anderen Flüchtlinge um etwas Wasser, als Elpida entsetzt aufschrie. Praxi eilte sofort zu ihr. Yiannis lag zusammengekrümmt und blutend im Kofferraum. Seine Brust hob und senkte sich in raschen, gequälten Atemzügen. Seine Lider flackerten vor Schmerz, und sein Blick flehte Praxi um Hilfe an.

»O Gott, Yiannis. O gütiger Gott …« Sie zog ihn aus dem

Wagen und wies Elpida an, seine Füße zu nehmen. Yiannis versuchte etwas zu sagen, besaß aber nicht mehr die Kraft dazu.

»Hol Hilfe!«, befahl Praxi ihrer Tochter, bevor sie sich an Elena wandte. »Mamma, ich brauche Wasser!«

Die beiden eilten davon, und Praxi legte den Kopf ihres Ehemannes behutsam in ihren Schoß. Sie wischte ihm mit ihrem Rock das Blut vom Gesicht. Er war bleich und zitterte trotz der sengenden Hitze am ganzen Leib.

»O Yiannis«, sagte Praxi zärtlich und wiegte ihn sanft. »Mein armer Yiannis. Hab keine Angst, mein Lieber, Hilfe ist schon unterwegs.«

An Stelle einer Antwort griff Yiannis nach der Hand seiner Frau.

»Möge Gott mir vergeben«, flüsterte sie in sein Haar. »Ich habe dir so oft den Tod gewünscht. Aber, Yiannis, ich schwöre dir, ich wollte dich niemals in solch einem Zustand sehen. Niemals. Nicht einmal, als ich Apfelkerne gesammelt habe, um dich zu vergiften, und mir mehrmals am Tag vorstellte, die Türken würden dich erschießen. Und hier liegst du nun, mit einer türkischen Kugel in deiner Brust, und ich halte es nicht aus, wirklich, ich ertrage es nicht.« Praxi brach in Tränen aus, überwältigt von einer sehr realen und völlig unerwarteten Trauer. Als Elpida, gefolgt von einem Mann mit Verbandskasten, zurückkehrte, hatte der einzige Vater, den sie je gekannt hatte, bereits seinen letzten Atemzug getan, und seine Augen standen weit offen vor Fassungslosigkeit.

Kyriakos sah aus wie eine wandelnde Leiche. Seit er seine Frau und ihr Baby bei Verwandten im Süden in Sicherheit gebracht hatte, hatte er kein Auge mehr zugetan, und vor Angst und Hunger war sein Blutzuckerspiegel so niedrig, dass seine Hände unaufhörlich zitterten. Er führte Michalakis in sein Büro und entschuldigte sich überflüssigerweise für seine längere Abwesenheit. Geduldig wartete Michalakis ab, bis sein Freund sich gesammelt hatte.

»Es ist schlimmer, als du dir vorstellen kannst.« Kyriakos seufzte tief, während Michalakis sein Notizbuch hervorholte. »Es wurde hart gekampft. Wir haben kleine Siege errungen, und die türkischen Zyprer in Pafos und Lemesos haben sich ergeben, aber Keryneia ist gefallen. Heute Morgen haben die Türken den Brückenkopf erreicht und ihre Kampfpanzer entladen. Unsere Streitkräfte konnten nichts dagegen ausrichten. Sie mussten sich zurückziehen. Sie hatten einfach keine andere Wahl.«

Das Telefon auf dem Schreibtisch des Politikers gab ein dringliches Rasseln von sich. Zwei Sekunden, nachdem es aufgehört hatte, erschien Kyriakos' Sekretärin im Raum. Ihr verkniffener Gesichtsausdruck machte das Gewicht der Verantwortung deutlich, das auf ihr lastete.

»Glafkos Clerides ist am Apparat«, flüsterte sie.

Michalakis stand auf und bedankte sich wortlos, während Kyriakos rasch nach dem Telefon griff. Er machte sich eilig auf den Weg zum Redaktionsbüro der *Stimme*, die nach den Berichten von der Invasion begnadigt worden war. Am Eingang musste er sich vor Übelkeit erst einmal an der Wand abstützen. Kyriakos hatte nicht versucht, den Schock abzumildern: Keryneia war gefallen. Und er hatte noch nichts von seinen Brüdern gehört. Mitten in der Nacht hatte Yianoulla mit ihren zwei jüngsten Söhnen vor seiner Tür gestanden. Sie waren mit dem Bus gekommen, während Christakis und die beiden älteren Jungs zurückgeblieben waren, um ihren Laden und ihre Insel zu verteidigen. Bei dieser Nachricht hatte Georgios mit der Faust auf den Esstisch geschlagen, und Dhespina war ganz still geworden. Sie hatte der Familie ihres ältesten Sohnes das letzte freie Bett im Haus von Michalakis und Maria bereitet und bis zum Tagesanbruch bei ihnen gewacht.

»Die Jungs werden bald hier sein«, hatte Dhespina beim Frühstück trotzig behauptet, und niemand hatte es gewagt, ihr zu widersprechen.

Nun aber musste Michalakis ihr erklären, dass Keryneia eingenommen worden war. Jemand legte ihm sanft die Hand auf die Schulter. Es war sein Herausgeber.

»Komm, Michalakis, wir müssen eine Zeitung herausbringen.« Er zündete sich eine Zigarette an und ging die Treppe hinauf. Michalakis folgte ihm, da er nicht wusste, was er sonst tun sollte.

In der Redaktion rissen die Reporter Blätter aus ihren Schreibmaschinen und übergaben sie dem Herausgeber. An Michalakis' Schreibtisch saß ein junger Volontär, der versuchte, die Sätze, die ein Mitarbeiter ihm durchs Telefon entgegenbrüllte, richtig aufzuschreiben. Der Jugendliche wurde immer nervöser, während er sich bemühte, seine Fehler zu korrigieren und sich gleichzeitig zu entschuldigen. Michalakis drängte den Jungen sacht, seinen Platz zu räumen, und nahm ihm den Telefonhörer aus der Hand.

»Hier ist Michalakis«, informierte er den Reporter am anderen Ende der Leitung. »Fang noch mal von vorn an.«

»Grüß dich, Michalakis. Hier ist Yiannakis. Bereit?«

»Bereit.«

»Zyprische Streitkräfte, unterstützt von zweihundert griechischen Kommandosoldaten, konnten bislang die Versuche der Türken abwehren, den Flughafen von Lefkosia einzunehmen. Punkt, neuer Absatz. Es kam zu heftigen Gefechten, und beide Seiten haben schwere Verluste gemeldet. Punkt, neuer Absatz. Unterdessen haben die Briten an diesem zweiten Tag der illegalen türkischen Invasion einen Waffenstillstand vereinbart, damit sie die viertausend in der Stadt festsitzenden Ausländer evakuieren können. Punkt, neuer Absatz. Sie haben die Stadt in Tausenden Lastwagen, Bussen und Autos verlassen, die mit dem Union Jack behängt waren. Punkt, neuer Absatz. Griechisch-zyprischen Zivilisten wurde keine solche Erlösung zuteil, und sie verlieren weiterhin ihr Leben unter dem Amoklauf der Türken. Punkt. Ende.«

Michalakis dankte dem Reporter für seine Geduld und übergab den getippten Bericht an den Volontär, der ihn an den

Nachrichtentisch bringen sollte. Hinter ihm übersetzte Sotiris dem Herausgeber gerade die letzte Bekanntmachung von Radio Bayrak.

»Sie sagen, die Nationalgarde habe türkische Zyprer aus Dörfern und Stadtteilen von Larnaka, Pafos und Ammochostos vertrieben«, enthüllte Sotiris. »Sie behaupten, dass Flüchtlinge als Geiseln genommen und Frauen und Kinder erschossen wurden.«

»Was ist mit unseren Frauen und Kindern?«, fragte Tassos wütend. Der Herausgeber schenkte dem Kriminalreporter keine Beachtung und bat Sotiris, fortzufahren.

»Der türkische Premier verkündet: ›Dies ist keine Invasion, sondern die Maßnahme gegen eine Invasion. Dies ist kein militärischer Angriff, sondern die Reaktion auf einen Angriff. Dieser Friedenseinsatz wird einen Schlusspunkt unter das dunkelste Kapitel in der Geschichte Zyperns setzen.‹«

»Blödsinn!«, schrie Tassos erneut. Neben ihm klingelte Michalakis' Telefon. Kyriakos war am Apparat.

»Ich habe ein paar Aufmacher für dich«, versprach er. Michalakis zückte seinen Bleistift. »Der erste ist Napalm. Es heißt, die Türken haben Napalm über Dörfern im Norden und auf Flüchtlinge abgeworfen. Zweitens hört man, die Türkei wolle ihre Angriffe fortsetzen, bis sie die Nordhälfte der Insel in ihre Gewalt gebracht hat, Keryneia, Teile von Lefkosia und Ammochostos eingeschlossen.«

»*Taksim*«, brachte Michalakis hervor.

»Du sagst es. Du hörst von mir, sobald ich mehr weiß.«

Michalakis bedankte sich ein weiteres Mal bei Kyriakos und tippte seinen Artikel. Als er nach Mitternacht zu Hause ankam, waren seine Eltern und Yianoulla noch wach und warteten auf ihn. Er schüttelte den Kopf als Antwort auf die Frage, die er in ihren Augen las. Seine Mutter nickte und berichtete ihm, dass Marias Mutter und Vater sicher eingetroffen waren und nun in seinem Bett lagen, während Maria sich neben sie auf den Fußboden gelegt hatte. Michalakis freute sich für seine Frau und hatte plötzlich das Bedürfnis, ihr das zu sagen.

Als er am nächsten Morgen ins Büro kam, wartete Praxi im Vorraum auf ihn. Michalakis führte sie in eins der Besprechungszimmer und bat die Empfangssekretärin, ihnen Kaffee zu bringen. Er konnte ihr die Wahrheit nicht verschweigen und schilderte ihr, was er wusste. Praxi brach in Tränen aus. Schluchzend erzählte sie schließlich ihre Geschichte: Sie begann mit einem Kuss von Loukis und endete, nach einem Reifenwechsel in Myrtou, mit der Fahrt nach Pissouri und der in ein altes Bettlaken gewickelten Leiche ihres Mannes im Kofferraum.

»Irene hat darauf bestanden, dass wir bei ihr bleiben, was sehr freundlich von ihr ist«, erklärte Praxi.

»Irene?«

»Die Tochter von Herrn Televantos.«

Michalakis stimmte zu, dass es tatsächlich sehr freundlich von Irene war, bot ihr aber trotzdem den letzten freien Platz auf dem Fußboden seines eigenen Hauses an. Praxi schüttelte den Kopf und sagte, sie würden bleiben, wo sie waren, bis Loukis auftauchte. Sie gab ihm eine Telefonnummer in Pissouri und sagte, dass sie am nächsten Tag wieder in sein Büro kommen werde, wenn er nichts dagegen hätte – nur für alle Fälle.

»Wenn du irgendetwas brauchst …«, sagte Michalakis, als er sie die Treppe hinunterführte.

»Ich brauche nur Loukis«, beharrte sie und überließ ihn seiner Arbeit.

In der Redaktion schwirrten Neuigkeiten über Nikos Sampsons Abdankung durch den Raum. Der »Präsident« hatte sein Amt um vier Uhr morgens niedergelegt. Wenige Stunden später wurde der Zusammenbruch der griechischen Militärregierung gemeldet, und die Türkei stimmte einem Waffenstillstand zu.

Zehn Tage nach der Invasion wurden Friedensgespräche in Genf einberufen, zu denen die Außenminister Griechenlands, der Türkei und Großbritanniens erschienen. Kein zyprischer

Vertreter war anwesend, was Georgios dazu bewog, den Prozess als Betrug zu verdammen.

»Eine Autopsie ohne Leiche, die von den Mördern selbst vorgenommen wird«, brummte er.

Herr Germanos räumte ein, dass er damit nicht ganz unrecht hätte, doch Marias Mutter zuckte ob der Anstößigkeit des Vergleichs zusammen. Trotz seiner geäußerten Skepsis betete Georgios insgeheim, die Diplomaten möchten eine Lösung ausarbeiten. Er war es leid, im Haus seines Sohnes wie eine Sardine in der Dose zu leben. Er wollte nach Hause. Und vor allen Dingen wollte er seine Jungs finden.

Dieses lähmende Eingesperrtsein machte ihn noch wahnsinnig. Er erhob sich vom Esstisch und ging ans Fenster. Draußen auf dem Bordstein hielt seine Frau tröstend Praxi im Arm. Jeden Morgen kam Praxi in der Hoffnung auf eine Nachricht von Loukis in die Hauptstadt, und jeden Abend kehrte sie mit leeren Händen in ihr temporäres Zuhause zurück. Sie hatte abgenommen, und statt bunter Kleider trug sie nun das Schwarz der Trauer.

»Kannst du ihn noch spüren?«, wollte Praxi von Dhespina wissen.

»Ja«, antwortete seine Mutter, aber es klang wie eine Lüge. Möge Gott ihr beistehen, aber seit dem ersten Tag der Invasion hatte der Tod ihr seine Hand drohend an den Hals gelegt. Die Stille, die aus dem Norden drang, war ohrenbetäubend. Es gab weder Nachricht von Christakis noch von Loukis oder ihrer Schwester Lenya. Dhespina wusste nicht, wie lange sie noch gegen die Sorgen würde ankämpfen können, die sich in ihr immer mehr ausbreiteten. Doch sie würde bis zu ihrem letzten Atemzug nicht aufhören zu hoffen. Was ihr die Türken auch nahmen, sei es ihr Haus, ihre Würde oder ihr Leben, sie würden ihr nicht Loukis nehmen, und sie würden ihr nicht Christakis nehmen. Ihre Söhne würden einen Weg finden. Sie würden zu ihr zurückkommen.

Während die Friedensgespräche weitergingen, stationierte die Türkei immer mehr Soldaten und Panzer auf der Insel und zog so die Schlinge um den Norden immer enger zu. Unter dem Deckmantel des Waffenstillstands breiteten sich ihre Truppen immer weiter über den Gebietsstreifen hinaus aus, den sie bereits besetzt hielten. Unter dem Gewicht der Zerstörung versank Aphrodites Insel im Elend.

Am ersten Morgen der Invasion waren Lenya und ihre jüngste Tochter vom Lärm des Geschützfeuers und der Panik der Dorfbewohner aus dem Haus getrieben worden. Türkische Stiefel marschierten über zyprische Erde, Nachbarn schrien sich gegenseitig zu, dass man die Flucht ergreifen müsse. Lenya konnte dem Schrecken, den alle um sie herum verspürten, den Geschichten von blutigen Morden und Vergewaltigungen nichts entgegensetzen und griff nach Erados kleiner Hand, um mit ihr dem allen zu entkommen. Während sie davonrannte, hatte Lenya das Gefühl, ihr Herz werde vor Scham zerdrückt. Aber Erado war erst sechs Jahre alt, sie musste von ihrer Mutter beschützt werden. Irgendwo war Andreas bei Niki, und sie glaubte daran, dass die beiden schon vor ihnen geflohen waren – zu zweit waren sie sicher.

Sie musste nur Geduld haben, bald würden sie sich in den Armen liegen. Wenn Lenya sich in diesem Zelt umschaute und die verwitwete Frau sah, die auf dem Feldbett neben ihnen saß, und den apathischen alten Mann, der sich den Erinnerungen an seine Söhne hingab, wusste sie, dass sie Glück gehabt hatten. Doch wenn sie dann auf ihre jüngste Tochter blickte, fand sie keine Worte, um zu erklären, weshalb.

Seit dem Tag ihrer Ankunft im Flüchtlingslager war Lenya über die verbrannte Erde gelaufen und hatte laut über das Wehklagen der Vertriebenen hinweg nach ihrer ersten Tochter und ihrem Ehemann gerufen. Sie hatte die Blicke der Kinder gemieden, die das Ödland mit vor Schreck geweiteten Augen durchstreiften. Sie war umgeben von Witwen und Waisen, von Eltern, die ihre Kinder verloren hatten, und Menschen, welche die schlechten Nachrichten nur noch nicht empfangen hatten. Ab und zu kamen Fernsehteams, um das Leid einzufangen; Mitarbeiter des Roten Kreuzes nahmen die Namen der Flüchtlinge auf und suchten nach den Namen anderer auf ihren Listen. Als die Sonne hoch am Himmel stand, gab Lenya die Suche vorübergehend auf und reihte sich in die Schlange der zerlumpten Gestalten ein, die auf das Essen warteten, das in Plastikbehälter und Eimer geschüttet wurde. Für Frauen, die ihr ganzes Leben damit zugebracht hatten, ihre Familien aus der Küche heraus zu behüten, war dies eine grausame Demütigung, und Lenya hätte sich am liebsten auf die Knie fallen lassen und um Erbarmen gerufen, wenn sich nicht alle anderen in derselben Lage befunden hätten.

Über drei Wochen nach der Invasion setzten sich endlich auch Vertreter der griechischen und der türkischen Gemeinschaft mit an den Verhandlungstisch in Genf, wo sie die Gelegenheit nutzten, sich gegenseitig mit Anschuldigungen über Gräueltaten und Geiselnahmen zu überhäufen. Während die Gespräche nur äußerst zäh vorankamen, brachen die türkischen Truppen von ihrem Brückenkopf aus auf und rückten nach Osten, Westen und Süden vor. Der türkische Außenminister erklärte daraufhin gegenüber Reportern: »Die Diplomatie schweigt, nun sprechen die Waffen.«

Vom Morgengrauen an fegten türkische F-4-Phantom-Jets über Zypern. Sie konzentrierten ihre Angriffe auf Lefkosia und Ammochostos. Mehr als dreihundert Panzer rollten von Keryneia aus gen Süden und nahmen Mia Milea, Kythrea und Chatos ein. Gedeckt von unaufhörlichen Luftangriffen, Seebombardements und Artilleriefeuer, bewegten die Türken ihre Streitkräfte so, dass sie das nördliche Drittel vom Rest der Insel abschnitten. Bis zum Mittag wurden die griechisch-zyprischen Truppen aus der Hauptstadt sowie aus Ammochostos abgezogen, nachdem Panzer Lücken in ihre Verteidigung geschossen hatten. Immer mehr Häuser und Fabriken brannten, je tiefer die Türken in den Süden vorstießen. Riesige Rauchwolken stiegen über der Insel auf, und mit Matratzen und Koffern beladene Autos reihten sich in zehn Kilometer langen Schlangen vor der Militärbasis Dhekelia, wo immer mehr Flüchtlinge Schutz suchten. Die Türken rückten erbarmungslos weiter vor: Ihre Kampfflieger warfen 200-Kilo-Bomben über Stellungen der Nationalgarde ab, nachts nahmen ihre Kriegsschiffe die Küstenstädte unter Beschuss. Innerhalb von zwei Tagen war die Insel verbrannt und lag in Trümmern. Unkontrolliert schrie Dhespina sich ihre Wut aus dem Leib.

Wochenlang war sie ruhig geblieben im Angesicht der Katastrophe, die über sie hereingebrochen war. Sie hatte gewartet, sie hatte gebetet, sie hatte aus dem Fenster gesehen. Doch nun verzehrte der Krieg alles, jede Hoffnung auf Rückkehr und auf ein Entkommen wurde Lügen gestraft. Und so zerschmetterte sie alles, was sie in die Finger bekam, um ihrem Zorn und ihrer Verzweiflung Luft zu machen. Während Georgios sich bemühte, sie zu bändigen, raufte sie sich die Haare, griff nach einer verzierten Teekanne, schleuderte sie gegen die Wand und verfehlte dabei Frau Germanos' Kopf nur knapp. Maria sprang instinktiv auf und gab ihrer Schwiegermutter eine Ohrfeige. Michalakis' Reaktion darauf war eine brennende Replik auf die rechte Wange seiner Frau. Alle schwiegen fassungslos, und Dhespina hörte auf zu toben.

Sekunden später kamen die Tränen. Auf den Fersen vor- und zurückwippend begann sie ihre Totenklage. Was hatten ihre Söhne denn getan? Der eine war Tischler, der andere arbeitete auf dem Feld. Sie waren gute Männer mit guten Herzen, sie hatten es verdient, zu leben und bei denen zu sein, die sie liebten und die sie so sehr vermissten. Aber in diesem kleinen Haus, das nicht ihr eigenes war, wusste sie nicht, an wen sie sich richten, mit wem sie verhandeln sollte. Sie hatte keine Möglichkeit, ihre Familie zu schützen, und als ihr Leid ihr den Atem zu nehmen drohte, öffnete sie den Mund und heulte wie ein Wolf. Sie durchbrach die Stille, die sie wie einen Schleier getragen hatte, und durchriss den Stoff der gescheiterten Vernunft. Dhespina heulte, weil sie nichts anderes tun konnte, und diesmal versuchte keiner, sie daran zu hindern.

Als der Anfall seiner Mutter vorüber war, rief Michalakis einen Arzt an, der Ruhe verordnete und Schlaftabletten verschrieb. Der Mann versprach außerdem, das Rote Kreuz zu kontaktieren – dort konnte man etwas über den Verbleib seiner Brüder wissen. Tausende waren von Flüchtlingslagern, Krankenhäusern oder Gefängnissen auf dem türkischen Festland verschluckt worden. Er würde die immer länger werdenden Namenslisten durchsehen, versprach er, und Michalakis dankte ihm.

Als Andreas aus dem Koma aufwachte, saß Lenya an seinem Bett und hielt sanft seine Hand. Mitarbeiter des Roten Kreuzes waren in der Lage gewesen, seine Frau aufzuspüren, und hatten sie zu ihm geführt. Während sie gemeinsam um die Tochter trauerten, die sie verloren hatten, saß Erado still neben ihnen und versuchte zu begreifen, wie eine Schwester so einfach verschwinden konnte.

Tags darauf verkündete Ankara einen erneuten Waffenstillstand, der Feldzug war offiziell beendet. Zypern war geteilt, und die Türken besetzten ein Drittel der Insel von Ammochostos bis Kato Pyrgos und hatten ein Drittel der Bevölkerung vertrieben. Als die Grenze festgelegt wurde, blieben Tausende vermisst – unter ihnen Loukis und Christakis.

Zwei weitere lange Monate vergingen, bis einer von ihnen zurückkehrte.

Dritter Teil
Pissouri, 2007

Es ist die größte Katastrophe des griechischen Volkes seit der Katastrophe in Kleinasien von 1922. Wir haben etwa 6500 Opfer zu beklagen: 3500 sind tot, 3000 vermisst. Ich bezweifle, dass von Letzteren mehr als ein paar überleben werden. Nach unseren Informationen sind die meisten Vermissten kaltblütig erschossen worden. Wenn wir uns mit anderen Staaten vergleichen würden, wären die Opferzahlen im Verhältnis folgende: etwa 2800000 für die Vereinigten Staaten, über 700000 für England und Frankreich, mehr als 3000000 für die Sowjetunion und rund 120000 für Griechenland.«

Erzbischof Makarios III., 1974

25

Die Engländerin beriet sich nun schon seit fast zwanzig Minuten kichernd mit ihrem Mann, und Praxi verlor allmählich die Geduld. Wie lange konnte man sich denn, bitteschön, über eine kleine Figur mit einem gigantischen Penis unterhalten? Mit gekünstelter Scham trug die Frau die Figur schließlich zur Ladenkasse. Ihre scheinbare Verlegenheit hielt sie jedoch nicht davon ab, um den Preis zu feilschen, kühn behauptete sie, die »unanständigen Statuen« im Andenkenladen um die Ecke seien viel billiger. Praxi erklärte ruhig, dass die Souvenirs in ebenjenem Geschäft hauptsächlich aus Plastik bestünden, wohingegen in ihrem Laden alles aus feinstem Holz handgearbeitet war.

»Der kleine Kerl hier hat in der Tat ein recht beeindruckendes Stück Holz«, scherzte ihr Ehemann, und Praxi tat, als hörte sie eine solch geistreiche Bemerkung zum allerersten Mal. Als das Paar gegangen war, ließ sie die Rollläden herunter.

Bevor sie die Ladentür zuschloss, ließ sie ihren Blick noch einmal über die Sammlung von Obstschalen, Schnitzereien, Schmuckkästchen, Bänken und Schatztruhen schweifen, die Marios und seine Neffen in ihrer Werkstatt in Lemesos liebevoll gefertigt hatten. Für das Möbelgeschäft in Lefkosia schufen sie die größeren, wertvolleren Gegenstände. Der Familienbetrieb hatte klein angefangen, sich aber dank Carinas Geschäftstüchtigkeit und einem großzügigen Darlehen ihrer Eltern zu einem florierenden und angesehenen Unternehmen entwickelt. Christakis wäre über alle Maßen stolz gewesen.

Praxi schaute auf ihre Armbanduhr. Es war sieben Uhr abends und damit später, als sie geplant hatte. Sie lehnte die Tafel gegen die Wand und hastete über das Kopfsteinpflaster der kleinen Gasse, vorbei an Tavernen, in denen sich Menschen mit sonnenverbrannten Körpern tummelten, bis sie die überfüllte Straße erreichte. Dort hatten die jüngeren Leute bereits mit dem Singen begonnen.

Praxi empfand die Touristen als lästig und noch dazu als unpassend gekleidet. Dennoch musste sie zugeben, dass sie die Republik gerettet hatten. Nachdem die Türken ihre Stiefel in den Norden gerammt und sich auf diese Weise zwei Drittel des bebauten Landes und sechzig Prozent der Wasservorräte, Minen und Bergwerke unrechtmäßig angeeignet hatten, hatte sich die rechtmäßige Regierung den Urlaubern zugewandt. Die Risse der Verzweiflung wurden mit Plakaten der barbusigen Aphrodite über dem kristallklaren Mittelmeer zugekleistert, um Ausländer ins Land zu locken. Bis Mitte der achtziger Jahre waren Hunderte Wohnblocks, Restaurants, Bars und Hotels aus dem Boden geschossen, um dem Zustrom an Brieftaschen gerecht zu werden. Und der Süden gedieh.

Auch wenn Praxi wie alle anderen dankbar war für diese Lebensader, erschien es ihr doch auch befremdlich, dass die meisten Besucher Briten waren. Sie fragte sich, ob sich dahinter eine erstaunliche Bereitschaft zur Vergebung verbarg, eine kollektive Amnesie oder einfach nur eine Unkenntnis der Geschichte. Keiner der Gründe wäre nachvollziehbar für sie gewesen. Griechen kannten ihre Geschichte wie ihre Westentasche.

Wir vergessen nicht.

Als ihr Volk vor gut dreiunddreißig Jahren alles verloren hatte, kampierten die Menschen in den Häusern von Verwandten oder Freunden, in öffentlichen Gebäuden, Kirchen, Klöstern, Hütten, Zelten oder auf der Straße. Kleinere Orte wuchsen auf doppelte oder dreifache Größe an. Hilfsorganisationen flogen Nahrungsmittel und Medikamente ein. Die Spur menschlichen Elends, die von Norden heruntersickerte, verschlug einem den Atem. Flüchtlinge aus den Dörfern wurden kaltblütig hingerichtet, Männer wurden mit Kindern im Arm erschossen. Die Opfer verschwanden in Massengräbern. Soldaten, Schafhirten, Maurer, Klempner, Altersschwache, Einfältige – niemand blieb verschont. Die Gefangenen, die überlebten, wurden mit Fäusten, Füßen und elektrisch geladenen Knüppeln bearbeitet. Auf nackter Haut wurden Zigaretten ausgedrückt, Körper mit Messerstichen traktiert und mit Benzin übergossen. Gruppenvergewaltigungen zerstörten das Leben vieler Frauen – junger und alter, schwangerer und behinderter –, und als diese ihre Schande in den Süden schleppten, änderte die Regierung das Abtreibungsrecht.

Einen Monat, nachdem der Norden verloren war, schlängelte sich eine Buskolonne durch Lefkosia. Sie brachte Kriegsgefangene nach Hause, und es schien, als hätte sich der gesamte griechische Teil Zyperns versammelt, um sie zu empfangen. Die Busse kamen schnaufend zum Halten, und Praxi hielt Dhespinas und Yianoullas Hände fest umklammert.

»Kommt schon, kommt schon, kommt schon«, flüsterte Dhespina in ihr Taschentuch.

Einer nach dem anderen stiegen die Männer aus, die von den Türken nach Adana ins Gefängnis verschifft worden waren, verwirrt und überwältigt von der Freiheit und der Menschenmenge, die sich zu ihrer Begrüßung eingefunden hatte. Als der vierte Bus seine Türen mit einem mechanischen Seufzen öffnete, warf Dhespina ihre Arme in die Luft und drängte sich gewaltsam durch die Masse nach vorn, um zu ihm zu gelangen.

»Mein Sohn! Lasst mich durch. Mein Sohn ist gekommen!«

Andere wartende Familien machten sogleich Platz, da sie Dhespinas Freude in all ihrem Neid und Elend nachempfinden konnten. Als Dhespina die freie Stelle vor dem Bus erreicht hatte, warf sie sich ihrem Jungen in die Arme, und er hob sie hoch in die Luft.

»Mamma …«

Christakis drückte Dhespina fest an sich. Hinter ihm stürmten seine beiden Söhne aus dem Bus auf ihre eigene Mutter zu, die sich ihren Weg durchs Gewimmel bahnte.

Praxi nahm eine Tomate und den letzten Rest Schinken aus dem Kühlschrank. Sie gab ein wenig Salz und einen Spritzer Olivenol dazu und trug ihr Abendessen zusammen mit einem kleinen Glas Wein auf die Veranda. Eine warme Brise wehte träge vom Meer herauf und umspielte den Saum ihres schwarzen Rocks. Sie fühlte sich an früher erinnert, an ihre Heimat.

Ein paar wenige Freuden des Lebens hatte Praxi sich dankbar bewahrt, und der Blick aufs Meer war eine davon. Auch wenn sie sich in ihrem Alter zu sehr schämte, um noch in den Wellen zu tanzen, rührte deren Schönheit sie nach wie vor tief in der Seele. Das Land und seine hässlichen Probleme mochten ihre Entschlossenheit ins Wanken bringen, aber das Meer enttäuschte sie nie. Es war Leben, Seele, Energie und Freiheit. Praxi konnte nicht verstehen, wie Dhespina und ihre Familie es so lange fern vom salzigen Hauch der Küste ausgehalten hatten. Es musste ein täglicher Kampf zwischen Hoffnung und Wirklichkeit gewesen sein. Als sie dem Ruf der Küste schließlich doch nachgaben, war Georgios leider schon verstorben. Sein krankes Herz versagte zwei Monate, bevor sie nach Lemesos zogen, und Dhespina blieb voller Schuldgefühle zurück. Sie machte sich Vorwürfe, die verschmutzte Stadtluft nicht eher verlassen zu haben. Georgios war dem Tod seit Jahren nah gewesen, und alle hatten darauf gewartet, dass die Heimat sie endlich zurückrief. Nachdem die Waffen schwiegen, standen Tausende Koffer griffbereit vor Haustüren und Zelteingängen. Erwartung lag in der Luft. Es war nur noch eine Frage der Zeit, da waren sich alle sicher. Als dann aus Wochen Monate wurden, schob man die Koffer wortlos unter die Betten. Und als Monate sich schließlich in Jahre verwandelten, räumte man sie endgültig beiseite. Von nun an blieben sie versteckt, aber nicht vergessen.

Wir vergessen nicht.

Ohne Geld und ohne Aussicht auf ein Einkommen vergingen Jahre, bevor Praxi ihre eigenen vier Wände bezog. Die Zweizimmerwohnung war ein Geschenk der Regierung. Es war nicht so, wie sie es von früher kannte, aber es war besser als das, womit sie sich in der Zwischenzeit hatte zufriedengeben müssen. Sie wusste natürlich, dass sie sich glücklich schätzen konnte: Noch heute wurden ihre Augen feucht vor Dankbarkeit, wenn sie daran dachte, wie Irene, die Tochter des alten Televantos, sich um sie gekümmert hatte.

In den ersten schrecklichen Monaten hatten Praxi, Elena und Elpida im Schlafzimmer von Irenes Kindern gesessen und auf ihre Abreise gewartet. Als klar wurde, dass Keryneia für sie verloren war und sie offiziell als »vertrieben« galten, hatte Irenes Ehemann den Schuppen ausgeräumt und so bequem wie möglich eingerichtet, bis eine andere Lösung gefunden war. Im Laufe der Jahre erlaubten Beihilfen der Regierung die Anschaffung einer Küchenzeile und eines Badezimmers, doch ihr Zuhause blieb ein Schuppen, in dem sie beengt lebten, bis Elpida schließlich das Nest verließ und zu Jason nach England davonflatterte. Natürlich folgten Praxi und Elena ihr, aber sie hatten Rückflugtickets in ihren Handtaschen, und es hielt sie gerade einmal zwei Wochen unter dem grauen, freudlosen Himmel dieses Landes.

»Kein Wunder, dass sie es auf unsere Insel abgesehen hatten«, brummte Elena, als der fünfte Regentag in Folge jede Ferienlaune dämpfte, die sie verspürt haben mochte. »Hier ist es ja erbärmlich.«

Praxi konnte ihrer Mutter zwar nicht widersprechen, doch kein noch so strahlender Sonnenschein hätte die Trübsal aus ihren Herzen vertreiben können, als sie den glücklichsten Tag in Elpidas Leben feierten. Es war nicht zu leugnen: Die Vereinigung dieses Paares wurde durch eine Trennung überschattet. Weder die Dramatik der Braut noch die behutsamen Überredungskünste ihres frischgebackenen Ehemanns vermochten Praxi und Elena zum Bleiben zu bewegen. Die Frauen weigerten sich schlichtweg, zuzulassen, dass die Türken sie noch weiter von ihrer Heimat fortdrängten, also verbargen sie ihren Kummer und erklärten dem jungen Brautpaar, sie seien zufrieden mit dem, was sie hätten. Selbstverständlich war das gelogen, und daran zweifelte niemand. Sechs Monate, nachdem Praxi die Schlüssel zu ihrem neuen Zuhause überreicht bekommen hatte, verstarb ihre Mutter.

Mit einem müden Seufzer erklärte sie ihrer Tochter: »Es tut mir leid, Praxi *mou*, aber mir gefällt es hier einfach nicht.«

Nach Elenas Beerdigung betete Praxi dafür, dass, auch wenn die Knochen ihrer Mutter »hier« feststecken mochten, ihre Seele von »dort« aus den Weg in den Himmel angetreten hatte.

Im Jahr darauf fand Praxi sich erneut auf einer Beerdigung wieder, nachdem Christakis zu ihrer aller Entsetzen in seiner Werkstatt zusammengebrochen war. Die Ärzte taten alles, um ihn zu retten – vergeblich. Yianoulla wurde zur Witwe. Auch wenn niemand es aussprach, hatten alle das Gefühl, dass die Vergangenheit daran schuld war. Christakis hatte nie von seiner Gefangenschaft geredet, aber seine Erlebnisse hatten ihm einen Schaden zugefügt, der nicht wiedergutzumachen war. Seine große Statur war gebeugt von den Schrecken, die er gesehen und erlitten hatte. Seine Söhne erzählten manchmal etwas von Soldaten, die in doppelten Reihen angestanden hatten, um sie zu schlagen, aber das Einzige, was Christakis jemals verlauten ließ, war, dass ihr Hass groß gewesen sei. Nach einer Weile hatte ihn der Schmerz der Erinnerung umgebracht.

Wir vergessen nicht.

Das Telefon klingelte, es war Michalakis. Praxi setzte sich auf den Stuhl im Flur, da sie sich auf ein längeres Gespräch gefasst machte. Dem Mann fiel es nicht leicht, sich damit abzufinden, dass er seit kurzem in Rente war, und die Häufigkeit seiner Anrufe ließ darauf schließen, dass er sich nach Ablenkung sehnte – und sie war ihm dankbar dafür. Sie hatte im Laufe der Zeit so viele Menschen verloren, dass die Zuwendung derer, die ihr geblieben waren, umso kostbarer wurde.

Während sie das Telefonkabel um ihre Finger wickelte, versicherte Praxi Michalakis, dass es ihr gutgehe. Nein, entschuldigte sie sich, sie werde es nicht schaffen, ihnen dieses Wochenende einen Besuch abzustatten, aber sie bat ihn, dem kleinen Christakis einen Kuss von ihr zu geben. Als sie den Hörer nur fünfzehn Minuten später wieder auflegte, wurde ihre Entschlossenheit von Schuldgefühlen ins Wanken gebracht. Der Geburtstag seines Enkelsohnes würde nach den letzten zwei trüben Monaten ein seltenes Vergnügen für ihn darstellen, doch sie wollte ihre Pläne nicht mehr ändern.

Neben Marios mit seinen vielen mehrsprachigen Nachkommen war Michalakis vielleicht der Glücklichste von ihnen allen. Die Ansichten im Land hatten sich im Laufe der Zeit gewandelt, vielleicht, um die Auswirkung des größeren Leids abzumildern, und die Freiheit der Ehescheidung hatte es Michalakis erlaubt, seine Liebe zu Varnavia zu leben, der Schwester von Savvas, dem Trauzeugen seiner ersten Hochzeit. Varnavia war bei weitem nicht so schön wie Maria, doch sie machte die mangelnde Schönheit mit einem messerscharfen Verstand wett, und Michalakis war schon verloren gewesen, als die Tinte auf seinen Scheidungspapieren kaum getrocknet war. Das Letzte, was Praxi von Maria gehört hatte, war, dass sie in die Vereinigten Staaten gezogen war, um einen Schönheitschirurgen zu heiraten. Sie bekamen keine Kinder, doch alle fünf Jahre entschädigte ihr Ehemann sie dafür mit einem Paar neuer Brüste.

Seit zu Hause keine Begegnung mehr mit Maria drohte, hatte Michalakis gelernt, das Leben außerhalb des Büros zu genießen. Natürlich blieb er der Zeitung verbunden, doch mit der richtigen Gefährtin gelang es ihm, eine gesunde Balance zu finden. 1977, kurz nachdem sein Chef in den Ruhestand gegangen und Erzbischof Makarios gestorben war, wurde er zum Herausgeber der *Stimme* befördert. Es erschien ihm irgendwie passend, dass sein letzter Auftrag als Reporter ihn auf die Beerdigung des Präsidenten führte – war er doch beim letzten Anschlag auf das Leben des Erzbischofs ebenfalls zugegen gewesen.

Erzbischof Makarios III. war der erste Präsident der Republik Zypern gewesen, und neben hundertzweiundachtzig

Würdenträgern aus zweiundfünfzig Ländern begleitete die halbe griechische Bevölkerung der Insel seinen Sarg in einem Trauermarsch zu seiner letzten Ruhestätte. Ärzte entnahmen ihm zwar das Herz, um es auf Gift zu untersuchen, doch Elena wusste es besser: Sie sagte voraus, dass sie es sauber, aber unheilbar gebrochen vorfinden würden. Praxi erwiderte nichts, wusste aber, dass das Unsinn war. Seit dreiunddreißig Jahren war ihr eigenes Herz von Kummer gebrochen. Es war ihre bittere Erfahrung, dass das Herz niemals aufgab, so lange noch ein winziges Fünkchen Hoffnung übrig war: Der Körper lebte weiter. Und vor vier Jahren war es dieser Hauch einer Möglichkeit gewesen, der sie nach Keryneia gelockt hatte.

Nach langen Diskussionen, Verzögerungen und Enttäuschungen war die Grenze im April 2003 geöffnet worden. Zum ersten Mal seit dreißig Jahren konnten die Menschen auf beiden Seiten die jeweils andere bereisen. Als Michalakis seine Mutter, Marios und Praxi zum Grenzübergang in Agios Dometios fuhr, war die Stimmung von Freude, Wut und Trauer zugleich geprägt.

Dhespina, ergraut und vom Alter gebeugt, hielt die Augen weit offen und den Mund geschlossen. Die widersprüchlichsten Gefühle drängten sich ihr auf, und zeitweise fiel ihr das Atmen schwer. Nachdem ihr Pass schließlich den Stempel der Türkischen Republik Nordzyperns trug, fühlte sie sich wie eine Verräterin, als hätte sie im Grunde das Verbrechen legitimiert. Vor ihr weinte ein alter Mann vor Scham. Blind vor Tränen musste er von einer Frau, vermutlich seiner Tochter, zum Wagen zurückgebracht werden.

Hinter der Kontrollstelle steigerte der Anblick der Umgebung Dhespinas Bestürzung nur noch. Auf trockenen gelben Feldern standen reizlose rechteckige Wohnblöcke. Die Straße nach Norden wurde von großen Reklametafeln für Spielcasinos gesäumt. Alte Autos kamen vor antiquierten Ampeln zum Stehen. Armut zog sich über die ausgedörrte Landschaft – und über allem wehten die rotweiße Flagge der Türkei und die Flagge Nordzyperns, auf der nur die Farben umgekehrt waren.

»Die Türken haben uns unser Land genommen, aber sie haben sich nicht darum gekümmert«, bemerkte Praxi mürrisch. Keiner ihrer Mitfahrer erwiderte etwas, doch Marios drückte sanft ihre Hand.

Sie fuhren weiter durch die Berge, die St. Hilarion umgaben, und Michalakis sah mehr aus Gewohnheit denn aus Angst argwöhnisch in Richtung Burg. Er wusste, dass dort schon längst keine Scharfschützen mehr lauerten, aber alte Gewohnheiten lassen sich nur schwer ablegen.

Wir vergessen nicht.

Hinter der Kurve wurde der Wagen von der Weite des blauen Himmels und des glitzernden Meeres empfangen. Dhespina tat einen tiefen Seufzer, aus dem ihre ganze, so lange unterdrückte Sehnsucht sprach. Michalakis trat auf die Bremse, denn auch sein Blick begann zu verschwimmen. Jahrzehntelang hatten sie auf diesen Moment gewartet, und auch wenn die Gebäude sich nun die gesamte Küste entlangzogen und das türkische Straßenschild Girne anzeigte, war es doch immer noch Keryneia, die Perle Zyperns.

Sie fuhren am Hafen vorbei und setzten ihre Reise zu dem Ort fort, auf den der lange Schatten der Burg fiel. Sie bogen rechts von der Hauptstraße ab und erreichten im Schritttempo das Dorf. Es war bemerkenswert, dass alles noch fast genauso aussah wie bei ihrer Abreise, nur kleiner. Wie erwartet, gab es das griechische Kaffeehaus nicht mehr, an seiner Stelle hatte ein Lebensmittelladen aufgemacht. Doch die Bäckerei war noch da, ebenso die Metzgerei. Tatsächlich hatte sich so gut wie nichts verändert, wenn man von den Gesichtern der Leute absah, die nun größtenteils anatolische Züge hatten.

Als der Wagen zum Stehen kam, hielten alle den Atem an. Trotz ihres Alters war es Dhespina, die sich als Erste ein Herz fasste. Vorsichtig stieg sie aus dem Auto und trocknete sich mit einem Taschentuch das Gesicht. Mit einem prüfenden Blick stellte sie fest, dass die Pflanzen mehr durch die Sommerhitze als durch Vernachlässigung ausgetrocknet waren, und sie musste dem Drang widerstehen, einen Eimer Wasser zu suchen und sie zu versorgen. Unsicher folgte sie dem Weg zum Haus. Das Knirschen des Kieses war ihr schmerzlich vertraut, und die Haustür stand offen. Eine adrett und sauber gekleidete Frau hatte ihre Ankunft beobachtet.

»Ich habe Sie erwartet«, sagte sie schlicht. Sie sprach Griechisch, und Dhespina fühlte sich ein wenig erleichtert, dass die neuen Bewohner ihres Hauses ebenfalls von der Insel stammten.

Auch wenn sie ihnen kein Willkommenslächeln schenkte, bat die Frau sie doch herein und lud sie ein, auf Stühlen Platz zu nehmen, die einst ihre eigenen gewesen waren. Dann ließ sie die vier allein und kochte Kaffee in einem Topf, der einmal Dhespina gehört hatte. In einer Ecke stand ein großer Fernseher vor einem hellroten Sofa, und an der Wand bewahrte eine billige Anrichte verziertes Geschirr auf. Alles andere war unverändert geblieben, was den Eindruck des Diebstahls noch verstärkte.

Bei Kaffee und Gebäck fragte die türkische Zyprerin sie nach ihrer Reise und woher sie gekommen waren. Sie selbst war ebenfalls aus ihrer Heimat geflohen und erkannte den Schmerz wieder, den sie in den Augen dieser Menschen las, die nun als Gäste in einem Haus saßen, das einst ihnen gehört hatte. Doch sie entschuldigte sich nicht. Und sie betonte, dass sie nicht vorhabe, dieselbe Pilgerreise gen Süden anzutreten.

»Es gibt Dinge, die man besser hinter sich lässt«, bemerkte sie traurig und verwirrt.

Als ihnen der Gesprächsstoff ausging, ging die Frau zu einem Schrank, aus dem sie eine kleine Kiste holte. Sie überreichte sie Dhespina. In der Kiste befanden sich die Ikonen und Bilder, die ehemals die Wand geschmückt hatten, sowie Michalakis' Zeitungsartikel, säuberlich zusammengefaltet und für den Augenblick aufbewahrt, an dem man sie zurückfordern würde. Zuoberst lag ein Foto von Dhespinas Mutter, es hatte einst die Tür ihres Gartenhäuschens geziert und sie von dort aus behütet. Mit zitternden Fingern ging Dhespina die Sammlung von Erinnerungen durch, bis sie auf ein körniges Foto von Loukis stieß. Es war in Mehmets Olivenhain entstanden, Loukis lächelte darauf ein wenig schief, während er sich mit dem Unterarm den Schweiß von der Stirn wischte. Dhespina hielt es der Frau hin.

»Haben Sie meinen Sohn gesehen?«, fragte sie.

»Haben Sie meinen Vater gesehen?«, gab die Frau zurück.

Die beiden Frauen sahen sich an und erkannten den Irrsinn ihrer Situation im Blick der anderen. Dhespina seufzte und reichte Praxi das Foto. Loukis' Gesicht verschwamm schnell hinter einem Strom von Tränen; er war noch schöner, als sie ihn in Erinnerung hatte.

Als alles gesagt war, was ohne zu beleidigen gesagt werden konnte, dankte die Familie der Frau dafür, dass sie sich Zeit für sie genommen und ihre Erinnerungen aufbewahrt hatte. Wortlos setzten sie ihre Reise fort.

Ein paar hundert Meter entfernt hielten sie vor Mehmets Hof an. Das Haus des alten Mannes war ausgebaut worden, und in einer neuen Einfahrt parkten zwei Autos, während der Traktor neben einem Schuppen vor sich hin rostete. Als sie sich näherten, öffnete sich plötzlich die Tür von Loukis' Haus, und Dhespina geriet ins Straucheln. Doch der Mann, der heraustrat, war nicht einmal zwanzig, viel jünger als Loukis, als sie ihn zum letzten Mal gesehen hatte, außerdem viel kleiner und schmaler. Er rief etwas auf Türkisch. Als er keine Antwort bekam, ging er in Mehmets Haus. Sekunden später trat eine große, ältere Frau zu ihnen heraus.

»Frau Economidou?«, fragte sie, und Dhespina nickte. Die Frau lächelte sie freundlich an.

»Mein Vater war ein Freund Ihrer Familie«, erklärte sie.

Obwohl sie darauf eingestellt gewesen waren, versetzte ihr Gebrauch der Vergangenheitsform allen einen Stich. Praxi ertrug es nicht länger. Zu viel hatte sich verändert, sie hatte das Gefühl, dass die Zeit ihr zwischen den Fingern zerrann. Sie ergriff die Hände der Frau und flehte sie um eine Nachricht von

Loukis an. Verwirrt und sichtlich erschüttert ließ die Frau den Kopf sinken.

»Wir dachten – wir hofften –, dass Sie alle im Süden sind«, brachte sie hervor, bevor Praxi auf dem Absatz kehrtmachte und Michalakis aufforderte, sie an den Hafen zu fahren.

»Es liegt nicht an Ihnen, es ist …«, versuchte Praxi sich zu entschuldigen, doch ihr fehlten die Worte. Als sie sich vom Haus entfernte, strich Dhespina ihr sanft über den Arm.

Michalakis parkte den Wagen ein Stück vom Hafen entfernt. Der Weg vor ihnen war gepflastert und nur für Fußgänger zugänglich.

»Ist schon sinnvoll«, murmelte er.

Doch Praxi befand sich in einem Zustand jenseits von Sinn und Verstand und konnte kaum ein Wort verstehen über dem Blut, das dröhnend durch ihre Adern rauschte.

Sie war so nahe dran, dass die Angst vor der kommenden Enttäuschung ihr die Luft abzuschnüren schien. Isoliert im Süden war es leichter gewesen, sich einzureden, dass Loukis noch am Leben sein könnte, gefangen in einer Welt, der er nicht entkommen konnte, womöglich betäubt von Amnesie oder zum Invaliden gemacht durch eine Verletzung, die er nicht offenbaren wollte. Doch nun, vor dem Fischrestaurant, das einmal ihr Café gewesen war, unter der Sonne, die die tiefen Furchen in ihrem Gesicht erbarmungslos ausleuchtete, inmitten von Menschen, die in der Gegenwart und nicht in der Vergangenheit lebten, erkannte Praxi, dass es nahezu vergebens war. Doch da war noch immer dieses Fünkchen Hoffnung, das sie zu verhöhnen schien. Und so nahm sie das Foto, das Dhespina an sie abgetreten hatte, und hielt es dem Meer aus vorbeiziehenden, gleichgültigen Gesichtern entgegen. Praxi drängte jeden einzelnen Fremden, es sich anzusehen, doch alle wandten rasch ihren Blick ab, sei es aus Verlegenheit oder aus Desinteresse. Manchen entlockte sie mit ihren Bemühungen eine ratlose Entschuldigung, manchen einen wütenden Blick, manche straften sie mit Missachtung. Irgendwann spuckte ein Jugendlicher ihr auf den Arm, und Praxi konnte Michalakis nur mit Mühe zurückhalten. Sie wischte den Hass des jungen Mannes fort, konnte seine Abscheu jedoch verstehen, da sie sie selbst empfand. Und je länger sie ignoriert wurde, desto bleierner lastete ihr Kummer auf ihr, bis sie unter seinem Gewicht zusammenbrach und Michalakis sie zum Auto bringen musste.

Schweigend fuhren sie zurück ins Dorf. Die Sonne neigte sich bereits dem Meer zu, als sie Dhespina und Marios auf dem Friedhof fanden, wo Mutter und Sohn Nicos' vernachlässigtes Grab säuberten. Michalakis schüttelte auf die Fragen seiner Mutter nur den Kopf, und nach einem letzten Gebet nahmen die vier ihre Enttäuschung mit in den Süden, bevor die Grenze geschlossen wurde.

Auf der Heimfahrt reichte Dhespina Praxi einen Brief von Mehmet. Sie hatte ihre Brille nicht dabei, doch sie brannte darauf, die Worte zu hören, die seine Tochter für ihn niedergeschrieben hatte, als er im Sterben lag. Trotz ihrer Erschöpfung faltete Praxi die vergilbten Seiten auseinander und versuchte die ausgebleichte Schrift zu entziffern.

Januar 1975

An Dhespina, Georgios und die Jungs,

während ich hier von Alter und Enttäuschung aufgezehrt liege, bete ich darum, dass Ihr alle in Sicherheit seid. Auch wenn ich Eure Trauer in meinem Herzen fühle, heißt es doch, dass Ihr zurückgekehrt seid, wenn Ihr diesen Brief lest, und das beruhigt mich ein wenig.

Es fällt mir schwer zu glauben, wie viel wir in so kurzer Zeit, die in der langen Geschichte unserer Insel fast nur ein paar Sekunden darstellt, verloren haben. Ich wünsche mir zutiefst, dass in späteren Momenten der Geschichte größere Männer kommen werden als die, die uns bisher gedient haben, und dass sie irgendwie die schrecklichen Fehler unserer Vergangenheit wiedergutmachen. Wie das geschehen soll, kann ich mir nicht vorstellen, ja, ich wage nicht einmal, darauf zu hoffen, auch wenn ich darauf vertraue, dass die Menschlichkeit eines Tages siegen wird.

Ohne Euch – Du, Georgios, in Deiner Werkstatt, Du, Dhespina, in Deinem Gartenhäuschen und die Jungs immer in der Nähe – ist mir, als hätte sich ein Hohlraum in meiner Brust aufgetan, der jedes Zugehörigkeitsgefühl, das ich je besessen habe, verschluckt hat. Ich bin dankbar und traurig zugleich, dass meine eigene Familie nun dieses Loch ausgefüllt hat. Sie sind nach und nach einzeln gekommen, doch alle sind sie vor dem Chaos im Süden geflohen. Ich nehme an, dass ihre Geschichten und die Geschichten meines ganzen Volkes Eure eigenen Geschichten widerspiegeln und dass ich Euch daher nichts von den Morden, Vergewaltigungen und Grausamkeiten berichten muss, denen die türkischen Zyprer ausgesetzt waren. Doch lasst mich Euch nur eine Geschichte von meiner Enkelin erzählen. Es ist nur eine kleine Verletzung innerhalb der großen Verwüstung, die wir erlitten haben, aber das macht sie nicht weniger tragisch. Meine süße Ayşe spielte gerade am Strand, als der Friedenseinsatz losging. Als sie unser Dorf etwa drei Tage später erreichte, trug sie immer noch den Badeanzug, in dem sie geflohen war. Sie ist oder war ein dreizehnjähriges Mädchen, ein hübsches Kind, das bald zur Frau werden würde. Und sie war gezwungen, fast nackt die Flucht anzutreten. Dies wäre wohl für jedes junge Mädchen ein erniedrigendes Erlebnis, doch für ein muslimisches Mädchen wie meine Ayşe war es eine unbeschreibliche Folter. Unbeholfen und verschämt wurde sie in einen Bus gesetzt, und ihre Fahrt in die Sicherheit glich einem Spießrutenlauf. Die Leute warfen ihnen Steine und Beleidigungen hinterher. Die Insassen hatten Angst, nicht mehr lebend herauszukommen. Ich bin dem Mann dankbar, der Ayşes Unschuld mit seinem Hemd schützen wollte, doch sie war noch immer ein kleines Mädchen, das nur mit einem Badeanzug bekleidet war. Bis heute verfolgen sie die Scham und die Angst jener Tage in ihren Träumen, und es fällt mir schwer, nicht zu weinen, wenn ich nachts ihre Schreie höre. Glaubt mir, ich bemühe mich immer, daran zu denken, dass keine Seite das Leid für sich gepachtet hat, aber ich schwöre bei Allah, es ist nicht leicht.

Ihr müsst wissen, dass der Friedenseinsatz uns völlig über-

raschend getroffen hat. Und auch wenn mir bewusst ist, dass Angst und Schrecken die Griechen dazu gebracht haben, sich gegen ihre Nachbarn zu wenden, kann ich es niemals vergeben. Genau darin liegt wohl das Problem. Im Augenblick erkenne ich keinen Weg zur Versöhnung. Euer Feind vom türkischen Festland war unser Retter. Unsere Soldaten kamen, um uns von den Schrecken der Vergangenheit und der Katastrophe einer künftigen griechischen Gewaltherrschaft zu erlösen. Heute fühlen sich die türkischen Zyprer zum ersten Mal seit beinahe zwei Jahrzehnten sicher in ihrem Land. Könnt ihr Euch das Ausmaß der Erleichterung, sogar bei all unserem heutigen Kummer und Leid, auch nur ein wenig vorstellen? Wir vergessen nicht, was wir alles ertragen mussten.

Aber ich schweife vom Thema ab. Dieser Brief soll kein Dokument der Rechtfertigung sein, sondern ein Abschied von Menschen, die so sehr Teil von mir sind wie meine eigene Familie. Ich habe Euch alle gekannt, seit Ihr Kinder wart, und ich habe Euch alle geliebt. Ich bete dafür, dass Ihr glücklich sein werdet und immer in Sicherheit bleibt. Wenn Allah es will, werden wir uns vielleicht im nächsten Leben wiedersehen.

Euer Euch liebender Nachbar und Freund,
Mehmet Kadir

Praxi faltete den Brief zusammen und steckte ihn in einen Umschlag, den sie mit einem Kuss versiegelte. Es wäre einfacher gewesen, ihre Tochter anzurufen, aber sie zog den Aufwand, den das Schreiben bedeutete, und das bleibende Geschenk eines Briefes vor. Wenn Loukis jemals das Gleiche getan hätte, wäre es ihr womöglich nicht so schwer gefallen, ihn all die Jahre lebendig zu erhalten. Auch wenn sie sich alle Mühe gab und bruchstückhafte Bilder und Töne heraufbeschwören konnte, war die Liebe ihres Lebens doch flach geworden: eine zweidimensionale Andeutung des Mannes, der Loukis einst gewesen war. Aus diesem Grund hatte Praxi immer zu Stift und Papier gegriffen. Damit ihre Tochter niemals unter dem Verblassen der Erinnerung leiden müsste.

Wir vergessen nicht.

Als sie den Brief auf dem Fensterbrett ablegte, erhaschte Praxi einen unerwarteten Blick in den Spiegel. Sie war erschrocken und entsetzt. In ihrer Vorstellung besaß sie noch immer die Anmut ihrer Jugend. Sie hatte keine Ahnung, wer diese alte Frau war, die ihr dort entgegenstarrte. Ihr wunderschönes schwarzes Haar war grau geworden, ihre Augen wurden vom Gewicht der faltigen Lider niedergedrückt, und ihre Wangen hingen schlaff herab. Was würde Loukis bloß von ihr halten? Würde er dieses runzlige Wrack von einer Frau noch als sein Leben bezeichnen? Oder würde er seine Abende damit verbringen, sehnsüchtig an Maria und ihre prallen Brüste zu denken, die sich Alter und Schwerkraft widersetzten? Wie konnte sie sich nur so sehr und so schnell verändert haben, wo doch die Jahre so langsam vorübergekrochen waren, als säße sie in der Todeszelle? Wo war Gottes Gnade? Die Welt hatte sich gegen sie verschworen und ihr alles geraubt, selbst ihr Aussehen, und sie fand nicht, dass sie das verdient hatte.

Sie unterdrückte die drohenden Tränen und blies den üblen Geruch der Selbstverhöhnung aus der Nase, drehte den Spiegel gegen die Wand und machte sich daran, die Wohnung zu putzen. Zumindest sollte alles in einem ordentlichen Zustand sein. Daran führte kein Weg vorbei. Als sie fertig war, trug sie die weißen Kieselsteine, die sie aufbewahrt hatte, zum Spülbecken und wusch sie ab. Ihre Tochter hatte sie damals Mondsteine genannt, und Praxi wollte sie am nächsten Tag auf Dhespinas Grab legen, als kleines Geschenk einer Familie, die es nie wirklich gegeben hatte.

Zwei Wochen zuvor war Dhespina, kurz vor ihrem neunzigsten Geburtstag, im Schlaf gestorben. Ihrem Tod war keine Krankheit vorausgegangen, für sie war schlicht der Zeitpunkt des Abschieds gekommen. Sie hatte so viele Jahre damit verbracht, auf Loukis zu warten, und als sie endlich wusste, wo sie ihn finden konnte, hatte sie einfach die Augen geschlossen und war gegangen. Sie verstarb keine vierundzwanzig Stunden, nachdem ihr jüngster Sohn auf einem blütenweißen Laken vor ihr gelegen hatte, Glied für Glied, Rippe für Rippe, Gelenk für Gelenk, vom Schädel bis zu den Fußknochen.

Ein Team von UN-Ermittlern war zu seinem Grab geführt worden. Es war eigentlich nicht mehr als ein Loch, eine scheußliche kleine Grube, die in der Erde unter der Burg St. Hilarion ausgehoben worden und flach genug war, um von einem neugierigen Hund freigelegt zu werden. Neben Loukis lagen dort noch die Überreste zweier weiterer Männer. Alle drei wiesen Einschusslöcher in ihren zertrümmerten Schädeln auf.

Die Ursache war also klar, doch die Umstände ihres Todes waren ein Rätsel und würden es auch für immer bleiben, wenn nicht jemand hervortrat und es auflöste. Praxi versuchte verzweifelt zu glauben, dass Loukis schnell gestorben war, doch sie quälte sich selbst mit so abscheulichen Vorstellungen, dass es ihr den Schlaf raubte. Statt einen Schlussstrich zu ziehen, warf die Entdeckung nur noch mehr Fragen auf. Es würde niemals Antworten geben, niemals Gerechtigkeit oder auch nur den Versuch, die Täter zur Rechenschaft zu ziehen. Den Überlebenden blieben lediglich die Knochen, die Überreste eines geraubten Lebens.

Nachdem das Komitee für Vermisste Personen Dhespina kontaktiert hatte, fuhr Michalakis sie zum provisorischen UN-Labor im alten Flughafen von Lefkosia. Die Experten hatten zehn Monate gebraucht, um die Identität der Überreste festzustellen. Als Michalakis Praxi später die Nachricht überbrachte, musste sie sich für zehn Minuten entschuldigen.

Wir vergessen nicht.

Nachdem sie die Mondsteine auf Dhespinas Grab platziert und ein kurzes Gebet gesagt hatte, nahm Praxi den Bus nach Lemesos, wo sie den Brief an Elpida einwarf. Sie kaufte sich eine kleine Flasche Wasser und stieg in einen zweiten Bus Richtung Hauptstadt. Es war kaum zehn Uhr morgens und doch schon glühend heiß.

Unter dem schwermütigen, steinernen Blick von Dionysios

Solomos stieg Praxi am Platz in der Stadtmitte aus. Sie spürte den Blick des Dichters auf dem ganzen Weg bis ins Niemandsland der Ledrastraße auf sich gerichtet. In ihrer Jugend hatte man diese Straße als Mord-Meile bezeichnet, nachdem bei mehreren Schießereien britische Soldaten ums Leben gekommen waren. Nach der Unabhängigkeit wurde die Straße durch die Grüne Linie zweigeteilt, und etwa die Hälfte wurde von einem der besten Hotels der Insel in Anspruch genommen. Heute war sie nur noch eine Erinnerung an eine unruhige Vergangenheit mit verlassenen und von Einschusslöchern übersäten Gebäuden.

Praxi trat vor und übergab dem Polizisten ihren Pass. Als sie ihn in ihre Handtasche zurücksteckte, rasselten ihre Tabletten in einem Plastikfläschchen. Sie ging weiter auf die Wechselstube zu und kaufte sich danach ein Eis. Sie winkte das erste Taxi herbei, das sie entdeckte, nahm auf der Rückbank Platz und wies den Fahrer an, sie nach Keryneia zu bringen. Als sie losfuhren, kurbelte er das Fenster hinunter, um eine Zigarette zu rauchen, wodurch die Klimaanlage ihrer Wirkung beraubt wurde. Praxi hatte das Gefühl, in der Hitze zu verwelken, und zu ihrer großen Verärgerung hörte der Mann einfach nicht auf zu reden. Er erzählte, dass er aus Bulgarien stammte. Das Leben war hart, er bekam nur wenig Lohn, und er vermisste seine Familie. Praxi nickte, aber ihr war nicht nach einem Gespräch zumute, besonders nicht nach einem, das ihr ein Trinkgeld entlocken sollte. Außerdem hatte sie kein Interesse daran, sich mit einem Ausländer, der kein Griechisch verstand, auf Englisch zu unterhalten. Bei dieser Reise sollte es nur um sie gehen: um ihre Zeit, ihr Volk, ihre Erinnerungen und ihre Sprache. Sie war es leid, dass irgendjemand von außen sich in ihr Leben drängte, und schließlich sagte sie dem Taxifahrer einfach, er solle die Klappe halten.

Als sie ihr Ziel in herrlicher, wenn auch peinlicher Stille erreicht hatten, bat Praxi den Fahrer, anzuhalten. Sie übergab ihm die türkischen Lira, die sie unwillig gegen ihre Zypern-Pfund eingetauscht hatte.

»Soll ich Sie später wieder abholen?«, fragte er.

»Das wird nicht nötig sein«, erwiderte Praxi. Sie sah seine Verwirrung und wiederholte, dass sie allein zurückfinden würde. Als der Wagen abfuhr, richtete sie ihre Aufmerksamkeit auf den gewundenen Pfad, der vor ihr lag, und betete zu Gott, er möge ihr Kraft geben. Der felsige Weg kam ihr unüberwindbar steil vor.

Sie ergriff einen abgebrochenen Ast, auf den sie sich beim Aufstieg auf den Berg stützte. Als sie kaum noch atmen konnte und ihre Lungen wie Feuer brannten, staunte sie darüber, wie stark sie als Mädchen gewesen sein musste. Loukis und sie hatten nur etwa zwanzig Minuten gebraucht, um zu St. Hilarion hinaufzuklettern. Doch nun war sie alt und allein, und es vergingen neunzig Minuten, bis sie die ebene Stelle unter dem Pistazienbaum erreicht hatte, der damals Zeuge ihres ersten Aktes erwachsener Liebe geworden war. Praxi lehnte sich auf ihren Wanderstock und kramte in ihrer Tasche nach dem Wasser, das sie mitgenommen hatte. Die Luft um sie herum war ruhig, und sie sehnte sich nach der Brise, die sie sich vorgestellt hatte.

Sie setzte sich auf die Erde, auf der sie trotz Drehen und Wenden keinen gemütlichen Platz zwischen den harten Steinen fand. Das Gras fühlte sich vertrocknet an, und der alte Baum sah traurig und niedergeschlagen aus. Ohne es zu wollen, begann Praxi zu weinen, da das, was sie vorfand, nicht das war, wonach sie gesucht hatte. Es war anders, als sie es in Erinnerung hatte. Alles schien so hart, so gleichgültig, so grausam – das Gegenteil dessen, was es einst gewesen war.

Während Praxi noch weinte, bemerkte sie eine scheue Bewegung, und als sie den Kopf hob, sah sie ein Kaninchen, das in ihre Richtung blickte.

»Vor nicht allzu langer Zeit hätte Loukis dich getötet und zum Abendessen verspeist«, erklärte Praxi dem Tier. Ihre Worte scheuchten das Kaninchen auf, und sie hörte sein Lachen, das von einer sanften Brise zu ihr getragen wurde. Wie ein vergessener Kuss kitzelte die Erinnerung an ihn ihre Wangen und kühlte ihre Stirn. Sofort schien alles ein wenig leichter, weicher und versöhnlicher. Praxi hob ihre Arme zur Begrüßung, und über ihr seufzten die trockenen Blätter des Pistazienbaumes angesichts des verlorenen Glücks. Praxi wartete darauf, dass Loukis sich im Wind niederließ.

Wir vergessen nicht.

»Ich habe dich mein ganzes Leben lang geliebt«, flüsterte Praxi. »Ich werde dich bis zum Tag meines Todes und auch danach noch lieben, und ich bin hierhergekommen, um dich zu finden und dir das zu sagen, weil ich solche Angst habe, dass es keine andere Möglichkeit dafür geben wird. Ich gehe davon aus, dass wir zusammen sein werden, wenn ich sterbe, Loukis, aber was, wenn ich falsch liege, wie schon so viele Male in der Vergangenheit? Was, wenn es außer dem Hier und Jetzt nichts gibt und uns auf der anderen Seite kein unendliches Leben erwartet? So viel Zeit wurde vergeudet und so viel Schönheit zerstört. Ich kann kaum glauben, dass wir mehr Zeit unseres Lebens getrennt voneinander verbracht haben als zusammen, und ich bereue jede Minute unserer Dummheit. Wenn ich mein Leben noch einmal leben könnte, würde ich unser Kind mit erhobenem Kopf austragen, anstatt die Wahrheit aus Scham zu verbergen. Ich würde auf deine Rückkehr warten und alle Beleidigungen ertragen, die mir die Welt entgegenschleudern würde, da sie mir mit dir an meiner Seite nichts ausmachen würden. Ich schäme mich so sehr für meine Schwäche, die dich fortgejagt und mich dazu gebracht hat, dich zu verleugnen. O Gott, Loukis. Ich habe dich verleugnet! Ausgerechnet dich! Den einzigen Mann, den ich jemals geliebt habe und bei dem ich immer sein wollte. In meinem Herzen spüre ich, dass ich nicht nur für deine Einsamkeit in dieser Welt, sondern auch für deinen Tod verantwortlich bin. Wenn wir unser Leben gemeinsam verbracht hätten, hätten wir unser Haus gemeinsam verlassen und wären jetzt nicht hier, einer von uns voller Reue, der andere ein Geist. Erinnerst du dich an den Nachmittag, als wir hier unsere Flucht planten, weil Yiannis uns nach Griechenland bringen wollte? Ich erinnere mich. Ich erinnere mich gut und denke beinahe täglich daran, weil du mir versprachst, du würdest mich niemals verlassen, dass wir zusammenbleiben würden, bis wir verbrannter Toast wären. So albern es klingt, Loukis, ich glaube, dass du dein Wort gehalten hast. Auch wenn sie dich umgebracht haben, habe ich dich immer an meiner Seite gespürt. Ich konnte einen flüchtigen Blick auf dich erhaschen, wenn ich an einem Spiegel vorbeiging, und ich konnte spüren, dass du im Schatten wartetest. Diese Augenblicke haben mich wirklich sehr getröstet, aber bei Gott, was hätte ich nicht dafür getan, dich nur noch einmal berühren zu können. Loukis, dieses halb gelebte Leben hat mich in Stücke gerissen, dich so nah zu wissen und doch so weit entfernt von dir zu sein. Und ich bin müde. Müder, als ich es je für möglich gehalten hätte. Aber vielleicht ist das ja der natürliche Zustand der Liebe: Verwirrung und Trennung. Vielleicht werden unsere Treue und unsere Wahrhaftigkeit auf die Probe gestellt, und wir werden im Himmel dafür belohnt. Nun, Loukis, ich habe den Test bestanden, und meine Einsamkeit im Alter beweist die Aufrichtigkeit meiner Hingabe. Ich habe nichts mehr zu erledigen. Ich bin bereit, nach Hause zu gehen – um bei dir zu sein.«

Als Praxi geendet hatte, riss sie sich ihr schwarzes Tuch vom Kopf, um den plötzlich aufgekommenen Wind im Haar zu spüren. Sie holte das Plastikfläschchen aus ihrer Tasche hervor, schüttete sich mehrere weiße Pillen in die Hand, steckte sie sich in den Mund und trank den letzten Rest Wasser. Als sie sich auf die warme, harte Erde legte, spürte sie, wie Loukis näher rückte und sie in den Arm nahm.

Wir vergessen nicht.

Da die Frau ihren eigenen Augen nicht traute, bat sie ihren Reiseführer, sich die Sache anzusehen. Er erklomm mit einem Satz die Steinstufen und stellte sich zu ihr an den Rand der Burgmauer. Er hatte schlanke, muskulöse Beine und nahm ihr das Fernglas mit dem Selbstvertrauen eines Mannes ab, der sich seiner eigenen Stärke bewusst ist. Binnen weniger Sekunden verloren seine Lippen jedoch ihren spielerischen Zug, und er musste den Verdacht der Frau bestätigen. Hastig stiegen sie die Treppe hinunter, um die zuständigen Stellen zu informieren.

Das rasche Eintreffen der Sanitäter vermochte jedoch kein Leben mehr zu retten. Bei genauerem Hinsehen musste man feststellen, dass die griechische Frau bereits seit mehr als vierundzwanzig Stunden tot dagelegen hatte.

»Sieht aus, als würde das alte Mädchen lächeln«, bemerkte der junge Sanitäter. Sein Vorgesetzter nickte, er war indes nicht überrascht: Es war nicht der erste Selbstmord, den er seit Öffnung der Grenze mitbekam.

»Möge sie in Frieden ruhen«, brummte er.

Nachdem die Behörden die Dokumente geprüft hatten, die sich in der Handtasche der Toten fanden, wurde Praxis Leichnam in den Süden zurückgeführt. Elpida und Jason wurden telefonisch verständigt und flogen aus England ein. Tage später fand Praxis Beerdigung statt – wer von ihrer Familie und ihren Freunden noch übrig geblieben war, nahm daran teil. Und weil viel Zeit vergangen war und niemand sich mehr erinnerte, oder die, die sich erinnerten, nichts sagten, wurde Praxi nicht neben dem Mann begraben, den sie liebte, sondern an der Seite ihres Ehemannes, Yiannis Christofi.

Als die Trauerfeier beendet war, fuhr ein Blitz nieder und spaltete den Himmel in zwei Teile.

Danksagung

Bevor ich mit dem Schreiben von *Schattenträumer* anfing, habe ich viele Websites, Bücher, Dokumentarfilme, Zeitungsartikel und Personen konsultiert. Den hilfreichsten Quellen möchte ich hiermit meinen Dank ausdrücken, was jedoch nicht bedeutet, dass die genannten Autoren oder Personen die Version der Ereignisse anerkennen, die auf diesen Seiten beschrieben wird. Ich möchte damit lediglich meine gebührende Anerkennung ausdrücken und dem Leser Vorschläge für eine weiterführende Lektüre bieten.

Bücher

Yiannis Papadakis, Echoes From the Dead Zone: Across the Cyprus Divide, I.B. Tauris.

Mariam Khan, Healthy Living in Cyprus (erhältlich in der Buchhandlung Moufflon in Girne).

Brendan O'Malley und Ian Craig, The Cyprus Conspiracy: America, Espionage and the Turkish Invasion, I.B. Tauris.

Christopher Hitchens, Hostage to History: Cyprus from the Ottomans to Kissinger, Verso.

Rebecca Bryant, Imagining the Modern: The Cultures of Nationalism in Cyprus, I.B. Tauris.

Dr. Latife Birgen, The Cyprus Problem: Notes to History, Rüstem.

Yiannis Papadakis, Nicos Peristianis und Gisela Welz, Divided Cyprus: Modernity, History and an Island in Conflict, Indiana University Press.

Stavros Panteli, Place of Refuge: A History of the Jews in Cyprus, Elliott & Thompson.

Oktay Öksüzoğlu, Persecution of Islam in Cyprus.
Brigadier Francis Henn, A Business of Some Heat: The United Nations Force in Cyprus Before and During the 1974 Turkish Invasion, Pen & Sword.

Zeitungsartikel

Angelique Chrisafis, Bones Don't Speak (The Guardian)

Reiseführer

Cyprus Visitors' Guide 2008 (Cytamobile – Athk Cyta)
Cyprus (APA Insight Guides)

Websites

www.britains-smallwars.com
www.visitcyprus.com
www.missing-cy.org
www.cyprusnet.com
www.athimedia.com
www.bbc.co.uk
www.time.com
www.cypnet.co.uk
www.akel.org.cy
www.greeknewsonline.com
www.country-data.com
www.ebos.com.cy
www.lobbyforcyprus.com

Dokumentarfilm

Michalis Kakoyiannis, Attila 1974.

Menschen und Inspirationsquellen

Meine »zweite Familie« (Lenya, Kypros, Erato/Toulla, Marios, Kypros, Sotiris, Christos, Charis, Niki, Elena und Varnavia), Sotiris Petrakkides, Familie McMillan (Honor, Ava, Sam und Steve), Tim Stear, David Carter, Mickey Burke, Mandalena und Familie,

Herr Theofanis, Herr Charalambous, Mithat Rende, Arif Altay, Panicos Kyriacou, Marios Kyriakides, Amir, Namik und Rafet. Und schließlich geht mein Dank an

Mum, Dad, Lorenz, Jane Lawson, Madeline Toy, Charlie Campbell und das A-Team von Ed Victor Ltd, Varnavia (noch einmal) und meine Freunde Hélène und Matthew – danke für die Unterstützung, das sorgfältige Lesen, den freundlichen Rat und die Liebe.

Anhang

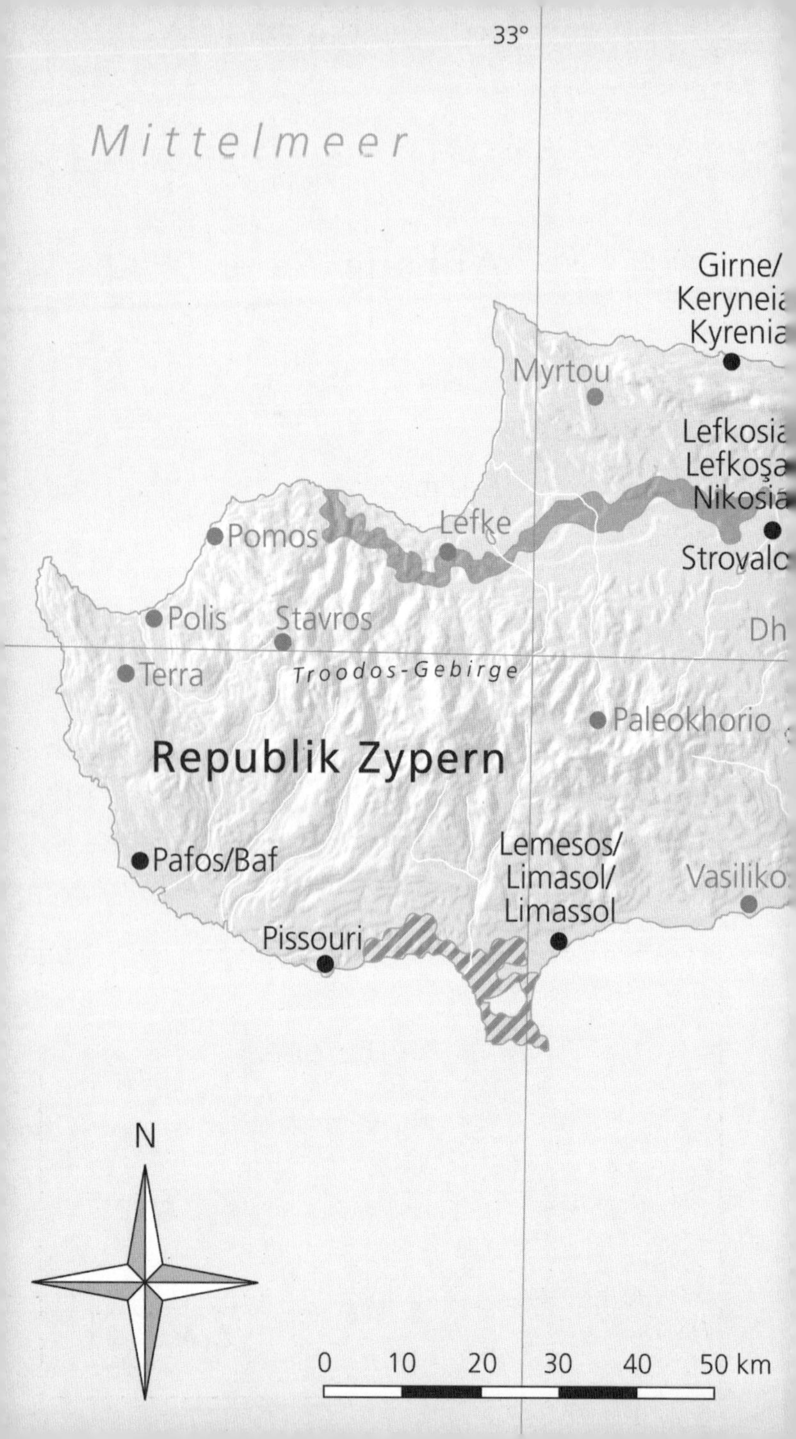
33°
Mittelmeer
Girne/
Keryneia
Kyrenia
Myrtou
Lefkosia
Lefkoşa
Nikosia
Pomos
Lefke
Strovalo
Polis
Stavros
Dh
Terra
Troodos-Gebirge
Paleokhorio
Republik Zypern
Lemesos/
Limasol/
Limassol
Vasiliko
Pafos/Baf
Pissouri
N
0
10
20
30
40
50 km

34°
Rizokarpaso
Yeni Erenköy
R. Nordzypern
Gazimağusa/
Ammochostos/
Famagusta
UN-Pufferzone
Ayia Napa
35°
rnaka
Mittelmeer
Europa
Asien
Afrika
Mittelmeer
Zypern

Zeittafel

1570 – Osmanen greifen die Insel an und übernehmen nach monatelangen Kämpfen die Herrschaft.

1878 – Türken überlassen Briten Zypern in einem Pachtvertrag.

1914 – Großbritannien annektiert die Insel.

1925 – Großbritannien erklärt Zypern zur Kronkolonie.

1. April 1955 – Die Nationale Organisation zyprischer Kämpfer (EOKA – Ethniki Organosis Kiprion Agoniston) nimmt ihren Kampf auf. Anführer: Georgios Grivas. Geistiger Führer der *enosis*-Bewegung: Erzbischof Makarios. Die antibritisch, antitürkisch und auch antikommunistisch eingestellte EOKA führt militärische Aktionen gegen britische Einrichtungen durch.

3. März 1956 – Verbannung von Erzbischof Makarios III. auf die Seychellen durch den britischen Gouverneur Sir John Harding.

10. Mai 1956 – Hinrichtung der beiden EOKA-Kämpfer Andreas Demetriou und Michael Karaolus – sie sind die ersten EOKA-Mitglieder, die gehenkt werden.

1957 – Aufbau der türkischen Widerstandsbewegung Türk Mukavemet Teşkilatı TMT

3. März 1957 – Ermordung des EOKA-Kämpfers Grigorios Afxentiou durch die Briten.

April 1957 – Freilassung von Erzbischof Makarios und Rückkehr nach Griechenland (nicht nach Zypern!)

Spätsommer 1957 – Sir Hugh Foot löst John Harding als Gouverneur ab – Foot ist der letzte britische Gouverneur Zyperns.

3. Oktober 1958 – Ermordung der Britin Catherine Cutliffe; die Tat wird nie aufgeklärt.

19. Februar 1959 – Abschluss des Züricher und Londoner Abkommens zwischen der Türkei, Griechenland, Großbritannien und den Zyprern unter der Führung von Erzbischof Makarios III. und Dr. Fazil Küçük: Es werden verfassungsrechtliche Fragen beim Übergang der damaligen britischen Kronkolonie Zypern zur unabhängigen Republik Zypern geregelt.

9. März 1959 – Die EOKA stellt offiziell ihre Aktionen ein und löst sich auf; sie reagiert damit auf die Unterzeichnung des Züricher und Londoner Abkommens.

16. August 1960 – Offizielle Unabhängigkeitserklärung Zyperns, Gründung der unabhängigen Republik Zypern mit dem griechischen Präsidenten Makarios und dem türkischen Vizepräsidenten Fazil Küçük. Die Briten ziehen sich auf ihre souveränen Stützpunkte Dhekelia und Akrotiri zurück.

30. November 1963 – Makarios stellt einen 13-Punkte-Plan zur Verfassungsänderung vor, der von der türkischen Regierung zurückgewiesen wird.

Dezember 1963 – In der Hauptstadt Nikosia eskaliert ein lokaler Zwischenfall zu einem Bürgerkrieg.

24. Dezember 1963 – Beschluss des UN-Sicherheitsrates zur Aufstellung einer Friedenstruppe (United Nations Peacekeeping Force in Cyprus)

Anfang 1964 – Errichtung der Grünen Linie durch Nikosia und Sperrung der Ledra-Straße. Türkische Zyprer ziehen sich aus der Regierung zurück, was das Ende der partnerschaftlichen Regierung bedeutet und die Abwanderung der türkisch-zyprischen Bevölkerung in Enklaven nach sich zieht.

1964–1967 – Georgios Grivas ist Oberbefehlshaber der zyprischen Nationalgarde.

3. August 1964 – Angriff der griechischen Zyprer auf Kokkina.

1971 – Gründung der EOKA-B unter Führung von Georgios Grivas; Ziel der EOKA-B ist es, zunächst durch Demonstrationen, später durch Attentate den Sturz von Makarios herbeizuführen. Makarios hatte in den Augen von Grivas und seinen Anhängern die *enosis*-Idee verraten.

27. Januar 1974 – Tod von Georgios Grivas.

15. Juli 1974 – Die griechische Militärjunta zettelt einen Militärputsch an und stürzt Präsident Makarios, was Auslöser der folgenden türkischen Militärinvasion ist.

20. Juli 1974 – Die türkische Armee besetzt den Norden Zyperns (fast vierzig Prozent der Insel). Es folgen die hermetische Abtrennung des Nordens vom Süden und die Teilung der Insel, wobei die Grenzlinie mitten durch die Hauptstadt Nikosia verläuft. 200000 griechische Zyprer fliehen vor den türkischen Truppen in den Süden, 45000 türkische Zyprer fliehen in den Norden.

3. August 1977 – Tod von Erzbischof Makarios III.

15. November 1983 – Die Türkische Republik Nordzypern (KKTC) wird ausgerufen, die bis heute international nicht anerkannt ist – außer von der Türkei.

24. April 2004 – Die Wiedervereinigung Zyperns scheitert am Nein der Zyperngriechen.

1. Mai 2004 – Die Republik Zypern wird Mitgliedstaat der Europäischen Union. Die EU bekräftigt den Herrschaftsanspruch der Republik Zypern über die gesamte Insel und sieht daher auch ganz Zypern als Teil des EU-Gebietes an; faktisch jedoch tritt nach dem Scheitern des Referendums zum Annan-Plan vom 24. April 2004 der Nordteil der Insel nicht der EU bei.

3. April 2008 – Öffnung der Ledra-Straße.

Andrea, Sie waren noch ein kleines Kind, als die türkische Invasion auf Zypern stattfand. Haben Sie überhaupt noch irgendeine persönliche Erinnerung an diese Ereignisse?

Ich war gerade vier Jahre alt, als die Türken einmarschierten (oder ihre friedliche Besetzung begannen, je nach Standpunkt). Dennoch gibt es zwei Ereignisse, an die ich mich noch ziemlich deutlich erinnere. Ich wollte mit meinem Fahrrad draußen spielen; es hatte Stützräder. Aber mein Vater sagte, das sei unmöglich. Dann zog er mich zum Fenster und fragte, ob ich die Schüsse hören könnte. Sie waren deutlich zu vernehmen. Außerdem erinnere ich mich daran, wie meine Mutter hastig über die Straße rannte, um nach einem Nachbarn zu sehen. Vom Fenster unseres Hauses aus schaute ich ihr so lange nach, bis sie sicher auf der anderen Seite im Haus verschwand.

Sind Sie nach der Invasion noch auf der Insel geblieben?

Nein, als britische Staatsbürger wurden meine Mutter, meine Schwester und ich umgehend evakuiert. Mein Vater hingegen musste noch sechs Monate dort bleiben, um das Lager zu bewachen. Er war in der Royal Airforce, was auch der Grund dafür gewesen war, dass wir ursprünglich auf die Insel gezogen sind. Man hatte ihn 1972 nach Zypern versetzt.

Haben Sie während Ihrer Zeit auf Zypern mit den Einheimischen verkehrt?

Ja, wir lebten in Limassol, im Süden des Landes, nicht in der Royal-Airforce-Basis. Meine Eltern hatten ein Haus von einer Familie griechischer Zyprer gemietet. Noch heute, mehr als 35 Jahre später, sind wir die allerbesten Freunde. Ich kann ohne Übertreibung sagen, dass wir sie als unsere Zweitfamilie betrachten. Wir waren über die Jahre bei den meisten Taufen, Verlobungen und Hochzeitsfeiern dabei. Und »Schattenträumer« ist den Großeltern unserer Freunde gewidmet.

Dann sind Sie also nach Ihrer Evakuierung wieder nach Zypern zurückgekehrt?

Ja, unsere Familie kehrte das erste Mal gemeinsam im Jahr 1986 zurück. Meine Mutter war die ganze Zeit über mit ihrer Freundin Lenya in Verbindung geblieben. Nach diesem ersten Besuch sind wir regelmäßig etwa alle zwei Jahre hingefahren. Die Griechen lieben ihre Hochzeitsfeiern! Und dann bin ich für vier Monate nach Zypern gezogen, um dort den »Schattenträumer« zu Ende zu schreiben. Ich hatte mir ein Dorf in der Nähe der Familie unserer Freunde ausgesucht, so dass ich sie unentwegt wegen sämtlicher Ereignisse und der damit verbundenen Gefühle löchern konnte. Außerdem blieb ich immer sehr gern zum Abendessen, auf Zypern versteht man etwas von gutem Essen …

Wann ist Ihnen eigentlich bewusst geworden, dass die Menschen auf Zypern kein ›normales‹ Leben führten?

Ich glaube, ich war mir immer bewusst, dass das Leben auf der Insel ungewöhnlich war. Auch wenn ich mich an ein paar Eindrücke meines Lebens dort vor der Teilung erinnern kann, habe ich keine Erinnerung an die Insel als etwas Ganzes. Für mich war Zypern immer geteilt. Und doch habe ich erst bei der Recherche für mein Buch begriffen, welche Ereignisse zu dieser Tragödie geführt haben. Und es ist eine Tragödie, für alle Beteiligten.

Gilt Ihre Sympathie einer der beiden Seiten mehr als der anderen?

Meine Sympathie gilt tatsächlich Zypern – nicht einer Seite, einer Kultur, einer Nationalität oder einer Religion. Alle Parteien haben Fehler gemacht und Grausamkeiten begangen: die Briten, die Türken und die Griechen. Genauso wenig hat eine Nationalität oder eine der Seiten das Monopol auf ihr Leiden. Zahllose unschuldige türkische und griechische Zyprer haben ihr Leben verloren, Menschen, die sie liebten, ihr Heim. Die einzigen Gewinner in einem Krieg sind Not und Elend und vielleicht diejenigen, die am Wiederaufbau verdienen.

Wie nah ist die Geschichte im Buch wahren Begebenheiten, die Sie miterlebt haben oder von denen man Ihnen erzählt hat?

Ich hoffe, dass jeder, der die traurige Geschichte dieser wunderschönen Insel kennt, die Sorgfalt meiner Recherche bemerken wird. Wenn auch die Helden meiner Geschichte erfunden sind, so ist doch alles, was sie erleben, real: vom EOKA-Aufstand während der britischen Besatzungszeit über die offene Gewalt in den Sechzigern bis zum griechischen Coup und der darauffolgenden türkischen Invasion. Ich habe eine Menge historischer und politischer Bücher über diese Zeit gelesen und auf beiden Seiten der Demarkationslinie Museen besucht und mit den Männern und Frauen gesprochen, die diese Zeit noch erlebt haben. Trotz des Schmerzes, des Zorns und der Trauer, die sowohl die türkischen als auch die griechischen Zyprer noch im Herzen tragen, gibt es auch ein überwältigendes Gefühl des Verlustes – des Verlustes einer lange vergangenen Zeit, als beide Volksgruppen friedlich nebeneinander leben konnten.

Kennen Sie reale Personen, die unter der Teilung der Insel so gelitten haben wie Ihre Protagonisten Loukis und Praxi?

Die meisten Menschen, denen man auf Zypern begegnet, sind von der Teilung betroffen oder haben unter den Ereignissen gelitten, die zu der Teilung geführt haben. Dies kann auf ganz unterschiedliche Weise geschehen sein. Noch als ich im Jahr 2009 nach Zypern gezogen bin, traf ich auf Menschen, die weiterhin unfähig sind, über ihre Erfahrungen zu sprechen, weil ihre Trauer einfach zu groß ist. Das hat mir wirklich die Augen dafür geöffnet, wie tief und wie akut die Wunden nach so vielen Jahren noch sind. Diese Menschen werden ihre Verletzungen noch mit ins Grab nehmen.

Wie beurteilen Sie die aktuelle Situation auf Zypern?

Ich sehe eine Insel, die durch tragische politische Umstände geteilt wurde. Traurigerweise sehe ich zugleich eine Tendenz, mit dem Finger auf den jeweils anderen zu zeigen und ihm die Schuld zuzuschieben, während in Wirklichkeit jeder der Beteiligten sein Maß an Schuld für diese Situation trägt.

Das gilt übrigens nicht nur für die Insel selbst, sondern auch für alle international Beteiligten.

Sehen Sie irgendeine Chance auf ein normales, friedliches Leben auf der Insel?

Heute herrscht auf Zypern Frieden. Ob es jedoch möglich sein wird, eine Lösung zu finden, die zu einer Wiedervereinigung führt, bleibt fraglich. Ich mag die Hoffnung darauf nicht verlieren, aber zugleich kann ich auch das Widerstreben auf beiden Seiten verstehen, die eigene Vergangenheit loszulassen und die Hindernisse niederzureißen, die einer vereinten Zukunft im Wege stehen.

Leseprobe aus

Andrea Busfield

Mauertänzer

Roman

Aus dem Englischen
von Cornelia Holfelder-von der Tann

1

Ich heiße Fawad, und meine Mutter sagt, ich bin im Schatten der Taliban geboren.

Mehr sagte sie nicht, und ich sah vor mir, wie sie einen Schritt aus der Sonne ins Dunkle machte, sah sie in einem Winkel kauern, um den Bauch, in dem ich war, zu schützen, weil da ein Mann mit einem Stock stand, bereit, mich auf die Welt zu prügeln.

Aber dann wurde ich größer und merkte, dass ich nicht als Einziger in diesem Schatten geboren worden war. Da waren zuerst mal mein Cousin Jahid und das Mädchen Jamilla – wir nahmen zusammen die Ausländer auf der Chicken Street aus –, und dann war da noch mein bester Freund Spandi.

Bevor ich ihn kannte, war Spandis Gesicht von Sandmücken zerstochen worden, und das Einjahresgeschwür hatte auf seiner Wange einen faustgroßen Krater hinterlassen. Das störte ihn aber nicht weiter und uns auch nicht, und während wir Übrigen in der Schule waren, verkaufte er fetten Ausländern Spand, was der Grund dafür war, dass wir ihn Spandi nannten, obwohl er eigentlich Abdullah hieß.

Ja, wir alle waren in der Zeit der Taliban geboren, aber wenn ich meine Mutter davon sprechen hörte, waren da immer nur Männer, die Schatten warfen, deshalb denke ich, wenn sie je schreiben gelernt hätte, wäre sie vielleicht Dichterin geworden. Statt dessen war es Allahs Wille, dass sie die Böden der Reichen fegte, für ein paar Afs, die sie in ihren Kleidern versteckte und über Nacht bewachte.

»Diebe sind überall«, zischte sie dann, ein zorniges Flüstern, das ihre Augenbrauen über der Nase zusammenzog. Und natürlich hatte sie recht. Ich war ja einer von ihnen.

Damals sah es niemand von uns als Diebstahl. Wie Jahid, der sich mit so was auskannte, erklärte: »Es ist die gerechte Verteilung des Reichtums.«

»Teilen«, ergänzte Jamilla. »Wir haben nichts, sie haben alles, aber sie sind zu habgierig, um armen Leuten wie uns zu helfen, so wie es im Koran steht, also müssen wir ihnen helfen, gut zu sein. Man kann sagen, sie bezahlen uns für unsere Hilfe. Sie wissen es nur nicht.«

Natürlich zahlten die Ausländer nicht alle ohne ihr Wissen für unsere »Hilfe«. Manche gaben uns auch einfach Geld, die einen gern, andere aus schlechtem Gewissen, wieder andere, um uns loszuwerden, was aber nicht funktionierte, weil ein Grüppchen schnell vom nächsten abgelöst wird, wenn Dollar die Straße entlangspazieren. Aber es machte Spaß. Geburt im Schatten hin oder her, jetzt verbrachten Jahid, Jamilla, Spandi und ich unsere Tage in der Sonne und damit, den Reichtum der Leute umzuverteilen, die gekommen waren, um uns zu helfen.

»Das nennt sich Wiederaufbau«, erklärte uns Jahid eines Tages, als wir auf dem Bordstein saßen und auf einen Unimog warteten, auf den wir aufspringen konnten. »Die Ausländer sind hier, weil sie unser Land zerbombt haben, um die Taliban zu töten, und es jetzt wiederaufbauen müssen. Das hat das Weltparlament befohlen.«

»Aber warum wollten sie die Taliban töten?«

»Weil die mit den Arabern befreundet waren und ihr König Osama bin Laden ein Haus in Kabul hatte, wo er seinen vierzig Ehefrauen Hunderte von Kindern machte. Die Amerikaner hassten bin Laden, und sie wussten, er fickte seine Frauen so gründlich, dass er eines Tages eine ganze Armee von Männern haben würde, Tausende, wenn nicht sogar Millionen, also jagten sie einen Palast in ihrem Land in die Luft und schoben es ihm in die Schuhe. Dann kamen sie nach Afghanistan, um ihn, seine Frauen und Kinder und alle seine Freunde zu töten. Das nennt man Politik, Fawad.«

Jahid war wohl der gebildetste Junge, den ich je kannte, weil er immer die weggeworfenen Zeitungen las, die wir auf der Straße fanden. Und er war auch der beste Dieb, den ich je kannte. An manchen Tagen ergatterte er bündelweise Dollar, in dem er den Ausländern in die Taschen griff, während wir Kleineren sie bis aufs Blut nervten. Aber wenn ich im Schatten geboren war, dann war Jahid unter dem Blick des Teufels selbst zur Welt gekommen, denn er war unglaublich hässlich. Seine Zähne waren bräunliche Stummel, und ein Auge tanzte nach seiner eigenen Melodie, rollte in seiner Höhle herum wie eine Murmel in einer Schachtel. Außerdem war eines seiner Beine so lahm, dass er es zwingen musste, mit dem anderen Schritt zu halten.

»Er ist ein dreckiger kleiner Dieb«, sagte meine Mutter immer. Aber sie hatte ja kaum je ein gutes Wort für irgendjemanden aus der Familie ihrer Schwester. »Halte dich von ihm fern … er setzt dir nur Dummheiten in den Kopf.«

Wie sich meine Mutter vorstellte, dass ich mich von Jahid fernhalten sollte, ist mir schleierhaft. Aber das ist oft das Problem an Erwachsenen, sie verlangen Unmögliches und machen einem dann das Leben zur Hölle, wenn man ihnen nicht gehorchen kann.

Tatsache ist, dass ich nicht nur mit Jahid unter einem Dach lebte, sondern auch mit seiner fetten Kuh von Mutter, seinem Esel von Vater und noch zweien ihrer schmuddeligen Kinder, Wahid und Obaidullah.

»Alles Jungen«, verkündete mein Onkel immer stolz.

»Und alle hässlich«, murmelte meine Mutter dann und zwinkerte mir dabei zu, weil es grundsätzlich so war: wir gegen sie. Und wenn wir auch nichts hatten, sahen unsere Augen doch wenigstens in dieselbe Richtung.

Zu siebt teilten wir uns vier kleine Zimmer und ein Loch draußen im Hof. Nicht leicht also, mich von Cousin Jahid fernzuhalten, wie es meine Mutter verlangte. Nicht mal Präsident Karzai hätte das hingekriegt. Aber meine Mutter hatte es nicht so mit Erklärungen, also sagte sie mir nie, wie ich es machen sollte. Eine Zeitlang hatte es meine Mutter überhaupt nicht mit dem Reden.

Ganz selten sah sie von ihrer Näherei auf, um von dem Haus in Paghman zu sprechen, das wir mal gehabt hatten. Ich war zwar dort geboren, aber wir waren geflüchtet, bevor sich die Bilder in meinem Kopf festsetzen konnten. Also zog ich meine Erinnerungen aus den Worten meiner Mutter, sah den Stolz in ihren Augen, wenn sie Zimmer mit bemalten Wänden und dicken, tiefroten Sitzkissen beschrieb, Vorhänge vor Glasfenstern, eine Küche, so sauber, dass man vom Fußboden hätte essen können, und einen Garten voller gelber Rosen.

»Wir waren nicht reich wie die Leute in Wazir Akbar Khan, Fawad, aber wir waren glücklich«, erklärte sie mir dann. »Das war natürlich lange, bevor die Taliban auftauchten. Und jetzt! Sieh uns doch an! Wir haben nicht mal mehr einen Baum, an dem wir uns erhängen könnten.«

Ich kannte mich da nicht so aus, aber es war ziemlich offensichtlich, dass meine Mutter deprimiert war.

Sie sprach nie von der Familie, die wir verloren hatten, nur von dem Haus, das uns einst geschützt hatte – nicht besonders wirksam allerdings. Nachts jedoch hörte ich sie manchmal den Namen meiner Schwester flüstern. Dann streckte sie die Arme nach mir aus und zog mich an sich. Daher weiß ich, dass sie mich lieb hatte.

In diesen Situationen, wenn wir fast wie ein einziges Wesen auf den Kissen lagen, die uns tagsüber als Sitzgelegenheit dienten, brannte ich darauf zu reden. Ich fühlte, wie sich die Wörter in meinem Kopf drängten, nur darauf lauerten, aus meinem Mund zu schlüpfen. Ich wollte alles wissen, über meinen Vater, über meine Brüder, über Mina. Ich wollte sie unbedingt kennenlernen, wollte, dass sie in den Worten meiner Mutter wieder lebendig würden. Aber sie flüsterte immer nur den Namen meiner Schwester, und aus Feigheit schwieg ich, weil ich Angst hatte, wenn ich etwas sagte, würde es den Zauber durchbrechen, und sie würde sich von mir wegdrehen.

Wenn es hell wurde, war meine Mutter schon auf und gerade dabei, ihre Burka überzuziehen. Wenn sie aus dem Haus ging, rief sie mir noch eine Liste von Anweisungen zu, die immer mit »Geh in die Schule!« begann und mit »Halt dich von Jahid fern!« endete.

Im Großen und Ganzen versuchte ich ja, diese Anweisungen zu befolgen, aus Respekt vor meiner Mutter – uns Afghanen sind unsere Mütter wertvoller als alles Gold, das im Keller des Präsidentenpalastes lagert –, aber es war nicht leicht. Und wenn ich auch wusste, dass sie mich, wenn ich ungehorsam wäre, nicht schlagen würde – im Gegensatz zu Jahids Vater, der anscheinend das gottgegebene Recht zu haben glaubte, mir an jedem Tag, den die Sonne werden ließ, Ohrfeigen zu verpassen –, würde sie doch diesen Blick haben, diese Enttäuschung in den Augen, die da wohl schon sein musste, seit ich aus dem Schattendunkel gekrochen war.

Ich bin noch ein Junge, aber mir war schon klar, dass unser Leben schwer war. Nur war es für mich immer so gewesen, ich kannte nichts anderes. Meine Mutter dagegen, mit ihren Erinnerungen an tiefrote Kissen und gelbe Rosen, war in einer Vergangenheit gefangen, von der ich kaum etwas wusste, also verbrachte ich meine Tage meistens damit, von außen in ihr Gefängnis hineinzugucken.

So war es schon, solange ich denken konnte, und doch will ich glauben, dass sie mal glücklich war, dass sie mit meinem Vater an den klaren Wassern des Qagha-Sees lachte, dass ihre grünen Augen, die Augen, die ich geerbt habe, liebevoll lächelten, während ihre kleinen Hände, weich und sauber, mit dem Saum eines goldenen Schleiers spielten.

Meine Mutter war einmal sehr schön, das erzählte mir meine Tante in einem überraschenden Anfall von Redseligkeit. Aber dann senkte sich der Schatten herab, und obwohl meine Mutter das nie sagte, vermutete ich, dass sie mich dafür verantwortlich machte. Ich war eine Erinnerung an eine Vergangenheit, die sie in die blumenlose Hölle des Hauses ihrer Schwester getrieben hatte, und nach allem, was ich wusste, hasste meine Mutter ihre Schwester noch mehr als die Taliban.

»Sie ist nur neidisch!«, schrie meine Mutter einmal so laut, dass es meine Tante im Nachbarzimmer hören musste. »Sie war immer schon neidisch – neidisch auf alles an mir, darauf, dass ich einen gebildeten Mann geheiratet habe, auf unser glückliches Leben damals … aber ich denke schon lange nicht mehr dran, mich dafür zu entschuldigen. Es ist nicht meine Schuld, dass Allah ihr ein Gesicht wie eine geplatzte Wassermelone gegeben hat und den passenden Körper dazu!«